T0348876

Un Dueto con el Duque de las Sirenas

ELISE KOVA

Un Dueto con el Duque de las Sirenas

Traducción de Guiomar Manso de Zuñiga Spottorno

UMBRIEL

Argentina • Chile • Colombia • España
Estados Unidos • México • Perú • Uruguay

Título original: *A Duet with Siren Duke*
Editor original: Silver Wing Press
Traducción: Guiomar Manso de Zuñiga Spottorno

1.ª edición: octubre 2024

Plaza de los Reyes Magos, 8, piso 1.º C y D – 28007 Madrid
www.umbrieleditores.com

ISBN: 978-84-10085-20-6
E-ISBN: 978-84-10365-12-4
Depósito legal: M-18.169-2024

Fotocomposición: Urano World Spain, S.A.U.
Impreso por: Rodesa, S.A. – Polígono Industrial San Miguel – Parcelas E7-E8
31132 Villatuerta (Navarra)

Impreso en España – *Printed in Spain*

Para todo el que renunció a su «felices para siempre»…
solo para encontrarlo cuando menos lo esperaba.

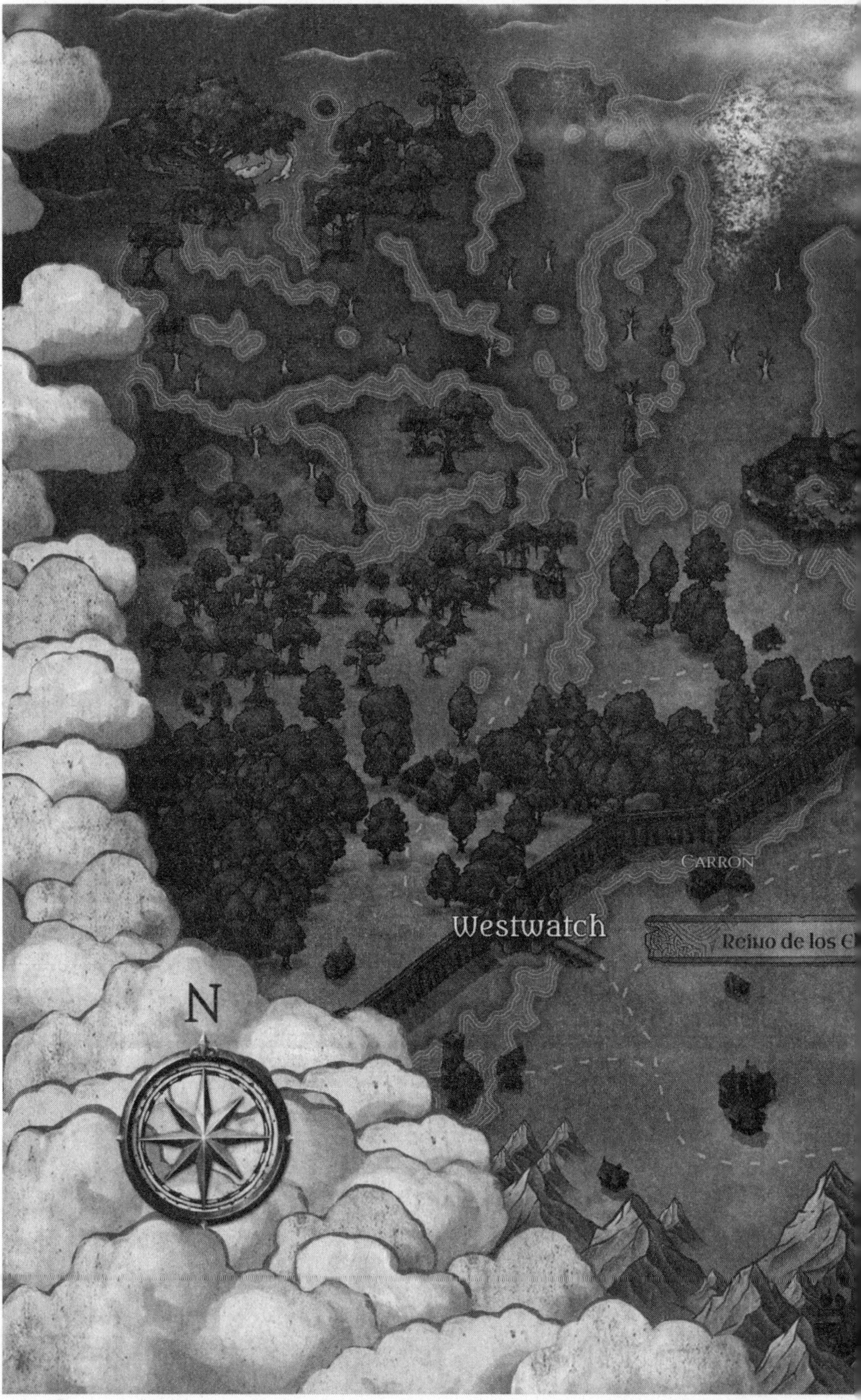

Carron

Westwatch

Reino de los

Midscape

nnar

Nota de la autora

Querido lector:

Como autora, sé muy bien que no todos los libros que escribo serán para todo el mundo. En ocasiones, es una cuestión de preferencia personal. En otras, los libros contienen ideas, temas o escenas que podrían impactar a unos lectores más que a otros.

Por ello, quería escribir esta breve nota para advertirte de que este libro cuenta la historia de una mujer joven que se encuentra a sí misma y su segunda oportunidad para el amor después de un matrimonio fallido del que ha huido. Se habla y se recuerdan acontecimientos que tocan temas complejos y espinosos como el trauma emocional, la pérdida de memoria y el daño que pueden hacer aquellos a cuyos defectos somos ciegos. Aunque no hay nada demasiado explícito sobre estos temas en el texto, en un esfuerzo por ser fiel a la historia de Victoria tampoco se ignoran.

Aunque espero que puedas disfrutar de esta historia, también es importante que conserves tu paz. Pero por encima de todo, querido lector, espero que estés a salvo y contento.

Tu autora,

ELISE KOVA

Prólogo

El mar me devorará, si tiene la oportunidad. Si no lo hacen las olas y las corrientes, o los animales de dientes afilados, lo harán los fantasmas y monstruos que rondan por sus profundidades. Y si no lo hacen ellos, si tengo la peor de las suertes, las criaturas más temibles de todas serán mi perdición: las sirenas. Ellas cantarán un dulce réquiem mientras tiran de mí hacia las profundidades bajo las olas.

Se me pone la carne de gallina en cuanto salgo a la fría y oscura noche. La luna está subiendo desde un mar negro como el carbón. La neblina y las gotas de agua salada enturbian el reluciente orbe y convierten los detalles en brumosas hebras ondulantes de luz.

Las encrespadas olas rompen contra las rocas de la islita que una vez consideré mi hogar. Con el tiempo, sin embargo, me he dado cuenta de que siempre ha sido mi prisión. El océano va y viene turbulento, lamiendo la tierra con sus lenguas espumosas. Espera el momento de poder consumir toda la vida que se atreve a enfrentarse a las mareas.

Me muevo deprisa y con confianza por las rocas. He pescado en todas esas pozas de marea durante años. He recorrido este camino muchísimas veces mientras caminaba de un lado para otro dentro de mi jaula. Pero esta vez, al dirigirme hacia la parte de atrás del faro, el barco de remos me está esperando.

Esta noche, soy yo la que se marcha.

El barquito es viejo pero robusto. Es nuestra única conexión con la orilla, así que Charles lo conserva en buenas condiciones. He subido en él solo una vez, cuando él mismo me trajo aquí hace dos años.

Alargo una mano para tocar con suavidad la madera. Me tiemblan los dedos y miro detrás de mí, como si de alguna manera él fuese a *saber* que he roto sus reglas y se fuese a materializar de la nada. Sin embargo, la playa está desierta y mis ojos suben por la pared del lúgubre faro. Unas pocas ventanas oscuras salpican sus lados. Mis ojos se posan casi sin querer en la que es... *era* nuestra habitación.

Después de nuestra discusión durante la cena, Charles sabrá a dónde he ido, pero no podrá perseguirme. Tendría que hacerle señales a otro barco, aunque es raro que pasen tan cerca del Paso Gris; en cualquier caso, al final lo conseguirá. Charles sobrevivirá, pero yo ya habré desaparecido más allá del horizonte, lejos de su alcance. No dejaré de moverme. Me buscaré la vida. Encontraré una manera de salir adelante sin él. Sé que puedo.

Debo hacerlo.

Sujeto una cesta con los nudillos blancos. Las provisiones que he metido en ella tintinean entre sí con suavidad. Exiguos restos de comida que he conseguido ir sisando mientras planeaba en secreto mi fuga; lo suficiente para las tres semanas que tardaré en volver con mis padres y mi hermana, si lo raciono con cuidado. La idea de enfrentarme a mi familia me aterra. ¿Qué les voy a decir? ¿Qué pensarán de mí después de lo que he hecho... de lo que estoy haciendo? ¿Debería volver siquiera con ellos?

No debo entretenerme si quiero culminar mi fuga esta noche. Sin embargo, me quedo atascada, la vista levantada hacia el faro y su lenta luz giratoria. Imaginar lo que le diría a mi familia se convierte en un repaso de mis conversaciones con él.

Si no te tuviese a ti, Lizzie, ya me habría tirado al mar. Tú eres mi faro. Mi consuelo en la noche; me tranquiliza saber que siempre estás aquí para plantar cara a las sirenas. Naciste para esta responsabilidad. Jamás podría dejar que te marcharas.

Oigo las palabras de Charles pese a tener los oídos taponados con algodón. Reverberan por mi pecho hasta que me duelen los huesos. Hasta que aspiro una bocanada de aire temblorosa y hago acopio de valor para seguir adelante.

No puedo arredrarme ahora. He hecho mi elección. Le he dado dos años. Lo intenté, supliqué, lloré, hablé hasta agotar mis manos del esfuerzo de formar las palabras y, por encima de todo, siempre esperé que nuestra relación mejorase por sí sola. Pero él no hacía más que marcharse de la isla a correr las aventuras que me había prometido a mí. Y me dejaba aquí. Sola. Aun así, aguanté.

Pero entonces…

Entonces, ocurrió lo de hace dos meses.

El polvo de su estudio era tan espeso que enseguida se extendió por mis dedos mientras trabajaba. Tenía el cuello empapado de sudor, no del esfuerzo, sino de miedo. *No entres jamás en mi estudio, Lizzie.* Charles siempre había dejado claras sus reglas, pero la noche anterior a marcharse le había disgustado tanto la cena que había preparado para él, que un poco de orden no podía hacer daño… o eso había pensado yo.

El montón de cartas estaba en la caja de seguridad junto a su silla. Charles había dejado la llave puesta en la cerradura, y jamás me había picado tanto la curiosidad. Un giro de la llave y todo el mundo desapareció de debajo de mis pies a medida que sacaba las cartas una a una y viajaba a través del tiempo, mientras leía fechas y relatos de sucesos que debería haber conocido hacía años de boca de una familia que él juraba que me había abandonado. Todas y cada una de ellas iban dirigidas a mí y solo a mí. En lugar de quemar las pruebas de su engaño, las había guardado como una especie de trofeo nauseabundo.

No me importa romper mi juramento. Romper mi contrato matrimonial. Ni ser una mujer de poca moral. Ni cualquier otra cosa que puedan decir de mí. Si el coste de mi felicidad es que el mundo me enjuicie, es un precio que pagaré con gusto.

Me sorprende la facilidad con la que se deshacen los nudos que sujetan el barco. Charles lo había hecho sonar como si mis «delicados deditos» fuesen incapaces de desatarlos. Es como descubrir que tenía en mis manos la llave de mi jaula desde un principio.

Deposito la cesta en la proa del bote y empujo. El barquito se niega a moverse. Clavo los talones en el suelo y lo intento de nuevo. La arena resbala y se amontona debajo del tercio anterior de mis pies.

Muévete. ¡Muévete!, ruego en silencio. Charles no tiene un sueño demasiado profundo y han pasado casi treinta minutos desde que me he levantado con sigilo de la cama.

Como si percibiese mis miedos, una vela cobra vida en la ventana del dormitorio.

Una energía frenética incitada por el pánico me invade y empujo con todas mis fuerzas. Mis músculos enclenques se tensan hasta lo que parece su punto de ruptura. *¡Muévete!* Si no escapo ahora, me quedaré aquí atrapada para siempre. Él me mantendrá en su casa como una muñeca. Me obligará a fingir que lo que sentía por él era amor de verdad y no un encaprichamiento ingenuo.

Me esperan muchas más cosas en la vida. Tiene que ser así. *Esto* no puede ser todo lo que hay. Las lágrimas amenazan con rebosar de mis párpados, pero no dejo de empujar. La enorme campana de debajo del faro tañe con tanta fuerza que la isla entera tiembla. Esta es mi oportunidad, antes de que Charles llegue hasta mí y mientras las canciones de las sirenas estén interrumpidas. *¡Empuja, Lizzie!*

Por primera vez en mi vida, puede que el mar esté de mi lado.

Está subiendo la marea y llega hasta el casco del bote, clavado en la arena. La resistencia disminuye y luego desaparece hasta dejar el barco suelto en la orilla.

Un nuevo miedo me atenaza por el cuello mientras contemplo el agua oscura que me cubre hasta los tobillos. Tendré que meterme hasta las rodillas para subir al bote. ¿Cuán profundo es lo bastante profundo para que las sirenas y sus monstruos o fantasmas me reclamen? ¿A qué velocidad se recuperan después de la campana? Debería saberlo. Cualquiera pensaría que, como mujer de un farero, ya sabría ese tipo de cosas.

Pero el estudio de Charles siempre estuvo prohibido para mí…

Miro hacia atrás y hacia arriba. Charles está asomado por la ventana, los ojos como platos y el ceño fruncido de la ira.

—¿Qué crees que estás haciendo? ¡Vuelve aquí! ¡Ahora mismo! —dice furioso con las manos más que con la boca. Todos los que viven cerca del mar conocen el lenguaje de signos para poder mantener los oídos taponados con algodón.

Reúno lo poco que queda de la joven valiente que alguna vez fui y me meto corriendo en el agua para saltar dentro del bote de remos. Charles ha desaparecido de la ventana. Viene a por mí.

El mar que había sido mi amigo un breve instante vuelve a ser mi enemigo ahora. Pugno contra la marea que trata de empujarme de vuelta con el hombre que corre alrededor del faro. Tiro de los remos, cuya madera despelleja las palmas de mis manos. Dos años aquí me han vuelto blanda. Ya no tengo callos de trabajar en la casa con mi padre. Ya no tengo músculos de acarrear cajas y paquetes para mi madre. Jamás me había sentido tan débil y… si consigo escapar de él, *jamás* volveré a permitirme sentir debilidad otra vez.

—¡Lizzie! —Su boca dibuja el apelativo cariñoso que él me puso. Puede que incluso esté gritando. Ha girado en torno al faro y está corriendo hacia la playa, pero ya me he alejado—. ¡Vuelve aquí! —Me señala, luego se lleva las manos al pecho y las desliza hacia abajo para apuntar al suelo. Gesticula y termina deslizando los dedos por delante de su cuello—. ¡Irritante mujer, vas a conseguir matarte!

Es la primera vez en años que parece que le importo. La verdad es que solo me quiso cuando era alguien a quien salvar: una mujer joven que vivía a las afueras de una ciudad pequeña y lo miraba como si fuese un dios. Pero no me quiere. Ni siquiera le *gusto*. Le gusta sentirse necesitado. Importante. Lo que le gusta es saber que a cualquier hora del día, yo estoy ahí para ser lo que *él* quiera. Que estoy aquí en esta roca cada vez que él se marcha y que le estoy esperando cada vez que vuelve.

—¡Me marcho! No puedes impedírmelo. —Suelto los remos para decirle eso: alejo las manos de mi pecho y meneo los dedos deprisa, antes de empezar a remar de nuevo. El barquito de remos se mueve ya con mayor facilidad. Empiezo a liberarme de la corriente que tiraba de mí hacia él.

—¿Y a dónde irás? ¿Quién te va a querer? ¡No sobrevivirás ni un día sin mí! —Gesticula como loco—. Me necesitas.

¿Lo necesito? *¿Lo necesito?*

—*Nunca* te necesité. —Me hacía sentir especial. Sentir... importante. Deseable. Todas las cosas que quería una joven que nunca se había valorado lo suficiente. Pero nunca fue una «necesidad». Estaba perfectamente sin él. Padre me estaba enseñando a cazar, cocinar y llevar la casa. Madre me estaba enseñando a comerciar, a negociar y a ser lista con los números. Charles, en cambio... no me había enseñado nada más que silencio y sumisión—. ¡Eras tú el que me necesitabas a mí!

—¿Por qué habría un hombre próspero como yo necesitar a una mujer como tú? Antes de conocerme, vivías en un antro de mala muerte. —Proyecta los dedos hacia mí—. No eras *nada*. Yo te saqué de la mugre y te proporcioné comodidades y bienestar. Deberías postrarte ante mí cada mañana y cada noche, pero no paras de poner a prueba mi paciencia con tu insolencia.

—¡Me mentiste! —grito, con la boca y con las manos. El dolor me quiebra la voz, aunque lo siento, más que lo oigo. Me arde la garganta después de años de desuso—. Me dijiste que mi familia no me quería. Que ya no querían saber nada de mí.

Pero mi familia siempre me quiso. A pesar de que las docenas de cartas que le había pedido a Charles que enviara estuviesen guardadas bajo llave en una caja de seguridad. Ellos siguieron escribiendo... y así es como sé que todavía me quieren, aunque sea una perjuradora.

—Porque era verdad. —La cara de Charles se vuelve de un tono escarlata casi igual a los últimos vestigios del atardecer en el horizonte mientras continúa hablando. Sus manos vuelan como avispas, tratando de picarme con sus palabras. Me arden los ojos a medida que descifro su significado—. Eres una niña triste, solitaria y patética. Es un alivio para mí cada vez que puedo marcharme de esta isla y librarme de ti. Por supuesto que tu familia no te quiere. ¿Cómo iba a quererte? ¿Quién demonios podría quererte a *ti*?

Las palabras me golpean en la cara como un impacto físico, me escuecen los ojos. Me las ha dicho tantas veces que puedo repetirlas antes de que sus dedos se muevan siquiera. Son como espinas bajo mi piel. Me estrujan. Me sujetan en el sitio con tal fuerza que no puedo escapar sin pagar con mi sangre. Sin dejar que un pedazo de mí muera aquí, esta noche.

Intento seguir remando, pero mis manos sueltan los remos despacio. Las palabras de Charles son como una correa que trata de tirar de mí de vuelta a la isla. Él me reclama por un lado; la tierra y toda la libertad para recorrerla me llama por el otro lado.

Estoy atrapada entre lo que sé que quiero y todos los pensamientos con los que él ha llenado mi cabeza.

¿Y si... él tiene razón?, susurra desde las profundidades de mi mente la chica de apenas dieciocho años que se casó con él.

Entonces veo las cartas, tan claras como si todavía las tuviese en la mano.

Miro a Charles a los ojos, suelto los remos y me pongo de pie. Ya no soy la chica que conoció. Quiero que me vea tan poderosa como el mar que se revuelve debajo de mí y que él tanto teme. Quiero que por fin reconozca a la mujer en la que me he convertido. Y no me importa si es todo una farsa y me siento como un cristal roto, solo mantenida de una pieza por la tensión. Lo único que importa es que él me crea.

—Te estoy abandonando, igual que tú me abandonaste todas esas veces; pero yo no voy a volver nunca. Regreso con la gente que de verdad me quiere —suspiro despacio.

—¿Y quién crees que es esa gente?

—Mi familia.

—¿De verdad crees que te quieren, que se preocupan por ti? ¡Fue un alivio para ellos que te marcharas! Fui yo el que estaba aquí para ti.

—¡Me escribieron!

—Has… —Se queda paralizado, los ojos tan grandes como la luna que asciende despacio por el cielo. Los rasgos de Charles se retuercen con una fealdad que compite con su alma—. ¿Has osado infringir mis órdenes y entrar en mi estudio? ¡No olvides que me perteneces!

Niego con la cabeza.

—No. —Casi me castañetean los dientes de la ansiedad. El instinto me dice que me acobarde, y tengo que echar mano de toda mi fuerza de voluntad para mantenerme en pie.

—Tu alma es *mía*. Me lo juraste el día que nos casamos. Firmaste un contrato. ¡No permitiré que lo rompas, despreciable muchacha! Pasarás el resto de tu vida cuidando de este faro, honrándome a mí y haciendo lo que yo diga.

Antes de poder contestar, una ola golpea el bote sin previo aviso. Me balanceo y trato de sentarme en vano. Pierdo el equilibrio. El cielo rueda por encima de mí y caigo al agua.

El agua es hielo. Apenas logro asomar la cabeza por la superficie a tiempo de aspirar una bocanada de aire brusca. Otra ola se estrella contra mí y me arranca las orejeras y el algodón.

—¡Charles! —grito, más con la boca que con las manos, ya que estas últimas están demasiado ocupadas tratando de mantenerme a flote. Las bufandas y los abrigos que me puse para combatir el frío han absorbido el agua e intentan ahogarme—. ¡Charles! —Alargo los brazos hacia él, que sigue en la orilla. Me mira horrorizado. Se tambalea hacia atrás. Charles vio cómo a su familia se la tragaba el mar. Me pregunto si sus fantasmas están en el agua ahora conmigo—. ¡No me dejes! *¡Por favor!*

Da otro paso atrás, niega con la cabeza despacio. Ya no me ve como un ser vivo. Estoy en el mar y no tengo protección en los oídos.

Para él, estoy muerta.

Me doy cuenta de que mis súplicas no servirán de nada, así que le doy la espalda, mis pensamientos frenéticos. Debo elegir entre el barco y la orilla. El barco ha volcado, pero la marea sigue subiendo. Creo que la orilla es mejor apuesta. Empiezo a intentar nadar con las corrientes, intento volver a tierra antes de que las sirenas o sus monstruos puedan reclamarme.

Pero es demasiado tarde. Ha pasado demasiado tiempo desde el último repicar de la campana. Ya se oyen susurros en el viento.

Un himno embrujado, apenas audible al principio, empieza a aumentar de volumen. Crece en mi interior con una fuerza superior a la de una marea alta. Mis ojos aletean antes de cerrarse en contra de mi voluntad, mis músculos se relajan. Suelto el aire con suavidad, envuelta en un alivio melódico. El sonido borra mis dolores, los físicos y las punzadas frustrantes que nunca abandonan mi corazón.

El cantante es masculino, una voz de bajo más armoniosa y elegante que ninguna que haya oído jamás. Alarga las notas graves, llenas de lamento y anhelo. Como si le cantase a toda la extensión del mar… a cada alma fría y perdida condenada a sus profundidades.

Una sonrisa parte mis labios resecos por el sol. Suena tan triste… Tan roto…

Tan parecido a mí…

Las notas ondulan, palpitan. Una *llamada*.

El sonido se acerca. Palpita detrás de mis ojos. Las notas son casi un gruñido y, de repente, soy consciente de movimientos en el agua a mi alrededor. Sombras parpadeantes.

En ese momento, el agua se endurece alrededor de mis tobillos con manos invisibles. Las corrientes tiran de mis pies hacia abajo. No suelto un grito ni un chillido, sino una exclamación… antes de que mi cabeza se sumerja bajo las olas.

El agua llena mis oídos al instante, ruge al ritmo de la canción. Pugno por llegar a la superficie una vez más, sintiendo el dolor en los pulmones. En un remolino de tela y color, me arranco las bufandas y la ropa en la que me había enfundado para poder nadar mejor. No puedo morir así. Esto no puede ser todo lo que hay para mí. No cuando acababa de encontrar el valor para sentirme alguien real otra vez, para vivir, para *vivir* de verdad, sin restricciones y sin complejos, costara lo que costase.

Lucho contra las corrientes que tiran de mí con manos fantasmagóricas. Todo mi cuerpo tiembla del frío glacial. Ya me arden los pulmones.

Sin embargo, no son las corrientes las que se han apoderado de mí. Las sombras han cobrado vida con forma de monstruo: medio hombre, medio pez. Con los ojos vacíos, lechosos e invidentes. Tiene la boca entreabierta. En lugar de orejas, tiene aletas, cuyo cartílago brota de la piel de sus mejillas.

Por un momento, me quedo paralizada del espanto.

La canción empieza a palpitar, más y más deprisa. El cantante suena más alto ahora. No logro distinguir si es el sireno delante de mí o el otro que emerge. U otro. Todos desprovistos de color y vida. En algún estado entre la vida y la muerte.

Me invade el pánico. Les doy patadas y empujones cuando alargan los brazos hacia mí. Intento liberarme, pero soy como un pez en una red y, de algún modo, solo acabo más enredada. Tienen las manos sobre mí, me agarran. Me estremezco ante el horror de lo que está por venir. Me arrastrarán a su guarida en el fondo del mar y dejarán que sus monstruos se den un festín conmigo.

Con los pulmones en llamas, estiro los brazos hacia la luna pálida en lo alto. Está envuelta en sombras.

Suelto un grito silencioso.

El agua fría quema cuando me inunda por dentro. Como unos cuchillos que cortan a través de los músculos de mi pecho, me arrancan los pulmones, mellan mis costillas. Mi garganta sufre un espasmo. Mi corazón se comprime y se paraliza.

De golpe, ese dolor inmenso desaparece y todo empieza a quedarse quieto. Insensible. La noche se espesa a mi alrededor. *Se terminó... ya está... todo lo que me deparaba la vida...* La crueldad de todo ello es asombrosa.

Hay un fogonazo de luz. *¿Un relámpago?* Mi visión, cada vez más turbia, capta un movimiento. La canción suena a todo volumen ahora. Y entonces, de sopetón... silencio. *¿Ha vuelto a tañer la campana ya?*

Dos brazos se cierran en torno a mi cintura. *Charles ha venido a por mí.* No puedo creerlo. Nunca pensé que se metería en el océano por voluntad propia para salvarme... ni que pudiese nadar tan profundo. *A lo mejor sí que le importo...*

Estoy equivocada.

La luna desaparece por completo, engullida por un océano de noche mientras me arrastran más y más abajo. Empiezo a perder la consciencia, se mezcla con la melodía que aún zumba en mis oídos. Las otras sirenas parecen haber desaparecido. Uno de los machos me ha reclamado para él. Por un segundo, no hay nada más que un interminable vacío de agua. Pero entonces, unas motas de luz empiezan a danzar sobre las corrientes como luciérnagas y palpitan al son de la melodía del sireno. El frío se retira de mis huesos y me inunda una sensación de calor. Los pensamientos vuelven a mí. Parpadeo y me despierto.

Las manos que rodean mi cintura me hacen girar y me topo con los ojos de mi salvador. *No,* de mi enemigo.

El rostro de este hombre es diferente al del resto de los seres de su especie. Iluminado por las esferas de luz que flotan con las corrientes, un verde intenso con sombras cerúleas perfila unos pómulos altos sobre una mandíbula angulosa y una barbilla afilada de forma casi humana. Estos no son los ángulos huecos y esqueléticos de las sirenas que vi antes, sino algo más palpable, más... real. Tan real como la curva de su cola debajo de mí.

Unas extensiones de cartílago pálido brotan con suavidad hacia arriba desde sus mejillas, donde estarían las orejas de un ser humano, y se ramifican en abanicos de membrana turquesa que recuerdan a las aletas de un pez. Frunce el ceño. Sus cejas son dos arcos de platino, del mismo tono que el pelo que ondula alrededor de su cara. Más motas de luz iluminan sus mejillas y brillan bajo unos intensos ojos marrones oscuros. No lechosos. No vacíos y muertos. Muestran la mirada brillante e inteligente de un hombre en la flor de la vida.

Tiene la piel clara y su brazo derecho está tatuado casi por completo con líneas y colores (negro, azul marino, blanco) que suben por su cuello y se extienden por su pecho como lazos. Su antebrazo izquierdo muestra marcas similares. Lleva una lanza de madera amarrada a la espalda y, aunque no parece mucho mayor que yo, está rodeado de un aura de atemporalidad.

Es antinatural. Incómodo. Prohibido.

Es aterrador.

Y aun así… soy muy consciente de su cuerpo fuerte apretado contra el mío mientras me sujeta por debajo de las costillas con un brazo. Nuestras narices casi se tocan cuando desliza con suavidad las yemas de los dedos por mi sien para retirar un mechón de pelo que flota delante de mi cara. De repente, noto la piel en llamas, incendiada por el más leve de los contactos. Me sujeta del modo que alguien sujetaría a un dios, como si el mundo empezase y acabase conmigo, aquí en este momento único.

—Una humana… —Su voz reverbera entre mis oídos, me rodea con ambos brazos otra vez. El sireno desafía a las leyes de la naturaleza al hablar sin mover los labios ni las manos—. Te estás muriendo. —Ya lo sé. Es asombroso que siga consciente. Sentí que el sueño eterno me invadía, pero aquí estoy… a pesar de todo—. Mi canto solo retrasa lo inevitable. Pero podría salvarte.

¿Qué? El pensamiento ondula a través de mi mente. Suave. Involuntario.

Una leve sonrisa se desliza por sus labios y las sombras de su rostro se desplazan para aferrarse a cada detalle agorero, casi siniestro de su expresión. Se inclina hacia mí. Se acerca más. Mi espalda se arquea, noto la piel dolorida, como si de repente me quedase demasiado apretada. Mis caderas y mi pecho presionan contra él mientras nos inclinamos en el agua y él me devora con la mirada.

De alguna manera, incluso mientras habla, su canción continúa zumbando en el fondo de mi mente. Aplaca mis preocupaciones y mis miedos, me invita a hundirme en ella… en él. Pugno por resistirme a la tentación. Parpadeo con furia para tratar de mantener la concentración. No me rendiré.

—Tranquila, tranquila —me calma—. De una manera o de otra, esto habrá terminado pronto. O bien te salvo… o bien te suelto y te dejo en manos del mar.

No… Tiene que haber más. *Este no puede ser el final.*

—Muy bien. Te salvaré, entonces. Pero hacerlo tendrá un gran coste para mí y para mi magia, por lo que el precio será caro. Dentro de cinco años, vendré a reclamar lo que es mío.

Cinco años.

Dentro de cinco años tendré veinticinco, casi veintiséis. Eso parece una eternidad. Cinco años para ver el mundo con nada que me retenga. Cinco años de libertad. O la muerte.

—¿Aceptas? —Sus músculos ondulan bajo las marcas tatuadas en su piel cuando sus brazos se aprietan a mi alrededor. Extiende los dedos por la zona de mis riñones, calientes a través de la tela de mi vestido.

Todo es una transacción, un intercambio. Mi vida. Mi libertad. Aunque esto ya lo sabía desde hace tiempo. Por imposible que pueda parecer todo esto… no veo otra salida. Morir ahora o dentro de cinco años a manos del sireno, no cambia gran cosa.

Consigo asentir.

—Sabía que lo harías —ronronea por el fondo de mi mente, antes de empezar a cantar otra vez. El sireno me encapsula en su canto. Fluye por encima de mí. Dentro de mí.

Estoy pegada a su cuerpo fuerte. El agua ya no fluye entre nosotros, aunque la corriente todavía lo hace. Energía, esencia… no, debe de ser magia cruda lo que ondula entre nosotros, palpitando. Lo que aún me mantiene con vida. Sube y baja. Suelto una exclamación silenciosa, mi cabeza cae un poco hacia atrás, mis ojos aletean antes de cerrarse, como si fuese a unirme a él en la canción. La interminable repetición de palabras que resuenan al mismo ritmo que el aleteo de mi corazón.

El océano sabe salado en mi lengua, me hormiguea el cuerpo como si un millar de manos se deslizaran por él, como si sujetasen la vida dentro de mí. El sireno se inclina hacia delante, su cola se enrosca alrededor de mis piernas. Cada vez me deslizo más y más adentro del hechizo con forma de canción con el que me tiene atrapada. Mis pensamientos son fugaces. Pronto mi mente será tan hueca aunque infinita como la vaciedad del océano a nuestro alrededor.

Su mano derecha baja acariciando mi brazo izquierdo, los dedos ardientes a su paso. Su mano izquierda sube entre mis escápulas, sujeta con suavidad la parte de atrás de mi cabeza. Mis ojos se cruzan con los suyos y los últimos resquicios de tensión que Charles imbuyó a mi enjuto cuerpo me abandonan. Me agarro a los fuertes y cincelados hombros del sireno. Me aferro a él para no morir y dejo ir todo lo demás.

Un millar de burbujas ascendentes surgen a nuestro alrededor. El aire vuelve a entrar en mi nariz. La sensación hace que una risita estalle en el fondo de mi garganta. Siento como si estuviese metida en una copa de vino espumoso. Subo y subo y subo hasta que…

Mi cabeza rompe la superficie de las olas. Aspiro una bocanada de aire desesperada antes de que otra ola rompa sobre mí y vuelva a sumergirme. Ruedo por el agua, mi ropa se enrosca y enreda, los brazos del sireno aún a mi alrededor. El éxtasis de su caricia se transforma en un dolor atroz que hostiga mi brazo izquierdo, como un hierro candente envuelto alrededor de la piel desnuda. Suelto un bufido. Mi hombro casi se sale de su sitio. Capto un último atisbo de él: un halo de pelo casi blanco a la luz de la luna, flotando contra un mar de oscuridad. En un abrir y cerrar de ojos, se esfuma. La presión de alrededor de mis muñecas resbala por mis dedos antes de desaparecer. Un crujido de conchas y arena anuncia la proximidad de tierra firme.

Estoy en la orilla.

De inmediato, mi cuerpo se revuelve. Toso agua de mar y el escaso contenido de mi estómago. Tengo calambres en el estómago. Vomito hasta que noto la garganta seca y palpitante hasta que no queda nada en mi interior; luego me desplomo y caigo de vuelta en la arena, mientras las olas lamen mi mano.

La luna sigue en lo alto, observando. Esperando. Poco a poco, me recupero lo suficiente para sentarme y contemplar las olas. ¿Ese sireno era real? ¿O ha sido todo un sueño cercano a la muerte? Noto unas algas enredadas a mi alrededor en lugar de sus brazos. Hago una pausa antes de retirarlas.

En torno a mi antebrazo izquierdo veo unas espirales magenta y oro. El magenta es casi del color de mi vestido y contrasta de manera visible con el tono de mi piel; el oro es casi inapreciable. Son los mismos trazos tatuados que tenía él en su brazo derecho. Una imagen especular.

Me froto la piel. Las marcas permanecen. Inmunes a mis uñas y al agua de mar. Justo entonces me doy cuenta de que mi alianza de boda ha desaparecido, arrancada de mi dedo. El horror se combina con el alivio, pero después todas mis emociones quedan silenciadas por varios sonidos, que se manifiestan como palabras en el fondo de mi mente, mientras observo esas extrañas espirales y volutas:

«Una ofrenda,
De una buena vida,
A la vieja
Y antigua deidad.

Cada rincón de la tierra,
Cada profundidad del mar,
A ti se van a entregar.

Ningún hombre ni planta,
Ni pájaro ni bestia,
Te podrán retener
Cuando desees libertad».

El eco de una melodía llega desde lejos, como si cantase con mis pensamientos, cortada en seco por la resonancia grave y ruidosa de una campana. ¿Cómo pueden haber pasado ya treinta minutos?

El faro brilla ahora en la distancia. El mar me ha arrastrado a las lejanas orillas que me rodearon durante años.

Después de otros diez minutos ahí sentada, mientras respiro un aire glorioso y me masajeo el antebrazo (que me alegra constatar que noto bastante normal a pesar de las marcas que han aparecido sobre él), me pongo de pie y le doy la espalda al faro para dejar todo lo que ha pasado detrás de mí.

Si me doy prisa, cuando amanezca habré desaparecido. No cabe duda de que Charles me cree muerta, lo cual significa que no denunciará ante el consejo que he roto mi contrato de matrimonio. Siempre y cuando nadie sepa que estoy viva… soy libre. Por fin.

Cinco años de libertad como deseo concedido por un sireno. Cinco años para vivir las aventuras que siempre he deseado.

Prácticamente una eternidad…

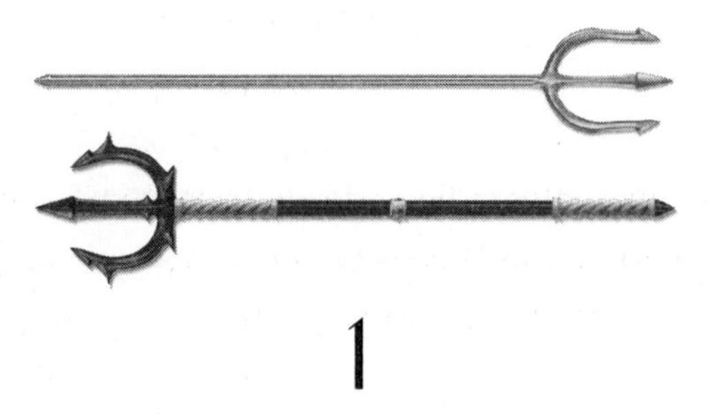

1

Cuatro años y seis meses después...

Las cuatro esquinas de una hoja de papel contienen mi destino. La carta tiembla entre mis dedos y el sonido casi me lleva de vuelta a una tarde de hace una eternidad en un estudio polvoriento y abarrotado. Todo empezó con unos pergaminos arrugados. Todo terminará del mismo modo.

Empiezo a leer.

NOTIFICACIÓN DE SENTENCIA FIRME

Asunto: Elizabeth Victoria Datch vs. Charles Jol Vakstone

Respiro hondo y contengo el aire. *Sentencia firme*. Por fin ha llegado. Llevo preparándome cinco años para este momento pero, por mucho que quiera seguir leyendo, mis ojos no hacen más que quedarse atascados en esa segunda línea.

Es raro ver mi primer nombre escrito. Ese nombre murió en el gélido mar aquella noche, hace años. Ahora, hay una sola persona en todo el mundo que utiliza ese nombre, y lo hace solo por rencor.

Me sacudo de encima esa sensación desagradable y agobiante y sigo leyendo:

El Consejo de Tenvrath ha emitido su veredicto con respecto a la Disolución Forzosa de Matrimonio solicitada por Elizabeth Victoria Datch. Tras revisar los documentos aportados por Datch y Vakstone, así como las circunstancias completas del caso, el consejo ha tomado la siguiente decisión:

Ruptura del contrato de matrimonio: CONCEDIDA

Solicitud del pago de indemnizaciones: CONCEDIDA

Un ruidito a medio camino entre un sollozo ahogado y un grito triunfal escapa con una exhalación de aire. CONCEDIDA. Una sola palabra jamás había significado tanto para mí.

Soy libre. Mi persona, mi bolsillo, mi mismísima alma *por fin* están libres de él…

—¿Victoria? —Emily se acerca más a mí, sin duda preocupada por mis expresiones, que van de un extremo al otro como un péndulo. Todavía sujeta contra su pecho el sobre del que arranqué la carta a toda prisa. Estamos encorvadas sobre una mesa pegada a la pared al fondo de la Mesa Ladeada. Es nuestro lugar habitual en la taberna familiar.

Pero no respondo, sigo leyendo. Todavía hay más. Si tengo algo claro es que Charles es un hombre pequeño y mezquino que no retirará las garras de nada que considere suyo. Cada vez que ha podido, ha intentado atemorizarme. Desde su exigencia de recibir una indemnización para compensar sus «penurias» en el faro sin mí, hasta su alegación de que yo tenía una relación con las sirenas, pasando por hacer lo imposible por denigrar mi nombre ante cualquiera que quiera escucharlo. No hay nada que no pueda esperar de él cuando de hacerme daño se trata.

La carta continúa:

Se aplicarán los siguientes términos: en atención al sufrimiento de Vakstone y a la inversión de Tenvrath en Datch como farera, así como a las nuevas circunstancias de Datch, Elizabeth Victoria Datch deberá pagar:

10.000 crons al Consejo de Tenvrath

5.000 crons en concepto de devolución por cada año que el consejo pagó por la manutención de Datch como farera, incluidos los gastos de su instalación inicial.

10.000 crons a Charles Vakstone

200 crons de indemnización anual por deserción del matrimonio, calculados para una duración de 50 años.

El pago deberá realizarse en el plazo exacto de un año a partir de la entrega de esta notificación.

Si estos pagos no se realizasen, el consejo le otorgará a Vakstone una sustituta adecuada como ayudante en el faro, elegida entre las familiares más cercanas de Datch. De no haber nadie dispuesto a cumplir este papel, o capaz de hacerlo, los familiares inmediatos que lleven el nombre Datch serán enviados a una cárcel de deudores para pagar toda deuda restante a razón de un año de privación de libertad por cada mil crons.

Hay más al pie del papel, pero son todo sellos oficiales y firmas del Consejo de Tenvrath, seguidos de una larga lista de archivos y documentos que Charles y yo hemos enviado a lo largo de los años. Hay una primera notificación de abandono en la parte superior, seguida de la petición de Charles de recibir una indemnización. Luego mi primera solicitud para romper el matrimonio, hasta la tercera, a la que Charles volvió a negarse, lo cual llevó a que el consejo se viese forzado a intervenir por fin y emitir un veredicto al que estaba claro que nosotros no llegaríamos jamás por nosotros mismos.

En Tenvrath, es más fácil cortarte tu propio brazo que romper un contrato.

Me aseguro de que no falta nada. Ninguna oportunidad perdida para salir luchando de este callejón sin salida en el que me han arrinconado. Pero todos los documentos que he enviado en algún momento están ahí enumerados. Cada una de mis apariciones ante el consejo. Cada ataque formal realizado por Charles contra mí, recogidos por triplicado. El triste discurrir de mi vida de adulta está catalogada con documentos legales y declaración tras declaración.

Me han dado un año para pagar más de lo que gano en varios. Es una sentencia cruel emitida por un consejo de hombres viejos que siempre mostraron mucha más simpatía por Charles que por mí. Y es aún más cruel por algo que esos hombres no saben: que solo me quedan seis meses de vida. Mis cinco años casi se han cumplido. Y, si desaparezco antes de pagar esta deuda, mi familia sufrirá las consecuencias.

La culpabilidad me agría el estómago. ¿Cómo he podido hacerles esto? Debo encontrar una manera de arreglar este desaguisado de una vez por todas.

—¿Y? —susurra Emily con impaciencia, interrumpiendo mis pensamientos—. ¿Qué ha dicho el consejo esta vez? John no quiso decirme *nada*. Ni siquiera quería dejarme traerte la sentencia esta noche. Tuve que insistir; e incluso entonces, solo aceptó porque le dije lo rápido que sueles zarpar.

Hay una página entera llena de palabras delante de mí, pero aun así no encuentro ninguna que pueda decirle. Llevo diez largos minutos con la vista clavada en la carta. Leyéndola una y otra vez.

Se terminó... finalmente, por fin, se terminó... A pesar de Charles y de todos sus intentos por aferrarse a mí, por echarme la culpa de todos sus infortunios, por fin me he librado de él. Nuestro contrato matrimonial se ha disuelto.

Pero en realidad mis problemas solo acaban de empezar. Este momento debería haber sido mi triunfo y, aun así, una vez más, Charles consigue robarme mi alegría.

—Victoria, empiezas a preocuparme. —Emily se muerde las uñas.

—No hay ninguna necesidad. —Pongo las yemas de mis dedos con suavidad sobre los nudillos de mi hermana pequeña—. Todo va bien, Em. —O lo irá cuando consiga el dinero.

—Entonces… —Baja la mano despacio, abre mucho los ojos—. Vic… ¿por fin eres libre?

Sonrío y asiento. Mi hermana casi salta por encima de la mesa para rodear mis hombros con sus brazos. Apenas tengo tiempo de sacar el papel de entre nosotras y guardarlo en un bolsillo antes de que ella pueda ver los términos de la sentencia. Me saca todo el aire de los pulmones. Cada vez que la abrazo me pregunto a dónde ha ido la niñita que siempre andaba detrás de mí. Tenía trece años entonces y, en un abrir y cerrar de ojos, es una mujer.

No haberla visto durante casi cuatro años tiene bastante que ver en esto, claro. Primero fueron los dos años que estuve en la isla del faro y luego casi otros dos en los que estuve escondida y tratando de ponerme en pie y ganarme la vida por mi cuenta, yo sola, antes de que Charles asomase su fea cabeza de aquella roca gris. Fue tras ponerme en contacto con Em cuando me enteré de que había denunciado mi abandono del deber en cuanto había podido. No me habían declarado muerta, pues no pudieron encontrar mi cuerpo, así que él había ido tras mi familia en busca de dinero como compensación.

Ese había sido el principio de nuestra batalla legal. Una guerra disputada mediante papeles enviados al consejo, la rumorología de Dennow, y un flujo interminable de pagos hechos directamente de mi bolsillo al suyo para compensarlo por *su* dolor.

—Sabía que el consejo por fin entraría en razón. —Emily se aparta de mí y mira hacia atrás, hacia la barra donde Padre está sirviendo al solitario cliente de esta noche—. Tenemos que decírselo a papá.

—Ahora no es el mom... —No tengo ocasión de decirle el resto. Emily ya se ha levantado de un salto, corre hasta la barra y da un manotazo sobre ella con un entusiasmo crudo.

—¡Papá, Vic por fin es libre! —Emily suelta la noticia de sopetón.

Mi padre se queda muy quieto, desliza los ojos hacia mí. Un suspiro suave se convierte en una leve sonrisa. Sus hombros se relajan, como si les hubiesen quitado un peso de encima, lo cual solo consigue que los míos se pongan más rígidos. Parece aliviado. Contento, a primera vista, aunque la alegría no se refleja del todo en sus ojos.

La historia de amor de mis padres es digna de leyenda. Una casa llena de cariño que nunca se amargó, madurado por la distancia y el tiempo mientras Padre cuidaba de nosotras y Madre viajaba. Siempre nos han apoyado a Emily y a mí, sin reservas... aunque no puedo evitar preguntarme si parte de ellos no se avergüenza del camino que yo he tomado. Del escándalo y el dolor que le he causado a nuestra familia.

Razón por la cual he trabajado duro por ser la mejor capitana que Tenvrath haya conocido jamás. Por proporcionarles algo de lo que estar orgullosos. Como si de alguna manera eso pudiese compensar a la vergüenza.

—El consejo ha anulado...

—Esa es una noticia excelente. —Mi padre interrumpe a Emily, con una mirada discreta al cliente.

El hombre de la barra se gira despacio hacia mí. Sus ojos se abren un poco, como si acabase de verme por primera vez. Me resisto a la tentación de tapar el tatuaje de mi antebrazo. La extraña marca es tan conocida en todo Dennow como mi nombre.

No me escondo. En lugar de eso, una sonrisa coqueta se dibuja en mis labios y hundo la barbilla en la palma de mi mano. A medio camino entre engreída y seductora. Mi confianza los enfada aún más.

El desconocido hace un ruido desdeñoso, los ojos entrecerrados de desaprobación. Lanzo un beso en su dirección. Se marcha sin decir ni una palabra más. Al menos este cliente ha dejado caer unas monedas en la barra primero.

Soy la mejor capitana que haya existido nunca… con la peor reputación. En Tenvrath me querrían más si fuese una asesina que una perjuradora.

Aun así, cuando vuelvo a mirar a mi padre, está sonriendo. No hay ni rastro de resentimiento en su cara. Ni de ira. La compasión inquebrantable de mi familia solo intensifica la culpa que tanto intento ocultar.

—Creo que esto se merece que la casa invite a una ronda. —Mi padre se gira hacia los barriles de cerveza con grifo y llena una jarra hasta el borde—. Vic, ¿te importa cerrar?

—¿No es un poco pronto para eso? —pregunto mientras consigo de algún modo levantarme, a pesar de que el peso de la sentencia que llevo en el bolsillo casi me mantiene pegada al asiento.

—Apenas. —Padre deja una jarra sobre la barra y señala la taberna desierta antes de empezar a llenar la siguiente—. No es como si tuviésemos demasiados clientes esta noche.

Ni esta noche… ni ninguna otra noche. Si no fuese por mi tripulación, el sueño de mi padre de ser el propietario de su propio negocio hace mucho que se hubiera desmoronado. Tal vez mi desaparición sea una bendición para ellos. Cuando esté muerta, no podré seguir mancillando su reputación.

—Vale, pues cierro, entonces. —Deslizo los dedos por mi antebrazo tatuado mientras me dirijo hacia la puerta.

He pasado años buscando información. Alguna noticia o pista sobre el tipo de magia sirena que fue utilizada conmigo aquella noche, algo que me ayudase a controlarla mejor. Si me ha ayudado tanto de manera pasiva a lo largo de los años, ¿qué podría hacer con su poder si la dominase? Podría ser una hechicera de los mares. Podría infundirle a Charles una pizca siquiera del miedo que nos ha provocado él a mi familia y a mí. Maldeciría su nombre como él ha maldecido el mío o peor aún.

Me convertí en marinera con la idea de poder ver a ese sireno de nuevo. Para aprender a utilizar el poder o, quizás, para llegar a un trato mejor sobre mi vida.

Pero todos los rumores sobre sirenas hablan de monstruos. Cada susurro y leyenda habla de bestias que hacen estragos en el mar. Y en todos los años que llevo en el océano, no he vuelto a ver a otra sirena. He decidido que eso también es parte de la magia: ser inmune a las llamadas de su gente. Este poder misterioso y esta protección que él me dio son inmensos en sus habilidades.

Y aun así, nunca pude dominarlo lo bastante bien como para liberarme de Charles. Aprieto los puños. Ojalá fuese más fuerte…

Antes de salir, me tapo los oídos con algodón. Aprendí hace mucho que no es necesario para mí, pero lo hago de todos modos, para salvar las apariencias. Los únicos cantos de sirena que tienen algún efecto sobre mí son los cantados con *su* voz. La voz que susurra en el fondo de mi mente casi todas las noches. La que cosquillea por mi piel siempre que deslizo los dedos por la marca que me dejó, como una tarjeta de visita.

Se me pone la piel de gallina por el antebrazo, alrededor del tatuaje, al pensar en él. Hago caso omiso de la sensación y abro la pesada puerta de la taberna para salir a los muelles de Dennow. El familiar y desgastado cartel, con toda su pintura descascarillada, está a pocos pasos de la puerta. Dice:

TABERNA LA MESA LADEADA
LA MEJOR CERVEZA DE DENNOW

El arte de mi padre para destilar cerveza es realmente extraordinario y, cuando yo desaparezca, todo Dennow se dará cuenta de ello por fin. Los negocios de mi madre se han multiplicado por diez desde que yo me convertí en capitana; no puedo ni imaginar lo que sucederá cuando mi reputación ya no sea motivo para que algunos se repriman de venir aquí. El puesto de trabajo que le conseguí a Em con el Consejo de Tenvrath es estable y seguro, y estoy convencida de que la querrán aún más cuando ya no tengan que lidiar conmigo.

Deberían tener una buena vida tras mi marcha. Pero ahora debo veinte mil crons. Más dinero del que he visto en toda mi vida. Más que la hipoteca completa de la Mesa Ladeada. Más que todos los barcos de la flota entera de la Applegate Trading Company.

No permitiré que mi familia cargue con ese peso.

Una mujer pasa por delante, con orejeras sobre los oídos llenos de algodón. Se lleva el pulgar a la boca y lo muerde con un gesto ofensivo. La miro a los ojos y relajo mi expresión para adoptar una de elitismo frío y distante. *Soy mejor que tú*, intento decirle solo con la mirada. *Tú me consideras peor que la tierra que pisas, pero soy superior a ti. Entonces, ¿en qué te convierte eso?*

La mirada surte el efecto deseado y la mujer se apresura a seguir su camino. Desaparece enseguida, aunque yo mantengo la expresión en mi cara mientras oculto lo mucho que me hieren las palabras y miradas desagradables. Incluso mientras intento sonreír para borrarlas de mi mente, la voz de Charles reverbera, persistente después de todo este tiempo: *¿Quién podría quererte jamás?*

Vuelvo dentro.

Apenas he tenido tiempo de sentarme y agarrar mi jarra cuando Emily da unas palmadas.

—Bueno —exclama—, ¿cuándo va a haber un nuevo afortunado?

Suelto una carcajada mientras bebo y toso un trago de cerveza.

—¡Em, pero si la tinta de la sentencia ni siquiera se ha secado! *—Ahora no es el momento para esto.*

—Estuviste casada solo en papel. Con un imbécil, he de añadir...

—Emily Datch —la regaña Padre.

Ella lo ignora.

—... pero no en espíritu durante años. Tu corazón no estaba con él.

Lo estuvo, una vez. Al menos, eso creía yo. Charles me dijo que me quería y en menos de dos años...

—Estar casada sobre el papel fue suficiente. —La miro con firmeza. Emily conoce las líneas que yo no cruzaría. Aunque Charles fuese posesivo, frío y cruel, yo le había hecho un juramento. Uno que estaba tratando de romper pero... hasta que estuviese roto, no cruzaría esa línea. Todo el mundo me veía como a una sinvergüenza, una mentirosa, una perjuradora. La única manera de poder mantener la cabeza bien alta era siendo un poco mejor de lo que pensaban. Tenía que creer que mi palabra todavía significaba algo, aun cuando todo el mundo estaba tratando de decirme que no era así. De haber renunciado a eso, es probable que me hubiese venido abajo.

—Ya he tenido mi historia de amor. —*Por patética que fuera*—. No funcionó. No pasa nada. Hay más historias que escribir, historias que no son solo sobre el amor. Tengo cosas más importantes en las que centrarme.

—Tú siempre has estado «centrada en lo que es importante». —Me imita poniendo los ojos medio en blanco. No es nada halagador, pero no puedo evitar reírme.

—Sí, y estar centrada es lo que me ha ayudado a convertirme en la mejor capitana de todo Tenvrath y más allá.

—Un corazón que siempre está de viaje no puede asentarse nunca con una sola persona —interviene mi padre con voz dulce. Es una repetición del mantra de mi madre, lo que siempre la llama a casa.

—Oh, papá, ¿tú también? —protesto—. Escuchad, mi corazón no puede estar más lleno. Vosotros tres lo significáis *todo* para mí. No hay sitio para nadie ni nada más.

—¿Sabes lo que es importante para nosotros? ¿Sabes lo que también tiene que ser importante para ti? —pregunta Emily, inclinada hacia mí para clavarme un dedo en el pecho—. *Tú*. Tu felicidad.

—Tu hermana tiene razón —añade mi padre.

Suspiro. Así no era como tenía pensado que fuese nada de esto, aunque es mejor que tenerlos pidiendo detalles que no quiero dar.

—Yo soy feliz cuando lo sois todos vosotros.

Emily infla los mofletes y me lanza una mirada de exasperación. Su mandíbula cuadrada hace que su cara parezca tan redonda como un melón cuando hincha las mejillas de ese modo. Se parece muchísimo a nuestro padre, con sus mismos ojos avellana y su mandíbula fuerte.

Yo, por mi parte, soy la viva imagen de mi madre.

Mis ojos son como el mar tempestuoso, grises tormentosos y azules turbulentos, tan inquietos como mi espíritu. Eso es lo que me dijo Charles la primera vez que nos vimos. Él también era hijo del mar, así que pudo reconocerlo en mí. Él había visto la majestuosidad y la violencia de las olas. Qué noble había sonado cuando me contó cómo había perdido a su familia a manos del mar y cómo había dedicado su vida a proteger a otros de correr la misma suerte.

Me contó historias de su vida, llenas de emoción y peligros. Dijo que podía darme esa vida, si yo quería. Eso es fue lo que me dijo. Lo que me *prometió*.

Bebo otro largo trago de cerveza e intento borrar todo pensamiento sobre él. Es una misión imposible. Pude amarlo, odiarlo, guardarle rencor, estar frustrada con él, pero la única cosa que no parezco capaz de hacer es que *no me importe*. Todo me recuerda a él. Los fugaces momentos buenos que pasamos, de los que hace tanto tiempo que ahora parecen un sueño, pero también las muchas razones que tengo para odiarlo.

—¡Ya sabes a qué me refiero! —exclama Emily, ajena a mis esfuerzos.

—Sí, lo sé.

—Entonces, ¿por qué te estás mostrando tan imposible al respecto?

—Porque soy tu hermana mayor y «ser imposible» es para lo que estoy hecha. —Esbozo una leve sonrisa y aprieto sus mofletes hinchados, lo cual hace que suelte el aire con un ruido susurrante y me aparte a manotazos.

—Mira, Vic, si no quieres volver a estar con nadie nunca más porque no te hace feliz, *adelante*, pero no lo hagas porque estás demasiado centrada en cuidar de nosotros. Eso no es lo que queremos. Confía en nosotros, estaremos bien. Tú ya has pasado demasiados malos tragos, te mereces tu «felices para siempre».

Sonrío sin demasiadas ganas mientras hago girar la cerveza en mi jarra, cautivada por el ámbar espumoso. Hubo un tiempo en que yo también creía en esas palabras, en que «me merecía» un «felices para siempre». Que todo el mundo lo merecía, fuera como fuese para cada persona. Pero ahora lo veo por lo que era: un sueño infantil. El mundo real es duro y cruel. Las cosas no siempre salen como queremos, sin importar lo mucho que lo intentemos o que supliquemos por ello.

—Voy a empezar con la cena. —Padre deja su jarra en la barra—. Un banquete de celebración no se va a preparar solo.

—Papá, no tienes por qué…

Me chista para mandarme callar y descarta mis objeciones con un gesto de la mano mientras se dirige hacia la puerta lateral que conecta con la pequeña cocina. Mi estómago amenaza con arruinar la cena, revuelto ante la idea de que esta podría ser la última vez que como algo cocinado por él. Voy a tener que trabajar duro si quiero reunir semejante fortuna en crons en solo seis meses.

—Bueno, ¿cuándo vas a decirme lo que pasa? —pregunta Emily, al tiempo que me da un empujoncito con el hombro.

—No pasa nada.

—Oh, *sí que pasa*, sí.

—¿Por qué crees eso? —Odio lo bien que me conoce.

—Deberías estar más contenta.

—*Estoy* contenta. —Tan contenta como puede estar una mujer muerta. Aunque es cierto que terminar con mi matrimonio fallido era la única cosa que de verdad quería hacer antes de morir. No solo porque Charles se hubiese vuelto contra mi familia antes de saber siquiera que había sobrevivido, sino por mí misma.

Me perteneces... Tu alma es mía. He llevado esas palabras conmigo durante casi cinco años. He tratado de demostrar que no eran verdad a cada rato. De demostrarle que soy una mujer independiente en palabra y obra...; pero nunca fue suficiente. Siempre estaba esa última correa susurrante que me ataba a él. Un vínculo ahora roto.

—Victoria Datch. —Emily jamás utiliza mi nombre completo, ni siquiera cuando me regaña.

—Perdona, ¿qué?

—Habla conmigo, por favor. —Emily baja la voz y me mira a los ojos. Toma mis dos manos en las suyas—. Es raro verte tan tensa y hermética. —Frunce los labios pensativa. Ella trabaja para el consejo y conoce sus métodos. Por fin está uniendo cabos—. ¿Qué más decía la sentencia?

—El consejo me ha condenado a pagar una multa por romper el contrato.

—¿Qué? —Emily se echa hacia atrás espantada.

—Debo devolverles lo que les debo por mi manutención y paga mientras era la esposa de un farero. —Las palabras casi se quedan atascadas en mi garganta, así que agradezco una vez más tener esa pesada jarra que me permite beber un trago más de cerveza—. También debo terminar de pagar por el «sufrimiento» de Charles.

—¿Su sufrimiento? —Mi hermana parece a punto de volcar la barra entera de lo furiosa que está—. ¿Qué más puedes deberle? Has estado pagándole doscientos crons al año. Eso es más de lo que muchas personas podrían incluso soñar. —Solo oírle decir «doscientos crons al año» vuelve a recalcar la imposibilidad de la cifra que le han puesto a mi libertad. Ni siquiera puedo morirme sin ser una carga para mis seres queridos.

—Quieren que le pague diez mil —le digo para que no tenga que poner en peligro su puesto en el consejo tratando de averiguarlo, cosa que estoy segura de que haría si mantuviese la cifra en secreto.

—¿Perdona? —Emily palidece, al tiempo que se queda de piedra.

—Y otros diez mil al consejo en concepto de devolución de la inversión que realizaron conmigo mientras era la esposa de un farero.

—¡Pero si jamás viste un solo cron de manos de él! —Emily se ha ido enterando poco a poco de mis circunstancias a lo largo de los años. Les debía a todos una explicación cuando aparecí, de vuelta de entre los muertos, después de haber (por lo que ellos sabían) ignorado todas las cartas que me habían enviado antes de que el mar me reclamase. Les he ahorrado los detalles más lúgubres, pero, aun así, mi hermana es una mujer adulta, y es lista. Ha deducido por sí sola lo peor de todo ello.

—Mantén la voz baja, Em. Por favor —susurro con énfasis—. No quiero que Padre lo sepa.

—¿Qué vas a hacer?

—Tengo una idea. —Miro al fondo de mi jarra.

—No es lo que creo que es... ¿verdad? —Em me mira con los ojos entornados—. ¿Vic? Dime que no vas a hacer la ruta del norte. —Me encojo de hombros y bebo un trago muy muy largo—. Creía que Lord Applegate había renunciado a esa ruta después que el último viaje acabara en desastre.

—Puede que haya cambiado de opinión. —Dicen los rumores que la Applegate Company tiene problemas. Las minas de plata ya no producen al ritmo que lo hacían antes y la ruta terrestre se ha topado con innumerables y costosos obstáculos en su intento de abrir un túnel por debajo de las montañas. Según Madre, ha estado llegando muy poca plata al mercado.

—No. No me importa. Te lo prohíbo.

Me río con suavidad.

—No puedes prohibírmelo.

—¡Pues no dudes de que voy a intentarlo! Ya no son solo los monstruos marinos. He oído que las sirenas son peores en esa zona durante esta época del año, y el terreno es demasiado rocoso para que el consejo erija un faro más cerca que el... —Se calla a tiempo de no decir «el faro en el que vivías tú».

—Que el de Charles —digo yo de todos modos.

Emily toca mi mano.

—Vic, *acaba* de hundirse un barco.

—Un capitán menor en un barco menor. —Le aprieto la mano.

Justo en ese instante, entra en la taberna nada menos que mi patrón. Sé que está aquí para supervisar mi última entrega, pero las buenas oportunidades nunca dejan de presentárseme cuando más las necesito. Un poco de magia sirena abre ante mí el camino que necesito, igual que ha pasado siempre. Acaricio mi muñeca tatuada en señal de agradecimiento mientras me pongo en pie.

—Si me excusas un momento.

Emily me agarra de la mano.

—Por favor, no vuelvas a hacer ese trayecto. Encontraremos el dinero de otra manera. No merece la pena.

—Es la última vez —le aseguro con confianza.

—Eso es lo que dijiste la última vez. —Emily suspira—. Vic, lo digo en serio.

Me inclino hacia delante y remeto un mechón de pelo detrás de su oreja, del mismo tono dorado miel del mío, igual que el de nuestra madre. Em es la mejor de todos nosotros, por dentro y por fuera.

—Yo también. Hablo en serio sobre lo de cuidar de ti y de mamá y papá.

No necesita saber lo del ultimátum del consejo. Acabará por averiguarlo, o por deducirlo. Hay solo unos pocos castigos para deudores en Tenvrath, y ninguno de ellos bueno. Pero no permitiré que se entere cuando los alguaciles vengan a arrastrarlos a ella y a mis padres a una cárcel para deudores. O... algo peor... si Charles exige que Em vaya a vivir con él al faro en mi lugar. Haré mil tratos con mil sirenas y moriré mil muertes antes de permitir que eso ocurra.

—Podrás cuidar mejor de nosotros cuando no seas alimento para los monstruos.

—No he visto ni a un solo monstruo en todos mis años en el mar. Son solo excusas para capitanes malos o explicaciones para tormentas inesperadas. —Aunque es verdad que *yo* no los he visto... también estoy viva gracias a un sireno. Así que sé bien que no debo pensar que no hay ninguno ahí fuera.

—Podemos ayudarte a reunir ese dinero.

—Esta es la única forma de hacerlo.

Emily tira de mi muñeca cuando intento alejarme. Lord Covolt Kevhan Applegate, solo Kevhan para los amigos, ha cruzado ya medio bar mientras se saca el algodón de los oídos.

—Por favor, solo conseguirás morir.

Sonrío y la beso en la frente.

—Estaré bien. Igual que todas las otras veces.

—Pero en cada una de ellas te libraste por los pelos. Vic...

—No te preocupes. —Em suspira y me suelta. Lo que no sabe es que tengo magia de sirena para mantenerme a salvo. Y... que ya soy una muerta andante—. Lord Kevhan —digo. Hablo en voz baja para que Em no oiga *todos* los detalles de nuestra conversación.

—Capitana Victoria, es un placer, como siempre. —Sonríe y las patas de gallo de los bordes de sus ojos se fruncen. Tiene la misma barba que mi padre. Uno de sus muchos parecidos. Este hombre se portó como si fuésemos familia cuando nadie más me quería cerca. Él fue el primero en contratarme. El primero en creer en mí después de años en los que Charles no hacía más que repetirme todas las maneras en que era un fracaso. Ha sido mucho más que mi empleador—. Todo parecía en orden con tu último cargamento. Quería asegurarme de que no haya habido ningún problema del que deba tener constancia.

—Ninguno en absoluto —lo informo. Me pica la curiosidad: no ha podido venir hasta aquí solo por eso.

—Eres asombrosa. —Me da unas palmaditas en el hombro. Me fijo en que su ropa está un poco más raída que de costumbre.

Hay hilos sueltos en su codo que sugieren una costura a punto de descoserse. Pequeñas imperfecciones que no son propias de él. Por mucho que me duela la idea de que mi benévolo empleador sufra algún infortunio, también me da valor. A lo mejor los rumores son ciertos y, ahora mismo, me necesite a mí tanto como yo a él.

—Quería hablar de algo contigo —le digo.

—Qué curioso. Yo también quería hablar de algo contigo.

Levanto la mano.

—Tú primero.

Suelta un profundo suspiro.

—Sé que había dicho que no volverías a navegar por la ruta del norte. Sin embargo, puede que necesite que tú y tu tripulación lo hagáis. *Una última vez.* —Hace hincapié en las tres últimas palabras.

Le sonrío con tristeza y asiento. Tiene razón. Será la última vez. De un modo u otro.

—Acepto —digo sin dudarlo.

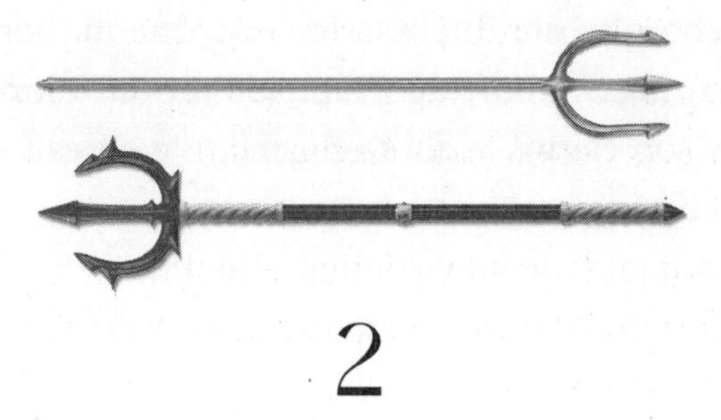

2

Toda mi tripulación está en cubierta. Algunos están en posición de firmes, otros sentados. Unos cuantos están encaramados a la barandilla. Pero todos los ojos están puestos en mí.

Estoy apoyada contra el mástil, los brazos cruzados. Nadie ha gesticulado ni una palabra desde hace más de cinco minutos. Esta es una de mis tácticas. Siempre convoco estas reuniones la noche anterior a zarpar. No importa cuánto tiempo hayamos pasado en el puerto, siempre hay historias que intercambiar y cosas con las que ponernos al día con respecto a los avatares de la tripulación durante el tiempo pasado en Dennow. Este es el último muelle de Tenvrath, así que es una de las escasas ocasiones en las que podemos atracar y desembarcar todos. Espero. Dejo que hablen hasta que las conversaciones se agotan. Hasta que todos los ojos están puestos en mí.

—Voy a ir directa al grano. —Me llevo la mano al pecho, la deslizo por la palma de la otra y luego aprieto los dedos contra esa palma. Incluso en Dennow, protegidos por sus tres faros y lejos del Paso Gris, llevamos los oídos protegidos con algodón cuando estamos fuera de edificios de gruesos muros con puertas macizas y gente para cuidar de nosotros. El algodón es *obligatorio* en todos los barcos al norte del estrecho río que corta los oscuros bosques del sur y conecta los mares más allá. Incluso las personas que no pueden oír sin el algodón se llenan bien los oídos de él. La paranoia está omnipresente entre los marineros, y algunos afirman que el canto de las sirenas es la única cosa que pueden oír los sordos. Yo les creo, puesto que incluso con los oídos taponados con algodón, yo oigo las canciones en el fondo de mi mente—. Lord Kevhan nos ha pedido que hagamos una expedición al norte.

Veo miradas de preocupación, algunas manos levantadas para preguntar («¿Por qué?» o «Por favor, explícate»).

Atiendo a sus peticiones sin dudarlo.

—Como estoy segura de que habéis oído todos, la ruta terrestre que Tenvrath está tratando de construir a través de las montañas no está saliendo como tenían previsto, al menos no tan deprisa como querían. Hay un cargamento de plata enorme cuya entrega va muy retrasada. —Espero que sea un cargamento lo bastante grande como para que el porcentaje que voy a cobrar de la carga sea alucinante—. Partimos al amanecer. Tres semanas de ida y tres semanas de vuelta. —Eso debería darme tiempo suficiente para dejar todo bien atado antes de que el sireno venga a buscarme—. Es un trayecto agresivo en circunstancias normales, pero, en esta época del año, además tendremos que forzar el ritmo para luchar contra las mareas. Y ya sé que dije que la última vez sería la última, pero os prometo que esta lo será. *Juro* que esta es la última vez que hago la ruta al norte y arriesgo vuestras vidas en el trayecto.

Se producen unas cuantas conversaciones privadas. Algunos me dan la espalda para intercambiar palabras a escondidas, luego vuelven a girarse hacia mí. Varios brazos se cruzan. Varios pies se mueven inquietos. La incomodidad y el malestar son palpables en el ambiente.

Respiro hondo y hago acopio de valor antes de continuar:

—Aunque nuestra tripulación nunca ha sufrido incidentes, hace poco se ha hundido un barco. Hacer esta ruta *es* un riesgo para vuestras vidas, uno que todos vosotros conocéis mejor que ningún otro marinero. Un riesgo que no tenéis por qué correr. Os daré la misma opción que os he dado cada vez antes de realizar esta ruta: podéis quedaros en tierra. Hablaré con Lord Applegate y os encontraré un puesto de trabajo en su empresa comercial hasta nuestro regreso. Y *cuando* regresemos, todavía tendréis vuestro sitio en este barco, si aún lo queréis.

Cuando termino hay una quietud absoluta. Veo unas pocas miradas de preocupación. Un asentimiento o dos para tranquilizarme. Este grupo es duro como una roca.

Toda mi tripulación ha escapado de algún tipo de penuria o mala fortuna. Hay hombres y mujeres que escaparon de sus propias parejas, de situaciones mucho peores que la que tenía yo con Charles. Hay hijas e hijos que escaparon de hogares llenos de odio y depravación. A algunos los liberé yo misma de cárceles para deudores como la que estoy tratando de ahorrarle a mi familia.

El sireno me dio una oportunidad de vivir más allá del momento en que debió terminar mi historia. Me dio una segunda oportunidad. Por mucho o poco que me la hubiese merecido. Así que me he asignado la misión de compartir mi fortuna con otros necesitados de eso mismo.

Jivre, mi fiable primera oficiala de cubierta, da un paso al frente. Sabía que lo haría. Igual que yo, habla con las manos.

—No nos pedirías esto a la ligera. Hay otra razón para esta expedición al norte, ¿verdad?

Vacilo un instante. Todos esperan mi respuesta. Hombres y mujeres que han puesto sus vidas en mis manos, que han depositado su fe en mí, que me han confiado su futuro. Después de todo lo que hemos pasado juntos, les debo la verdad completa. Además... la mayoría de ellos están al tanto de los rumores. Es solo por respeto que nada de lo que se dice en las calles de Dennow se repite en mi barco.

—Como es probable que sepáis todos... he estado trabajando en... —Mis manos se detienen. Busco las palabras apropiadas—. Resolver un asunto de mi pasado —digo al fin. Sacudo la cabeza. *Deja de ser una cobarde, Victoria*. Sé que los rumores y los nombres que me llaman son solo palabras insignificantes y que debería ignorarlas. Sin embargo, no lo consigo. Sigo proyectando una valentía que no siento del todo. No tengo el lujo de poder procesar las cosas despacio, de dar vueltas a las noticias. Nunca lo he tenido. Solo puedo seguir adelante—. Como la mayoría de vosotros sabéis... ¿A quién quiero engañar? *Todos* vosotros sabéis que estuve casada. Fue una decisión que tomé y que ha seguido su curso. Hace mucho tiempo que dejé de estarlo en espíritu y, desde hoy, también he dejado de estarlo a efectos legales.

Todos sonríen a mi alrededor. Hay quien aplaude o vitorea. Intento dedicarles una sonrisa animosa en respuesta. Esta tripulación siempre quiere lo mejor para mí. La mayoría de ellos tienen sus propias taras a ojos de la sociedad. Si alguien puede saber por lo que estoy pasando, son ellos.

La verdad es que no me los merezco.

—No obstante, por romper los términos y las expectativas del contrato de matrimonio, el consejo exige que les devuelva la inversión que realizó Tenvrath en mí como esposa de un farero, así como una suma final para Charles por su sufrimiento.

—¿Una suma final de cuánto? —pregunta Maree, mi vigía de la cofa.

—Veinte mil crons.

—Veinte mil... —repite Jivre.

—¿Veinte mil? —Maree está escandalizada. El resto de la tripulación se une a su consternación. Las manos se mueven casi demasiado deprisa como para que los ojos puedan seguir lo que dicen.

—Basta, basta. —Jivre los calma y me mira otra vez—. ¿Cómo vas a reunir ese dinero? —Esa es una pregunta maravillosa, una cuya respuesta llevo varias horas rumiando.

—La expedición al norte suele reportarle varios miles al capitán.

Jivre suelta una carcajada desdeñosa.

—Eso es imposible. No con lo que cobramos nosotros.

Me veo obligada a reconocer mi secreto desde hace mucho.

—Yo… suelo quedarme solo con un tercio de mi paga.

—¿Qué? —pregunta despacio por signos Lynn, una de las tripulantes de cubierta.

—Quería que todos cosechaseis los beneficios de vuestro trabajo. Siempre he pensado que yo cobraba demasiado. Pero esta vez, es posible… Me lo quedaré todo —admito, sintiéndome algo culpable. Es lo que debo hacer, pero odio no poder darles todo lo que puedo—. Aparte de eso, tengo algunas cosas en mi camarote que puedo vender. Hay cosillas guardadas, algunos ahorros…

—Todos sabemos que no tienes guardado nada con un valor real. —Jivre niega con la cabeza—. Sobre todo sabiendo cómo nos pagas, lo que le das a tu familia, *y* los pagos que te has visto forzada a hacer a ese hombre durante años. Lo sorprendente es que tengas algo.

—Sí que tengo *algo* —digo a la defensiva. Técnicamente, cien crons son «algo».

—Quédate con mi parte.

—Jivre…

—También con la mía. —Maree da un paso al frente.

—Y la mía.

—Por favor, no. —Les pido que paren, pero no me escuchan.

—Y con la mía —dice otro con las manos.

Uno por uno, mi tripulación me ofrece su parte de las ganancias en nuestra expedición más peligrosa. Todos ellos. Veo borroso y me escuecen los ojos cuando las manos del último paran de moverse. Noto como si me hubiesen vaciado por dentro para hacerle hueco a toda la culpa que siento.

—Si la tripulación entera aporta sus ganancias por este viaje, deberías estar cerca de reunir la cifra necesaria, ¿no? —me pregunta Jivre.

—Sería una ayuda inmensa. —Agradezco tener que usar las manos para hablar, pues sé que me fallaría la voz si tuviera que decir las palabras. Si me quedase con toda mi parte y las de ellos, habría reunido casi dos tercios de lo necesario. Tal vez tres cuartos, según la cantidad de plata que haya que transportar. Aunque ni aun así sería suficiente, de repente, esa cantidad imposible parece alcanzable—. Pero ¿y vosotros? No puedo quedarme con lo que necesitáis.

—Estaremos bien.

La tripulación asiente, de acuerdo con Jivre.

—Te lo debemos. Tú te aseguraste de que Jork tuviese las medicinas que necesitaba para su hija. Sacaste a Honey de esa horrible prisión.

—Y no olvidemos todas las veces que le pediste a tu padre que nos perdonase la cuenta en el bar —añade Sorrea con movimientos elegantes de sus manos.

Si alguien debe algo aquí… soy yo la que estoy en deuda con ellos.

—Déjanos hacer esto por ti. —Jivre me mira de nuevo—. Apóyate tú en nosotros por una vez. Y cuando regresemos, averiguaremos cómo reunir el resto del dinero. Todos juntos. ¿Quién sabe? A lo mejor sacamos ahora lo suficiente como para que sobre algo con lo que puedas irte de vacaciones con Emily.

Echo la cabeza hacia atrás y parpadeo en dirección al cielo. No puedo llorar. Soy su capitana, fuerte y estoica. Pero ha sido un día muy muy largo. Y estoy agotada.

Unas vacaciones con Emily… ojalá. Hay tantas cosas que debí hacer por ella cuando tuve la oportunidad. Hacer *con* ella. Hacer por todos ellos. Si iba a deberle de todos modos una cifra escandalosa a Charles, simplemente debí retrasarme en los pagos para que Emily tuviese más vestidos nuevos. Debí llevar a Madre en barco más a menudo y sacar a Padre a cenar para que pudiese probar más platos y conseguir ideas nuevas para sus propias recetas. Debí salir con mi tripulación hasta más tarde para conocer más sus historias.

Ahora me he quedado sin tiempo. Aunque aún me queda una travesía por delante. Una última cosa que debo hacer antes de quedar relegada al olvido.

—Gracias a todos —les digo, haciendo hincapié en cada movimiento de las manos con la esperanza de que puedan percibir mi sinceridad.

La tripulación se dispersa y observo cómo se ocupan de sus asuntos. Dejo caer los hombros, lastrados por el peso de sus vidas. He intentado cuidar de ellos lo mejor que he podido, como si fuesen mi propia familia. ¿Habrá sido suficiente?

Sacudo la cabeza y vuelvo a mi camarote. Es una estancia pequeña, según los estándares de la mayoría de los capitanes. Pero el espacio en el que vivo no es con lo que gano dinero. Lo gano con mi tripulación y mis cargamentos, así que me aseguré de que el barco en el que navegara reflejase eso. Mi tripulación ha tenido tantas comodidades como he podido proporcionarles.

Aun así, por restringido que pueda ser el espacio, es y siempre ha sido mío. Entera y felizmente mío.

Poco más de tres años viviendo aquí lo ha llenado de docenas de cachivaches y fruslerías que he ido acumulando a lo largo de mis viajes. Hay una caja de incienso en la estantería, de los artesanos de Lanton. Un frasco de hierbas para el mareo (casi vacío) proporcionado por una herbolaria joven pero de gran talento que acababa de terminar sus estudios y de abrir una tienda en Capton cuando pasamos por allí con el barco. Hay caramelos de Harsham, la ciudad más próxima a la extraña ciudad amurallada al sur que siempre encarga más plata de la que pueden producir las minas. Y un singular cristal tintado enmarcado procedente de las regiones llanas cercanas a los oscuros bosques de los fae y que me dio como regalo mi jefe durante una de sus famosas fiestas.

—«Cada rincón de la tierra, cada profundidad del mar, a ti se van a entregar» —murmuro, parafraseando las palabras que oí aquella noche. Están tan grabadas en mi memoria como las marcas de mi piel. Y jamás he tenido ningún problema para ir a ninguna parte. Jamás he encontrado una pared, una puerta o un obstáculo que no pudiera superar.

Excepto *uno*.

Hay una atadura, una correa que me retiene. Que continúa llamándome con gritos y chillidos y con un silencio ominoso. Una que tiene campanas de alarma que repican con violencia en mi mente, más ruidosas que la campana del faro que tañe sobre las aguas de Dennow.

No obstante, esa atadura por fin se ha soltado. Ha terminado. *Puedes dejarlo ir, Victoria.*

No, todavía no... Aún debo pagar el precio de mi libertad antes de marcharme.

Nadie sabe que me marcharé pronto. Nunca tuve el valor de decírselo a nadie, ni siquiera a Emily. Si se propagase un solo susurro sobre el asunto, mi familia estaría en peligro. Ya lidié una vez con los rumores extendidos por Charles sobre mi connivencia con las sirenas. Lo último que necesito es que suceda una segunda vez. Ya les he causado demasiados peligros y quebraderos de cabeza.

¿Soy una persona horrible por no decírselo? ¿Me convierte eso en mala hija? ¿En mala hermana? ¿En mala amiga?

Las preguntas pesan como una losa en mi mente. Más pesadas de lo que lo han sido nunca. La hamaca se hunde bajo mi peso, oscila al mismo ritmo que se mece el barco.

¿Fui una tonta por poner punto final a mi relación con Charles? No, tenía que hacerlo. Si no por mí, al menos para proteger a mi familia, pero... ¿qué habría pasado si no hubiese empezado nunca esa relación con él, en primer lugar? Puede que esa sea la mayor pregunta de mi vida... de lo poco que queda de ella.

¿Hubiese empezado mis aventuras antes? ¿Hubiese desentrañado los grandes secretos del mundo, libre y sin ataduras? ¿Hubiese encontrado a mi verdadero amor, como en las historias de Emily?

Me río con amargura.

«No te adelantes a los acontecimientos, Vic».

No hay nadie ahí fuera que pueda quererme; no tal y como soy. Ninguna persona podría encender mi alma con solo una caricia. Ninguna podría quererme incondicionalmente; toda yo, lo bueno y lo malo y las partes feas. E incluso si esa persona existiera, sería cruel iniciar nada con ella. Soy un imán para la mala suerte. Estoy marcada para morir.

Suspiro con suavidad mientras espero. Deslizo las yemas de los dedos por los colores que giran en espiral por mi antebrazo. Incluso desde el abismo acuoso donde reside mi sireno, puedo oír cómo me canta casi todas las noches. Cómo me llama.

Esta noche, sin embargo, mi mente está en silencio. Y los únicos sonidos que hay en ella son mis propios pensamientos tortuosos.

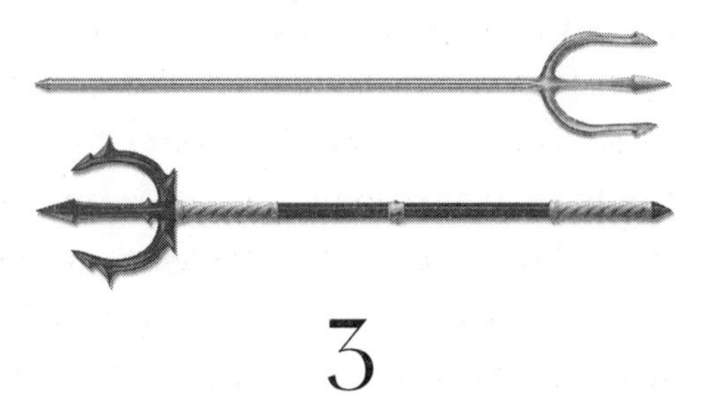

3

Las minas han quedado ya a nuestra espalda y la bodega de mi barco lleva más plata de la que había visto en toda mi vida. El viento sopla a nuestro favor hoy, como a lo largo de toda esta travesía. Todo está saliendo a pedir de boca. Solo necesito que la magia aguante hasta que regrese a puerto.

Estoy de pie en la proa del barco y contemplo un punto distante y gris en el horizonte. Puede que esta sea la última vez que navegue. Me pregunto cómo vendrá a mí el sireno… ¿Surgirá del mar? ¿O se volverá tan sonora la canción del fondo de mi mente que me atraerá hacia su guarida, que me incitará a caminar hacia la espuma de las olas para no volver a ser vista jamás?

¿Morir será doloroso? Un dolor fantasma hace que me quemen los pulmones; saben a gélida agua de mar.

En busca de una distracción, me giro hacia las cubiertas inferiores. Todo el mundo está poniéndose en posición, haciendo lo que deben hacer antes de que nos adentremos en el Paso Gris. ¿Qué pasará con todo lo que he construido durante estos cuatro últimos años? La sensación de que voy a defraudar a Kevhan, después de todo lo que ha hecho este hombre por mí, es tan pesada como la plata de la bodega.

—Capitana —me dice Kevhan por signos cuando se detiene a mi lado. Lleva los oídos llenos de algodón y orejeras por encima.

Los que estaban en la Applegate Trading Company hace años dicen que hubo un tiempo en que era raro verlo a bordo de un barco, pero desde que yo empecé, ha insistido en embarcar casi siempre en una de las naves de su flota e ir a alguna parte. El mar debe de ser su hogar tanto como el mío.

—Todo tiene buen aspecto, señor —lo informo con profesionalidad—. Los vientos soplan a favor. Deberíamos llegar al Paso Gris en menos de una hora.

—Esperemos que el camino de vuelta sea tan fácil como el de ida.

Resoplo pero mantengo las manos quietas y los pensamientos para mí misma. Incluso con una capitana protegida y guiada por magia sirena, el cruce nunca es *fácil.* Me limito a repetir sus movimientos.

—Esperemos.

—Hay algo que desearía hablar contigo... bueno... dos algos. —Le hago un gesto para que continúe—. El primero es el tema de tu remuneración. —Esas palabras hacen que se me comprima el corazón. Mi mente ya ha empezado a dar vueltas a toda velocidad. Conocía los rumores de que estaba pasando un momento difícil a causa del retraso en la ruta terrestre, pero si necesita reducir mi remuneración por esta travesía... ¿de dónde voy a sacar la diferencia?—. Había más plata en esa mina que incluso en nuestros cálculos más optimistas. Mi mujer estará contenta.

Lady Applegate es una mujer de negocios inteligente. Con todo el sentido común de Kevhan, el doble de astucia y la mitad de corazón (si acaso). Ella es la que heredó las minas de su anterior marido fallecido, y su unión con Applegate fue un acontecimiento notable en la región de Tenvrath. Los medios de producción unidos con los medios de transporte.

—Por ello, hay suficiente para que duplique tu pago habitual en esta travesía.

—¿Perdón? —Apenas puedo mover las manos para formar las palabras debido a lo mucho que me tiemblan los dedos.

Kevhan se gira hacia mí con una sonrisa comprensiva. Miro hacia atrás por el rabillo del ojo, a mi barco, a mi tripulación. *Alguien se lo ha dicho.* Estoy atrapada entre el pánico y la vergüenza.

—Considéralo una paga extra.

—Señor, no puedo... Su familia...

—Mi familia estará bien —me tranquiliza. Aun así, reconozco la expresión cansada que luce. Es la cara de alguien que está tratando a la desesperada, a toda costa, de mantener todo unido—. Este cargamento dará inicio a una nueva era para la Applegate Trading Company. Es lo menos que puedo hacer por que me hayas ayudado a llegar hasta este punto. No podría haberlo hecho sin ti.

—Yo...

—Eres como una cuarta hija para mí, Victoria —me dice con cariño. ¿Cómo puede algo tan tierno golpearme como una daga entre las costillas?—. Y tengo la sensación de haberme aprovechado de tu destreza durante años al no pagarte lo suficiente. Me gustaría hacer esto. Por favor, permítemelo.

¿Cómo puedo decir que no a eso? Aunque me haga sentir un poco incómoda, levanto la mano hasta mi cara y la bajo en un arco para decir «gracias».

—No, gracias a ti. Hemos pasado por muchas cosas, tú y yo. —Se ríe entre dientes—. Has progresado mucho desde esa la jovencita que conocí hace casi cinco años.

Lo primero que hice después de que el mar me arrastrara hasta esa playa fue ir caminando a Dennow, al corazón de Tenvrath. Sabía que en la ciudad podría encontrar algún tipo de trabajo... Nunca hubiese imaginado que podría tener la suerte de encontrarme con un lord que estaba expandiendo sus negocios y tenía una necesidad desesperada de capitanes lo bastante tontos como para navegar la ruta del norte.

Ese fue el primer golpe de suerte que me proporcionó el canto del sireno.

No sabía lo más mínimo sobre cómo gobernar un barco. Mentir sobre ello había sido tan imprudente como huir de Charles.

Aunque no era como si Kevhan hubiese tenido a muchos capitanes de barco dispuestos a navegar por el Paso Gris, conocido por sus monstruos marinos y sus fantasmas. Yo era una de sus pocas opciones y él era *la única* para mí. Trabajé mucho y tenía la magia, así que todo acabó saliendo bien. Mis primeras mentiras a Kevhan fueron las mejores mentiras que he dicho nunca.

Lord Kevhan Applegate fue generoso conmigo, más aún cuando demostré mi valía, y pronto ascendí para convertirme en su mejor y más fiable capitana. Trabajé duro y esperé mi momento. Me hice llamar Victoria en lugar de Elizabeth e incluso mentí acerca de mi edad para evitar que Charles (o cualquier otro, en realidad) supiese que estaba viva. Quería proteger a mi familia. Creía que si Charles se enteraba de que había sobrevivido, iría a por ellos. Lo que no sabía era que Charles ya había hecho justo eso.

Cuando por fin me puse en contacto con mi familia, con la mayor discreción posible, la verdad salió a la luz. El consejo se involucró. La nueva vida pulcra y ordenada que había estado intentando construir para mí misma no tardó nada en volverse un caos.

Por suerte, para entonces ya estaba en condiciones de pagarle a Charles el precio de mi libertad cada año y me quedó el dinero suficiente para ayudar a mi familia a mudarse a la ciudad. Todos trabajamos. Y luchamos. Y construimos algo para nosotros.

Cinco años… «Es muchísimo tiempo», había pensado en aquella fría noche…, pero habían pasado en un abrir y cerrar de ojos.

—Deberíamos empezar a prepararnos para el cruce. Ahora, por favor, vuelve bajo cubierta —le indico.

—¿Estás segura de que no quieres replantearte la posibilidad de que me quede en cubierta esta vez? —me pregunta. Le lanzo una mirada cansada que le hace reír bajito—. Vale, vale. No me arriesgaré a distraerte, aunque había esperado ver a un monstruo o a una sirena. —Se aleja con una sonrisa de aliento. Me muerdo la lengua para evitar comentar que en realidad no quiere ver a una de esas horribles criaturas—. Buena suerte, Victoria.

Espero que su deseo de buena suerte funcione. Da igual cuántas veces haga esto, cuántas veces me adentre en los mares tempestuosos de la guarida de las sirenas; mi corazón siempre late desbocado.

El Paso Gris es un canal peligroso que serpentea entre una franja de rocas con forma de colmillo que sobresalen de una costa donde rompen violentamente las olas procedentes de los mares siempre violentos del inmenso horizonte desconocido, más lejos de lo que ningún marinero ha sido capaz de navegar nunca y vivir para contarlo. Ni siquiera yo, con toda mi magia de sirena, me he atrevido a adentrarme en esas aguas jamás.

Es un lugar donde siempre hubo tormentas anormales y rumores sobre fantasmas. Pero cuando las sirenas empezaron a atacar hace unos cincuenta años, un cruce ya peligroso de por sí se volvió sumamente letal. Yo fui la primera capitana en lograr cruzar el Paso Gris en décadas, y todo gracias a mi inmunidad a la canción.

Pero eso no significa que sea fácil.

—¡Pasadores! ¡Mosquetones! ¡Velas listas! —ordeno a la tripulación con amplios movimientos fluidos para que todos me vean.

Hacen lo que les digo para preparar el barco y a sí mismos durante la última hora de mar calmado que tendremos.

Mientras las jarcias gimen y crujen bajo la fuerza de los vientos, me dirijo hacia proa con Jivre. El resto de la tripulación se ata en sus puestos. Hay cuatro tubos amarrados a la barandilla en la proa misma, dos a mi izquierda y dos a mi derecha. Cada uno contiene una bandera enrollada, no mucho más grande que mi mano. Con movimientos de las banderas, puedo comunicarme con la tripulación detrás de mí sin necesidad de girarme ni de realizar gestos complejos.

Jork termina de amarrarse a la barandilla a mi lado. Asiento en su dirección y él hace otro tanto en la mía. Sujeta una cadena en una mano y un palo en la otra; cada elemento refleja uno de sus deberes en el Paso. El palo es para llamar mi atención: él es el que está pendiente de si mi tripulación me necesita. La cadena está conectada a una gran campana en las profundidades del casco del barco, una versión en miniatura de la que hacía sonar yo en el faro para interrumpir las canciones de las sirenas. La campana de mi barco es demasiado pequeña como para propiciar una diferencia duradera, pero lo bastante grande como para ser mejor que nada.

Pasamos junto a una gran roca puntiaguda que identifico como el inicio del Paso Gris.

La tormenta cae sobre nosotros en un santiamén. Un relámpago estalla en lo alto, más cerca del barco de lo que me gustaría. Avanzamos a buen ritmo, virando bien a pesar de los vientos cambiantes.

Saco la brújula de mis pantalones y la deslizo en una ranura que he tallado en la barandilla justo para esto. Es en parte un dispositivo para confirmar mi instinto, y en parte un amuleto de la buena suerte. Desde que llevo viviendo y trabajando por mi cuenta, la brújula me ha guiado. Fue la primera cosa que compré para mí con dinero que *yo* había ganado.

Cuando pasamos junto a la segunda roca de referencia, los vientos aullantes empiezan a chillar. Hoy, las sirenas están más ruidosas. Hambrientas. Letales.

Levanto un dedo y oigo el primer tañido de la campana. Una repica fuerte y disonante para la canción de las sirenas. Las confunde, rompe sus hechizos. Tal vez yo sea inmune a la llamada de las sirenas, pero nunca he confiado en que vayan a perdonar a mi tripulación.

Los músculos de alrededor de mis orejas están en tensión, pendientes de cuando la canción, inevitablemente, vuelva a empezar. La lluvia empieza a aporrear la cubierta. Otro relámpago ilumina el horizonte oscuro y revela sombras serpenteantes justo debajo de las olas. Monstruos o fantasmas que esperan alimentarse de nuestra carne fresca.

Aunque nos hemos adentrado en el Paso Gris temprano por la mañana, ahora parece que es casi de noche. Las nubes son tan densas por encima de nuestras cabezas que prácticamente ocultan el sol por completo. Saco una bandera azul de su tubo, la sujeto en alto y la agito en círculo.

Arriad un poco las velas, dice el movimiento.

Después tomo una bandera roja y la sujeto a la izquierda. Oigo cómo la pala del timón gime contra las olas a medida que el barco vira. Escucho con atención por si oigo algún sonido anormal que pudiera ser un signo de que mi barco se esté resquebrajando por la tensión. Esta vieja embarcación es una extensión de mi propio cuerpo. Conozco cada crujido y chirrido que es normal, y cuáles no lo son.

No ayuda el hecho de que el Paso esté salpicado de los cadáveres de otros muchos barcos, cuyos restos bajo la superficie del agua podrían desgarrar nuestro casco. La profundidad del Paso varía, desde lo bastante poco profundo para ver los detalles de los naufragios hasta una profundidad insondable cuando pasamos por la zona central.

Empiezan a oírse cantos otra vez. Las sirenas aúllan pidiendo sangre en un tono que no había oído nunca antes. Es tan agudo que es casi animalístico. Levanto la mano derecha con brusquedad. La campana tañe de nuevo.

Utilizo los sonidos de los cánticos para ayudarme a orientarme. Siempre vienen del este, según he deducido hasta ahora. Eso me ayuda a mantener el rumbo pese a la tormenta. Los puntos de referencia proporcionados por barcos y rocas me dan el tiempo y el lugar.

La canción vuelve más deprisa. Levantó mi mano de nuevo e izo una bandera. Ganamos velocidad. Oigo a la tripulación afanarse por la cubierta detrás de mí, hasta donde se lo permiten sus amarres, gruñendo del esfuerzo. En cualquier caso, no miro atrás. Confío en ellos, en que hagan lo que saben que deben hacer. Como han hecho siempre. Me seco la lluvia de los ojos y los guiño mientras miro al frente y trato de mantener la concentración.

Todo el mundo forma parte de nuestro éxito. Juntos, lograremos salir de aquí.

El barco está sumido en una violenta sucesión de olas, cada una peor que la anterior. Nos zarandean de un modo peligroso a izquierda y derecha. Me mantengo agarrada a la barandilla con una mano en todo momento, siempre con la otra libre para comunicarme con los que están detrás de mí. Estamos metidos de lleno ahora. A medio cruce del Paso. Solo tardo medio día en cruzar este mar violento, pero juro que soy una semana más vieja cada vez que llego al otro lado.

La canción de las sirenas empieza de nuevo, pero esta vez ha cambiado.

Una nota grave y solitaria grita por encima del resto. Aun así, incluso a ese volumen, mantiene su canción. Me arde la piel del brazo, como si las marcas que hay sobre él se hubiesen convertido en concertinas y estuviesen cortando mis músculos mientras agarro la barandilla con más fuerza. Aunque apenas lo siento. El viento y el mar, los gritos de mi tripulación, los agoreros crujidos de mi barco, todo desaparece.

Ven a mí. Es un susurro, en un idioma que siento más que conozco. Las palabras me recorren como un escalofrío. Se filtran en mi interior. Relajan cada músculo tenso de mi cuerpo. Respiro como si inhalara el sonido. La canción del sireno llega a mí como un viejo amigo que no ha sido invitado. Pero tiene una llave de la puerta de todos modos, y entra por su cuenta.

No. Parpadeo y me sacudo para liberarme de su agarre. Por primera vez… he caído presa de una canción de sirena.

La canción para y el mundo vuelve de golpe a mis sentidos. De repente, las gotas de lluvia parecen dagas heladas sobre mi piel demasiado caliente. Me arde el antebrazo hasta el punto de que, de no haber estado aferrada a la barandilla, me estaría arrancando la piel con las uñas.

La canción empieza de nuevo, pero esta vez sin su voz. Palpitante. Vibrante. Frenética.

Me llama.

¡No!, quiero gritar. Pero mi garganta está demasiado seca para hacer ni el más leve de los sonidos. *Me quedan seis meses. Todavía no.*

El himno del Paso se ha convertido ahora en la canción que me ha atormentado todos los días. La canción que susurraba incluso el más tranquilo de los vientos. La canción que casi me volvió loca durante el primer año de oírla todas las noches antes de dormirme, o cada vez que mi mente estaba relajada.

Su canción.

El sireno viene a por mí. Mis deudas se amontonan. El pago por las elecciones que he hecho durante mi vida se acerca.

Pero es demasiado pronto. *¡Demasiado pronto!* Aún me quedan seis meses.

Levanto dos banderas de golpe, las proyecto hacia delante. Avanzad toda vela. Devuelvo las banderas a su sitio y señalo dos veces. La campana repica también dos veces. Apenas altera la canción. Señalo otra vez. ¡Otra! La canción continúa. Implacable.

Ahora no. Ahora no.

Otras voces se unen a la de él. Otras sirenas me llaman con sus armonías etéreas y fantasmales. El sireno ha traído a sus amigos para cobrarse mi deuda. En tierra y mar, no hay ningún sitio seguro para mí, ningún sitio donde mis deudas estén saldadas.

Me giro, miro a los hombres y mujeres que me han confiado sus vidas. Las manos de Jivre se aflojan sobre el timón un momento. Abre los ojos como platos. He roto mi regla primordial para el Paso. Mi tripulación ha visto mi miedo. Aprieto la boca en una línea dura. No estoy dispuesta a dejar que estos monstruos me lleven sin luchar. Y les juro a todos los viejos dioses olvidados que *no* voy a permitir que se lleven a mi tripulación.

Justo hemos superado la mitad del cruce. *Lo vamos a conseguir.* Agarro una bandera y señalo. El barco vira. Izquierda. Después derecha. Izquierda otra vez. Una vez más…

Todo recto desde aquí. Jivre conoce el camino tan bien como yo. Puede hacerlo.

Hay sombras en el agua, rondan justo por debajo de la espuma. La canción es tan fuerte que empieza a costarme formular pensamientos. No queda tiempo.

Ha venido a por mí. Lo noto en la forma en que cada nota araña contra el interior de mi cráneo. A lo mejor puedo conseguirles tiempo. Ellos no deberían pagar por mis elecciones.

El miedo de mi primera oficiala se convierte en pánico y confusión cuando me aparto de la proa y me giro hacia ella.

—Cuida de Emily por mí —le digo con mis manos, al tiempo que dibujo las palabras con los labios para darles más énfasis—. Por favor, paga mi deuda por mí. No permitas que mis padres vayan a una cárcel de deudores. *Por favor.* —No sé si Jivre podrá llevar a cabo todo eso. Es demasiado pedir, o demasiado esperar, pero lo hago de todos modos. Me he quedado sin opciones.

Jivre hace ademán de soltar el timón para responder, pero en el instante en que lo hace la rueda empieza a girar como loca. La agarra de nuevo y recupera el control del barco. Lo único que puede hacer es negar con la cabeza. Tiene los ojos brillantes, su horror iluminado por los relámpagos. Sabe lo que está a punto de suceder, porque me conoce.

—Todo recto desde aquí. No dejes que te desvíen. —Doy unos golpecitos en mi brújula, aún encajada en la barandilla, y señalo al frente—. Gracias. Dales las gracias a todos en mi nombre. —Debí decirle algo más a mi tripulación, debí decir algo antes. Debí encontrar una manera de asegurarme de que fuesen conscientes de mi gratitud.

—¡Victoria! —grita, sin saber que puedo oír su chillido desesperado. Sin saber que mis orejeras nunca sirvieron para nada.

Me acerco al costado del barco en el que es más sonora la canción de las sirenas. El ruido me incita a hacer una mueca. Debajo de las oscuras y espumosas aguas, unas sombras giran cada vez más y más cerca de la superficie. Hago acopio de valor y pongo ambas manos temblorosas sobre la barandilla.

Salta. *Salta, Victoria.* Es muy fácil. Aun así, el terror me retiene mientras contemplo el mar embravecido.

Las olas están empeorando. Están creciendo a lo lejos. Las sombras se están condensando en largos zarcillos.

La canción alcanza un crescendo. Un centenar de voces suenan al unísono. Ya no cantan. Aúllan. Gritan. Me agarro a la barandilla, preparada para saltar por la borda.

Entonces, silencio. Me quedo paralizada del horror.

¡Esas sombras no son sirenas!

—¡Todo a babor! —chilló con todas mis fuerzas, mientras muevo las manos del modo más dramático que puedo.

Jivre no tiene tiempo de reaccionar.

Unos tentáculos tres veces más grandes que el edificio del Consejo de Dennow brotan del océano. Se estiran muy altos por encima de nosotros, como si quisiesen arrancar las nubes del cielo. El barco se escora. Estamos atrapados en las garras de un monstruo. Somos poco más que el juguete de un niño para esta bestia.

Apenas tengo tiempo de soltar una exclamación antes de que los tentáculos caigan para estrellarse contra nosotros. Con un crujido de una brevedad dolorosa y una explosión de astillas y gritos, el barco sobre el que he construido mi vida y la tripulación que me confió las suyas se hunden bajo las olas, directos a las fauces de la bestia.

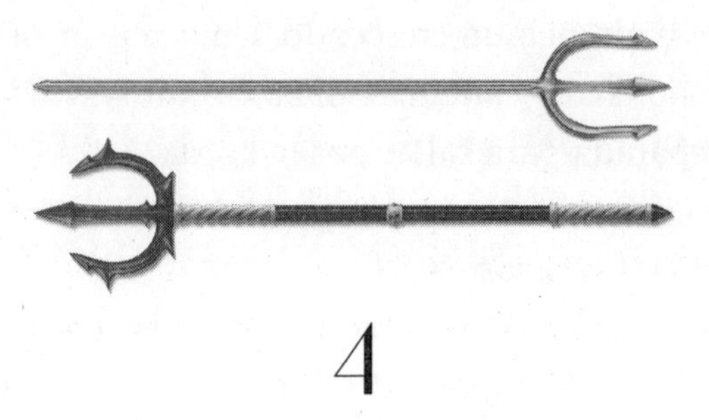

4

Los destellos de los relámpagos en lo alto proporcionan instantáneas del horror submarino en el que me sumerjo. Una corriente que sabe a muerte succiona grandes pedazos de mi barco. Los rostros de mi tripulación me resultan casi irreconociblesa pesar de que he visto cada uno de ellos durante años; a pesar de que los conozca tan bien como el mío propio. Jamás había visto expresiones como estas dibujadas en sus caras. Sus bocas están retorcidas y torturadas. Se arañan la garganta mientras tragan agua en lugar de aire. Algunos se han quedado quietos por completo, los ojos abiertos de par en par en un horror silencioso, inmóvil, nauseabundo.

Otros parecen casi pacíficos, flotando en los pequeños charcos carmesís que manan de los lugares donde pedazos del barco los han atravesado.

El dolor me alancea como si sus heridas fuesen mías. Cada destello de un rayo deja más claro el precio de mi trato con el sireno. Mi vida debería haber sido la única en riesgo. No las de ellos. Ellos jamás pidieron esto. Confiaban en que yo los mantendría a salvo, como había hecho siempre.

Aunque las aguas giran alrededor de mí y la tormenta arrecia, estoy paralizada por el horror. El tiempo se ralentiza bajo el peso de mi culpabilidad; soy incapaz de soportarla como siempre he hecho. Habíamos hecho esta travesía demasiadas veces.

Habíamos forzado demasiado nuestra suerte. Yo había conseguido que pareciese lo bastante segura como para que ninguno de ellos albergase un miedo real. Tenían fe en mí cuando no deberían haberla tenido, a pesar de todas mis advertencias.

Cada miembro de mi tripulación estaba ahí por mí. *Están muertos por mí.*

El monstruo que nos ha atacado se mueve en la oscuridad. Tiene forma de calamar, con un cuerpo cinco veces más grande que nuestro barco e innumerables filas de dientes y unos tentáculos que parecen inacabables cuando surgen de las profundidades. Es una pesadilla hecha realidad. El instinto de supervivencia por fin se apodera de mí. Empiezo a patalear, a luchar, mientras esa monstruosidad intenta succionarnos a todos hacia el interior de sus fauces. Me estiro, braceo frenética mientras trata de hacerme pedazos. Me arden los pulmones. Ya he estado en esta situación antes. Ya sé lo que se siente justo antes de que el cuerpo ceda.

Así no. ¡Me niego a morir así! Seis meses. Debería tener…

Un tentáculo enorme se mueve detrás de mí. No lo veo hasta un segundo antes de estrellarse contra mí.

Doy volteretas por el agua, chocando con gente y con escombros. El poco aire que me quedaba sale de golpe de mis pulmones. Mis pensamientos dan bandazos, botan de una cosa a la siguiente a la misma velocidad que ruedo yo. La cara de Emily se ilumina ante mis ojos, radiante. *¡Mira, Vic, he conseguido el trabajo!* Ahí están mis padres, bailando en la taberna que compramos con el dinero que reunimos con el esfuerzo de todos. Charles encima de mí mientras me autoconvenzo de que soy feliz. Que mis sentimientos de aprensión son normales para una recién casada.

Oh, por todos los dioses, ha llegado el momento. Voy a morir. A pesar de todo, cuando el mar tira de mí hacia abajo, miro arriba. Trato de alejarme nadando.

Una mano pintada se cierra sobre la mía. Miro atrás y me topo con dos pozos del marrón más intenso que he visto en mi vida. Unos ojos que han atormentado en mis sueños.

El calor me invade. El mundo se queda quieto. No hay agua turbulenta a mi alrededor. Las olas dejan de zarandearme, la lluvia ya no aporrea. Ya no hay gritos silenciosos de agonía que, de alguna manera, llegan a mis oídos. Hay solo una única nota. Casi como un suave... *Hola. Por fin.*

El sireno que reclamó mi alma está aquí. Sigue siendo un ser de otro mundo en la misma medida que la última vez que lo vi, aunque el tiempo ha afilado los ángulos de su mandíbula y ha dejado sombras en sus mejillas. Unas arrugas hacen que su ceño parezca perpetuamente fruncido; las sombras contrastan con el halo de pelo color platino que flota alrededor de su cara. Es tan etéreo como un serafín, tan atemporal como un demonio y mucho más letal que ambos combinados.

—Vamos. Es la hora. —Su voz resuena a través de mi cabeza. Igual que la primera vez, habla sin utilizar la boca. Me atrae hacia él, su mano libre se desliza en torno a mi cintura. Una canción familiar llena mis oídos y les ruega a mis músculos que se relajen. *Déjate llevar.* El agua a nuestro alrededor empieza a rielar como hizo aquella noche de hace cinco años.

Las luces empiezan a oscurecer la carnicería y a la abominación que arrastra a mi tripulación a las profundidades. La canción casi me distrae de ellos por completo, como si me sacase de mi cuerpo. Como si consumiese mi mente. Forcejeo para mantener el control sobre mis sentidos.

Suéltame. No puedo hablar debajo de las olas. En vez de eso, muevo las manos, incómoda porque él continúa sujetándome.

—¡Suéltame!

—Aunque te dejase ir con ellos, están más allá de toda salvación. Al menos, es un final honorable. —Pese a lo que dice sobre el honor, las palabras son amargas. Por su tono, noto que no cree en ese sentimiento, lo cual hace que su intento de aplacarme chirríe aún más. Si cree que puede convencerme para que abandone a mi tripulación con canciones o clichés, va listo.

—¡Suel-ta-me! —Empujo contra él, le clavo las uñas y le doy patadas. Lucho con todas mis fuerzas por volver con mi tripulación.

Maree casi ha llegado a la superficie. Veo el pelo rojo de Lynn en la noche. A Jork lo reconozco con solo ver su forma... aunque esa silueta familiar lleva quieta durante demasiado tiempo. Aun así, hay otros peleando por salir a la superficie; pero no durarán mucho más. Si pudiese ayudarlos, quizá lograsen respirar una bocanada de aire. Hay una columna de roca no lejos de aquí... si pudiesen llegar hasta ella, tal vez tuvieran una oportunidad. *Yo* podría tener una oportunidad.

—Hicimos un trato. —La voz del sireno es un gruñido en el fondo de mi mente.

Lo fulmino con una mirada feroz que solía reservar para Charles.

—Sí, un trato que solo era válido conmigo. No con ellos. Además...

—Esto ya no tiene que ver solo con nosotros. Lord Krokan ha exigido sus vidas como pago a los mares revueltos. Ahora debemos marcharnos. Es demasiado peligroso seguir aquí.

—No, no vas...

La luz se intensifica a nuestro alrededor. Con unos potentes aleteos de la cola del sireno, cortamos a través del agua y nos alejamos del horror a una velocidad que no podría igualar ni siquiera el barco más pequeño y veloz con los vientos más fuertes en sus velas. Somos una estrella fugaz a través del océano. Las rocas y las corrientes que siempre han sido una barrera entre mi mundo y el reino de las sirenas son un mero borrón que pronto queda atrás.

Mi captor me sujeta con fuerza mientras me lleva más al fondo bajo las olas. No tengo nada que hacer contra él, pero eso no me impide intentarlo, por patéticos que sean mis esfuerzos cuando el agua de mar me está aplanando la cara y presiona sobre mis brazos. Está dentro de mi nariz, mis oídos y mis ojos. Está dentro de mis pulmones. Es como si el sireno estuviese tratando de despellejarme solo con la fuerza del agua.

Empieza a cantar y las sensaciones corporales se esfuman. Mis ojos aletean antes de cerrarse bajo, los párpados pesados. Peleo por mantenerlos abiertos. Peleo por amor a pelear.

Emily... Madre... Padre... Todavía dependen de mí. Todavía tengo que hacer muchísimas cosas por ellos. *Mi tripulación...*

No reconozco las palabras de la canción. Son graves y llenan mi mente del mismo modo que lo haría una copa de más, envuelven y embotan todos mis otros pensamientos. Soy vagamente consciente de que me suelta con un brazo. Intento aprovechar la oportunidad para escapar, pero no tengo tiempo de hacerlo. Suelta la lanza de su espalda y señala hacia delante con ella. Las notas suben y bajan.

Con una explosión de polvo estelar, atravesamos un remolino de plata. En un abrir y cerrar de ojos, descubro que flotamos en un océano turquesa. Los sentidos corporales vuelven a mí poco a poco mientras el sireno continúa arrastrándome por el agua. Cada batida de su fuerte cola me produce oleadas hormigueantes por toda la piel.

Estamos en otro sitio.

El suelo marino está yermo. Las ondulaciones arenosas contrastan con los rayos de luz proyectados desde la superficie, casi lo bastante próxima para levantar la mano y tocarla. A lo lejos hay una extraña neblina rojiza.

Sin previo aviso, algo en la plataforma marina cae en picado. Guiño los ojos y parpadeo con fuerza. No... no es un naufragio. Mi mente hace esfuerzos por comprender lo que tan claro está delante de mí.

Ahí, bajo las olas, hay una ciudad de luz y canción.

A medida que nos acercamos, los detalles se vuelven más nítidos. Veo los arcos que sujetan galerías que rodean patios. Multitud de casas aterrazadas se elevan hacia arriba de un modo tan orgánico como el coral. Los balcones se utilizan como puertas principales, de las que salen y entran sirenas nadando. A lo lejos, en el otro extremo de un estrecho acantilado que se extiende como un puente a medio terminar por encima de un abismo tan inmenso que consume el horizonte, veo el contorno difuminado de un castillo. Detrás de él hay un muro de agua roja que acecha ominosa sobre él, apenas contenida por una burbuja de luz plateada. Alcanzo por poco a ver las tenues formas de unos tentáculos, mientras más bestias de pesadilla dan vueltas en la oscuridad.

Me estremezco. Aunque el paisaje que estoy viendo es tan asombroso como un cuadro, preferiría mil veces que esto fuese verdad solo en los trazos de un pincel. En la vida, *este* es el hogar de los monstruos de las profundidades. Mis sentidos, que estaban volviendo a mí poco a poco, se embotan de nuevo.

Todas las historias sobre sirenas que conocía siempre terminaban con: «Cuando te atrapan, te matan». Nunca encontré nada acerca de tratos hechos con ellas ni de cómo romperlos. Y desde luego que no encontré nada sobre una ciudad bajo las olas...

A medida que nos aproximamos, los contornos de la neblina roja que había pensado que eran tentáculos cobran un poco de nitidez. Veo que no son muchas bestias nadando en círculo, sino una única estructura estática. No, es más orgánica que eso. ¿Un *árbol*? Levanto la cara con los ojos guiñados e intento distinguir la forma, pero el agua está demasiado picada y nos alejamos demasiado deprisa de lo que sea que acecha por encima de la superficie.

Rodeamos la ciudad principal, nadando por el borde y por encima de unos campos de algas que se elevan más altas que el palo mayor de una barca. La mayor parte de las ellas están marchitas, su superficie cubierta de una especie de fango oxidado que libera diminutas partículas al agua cuando removemos las corrientes a nuestro paso. Hay unas cuantas casas más pequeñas por el camino. Los hombres y mujeres dejan de nadar para mirarnos con lo que interpreto como confusión.

La mayoría de las sirenas son como el hombre que aún no ha aflojado su agarre sobre mí, no las criaturas de ojos lechosos y sedientas de sangre que trataron de apresarme primero. Son tan diversas como los seres humanos. Hay pelos de todos los tonos, incluso de colores que jamás he visto crecer de una cabeza o de una barbilla hasta ahora. Su piel va desde un tono tan pálido como la del sireno que me agarró hasta tonos marrones oscuros. Son grandes y pequeñas, jóvenes y viejas. Algunas colas son estrechas y otras anchas. Algunas tienen aletas por los lados de la cola, salpicadas de escamas, mientras que otras son suaves y se parecen más a la mitad inferior de un delfín que de un pez.

Es imposible categorizarlas a todas, pero una cosa que todas tienen en común son las marcas tatuadas en la piel. Algunas tienen solo unas cuantas líneas alrededor del tronco y de los bíceps. Otras están tatuadas de la nariz a la cola con un arte de un estilo parecido al que llevo yo en el antebrazo.

Coronamos una colina y aparece ante nosotros una casa señorial. Detrás de ella hay una pared de roca y corales muertos, y detrás de esta el suelo marino cae en picado. De alguna manera, por ilógico que pueda ser, esa exigua pared parece mantener a raya la tonalidad rojiza y giratoria. La oscuridad simplemente se detiene, como si la barrera se extendiese de manera invisible más allá de la superficie.

Las estructuras me recuerdan vagamente a la propiedad de Lord Applegate. Se me comprime el pecho. Lo envié bajo cubierta otra vez para realizar el cruce. No hay forma de que no haya sido el primero en morir. ¿Sería él uno de los hombres que vi empalado por los restos del naufragio?

Aprieto los ojos con fuerza mientras hago una mueca angustiada. Mi mente me atormenta con visiones de cuando conocí a sus hijas hace años. Todo lo que tienen esas niñas ahora es a su madre, una mujer mezquina..., y todo por mi culpa. Y Kevhan es solo uno de ellos... he separado a toda mi tripulación de sus familias.

Kevhan Applegate. Jivre, Maree, Lynn, Jork, Honey, Sorrea. Todos, mi tripulación entera. Muerta.

Por mi culpa.

Creía que, tras aceptar mi propia desgracia, había aprendido que debía hacer las paces con el mundo como es, no como yo querría que fuese. Pero supongo que es una lección que nunca me tomé en serio de verdad. De haberlo hecho, no me estaría viniendo abajo poco a poco con el coste de mis elecciones. Con la sensación de culpa porque el simple hecho de estar cerca de mí hubiese causado a otros semejante infortunio.

Siento náuseas cuando por fin frenamos para detenernos en una amplia veranda. A diferencia de la mansión de Applegate, aquí no hay un largo camino de entrada hasta el edificio. Solo arena y corales esqueléticos que se extienden en todas direcciones. Supongo que las sirenas no tienen ninguna necesidad de tener carreteras, ni carruajes, ni puertas delanteras, cuando pueden nadar hasta cualquier balcón y entrar por cualquier ventana.

Los brazos del sireno se desenroscan despacio y me sueltan de su agarre tipo tenaza. No obstante, mantiene una mano sobre mí, lo cual me impide alejarme nadando de inmediato. Se ha detenido delante de otras tres sirenas que lo esperan en fila.

Hay un hombre canoso con una cola de tiburón gris salpicada de cicatrices. Cada línea pálida está ribeteada de detalles rojos que hacen que parezca que tiene la cola cubierta de encaje. Su pelo es de un tono morado oscuro. Debió de ser impresionante contra su piel clara cuando era más joven, pero ahora ralea por arriba y está veteado de gris cerca de las aletas de sus mejillas. Pese a la edad que podría tener, es más musculoso que el hombre que me sujeta.

A su lado hay una mujer joven de hombros anchos y piel tan pálida como la del sireno que está a mi lado. Su pelo castaño claro está recogido en una única trenza, decorada con perlas que contrastan como estrellas diminutas. Tiene unos ojos marrones que me resultan muy familiares, casi idénticos a los del hombre junto a mí, acentuados por las líneas azul marinas que giran en espiral por sus mejillas y hasta su frente.

Al lado de ella hay una mujer que aparenta mi edad, quizás un poco más. Su pelo, también castaño, está en algún punto entre el platino de mi captor y el de la mujer joven; un rubio dorado, más claro que el mío y acentuado con mechas castañas. Lo lleva recogido en un moño atravesado por conchas espinosas, huesos y gemas. Cuando se acerca, veo que todo su pecho tiene vistosas rayas blancas pintadas que no se apreciaban desde la distancia.

—Bienvenido de vuelta, duque Ilryth. —La mujer inclina la cabeza. Su boca no se mueve al hablar. Oigo su voz en mi mente—. Estamos aquí para iniciar el proceso de unción.

—Gracias, Sheel, Lucia, Fenny, pero lo haré yo mismo —insiste el duque, y le hace un gesto afirmativo a cada uno. No puedo evitar entornar un poco los ojos mientras lo miro, lo cual solo hace que sus ojos centelleen de la diversión—. Nuestra ofrenda es tan fácil de sujetar como una anguila enrabietada. Cuanto antes la metamos en la jaula, mejor.

¿Perdón? Me aparto de él lo suficiente como para poder hablar por señas.

—¿En mi jaula? —le pregunto.

—No es necesario que hables con las manos —continúa Ilryth en mi cabeza—. Estás vinculada a mí. —Se toca el antebrazo—. Así que te puedes comunicar con tus pensamientos como hacemos las sirenas.

—Vale, genial. —Más magia desconocida. Me concentro en *pensar* las palabras, lo cual es sorprendentemente difícil cuando lo único en lo que quiero pensar es en cómo estoy bajo el agua y… no estoy muerta—. Eso no responde a mi pregunta.

—Me entregaste tu vida. —El duque ladea un poco la cabeza, como si me retase a contradecirle. Los dos sabemos que es verdad, pero…

—¿Para… matarme? Supongo.

Me sonríe con ironía.

—¿No estás contenta de que *no* te esté matando?

Claro, cada minuto que no me maten es bienvenido, pero me resulta confuso.

—No has perdido ni un instante en matar a mi tripulación, y ellos ni siquiera eran parte de esto. A menos que me estés perdonando la vida para que viva con esa culpa…

—¿Me crees tan depravado? —Frunce el ceño, ofendido—. ¿Incluso después de haberte salvado la vida? *¿Dos veces?* —Ilryth se inclina hacia mí y me mira con los ojos entornados. No tener que hablar con la boca le da la libertad de retorcerla en señal de disgusto cuando continúa—. Ya te dije que las vidas de tu tripulación no eran mías para reclamarlas. Tampoco las quería. La voluntad de los antiguos intervino.

A mí eso me suena a excusa.

Frunce el ceño aún más.

—Ahora, sígueme. —Cambia su agarre y cierra la mano en torno a mi muñeca. Me fijo en que hay más marcas sobre su piel de las que recordaba. Cada detalle de aquella noche está grabado a fuego en mi memoria.

No me muevo. El agua es diferente aquí. ¿Un poco más... densa, quizá? Como si ejerciera más resistencia, lo cual nos permite flotar en el sitio sin necesidad de mover los brazos y las piernas. Solo un pequeño empujón y me suelto de un tirón cuando él se mueve hacia delante. Gira la cabeza hacia mí a toda velocidad.

—Si no vas a matarme, llévame de vuelta. —Es difícil hacer exigencias cuando siento como si pudiese alejarme flotando en cualquier momento. Me cuesta exigir respeto cuando me imagino más como una medusa que como una capitana autoritaria.

Las otras sirenas están observando nuestro intercambio con una mezcla de emociones. El hombre irradia una desaprobación que raya en la ira. La mujer mayor también está perpleja. Pero la joven parece estar haciendo esfuerzos por reprimir una sonrisita.

—¿Perdona? —La cara de Ilryth se relaja por la sorpresa. Como si estuviese sorprendido de que hubiese tenido la audacia de pedirle eso siquiera.

—Te entregaré mi vida, como prometí..., *cuando* prometí que te la entregaría. —El único juramento que romperé fue el que le hice a Charles. Ninguno más—. Me quedaban seis meses. Has venido pronto.

Si bien mi barco ha desaparecido, Applegate está muerto y no tengo ni idea de cómo voy a reunir los veinte mil crons ahora, aunque el sireno me lleve de vuelta. En cualquier caso, tengo que volver y hacer *algo*. La impotencia trata de asfixiarme, pero me obligo a tragármela. No permitiré que los pensamientos oscuros se apoderen de mí. Mi familia necesita que siga luchando.

—Serás egoísta. —Con un poderoso alteo de su cola se vuelve a plantar delante de mí; casi choca conmigo, pero se detiene en el último momento. Una rápida corriente de agua lo sigue—. Te encontré casi muerta. Te salvé de unas sirenas que estaban poseídas por espectros. Te di mi bendición personal durante cinco años más de los que hubieras tenido de otro modo. ¿Y aun así *todavía* pides más?

—Pido lo que se me debe —insisto. Me inclino un poco hacia atrás para ganar algo de espacio; desearía que el movimiento no quedase tan ansioso. Querría erguirme con toda la autoridad de la poderosa capitana Victoria, pero no parezco capaz de hacerlo cuando soy poco más que un madero con forma humana.

—Poderosa capitana. —Una risa desdeñosa reverbera por mis pensamientos. Abro los ojos como platos, escandalizada. *¿Cómo se atreve?* Se inclina hacia delante, entorna los ojos de nuevo—. Sí, puede que quieras tener más cuidado con lo que piensas y cómo lo piensas mientras estás aquí.

Intento eliminar todo pensamiento errante de mi cabeza. Se cierra una puerta tras otra delante de mis cavilaciones. Tal vez no sepa cómo funciona esta comunicación, pero sé cómo protegerme y ocultar mis emociones.

—Por favor —me limito a decir. Si una táctica no funciona, intenta otra. Suavizo la mirada y frunzo el ceño. Es una expresión que solía funcionar con Charles—. *Necesito* seis meses más.

—Esto no puede deshacerse. Has entrado en el Mar Eterno.

Me toma de la mano y estoy demasiado sorprendida para impedírselo. Ilryth desliza con suavidad sus dedos callosos por las marcas que hizo en mi antebrazo, con unos ojos distantes y llenos de un deje de tristeza que no soy capaz de entender—. Lord Krokan sabe que el sacrificio marcado para él está aquí. No podemos retrasar esto más. —Se aparta de mí, los labios un pelín fruncidos—. Lo siento. —La disculpa casi parece genuina, pero no me la creo ni por un segundo.

El sireno se pone en marcha otra vez y me deja ahí plantada, mirando las curvas y valles de su espalda donde se condensan en una cintura estrecha. Las escamas de su cola suben por su columna con una forma triangular, salpicando de vivo turquesa la palidez de su piel. Esta vez, no intenta agarrarme. Se limita a asumir que lo seguiré.

Asume mal.

—¿Sacrificio? —La idea es tan monstruosa como la bestia en sí. La barbaridad de todo ello me supera, hace añicos mi compostura—. ¿Tu *lord* —escupo, sin darle ningún respeto al título—, no ha obtenido los sacrificios suficientes con mi tripulación?

Fenny hace una mueca a mi lado.

El duque Ilryth se detiene de nuevo, pero esta vez se reprime de volver a mirarme. Casi puedo percibir una sensación de tristeza, de preocupación, invadir las corrientes. Se burla de mí con una empatía fingida.

—No —dice sin más—. No estaban ungidos. Así que jamás podrían ser suficiente. Pero con suerte tú lo serás, por el bien de ellos. Por el bien de todos nosotros.

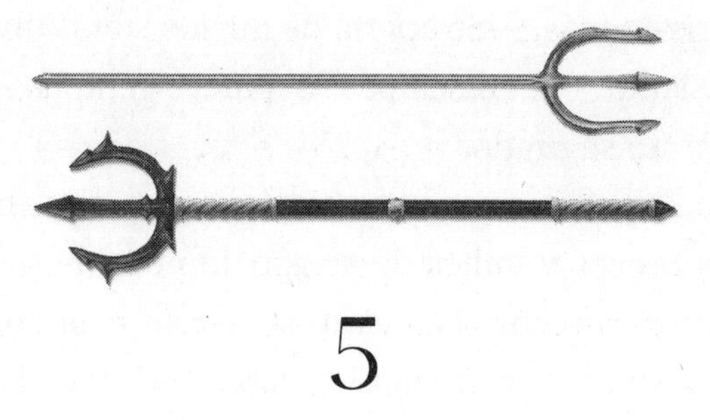

5

Le han gastado una broma de mal gusto. Yo nunca he sido suficiente para nadie. Ni para salvar un matrimonio, ni a mi familia, ni a mi tripulación. Parece que ha elegido a la peor persona posible para este sacrificio.

—Ahora. *Ven.*

Noto, solo con esa palabra, que he puesto a prueba su paciencia hasta donde está dispuesto a tolerar. Por el momento, tiene poco sentido seguir resistiéndome. Son muchos más que yo y el hombre con aletas de tiburón parece estar dispuesto a llevarme en brazos él mismo. Con un empujón de los brazos, me propulso con torpeza hacia delante. Estoy en desventaja hasta que pueda obtener más información y una mejor comprensión de mi situación. De momento, debo seguirles la corriente.

El arco de entrada a la mansión se revela como un enorme tubo de coral. Peces diminutos pasan como una exhalación por lo alto, centelleando como luciérnagas. Hay algas multicolores anudadas y colgadas como una guirnalda. A diferencia de las algas que vi antes, estas todavía están verdes y vibrantes.

Fenny nada por delante a un lado del duque. Yo nado detrás de ellos. Las otras dos sirenas, Sheel y Lucia, cierran la marcha. Me alegro de que durante los últimos cuatro años y pico pudiese adquirir algo más de experiencia nadando en las aguas del sur, los mares sin sirenas, aunque no soy ni de lejos tan grácil como ellos.

Ilryth y Fenny se miran de tanto en tanto, asienten y niegan con la cabeza, pero no oigo nada. Sus manos tampoco se mueven.

A lo mejor existe alguna manera de comunicarse en privado...

—Exacto, es justo eso —dice el hombre canoso detrás de mí. Me invade un horror indescriptible al darme cuenta de que acaba de oír mi pensamiento errante—. Una vez que domines la telepatía..., es decir, si es que eres capaz de dominarla, podrás hablar solo con las personas que quieras. Aunque si vas a dominar algo, te sugeriría que aprendieras a guardarte la mayoría de tus pensamientos para ti misma. —Esboza una leve sonrisa, no desagradable. Un poco sabedora, quizá, como si lo que estoy experimentando fuese un problema común. Para una sirena, quizá, pero no para una humana.

A menos que no sea la primera sacrificada ante este Lord Krokan. Todo el mundo asume que las sirenas matan a los humanos *enseguida,* visto cómo ninguno de los que se han llevado al mar regresan jamás. Tampoco pude encontrar nunca ninguna mención de sirenas haciendo tratos con ninguna otra persona. Y nunca, en todos mis viajes, he visto otras marcas como las de mi antebrazo.

Aunque, claro, si todos somos sacrificios para ellos, eso explicaría por qué hay tan poca información. Todos estos pensamientos sobre sacrificios llenan el fondo de mi garganta de un sabor metálico, pero trato de mantener una fachada de calma. Si pude mantener la cabeza fría cada vez que me presenté ante el consejo para defenderme de las crueles acusaciones de Charles, puedo hacerlo ahora.

—¿Cómo la domino? —La alternativa es vivir con personas que es posible que lean mi mente, y eso no es aceptable. En cualquier caso, hay también una vena curiosa en mí. La magia es *real.* ¿Y por fin puede que tenga la oportunidad de usarla yo también?—. No puedo decir que tenga demasiada práctica con *pensar* mis palabras para poder pronunciarlas en el agua.

—Sí, no creía que la tuvieras, dado que los humanos no son criaturas inherentemente mágicas, a pesar de vuestros orígenes aquí en Midscape como hijos de Lady Lellia.

¿Midscape?

—Sí, donde estás ahora —responde a la pregunta que no había tenido la intención consciente de emitir. Maldigo hacia mis adentros y él se ríe. Al parecer, también ha oído eso. Estoy tratando de dilucidar qué pensamientos oyen y cuáles me guardo para mí misma. A lo mejor se trata de los que son preguntas claras o cavilaciones serias…—. Los humanos eran originarios de esta tierra, allá cuando era una sola con el Mundo Natural, antes del Vano.

—¿Y este lugar se llama Midscape? —Trato de emitir mi pensamiento de manera intencionada, intentando concentrarme en lo que siento cuando es a propósito y quiero que otras personas lo oigan.

—Técnicamente, ahora mismo estás en el Mar Eterno, que no es *del todo* Midscape, según mi opinión y la de muchas de las otras sirenas para quienes esto es su hogar. —Se ajusta el chaleco que lleva al tiempo que desliza una mano por los minúsculos discos de madreperla que brillan como las escamas opalescentes de la cola de Ilryth—. Encajados entre el Velo y el Vano, sustentados por lady Lellia del Árbol de la Vida y protegidos por Lord Krokan del Abismo, no somos como los demás de Midscape. Nuestra magia es más antigua incluso que la de los vampiros. Aunque estoy seguro de que ellos dirían lo contrario. Es un hobby de muchas de las gentes de Midscape, debatir sobre de quién es la magia más antigua y poderosa.

—Los otros no descienden directamente de los primeros dioses, como nosotros —apunta la mujer joven, Lucia, con un toque de orgullo.

¿Otros? ¿Vampiros? He viajado por todo el mundo, he explorado cada mapa y he oído miles de historias, pero jamás había oído ni una mención de Midscape ni de vampiros. Como mucho, rumores sobre los fae… Aunque, si existen las sirenas, ¿por qué no puede haber más criaturas? ¿Por qué no pueden las antiguas historias sobre los fae tener alguna base real?

Estoy en territorio desconocido. Soy la primera en explorar un mundo de magia. *Piensa en las posibilidades…*

Succiono mi labio inferior y lo muerdo, solo para soltarlo despacio cuando empiezo a sentir dolor. Esa acción me centra. No puedo perderme en cosas que en realidad no importan. Magia. Extraños mundos nuevos. Por fascinante que pueda ser todo esto, no es mi prioridad. Debo mantenerme centrada en lo importante: en volver con mi familia y salvarla.

Los edificios de las sirenas no tienen nada que ver con las construcciones humanas. Se preocupan poco por protegerlos de los elementos. No hay escaleras ni puertas. Las estructuras están construidas con paredes de coral, rocas y conchas comprimidas. Esferas de luz cuelgan en redes de algas, o de cuerdas. Algunas están metidas en apliques de coral pegados a las paredes. Todo ello crea un mundo con sensación antinatural pero extrañamente orgánico.

Otros tubos salen en todas direcciones del atrio principal. Pasamos por dos más y acabamos en una jaula de pájaros hecha con huesos de ballena y coral.

—Siéntate. —Ilryth señala hacia el centro de la habitación, donde se alza un pedestal solitario.

Cruzo los brazos y no me muevo.

—Pídelo por favor.

—¿Perdona?

—¿Acaso no eres un duque noble? ¿Dónde están tus modales?

—El resto de vosotros, marchaos —espeta en tono cortante.

—Excelencia, ella no… si trata de escapar… —empieza a decir Sheel.

—Si trata de escapar, la perseguiré yo mismo. —Hay una promesa letal subyacente en las palabras de Ilryth. Pero no me amedrento.

Mantengo los ojos clavados en los de él, como para decir «desafío aceptado». A lo mejor incluso oye las palabras. Que las oiga. Que las oigan todos.

Lucia se acerca con pequeños movimientos de la cola.

—Podríamos ayudar, herm...

—He dicho que os marchéis.

Los otros tres oyen con claridad la advertencia en su voz. Todos me lanzan miradas recelosas, después vuelven a mirar a Ilryth con la misma incertidumbre. En cualquier caso, al final se marchan. Salen entre los huesos de ballena y se dispersan por las aguas abiertas que nos rodean. Ninguno de ellos mira atrás.

Aunque parte de mí ansía dejar que mis ojos recorran el infinito mar, absorber todo lo que veo a mi alrededor, fijo mi atención en la única sirena que queda conmigo. Se acerca a mí, los músculos ondulando a la luz cambiante proyectada desde la superficie el mar. Soy muy consciente de lo sola que estoy con este hombre, el hombre que me arrebató de mi mundo y reclamó mi vida para sí. El que quiere convertirme en un *sacrificio*. Me enfrento a él como lo haría con el Paso Gris. Soy un pozo de serenidad frente al caos.

Jamás le di esa satisfacción a Charles. Y estoy de lo más decidida a no dársela tampoco a Ilryth. Mi mirada furiosa se topa con la suya, hasta el momento en que se alza sobre mí, más alto gracias a su cola.

Y entonces, sin previo aviso, su expresión se suaviza.

—Esto va a ocurrir, de un modo u otro. Así que, por favor, no opongas resistencia.

Es el tono casi sereno de su voz lo que casi me empuja hasta el punto de ruptura. Me fuerzo a que todas mis palabras sean plácidas.

—No lo haré, si me dejas marchar.

Ladea la cabeza y arquea una ceja. Una expresión un poco sardónica se despliega por sus labios, como si pudiese percibir cada ápice de desagrado tembloroso que estoy haciendo grandes esfuerzos por reprimir. Me mira de un modo muy parecido a como yo miraría una tormenta que se avecina. Un reto. Una prueba. Una oportunidad de poner a prueba mi propio poder contra una fuerza de la naturaleza y ganar.

Levanta ambos brazos y hace un gesto amplio a su alrededor. Se dirigen a él como «duque», pero su físico encaja mejor con el de un peón. El de un hombre que ha sido cortado y cincelado por el mar. Me vencería en cualquier pelea sin demasiado esfuerzo.

—¿A dónde irías? Ahora mismo solo estás viva gracias a la magia que yo te he dado. Gracias a que mis protecciones te permiten estar debajo de nuestras olas. Protecciones que, si no refuerzo, terminarán. ¿Y qué crees que ocurrirá entonces?

La pregunta parece retórica, así que no contesto.

—¿Eso no es motivación suficiente para ti? Entonces, tal vez deba hablarte de los espectros… O de los monstruos que acechan justo al otro lado de nuestras frágiles barreras.

—Llévame de vuelta —le pido, con toda la calma que puedo, concentrada en mi única misión—. Dame los seis meses que me quedaban y seré tan pacífica y obediente como quieras. No recibirás ni un atisbo de resistencia por mi parte.

—¿Y esta es una idea que se te acaba de ocurrir? —Su tono es imposible de descifrar, pero puedo suponer que no está contento con esto.

—Hasta ahora, me he portado bien. —Hago que mis palabras lleven un deje de advertencia—. No creo que quieras que empiece a plantarte cara.

—Siempre pareciste una persona que cumple con su palabra. —El comentario tiene un aire de superioridad.

—La cumplo. Más de lo que podrías imaginar. —La calma callada y peligrosa de esa afirmación le da algo de pausa. Su expresión engreída desaparece y adopta una imposible de descifrar. He negociado con hombres más insultantes e insufribles que este sireno—. Soy consciente del trato que hice y lo único que quiero es lo que se me debe. En Tenvrath, cumplimos nuestros tratos y pagamos nuestras deudas. La pregunta es, sireno, si aquí también respetáis vuestros tratos.

—¿Cómo osas…? —gruñe.

—Porque si lo hicieseis, me permitirías volver ahí fuera y disfrutar de los seis meses que me quedan hasta que se cumplan los cinco años que me prometiste.

Ilryth cruza los brazos y me mira. No estoy segura de lo que sacará en claro con su evaluación, pero está buscando algo. Me concentro en adoptar una cara lo más inexpresiva posible. A juzgar por cómo se curvan sus labios hacia abajo, mi cara inexpresiva lo frustra.

Bien.

Ahora frunce el ceño. Me pregunto si habrá oído ese pensamiento. Espero que sí.

—El plazo nunca pretendió ser exacto, dada la unción… —Sus palabras me destrozan, pero no dejo que se note—. Y puesto que Lord Krokan ha intervenido, era señal de que había llegado el momento de empezar. De no ser por mí, hubieses desaparecido, y contigo la esperanza de las sirenas.

¿La esperanza de las sirenas? ¿Cómo es posible que yo *sea eso?* Si oye mis pensamientos, no responde.

—Aunque quisiera devolverte al Mundo Natural, no podría. Tu mera presencia aquí ha desencadenado el inicio de la unción. —Los ojos de Ilryth se posan en mi antebrazo. Toco los dibujos que han teñido mi piel. No… han marcado mi mismísima alma—. Te convertirás en más magia que carne y hueso. Y si te marchases del Mar Eterno, si salieses de debajo de las aguas del Árbol de la Vida, te desvanecerías. Lo siento, pero no te puedo llevar de vuelta al Mundo Natural. Nunca podré.

—Serás bastardo. —La idea cruza mi mente antes de que pueda impedirla, pero tampoco me arrepiento de ella.

—Veo que has aprendido bastante palabrotas desde la última vez que hablamos. —Parece más divertido que ofendido.

—Soy marinera. Capitana. La mejor de todos los mares. Tengo sal sobre la lengua.

—Sí, sí. Conozco tus hazañas, Victoria. —Suena de lo más despectivo, pero eso no es en lo que me centro.

—¿Cómo sabes mi nombre? —No recuerdo habérselo dicho nunca.

—Sé muchas cosas sobre ti. —Ilryth se hunde más y me veo forzada a inclinarme hacia atrás; de otro modo, su pecho estaría apretado contra el mío. Como si tratase de devorarme con los ojos. Cuando alarga las manos hacia mi cuerpo, pienso que la magia tiene que haberse apoderado de mí, porque no intento apartarme—. Sé que has navegado por los anchos mares. Que has luchado con cada hora que se te concedió.

No se equivoca, *pero ¿cómo...?* Su mano se cierra en torno a mi muñeca, sobre las marcas que hizo. Mil susurros vibran sobre mi piel, se filtran muy hondo, hasta partes de mí que llevan largo tiempo sin tocarse. Pugno por mantener la concentración. *¿Esta conexión...?*

—Sí —responde a la pregunta sin terminar que había cruzado efímera por mis pensamientos—. Y profundizaremos nuestro vínculo con la unción. Aprenderás el Dueto de la Despedida. Y te presentarás ante Lord Krokan antes de que sea demasiado tarde para todos nosotros. —Estoy a punto de objetar, pero él me silencia con una petición—. Ahora, quítate la camisa.

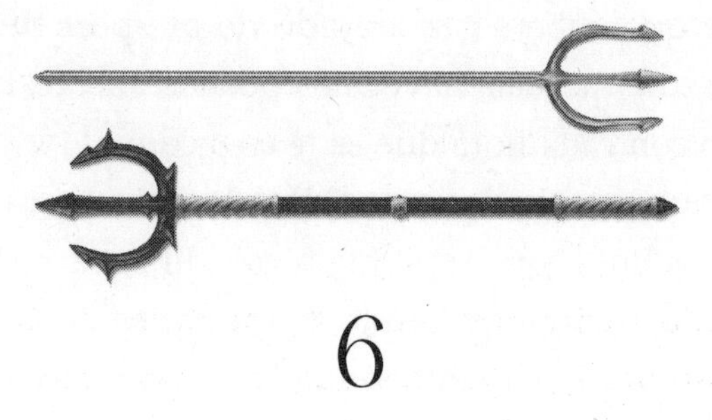

6

—¿*Perdona?* —Me echo hacia atrás y él me suelta. Una decisión sensata.

—Tendré que ungirte entera. No puedo hacerlo si llevas ropa.

Cruzo los brazos, como para pegar la camisa a mi cuerpo.

—¿Acostumbras a pedir a damas que apenas conoces que se quiten la ropa?

—Yo no te «conozco apenas». —Antes de que pueda objetar, continúa, más impaciente—: Ahora, la camisa.

Nos enzarzamos en una batalla de miradas. Una batalla silenciosa de sensatez. Para ser sincera, me importa un comino quitarme la camisa. Debido a mi trabajo, mi noción de la modestia es un poco diferente a la de la mayoría. Mi tripulación me ha visto con todo tipo de ropa o falta de ropa, según la situación. Sin embargo..., hay algo en que un hombre me vea cuando estamos prácticamente solos que... Eso despierta otros sentimientos, unos que pertenecen a una realidad en la que no me he permitido ni pensar desde hace años.

Agarro el faldón de mi camisa holgada con un propósito renovado. Si quiere convertir esto en un duelo de comodidad e incomodidad, que así sea. Pero no permitiré que él tome la delantera. Me la quito con brusquedad.

El corsé que llevo debajo me cubre el busto y se sujeta en su sitio con la ayuda de dos correas. Tuvieron que retocarlo tres veces para que fuese absolutamente perfecto, y así acabé con una prenda de lo más funcional y cómoda. Después de que una vez se me escapasen los pechos y diesen botes en todos los sentidos mientras navegaba, me convencí de esta necesidad. No fui agraciada con un pecho pequeño, y es incómodo y poco práctico que mis senos reboten por ahí a cada salto o carrera por cubierta.

En cuanto suelto la camisa, pierde su color. La prenda se desvanece un poco y pasa de ser sólida a poco más que un contorno. Un cambio en las corrientes la hace desaparecer, como si jamás hubiese existido.

—¿Qué dem...?

—Ya no era parte de ti. Por lo tanto, la magia de los antiguos dioses había dejado de extenderse a ella —explica Ilryth—. Así que no podía seguir existiendo aquí en el Mar Eterno, y se ha desvanecido.

Conecto todos los comentarios que ha hecho hasta ahora.

—Estoy viva gracias a esta magia. —Levanto mi antebrazo tatuado—. La magia se conecta con esos dioses antiguos, los mismos a los que quieres *ofrecerme en sacrificio*. —Las palabras llevan el mordiente suficiente como para que una mirada dura cruce su cara. Bien—. Pero si salgo al mar o rompo esa conexión... ¿me desvaneceré como esa camisa?

—Ese es un resumen bastante preciso —responde, después de pensarlo un momento. Como si quisiese explicar más detalles minuciosos pero finalmente hubiese decidido omitirlos.

Necesito desesperadamente una silla. O mejor aún, una hamaca. Quiero hacerme un ovillo y cerrar los ojos y dormir a pierna suelta. *Lo verás todo más claro por la mañana*, habría dicho Madre. Aunque dudo que nada fuera a estar más claro para entonces. Ni en ningún momento próximo.

El tatuaje de mi antebrazo cobra un nuevo significado. Tal vez haya cortado mis lazos con Charles, pero sigue habiendo grilletes a mi alrededor. Existo solo gracias a un vínculo mágico del que no podré escapar nunca, ni siquiera en la muerte. Me clavo las uñas en las palmas de las manos y me trago el nudo que atora mi garganta.

Sigue moviéndote, Victoria. No pares. No mires atrás. Sigue adelante.

—Espero que esto no suponga un problema para lo que sea que conlleve esa unción. —Señalo el corsé que aún llevo puesto. No voy a ayudar a mi familia si desaparezco, así que permitir que la unción siga su proceso es la única opción que tengo.

—Es aceptable, de momento. —Ilryth se acerca. Ignoro a propósito el «de momento».

Sus dedos levitan justo por encima de mi cuello. Los ojos del sireno brillan a la luz cada vez más tenue. Pequeñas motas rutilantes se prenden en el agua a nuestro alrededor; unas medusas luminiscentes, como luciérnagas, nadan sin esfuerzo con las corrientes. Todo queda envuelto en una tonalidad crepuscular, estrellada.

Hay algo único en este sireno, algo distinto de cualquier otra alma que se haya acercado a mí en toda mi vida. Mi tripulación es mi tripulación. Son amigos. Familia, a su propia manera. No los veo como hombres o mujeres. Son solo fuerzas inmutables en mi vida.

Pero esta criatura… este *hombre*, que es casi un estudio perfecto del cuerpo masculino realizado por un escultor, desde su mandíbula fuerte hasta sus delicados labios que podrían atraer de un modo muy peligroso con solo una sonrisa, con una canción… Él es algo distinto. Todo él: la curva de sus ojos y los músculos de sus poderosos brazos, esculpidos tras años de nadar. Dejo que mis ojos exploren su físico, que bajen por las espirales pintadas por la mitad de su ancho pecho hasta los músculos de su abdomen, que ondulan como olas, y de ahí a la «V» donde las escamas de su cola se encuentran con sus caderas. Es una imagen tan extraña, tan antinatural, ver a un humano fundirse con un pez… Sin embargo, no lo encuentro tan inquietante como hubiese podido imaginar. A lo mejor se debe a que, debajo de las olas, parece natural, *correcto*, un elemento tan esperado en este reino acuático como las algas o el coral.

Debe notar el peso de mi mirada, porque sus ojos están esperando a los míos cuando devuelvo mi atención a su rostro.

—¿Estás bien? —Sus palabras son un retumbar grave en el fondo de mi mente. Como un trueno de verano. Caliente. Agorero. Consigo asentir—. ¿Qué pasa?

Ha pasado mucho tiempo desde la última vez que me tocó un hombre, y su mano está justo a punto de entrar en contacto con mi piel. Ha pasado tanto tiempo que solo pensar en ello me obliga a hacer un esfuerzo por reprimir un estremecimiento. El deseo se extiende por todo mi ser y me odio por ello. He sido fuerte durante años, me he resistido a la atracción de unos brazos cálidos. A la llamada de los apetitos carnales. Por primera vez, *no tengo* que hacerlo. Soy tan libre en papel como lo he sido en espíritu desde hace años.

Pero ¿en serio? ¿Aquí? ¿Ahora? ¿Provocada por algo tan simple como un pecho desnudo?

Odio que la mera idea de ser acariciada por un hombre me altere de este modo, como la chica que era cuando me enamoré de Charles. Ese pensamiento me devuelve la cordura. Yo ya no soy *aquella chica*. He luchado y llorado y sangrado para no ser ella. He reprimido estos deseos y continuaré luchando contra ellos hasta el último momento.

—No pasa nada. —Aparto la mirada. Evitar esos ojos penetrantes me da un momento para recuperar la compostura y ocultar mi ira interior.

—No quiero... —Deja la frase en el aire.

—¿Qué es lo que no quieres? —pregunto, cuando no continúa con ese pensamiento.

—No quiero forzarte a esto. —Baja un poco la mano.

Eso devuelve mi mirada a él. Todos los músculos de su rostro están crispados de la tensión. Casi parece sufrir dolor.

—Entonces no lo hagas —digo, como si tal cosa—. Nunca tuviste que hacerlo. Básicamente tienes todo el control sobre esta situación.

Se inclina hacia delante, la mano aún en el espacio entre nosotros.

—¿Crees que tengo el control? —Hay un deje acusatorio en su tono, entrelazado con una ira que no parece del todo dirigida a mí.

—Tú eres el que me ha traído aquí. El que tiene mi vida en sus manos. El que podría soltarme si quisiera.

—¿De verdad crees que aquella noche tenía el poder suficiente yo solo para salvarte sin marcarte (a ti y solo a ti) como la ungida, como la ofrenda? ¿Que podía evitar a la propia muerte sin marcarte para ella? —La cosa más cercana al odio que he visto nunca cruza su rostro. Una risa amarga hormiguea por el fondo de mi mente—. Oh, Victoria, cómo *desearía* tener tanto poder. Si lo tuviese, mi gente no se estaría muriendo de hambre, no se estaría pudriendo, no estaría cayendo en manos de los espectros. Si de verdad fuese poderoso, ¿crees que estaría recurriendo a sacrificar a una humana con la esperanza de que eso aliviara nuestras penurias?

No tengo respuesta para eso, así que no digo nada. Parte de mí quiere pensar que está mintiendo, pero ¿por qué lo haría, si ya tiene las cosas bajo control? No necesita que me compadezca de él. Pero... lo hago. Conozco el tipo de desesperación producida por tratar de recuperar el control de una situación que se ha torcido.

—Si tuviese el control, habría... mi madre habría... —No hace más que dejar las frases a medias. Continúa después de tomarse un momento para recuperar la compostura—. Ninguno de nosotros tendremos el control mientras Lord Krokan siga furioso y amenace con matarnos a todos. El Mar Eterno es la última barrera entre nosotros y su cólera y la podredumbre que se extiende por todo Midscape, quizá por todo el mundo mortal. Debo hacer todo lo que pueda para proteger a mi gente e impedir que eso suceda.

Ese sentimiento me hace quedarme muy quieta. Eso también puedo entenderlo. Es un deseo que conozco muy bien: el de proteger a las personas a las que más quieres.

Tal vez pueda razonar con él. Si hubiera alguna manera de utilizar sus necesidades para servir a las mías...

—Entonces, haz lo que debas. —Tomo su mano con la mía y la llevo despacio hacia mi cuerpo. Ser la que cruza esa línea me proporciona cierta sensación de control. Una sensación que los dos necesitamos de un modo muy claro, desesperado. Extiende los dedos sobre mi pecho, por encima del corsé. Mi corazón revolotea como un pajarillo que trata de escapar de su jaula; espero que él no lo sienta.

—Se supone que no debo tocarte —murmura.

—¿Por qué?

—Nadie debe hacerlo. La ofrenda debe cortar todos sus lazos con este mundo. —Aun así, mientras dice esas palabras, no puede apartar los ojos de su piel contra la mía.

Lo suelto, al tiempo que me siento un poco tonta por lo que había asumido que haría con su mano estirada.

—Entonces, haz lo que debas.

—Muy bien. —Tararea mientras sus dedos se separan de mi piel. Los pequeños orbes de luz que habían aparecido antes se reúnen en las yemas de sus dedos como el rocío sobre las hojas. Los mueve por encima de mí y la luz crea líneas de color que aterrizan sobre mi piel con el calor de la luz del sol.

La canción que guía su mano está cargada de tristeza. La oí también aquella primera noche, hace tantos años, y la veo ahora. Mientras canta las marcas sobre mí, la emoción lo llena por completo, amenaza con rebosar hacia mí. Sus dedos trazan tres arcos a cada lado de mi cuello, marcas reminiscentes de las agallas de un pez. Bajan por mis dos antebrazos, giran en torno a las palmas de mis manos. Con un dedo índice, dibuja una línea por el hueso del centro de mi pecho. Cada marca cobra vida, palpita y ondula con su canción, y se refleja en forma de líneas y espirales que no comprendo.

No me había dado cuenta nunca de cómo *casi* ser tocada podía volver a alguien casi tan loca como la cosa en sí.

Al cabo de un rato, se detiene y la luz se diluye, pero las coloridas marcas nuevas de mi piel no lo hacen.

—Eso será suficiente para el primer día.

—¿Qué son?

—Palabras de los antiguos, sus canciones e historias como música que ha cobrado forma. Es un lenguaje casi imposible de comprender para las mentes mortales —responde. Casi espero que diga que no es asunto mío saberlo.

—Si no puedes comprenderlo, ¿cómo puedes marcarlo?

—Toda vida provino de las manos de Lady Lellia, diosa de la vida. Su marca todavía está en nuestra alma y nuestro corazón. Aunque nuestra mente no sea capaz de comprender las formas de los antiguos, las partes eternas de nosotros lo recuerdan —contesta—. Lucia puede explicarte más, si te interesa saberlo. Ella estudió en el Ducado de la Fe.

Pasan unos segundos en los que ninguno de los dos decimos nada. Su afirmación ha sonado como una manera de cortar cualquier pregunta más y una conclusión a nuestra conversación. Sin embargo, no se marcha. En lugar de eso, continúa mirándome como si… ¿esperase algo?

—Regresaré más tarde para continuar con la unción —se apresura a decir Ilryth, y sale nadando entre los huesos de ballena que forman la jaula de pájaro. Con unos pocos aleteos de su cola, lo pierdo de vista y desaparece entre los edificios del complejo que se extiende a mis pies. Es casi como si huyera.

¿Eso es… todo? La pregunta flota en el agua a mi alrededor. Suplica una respuesta que no obtengo.

Espero a ver si vuelve. Espero que lo hagan. Por tonto que eso sea. No puedo creer que de verdad vayan a dejarme aquí sin vigilancia y sin ninguna otra explicación. Nado hasta una de las aberturas entre los huesos de ballena y evalúo mi situación.

Es difícil saber en qué dirección exacta se está moviendo el sol. La superficie no está tan lejos… lo bastante cerca como para poder nadar hasta ella con una sola bocanada de aire (de haber tomado una). No obstante, a esta hora del día está justo en lo alto y la luz que se filtra entre las olas juguetea con mi visión. Por lo que puedo deducir, el este sigue siendo el este en esta otra tierra de Midscape.

Alargo la mano hacia mi brújula, pero me topo solo con un bolsillo vacío en mi muslo, el que suele estar reservado para ella.

Ha desaparecido. Se hundió con mi barco. Mi brújula fue la primera cosa que compré de verdad para mí misma. Me ayudó a encontrar el camino hace casi cinco años… Ahora, debo encontrar mi propia dirección.

No hay demasiadas sirenas nadando por el lugar. Podría empezar a dirigirme al oeste. Si nado hacia el oeste durante el tiempo suficiente, debería llegar a casa, ¿no? Sin embargo, las advertencias del sireno sobre desvanecerme y desaparecer… Tal y como le ha pasado a mi camisa.

A lo mejor huir no es la mejor idea todavía, pero al menos podría explorar para hacerme una idea mejor de este lugar. Me doy impulso contra el suelo cubierto de conchas y espero deslizarme entre los huesos de ballena. Sin embargo, algo me lo impide.

Dos manos invisibles brotan de detrás de mí y me agarran del pecho, de los hombros y de la cara para tirar de mí hacia atrás. Me atraganto con el pánico instantáneo que sube por mi garganta. Unas manos sobre mí, unas que me obligan a quedarme. Me obligan a someterme.

De repente, soy consciente de la falta de aire. Quiero respirar. *¡Respirar!* Sentir cómo el aire se mueve a través de mis pulmones, trayendo consigo una calma capaz de dar vida.

De repente, el océano a mi alrededor parece gigantesco, inmenso. Sobre su superficie, podía moverme tan libre como el viento. Tenía el poder de ir a cualquier parte y de hacer cualquier cosa. Pero el sireno cuya magia me liberó me tiene atrapada ahora. El agua casi pesa demasiado. Como si estuviese viva. Me empuja hacia abajo. Tira de mí hacia atrás. La calma calculada que tan duro he trabajado por mantener se está quebrando.

Calma bajo presión, justo como en el barco. Pero la idea solo alimenta mi sensación de culpa.

Mi barco ha desaparecido, mi tripulación está muerta, mi familia está en riesgo y yo estoy atrapada. Por primera vez en casi cinco años no puedo escapar. Me retendrán aquí para siempre. Con la sensación de las manos de Charles cerradas en torno a mi pecho. Incluso aquí, en el reino de las sirenas, él existe dentro de mí, me agarra tan fuerte que no puedo respirar... Por eso no hay aire. ¿Por qué...?

Tranquilízate, Victoria. Ya no puede llegar hasta ti.

Cierro los ojos y me quedo quieta. Mi mente es un vórtice, una espiral implacable que gira cada vez más y más abajo. No importa lo lejos que vaya. Ni lo deprisa que llegue hasta ahí. Una parte de él sigue viniendo conmigo. Para atormentarme.

Aprieto los puños y me concentro en borrar esos pensamientos de mi cabeza. Charles averiguó lo que sucede cuando alguien intenta cortarme las alas. Este sireno no tiene ni idea de lo que se le viene encima.

Noto la piel en carne viva. Al principio, la froté y rasqué para comprobar si las marcas desaparecían. No creía que fuesen a hacerlo, puesto que nunca lo han hecho, pero no hacía daño probar otra vez. Después, seguí frotando y rascando al descubrir un nuevo y extraño fenómeno: cada vez que mi piel se rompe, vuelve a coserse por arte de magia antes de poder derramar una sola gota de sangre.

Más magia que carne.

Pruebo cada arcada entre los huesos de ballena. Intento rascar y borrar las marcas tipo encaje que hay grabadas en ellos, convencida de que eso es lo que me mantiene aquí. Hay poco que pueda hacer, pero lo intento todo, docenas de veces, de docenas de maneras diferentes. Pero, a cada vez, esa correa invisible que me han puesto me arrastra hacia atrás.

El ocaso se ha extendido sobre las olas. Filtrado por el azul del océano, se ha convertido en rayos color miel que se funden en una luz ambiental que lo cubre todo de una brumosa tonalidad anaranjada. El cielo está tan enfadado como yo.

Ha pasado mucho tiempo desde la última vez que pasé tantas horas caminando de un lado para otro, perdida en mis pensamientos. Bueno, no es que camine, exactamente, sino más bien… ¿nado en círculo? Cualquier extrañeza que pudiera sentir por estar sumergida del todo se ha esfumado. Doce horas de no tener nada que hacer aparte de nadar, flotar y dejarme llevar a la deriva han hecho que todo esto parezca de lo más normal.

Espero despierta a que Ilryth regrese como ha prometido. Ya he pasado varios días sin un buen descanso en otras ocasiones. Dormir con regularidad no es un lujo del que disponga siempre un capitán de barco. Así que estoy entrenada para ello. Estaré bien y no tendré problema en estar espabilada cuando deba estarlo. Al menos durante unas cuantas noches.

Sin embargo, por lo general, cuando no duermo en mi barco es porque mi tripulación me necesita. Es porque el barco lo están zarandeando unas olas casi tan grandes como la embarcación en sí; porque la naturaleza me está desafiando, poniendo a prueba la magia que poseo y comprobando si puede frustrar mis deseos. Y cuando es mi mente la que está en un torrente con el mar en calma, entonces siempre hay algo que pueda hacer para ocupar mis manos.

Estar absolutamente despierta pero sin nada que hacer aparte de *esperar* hace que cada segundo parezca un minuto entero. Las horas se arrastran como si fuesen días. Todos mis pensamientos me atosigan sin parar.

Mi tripulación está muerta… por mi culpa.

Sus rostros me atormentan, una y otra vez. Sé que si Jivre estuviese aquí, me lanzaría su sonrisa torcida y me diría que no me sintiese culpable. Diría: «Victoria, todos somos hombres y mujeres hechos y derechos, y elegimos navegar contigo con la mente cuerda y el cuerpo sano. Conocíamos los riesgos y recogimos los beneficios muchas veces. No puedes aceptar la responsabilidad por las elecciones que hicimos nosotros».

Pero Jivre no está aquí y esas palabras hipotéticas suenan muy bajito en el fondo de mi cabeza. Mis pensamientos aturullados las superan con facilidad. Como también lo hacen el frío y el calor que me invaden como una enfermedad.

No debí hacer la ruta norte una vez más. Aunque, de no haberlo hecho, hubiese condenado a mi familia. No debí intentar poner fin a mi matrimonio con Charles. Aunque, de no haberlo hecho, él hubiese continuado acosando a mi familia. A pesar de que no puedo estar segura de que eso sería lo que hubiera ocurrido, sé lo implacable que es su crueldad.

También sé una cosa con toda seguridad: jamás debí casarme con él. De no haberlo hecho, quién sabe cómo podría haber sido mi vida. Probablemente no estaría aquí ahora.

No hay forma de saber lo que podría haber pasado. Me volveré loca caminando..., nadando... en círculos mientras doy vueltas y vueltas a mis pensamientos. Como si pudiese mirar todos estos problemas y preocupaciones desde un punto de vista diferente y decir: «Ajá, esa es la respuesta. Ese es el rumbo de acción correcto. Eso es lo que debería haber hecho».

Sin embargo, nunca sabré si lo que hice fue lo correcto o no, y eso es lo más difícil de todo. Eso es lo que mi mente no parece capaz de olvidar. *¿Y si...?* Esas dos palabras me han atormentado toda mi vida, y lo único que puedo hacer es correr; cuando me quedo quieta, las palabras me alcanzan.

Intento pensar en el futuro, en lo que ocurrirá a continuación. He estado en movimiento durante cinco años, siempre tratando de seguir adelante. Siempre esforzándome. No puedo parar ahora. No puedo arreglar los problemas del pasado; no puedo tomar decisiones distintas. Solo puedo pensar en lo que haré a continuación. Seguir en movimiento. Adelante. La siguiente cosa. *La siguiente cosa...*

Cuando vuelva Ilryth, le pediré más información acerca de su magia. No, primero la libertad. Después tal vez pueda negociar con él, una vez que sepa qué poderes tengo.

El sonido de una canción tenue distrae mis pensamientos. Suena como si un millar de voces empezasen a cantar al mismo tiempo. Estridente. Da vueltas alrededor de una única palabra.

Me giro hacia ese sonido agorero. A lo lejos, veo la imagen borrosa de un banco de delfines protegidos con cascos tallados en madera. Hay sirenas agarradas a sus aletas dorsales con una mano, blanden lanzas de madera afilada en la otra. Las armas parecen refulgir con suavidad, cortan a través del oscuro mar como estrellas fugaces. Un puñado de las sirenas van embutidas en armaduras hechas con la misma madera pálida. Es una elección extraña como protección.

En especial cuando veo hacia qué se dirigen a toda velocidad.

En la distancia, apenas visible en la noche y entre la neblina del fango oxidado que nubla estos mares, veo la silueta de una bestia enorme. Surge desde detrás de la lejana barrera de coral, madera y conchas, como si se arrastrase por el denso fango que flota al otro lado de esa barrera, como si tirase de su cuerpo con un tentáculo, luego otro. Como si tratase de colarse en nuestro mundo. Se me revuelve el estómago y siento náuseas, provocadas por el pánico. Es la misma bestia que fue a por mi barco…

Viene a por mí una vez más.

Vuelvo a mirar a las sirenas. Al frente de ellas se mueve una cola turquesa familiar. Ilryth encabeza la carga, su lanza reluciente en la mano.

La canción alcanza su crescendo cuando se abren en abanico, sueltan a sus delfines y se lanzan al ataque. Los animales y las sirenas nadan hacia abajo y en torno a los tentáculos serpenteantes. Reciben golpes, salen rodando por el agua. Nado hasta el final de mi correa, me apoyo contra los huesos de ballena.

Lo que me dijo era verdad… él no fue el que envió a la bestia en pos de mi tripulación. Son tan enemigos suyos como lo soy yo.

Las voces continúan subiendo de volumen. No oigo los sonidos con mis oídos, sino en mi alma. Las lanzas que llevan los guerreros brillan con más intensidad, como si estuviesen espantando a un espíritu maligno.

Me encuentro animándolos desde lo lejos, a pesar de que mi garganta está demasiado cerrada para poder tragar. Quiero ayudar. No me importa si esas son las sirenas que me apresaron. Todo lo que veo es una pelea contra la monstruosidad que mató a mi tripulación. Quiero venganza. Quiero hacer *algo* aparte de quedarme a un lado, atrapada. No estoy hecha para estar quieta. Para estar confinada.

Las sirenas bajan en picado en pos del monstruo y desaparecen en la neblina rojiza al otro lado del acantilado.

La canción se pierde en la distancia y el mar se queda quieto. No aparto la mirada, a la espera de que regresen. Escudriño todo el complejo a mi alrededor, busco más guerreros. Otras sirenas que puedan ayudarlos. Pero no emerge nadie.

Espero a que vuelvan. Pero no lo hacen. Pasan los minutos, la progresión de la luna me indica que el tiempo se ha convertido en horas.

Siguen sin regresar.

Si Ilryth muere, ¿soy libre? ¿Podría abandonar este lugar? ¿O desapareceré? Contemplo las marcas de mis antebrazos. Siguen tan nítidas como siempre. Incluso las marcas más antiguas que me hizo Ilryth hace años. Debe estar bien, entonces. No sé por qué, pero creo que lo sabría si muriera.

Al final, una silueta surge por el brumoso horizonte, teñido ahora de un rojo intenso a la luz del amanecer que se filtra por el agua. No sé si se debe a la misma neblina rojiza, más intensa ahora de lo que era a mi llegada, o a la sangre.

Guiño los ojos y no tardo mucho en ver que la figura es Ilryth. Cada aleteo de su cola parece más débil que el anterior. Lleva los hombros hundidos. Hace poco más que flotar a la deriva.

Me inclino más allá de los huesos de ballena, tiro de mis correas invisibles cuando todos los movimientos del sireno cesan. Los brazos de Ilryth cuelgan inertes, la cabeza gacha. La espera para ver si vuelve a moverse es una agonía.

—¿Lord Ilryth? —pienso, al tiempo que imagino que mi voz resuena solo en su cabeza.

Sigue sin moverse. Se me empieza a acelerar el corazón. Lleva demasiado tiempo quieto. Algo va muy mal. ¿Cómo podría no ir mal? He visto a esa monstruosidad...

—¿Lord Ilryth? —pienso de nuevo, más alto. No me importa quién pueda oírme. De hecho, mejor que me oigan todos. A lo mejor consigo despertar a alguien y no tendré que sentir como si su vida se hubiese convertido de repente en responsabilidad mía.

¿Por qué no hay nadie más despierto? ¿Por qué no están todos ayudándolo?

Sigue sin haber movimiento. Ningún cambio. Está tan inmóvil como la muerte.

—¡Que alguien lo ayude! —grito con mi mente—. ¡El duque Ilryth necesita ayuda!

No se produce movimiento alguno, ni en el complejo ni en el duque, a medida que un amanecer frío se extiende por el mar.

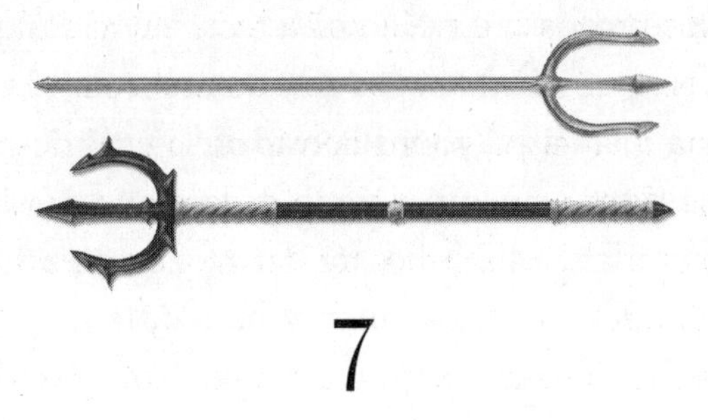

7

Hay un instinto que se despertó en mí desde la primera vez que subí a un barco como capitana: jamás dejaría atrás a ningún hombre o mujer.

No durante mi guardia.

Nadie sería abandonado, dejado de lado, rechazado, descartado o ignorado. Todas las almas son merecedoras de que alguien se lance por ellas al más picado de los mares para salvarlas. Da igual lo mal que pinte la situación en la superficie, si hay un solo atisbo de esperanza, si queda un ápice de aliento en mí, yo seré la mano que se tiende.

Ese instinto es más fuerte que cualquier animosidad que pueda sentir hacia este sireno. Combinado con la sensación de inutilidad que me ha rodeado toda la noche, mientras observaba, provoca que la impotencia no haga más que crecer en mi interior.

Sin pensar siquiera en la correa mágica que me retiene, me doy impulso contra los huesos de ballena. La correa se tensa de golpe, intenta frenarme. Esas manos invisibles me arañan, tiran de mi piel. *No.* aprieto los dientes, los músculos en tensión, mientras pataleo. *No permitiré que me retengan ni un segundo más.*

Oigo un *pop* entre mis escápulas. Entonces me deslizo sin esfuerzo a las aguas abiertas que se habían burlado de mí hacía tan solo unas horas. Me giro hacia atrás para mirar la jaula un segundo; me siento traicionada. *¿Cómo te atreves?*, querría decir.

Me he pasado la noche entera tratando de escapar y ahora va la magia y se rompe. *Maleducada.*

Muevo los brazos y las piernas a toda velocidad para nadar lo más deprisa que puedo sin ayuda de una cola, sin quitarle el ojo de encima a la lejana pared detrás de la cual desaparecieron los guerreros. Busco cualquier signo de la monstruosidad contra la que estaban luchando. Antes de darme cuenta siquiera, estoy al lado del duque.

Su cabeza aún cuelga inerte, los labios entreabiertos. No reacciona ante mi repentina presencia. No se produce ni un movimiento de las aletas a ambos lados de su cara. Tiene moratones circulares salpicados por la cintura y los brazos, además de unas cuantas magulladuras menores, aunque por lo demás todo parece en orden... Sin embargo, las apariencias pueden ser engañosas. Alargo la mano y apoyo la palma contra su pecho.

Un relámpago me atraviesa de arriba abajo. El fogonazo de luz estalla detrás de mis ojos, tan brillante como mirar al sol. Me ciega unos momentos, al tiempo que un dolor abrasador sube por los dibujos nuevos y viejos tatuados en mi piel. Bufo entre dientes pero me niego a retroceder. En lugar de eso, aprieto más la mano contra su pecho.

Su corazón late, pero con debilidad.

—*Perfecto*, estás vivo. Allá vamos, entonces. —No puedo decidir si me siento agradecida de sentir el aleteo de su corazón o no. No es como si le tuviese demasiado cariño a este hombre. Pero... eso tampoco significa que quiera que muera.

Lo agarro del brazo y lo paso por encima de mis hombros. El dolor está menguando, pero en el fondo de mi mente empiezo a oír murmullos. *Cobarde... ¿cómo te atreves?... hazlo...* Por inquietantes que sean los susurros, hago un esfuerzo por ignorarlos. Ahora mismo, lo único que importa es conseguir ayuda. Intento nadar, pero es difícil con esa montaña de músculos a cuestas, y no tengo ni idea de a dónde llevarlo.

—¡Fenny! ¡Lucia! ¡Sheel! ¡Alguien! —Imagino que mis pensamientos reverberan por la mansión. Pienso en las caras de cada uno de ellos mientras digo sus nombres, con la esperanza de poder conectar con ellos.

A lo mejor se me da bien la magia y aprendo rápido, porque funciona.

—¿Su Santidad? —La voz de Lucia roza mis pensamientos con la misma suavidad que una ola pequeña rozaría contra el casco de un barco. Es una sensación extraña cuando no puedo ver a la persona que habla. Aunque no tan rara como hubiese sido de no haber tenido una canción sonando en el fondo de mi cabeza durante años.

—¿Santidad? —La palabra corta a través de mi mente llena de confusión.

—Sí, tú eres la ofrenda, la sagrada extensión de nuestro lord...

—¡El duque Ilryth está herido! —suelto de golpe cuando intuyo que la explicación va a alargarse mucho más de lo necesario. *Marcada por los antiguos dioses, considerada sagrada, lo pillo.*

—¿Qué? —La palabra llega acompañada de una intensa confusión.

Oh, por todos los demonios... ¿Ha oído mis otros pensamientos? Pues menos mal que aprendo rápido. Me concentro en dos palabras:

—¡Ven aquí! —La joven emerge de una de las torres de coral de la gran mansión de Ilryth—. ¡Aquí!

Se gira y por fin nos ve; acabamos de cruzar casi por completo la pequeña distancia entre el muro protector y la mansión. Sus labios se separan. Con la boca abierta de par en par, canta una nota aguda. Sé reconocer una alarma cuando la oigo.

Sheel es el segundo en llegar, emergiendo de un balcón con una lanza de madera en la mano. Fenny también nada por encima de los tejados. Blande una espada corta hecha de hueso afilado y parece sorprendentemente temible para una mujer que en principio solo me había parecido estirada y severa. Lucia ya está a medio camino de nosotros y Sheel está a punto de alcanzarla.

—¿Qué estás haciendo fuera de tu cámara de unción? ¡Y la ofrenda no debe entrar en contacto con otros seres, podrías alterar tu desconexión con este mundo! —me gruñe, al tiempo que me enseña los dientes. Me fijo en que tiene seis colmillos, cuatro arriba y dos abajo, en lugar de solo dos como tenemos los humanos. Es como si su boca fuese en parte tiburón—. ¿Qué desgracia habrás hecho caer sobre nosotros por tu blasfemia?

—La próxima vez que vuestro duque necesite que lo salven, me limitaré a dejarlo morir, si es lo que preferís —le gruño de vuelta, al tiempo que le enseño mis propios dientes, aunque distan mucho de ser tan temibles como los suyos. Sheel parece sorprendido por mi tono y se endereza mientras se echa hacia atrás.

—¿Morir? —Hay una confusión genuina en su pregunta, que da paso al horror cuando mira de verdad a Ilryth por primera vez—. No me digas que fue con los guerreros a la fosa oceánica. —Me da la impresión de que se le han escapado esas palabras sin querer. Un pensamiento que Sheel había pretendido guardarse para sí mismo.

—Desde luego, no he sido yo la que le ha causado estas heridas. —Cambio mi agarre sobre Ilryth. Es incómodo nadar con la montaña de músculos que es este hombre. Además, sigue del todo inerte—. Parecen graves.

—Lo son —dice Lucia, mientras agarra el otro brazo de Ilryth. Tiene los ojos muy abiertos de la preocupación. Un pánico aún más profundo que el de Sheel. El parecido familiar entre ella y el duque fue claro desde el primer momento en que los vi a los dos. Aunque los rasgos suaves de Lucia no se parecen en nada a la mandíbula fuerte y los ojos intensos de Emily, veo a mi hermana en su preocupación—. Pero sus heridas físicas no son en absoluto tan preocupantes como las que no podemos ver.

¿Acaso no es siempre así?, pienso. Lucia me regala una sonrisa cansada. Debe haberme oído. Finjo que no lo ha hecho.

—Tiene que dejar de tocarlo, Santidad. Permíteme ayudar. —Sheel agarra el brazo que estoy sujetando justo cuando llega Fenny.

—¿Qué le ha pasado? —Las palabras de Fenny están cargadas de preocupación, pero tiene el ceño fruncido en una expresión de desaprobación.

No se me escapa cómo Fenny mira también en mi dirección con ojos acusadores. Le devuelvo una mirada igual de ceñuda. ¿Por qué creen todos que tengo la capacidad para causarles una desgracia cuando *soy yo* a la que tienen encerrada en una jaula y a la que planean *sacrificar?*

Fenny aparta la mirada. No estoy segura de si ha oído mi agitación o no.

—Lo peor, sospecho —responde Lucia con tono lúgubre—. Pero cuidaremos de él. Ve a entonar un himno con la gente del ducado. Uno de protección y seguridad.

Fenny asiente y se aleja a toda velocidad en dirección contraria a donde se dirigen Lucia y Sheel. Miro a ambas direcciones y al final decido ir con Ilryth. La única razón por la que logro alcanzarlos es porque van cargados con el peso del duque.

Al nadar por encima de él ahora, me hago una idea mejor de cómo es el complejo palaciego. Al igual que un arrecife, muchas estructuras se han construido unas encima de otras, desperdigadas por el suelo oceánico rocoso y arenoso de un modo aparentemente aleatorio, casi orgánico. Muchas están conectadas por túneles y arcos de coral, pero no todas. Y varias torres se estiran hacia arriba, girando en espiral con ramas espinosas.

Nos dirigimos hacia un puñado de edificios en el centro, desconectados en su mayor parte del resto del complejo. Una gran estructura con un tejado abovedado de coral cerebro sobresale entre ellos, paralela a muro que sirve de barrera contra monstruos y contra esa agorera neblina roja. Ahí es donde nos acercamos hasta entrar por un balcón. Es un dormitorio, según constato enseguida. Aunque no se parece nada a ningún dormitorio que haya visto nunca.

Hay marcas grabadas en cada una de las columnas que bordean el pequeño balcón por el que entramos, sus líneas y formas similares a las marcas de nuestros cuerpos y de los huesos de ballena de mi antigua jaula. En la pared del fondo, en el lado opuesto al que da al mar, hay un túnel. Unas algas tipo musgo crecen de una plataforma frente a mí, serpentean por la pared y por el techo, para luego perderse por el túnel. Unas minúsculas florecillas rutilantes asoman entre las algas e iluminan la habitación.

Sheel y Lucia llevan a Ilryth hasta la plataforma antes de colocarse uno a cada lado del duque. Empiezan a tararear, mientras se mecen adelante y atrás. Otros cantantes a los que no veo se unen a la melodía y las armonías resultantes resuenan en lo más profundo de mi ser. El resplandor plateado de las florecillas nacidas de las algas musgosas se intensifica y envuelve a las tres personas delante de mí. Unas pequeñas ondas distorsionan la neblina luminiscente, cambiando de frecuencia con cada cambio de nota aguda o grave. Se forman pequeñas burbujas por la piel de Ilryth que luego se liberan para formar lazos hechos de perlas etéreas.

Después de unos minutos, las dos sirenas dejan de mecerse y mantienen una breve conversación que no soy capaz de oír. Sheel se aleja despacio y Lucia se recoloca para flotar por encima de la cabeza de Ilryth, las dos manos apoyadas en la sien del duque. La joven tiene la cola recta hacia arriba, apoyada con un leve arqueo contra las algas musgosas del techo. Su rostro está cerca del rostro del duque y continúa cantando con suavidad en armonía con la música que aún cabalga las corrientes en torno a la mansión.

—¿Qué le ha pasado? —me atrevo a preguntarle a Sheel cuando da la impresión de que ya no está participando en la canción. El hombre tipo tiburón parece furioso. Tiene los grandes brazos llenos de cicatrices cruzados delante del pecho. Una expresión de pocos amigos grabada en la cara.

—Ha ido a las profundidades marinas cuando se suponía que no debía ir. Después de jurar que no lo haría. El resto de nosotros nos fuimos a descansar y creí que él haría lo mismo. La cosa iba a ir bien sin él. —Sheel niega con la cabeza—. Le dije que es demasiado peligroso para él ahí abajo estos días, en especial desde que la Punta del Alba está ocupada con otros asuntos. Pero él insiste en que «es deber del Duque de las Lanzas estar en primera línea de la defensa».

La enorme cantidad de nombres y lugares y personas sería mareante si no estuviese acostumbrada ya a aprender deprisa ese tipo de cosas para mi trabajo.

—Dices que fue «ahí abajo». ¿Te refieres al otro lado del acantilado?

Sheel me mira, los ojos cargados de ira. Pero esta se diluye deprisa, como si acabase de acordarse de que no tengo ni idea de cómo funcionan las cosas debajo de las olas.

—Sí. A la Fosa Gris.

—¿Ahí es donde viven los monstruos?

—Monstruos y espectros. —Hace una pausa—. Entonces, ¿has visto a uno? —Asiento. La arruga del ceño de Sheel se profundiza—. No me sorprende que se sintiese obligado a ir. Los emisarios de Lord Krokan se aventuran cada vez más cerca…

Ese aparte me hace sentir mucho menos segura. Espectros. Monstruos. Todos a las puertas de este lugar.

—Fue con más guerreros.

—Si ellos van, él va.

Siento respeto por los hombres que no ordenan a otras personas hacer algo que ellos no estén dispuestos a hacer.

—Pero él ha sido el único en regresar —añado en voz baja. Mis ojos se deslizan de vuelta hacia el duque, aún inconsciente. Sé lo horrible que es eso… ser el único superviviente. Una culpa incesante me persigue sin cuartel, amenaza con alcanzarme cada vez que me quedo quieta—. ¿Has dicho que era su responsabilidad como Duque de las Lanzas? —Repetir los nombres de las personas y de los sitios me ayuda a recordarlos… y espanta a los otros pensamientos.

—Sí. Cada ducado tiene su propia responsabilidad primordial con el Mar Eterno. Están el Ducado de la Fe, de la Cosecha, de la Erudición, de los Artesanos y de las Lanzas. Se espera que cada ducado sea autosuficiente, por supuesto, pero se especializan en aspectos singulares para cubrir los vacíos de los otros ducados. Están gobernados por un coro compuesto por los cinco duques o duquesas, el mayor de los cuales sirve como nuestro rey o reina cuando se necesita un solo cabeza de estado —explica Sheel. Me ofrece una explicación extensa, pero no dice nada del hecho de que el resto de los guerreros no hayan regresado. Comprendo su intención, inconsciente o no, y permito que la conversación siga su curso.

La idea de los ducados tiene sentido para mí. No difiere mucho del hecho de que una región específica de Tenvrath tenga la mayor colección de granjas porque la tierra de la zona es la más fértil. Los comerciantes tienden a especializarse en función de su proximidad a unos artículos u otros. Incluso los miembros de una tripulación conocen un puesto en el barco mejor que otros porque es hacia donde se sienten inclinados por naturaleza, pese a deber ser capaces de sustituir también a cualquier compañero.

Sheel permanece concentrado en Ilryth, la preocupación muy patente en sus ojos.

—Puesto que este ducado es el más próximo a la Fosa Gris, nuestro duque es el responsable de proteger al Mar Eterno de los espectros.

Ilryth había mencionado algo de que unos espectros habían poseído a las sirenas que intentaron llevarme consigo hace años.

—¿Los espectros son lo mismo que los fantasmas? —pregunto, aprovechando el hecho de que Sheel parece muy locuaz cuando trata de distraerse de otros asuntos.

—No del todo. Los fantasmas aún rigen con sensatez; tienen el alma más intacta. Los espectros son fantasmas que se han perdido y ahora solo llevan consigo odio y violencia. Provocan el caos entre los vivos y, una vez que han debilitado un alma, pueden destruirla para poseer el cuerpo. —Sheel por fin aparta la mirada y hace un gesto hacia la lanza de madera que lleva—. La armadura que visten nuestros guerreros, las armas que empleamos y las defensas que creamos contra esos monstruos están fabricadas con el tronco y las raíces del Árbol de la Vida. Solo una lanza de madera de ese árbol puede destruir a un espectro.

Doy por sentado que el Árbol de la Vida debe de ser esa estructura enorme que sospeché ver cerca del castillo cuando llegamos aquí.

—¿Por qué no llevaba armadura el duque?

—¿No la llevaba? —Sheel parece sorprendido. Niego con la cabeza.

—Unos cuantos de los guerreros sí llevaban, pero él no.

Maldiciones que no conozco corren por mi mente. Sheel se frota las sienes y las palabrotas desaparecen.

—Siento que hayas tenido que oír eso.

—Soy marinera, no me molesta el lenguaje malsonante. Aunque estoy impresionada de que tengáis palabras que no he reconocido.

—La lengua antigua de las sirenas. Es en la que todavía cantamos muchas de nuestras canciones.

—Ah, tendrás que enseñarme algunas en algún momento. Me encantaría llevarle unas cuantas palabras nuevas y deliciosamente soeces a mi... —Mis pensamientos se paran en seco. *A mi tripulación.*

Una breve arruga de preocupación cruza la expresión hasta entonces furibunda de Sheel. Aun así, evita disculparse ni darme sus condolencias, lo cual le agradezco. No creo que pudiera soportar la disculpa de un sireno, no cuando sigue habiendo momentos en los que le guardo rencor a su especie por mi actual situación lamentable. En cualquier caso, reconozco mi parte de culpa, las elecciones que hice y que me han traído hasta aquí, excepto por los seis meses que me ha robado Ilryth.

—Aprenderás nuestras viejas lenguas, igual que aprenderás nuestras costumbres. —A lo mejor su locuacidad no era una mera distracción—. Debes hacerlo antes de ser sacrificada ante Lord Krokan.

Es mi turno de cambiar de tema.

—¿Por qué no llevaba armadura el duque?

Sheel aprieta la boca en una línea dura.

—No hay suficientes para todos.

—Ah, renuncia a ponerse armadura para que sus hombres puedan estar más protegidos —deduzco.

—En efecto. —Sheel me mira pensativo. Su ira ha dado paso a algo que casi parece curiosidad—. ¿Cómo lo has sabido?

Observo la figura inmóvil de Ilryth. Es un duque. Un líder por derecho propio. En Tenvrath existen lores comerciantes, de entre los cuales se elige el consejo; me da la impresión de que es un sistema no muy distinto a este coro de sirenas. Estoy familiarizada con el sistema de liderazgo por cómo es en mi tierra, así como en mis barcos.

—Soy capitana. —Las palabras siguen siendo pensamientos proyectados, pero no parecen provenir de mi cabeza. Provienen de mi corazón. *Soy* capitana, incluso sin barco. Es algo que está entretejido con mi propia esencia—. Sé lo que es estar dispuesta a sacrificarlo *todo* por la gente de la que eres responsable. Por aquellos a los que quieres...

La culpabilidad se apodera de mí. ¿Puedo llamarme a mí misma capitana cuando mis marineros están muertos por mi culpa? Yo, *la gran capitana Victoria*, que jamás había perdido a un solo miembro de su tripulación, los he perdido a todos en una sola noche.

¿Y si...? La pregunta vuelve a mí, me atormenta sin cesar. En mis noches más oscuras, cuando mi única compañía es mi peor enemigo, no puedo evitar preguntarme si aquellos a mi alrededor no hubiesen estado mejor sin haberme conocido nunca. Las dudas envenenan mi sangre, alimentan mis músculos y me empujan a trabajar sin descanso. Quizá, con el sudor y el esfuerzo suficientes, tal vez, un día, sea digna de su lealtad y admiración.

—Su Santidad. —Lucia levanta la cabeza, me mira a los ojos y me saca de golpe de mi ensimismamiento—. Tal vez necesite tu ayuda.

Me sigue resultando extraño que me llamen «santidad», aunque ahora no parece el mejor momento para intentar convencerla de que deje de hacerlo.

—¿Ayuda cómo?

—Flota por encima de él.

—¿Perdón? —Incluso en mi mente, la palabra lleva una especie de sorpresa tartamuda en ella.

Lucia se mueve un poco, sin apartar las manos de ambos lados de la cara de Ilryth. La luz parece parpadear cuando interrumpe su canción para hablar.

—En horizontal… nariz con nariz, pies con cola.

—¿Por qué?

—Estás ungida con las canciones de los antiguos, una unción realizada por su mano… —Hace una pausa para cantar un verso, junto con lo que suena como Fenny en la distancia—. Eres como un puente entre el poder de los antiguos y él. Y yo… —Hace otra pausa, frunce el ceño, tuerce la boca para fruncirla también—. Yo sola no soy lo bastante fuerte para salvarlo.

—¿Dolerá? —pregunto, aunque ya me estoy moviendo. Me doy un leve impulso contra el suelo rocoso y me deslizo hasta mitad de camino entre el techo y la cama de Ilryth. He llegado hasta este punto para salvarlo. No voy a parar ahora. Además, la mejor opción de obtener lo que quiero es ayudar a mantenerlo vivo. Va a estar en deuda conmigo por esto.

—No, no debería.

—Vale. —Con pequeños giros de muñeca y pataditas con los pies, me coloco sobre él y me deslizo despacio hasta pararme. Soy muy consciente de la posición en la que estamos. Ha pasado media década desde la última vez que estuve encima de un hombre y el calor que irradia su cuerpo me sirve de vívido recordatorio. Mi deseo acumulado ignora alegremente el hecho evidente de que este no es en absoluto ni el lugar ni el momento para eso. Me lo trago, bien entrenada en no dejar que las emociones o los deseos tomen el control de mí.

Más cerca, por favor. Necesito tus manos en sus sienes, debajo de las mías.

—Creía que se suponía que no debía tocarlo.

—En este caso no pasa nada. —Sus palabras están cargadas de desesperación. No estoy segura de que «no pase nada», pero no creo que a Lucia le importe ahora mismo. No puedo culparla. Si fuese Em, yo rompería todas las reglas para salvarla, sin importar lo que opinasen los antiguos dioses.

Con unos cuantos movimientos un poco torpes, bajo lo suficiente como para alcanzar las sienes de Ilryth. Las manos de Lucia me hacen sitio para deslizar las mías debajo de las suyas. Apoyo las yemas de los dedos sobre la piel del duque.

Un hormigueo recorre mi cuerpo, similar al que sentí la última vez que lo toqué. Soy una anguila, electrificada de la cabeza a los pies. Durante unos instantes, el mundo se sume en un silencio expectante, la música palpita a lo lejos.

Mis labios se entreabren. El brillo que envuelve al duque cambia de colores de un plateado suave a un dorado cálido. Las burbujas no solo emanan de su piel, sino también de la mía. Aumentan en cantidad, como si tratasen de arrastrarme con su efervescencia. Pero no puedo apartar las manos de él. Es como si estuviésemos pegados el uno al otro.

Las emociones guerrean en mi interior; la atracción y la repulsión se enzarzan en una batalla. El imán que tiene sobre mí se intensifica; mis ganas de apartarme con brusquedad aumentan en la misma medida. La curiosidad no puede esperar a ver qué sucede a continuación. El deber de salvarlo, de *no dejar a ningún hombre atrás*, alimenta mi determinación. Aun así, al mismo tiempo, unos susurros callados están presentes en el fondo de mi mente para recordarme que este hombre me ha traído aquí por la fuerza y es posible que haya condenado a mi familia. Cada historia, cada instinto de marinero, me dicen que mi enemigo está debajo de mí, me incitan a mover las manos y cerrarlas en torno a su cuello.

No. Me niego a pagar su crueldad con la misma moneda. Hice mis elecciones, me metí en esto por voluntad propia. Y voy a llegar hasta el final.

Una pausa. Como si el mundo entero hubiese sido succionado por una inspiración. No hay movimiento. No hay sonido.

Entonces, la quietud da paso a una melodía diferente. Esta no es la que estaban cantando las sirenas para curarlo, sino algo nuevo. Una canción en disonancia con la que Ilryth implantó en mi alma aquella noche hace mucho tiempo; las dos chocan contra un tercer cantante que prácticamente está aullando por debajo de todo ello.

La cacofonía aumenta, en tándem con la luz. Ya no siento las burbujas sobre mi piel, ni las corrientes a mi alrededor.

De golpe, una luz solar sin filtros me ciega.

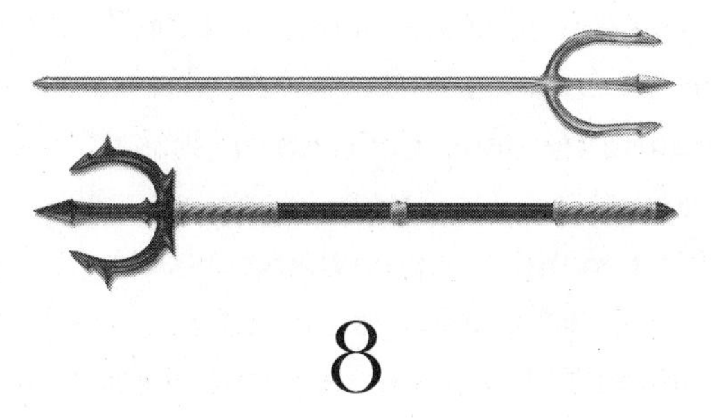

8

Estoy de pie en una playa blanca como la tiza. La arena es tan fina que casi parece brillar con una iridiscencia prismática. Las olas rompen contra unas raíces tan grandes como el casco de un barco, raíces que se enroscan alrededor de este lugar arenoso de un modo que recuerda al nido de un pájaro. Se conectan hacia arriba con un árbol inmenso que parece un millar de árboles más pequeños fusionados en uno solo. Se alza hasta tan arriba que sus ramas más altas perforan los cielos y se enredan con las nubes.

La playa en sí está salpicada de trozos de madera incrustados en la arena. Algunos tienen la misma tonalidad marrón dorada que el árbol que crece a su alrededor. Otros llevan al sol tanto tiempo que las vetas de la madera se han descolorido a un tono ceniza pálido.

Este debe de ser el Árbol de la Vida y la playa que Sheel me acaba de describir. Pero ¿por qué...? ¿*Cómo* estoy aquí? Las preguntas me intrigan y me emocionan. Mi sentido común me dice que debería tener miedo, pero me he pasado la mayor parte de mi vida adentrándome en lo desconocido, yendo a sitios con los que nadie nadie más se atrevería a soñar con aventurarse siquiera.

Al girar la cabeza, noto que el mundo está envuelto en una especie de neblina. Está borroso por los bordes. No siento el calor de la arena ni oigo el susurro del viento. Todo parece lejano, tenue.

Es entonces cuando me doy cuenta de que en el otro extremo de la playa, el más cercano al tronco del árbol, hay una mujer adulta y un hombre joven. A primera vista parecen humanos, pero una inspección más detallada revela las suaves protuberancias cartilaginosas que suben por sus mejillas y se despliegan en las orejas tipo aleta de las sirenas. Sobre su piel clara veo también sus marcas distintivas. No obstante, hay una diferencia notable entre ellos y las sirenas que conozco.

Estos caminan con torpeza sobre dos piernas mientras recorren despacio la distancia que los separa del tronco principal. Clavo la mirada en ellos, tratando de encontrarle un sentido a lo que estoy viendo. ¿Son seres distintos a las sirenas? ¿O quizás una transformación? Esto último parece más probable. En el agua son poderosos, los gobernantes imparables de los mares, pero... en tierra parecen cervatillos recién nacidos.

Echo otro vistazo a mi alrededor, luego echo a andar hacia ellos. No tardo nada en alcanzarlos a su ritmo lento y, cuando estoy a medio camino, veo que el hombre joven tiene una estrecha franja de escamas a lo largo de la columna que desaparece bajo la tela que rodea su cintura. Las escamas muestran un tono turquesa que me es muy familiar.

—Ya no queda mucho. —La mujer sigue hablando sin mover la boca. Me pregunto si serán capaces de hablar en tierra firme. También vuelvo a preguntarme cómo pueden caminar sobre dos piernas.

—Madre, me siento como si fuese a marchitarme y secarme aquí arriba. —El joven tiene aspecto de no tener más de quince años. Incluso ese cálculo podría ser generoso.

—Puedes hacerlo. Ya no queda mucho. Nunca te encomendaría una tarea que no fueses capaz de realizar. —La mujer le dedica a su hijo una sonrisa cálida. El parecido familiar es inconfundible. Aunque ella tiene el pelo largo, suelto hasta la cintura, y el joven lo lleva muy corto, ambos tienen la misma mandíbula y unos ojos igual de avispados que revelan una naturaleza inteligente y un espíritu cálido—. Pronto estaremos de vuelta en el agua.

El chico sigue adelante, encabezando la marcha con pasos decididos, pero es demasiado ambicioso. Desequilibrado, vacila y se cae. La mujer llega a su lado al instante para ayudarlo a levantarse. Ella tiene mucho más control sobre su cuerpo bípedo.

—Puedo hacerlo. Puedo hacerlo —insiste él, con todo el orgullo testarudo de la juventud.

La mujer le deja espacio para ponerse de pie con esfuerzo.

—¿Hola? —digo en voz alta, pero no se giran. Ya he sospechado que eso podía pasar cuando me he acercado hace un momento y ellos ni siquiera habían echado un vistazo en mi dirección. No hay ni un alma más en esta playa, así que es imposible que no me hayan visto… *si es que* pueden verme.

Por fin llegan al pie del árbol. Veo que hay una puerta empotrada en el tronco en sí. Han crecido ramas y enredaderas por encima de ella, como barrotes gruesos. Son como una barricada contra el mundo. Los únicos signos de un intento de entrar son cinco enredaderas leñosas que tienen trozos cortados y apartados a un lado. Las heridas aún lloran una savia roja oscura.

—Ahora, como practicamos —indica la mujer.

El chico, un hombre joven (un joven Ilryth, por lo que veo), se arrodilla y apoya las palmas de ambas manos contra la puerta. Levanta la cara hacia el cielo y entreabre los labios para dar comienzo a una estremecedora canción que serpentea entre las hojas plateadas que caen a su alrededor. La voz del joven aún tiene que cambiar del todo a su tono grave de adulto, por lo que ahora alcanza notas agudas de una intensidad casi estridente.

Me hormiguea el antebrazo al oír el sonido. Es la primera sensación real que he tenido desde que he llegado aquí y llama mi atención hacia las marcas de mi piel, que parecen las mismas de siempre.

Cuando la canción termina, las dos figuras esperan, los ojos fijos en la puerta.

Ilryth deja caer los hombros.

—No he oído su canción.

—Yo tampoco —admite la madre con un tono en el que contrastan un apoyo cálido y un rechazo cansado—. Su voz lleva en silencio varios siglos ya. Ni siquiera los más viejos de entre nosotros hemos oído sus palabras. No hay ninguna vergüenza en ello.

—Pero pensaba que Lady Lellia podría indicarnos otro camino. —El joven sigue encorvado, de espaldas a su madre. Sus siguientes palabras suenan tan pequeñas que, de haberlas articulado con la voz, dudo que las hubiese oído—. Que yo podría ayudar...

—Hijo mío, la mejor forma de ayudar es asumir el cargo para el que naciste. —Se arrodilla a su lado.

—Pero si hago eso, tú... tú te... —Su voz se quiebra.

—Haré lo que tenga que hacer para proteger a la gente a la que quiero. —La mujer se sienta y tira del chico para abrazarlo con fuerza. Deposita un beso en su sien—. Ahora, tú harás lo que debes para proteger nuestro hogar, a aquellos a los que queremos; a tus hermanas y a tu padre.

—No estoy preparado. —Esconde la cara en las manos—. Apenas puedo cantar la canción para caminar por la tierra sagrada de Lellia.

—Estarás preparado cuando llegue el momento. —La madre consuela a su hijo, aunque no lo mira cuando habla. Mira por encima del hombro del joven con una expresión relajada y distante que llega mucho más allá del horizonte.

—¿No habrá otra manera?

—Ilryth... —La mujer vuelve a mirar a su hijo, luego al árbol que se alza por encima de ellos. La boca de la madre de Ilryth está apretada en una línea firme de determinación, pero sus ojos casi rebosan de tristeza—. El duque Renfal dice que Lord Krokan quiere que se sacrifiquen ante él mujeres rebosantes de vida y que hayan tenido la bendición de Lady Lellia en sus manos. Esta fue la información por la que el duque entregó su vida. Los demás sacrificios no han funcionado; nuestros mares son cada vez más peligrosos.

—Sí, pero ¿por qué tienes que ser *tú*? —Ilryth levanta la vista hacia su madre.

Ella retira el pelo de la frente del joven. En brazos de una madre, todos los hombres se convierten en niños.

—Porque ¿quién está más rebosante de vida que la Duquesa de las Lanzas? ¿Quién tiene una bendición más fuerte en sus manos que yo, con la Punta del Alba? ¿Quién mejor que una cantante del coro? —Sonríe, pero la sonrisa no se refleja del todo en sus ojos—. Mi deber es proteger nuestros mares y a nuestra gente a toda costa. Ese es también tu deber. Debes realizar tu juramento para que mi unción pueda comenzar.

—No creo que pueda... —El chico baja la vista, avergonzado.

—Por supuesto que puedes.

—Hazlo. —Una voz nueva interviene. Una voz familiar. Me giro hacia atrás. A mi espalda, en la playa a lo lejos, está el Ilryth que conozco. Un hombre adulto.

No tiene dos piernas sino que se alza, con cola y todo, como suspendido en el agua. Se mueve como lo haría en el mar, aunque aquí vuela por el aire.

—¿Ilryth?

Por alguna razón, no me oye. A lo mejor tampoco puede verme, porque pasa a toda velocidad por mi lado en dirección al joven.

—Ilryth, ¿qué es este lugar? ¿Qué está pasando? —intento preguntarle.

Ilryth se alza amenazador por encima de su imagen más joven. Rezuma desdén y odio mientras el chico aparta los brazos de su madre y adopta su posición delante de la puerta del árbol una vez más. Sin embargo, no levanta las palmas de las manos hacia la madera. Ilryth trata de empujar a su ser más joven hacia delante. Los músculos de adulto se tensan a la luz del sol, abultados por el esfuerzo. Tiene el ceño fruncido de la ira, pero el chico bien podría estar esculpido en plomo, ya que está completamente ajeno a los esfuerzos de su yo adulto.

—¡Ilryth! —grito.

—¡Hazlo! —le chilla él a su imagen joven—. ¡No lo retrases! ¡No seas el que la retiene!

—Ahora, jura tu lealtad a los antiguos dioses y al Mar Eterno que naciste para proteger —le indica su madre con ternura—. Realiza tus juramentos para que puedas blandir la Punta del Alba.

—Madre, yo… —El joven Ilryth no se ha movido, indiferente a su ser más mayor.

La mujer abre la boca para volver a hablar, pero la cierra con un suspiro. La resignación alisa su frente. Su cabeza se ladea, solo un poquito.

—Muy bien —cede al fin, y se arrodilla a su lado una vez más—. Era demasiado pedir a alguien tan joven como tú. A ningún otro duque o duquesa se le ha pedido nunca que asuma su papel tan pronto. Si no estás listo para jurar tu vida al Mar Eterno y empuñar la Punta del Alba como el Duque de las Lanzas, no tienes que hacerlo.

—Odioso, desgraciado, débil, cobarde —masculla Ilryth. Agarra la mano de su ser más joven e intenta apretarla directamente contra el árbol. Aun así, no puede influir sobre nada en este mundo.

—Ilryth, ¿estos son tus recuerdos? —me atrevo a preguntar, pues no le encuentro otra explicación. Sigue sin oírme.

El joven Ilryth mira a su madre. El miedo anega los ojos del chico. Se le ve vulnerable. Está aterrado, pero también aliviado.

—Madre, ¿estás segura?

—Sí. Este es un deber que uno debe estar preparado para aceptar. Es un honor, no una desgracia. —La mujer le regala una sonrisa cálida.

—Pero la unción… —empieza el joven.

—No requiere *tanto* tiempo. —La mujer pasa un brazo alrededor de los hombros de su hijo y lo ayuda a levantarse—. Cuando deba empezarla en serio, tendrás diecinueve años. Entonces estarás preparado para empuñar la Punta del Alba, estoy segura.

A pesar de sus esfuerzos obvios por contener su emoción, los ojos del joven Ilryth están brillantes. Le tiembla un poco el labio.

—¿Te avergüenzas de mí?

De alguna manera, incluso en tierra, incluso torpe e incómoda, la mujer se mueve más deprisa de lo que jamás creí posible. Agarra a su hijo por detrás de la cabeza y alrededor de los hombros. En el mismo movimiento, aprieta sus labios contra su frente.

—No. Nunca, hijo mío.

—¡Sí! —El Ilryth adulto sigue intentando apartar a su yo más joven. Forzarlo a acercarse al árbol para aceptar el título de duque. Pero sus esfuerzos son cada vez más débiles. Sus fuerzas lo están abandonando. Sus hombros empiezan a caer—. Sí —repite con voz rasposa, en algún punto entre la ira y las lágrimas—. Siempre se avergonzará de ti, patético cobarde. Es culpa *tuya* que su muerte no sirviese nada… que no pudiese cortar sus lazos mortales lo suficiente para sofocar la ira.

—Ilryth, basta ya. —Doy un paso adelante. Sigue sin mostrar reacción alguna a mi presencia.

—Eres mi hijo, la luz para el árbol de mi vida. Jamás podría avergonzarme de ti. —La mujer acaricia la cabeza de su hijo una vez y luego lo suelta con una sonrisa alentadora—. Ahora, regresemos al mar. Volveremos dentro de unos años.

Los dos empiezan a marcharse, pero el Ilryth adulto no se mueve. Se deja caer en la arena donde estaba su imagen más joven, la cola doblada debajo de él. Esconde la cara con sus manos.

—Vuelve aquí y cumple con tu deber… cobarde… —Se deja caer hacia delante, hunde las manos en la arena y suelta un grito que hace que el mundo se agriete a nuestro alrededor—. ¿Cuántas veces han de recordarme mis errores? ¿Cuántas veces debo verte morir? —Ilryth se echa hacia atrás, los brazos estirados hacia su madre, que está mucho más allá de su alcance.

Cruzo hacia él con pasos decididos, con un propósito. Cada una de sus palabras despierta un dolor palpable en mi interior, como si su agonía fuese la mía. Retumba a través de los cimientos de este mundo ilusorio provocando grietas de oscuridad con forma de relámpago. De repente, se hace añicos, como un espejo estrellado contra unas piedras. Por los bordes de las imágenes fracturadas brotan unas manos fantasmagóricas que intentan agarrar los límites de esta realidad, la arañan.

—Ilryth, creo que deberíamos irnos. —Pongo una mano sobre su hombro, pero toda mi atención está fija en las monstruosidades que tratan de hacer trizas este sueño convertido en pesadilla. Hay rostros que se mueven detrás de la imagen de este recuerdo. Entidades que hacen que se me pongan de punta los pelillos de la nuca, y que están tratando de abrirse paso hacia aquí.

El duque está tan quieto como una estatua. Su mirada invidente está clavada en un punto en la arena justo delante de la puerta. Su piel se ha vuelto fría. El lustre lo está abandonando. Todo el color desaparece de su cuerpo.

Me arrodillo a su lado, levanto la cabeza para mirarlo a la cara. Todavía no ha registrado mi presencia siquiera.

—Esto no es real —digo despacio. Aunque a mí me parece bastante real ahora mismo. Cada retumbar de la tierra, cada rugido del monstruo que ha atormentado mis propios sueños son tangibles. *Espero* que esto no sea real—. Debemos marcharnos de donde sea que estemos. Esto ha terminado, Ilryth, el tiempo ha seguido su curso y tú debes hacer lo mismo. No tiene ningún sentido ahogarte en lo que no puedes cambiar. Debes seguir adelante.

Ilryth no se mueve.

Cambio de posición, trato de ponerme justo delante de él. Es imposible que no pueda verme ahora.

—Debes sacarnos a los dos de aquí. No sé qué está pasando, pero creo que Lucia me envió aquí para decirte esto: debes volver al mundo real, conmigo.

—Despreciable. Cobarde —susurra Ilryth con un odio visceral—. Si solo hubiese… si la hubiese dejado ir. Pero no podía.

Igual que no podía oír las palabras de Lellia. *Yo* la retuve. Era demasiado buena para morir. Debí ser yo la ofrenda ese día, no ella.

Las palabras son una daga entre mis costillas. Aspiro una bocanada de aire brusca. Mis manos vuelan hacia las suyas y las agarro con fuerza.

—Lo sé... —susurro—. Sé lo que se siente al creer que eres una carga para todos los que te rodean. Que, da igual cuánto lo intentes, nunca es bastante. No puedes quererlos lo suficiente, sacrificar lo suficiente por ellos...

Sigue sin reaccionar. Sigue mirando a través de mí. El mundo a nuestro alrededor continúa temblando. Las sombras están consumiendo los bordes, están corroyendo los detalles.

—Ilryth. —Mi voz se ha vuelto firme—. Tú eres el único que puede salvarnos de esta realidad que se desmorona. Ya no eres ese chico. Eres responsable de mucha gente, y esa gente aún te necesita. Yo... —Las palabras se atascan en el interior de mi garganta. Trago saliva para intentar soltarlas. Me dan náuseas, me revuelven el estómago, pero son la verdad y ahora mismo no puedo dejarme llevar por mi orgullo. No puedo permitir que mi propio miedo a depender de otra persona me retenga—. *Yo* te necesito, Ilryth.

Parpadea y hay un momento de claridad en su rostro.

—¿Victoria? —susurra por nuestra mente. Hay algo inesperadamente íntimo en la forma en que lo dice, más intenso por nuestras manos entrelazadas.

—Ilryth, tenemos... —No consigo hablar lo bastante rápido.

Me interrumpe un rugido sonoro y unas rachas de viento azotan la playa. Las raíces del árbol gimen y se parten para caer al pálido mar. A lo lejos, la neblina se condensa en un rostro que está fijo en un eterno grito de enfado. La cara del mismísimo odio.

Ilryth se encorva una vez más, sus ojos se quedan en blanco y vuelve a caer a la arena. Ha vuelto a su ser insensible, como una estatua.

—¿De qué sirvió? ¿Todo ello? ¿De verdad han abandonado los dioses a sus protegidos?

La mención de los dioses atrae mi atención hacia mi antebrazo. Las palabras… una canción que ha cobrado forma en mi piel. Lucia quería que *yo* hiciese esto porque tengo la magia de los dioses. Miro de mi brazo al lejano rostro que se va volviendo más nítido a medida que se acerca.

No sé lo que estoy haciendo, pero…

—Canto fatal, Ilryth. ¿Te das cuenta de lo que me estás obligando a hacer? —Ninguna reacción a mis palabras amargas. Maldita sea—. *Perfecto*. Allá va…

Abro la boca y empiezo a cantar. No con mi mente, sino con mi garganta. Son unas pocas notas temblorosas. Espantosas, en realidad. No he cantado bien nunca, pero ahora canto las palabras según me vienen, por instinto, lo que sea que me parezca bien.

«Ven a mí.
Te llamo a ti.
Ven, ven…».

La claridad invade a Ilryth de pronto y sus ojos se abren un poco. Dejo de cantar de inmediato. Él agarra mi antebrazo tatuado.

—Has cantado.

—Ya te dije que se me daba mal.

Aun así, me contempla asombrado, como si cantase mejor que la *prima donna* más consumada. El momento, sin embargo, dura poco, a medida que Ilryth mira a su alrededor y ve por fin que el mundo se está degradando. Aun así, no le sorprende. Suspira con suavidad y el sonido revela un agotamiento más profundo que el punto más bajo del océano. Sus ojos se posan en el lejano rostro, ese que se acerca a toda velocidad hacia nosotros, como si fuese a consumir toda esta isla de un solo bocado.

—Tenemos que irnos —le urjo.

—Nunca debiste estar aquí. —Sus ojos se deslizan hacia mí y, por un momento, toda la aflicción que una persona es capaz de sentir en la vida es mía. Me la da toda. Simpatía. Compasión. Empatía. Añoranza—. Esta es una pesadilla que nadie más debería tener que soportar.

Ilryth se levanta, suspendido en el aire como si estuviese en el agua. Alarga una mano hacia mí y yo la observo con recelo. La palma de mi mano se desliza contra la suya y, durante una décima de segundo, no hace nada más que agarrar mis dedos. Le sostengo la mirada intensa e intercambiamos mil palabras tácitas. No decimos nada, pero una comprensión que trasciende los mundos se filtra en mi interior igual que el calor de sus dedos. En ese momento fugaz, las barreras entre nosotros no son tan fuertes como a ambos nos gustaría. Y obtenemos un vistazo breve del alma del otro.

Hay una parte de mí que quiere retirarse. Esconder la cara y el corazón. Pero un rincón solitario perteneciente a una mujer que lloró demasiadas noches sola, anhelando el consuelo de un abrazo, no quiere nada más que quedarse aquí, que este momento se alargue el tiempo lo suficiente como para que mi dolor se convierta en una carga compartida, a pesar de que la idea de que alguien vea de verdad mi corazón cansado y en carne viva es tan aterradora como arrancar un trozo de él y regalarlo.

—Salgamos de aquí —susurra cuando los aullidos empiezan a aumentar de volumen y cortan a través del trance.

Asiento, incapaz de decir nada más.

Con un aleteo de su cola, nada hacia arriba por el aire. Me arrastra con él, ingrávida. El aire corre por mi piel y es la primera cosa que siento.

No... no es aire.

Burbujas diminutas.

Parpadeo con la vista al frente y subimos hacia el sol, lejos del rugido a nuestros pies. El mundo continúa fracturándose, sus grietas se extienden hacia nosotros, nos persiguen. Ilryth mira hacia abajo, luego continúa nuestro ascenso con fuertes coletazos regulares.

—Agárrate.

Aprieto más su mano.

Las burbujas se deslizan por encima de mí. Nos estrellamos contra las ramas del árbol y nos recibe una luz cegadora. Suelto una exclamación ahogada y me encojo un poco por instinto, a la espera del dolor. Pero no hay dolor alguno.

Parpadeo mientras la luz se amortigua; ya no estoy cegada por ella. Sigo flotando por encima de Ilryth, en su cama. Las yemas de los dedos de Lucia siguen por encima de las mías, apoyadas en las sienes del duque. Excepto que ahora sus ojos están abiertos.

El duque me mira con atención, como si tratase de volver a colarse en mi mente. Entonces, cuando la realidad se estrella sobre nosotros, su ceño se frunce enfadado. Desliza los ojos hacia Lucia, que deja escapar un gritito de sorpresa y retira las manos de golpe.

—¿Cómo te atreves a meterla *a ella* en esto?

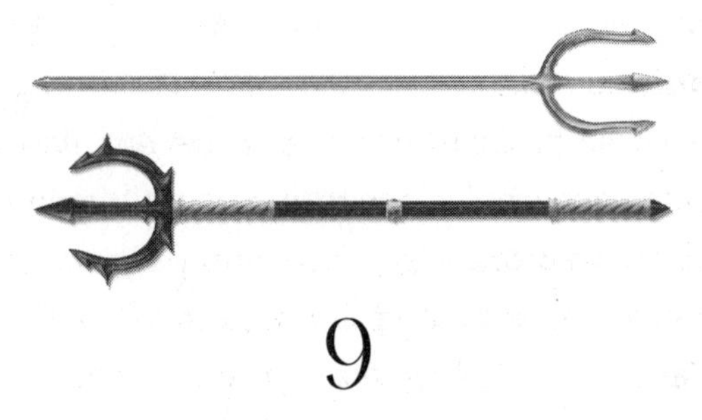

9

—Excelencia, yo... yo... —Lucia se apresura a alejarse nadando.

—Este no es asunto para una humana. Ni siquiera debería estar aquí —espeta Ilryth.

Interpreto eso como una indicación para que también me aleje. El sonido de la ira de un hombre conlleva una sensación empalagosa y violenta que sube por mi columna y agarra la parte de atrás de mi cuello. *Sal de ahí,* me exigen todos mis instintos. El agua está más fresca con distancia entre nosotros. Es más fácil moverse por ella. Pero hay una contracorriente en la proximidad de Ilryth de la que es casi imposible escapar. Contemplo las yemas de mis dedos, donde aún siento las cosquillas, y casi espero que aún brillen y burbujeen.

—Ilryth —dice Sheel con firmeza. Nunca había oído a ninguno de ellos decir su nombre a secas, sin ningún tipo de título adosado. Me sorprende que al primero que oigo hacerlo sea Sheel, en lugar de una de las mujeres que supongo que son sus hermanas. Ahora que he visto a su madre, el parecido familiar entre ellos, Fenny y Lucia son innegables. Al oír a Sheel, Ilryth se queda quieto—. Estabas muy mal. Esta vez ni siquiera respondías. Lucia tuvo que recurrir a medidas drásticas para traerte de vuelta antes de que los espectros consumieran tu alma y se apoderasen de tu cuerpo.

Ilryth se gira hacia la joven con un brillo lleno de odio en los ojos. No puedo evitar cruzar hasta ella. Apoyo una mano sobre el hombro de Lucia. Ilryth no puede estar enfadado de verdad, no puede. Solo los dioses saben que hubo ocasiones en que quería estrangular a Em, pero todo lo que hacía falta para sofocar mi ira por completo era un recordatorio de lo equivocada que estaba en ese momento.

—Hizo todo lo que podía por ayudarte. Deberías estar dándole las *gracias*, no regañándola —declaro con firmeza.

—Ni siquiera sabes de qué estás hablando. —Aunque en principio parece que va a dirigir su ira hacia mí, incapaz de contenerse, al final se reprime. Lo cual ya lo hace mejor hombre que a muchos que he conocido.

—Puede que no conozca los detalles de vuestra magia… puesto que todos vosotros todavía tenéis que explicármela bien —añado con un deje de amargura—, pero sé el aspecto que tiene un hombre que se está equivocando al dirigir su ira y su dolor hacia una mujer joven que no se los merece. —Las palabras reverberan en mi cabeza, dolorosas, un poco demasiado crudas. Son palabras que desearía haber tenido la valentía, o la oportunidad, de decirle a Charles. En lugar de eso, él siempre parecía derrotarme. La joven que era por aquel entonces se acobardaba una y otra vez hasta el punto de que me sorprende que no se hundiera.

Pero ya no soy ella. Soy mejor. Si pude luchar contra Charles hasta el amargo final, a pesar de todas sus amenazas y pullas, puedo sostenerle la mirada a un duque sireno.

Ilryth me señala, los ojos entornados. Un ruido disgustado ondula a través de mis pensamientos, pero niega con la cabeza y aparta la mirada.

—Gracias por tu ayuda, Lucia —murmura, de espaldas a ella.

—Siempre, Excelencia. —Lucia inclina la cabeza. Luego mira en mi dirección—. Gracias, pero eso no era necesario.

Tengo la sensación de que esas palabras han ido solo para mí, por lo que trato de hacer lo mismo y me concentro en ella y solo en ella.

—No me importa si es un duque o un mendigo. No me voy a quedar de brazos cruzados y dejar que alguien te trate así.

—De verdad que no pasa nada. Conozco a mi hermano —dice, con un deje de tristeza. Casi de compasión. Y confirma mis suposiciones con respecto al parecido familiar—. La Fosa es dura para cualquiera… en especial para aquellos que soportan muchas cargas. Las heridas de los espectros son profundas y difíciles; su objetivo es destruir el alma.

—Todos sufrimos heridas profundas y difíciles. No son una excusa para portarse como un patán. —Le doy un apretoncito en el hombro antes de soltarla—. No pongas nunca en duda tu valía, por nadie, ni siquiera por tu familia. —Las palabras salen con naturalidad; le he dicho esto de mil formas distintas muchas veces a mi propia hermana.

—Lo tendré en mente. —Lucia comparte una sonrisa conmigo.

—Todo el mundo excepto Victoria puede irse.

—¿Excelencia? —La sonrisa de Lucia se diluye cuando vuelve a mirar al duque.

—Estaré bien. Puedo manejar a los hombres como él —la tranquilizo.

—Eso lo he oído —comenta Ilryth con sequedad. Le lanzo una mirada desafiante al tiempo que me encojo de hombros para transmitirle lo poco que me importa que lo haya hecho. Sus labios están un pelín fruncidos, pero la frustración no se refleja del todo en sus ojos. Me fulmina con la mirada mientras Lucia y Sheel salen nadando por su balcón y se marchan sin más objeciones.

Mantengo una postura relajada, pero no me amilano mientras espero a que diga algo. La sensación de palabras sin pronunciar vuelve a enturbiar el agua entre nosotros. Vibran contra mí, incluso después de que cese la canción que reverberaba por toda la mansión.

De alguna manera, me da la sensación de ganar este debate mudo cuando Ilryth se relaja y su cuerpo laxo en el agua. La tensión se evapora cuando aparta la mirada. Aun así, no bajo la guardia. La retirada puede ser una táctica de guerra en sí misma.

—Lo siento —murmura Ilryth.

—¿Qué? —La palabra sale farfullada por la sorpresa.

—¿En serio? —Se ríe entre dientes y sacude la cabeza, aunque todavía no me mira—. ¿Eres del tipo de mujer que me va a obligar a decirlo de nuevo?

—No es eso, es que...

—Lo siento, Victoria. —Por fin vuelve a posar sus ojos en los míos. Muestra la misma determinación feroz de antes, pero esta vez, no parece combativa. No sé cómo reaccionar a un hombre que se disculpa tan deprisa. Él aprovecha mi momento de sorpresa para seguir hablando—. Tenías toda la razón: no debí atacarla de ese modo. No fue culpa tuya y Lucia solo estaba haciendo lo que creyó mejor.

Cruzo los brazos. No voy a dejarle utilizar el perdón para sorprenderme con la guardia baja.

—Deberías disculparte también con Lucia.

—Lo haré. —Me mira de nuevo—. Y también siento que tuvieses que ver... *eso*.

—No sé de qué estás hablando. —Me encojo de hombros. Ilryth me mira por el rabillo del ojo, con escepticismo—. Lo único que recuerdo es un montón de luz brillante. ¿Quizá también unas burbujas? Nada más.

Sabe que estoy mintiendo, pero tampoco es que me importe mucho que lo sepa. Estoy demasiado ocupada preguntándome *por qué* estoy mintiendo. Lo ayudé para intentar utilizarlo en mi propio beneficio. Sin embargo, ni siquiera estoy haciendo un esfuerzo por dar a entender que quiero algo a cambio de mi amabilidad.

—¿Por qué? —pregunta, la misma pregunta que me estoy haciendo yo a mí misma.

Una risita amarga corta a través de mi mente y no puedo evitar que una sonrisa cansada se dibuje en mis labios mientras niego con la cabeza. Es mi turno de apartar la mirada. *Porque nadie debería tener que sufrir que utilicen sus secretos más oscuros en su contra.* Aun así, no consigo animarme a decir eso. Sería admitir demasiado. Si lo oye de todos modos, no da muestras de ello.

—No preguntes o puede que me lo piense mejor —le digo en cambio.

—No es como si hubiese sido demasiado amable contigo —señala deprisa.

—No, no lo has sido.

—Te voy a sacrificar ante un dios.

—El recordatorio no es necesario, la verdad. —Lo fulmino con la mirada.

—¿Por qué?

—¿Siempre eres tan insistente? —espeto cortante.

—Mira quién fue a hablar.

—Por todos los dioses, hombre, y yo que estaba intentando ser amable contigo. —Levanto los brazos en un gesto de exasperación y me impulso hacia atrás con torpeza.

—No he pedido tu amabilidad. —Tiene la audacia de mirarme con cara de pocos amigos.

—Oh, *perdóname* por dártela entonces. ¿Preferirías que te dijese que solo hice lo que hice porque esperaba utilizarlo de algún modo para negociar contigo y que me llevases de vuelta a mi mundo? —Y aun así, cuando estaba en ese extraño lugar de sus recuerdos, la idea de hacer eso había desaparecido por completo. Todo lo que veo es a ese chico triste y a ese hombre torturado.

—Supongo que lo haría más fácil de comprender. —Aunque le he dicho lo que quería, no suena contento de tener razón, y ahora los dos estamos taciturnos—. Pero ya te lo he dicho: *no puedo* llevarte de vuelta. Si salieses del Mar Eterno, empezarías a desvanecerte de inmediato. Tendrías apenas unos minutos, *quizás* una hora. Es un riesgo demasiado grande.

Sus palabras son como si alguien estuviese arrancando físicamente los últimos sitios a los que la esperanza se había adherido a mis huesos. *No puedo volver…* Mi espalda se encorva y soy consciente de lo ingrávida que soy. El deseo de respirar me asfixia de nuevo. Pero no hay aire. Mi pecho se hincha y se deshincha, pero no siento agua. No siento aire. Ya no soy la mujer que era. *Más magia que carne...* Jamás volveré a ser ella.

Me alejo a la deriva, le doy la espalda, luego me aferro a una columna como si así pudiese dominar mi respiración. El centelleo del amanecer a través de la superficie se burla de mí. Lo bastante cercano como para trazar líneas doradas por mi cara. Lo bastante lejano como para que nunca más vaya a ser capaz de salir a la superficie.

—Deberías haberme matado. —Ojalá lo hubiese hecho.

—Tienes un propósito más grande.

—*¡Tenía un propósito!* —La ira y el dolor rebosan de mi interior—. Era una capitana de barco, responsable de mi tripulación... la tripulación que tú mataste.

—Yo no...

No quiero oír sus excusas. No me importan.

—Era una hija, una hermana, responsable de mi familia. Y tú... tú me apartaste de ellos. Seis meses. Me quedaban *seis* meses... Y ahora, ellos... —Dejo la frase a medio terminar y sacudo la cabeza. Es una tontería. Es imposible que a este sireno pueda importarle nada de eso. ¿Por qué habría de esperar que le importase?

—¿Ellos qué? —pregunta.

Me giro para mirarlo de nuevo. Los ojos de Ilryth a la luz del sol me recuerdan al sol entre las hojas en otoño. Acogedor. Cálido. Son ojos que te suplican que confíes. Lo cual es más peligroso que cualquier mirada cruel.

No estoy segura de por qué se lo cuento. Tal vez porque me parece justo. Yo averigüé algo sobre él, algo que está claro que no quería que supiese nadie nunca, y ahora me siento obligada a decirle algo sobre mí. Tal vez sea porque parte de mí quiere desesperadamente creer que quizás, *quizás,* él encuentre una manera de ayudar si sabe la verdad.

—Le debo una suma de dinero sustancial al consejo que gobierna en mi hogar. Si no la pago y no estoy presente cuando venza el plazo, es mi familia la que pagará el precio. —Es una simplificación exagerada de mi situación, pero decido que no le interesará ninguna información adicional.

Me equivoco.

—¿Los matarán por un dinero que debes tú?

—No, el consejo no los matará... pero puede que ellos mismos deseen la muerte, si al final ocurre lo peor. —Me los imagino haciendo trabajos forzados en una cárcel para deudores—. ¿Aquí tenéis cárceles para deudores, duque Ilryth?

—No, he de reconocer que no sé lo que son. —Suena genuinamente intrigado.

—Son lugares fríos y brutales donde se te arrebatan todas tus libertades. A las personas las tratan peor que a animales y las obligan a trabajar en lo que sea que el consejo necesite: construir carreteras, edificios, o cualquier otra cosa. Trabajan sin descanso y sin paga. A cambio, les perdonan sus deudas... pero solo después de años de servicios obediente.

—Nosotros no utilizamos la libertad como moneda de pago aquí en el Mar Eterno. —Ha fruncido los labios, también el ceño—. Suena como una práctica monstruosa.

—¿Monstruosa? —me burlo—. Dice el hombre que tiene la intención de sacrificarme ante el dios que reclamó las vidas de toda mi tripulación. —No puedo reprimirme de hacer el comentario. El mar entre nosotros se electrifica de nuevo en el momento en que le lanzo esa pulla verbal.

Parece que los dos nos ponemos en guardia. Enfrentados. La situación es igual de horrible en ambos casos, si lo pienso bien: sus antiguos dioses... nuestras cárceles.

Al menos una cárcel para deudores no te arrebata la vida, quiero pensar. Pero sí lo hace. Ya sea de manera literal, como resultado de las condiciones sórdidas, o práctica, por los años de trabajo y de oportunidades que les roba a las personas encerradas en ellas.

Siempre he odiado las cárceles para deudores, pues no hay forma de defenderlas, pero son un elemento invariable en el mundo que conocía. Como el sol que sale por la mañana o la fuerza de las mareas. La idea de que pueda haber otra forma de vivir es tan desconocida para mí como las maldiciones de sirena de Sheel.

—En Tenvrath, todo se reduce a contratos y crons. —Renuncio a mi conflicto—. Aunque se lleva hasta un extremo debilitante... Todos entendemos que un pago tiene una fecha de vencimiento y no hay nada peor que no tener el dinero en mano en ese momento. Una vez que me declaren muerta, el hombre al que le debo el dinero pasará a la acción de inmediato para cobrarlo. Afirmará que he roto mi juramento, la cantidad contractual que estaba obligada a pagar.

Me toco el pecho. Un cosquilleo recorre las líneas que Ilryth marcó sobre mi piel y hace que mi corazón revolotee unos instantes. A lo mejor es solo mi desesperación.

—Por favor, estoy intentando mantener mi palabra. Eso tienes que entenderlo, ¿no? Preferiría morir mil muertes frías y solitarias que infringir esta obligación y dejar que el infortunio caiga sobre ellos.

Ilryth apenas se mueve. Su mirada es intensa, como si tratase no solo de oír mis pensamientos, sino de mirar dentro de mi cabeza para dilucidar si lo que estoy diciendo es verdad o no. Su silencio es el caldo de cultivo de mi desesperación.

Una última oportunidad, Victoria.

—Ilryth, sabía que vendrías. No pensaba resistirme a ti cuando lo hicieras. He trabajado muy duro para dejarlo todo arreglado. —*Aunque todo se negaba a arreglarse para mí a pesar de tu magia*—. Y esto es todo lo que queda, mi familia es todo lo que me queda. Si ellos están bien, haré lo que desees sin problema ni objeciones. Teníamos un trato en cuanto al tiempo y, como tú no me permitiste... o no pudiste permitirme todo el tiempo que me habías asignado, ayúdame por favor a zanjar este asunto. Te doy mi palabra de que una vez esté hecho, dedicaré todo mi esfuerzo y todas mis habilidades a convertirme en lo que sea que necesites que sea como tu objeto de sacrificio.

Una vez más, estoy negociando con mi propio ser. Mi corazón. Mi cerebro. Mi tiempo y mi dinero. Todo escapa entre mis dedos. Prácticamente se lo estoy regalando. Aunque al menos esta vez será por mi familia. Puedo encontrar consuelo en eso.

Al final, después de lo que parece una eternidad, me contesta.

—Muy bien, ven conmigo.

—¿Qué?

Ilryth da media vuelta para adentrarse en el túnel conectado a la pared opuesta al balcón, a la izquierda de su cama.

—¿A dónde vas?

Se gira hacia atrás para mirarme.

—A conseguirle a tu familia el dinero que necesita.

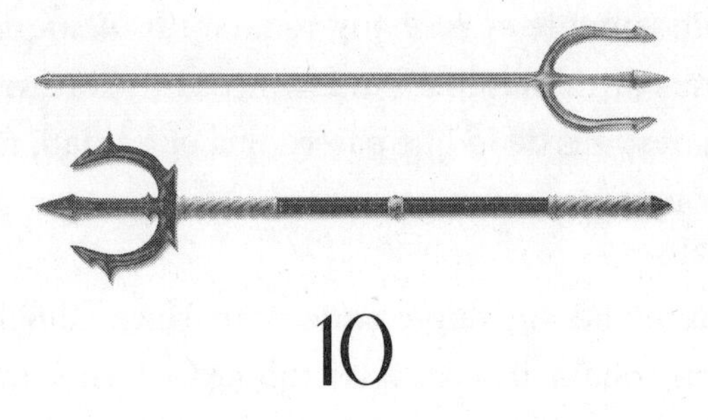

10

N*o… no puede… es imposible que se refiera a…*

—Sí me refiero a eso. Y lo digo en serio.

Las palabras se me escapan y maldigo para mis adentros. Ilryth se ríe bajito y empieza a nadar otra vez. Pataleo lo más deprisa que puedo para intentar alcanzarlo.

—¿Por qué me estás ayudando?

Un gran suspiro se hunde en mi mente.

—¿Me has pedido que te ayudara y ahora que he aceptado hacerlo estás intentando convencerme de que no lo haga?

—No —me apresuro a decir—, pero si no entiendo por qué, me costará mucho confiar en ti.

Se detiene, empujando el agua hacia delante para frenar su impulso, al tiempo que enrosca la cola debajo de él y se gira para mirarme de frente una vez más. Yo no lo hago con tanto arte y casi me estrello contra él. Lo hubiera hecho, de no ser porque Ilryth estira los brazos para agarrarme de los hombros. Me suelta enseguida, aunque un destello de consternación cruza su rostro. Al principio creo que es debido a mi actitud directa, pero después de todo lo que ha dicho, creí que era una persona que comprendería mis sentimientos. Después recuerdo que *se supone que no debe tocarme.*

—Parte de tu unción consiste en desprenderte de tu conexión con este mundo para que seas una página en blanco para las palabras de los antiguos dioses. Así, cuando te presenten ante Lord Krokan, no serás más que oraciones y el Dueto de la Despedida. Si te presentas ante él, el antiguo dios de la muerte, sin haber cortado tus lazos con este mundo, añorando a los vivos, él te rechazará como ofrenda adecuada y su ira continuará —explica Ilryth, como si tal cosa, como si tratase de ignorar el contacto—. Será más fácil para ti lograr tu objetivo si estás *dispuesta* a desprenderte de este mundo de manera *voluntaria*. Lo cual has dejado claro que implica saber que tu familia está a salvo.

No estoy de acuerdo en que sea *mi* objetivo tener nada que ver con ser sacrificada, pero hago un esfuerzo por relegar esos pensamientos al fondo de mi mente. Si mi familia está a salvo, puedo tratar de hacer las paces con todo lo demás…

—Bien, me alegro de que tengamos un entendimiento. —Me siento mejor al saber que él saca algo de esto. Es más fácil para mí pensar en las relaciones como simples transacciones, en lugar de como gestos de pura amabilidad.

—En efecto. —Ilryth no se mueve. Su expresión se suaviza un poquito, los labios entreabiertos con palabras sin pronunciar. Pensamientos sin compartir. ¿Se siente… culpable?

Hago hincapié en no analizar el significado de esa mirada. Su culpabilidad no me importa lo más mínimo. De hecho, debería sentirse culpable. Si su magia hubiese sido más fuerte y capaz de romper el vínculo entre Charles y yo, no estaría metida en este lío. Aunque sé que parte de la culpa recae sobre mí, hacerla caer sobre él es un placer de lo más inconfesable.

Sin decir ni una palabra más, Ilryth gira en redondo y continúa hacia las profundidades del túnel.

Hubiese imaginado que al ser medio mágica, podría de algún modo propulsarme por el agua a mayor velocidad que solo dando patadas y moviendo los brazos. Pero, vaya por Dios, ese no es el caso. Al menos parece que no me canso. Eso es lo único que evita que me quede muy atrás mientras lo sigo.

Nadamos por un tramo estrecho, iluminado una vez más por las flores de brillo tenue que crecen de las algas que revisten el techo. El túnel desemboca en una sala abovedada; la reconozco como el edificio de coral cerebro que vi antes. Eso es bastante fácil de deducir, pero a lo que no parezco capaz de encontrarle un sentido es a lo que estoy viendo.

La principal fuente de luz es el óculo del techo, así que la habitación está iluminada solo por una luz crepuscular turbia y filtrada que parece casi mágica. Y aun así, dado el contenido de la sala, inquietante.

Todo tipo de cachivaches y curiosidades están atrapados y colgados de redes suspendidas del techo. Alguien ha pasado hilo de bramante por el centro hueco de multitud de crons, como si fuesen guirnaldas que cuelgan ahora como carrillones. Cientos de crons... colgados como adornos de papel para una fiesta.

Anzuelos de todos los tamaños, procedentes de los barcos pesqueros más grandes a los más pequeños, conectan las redes entre sí y a las paredes. Las velas de barcos que reconozco están colgadas como tapices, barcos llorados en los muelles cuando llegaba la noticia de que no habían logrado salir del Paso Gris.

Hay un ancla. Parte de un mástil está apoyado contra una pared, enmarcando un mascarón de proa con forma de hombre semidesnudo en un rincón. Varias jarcias de barco sujetan juntas las diversas redes. Hay herramientas de navegación astronómica, relojes solares e infinidad de cofres alineados por el suelo, con sus gruesos candados arrancados.

Freno para detenerme en el centro. La arena está igual de atestada de cosas. Desperdigadas por ahí hay cacerolas y sartenes, cajas de cerillas ya inservibles, botellas de ron todavía con su corcho y selladas con cera.

—¿Qué es este lugar? —Doy una vuelta alrededor de la habitación. Los objetos no dejan de amontonarse a mi alrededor: jarras, botas y todo tipo de artículos acumulados que me recuerdan (más de lo que podrían hacerlo nunca las sirenas, vivir bajo el agua y enfrentarme a espectros en los recuerdos de un hombre) que estoy muy lejos de casa, en un lugar muy diferente a todo lo que he conocido jamás.

—Mi sala del tesoro —responde, solo después de que vuelva a mirarlo tras un largo silencio.

—¿Tesoro? —pregunto espantada. El pensamiento me ha venido tan deprisa que no he podido ajustar mi tono para ser más educada. Vale, aquí hay algunas cosas de valor. Los crons atados en ristra, para empezar. Algunas de las herramientas de navegación alcanzarían una buena suma de plata con el comprador adecuado; bueno, las que no estén estropeadas por el agua de mar. Pero la mayor parte de esto... son meras baratijas y desechos.

—Sí, *tesoro*. —Como era de esperar, mi tono lo ha irritado—. Llevo años llenando este sitio de objetos valiosos.

—¿Un zapato es «valioso» para ti? —Hago un gesto con la palma de la mano abierta en dirección a una bota desgastada.

—No te he traído aquí para que me juzgues. —Aparta la mirada. Está claro que se siente incómodo. Su postura indica que está tratando de conservar su dignidad.

—Entonces, ¿para qué me has traído?

Sin una palabra más, Ilryth nada hacia un túnel de coral diferente al que nos ha traído hasta aquí. No estoy segura de si todavía quiere que lo siga, así que espero. Confirma mis sospechas al no llamarme, así que me quedo ahí a mi libre albedrío.

Los tesoros de Ilryth... Doy otra vuelta despacio por la habitación y repito las palabras en mi cabeza mientras echo un vistazo a los diversos artículos. Una jarra colocada sobre una balda capta mi atención. La agarro con cuidado y la trato con mucha mayor reverencia de la que utilicé jamás en la Mesa Ladeada. ¿Cuántas veces he bebido de estas jarras de barro sin pensarlo? Ahora, es como una reliquia de un mundo que está insoportablemente lejos, al que es imposible volver.

¿Cuidarán de mi familia los hombres y mujeres del muelle? Imagino por un instante que todas las personas con las que he trabajado en Dennow aportan su granito de arena, que todas se unen para ayudarlos a evitar la cárcel para deudores. Que cada ápice de buena voluntad que los cuatro reunimos con el sudor de nuestras frentes confluyen en el momento debido. Que los que me conocieron más allá de los rumores dan un paso al frente. O quizá lo hagan por compasión los que susurraban a mis espaldas, para que mi familia no tenga que sufrir las consecuencias de una perjuradora.

Ni siquiera en el mejor de estos escenarios habría la generosidad suficiente en todo Dennow para reunir veinte mil crons. Siempre tuve la esperanza de que los pocos amigos que había hecho ayudasen a mi familia con cosas pequeñas: superar su pena después de perder yo la vida en el mar, asegurarse de que mis padres pagaban sus impuestos a tiempo. *Padre siempre le regalaba demasiada cerveza a mi tripulación en su entusiasmo amable…*

Devuelvo la jarra a la balda donde la he encontrado. Al hacerlo, me fijo en un pequeño trozo descascarillado en la parte inferior y recuerdo una noche, hace un año, o quizá dos.

Nos estábamos tambaleando de vuelta a mi barco. Emily me sujetaba. Una sonrisa triste y amarga cruza mi cara un instante. Se había mostrado incansable esa noche.

—Era bastante guapo.

—No sé de quién estás hablando.

—Sí que lo sabes, ese otro capitán, el de los Comerciantes del Viento de Costado. Era obvio que él estaba interesado.

—Estoy casada, Em.

—Solo sobre el papel.

—No es el momento… —había dicho yo. Pero lo que había querido decir era: *Nadie podría interesarse por mí; no de un modo romántico, al menos. La gente ha dejado muy claro lo que opina de alguien que rompe un juramento.*

—Cuando te libres de ese hombre mezquino, volverás a encontrar el amor, ¿no crees? Te lo mereces, Victoria.

—Ya veremos.

Nunca tuve una respuesta buena para ella. En gran parte porque sabía que, si alguna vez me libraba de Charles, moriría poco después. Al final, se limitó a dejar de preguntar.

¿De qué sirve mi corazón, de todos modos? Lo han masticado y escupido. Se ha podrido por falta de atención. Dejó de latir en un mar frío. Incluso cuando era joven y salvaje y estaba llena de esperanza, no podía confiar en él... ¿cómo podría hacerlo ahora?

Aquella noche, debí decirle a Em que ya tenía el amor que necesitaba. Los tenía a ella y a Madre y a Padre. Tenía a mi tripulación y a Lord Kevhan Applegate. Incluso aunque en ocasiones sentía que había utilizado de alguna manera la ventaja de la magia para engañarlos a todos para que me quisieran, no necesitaba nada más.

El amor como el que describía Em había dejado de importarme hacía mucho tiempo.

Aquella noche, justo antes de subir a bordo de mi barco, se me había resbalado la jarra de la mano, pese a que le había prometido a mi padre que la devolvería a la Mesa Ladeada al día siguiente. Se había caído al agua, imposible de recuperar de las profundidades del puerto de Dennow.

¿Había estado Ilryth ahí?

No podía ser la misma jarra. Mi añoranza se está apoderando de mí. Sacudo la cabeza y sigo adelante.

Hay más rarezas, como un bastón de plata. Pero lo siguiente que capta mi atención es una vidriera de dos personas bailando. Deslizo los dedos por el plomo entre los fragmentos de cristal coloreado.

—Esa es una de mis favoritas.

No lo había oído regresar, pero está de vuelta, con un cofre en las manos. Este duque se vuelve más y más extraño a cada minuto que pasa. No logro saber lo que puede estar pasando por su mente en un momento dado. Ni cuáles son sus motivaciones.

—Solo estaba pensando que viene de muy lejos como para hacer acabado en vuestras aguas.

—¿Ah, sí? —Parece sentir una curiosidad genuina, así que le doy más detalles.

—Este tipo de cristal se fabricaba al sursudoeste de Dennow, *muy* al sudoeste de donde me recogiste a mí. Es una forma de arte antigua y la mayor parte de los conocimientos sobre ella se han perdido. Solo unos pocos artesanos continúan con esta práctica. —Doy unos golpecitos suaves sobre el cristal—. Yo tenía una pieza así en mi camarote, en mi barco. —El barco que descansa ahora al fondo del Paso Gris.

—Los primeros en perfeccionar el arte de los dibujos con cristal fueron los fae. Tiene sentido, dada su corona de cristal —comenta, como si fuese un dato bien conocido—. Por lo que sé de vuestras tierras, suena como que esa zona debe ser adyacente a las tierras ignotas de los fae.

Es cierto que navegué por el estrecho que cruzaba los misteriosos bosques que se dice están ocupados por los fae.

—Sheel dice que hubo un tiempo en que había humanos aquí en…

—Midscape —termina por mí—. A los humanos los crearon las dríades, las hijas favoritas de Lady Lellia y las más parecidas a ella. Lady Lellia supervisó en persona el trabajo de las dríades y las guio. A pesar del linaje mágico de los humanos, nacieron sin habilidades propias. A lo mejor se debe a que fueron creados por manos mortales, en lugar de inmortales, como el resto de las especies de Midscape.

—¿Lady Lellia creó todas las otras especies de Midscape?

—Suenas sorprendida. Después de todo, es la diosa de la vida. —Su boca se tuerce en una leve sonrisa—. Si creemos las historias que se cuentan, los fae intentaron enseñarles a vuestros antepasados su ritumancia, y algunos humanos viajaron al oeste para ver si los vampiros podían ayudarlos a dominar los poderes de su sangre. En cualquier caso, creo que no sacaron nada en limpio. Si hubo algún progreso, el Vano se erigió poco después y cortó en seco toda posibilidad de que los humanos aprendiesen a dominar la magia.

¿Por qué se creó el Vano?

—Lo creó un rey élfico, un descendiente directo del primer rey de los elfos, que erigió el Velo entre nuestro mundo y el Más

Allá para proteger a los humanos de todos los que pudiesen buscar aprovecharse de su falta de poderes. Era un tiempo de mucha agitación en nuestro mundo.

—El poder de separar mundos parece impresionante. ¿Alguna vez se os ha ocurrido pedirle a ese rey élfico ayuda con Lord Krokan?

Ilryth niega con la cabeza.

—Cuando los mares empezaron a pudrirse, inundamos el puente terrestre que conectaba el Mar Eterno con el resto de Midscape para contener la plaga. Empezamos a vigilar de cerca nuestras pozas de viaje, limitamos su uso y mantuvimos a nuestra gente dentro de nuestros mares. Nadie tiene permitido entrar ni salir.

—Tú saliste a buscarme a mí —señalo. Ilryth frunce los labios.

—Eso fue diferente.

En lugar de discutírselo, me centro en lo que podría ser más útil para mí aquí y ahora.

—¿No querrías ni intentar comprobar si esos otros reyes y reinas poderosos podrían ayudaros?

—Ningún rey de los elfos ni reina humana ha venido a rendir homenaje a Lord Krokan o a Lady Lellia en casi mil años. Sospecho que hacen caso omiso de los juramentos de sus antepasados. —Es difícil saber lo que opina de ese hecho, si la idea le duele o lo ofende. O si se limita a aceptarla sin más. Es probable que sea un poco de cada. Sé muy bien lo fácil que el dolor se puede trocar en una aceptación amarga.

—Ya veo.

—Había imaginado que una humana mostraría mayor rechazo hacia las verdades de su mundo. —Ilryth clava el cofre en la arena del centro de la habitación.

—Caí al océano, fui atacada por lo que ahora sé que eran sirenas poseídas por espectros, me salvó un duque sireno, recibí unas marcas en el brazo que me proporcionaron cierto grado de magia cuyo alcance nunca pude determinar del todo pero ahora sé que tiene algo que ver con ser un sacrificio humano… —Voy contando con los dedos—. Un monstruo marino hizo naufragar mi barco, viví después de morir, vi *otro* monstruo marino, caminé por los recuerdos de otro hombre, y ahora mismo aún existo debajo de las olas… Considérame preparada para creer en lo imposible. —No tengo los dedos suficientes en ambas manos para todos esos sucesos excepcionales.

—Dicho así, parece aún más improbable que me creas.

Niego con la cabeza.

—En mi caso, no. Me he pasado la vida entera buscando aventuras. De acuerdo, busqué en los lugares equivocados… —Me recupero deprisa, antes de poder ahondar demasiado en esa línea de pensamiento—. Pero he pasado años aprendiendo todo lo posible, viajando hasta los límites de los mapas y más allá. ¿Qué mayor aventura puede haber que antiguos dioses y sirenas?

Me mira a los ojos. Lo hace de una forma distinta a todas las anteriores. Esta mirada es serena. Casi cálida. Tal vez con un destello de entendimiento y valoración. Justo cuando está a punto de resultar incómoda, aparta la vista y señala el cofre.

—Bueno, ahora que todo eso está claro, ¿qué metemos ahí dentro?

—¿Perdón?

—Para pagar la deuda de tu familia. Te dije que te ayudaría. Agarra lo que necesites.

Tardo en moverme, un poco incómoda por tener que seleccionar entre sus «tesoros». Por desgracia, no hay mucho para elegir. Me resisto a la tentación de hacer algún comentario acerca de la basura relativa que llena esta habitación. No quiero insultarlo cuando está haciendo algo para ayudarnos a mi familia y a mí, y más aún porque parece tener un interés genuino en los humanos. Si no, ¿por qué iba a recopilar todas estas cosas y llamarlas un tesoro? Insultar a alguien cuando no sabe algo pero tiene una curiosidad intensa y desea aprender es la mayor bajeza de todas.

—Veamos… —Los artículos que meta en el cofre deben ser cosas que yo hubiera podido tener, cosas que nadie pueda cuestionar por qué las tiene mi familia. Lo último que quiero es que la gente los acuse de ladrones.

Los artículos también deben ser cosas a las que mi familia pueda sacar un beneficio inmediato. Las obras de arte, las herramientas de navegación y otras reliquias tal vez tengan un valor inmenso, pero Madre tendría que buscar por todas partes al comprador adecuado. Ese tipo de tiempo malgastado no es algo a lo que deba arriesgarme.

En teoría, dispondrían de un año, pero por lo que sé, Charles acudirá al consejo en cuanto reciba la noticia de que mi barco se ha hundido. Podría exigir un pago inmediato y yo no estaría ahí para enfrentarme a él. Emily podría presentar alegaciones a favor de mi familia. Conoce el sistema, pero… reprimo una mueca de aprensión. Esto no debería ser ni la batalla ni la responsabilidad de mi hermana.

Un destello dorado capta mi atención y me saca de golpe de mi espiral de pensamientos autocríticos. Es algo tan pequeño que me asombra haberlo visto siquiera. A lo mejor es porque el artículo está a un lado, sobre una balda, él solo, dentro de una concha de almeja medio abierta.

Nado hacia allí y me quedo flotando delante de la concha unos instantes. Esta habitación es como un cementerio de recuerdos. Cosas que intentaba mantener enterradas, todas ellas saliendo a la superficie.

Cierro los dedos en torno a mi alianza de boda. Es innegable que es mía. Conozco todos y cada uno de sus arañazos, hasta las iniciales que ya no utilizo, grabadas en su interior y que la vincula a mí.

—¿Estás bien? —Ilryth nada hasta mí. No puedo ni imaginar la expresión que tenía mi cara desde el momento en que la he visto.

—Sí, muy bien. —Sacudo la cabeza y devuelvo la alianza a la concha. El anillo no importa. Es una nimiedad. *Olvídalo, Victoria.*

—Sin embargo, veo que no lo estás.

—He dicho que estoy bien.

—Está claro que es importante —insiste—. Se te cayó aquella noche y…

—No hay ninguna necesidad de hablar de ello —lo interrumpo con tono seco.

—¿Siempre eres así? —Frunce un poco el ceño.

—¿Lo eres tú? —Lo señalo con la barbilla, la misma expresión que él dibujada en el rostro.

Ilryth no está dispuesto a ceder. Se mete en mi espacio personal.

—Si lo quieres de vuelta, todo lo que tienes que hacer es pedirlo.

Retuerzo la cara en una mueca de desagrado.

—Buf, desde luego que no lo quiero de vuelta.

—Ah, entonces no es lo que creía que era. —Se ríe bajito. Casi suena aliviado.

—¿Qué creías que era? —Debería dejar el tema. Malditos sean mi curiosidad y mis pensamientos resbaladizos.

—¿Por qué no me cuentas la razón de que con solo verlo te hayas disgustado tanto? —me pregunta, en lugar de responderme.

—No te debo ninguna explicación sobre el estado de mi corazón —espeto de vuelta. Si él no me va a contestar, yo tampoco pienso hacerlo.

—Oh, así que *sí* es un asunto del corazón. —Cruza los brazos y se inclina un poco hacia atrás, como si me mirase desde lo alto. Esa expresión me recuerda cada pulla cruel, cada mirada de soslayo y cada susurro de «perjuradora» que tuve que soportar en Dennow. El instinto dibuja una expresión pasiva en mi rostro—. Debí saber que había un hombre implicado.

—¿Perdona? —Arqueo las cejas, pero hago un esfuerzo por que mi rostro no revele nada. *No muestres que te importa. No dejes que sepa que sus palabras duelen.*

—Has dicho que tenías una deuda para proteger a tu familia, y había dado por sentado que se trataba de tus padres, o de tus hermanos, quizás.

—Eso es justo lo que… —Apenas logro articular palabra.

—Pero ahora veo con claridad que tienes un amante con el que deseas volver. Tiene sentido, con un anillo tan bonito y todo eso. —Es fascinante que la idea de un examante no parezca cruzar su mente para nada.

Me giro un poco. No sé cómo no me hundo hasta el fondo del océano con lo pesado que noto todo el cuerpo. Me siento lastrada, como si tirasen de mí hacia abajo, pero aun así sigo aquí suspendida… en la misma estasis en la que he estado durante años. Me gustaría echarle la bronca a Ilryth. Decirle que todo esto es culpa suya porque hubo un lazo que su magia no rompió.

Pero hacerlo requeriría que le explicase mi vida. Que le explicase la existencia de Charles y todas esas complejidades crudas que no creo que pudiese soportar revelarle. Así que recurro a la misma indiferencia fría que tanto trabajé por mantener cuando estaba con mi familia y mi tripulación; de ese modo, nunca tuvieron que ver lo profundo que era mi dolor. Lo lejos que llegan las cicatrices.

Esbozo una sonrisilla casi pícara. Los ojos de Ilryth se entornan un poco, como si ya no pudiese ver con tanta claridad.

—¿Y qué importa si hay un amante? ¿A ti qué más te da?

—Sería solo otro lazo con este mundo que habría que deshacer. Cuantas menos cosas haya para retenerte, mejor —dice con sequedad—. El amor solo complica las cosas de manera innecesaria.

—No podría estar más de acuerdo —digo, y mi sinceridad me sorprende incluso a mí.

—Entonces, ¿no tienes un amante?

—Ni siquiera hay un hombre en el que tenga ni el más remoto interés —declaro, con toda la confianza del mundo. Para hacer hincapié en mis palabras, señalo el anillo—. Para mí, eso no es más que una baratija sin valor alguno. —Entonces se me ocurre devolverle la pregunta—. ¿Y tú?

Ilryth se pone a la defensiva.

—No creo que eso sea asunto tuyo.

—No es divertido que alguien meta las narices donde no debe, ¿verdad? —Con un poco de suerte, esto pone punto final a las conversaciones sobre temas del corazón.

Frunce los labios, sabe que tengo razón. Aun así, pone una excusa.

—Tú eres la ofrenda. Debo saber las cosas que te atan a este mundo.

—Bueno, pues ya lo sabes, así que deberías dejarlo ahí. —Mi tono está teñido de recelo. Levanto la cara para que nuestros ojos queden a la misma altura y le sostengo la mirada con decisión. Adopto una expresión que le advierte que este no es un tema sobre el que deba indagar más.

La cara de Ilryth cambia; al parecer, ahora me ve con una nueva luz.

—Bien. —Hay un toque de resignación en su tono que en mi mente parece una victoria—. Bueno, entonces... agarra lo que necesites y terminemos con esto ya.

—Ese es el problema. —Hago caso omiso de lo espesa que se ha vuelto el agua con la incomodidad de la presencia de Ilryth y los pensamientos sobre Charles. Estoy muy cerca de poder garantizar la seguridad de mi familia y no dejaré que nada me pare ahora—. Aquí no hay nada que se *acerque* siquiera a cubrir el importe que debo.

—Pero...

—Sé que estos son tus tesoros —digo con amabilidad—, pero debo... *muchos* crons. Aunque bajásemos cada una de tus redes, no cubrirían ni una ínfima parte de mi deuda.

—¿Qué necesitaríamos? ¿Qué es lo que valora tanto tu gente como para poder pagar la deuda?

Suspiro y paso una mano por mi pelo. Es un milagro que no se me hagan nudos debajo de las olas.

—Hay muy pocas cosas que valgan tanto como veinte mil crons... diamantes, metales raros y preciosos... —Me callo de repente.

—Se te ha ocurrido una idea.

—Sí... pero no creo que vaya a gustarnos demasiado a ninguno de los dos. —Me giro despacio para mirarlo a la cara. Él espera. Bueno, veamos hasta dónde puedo forzar la buena voluntad de este sireno—. Sé dónde hay el equivalente a un barco entero lleno de plata, uno de los bienes más preciados que tenemos... Y está ahí tirado, a la espera de que alguien se lo lleve. Triplicaría con facilidad la cantidad que debo.

—¿Dónde? —Ilryth está atando cabos a medida que hablo. Frunce los labios.

—En el fondo del Paso Gris.

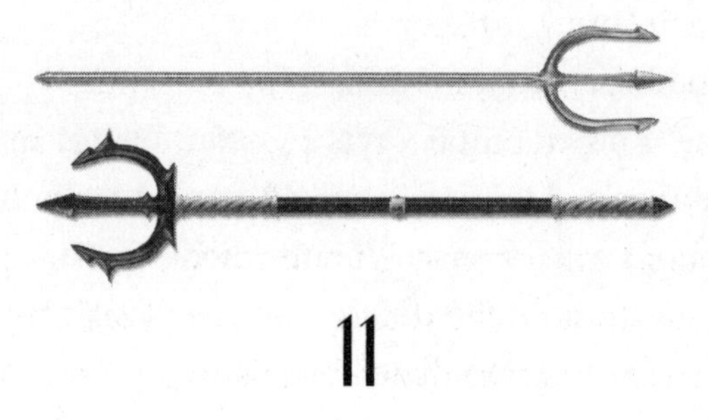

11

—Si esto es algún tipo de artimaña para escapar… —empieza.

—En primer lugar, ¿no has dicho que *no puedo* escapar porque ya estoy ungida con las palabras de los antiguos, en el Mar Eterno, y todo eso? —lo interrumpo, al tiempo que muevo las manos por el agua para abarcar todas las advertencias que me ha hecho antes.

—Sí, lo cual es justo lo que iba a recordarte —dice, un poco más apaciguado.

—En segundo lugar —continúo, como si no hubiese dicho nada—, sabes lo que necesito para «cortar mis lazos» y esta es la única manera de conseguirlo. *Cada uno* de los lingotes de plata que llevábamos vale mil crons. Los veinte, y alguno más, podrían caber ahí. —Hago un gesto hacia el cofre con la palma de la mano—. Este es el mejor plan que tenemos.

—¿Volverías al naufragio de tu propio barco? —Su expresión está a medio camino entre horrorizada e impresionada, y tampoco me extraña.

—Si hubiese otra manera de hacerlo, la sugeriría. —Mantengo mis emociones a buen recaudo, junto con todos los pensamientos que quiero mantener en privado—. En ocasiones, el único camino es directo al corazón de la tormenta.

Ilryth maldice con suavidad en el fondo de su cabeza y planta una mano sobre su cadera.

—Esto es absurdo. Es demasiado arriesgado adentrarnos en la Fosa Gris, cruzar el Vano y entretenernos en el Paso Gris. Jamás debí ofrecerme a hacer esto.

—Pero lo hiciste, y ahora tienes que cumplir.

—¿Ah, sí? —Arquea las cejas y gira sobre sí mismo en el agua para mirarme de nuevo. Para alzarse imponente sobre mí. Suspiro con el dramatismo suficiente como para que se dé cuenta de que su postura no tiene ningún efecto; luego ladeo la cabeza un poco para transmitirle que no pienso amilanarme.

—Me has dado tu palabra de… —empiezo.

—Y tú me has dado tu palabra de que en cinco años serías mía.

—Bueno, ¿y quién ha venido demasiado pronto? —Arqueo las cejas—. Podríamos habernos ahorrado todo esto si me hubiese dejado terminar de cruzar el Paso Gris.

—Fui porque, de no hacerlo, uno de los emisarios de Lord Krokan te hubiese convertido en carnaza y entonces todo el Mar Eterno hubiese estado condenado —gruñe, al tiempo que se inclina hacia mí. Sigo sin acobardarme. Nuestras narices casi se tocan—. Además, nunca especifiqué que fuesen a ser cinco años exactos.

—Tampoco especificaste lo contrario —contraataco.

Abre la boca para decir algo. Lo descarta. Luego empieza otra vez.

—¿Ha habido alguna vez un día en tu vida en que no hayas sido implacable?

—No. —Al menos no desde que mi vida comenzó de nuevo como Victoria. Y estoy orgullosa de ello.

Un retumbar grave cruza mi mente cuando se aparta. No me había dado cuenta de lo comprimido que tenía el pecho con él tan cerca. La tensión entre mis escápulas se alivia un poco.

Ilryth nada hasta la esquina opuesta de la habitación y empieza a hurgar por ahí. Casi puedo oír cómo musita para sus adentros, así que me acerco, como si de algún modo eso fuese a permitirme oírlo mejor. Como es obvio, la cosa no funciona así, puesto que las palabras están encerradas por completo en nuestras cabezas.

—Sí. Aquí está. —Levanta un gran tablón de madera que parece casi una tabla de cortar hasta que lo deposita sobre un barril. Veo que, en su superficie combada e hinchada por el agua, han tallado un mapa que reconozco al instante por haber navegado por sus aguas un millar de veces—. Este es tu Paso Gris. —Señala una franja rocosa a lo largo de un arco de tierra cercano a las montañas del norte—. El Vano está más o menos aquí. —Señala el borde del mapa con el lateral de la palma de su mano. Es el mar al este del Paso Gris, por el que nadie ha podido navegar y regresar con vida.

—Lo cual significa que ¿esto es Midscape? —Me estiro por encima de él y señalo al otro lado de su mano. Ilryth asiente.

—Y justo donde estás señalando, más o menos, está lo que llamamos la Fosa Gris. Es una garganta profunda que sale del Abismo de Lord Krokan.

—Me estaba preguntando si estaba conectada, dados los nombres…

—Después de todo, hubo un tiempo en que fuimos un solo mundo. —Ilryth mueve las manos para señalar al otro lado de la palma de la mía, que representa la Fosa Gris—. Y aquí es donde estamos ahora mismo.

—La Fosa Gris es lo que hay al otro lado del arrecife. —Mis crecientes sospechas por fin se confirman. Ilryth vuelve a asentir—. Y de donde provienen los espectros, los monstruos y la podredumbre.

—Exacto. Se extiende hasta… —Desliza un dedo por encima de los míos para señalar a una zona en la que solo hay agua al noreste—. Hasta el Abismo de Lord Krokan.

Las tormentas perpetuas. Las historias sobre fantasmas. Los barcos hundidos. Todo tiene una explicación.

—El Paso Gris tiene una conexión directa con vuestro antiguo dios de la muerte.

—Sí. —Ilryth relaja la mano y no puedo evitar fijarme en cómo roza la mía otra vez al hacerlo—. El Paso Gris está al otro lado del Vano, donde la magia de las sirenas es más débil, así que es demasiado arriesgado para que mis guerreros lo custodien. Además, la mayoría de los espectros que cruzan el Vano no duran más de un día o dos en el Mundo Natural, sobre todo si no poseen un anfitrión.

—¿Como los que me atacaron a mí? —pregunto. El faro de Charles está en el extremo del Paso Gris más cercano a Dennow.

—Sí. —No me mira a los ojos. Su expresión se torna blanda. Atormentada—. Eran mis hombres. Los había conducido a una misión temeraria; fue culpa mía que les ocurriera eso. Los estaba persiguiendo para darles una muerte limpia.

—Si los espectros suben desde el Abismo hacia el Paso, es probable que nos ataquen durante nuestro trayecto —cavilo. Él asiente—. Entonces, ¿por qué no evitar el Paso por completo? ¿Por qué no utilizas la misma magia que utilizaste para traerme de vuelta deprisa cuando atacó el monstruo de Krokan?

—Eso fue algo especial. No puedo volver a hacerlo. ¿Y las pozas de viaje? Ya te dije que están restringidas para evitar que se extienda la podredumbre. Tal vez sea capaz de emplearlas una vez, sin que se detecte, pero es mejor reservarnos esa posibilidad para llevar la plata a tu familia.

—Pues entonces toca luchar. —Me llevo la mano a la boca, mordisqueo las cutículas—. ¿Existe un camino a través del Vano al final del Paso?

Ilryth asiente.

—Fue por donde seguí a mis hombres la noche que nos conocimos. Vi cómo los espectros conseguían cruzarlo.

—Bien. Entonces, puedes hacerlo de nuevo.

—Lo hice *una vez*. Cuando era más joven y mucho más tonto. —Hay un toque amargo en su voz. Tiene el mismo tono de desprecio hacia sí mismo con el que se reprendía en el recuerdo. No puedo evitar sentir un leve dolor entre las costillas. Conozco bien ese interminable ciclo de autodesprecio… cuando cada cosita sirve, de algún modo, para recordarte tus fallos y defectos, pero también te inspira en la misma medida a luchar para demostrar que esa terrible voz interior se equivoca.

—Bueno, pues gracias por ser tan tonto —digo en voz baja. A regañadientes—. De no haberlo sido, hubiese muerto esa noche. —¿Alguna vez le he dado las gracias por lo que hizo por mí? No lo recuerdo. Aunque la cosa no saliese como esperaba… he vivido cinco años que, sin él, no hubiese tenido.

A lo mejor no lo he hecho. Porque, al oír mi agradecimiento, gira la cara hacia mí. Tiene los labios entreabiertos en una levísima expresión de sorpresa. Me da la sensación de que hay mucho ahí que no está diciendo. Por primera vez, desearía que fuese tan torpe con sus pensamientos como lo soy yo. Desearía poder echar un vistazo dentro de su cabeza.

Sin apartar sus ojos de los míos, Ilryth se mueve. Se desliza con suavidad por el agua para apoyarse en el borde del mapa. Se inclina hacia delante. Me quedo muy quieta y el mundo parece contener la respiración por un momento.

—La única manera de llegar al Paso Gris y a donde está tu barco es a través de la Fosa Gris, aquí en Midscape. Es peligroso, es arriesgado y… y no puedo creer que esté diciendo esto siquiera… Si vamos a hacerlo, tengo que estar más seguro de que vas a estar protegida.

—Soy útil en un enfrentamiento. He zanjado mi buena dosis de peleas de bar, e incluso he repelido a piratas.

—Tengo pocas dudas sobre tu capacidad para defenderte fuera del agua y contra hombres mortales. —Su confianza en mis habilidades me sorprende—. Pero ¿cómo te iría debajo de las olas contra unos espíritus impredecibles? —Arquea las cejas. Me encojo un poco de hombros, pues el orgullo no me permite admitir que es muy probable que tenga razón—. No obstante, te enseñaremos.

—¿Enseñarme cómo?

—Aprenderás más sobre la magia de las sirenas y las palabras de los antiguos.

Aprender esas palabras suena un poco como que él obtiene lo que quiere…

—Esto no será algún tipo de truco en el que te echas atrás y te niegas a ayudarme una vez que aprenda las palabras, ¿verdad?

Sus dedos se quedan quietos debajo de mi barbilla y la mueca de enfado que se estaba apoderando de mi cara se relaja y desaparece. Ilryth está tan etéreo como siempre, un acólito muy apropiado para el dios de la muerte. Tan despampanante que duele. Lo bastante seductor con una sola mirada para hacer que una mujer se tire por la borda a sus brazos. *No confíes en una cara bonita, Victoria, ya sabes cómo termina eso.*

—No debería tener que emplear trucos contigo. Ya has aceptado hacer esto.

Asiento. Las yemas de sus dedos todavía presionan mi barbilla y tengo que reprimir un estremecimiento cuando hablo.

—Muy bien. Empecemos, pues. Cuanto antes mejor.

—Sígueme. —Se da impulso contra el mapa y se mete nadando por uno de los cuatro túneles conectados a la sala del tesoro. Hago lo que me dice.

El túnel se dirige hacia abajo. El coral se convierte en piedra excavada. La roca tiene intrincadas líneas grabadas en ella, parecidas a las de la jaula de huesos de ballena en la que me retuvieron antes.

Emergemos a un paisaje de un azul intenso, más vivo que los tintes del más puro de los índigos que mi madre pudo conseguir nunca. La luz del sol danza entre las vigas de madera que forman un entramado sobre la abertura en lo alto, salpicadas de más grabados, y por la superficie de las escaleras talladas hacia abajo en semicírculo hasta una plataforma con forma de medialuna en la parte inferior. Me doy cuenta de que es un anfiteatro.

—Practicaremos aquí —anuncia Ilryth, al tiempo que se dirige al punto más bajo. Voy detrás de él—. Ahora, empecemos…

Levanto una mano para interrumpirlo.

—Espera, tengo preguntas.

—*¿Más?* —Suena exasperado, pero una leve sonrisa curva justo la comisura de sus labios. Como si estuviese reprimiendo su diversión.

—Estoy intentando comprender un mundo entero más allá del mío. Uno mágico, además. —Me siento en el escalón inferior—. Aunque he recopilado cositas aquí y allá, siento que todavía me falta la imagen completa, cosa que sería agradable tener. Además, creo que me ayudaría a comprender mejor la magia.

—Pareces bastante espabilada. Me sorprendería que no lo tuvieses todo claro ya. —Cruza los brazos. La sonrisilla se ensancha.

—Los halagos no te van a llevar a ninguna parte.

—Y aquí estaba yo, con la esperanza de ablandar tu exterior duro.

—Perdona, pero «Duro» es mi segundo nombre.

Suelta una carcajada.

—Victoria Duro…

—Datch —termino—. Me apellido Datch.

—Victoria Duro Datch.

Hay algo en oír mi nombre (incluso con el «duro») y no el de Charles que dibuja una pequeña sonrisa en mis labios.

—Ahora, dame ese gusto: empieza por el principio y explícamelo todo como si no supiese nada.

—Si eso quieres. —Se pone serio—. Hace unos cincuenta años, Lord Krokan empezó a soliviantarse. Nuestros mares se volvieron peligrosos a causa de un aumento de las tormentas y de las corrientes letales, una plaga en nuestros cultivos y nuestras tierras, sus emisarios leviatanes que se habían vuelto hostiles, un incremento en el número de espectros (lo cual indica que las almas ya no pueden cruzar el Velo como hacían antes) luego la podredumbre… cada año era más duro que el anterior.

Eso cuadra con la historia que conozco de mi mundo. En todas mis investigaciones, las primeras historias sobre ataques de las sirenas se remontan a unos cincuenta años atrás. Y si esos ataques los provocaron más los espectros que las sirenas en sí, todo encaja.

—Probamos muchas cosas para apaciguar a Lord Krokan y, cuando no lo logramos, empezamos a cortar trozos del Árbol de la Vida para protegernos. Utilizar la magia de Lady Lellia fue la única manera que encontramos de proteger a los vivos de la plaga de los muertos. Pero no fue suficiente.

»Nuestro anterior Duque de la Fe, el duque Renfal, pasó muchos años en silenciosa meditación sobre los himnos de los antiguos. Sus estudios dieron sus frutos y por fin pudo conversar con Lord Krokan.

Reconozco el nombre del duque de los recuerdos de Ilryth, pero me reprimo de comentarlo.

—¿Y qué averiguó el duque Renfal? —pregunto, aunque sospecho que tiene algo que ver con los sacrificios.

—El duque recibió un mensaje de Lord Krokan. El antiguo dios quería que sacrificasen en honor a él y a su Abismo a mujeres que sintiesen entusiasmo por la vida. Quería que se hiciese durante el solsticio de verano más o menos cada cinco años. —Sus palabras suenan desprovistas de emoción, como si hubiese practicado a decirlas muchas veces sin dejar entrever sus pensamientos. Al hacerlo, sin embargo, lo encuentro muy incómodo. Incluso con su presentación ensayada, sus ojos pierden algo de su enfoque y mira directo a través de mí. Los pequeños músculos de su mandíbula se ponen en tensión.

La madre que vi en su recuerdo tiene algo que ver con todo esto de algún modo. Por lo que he deducido, los espectros sacan lo peor de cada uno, sus recuerdos más horripilantes, para alimentarse de sus almas. De todos los recuerdos que pueden haber hecho sufrir a Ilryth, *ese* era el más relevante.

Hay más en esa historia… Tengo mis sospechas, pero no indago más. Hay preguntas acerca de mi propio pasado que no quiero que él haga. No necesitamos saber demasiado el uno del otro para trabajar juntos. Esto puede ser tan profesional como el resto de mis negocios.

—Pero está claro que los sacrificios no han estado funcionando —comento.

—No.

—¿Por qué?

Ilryth niega con la cabeza.

—Nadie lo sabe.

—¿El duque Renfal no pudo averiguar nada más?

—La única otra cosa que nos comunicó fue que la unción debe tener lugar antes de que una mujer pueda ser sacrificada en honor de Lord Krokan. Solo conversar con el antiguo dios destruyó la mente del duque y después acabó con su vida. Ningún sacrificio sobreviviría al Abismo el tiempo suficiente para poder presentarse ante Lord Krokan siquiera. La unción despeja la mente y purifica el alma, lo cual crea una ofrenda digna que puede existir ante un dios antiguo.

Cuando no pienso en ello conmigo como el sacrificio, es fascinante. Horroroso, pero también fascinante.

Me muevo para apoyarme un poco hacia atrás en mi mano.

—Y entonces, ¿me buscaste a mí porque ninguno de esos otros sacrificios estaban funcionando?

—Sí. Aunque podía haber sido cualquier humana. Que fueses *tú* fue mera coincidencia.

—Vaya, tú sí que sabes cómo hacer sentir especial a una dama —digo con tono seco.

Se ríe entre dientes, pero su tono se vuelve serio una vez más.

—Cuando me convertí en el Duque de las Lanzas, obtuve acceso a las canciones del duque Renfal. Había una estrofa de la canción que había cantado para relatar su tiempo conversando con Lord Krokan en la que hablaba de las «manos de Lellia». La mayoría de las sirenas lo interpretó como que Lord Krokan quería a aquellos tocados por la vida... sacrificios de seres aún vivos. Otros asumieron que lo que quería era recipientes en blanco con los que poder replicar a su mujer.

—¿Su... mujer?

—Lady Lellia, la diosa de la vida, está casada con Lord Krokan, el dios de la muerte. Juntos completan el círculo y mantienen el equilibrio.

—¿El gigantesco monstruo marino es el marido de un... árbol? —Parpadeo, como si de algún modo eso pudiese ayudar a que todo tuviese sentido. No surte efecto.

—Son antiguos dioses en el sentido literal, Victoria. —Sonríe un poco, como si la pregunta y todas sus implicaciones y dudas sin pronunciar se le hubiesen pasado también a él por la mente con anterioridad—. Además, Lady Lellia está *dentro* del árbol. No es el árbol en sí.

—Vale... —Algo que dijo antes me vuelve a la cabeza ahora: lo de que los humanos fueron creados por las dríades pero estas fueron guiadas por Lady Lellia—. Crees que lo que quería Lord Krokan era a una humana, no una sirena. Eso es lo que significaba lo de las «manos». Por eso no funcionaron los otros sacrificios.

Luce casi orgulloso de que haya deducido este detalle lógico de todo lo que me ha contado.

—Cuando te vi en el agua esa noche, justo después de... Bueno, era una oportunidad demasiado buena para dejarla pasar.

Justo después del último sacrificio, pienso de pronto, si es que hay que realizar uno cada cinco años. Lo cual significa que el último también fue un fracaso. ¿Sería su madre? Es probable. Pero no digo nada y me concentro en cambio en evitar que se me escapen los pensamientos.

—Por eso me concediste cinco años —razono en voz alta. Él asiente. No fue por amabilidad, sino por pragmatismo. No me necesitaba hasta ahora. Es probable que ni siquiera pudiese ungirme con la magia necesaria para mantenerme debajo de las olas en el Mar Eterno sin que muriese—. Ahí estaba yo, en una situación en la que aceptaría cualquier cosa, puesto que la muerte era mi única opción. Tenías una participante voluntaria. Alguien que aceptaba cortar su conexión con el mundo y ser sacrificada.

Otro asentimiento. Entonces Ilryth me mira a los ojos.

—Hace cinco años, me juré a mí mismo y le juré a mi gente que encontraría una manera de terminar con la plaga que asola nuestros mares, provocada por la cólera de Lord Krokan. Juré que ninguna sirena tendría que volver a sacrificarse jamás.

Para mi mente humana, eso suena insensible y cruel. Estaba dispuesto a sacrificar seres humanos para ahorrarles el trance a su gente. Sin embargo, ¿puedo culparlo? No difiere en nada de lo que haría el Consejo de Tenvrath si los papeles estuviesen invertidos.

Además, en realidad eso no es lo que está diciendo...

—Ninguna *persona* tendrá que volver a sacrificarse jamás. —Me doy impulso contra el escalón y floto hacia arriba. Me quedo flotando justo delante de él. Aunque Ilryth es mucho más alto que yo desde la parte de arriba de la cabeza hasta la punta de la cola, una de las cosas mágicas de estar bajo el agua es ser capaz de mirarlo a los ojos—. Si hago esto, si logro ser un sacrificio «digno» y sofocar la ira de Krokan, ¿no tendríais que matar a ninguna persona ni ninguna sirena nunca más?

—Sí, si eres capaz de hacerlo.

Si soy capaz... ¿Ha habido alguna vez unas palabras que sirvan más de acicate que esas? No hay nada como un desafío para ponerme en marcha.

—He superado retos más temibles que un antiguo dios enfadado. —Charles ocupa la primera fila en mi mente.

—Espero que eso no sea un alarde de confianza infundada.

—No lo es. —Tal vez me quede una última cosa que hacer en esta tierra. Una última cosa buena que pueda hacer en una vida que ha estado llena de castigos a mis buenas intenciones—. Ahora, enséñame a utilizar este poder.

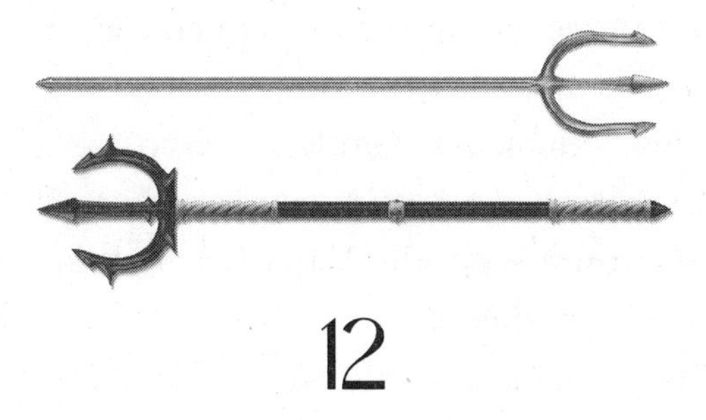

12

—Las sirenas utilizamos la magia a través de nuestras canciones, pues la canción es el lenguaje del alma. Hay himnos comunes, himnos que conocemos todos. Himnos personales, cantados en la lengua única de nuestros huesos. —Se inclina hacia delante, como si fuese a tocarme, pero se reprime. Sus dedos levitan sobre mi piel. La sensación del agua al moverse entre nosotros es como una caricia y me siento cautivada por un instante—. Después están los himnos de los antiguos, que han pasado de generación en generación durante miles de años. Son palabras con gran poder, pero cuyo significado se ha perdido con el tiempo, no destinadas a la comprensión de los mortales.

Ilryth levanta la otra mano, desliza los dedos por encima de las marcas nuevas que hizo. Casi se apodera de mí el impulso de respirar hondo, de estirar el pecho y empujar mi piel hacia ese contacto.

—Empezaremos con una de mis canciones. Así te resultará más fácil aprender a extraer poder por medio de una canción antes de que nos centremos en los himnos de los antiguos.

Magia. Voy a aprender magia. La idea es tan emocionante como improbable. Esto parece la aventura grandiosa que he estado esperando toda mi vida. La que he buscado por todos los mares. ¿Cuántos humanos tienen la oportunidad de blandir un poder como este? Es probable que ninguno. Por macabro que sea, ¿qué comienzo de aventura puede ser más épico que morir?

—Por ahora, limítate a repetir lo que yo diga. —El agua alrededor de Ilryth empieza a palpitar cuando él emite una nota grave, tiembla con ese sonido dulce. Llena el espacio y rebota contra todas las superficies.

Su voz fue mi nana durante años. ¡Cómo me atormentaba con el recordatorio constante de mi muerte inminente! Por ello, nunca pude disfrutar de verdad de ella.

No me dormí ni una sola vez asombrada por lo bonita que sonaba su voz. No pensé ni una sola vez en la manera asombrosa en que extraía las notas de las profundidades de su pecho. En cómo complementaban al agudo falsete que cantaba desde la parte de arriba de su garganta. Durante casi cinco años, un sireno me cantaba una nana casi todas las noches, y solo ahora aprecio el sonido que incitaría a muchos marineros a saltar hacia la muerte solo para oírlo un poco mejor.

Su voz... su canción... es como si mi mismísima alma la anhelase. Sus notas sencillas me llenan hasta rebosar, no dejan espacio alguno a los pensamientos, al dolor o a las dudas. Como si... todos los secretos del mundo estuviesen escondidos dentro de esos sonidos, esperando a que yo los descubra. Me invitan a permanecer dentro de su abrazo melódico.

Sin previo aviso, se calla. No recuerdo haber cerrado los ojos, pero lo he hecho. Ilryth me mira expectante.

Es mi turno.

Respiro hondo e intento imitar su tono y su volumen, pero hay algo en el hecho de *cantar* con mis pensamientos que es más difícil que hacerlo con la boca. Cantar es una cosa más mecánica. Sentida, más que pensada. Era más fácil en el paisaje onírico de su recuerdo, cuando percibía que yo estaba en tierra. Aquí, no consigo emitir ni una nota.

—Relájate, Victoria. *Siéntelo*. No lo pienses.

—¿No tengo que pensar para hacer un sonido? —replico en un tono un poco juguetón. Ilryth suelta un bufido y pone los ojos en blanco.

La sonrisa coqueta se esfuma de mi cara cuando cierro los ojos de nuevo. Intento retirarme a ese lugar que Ilryth acaba de crear para mí con su música, forzar a los músculos de mi cuerpo a relajarse. Sé que las notas están en alguna parte dentro de mí, esperando a ser liberadas. Si solo pudiese forzarlas a salir de mí... Sin embargo, permanezco callada. Es frustrante. Puedo oír la canción en el fondo de mi cabeza más fuerte que nunca, como si pidiese su libertad a gritos. Pero no puede... no quiere escapar.

Una caricia suave por mis antebrazos me hace dar un respingo. Abro los ojos a toda velocidad. Las yemas de los dedos de Ilryth se deslizan por las marcas que ha pintado en mí, llegan hasta mis manos, y esta vez me está tocando de verdad, engancha mis dedos con los suyos.

Ilryth empieza a mecerse, como el ir y venir de las mareas, y me encuentro moviéndome por instinto al mismo ritmo que él. Nos movemos con una sincronía perfecta con la música que solo nosotros podemos oír. Una sensación turbia, similar a la ebriedad, se asienta sobre mí. Aun así, aunque mis sentidos están embotados, mi conciencia está aumentada.

La melodía del fondo de mi cabeza cambia. Ya no es un solo cantante. Hay unas intensas armonías de felicidad, dos voces enredadas juntas. Susurros de pasión y secretos prohibidos. Un dolor sordo y penetrante. Una vida entera sin contar. Sin compartir.

La canción de *mi* alma. Cada rincón de mi cuerpo vibra. Es un cosquilleo delicioso, uno que es como unos dedos invisibles que suben por mis muslos. No puedo evitar saborearlo. Algo totalmente diferente de cualquier cosa que haya sentido nunca. Algo que parece antinatural, que debería temer, y aun así... voy cayendo.

Mis dedos se cierran alrededor de los suyos. Debería detener esto, pero no quiero hacerlo. Siento como si las docenas de manos de los hombres que me miraron con ojos lujuriosos a lo largo de los últimos años (hombres a los que rechacé por un sentido del deber hacia mis juramentos) hubiesen vuelto para tocarme con dedos mojados y cálidos ahora que esos juramentos se han roto. Es como si cada deseo prohibido se hubiese liberado de golpe. La satisfacción de cada acto lascivo con el que haya podido fantasear jamás ondula por mi cuerpo, despertando el placer sin el estigma de la vergüenza.

Me estremezco. Estoy perdiendo el control, perdiendo la única cosa que siempre me he esforzado por conservar. Estos instintos primitivos claman mi rendición. No obstante, me contengo. *No cedas*, susurra una voz asustada en el fondo de mi mente. La última vez que cedí a este tipo de impulso, acabé sola en una isla.

La canción se interrumpe de pronto.

—No te resistas a ella —se apresura a decir Ilryth, al tiempo que me hace girar sin previo aviso. Tira de mí hacia él, mi espalda contra su pecho. Su piel desnuda contra mis hombros y la parte superior de mi espalda hace que un gritito suba a toda velocidad por mi garganta. No tiene escapatoria hacia el agua y trago en silencio. La acción me recuerda que estamos muy profundo bajo las olas, en un mundo de magia. Que *yo* soy mágica.

—Ilryth —murmuro, en guerra conmigo misma. Aturdida y al mismo tiempo revivida por la canción que me ha consumido.

—Canta para mí, Victoria. —Su nariz roza mi sien, como si de verdad estuviese susurrándome al oído.

Mis labios se entreabren, aunque no es una exclamación, ni un suspiro, lo que escapa, sino una nota torpe y brusca. Breve y efímera. Un intento patético, comparado con su canción y con lo que yo estaba sintiendo en mi interior.

Una risita grave reverbera por el fondo de mi mente. Sus brazos se aflojan. El fracaso rompe el trance en el que nos encontramos.

—¿Qué crees que estás haciendo? —pregunto, pero no me aparto. Mi pecho se hincha, jadeante. Como si acabase de cruzar el Paso Gris. Mi cuerpo está más sensible de lo que lo ha estado nunca en toda mi vida.

—Te estoy sacando de tu cabeza. —No ha dejado de deslizar las yemas de sus dedos arriba y abajo por mis antebrazos. Me muerdo el labio e intento forzar a mi mente a quedarse en blanco. Me estremece pensar en lo que él podría oír si pierdo el control de mis pensamientos.

—Creía que no debías tocar a la ofrenda... —Aun así, no lo aparto de mí. No le digo que pare.

—Lo más importante es que aprendas las canciones. Nos concentraremos en cortar tu conexión después. —Su tono es despreocupado. El típico noble que cree que las reglas no cuentan para él—. Además, no hay nadie aquí... nadie que pueda informar de mis transgresiones. A menos que vayas a hacerlo tú. —Trago con esfuerzo y niego con la cabeza—. Bien. —Una sola palabra que vibra hasta el mismísimo centro de mi ser—. Ahora, canta. *Siente* la canción. No la pienses. No la fuerces ni la ordenes. Deja que fluya como una extensión de ti.

—¿Cómo? En verdad, no sé qué cantar.

—En mi sueño cantaste sin saber qué cantar —señala.

—Eso fue diferente —me defiendo.

—¿En qué sentido?

—Tenía una misión, al menos. Ahora necesito una dirección. Un viento en contra. —El destino hacia el que me dirijo. El objetivo.

—Las canciones no tienen nada que ver con el destino final. Tienen que ver con haber cantado. Con el acto en sí.

—Pero uno debe prepararse y planear lo que va a cantar. —Incluso yo debo reconocer que es un nuevo nivel de testarudez discutir con una sirena sobre cantar.

—Si tan preocupada estás por lo que será, perderás lo que ya tienes en ese momento. —Sus manos se apoyan sobre mi abdomen, por encima del corsé—. ¿Ha habido algún momento en tu vida en el que simplemente... te hayas dejado ir? ¿Un momento en el que te hayas perdido?

Mis ojos se cierran una vez más. La sensación de su cuerpo es distante, mientras mi mente retrocede al pasado. Hubo tiempos en que dejé ir… todo. Mi futuro. A mí misma…

Todavía puedo oler el agua sobre la piel de Charles cuando nadamos desnudos en el arroyo del bosque, no lejos de mi casa. Charles solo había estado en la ciudad una semana, varado después de que se le rompiera una rueda del carro.

Puedo saborear lo dulces que había sentido sus palabras en mi lengua en nuestra noche de bodas. Todas sus promesas de amor y respeto. De compañerismo.

El torbellino en el que me vi sumida cuando me dejé ir… cuando actué solo por instinto. Me desvió de mi rumbo, mucho más allá de lo que podría recuperarme nunca.

¿Cómo hubiese sido mi vida si hubiese mantenido una buena dirección? Aun así, mi corazón nunca pudo resistirse a la llamada de la aventura. Mi alma está dividida entre todo lo que quiero y todo lo que sé que debería hacer.

—Las veces que me perdí, solo estaba… así. *Perdida.* Esos momentos no son exactamente recuerdos de los que disfrute. No es un lugar que quiera revisitar. Ni física ni mentalmente. —No puedo soportar la vergüenza que ronda por detrás de mis párpados ni un segundo más, aunque no estoy segura de haber dicho nada hasta que él se mueve. Noto el agua fría contra mi espalda, donde estaba él hasta hace un instante.

Ilryth me suelta. Tiene el ceño fruncido en lo que parece preocupación genuina. No sé si puedo confiar en ello… confiar en *él.*

—¿Qué? —digo cuando ya no puedo soportar su evaluación durante más tiempo.

—Estás temblando.

—Yo… —Me callo de golpe. Es verdad—. No sé por qué —digo con suavidad.

Frunce el ceño aún más y casi alarga la mano para tocar mi cara, pero interrumpe el movimiento a medio camino, por alguna razón. Ya me ha tocado más de lo que hubiese esperado nunca.

—Hay algo más que debería decirte acerca de la unción...

—¿Algo *más*? —Le lanzo una mirada de incredulidad que pretende ser juguetona.

Su expresión se vuelve aún más seria en respuesta.

—Me lo estaba guardando porque creía que podría asustarte.

—¿Crees que me va a asustar más que ser sacrificada ante un dios? Tienes una escala del terror muy rara.

Es turno de Ilryth de apartar la mirada, de perderse en recuerdos mucho más profundos y tumultuosos que el que vi en la playa. Pero como vi ese recuerdo... puedo sospechar lo que puede atormentarlo mientras hablamos de este proceso.

—La unción tiene dos elementos, ambos con un fin singular. El primero es marcarte con los himnos de los antiguos, para que se te conceda acceso al Abismo y Krokan sepa que eres para él.

Todavía odio la idea de ser «marcada» para cualquier hombre o criatura, pero no lo digo.

—Vale —me limito a afirmar.

—El otro consiste en cortar tus lazos con este mundo. Emplear la magia de los antiguos (lo poco que aún recordamos de nuestros antepasados) se cobra un peaje sobre el cerebro y sobre el cuerpo. El duque Renfal es el ejemplo perfecto. No podrás presentarte ante Lord Krokan con una mente mortal como la que tienes ahora.

—Sí, eso lo entiendo en principio, pero me da la sensación de que aún tienes más cosas que compartir conmigo, ¿no es así?

—Me encargaré de que los himnos queden escritos por tu cuerpo. —Señala a las marcas de mi piel, para lo cual desliza un solo dedo por mi clavícula—. Pero grabarlos en tu alma es algo que solo puedes hacer tú, cantándolos tú misma. Y cada palabra que cantes tendrá un coste. Tendrás que hacerle sitio a este nuevo poder. Y cuando...

—Basta. Habla claro —exijo. Firme, pero no ruda. Sé cuándo un hombre está retrasando algo.

—Cada palabra de los himnos de los antiguos que aprendas borrará parte de tu mente, de tus recuerdos. Y debes permitir que ocurra. De otro modo, te volverás loca a base de intentar conservar demasiada mortalidad en tu mente junto con el poder de los dioses.

«Hablar claro» sigue siendo complicado, al parecer. Pero al menos lo ha dicho con la franqueza suficiente. Me tomo un momento para digerir esta información.

—¿Hacéis eso cuando cantáis? ¿Todas las sirenas lo hacen?

—Nuestras canciones personales no requieren tal precio. Tiramos de nuestra propia magia, no estamos intentando conectar con un dios antiguo para invocar su magia.

—Ya veo... —Estiro los antebrazos delante de mí y deslizo los dedos con suavidad por las marcas. Siempre me pregunté cómo funciona la magia de las sirenas, y ahora lo sé. Los hechizos pequeños provienen de una magia innata en su interior, pero los actos más grandes tienen un precio—. ¿Y esto es lo que debo dominar para que podamos ir al Paso Gris?

—Cuanto más fuerte seas con las bendiciones de los antiguos, más seguro estaré de que los espectros y los emisarios de Lord Krokan te permitirán pasar. O, si provocasen una pelea, más seguro estaré de que puedas defenderte —añade. Me fijo en que no hace ningún comentario acerca de su propia seguridad.

—Entonces, mejor centrémonos en las palabras de los antiguos. —Lo miro a los ojos otra vez para que pueda ver mi determinación—. No más de las otras canciones. —*Y no más tocarnos*. Aunque eso no me animo a decirlo.

—Podemos seguir intentando aprender las canciones más sencillas hasta...

—Mi familia no tiene tiempo —lo contradigo—. ¿Podré, al menos, elegir los recuerdos que pierdo?

Baja la barbilla un poco.

—Me han hecho creer que sí.

—Genial, entonces. No perdamos tiempo con las cosas más sencillas. De todos modos, soy más una mujer de todo o nada. —Sé que puede oír mi convicción, pero Ilryth no mueve ni un músculo. Parece su turno de tomarse un momento.

Al final, su rostro se disuelve en una sonrisa de incredulidad. Aunque no consigo saber a qué se debe cuando sacude la cabeza y aparta la mirada.

—Suponía que dirías algo así.

—¿Te importa compartir tu diversión privada conmigo?

—Es solo que también eres alguien que tiene cosas que prefiere olvidar. —Me mira por el rabillo del ojo.

Me encojo de hombros y trato de parecer más indiferente de lo que me siento. ¿Ha oído mis pensamientos sobre Charles? Si lo hizo, es un hombre lo bastante bueno como para no hacer ningún comentario al respecto.

—¿Y quién no? Ahora, volvamos a intentarlo. De verdad, esta vez.

—No podré decirte palabras completas, porque de lo contrario arriesgo mi propia mente. Sin embargo, puedo decir partes hasta que aprendas a leer las marcas por tu cuenta. —Ilryth toma mi mano y sujeta mi brazo entre nosotros. Señala las marcas de mi antebrazo—. *Kul.*

—*Kul* —repito.

Su dedo sube por otra línea, luego se detiene en un punto.

—*Ta'ra* —dice.

—*Kulta'ra.* —La palabra es difícil de decir. Como si tuviese una docena de canicas dentro de la boca. Intento formarla, pero me cuesta un mundo.

—Recuerda, Victoria, no luches. Cede —me dice con suavidad. Toda mi vida he luchado. He peleado. He seguido adelante con esfuerzo. Pero a lo mejor para avanzar debo soltarlo todo—. Cantaré por debajo de ti, para evitar que los himnos de los antiguos se filtren en mi mente. Tú puedes cantar conmigo o por encima de mí.

—Vale. —Asiento.

Cierra los ojos y empieza a tararear.

—*Kulta'ra* —susurro—. *Kulta'ra.* —una vez más. Esta vez un escalofrío trepa por mi columna. Siento el cosquilleo, pero no siento que se suelte nada. Ningún temblor recorre mi piel para aliviar la tensión. Se limita a quedarse ahí colgada entre cada vértebra—. *Kulta'ra.* —Libero mi mano de la suya al decirlo de nuevo. Ilryth me suelta, pero ya apenas me doy cuenta de que está ahí. Los dedos de mi mano derecha rozan las marcas—. *Kulta'ra...*

Cuantas más veces digo la palabra, más melódica se vuelve. Más fácil de pronunciar, pero justo como él me advirtió, es más difícil para el cerebro. Empieza a aflorar un dolor en la base de mi cráneo.

—*Kulta'ra.* —Esta vez ha sido casi como cantar. Inclino la cabeza hacia atrás y suspiro—. *Kulta'ra.* —Las notas empiezan graves, luego agudas, luego graves otra vez. Repito la palabra, cambiando la entonación. Aguda, luego grave. Toda grave. Una y otra vez.

Mientras canto, centellean imágenes por mi cabeza. Mi vida es como una tormenta violenta sobre un mar nocturno. Las visiones giran delante de mí y elijo un recuerdo como si pudiese alargar la mano y sacarlo de entre los demás.

Es el recuerdo del arroyo. La primera vez que Charles me dijo que era preciosa. La primera vez que me besó.

—*Kulta'ra.* —Con una palabra como un suspiro, ese momento único de mi historia se escapa entre mis dedos, desaparecido para siempre.

Abro los ojos, luego bajo la vista hacia las marcas de mi antebrazo y parpadeo. Las líneas que había señalado Ilryth han cambiado. Ahora, un tono dorado ribetea el magenta con formas nuevas.

—Bien hecho —me felicita, al tiempo que termina su propia canción.

—Hagamos otra —le digo.

—Creo que es suficiente para un día.

—No hay tiempo —le recuerdo con énfasis—. Otra.

Ilryth se limita a mirarme, durante tanto tiempo que me preocupa haberlo ofendido de alguna manera.

—Eres una criatura realmente temible pero impresionante —dice al fin.

Le lanzo una mirada que está a medio camino entre la petulancia forzada y toda la confianza ganada con el sudor de mi frente.

—Lo sé.

Empezamos a cantar otra vez.

Unas horas después, me lleva a mi nueva habitación. Un lugar precioso de paredes de coral tallado situado en la parte más alta de la pared posterior de la mansión, con un balcón que se abre hacia la lejana fosa. Ilryth me deja ahí, su expresión más recelosa de lo que la había visto nunca. Sin embargo, estoy demasiado cansada como para intentar descifrar lo que le molesta esta vez.

Por lo que sé, he estado *excepcional*.

He aprendido tres palabras. Lo cual significa que… ¿he renunciado a tres recuerdos?

Tumbada sobre una cama de esponja de mar, me pregunto a qué recuerdos he renunciado. Despacio, repaso mi vida, desde los primeros detalles que recuerdo (o que creo recordar), en orden hasta este momento. Mis pensamientos se atascan en torno a los dieciocho años.

Hay un hueco vacío poco después de la primera vez que vi a Charles en el mercado, pero antes de que él pidiera mi mano. ¿Qué había ahí antes? Algo… seguro. Algo que ver con *él*.

Una sonrisa malvada cruza mis labios. Charles creía que había marcado mi alma, pero me deshice de su agarre sobre mí a nivel legal. Y ahora, erradicaré todos mis recuerdos de él.

De lo único que me arrepentiré en esta vida puede ser del hecho de que Charles no sepa la facilidad con la que pude expurgarlo.

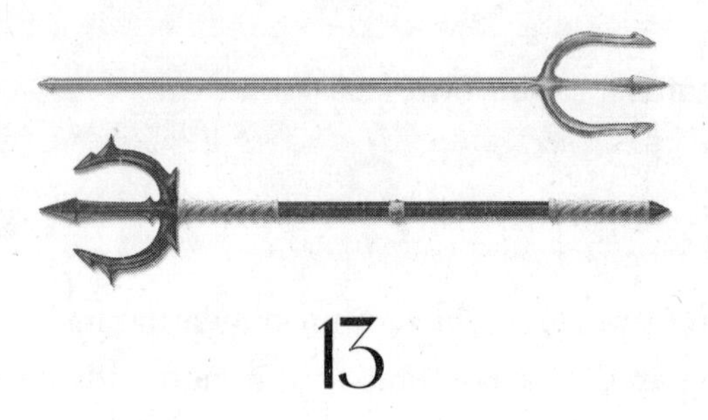

13

A la mañana siguiente, Lucia acude a ungirme al amanecer. Canta al tiempo que mueve las manos por encima de mi cuerpo; a diferencia de Ilryth, ella tiene cuidado de no tocar nunca mi piel. Aparecen marcas con sus canciones, en trazos de un rojo intenso. Mi cuerpo, sin embargo, no se calienta del mismo modo que la última vez que me marcó Ilryth.

Pensar en él me hace buscar un tema con el que distraerme.

—¿Los colores significan algo? —pregunto mientras floto, a la espera de la siguiente serie de marcas.

Lucia está detrás de mí. Por las pequeñas corrientes que crean, sus dedos están en algún lugar entre mi hombro derecho y mi columna. A medida que la canción convertida en color se filtra en mi piel y empieza a serpentear, casi parece como si me arañase con suavidad con las uñas.

—Así es. El rojo es para la fuerza. El azul es para la suerte. El negro para la verdad. El verde para la vitalidad. El magenta para la promesa. El amarillo para la prosperidad…

Enumera otros colores, la mayoría de los cuales aún no tengo sobre la piel.

—Suena como que vaya a ser una obra de arte impresionante cuando esté terminada.

Lucia se ríe con un sonido ligero.

—Sí, en efecto.

—¿Y el dorado? —Señalo a la zona que cambió con mi canción ayer.

—Eso significa que la unción se ha grabado en tu alma. Que de verdad te estás convirtiendo en una con los antiguos, de modo que puedas presentarte ante ellos sin ceder a la locura. —Retira la mano. Hoy ha sido una unción más corta que la anterior. No es que vaya a quejarme.

Fenny aparece en mi balcón.

—Ven. Lord Ilryth ha pedido verte en el anfiteatro.

—Por supuesto.

—Cuídate, Santidad. —Lucia inclina la cabeza en mi dirección.

—Solo Victoria está bien —le recuerdo. Lucia se limita a sonreír. No sé si voy a conseguir que deje de lado el título honorífico en algún momento.

Sigo a Fenny. Al principio, creo que es el amanecer el que enturbia el mar, pero después me doy cuenta de que es esa tenue neblina rojiza que he visto desde que llegué aquí. *Debe de ser la podredumbre.*

—¿Eso, en la distancia? —pregunta Fenny.

Reprimo un suspiro por haber dejado escapar ese pensamiento.

—Sí.

—Lo es. El duque Ilryth ayuda a mantenerla fuera de nuestro territorio con la bendición de la Punta del Alba. Pero es inevitable que algo de podredumbre se filtre hacia aquí, en especial en días como hoy, cuando parece que las corrientes son lentas y no se están moviendo por la Fosa.

—¿Podría salir de la Fosa y subir hasta mi mundo? —Si los espectros y los monstruos tienen una forma de colarse a través del Vano, ¿por qué no la podredumbre?

Fenny hace una pausa; es solo un segundo de vacilación antes de seguir nadando.

—No lo sé… los asuntos de los antiguos dioses son más el dominio de Lucia… pero quizá sí. Si la ira de Lord Krokan empeora y los ducados del Mar Eterno caen, no veo ninguna razón para creer que no pudiera escapar. De hecho, ya tememos que la plaga pueda extenderse por todo Midscape.

—Y sofocar la ira de Krokan es cosa mía...

—Si tenemos suerte, sí.

—No suenas demasiado confiada —señalo.

—La ofrenda no ha sido nunca una humana. Eres un factor desconocido.

Lo que no sabe es que decirme que no puedo hacer algo hace que quiera hacerlo aún más.

—¿Sabes? Creo que deberíais haberme contado todo esto para empezar.

—¿Por qué? —Fenny gira la cabeza para mirarme mientras nos colamos a nado por el techo y entramos en la sala del tesoro de Ilryth.

—Porque proteger a mi familia es algo por lo que sacrificaría cualquier cosa, incluso mi vida. —Es lo menos que puedo hacer por ellos después de todo lo que han hecho ellos por mí y en todo lo que me han mostrado su apoyo.

—Entonces, me alegro de que ahora lo sepas. —Nada hacia el túnel, pero me detengo una vez más en la habitación y estudio todos los extraños cachivaches y recordatorios de mi hogar.

—Fenny.

—¿Sí? —Se para en cuanto ve que lo he hecho yo. Su tono revela una ligera impaciencia.

—¿Cómo adquirió el duque Ilryth todo esto?

—A los humanos se les da muy bien llenar sus mares de desperdicios —responde sin más—. O al menos eso me han contado. Desde que el Mar Eterno se cerró, solo los duques pueden salir con permiso, y antes tampoco es que me aventurase demasiado lejos.

—Entonces, ¿Ilryth recogió todo esto del fondo del mar?

—Sí.

—Debe de haber tardado años en hacerlo.

—En efecto. —Hay mucho peso en esas dos palabras, cosa que no comprendo del todo.

—¿Por qué? —Todavía me cuesta imaginar a un duque nadando por ahí para recoger basura. A lo mejor está resentido con nosotros por llenar el mar de inmundicias... Pero, de ser así, ¿por qué querría guardarlo todo? ¿Y por qué habría de llamarlo su «tesoro»?

—Esa fascinación tendrá que explicártela él. No me atañe hacer comentarios al respecto. —Fenny cruza las manos delante de ella. Miro a la mujer con atención. Ella aparta la mirada.

—Tú tampoco lo entiendes, ¿verdad?

—Mi foco de atención siempre ha estado aquí, en el Mar Eterno. Si hay algo que Su Excelencia no puede resolver, por una razón u otra, yo me encargo de ello. Si hay algo que él no puede hacer, lo haré yo. Estoy concentrada y dedicada en cuerpo y alma solo a nuestra familia y nuestra gente —explica, con un tono algo seco.

No tengo que comprender, ni quiero hacerlo, es lo que leo entre líneas. Aunque también hay algo más: *dedicada.* ¿Acaso Fenny encuentra que él no está del todo comprometido con su papel? Todo lo que he visto de Ilryth hasta ahora lo hace parecer mucho más dedicado que la mayoría de los líderes que he conocido nunca. Desde luego más que la mitad de los lores de Tenvrath, sentados en sus salones con las copas llenas y escasas ambiciones.

—No tienes un gran concepto de tu hermano, ¿verdad?

Fenny se queda muy quieta. Está claro que mi comentario la ha sorprendido.

—Eres demasiado atrevida.

—Tal vez —admito. Su ofensa es justa. He forzado un poco las cosas con ese comentario. Quería poner a prueba los límites. A pesar de haberla irritado, me recompensa con información de todos modos, justo como había esperado que hiciera. Empujar a alguien más allá del punto de la ofensa suele incitarlo a corregirte con una verdad que, de otro modo, tal vez no te hubiese contado.

—Tengo a mi hermano en gran consideración. Lleva todo el peso del ducado sobre los hombros. —Desliza los ojos por toda la habitación—. Hay decisiones que toma que difieren de las mías, pero mi confusión no significa que piense mal de él. Opinar sobre lo que hace no es mi lugar, siempre y cuando actúe con nuestro interés en mente. —Se me escapa una risita suave—. ¿Qué te divierte tanto?

Debe de haberme oído.

—Me preguntaba si mi hermana pequeña hubiese dicho más o menos lo mismo de mí. —*Oh, Em...* siempre tan optimista. Esperanzada. Forzando los límites, pero sin pasarse. Ella siempre fue la mejor de las dos.

Fenny me mira con atención.

—Supongo que probablemente sí —dice con suavidad—. Supongo que la mayoría de los hermanos lo hace. Ahora, no deberíamos hacer esperar a Su Excelencia.

—Espera, Fenny, una cosa más. —Nado hasta la concha de almeja medio abierta con la alianza de boda sobre ella. Es un artículo muy pequeño, pero me ha atormentado durante toda la noche. Tal vez Ilryth tenga razón y haya algunos lazos que me unen a este mundo y me vaya a costar cierto esfuerzo romper. Retiro la alianza de la concha, echo un vistazo a las iniciales que ya no uso y se la tiendo—. Deshazte de esto, por favor.

—No tienes ningún derecho a...

—Era mía —afirmo—. Tengo todo el derecho del mundo a decidir su destino, y quiero que desaparezca.

—¿Por qué no te deshaces de ella tú misma? —La pregunta está teñida de escepticismo.

Una pregunta estupenda. *¿Por qué no?* ¿Porque solo de sujetarla hace que me tiemble la mano? ¿Porque la mera idea de deshacerme de ese anillo hace que la voz de Charles no deje de regañarme en el fondo de mi mente por pensar siquiera en hacerlo? Me reprende. Me atormenta.

—No tengo tiempo de hacerlo. Estoy centrada en la unción. —Me encojo de hombros para tratar de disimular mi incomodidad—. Y sospecho que a tu hermano le costaría deshacerse de él en persona, pues dudo que saque nada de esta habitación por voluntad propia.

Fenny nada hasta mí y estudia el anillo. Con una mirada rápida de mí a la alianza, me la quita de los dedos y la hace girar en sus manos.

—¿Qué es?

—Algo que ahora pertenece a una mujer muerta, ni más ni menos. Así que, ¿puedes deshacerte de él por mí? ¿Meterlo en algún sitio donde Ilryth no vaya a mirar nunca? —Lo guardaría sobre mi persona, pero no quiero arriesgarme. Además... la mera idea de seguir en posesión de esa alianza de boda más tiempo del que quiero amenaza la estabilidad de mi estómago.

—Muy bien. —Fenny se lo guarda en la banda que envuelve sus pechos—. Y ahora, ven conmigo, por favor. —Se adentra en el túnel y yo la sigo. Nadar me resulta un poco más fácil ahora que sé que no tendré que volver a ver ese anillo nunca más.

Fenny me deja en la entrada del anfiteatro. Nado yo sola el resto del camino hasta el escenario en el fondo, donde el duque Ilryth ya está esperando. Descansa sobre el escalón inferior, pero se endereza en cuanto me acerco.

—Me he dado cuenta de algo —anuncio.

—¿De qué?

—Me has mentido. —Las puntas de mis pies aterrizan sobre el escalón por encima de él. Parece que hoy estoy de un humor discutidor. O quizá me sienta ya lo bastante cómoda en este extraño mundo para recuperar mi habitual personalidad desafiante.

—¿Perdona? —Arquea las cejas.

—Me has hecho creer que era difícil cruzar el Vano. Que no lo cruzabas con regularidad y que, cuando viniste a buscarme, fue una de las pocas veces que lo habías hecho. —Cruzo los brazos con un equilibrio perfecto. Ya me he acostumbrado bastante a las sensaciones de moverme por el agua—. Pero eso no puede ser cierto, ¿verdad? Si lo fuese, no tendrías una sala del tesoro llena de artículos humanos que solo pudiste recoger al moverte entre mundos.

Sus labios se fruncen un poquito, pero no dice nada. Me doy impulso contra el escalón y mi cuerpo se mueve por voluntad propia, incapaz de soportar su indiferencia ni un segundo más. Sus ojos siguen mis movimientos y el agua entre nosotros se espesa.

—¿Sabes lo que no soporto de los hombres como tú?

—No. Pero sospecho que estás a punto de decírmelo. —Me está provocando, pero le dejo hacerlo. Le dejaré tener esta sensación de poder porque se lo iba a decir de todos modos.

Me freno para pararme delante de él, aunque detengo mi movimiento clavando un dedo en su pecho.

—Los hombres como tú, los que están acostumbrados a tener el control, mentís sin vacilar. E incluso cuando os pillan, no sentís ni el menor de los remordimientos. Si acaso, haréis que la otra persona crea que fue ella la que lo malinterpretó.

Agarra mi mano y la sujeta con tanta fuerza que *casi* me duelen los nudillos por la compresión.

—No insultes mi integridad.

—¿No? —Ladeo la cabeza, pero intento no fruncir el ceño. Por disgustada que me pueda sentir, no le permitiré la satisfacción de hacer que pierda la compostura—. ¿Pretendes decirme que no consideras al mundo entero como una colección de tontos?

—Puede que la mayor parte del mundo sean tontos. —Lo dice como si estuviese intentando hurgar en mi mente con la mirada para sacar a la luz toda debilidad o inseguridad que haya tenido nunca—. Pero hay unos cuantos que no lo son. Los más próximos a mí. A ti no te he tomado por tonta, por ejemplo.

¿Eso era un cumplido?

—¿Qué te dije acerca de los halagos?

Si es verdad, no es un halago.

—Pero si apenas me conoces.

—¿Ah, no? —Su agarre se relaja un poco.

—Entonces dime la verdad, ahora.

—No te mentí. Sí que es difícil y peligroso cruzar la Fosa Gris, pero también admití que tenemos otras maneras de cruzar: las pozas de viaje. —Todavía no me ha soltado.

—Dijiste que estaban cerradas a causa de la podredumbre. —El recordatorio suaviza un poco la periferia de mi ira y trae a mi cabeza detalles de nuestra anterior conversación.

—Hace poco. —Frunce el ceño—. Y antes de que busques motivos para hacer acusaciones donde no los hay, te traje de vuelta por medio de una ayuda excepcional proporcionada por el Ducado de la Fe: un elixir de hojas machacadas del Árbol de la Vida, picadas con la arena de la playa y mezcladas con aguas de sus raíces para crear un transporte portátil que te devuelve al corazón del Mar Eterno con una canción. Ese era el único que tenía y es imposible que consiga otro. No te estoy ocultando nada, Victoria, y no he mentido. —Cedo con un suspiro y aparto la mirada—. ¿Mi explicación ha satisfecho tus sospechas? —Por fin suelta mi mano. Me había olvidado de que la sujetaba, pero ahora soy muy consciente de su ausencia. ¿Por qué me toca de forma tan natural cuando proclaman que está prohibido?

—Por el momento.

—Oh, qué amable. —Ilryth se dirige al centro del escenario del anfiteatro. Estira las manos hacia mí y yo acudo a él sin dudarlo. Cuanto antes hagamos esto, antes podré salvar a mi familia. Nuestros dedos se entrelazan una vez más. Ilryth me acerca a él. La sensación de las suaves escamas de su cola contra mis piernas cuando chocamos me provoca un escalofrío—. Ahora, empecemos —declara, la voz grave y autoritaria.

Estoy en la cima del faro. La llama está caliente a mi espalda, una luz que gira despacio sin parar gracias a una rueda de molino situada a un lado de la isla bombardeada por las olas con regularidad. El faro

destella sobre las rocas de la lejana orilla, se extiende hacia el impenetrable Paso Gris y luego se detiene contra el muro de tormentas acumuladas en la distancia.

Albergo la oscura esperanza de que una tormenta pueda desprenderse del Paso y alcanzar el faro… al menos serviría para romper la monotonía.

Cada cinco minutos, la luz del faro ilumina el lejano almacén de suministros en la otra orilla y el pequeño barco de remos ahí amarrado. Lleva ahí tres semanas ya. Sin moverse. Tan atascado en su sitio como lo estoy yo aquí.

Charles había dicho que serían solo unos pocos días. Algo importante debe de haberlo retenido.

Me obligo a despertarme. Es un sueño que conozco muy bien. Un sueño que me ha atormentado muchísimas veces, las suficientes como para poder reconocerlo incluso mientras duermo y rechazarlo.

Cuesta saber si es muy pronto o muy tarde. La luna ha pasado de estar llena cuando llegué aquí a ser poco más que un contorno fino. Me doy impulso contra la cama y me deslizo hasta mi balcón para comprobar si la tenue luz procede de la luna o de un amanecer distante. ¿Merece la pena intentar dormirme otra vez o debería esperar a saludar al sol?

Justo cuando salgo de debajo de la plataforma de coral que cuelga por encima de mí, una nota grave y ominosa reverbera por el suelo. Va seguida de un sonido agudo. Llamarlo cantar sería ser generoso. Es más como un chillido estridente. El sonido hace que me ponga en guardia de inmediato.

Otras voces se unen a él para formar un coro similar al de mi primera noche aquí. ¿Cuánto tiempo ha pasado? ¿Dos semanas, según la luna? El tiempo ha pasado con una lentitud dolorosa pero al mismo tiempo deprisa, dado lo llenos que han estado mis días con el aprendizaje de sus palabras y canciones.

Miro hacia la fosa oceánica, pero no veo ni rastro de tentáculos. Guiño los ojos para intentar distinguir qué son las sombras cambiantes en medio de la oscuridad de la noche. Sigo sin ver nada.

No hay guerreros por ahí. Ni chasquidos de delfines. Aun así, la canción continúa. Avanza como una ola, rápida y frenética antes de sumirse en un silencio repentino. Las voces parecen proceder del otro lado de la mansión. Lejanas pero al mismo tiempo próximas, visto cómo resuenan en mi mente.

El agua está en calma. No muestra ni el más leve movimiento. Cuando el siguiente receso de silencio ocupa el lugar de la canción, da la impresión de que el mismísimo mar estuviese conteniendo la respiración.

Algo va mal.

Un destello de luz atrae mi atención hacia un lado. Pero desaparece en un santiamén. Como cuando una luciérnaga desaparece en el crepúsculo.

Sin previo aviso, noto movimiento a mi lado. Lo veo por el rabillo del ojo. Un escalofrío baja por mi columna y mi respiración se queda atascada en mi garganta cuando dos manos invisibles se cierran sobre mi cuello desde atrás. Me atraganto con nada.

Por primera vez, tengo la sensación de no poder respirar. El agua pesa en mis pulmones. Los anega. Tira de mí hacia abajo y abajo y abajo…

Charles ha vuelto.

Lo espero en la orilla, paciente, mientras amarra el bote. Han pasado cuatro semanas ya. Un mes entero. Es la vez que más tiempo seguido ha estado ausente. Casi estoy dando botecitos con una emoción apenas contenida al ver por fin a mi marido de nuevo. Al ver a otra persona.

—Cariño. —Corro hacia él en el mismo instante en que se separa del bote. Lanzo los brazos alrededor de sus hombros—. ¡Te he echado muchísimo de menos!

—Basta ya de esta histeria, mujer. Acabo de llegar; dame un momento para recuperar la respiración. —Pone ambas manos sobre mis costados y me deposita en el suelo. A un lado. Como si fuese un juguete devuelto a su balda cuando ya no resulta divertido.

—¿Histeria? Yo…

—¿Es que un hombre no puede descargar sus cosas sin que lo asalten?

—Lo siento —me apresuro a decir—. He estado mucho tiempo aquí… sola. Y yo…

—¿Estás diciendo que no puedes soportar estar ni un mes sola? —Saca su bolsa del barquito—. Te había tomado por una mujer más fuerte.

—No. Quiero decir, sí. —Agarro el morral que me tiende y me lo cuelgo del hombro—. Por supuesto que puedo. Es solo que te he echado de menos.

—Ponme al día de la situación del faro —me ordena con brusquedad.

No pregunta por mí. Pregunta por el faro. Pero esa es su prioridad; es comprensible… Es lo que mantiene Tenvrath a salvo. Es obvio que debe ser su principal preocupación. Después preguntará por mí. Estoy segura.

—Todo funciona bien. Ningún problema. La campana ha tocado cada treinta minutos. Todos los mecanismos de relojería han sido engrasados y puestos a punto, comprobados durante la noche, como a ti te gusta. Incluso lo limpié todo de abajo arriba.

Se queda muy quieto. Como la lengua de una víbora, su mano sale disparada para agarrar mi cara por la barbilla y las mejillas, lo cual fuerza a mis labios a fruncirse un poco bajo su agarre.

—¿Has entrado en mi estudio?

—No —digo, bastante incómoda.

Su mano se relaja y una sonrisa se dibuja en sus labios. Charles se inclina hacia mí y me da un beso suave.

—Esa es una buena esposa. Y ahora, espero que la cena esté lista.

—Sí, ya la he empezado… quiero decir, estará lista pronto.

—Bien. Un hombre necesita una comida casera y una mujer cariñosa cuando regresa a casa. —Charles empieza a caminar alrededor del faro.

—¿Qué tal tu viaje? —pregunto al echar a andar detrás de él.

—¡Qué de preguntas! ¿De verdad tienes que ser tan pesada? Estoy cansado. —Suspira, luego masculla algo en voz baja.

Finjo no oír las palabras. Pero…

Se produce un destello de luz.

Un grito lejano. No mío. ¿O quizá sí? Me quedo ahí jadeando, doblada por la cintura.

El agua está tan fría como el hielo. Tan negra como el carbón. Parpadeo, mientras pienso que tal vez me haya quedado ciega de algún modo. Sin embargo, poco a poco, los colores y las luces vuelven a cobrar vida. Mis oídos oyen una canción otra vez. Es más lenta, tiene un propósito más claro. La encabeza una voz familiar que está…

Justo detrás de mí.

La forma poderosa de Ilryth se alza sobre mí, irradia una fuerza de otro mundo. En sus manos, sujeta una vara de madera pálida que palpita con una tenue luz plateada. Zarcillos de sombra se difuminan con las corrientes a su alrededor, el agua vuelve a moverse. Levanto la vista hacia él, el corazón aún desbocado del miedo, el estómago revuelto por las imágenes que aparecen detrás de mis párpados cada vez que cierro los ojos. Algo en mi expresión lo incita a apartarse un poco. Despacio, como para no asustarme, apoya la lanza contra una de las columnas que bordean el balcón.

—¿Qué has hecho? —Por fin encuentro palabras, pero suenan rasposas y tenues. Débiles. Angustiadas.

—Un espectro se coló a través de nuestras defensas y logró entrar en la mansión —me explica. Su declaración lleva un deje de disculpa. Su presencia intimidante mengua cuando baja un poco para reunirse conmigo en el suelo, luego enrosca la cola debajo de él. Cada movimiento está cargado de una delicadeza que apacigua mi corazón acelerado—. Te buscó y estaba tratando de pudrir tu alma y robar tu cuerpo.

—¿Un… un espectro ha estado aquí? —Estoy aturdida.

—Lo he hecho desaparecer. —Señala a la lanza, aún con movimientos lentos y medidos—. Llegué lo bastante rápido como para que no haya daños duraderos en tu mente, ni en la unción, pero no lo bastante rápido para ahorrarte… —Ilryth aprieta un puño. Es lo único que revela su ira—. Jamás debió tener la oportunidad de ponerte una mano encima. Perdóname.

Clavo las uñas en el coral debajo de mí. El sentido del tacto, la presión del agua sobre mí, me devuelven al aquí y al ahora.

—Gracias por encargarte de él cuando pudiste —murmuro—. Supongo que nuestras lecciones no han sido suficiente. Tenías razón… no estoy lista para la Fosa.

Se produce un momento de silencio pesado entre nosotros. El hecho de que no lo niegue me afecta más de lo que esperaba. Estoy en lo cierto, los dos lo sabemos. Incluso después de dos semanas de trabajo, todavía soy débil en este mundo. Todavía me cuesta. Cierro los ojos con fuerza, como si así pudiese esconderme físicamente de la vergüenza.

—Victoria… —Mi nombre es un susurro. Sirve para atraer con tacto mis ojos hacia él; me sostiene la mirada con una expresión intensa—. Recuerdas el estado en el que estaba cuando volví de la Fosa, ¿verdad? Lo difícil que fue traerme de vuelta. —Asiento—. Por fortuna, esto ha sido muy fácil. Haber opuesto resistencia a cualquiera que fuese la tortura que intentó infligirte es señal de tu fortaleza. En cierto modo, incluso el hecho de que el espectro se viese atraído por ti es bueno; demuestra que la magia de los dioses está arraigando en ti.

Ilryth se mueve para apoyar una mano en mi mejilla. Me encojo un poco al ver que una mano de hombre se acerca a mi cara, el recuerdo de Charles tan afilado como un cristal roto. Él retira la mano al instante.

—Lo siento —murmuro.

—No tienes nada de lo que disculparte —me dice en voz baja—. Sé lo que es. Que te saquen tus horrores más profundos, tus aflicciones más íntimas, con la gracia de un destripamiento.

Destripada es una buena metáfora para cómo me siento.

—Lo creas o no, Victoria, estás haciendo progresos —insiste.

—Pues no siento que los esté haciendo.

—Ya lo veo —dice Ilryth con firmeza, la bastante como para mirarlo pese a seguir encorvada. Mi pelo flota despacio alrededor de mi cara, por lo que lo veo a trozos, enfocado y desenfocado—. Si no eres capaz de creer en ti misma, cree en mí.

Mis labios se abren, una objeción presta a salir por mi boca. *¿Cómo te atreves a decir que no creo en mí misma?* Sin embargo, veo un destello de comprensión en sus ojos. Él se ha sentido igual de expuesto que lo estoy yo ahora mismo. Yo misma lo he visto en ese estado.

Tal vez esa sea la razón de que cuando dice: «Ahora, te dejaré tranquila», mi mano salga disparada para agarrar la suya antes de que pueda marcharse.

—¡Espera! —suelto de golpe, a la desesperada—. Espera —repito, más suave esta vez—. Por favor... n... no quiero estar sola. ¿Te quedarías un ratito? —Odio sentirme débil. Sentirme necesitada. Pero ese espectro ha sacado un millón de recuerdos a la superficie que ahora tengo que empujar de vuelta a la oscuridad, lejos de todo pensamiento consciente. Si me quedo sola, mi mente se desviará hacia ellos, lo sé.

Ilryth vuelve a hundirse hasta estar a mi lado, nuestros costados pegados, como si los atrajese una fuerza instintiva. Despacio, toma mis manos entre las suyas. Nuestros dedos se entrelazan y nunca he estado más fascinada por cómo se mueven mis dedos. Es algo sorprendentemente íntimo.

—Estás bien —dice con amabilidad—. No permitiré que te ocurra nada malo.

—Hasta que me sacrifiques —digo con una carcajada amarga. ¿Quién hubiese pensado que un sacrificio podría utilizarse para aligerar el ambiente? Esperaba que se riera conmigo, no que frunciese el ceño y sus ojos se inundasen de un conflicto que jamás había visto en él.

—¡Santidad! ¿Estás...? —Lucia se para en seco al asomarse por el borde del balcón. Sus ojos se posan en nuestras manos entrelazadas. Hay confusión, preocupación y acusación en su mirada—. Excelencia, he venido a atender a Su Santidad, para asegurarme de que ninguna de sus marcas se ha alterado.

—Justo estaba terminando de hacerlo —miente Ilryth con facilidad. Me suelta y se aleja nadando más deprisa de lo normal, como si necesitase poner distancia entre nosotros lo antes posible.

Lucia, sin embargo, se interpone en su camino para detenerlo.

—No deberías tocarla. —Podría habérselo dicho solo a él, pero está claro que tiene la intención de que yo lo oiga. ¿Acaso cree que fui *yo* la que lo inició?—. Necesita cortar sus lazos con este mundo, no estrecharlos.

—Necesita mantener la cabeza despejada —la contradice Ilryth—. Y los espectros pueden alterar la mente de cualquiera. Me estaba asegurando de que estaba bien.

—Necesita perder *todos* los pensamientos. Los de dolor *y* los de consuelo.

—¿De qué nos sirve si pierde todos los últimos y no es más que los primeros? Se convertiría en un espectro en el mismo momento en que la enviáramos al Abismo.

Ilryth está de mi lado, y eso hace que me siente un poco más segura. ¿Cómo es que el hombre que pretende sacrificarme también me está protegiendo? Y, lo que es más importante, ¿por qué me llena eso de semejante calma?

—No será nada más que un recipiente vacío cuando la enviemos al Abismo. Para que pueda presentarse ante Lord Krokan como un sacrificio adecuado. —Lucia viene hacia mí. Su expresión es una de indiferencia fría, pero también hay un deje de tristeza en sus ojos. No obstante, se le da mejor luchar contra la culpa que a Ilryth—. Ahora, Santidad, ¿podría examinar tus unciones?

Me doy impulso contra el balcón y me deslizo hacia arriba.

Ilryth se marcha sin decir ni una palabra más. Sin volver a mirarme siquiera. Me quedo quieta mientras Lucia se mueve a mi alrededor. Me hace un gesto para que levante las manos, mira ambos lados de mis brazos. Nada detrás de mí. Me invita a ponerme de pie.

—Lucia —digo en voz baja, cuando ya no puedo soportar más el silencio. Al menos he tenido las distracciones suficientes para mantener la cabeza centrada.

—¿Sí?

—Haré esto. Te lo juro. Sé lo que está en juego. —Por mi familia *y* por el Mar Eterno. La idea de sacrificarme a mí misma todavía me provoca un escalofrío por la columna, pero no hay otra opción. Este es el camino al que me han llevado mis acciones y debo seguirlo hasta su amargo final. Tal vez mi determinación sea un intento patético de hacer que este último acto parezca elección mía. De reclamar algo de poder en una situación en la que tengo muy poco. Aunque parece más que eso. Como una llamada que no puedo ignorar.

Tengo un papel que desempeñar en esta lucha. Un deber. Le hice una promesa a Ilryth de que en cinco años sería suya, y juré que solo rompería un juramento en toda mi vida.

En ocasiones, las elecciones más simples son las más poderosas.

Lucia hace una pausa, ladea un poco la cabeza, como si me viese desde una nueva perspectiva.

—Por extraño que pueda parecer, te creo.

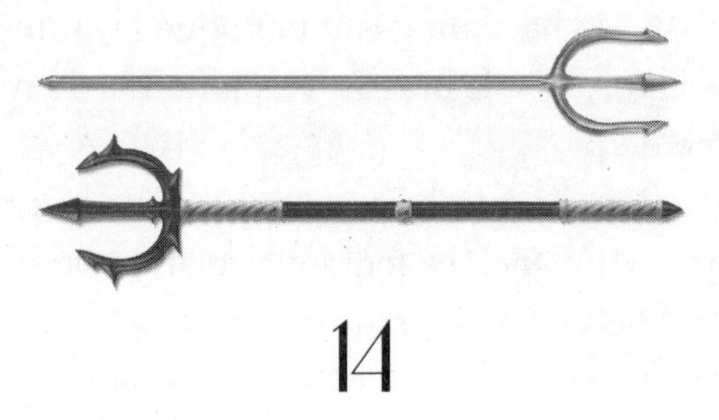

14

Durante casi cinco semanas, paso todos los días en el anfiteatro. Después del ataque del espectro, tengo toda la motivación que necesito para dedicarme en cuerpo y alma a las enseñanzas de Ilryth con las canciones.

Mi día comienza al amanecer con la llegada de Lucia o Fenny para acompañarme al anfiteatro. Termina al anochecer con Ilryth, que me devuelve a mi habitación. Aunque no me han prohibido de manera específica salir de mis aposentos por la noche, nunca lo he hecho. O bien estoy demasiado cansada, o bien la sensación del espectro cerrando sus manos fantasmagóricas en torno a mi cuello es demasiado aguda.

Ha habido otras noches llenas de canciones, pero nada tan agorero ni aterrador como los dos ataques que he sufrido. Al principio, la música no significaba nada, pero cuanto más trabajo con Ilryth, más comprensión innata tengo.

Los ocasionales himnos nocturnos son canciones de protección, creo. *No entréis aquí,* cantan las sirenas con una docena de voces diferentes, y cada una dice una palabra distinta con una entonación diferente, aunque de algún modo, en perfecta armonía. *No entréis aquí…*

Cada noche, me duermo intentando detectar la voz de Ilryth entre ellas. Siempre la encuentro, como la luz de un faro que alumbra una orilla lejana. Me aferro al sonido y permito que ocupe los huecos de mis recuerdos, dejados por mi trabajo. Llena y alivia las heridas que intento mantener ocultas.

Su voz es de una belleza casi dolorosa. Me hace enroscar los dedos de los pies. Llena mi pecho y apacigua a la bestia de mi dolor mientras camina de un lado para otro por su jaula. No puedo negar la atracción de su voz, aunque sé que debería. Sus palabras, aunque dulces y melódicas, rugen en mi interior como una tormenta que no puedo parar, que solo puedo perseguir. Es cada momento perdido de saborear sus canciones condensado en lo que sé que serán los últimos días de mi existencia.

Una mañana no es como el resto.

No han venido Lucia o Fenny a buscarme, sino las dos. Flotan por encima de mi balcón al amanecer. Ya estoy levantada. Siempre he sido madrugadora. Así que las he visto desde el momento en que han asomado por el borde.

—Hoy no vas a reunirte con Lord Ilryth en el anfiteatro —anuncia Fenny.

—¿No? —Arqueo las cejas. He hecho muchos progresos a la hora de convertir en doradas mis marcas y de convertir recuerdos enteros en huecos vacíos. Gran parte de mi piel está tatuada, pero hay más aún sin tatuar. Todavía queda mucho trabajo por hacer.

—No. Se requiere tu asistencia a una pequeña reunión de nobles en el ducado. —El tono de Fenny deja claro que no debe haber ninguna discusión al respecto. Protesto de todos modos.

—¿Esa es la mejor manera de emplear mi tiempo? —Me doy impulso contra la cama—. Debería estar aprendiendo más palabras, adquiriendo más marcas para mi unción.

Los ojos de Lucia saltan hacia Fenny. Hay una chispa de confirmación en ellos. Es una aliada inesperada, pero no dice nada.

—Todavía dispones de casi cinco meses hasta el solsticio de verano, cuando serás ofrecida a Lord Krokan. Sin embargo, solo quedan unas cuantas semanas antes de que debamos entregarte al Ducado de la Fe para los preparativos finales antes del solsticio. Sería impropio no dejar que nuestros nobles te conozcan primero. Además, como humana, ya te van a escrutar lo suficiente. Es mejor que antes te ganes unos cuantos aliados aquí, donde la gente se sentirá más inclinada a estar de tu lado.

Encuentro interesante que Ilryth no haya mencionado nada sobre presentaciones, nobles o formalidades.

—Tenía la impresión de que la gente no tenía elección en que yo fuese la ofrenda o no.

—No la tiene.

—Bien —me apresuro a decir, antes de que ella consiga añadir ni una palabra más—. Entonces, creo que preferiría centrarme en mi actual tarea que dejarme exhibir por ahí.

—No insultes nuestras costumbres —dice Fenny con tono seco—. Solo porque tú estés designada para la muerte no significa que el resto de nosotros lo estemos. No seas tan egoísta como para creer que tus acciones no tienen un impacto sobre el resto de nosotros.

—*¿Egoísta?* —La palabra me toca en lo más profundo y sale cargada de ira.

—Fenny —la regaña Lucia, aunque en absoluto con la firmeza necesaria. Menuda aliada.

—Estás marcada para la muerte y…

—Llevadme con Ilryth, ahora —exijo, interrumpiendo a Fenny.

Fenny cruza los brazos y no se mueve. Lucia nos mira a ambas, espectadora de la batalla silenciosa de voluntades. Entorno los ojos.

—Yo hice algo para ti, como favor personal —dice Fenny con frialdad. La expresión de Lucia se torna confusa—. Ahora te estoy pidiendo que hagas esto por mí.

Maldita sea. Está utilizando el anillo en mi contra. Aunque al menos esto confirma que sí que se deshizo de esa estúpida alianza de una vez por todas.

—Muy bien —cedo—. Pero solo esto, y después estamos a la par.

—Y te comportarás bien ante nuestros nobles. —Fenny remete unos mechones sueltos en el pañuelo sujeto con una concha espinosa—. Ilryth nos dice que eres bastante capaz de hacerlo, cuando estás motivada.

—Tengo toda la motivación que necesito. Puede que incluso os sorprenda —la informo. Tal vez no disfrute en especial de este tipo de temas estirados, y siempre preferiré una cerveza caliente en la Mesa Ladeada con una compañía excepcional por encima del más exquisito de los vinos en una copa de cristal cuando todo el mundo a mi alrededor está maquinando y urdiendo artimañas retorcidas, pero... —He asistido a mi buena dosis de fiestas elegantes con la nobleza de donde provengo.

—Bien. Aunque no creo que las sensibilidades humanas sean iguales que las de las sirenas.

—Ponedme a prueba —la desafío.

A lo largo de la siguiente hora, me dan una educación sobre las sirenas muy distinta a la que he recibido hasta ahora; y muy condensada. Fenny me enseña matices de los cumplidos y los tabúes entre las sirenas. Me enseña etiqueta y la danza de política y nobleza. Mi cerebro da vueltas, lleno de información que estoy decidida a recordar. No pienso hacer el ridículo y superaré todas las expectativas que Fenny tiene puestas en mí. La ira y la frustración son unas motivadoras fuertes.

Lo más sorprendente que aprendo es que las sirenas tienen definiciones muy distintas de lo que es un «atuendo adecuado» para un evento formal que los humanos. Me da la impresión de que la mayoría de las personas estarían de lo más escandalizadas por las opciones que me presentan. Al menos, como marinera, estoy acostumbrada a ver a hombres y mujeres trabajar con todo tipo de ropa... o falta de ropa. El trabajo ya es bastante duro de por sí, así que más vale estar cómodo al hacerlo.

Solo insisto en que me dejen llevar mi corsé, para consternación mutua tanto de Lucia como de Fenny. Al principio, querían que dejara mi pecho libre, cubierto por unas efímeras capas de gasa que no ocultarían nada. Después querían aplicar conchas sobre mis pezones, sujetas con hebras de perlas y cuentas plateadas. Un estilo atrevido que no me disgustaba del todo; pero en ese caso muy bien podría estar desnuda, pues las conchas no aguantarían en su sitio más de un segundo.

Aunque no soy demasiado picajosa en temas de moralidad, tampoco quiero renunciar a mi capacidad para estar vestida, pues en cuanto me quite el corsé desaparecerá como mi camisa. Me gusta mi corsé. Es la única prenda de ropa perfecta que he encargado que me hiciesen en toda mi vida, y fue la más difícil de hacer. Todavía no estoy dispuesta a desprenderme de ella. En especial no cuando me aguarda la Fosa.

Nuestro compromiso final ha sido que llevaría un collar de su elección, que ha acabado por ser de un estilo parecido al de Lucia, con amplios arcos de perlas y cuentas alrededor de mis hombros, brazos y tronco, hasta la cintura.

Las calzas que llevo como ropa interior también las dejan, sobre todo porque no sabían muy bien qué usar en su lugar, pues no tenían otra opción para dos piernas humanas. Por encima de estas, desde la cintura hasta los muslos, le dan un nuevo propósito a la banda antes destinada a mis pechos: cubren con ella mi mitad inferior y la hacen algo más «presentable» que solo con las calzas.

—Toma, tengo una última cosa para ti. —Fenny nada hasta mí y saca un collar de la bolsita que cuelga de su cadera. Es un adorno sencillo, con una correa de cuero en lugar de cristal, piedra o perlas. Hay una sola concha al final del collar: una pequeña caracola con símbolos grabados parecidos a los que llevo tatuados en la piel. Las inscripciones las han rellenado de plata, lo que le da a la pieza un resplandor casi misterioso a la cambiante luz submarina—. Es algo que les dan a los niños cuando empiezan a aprender sus palabras y a hablar. Los ayuda a concentrarse, de modo que solo escapan de ellos los pensamientos que quieren decir. Debería habértelo dado antes, pero he tardado un poco en encontrarlo.

Me quedo ahí plantada, un poco aturdida, mientras Fenny lo ata alrededor de mi cuello por encima de las otras vueltas de perlas. La mujer siempre ha parecido un poco brusca conmigo.

No esperaba un despliegue de afecto por su parte, por pequeño que sea, pero está claro que se ha desvivido por conseguirme esto.

—Así no te pondrás en ridículo ni avergonzarás al duque.

A lo mejor le he dado demasiado crédito.

—Gracias —le digo de todos modos—. Te lo agradezco de verdad.

—No nos decepciones. —Fenny se aleja un poco y me echa un último vistazo—. Creo que es suficiente.

—Ooh, soy *suficiente* —repito con un entusiasmo fingido. Fenny hace caso omiso de mi comentario sarcástico.

—¿Crees que la encontrarán presentable? —pregunta Lucia dubitativa.

—Creo que sí. —Aunque Fenny no suena del todo convencida—. Ahora, sígueme, por favor.

Hago un gran esfuerzo por hacerlo, pero me han atado las piernas juntas tan apretadas que me resulta incómodo moverme. Mis opciones son contonearme y dar patadas de rodillas para abajo, o mover todo el cuerpo con un ondular tipo gusano similar al que hacen las sirenas. Ellas no tienen ningún problema en conseguir tanto velocidad como elegancia al nadar de este modo. Yo, en cambio, parezco y me siento como una payasa torpe. Ya veo que esto va a ir fenomenal.

Lucia frena un poco y enrosca un tramo de tela que antes iba arremolinado en torno a sus caderas alrededor de su brazo antes de enlazarlo con el mío.

—Yo puedo ayudarte. —Sospecho que las palabras van dirigidas solo a mí, pues Fenny no mira atrás.

—Gracias. —Me concentro en mi contestación.

—De nada. —Me sonríe y nadamos juntas. Es incómodo, pero un poco más fácil que intentar hacerlo yo sola.

Me concentro en Lucia cuando mis pensamientos divagan de vuelta a la noche del ataque del espectro.

—¿Cómo es que no pasa nada con este contacto?

Parece sorprendida por la pregunta y frunce los labios mientras piensa la respuesta. Cambia su agarre.

—Por una parte, está la tela. Y por otra, es...

—¿Qué? —insisto.

—Diferente.

—¿En qué sentido?

Lucia me lanza una mirada que casi parece decir *deberías saberlo,* aunque el pensamiento no se manifiesta del todo. En lugar de eso, fuerza una sonrisa.

—Es mucho más práctico. Necesario. No es un contacto que vaya a atarte aquí a este mundo. Y la falta de contacto piel con piel es importante.

¿Consolarme después de sufrir unas pesadillas impuestas a la fuerza en primer plano de mi mente no era «necesario»?, pienso con amargura. Es un pensamiento enérgico, por lo que miro a Lucia de reojo. No reacciona. Después a Fenny, que no ralentiza su nado ni mira hacia atrás siquiera.

La concha funciona.

Suelto un suspiro de alivio silencioso. No me había dado cuenta del esfuerzo mental que había requerido tratar de ocultar mis pensamientos todo el rato. Preocuparme de lo que se me podría escapar. Por primera vez en semanas, siento que mi mente es mía y solo mía.

—Gracias por la explicación —digo. Lucia asiente. Me pregunto si de verdad ella cree que soy suficiente suficiente o no. Por suerte, no hay ocasión de que me lo pregunte.

—Hemos llegado —anuncia Fenny. Lucia se apresura a soltarme antes de que su hermana mire atrás.

En el centro de un bosquecillo de coral, veo un pabellón. Bancos de peces nadan en un círculo perezoso, rodean la estructura central como si fuesen paredes. Nadamos hacia ellos y bajamos por el agujero en el centro del techo del pabellón.

Una serie de grandes conchas almohadilladas con esponjas de mar forman un óvalo aproximado. En medio de uno de los lados hay una concha especialmente elegante, decorada con un baño de plata y abanicos de mar que se extienden desde la parte de atrás como alas gigantescas. Puedo suponer quién se va a sentar ahí.

La concha que está justo enfrente de la que supongo que es la de Ilryth es la segunda más opulenta. En lugar de abanicos de mar, unos vistosos corales crecen de los parterres que rodean el pabellón para enmarcarla con unas puntas casi tipo corona. Está vacía, como también lo está la concha que tiene justo a la derecha.

Daría por sentado que ese es el espacio reservado para la señora de la mansión, la cónyuge de Ilryth o su segunda al mando. ¿Qué tipo de persona sería esa? Supongo que no existe, dado que en ningún momento he oído ni visto nada que sugiera lo contrario.

El resto de las conchas están ocupadas. Cinco mujeres cesan todo movimiento desde el momento en que llego. Son de todas las formas y tamaños, algunas de piel clara, algunas morenas, unas con pelo corto, otras con largas trenzas ondulantes. La piel de todas ellas está decorada con tatuajes, las marcas mucho más delicadas y cuidadosamente trazadas que las mías, pero cada una de un color y un diseño diferentes. La única cualidad que comparten todas ellas es que son de una belleza increíble.

—Te sentarás aquí. —Fenny señala a la concha vacía a la derecha de la segunda concha más elaborada.

Elegancia y aplomo. Elegancia y aplomo, me repito mientras me propulso por el agua. Soy un delfín precioso, grácil y refinado. No me sentaré en esa concha como una foca torpe. Por obra de algún milagro, creo que lo consigo. Las esponjas me acunan.

Para mi sorpresa, Fenny se sienta en la concha de mi lado. Esto respalda aún más mis sospechas acerca de su familia: tanto el padre como la madre de los tres hermanos han fallecido. La madre fue sacrificada, creo. El padre es un elemento desconocido. Lo que sí sé seguro es que Fenny no es la mujer de Ilryth. Tampoco es su madre. Lo cual significa que se sienta en la concha reservada a la señora de la casa porque sería la sirena con la mayor autoridad y el mayor derecho al ducado después de él.

—Ve a ocuparte de la comida, por favor —le dice Fenny a Lucia, adoptando un aire de superioridad.

Me muevo en mi asiento. En realidad, no existe una posición incómoda en la que colocarse. Está hecho de la misma esponja que mi cama; tan blanda que me acuna, pero aun así, me sujeta al mismo tiempo. Me pregunto por qué a nadie se le ocurrió nunca hacer camas de este material allá en casa. Desde luego que nunca he oído de buceadores que hayan sacado esponjas de mar lo bastante grandes como para tumbarse en ellas. Quizá solo existan en aguas muy profundas...

En casa... Me recorre una punzada de añoranza. Sabía que me iba a marchar, pero jamás pensé que viviría lo suficiente para echarla de menos. Siempre imaginé que Ilryth me comería y luego retiraría los restos entre sus dientes con los huesos más pequeños de mis dedos. No que me mantendría en su mansión, ni que me enseñaría, ni que estaría obsesionado con los barcos y los humanos, ni nada por el estilo.

Ya ha pasado más de un mes. Dennow ya se habrá dado cuenta de que nuestro barco no ha regresado en la fecha prevista. Es probable que nos concedan un periodo de gracia, informados de nuestra visita a las minas y siendo el Paso Gris lo que es. Pero seguro que Charles ha estado pendiente desde su faro. Seguro que vio pasar nuestro barco en un sentido pero no regresar. Aunque el consejo me haya dado el beneficio de la duda como la gran capitana Victoria... eso solo durará un tiempo.

Lo cual significa que mi familia ya debería saberlo. O lo sabrá muy pronto.

Ya me han llorado una vez y supongo que eso hará que esta vez sea aún peor, porque puede que se aferren a la esperanza de que algún día (una semana, un año, o más) vuelva a emerger de la espuma del mar y regrese con ellos. Creerán que desafiaré a toda lógica y razón y apareceré con vida, porque ya lo hice una vez.

Aprieto los puños. El dolor de mi familia es una herida en mi alma, pero al menos, gracias a Ilryth, estarán bien. *Si es que cumple su promesa.*

Tendremos que actuar deprisa. La cantidad de tiempo que ha pasado me golpea de pronto. En cuanto Charles se entere de que estoy muerta, intentará acusarme de haber abandonado mi responsabilidad otra vez. Luchará hasta que haya destruido todo lo que he amado jamás.

—Así que tú eres el sacrificio del duque Ilryth, ¿verdad? —Una mujer con brillantes ojos amarillos me saca de mi ensimismamiento. El resto de las presentes me miran expectantes. No me había dado cuenta hasta ahora de que soy el centro de atención.

—En efecto. —Asiento.

—Eso es obvio, Serene, por sus marcas —dice con sequedad otra sirena de espeso pelo castaño recogido en una trenza.

—Incluso sin sus marcas, ¿a cuántas humanas habéis visto en el Mar Eterno? —Otra se ríe.

—Nos honras con tu presencia aquí hoy, Santidad —dice una mujer sentada enfrente de mí, a mi derecha.

—Podéis llamarme solo Victoria —intento decirles con educación.

—Oh, incluso como humana, jamás podríamos deshonrarte de ese modo. —Serene agita una mano por el aire. Me resisto a mirar a Fenny para ver si la he ofendido con mi intento de mostrarme casual—. Llevas las marcas de Lord Krokan sobre ti. Debemos mostrarte el mayor de los respetos.

—¿Es verdad que el duque Ilryth en persona te ha ungido con su canción y con sus propias manos? —pregunta la mujer sentada en lo que he asumido que sería la derecha de Ilryth.

—Sí... —Debo hacer un esfuerzo por no pensar en sus manos deslizándose por mi cuerpo otra vez. En cómo arrastra el dedo índice por mi cuello para incitarme a alcanzar las notas más altas.

—¡Qué suerte! Menudo honor. —Sus ojos aletean y se cierran, como si la idea fuese el más dulce de los sueños.

—¿Victoria? —La voz de Ilryth reverbera a través de mi mente. Antes de que pueda contestar, entra nadando por la abertura circular del techo.

El resto de las mujeres se levantan de sus conchas para inclinar la cabeza con respeto ante él. Se queda paralizado, los músculos de su mandíbula y de su cuello se ponen en tensión. Veo un destello de ira y confusión en sus ojos, que aterrizan sobre Fenny.

—¿Qué está pasando aquí, exactamente? —exige saber.

—Ya hablamos de esto... que sería bueno para nuestra corte ver a su duque, y conocer a la mujer que has elegido como la siguiente ofrenda. —El tono de Fenny es difícil de discernir, pero me da la impresión inmediata de que nunca habían hablado de esto.

Las otras mujeres deben tener la misma impresión, porque la mujer de la trenza castaña dice:

—La invitación llevaba su sello personal.

Ilryth frunce los labios. Casi puedo ver cómo se reprime físicamente de mirar a Fenny.

—Es verdad, ahora lo recuerdo, por supuesto.

—Lord Ilryth, es un honor celebrar este encuentro con usted en este día —interviene Serene con algo de énfasis y una sonrisa tensa. Las demás lo confirman.

El duque, sin embargo, parece estar ignorándolas a propósito. Se detiene delante de mí, me mira de la cabeza a los pies. Me siento un poco más erguida, echo los hombros hacia atrás y mantengo el cuello alargado. Tengo las manos cruzadas en el regazo, la cara relajada. Todavía no comprendo bien lo que está pasando, así que lo mejor que puedo hacer es mantener la compostura y ser educada. Fenny parece llevar la voz cantante en este momento, así es probable que contentarla sea el rumbo de acción más sensato.

Sin previo aviso, Ilryth se inclina hacia delante, su rostro cambia de una expresión de frustración a una de intensidad. Estoy demasiado perpleja para decir nada, mientras su cara flota muy cerca de la mía. Hemos estado así de cerca en el anfiteatro, pero dada la reacción de Lucia al verlo sujetar mis manos, había empezado a pensar que su forma de enseñarme los himnos de los antiguos era, en cierta medida, un secreto.

Las otras mujeres intercambian miradas. Es indudable que también están intercambiando palabras en sus mentes. Ilryth está escandalosamente cerca de mí. Y sin previo aviso, alarga la mano hacia mi pecho.

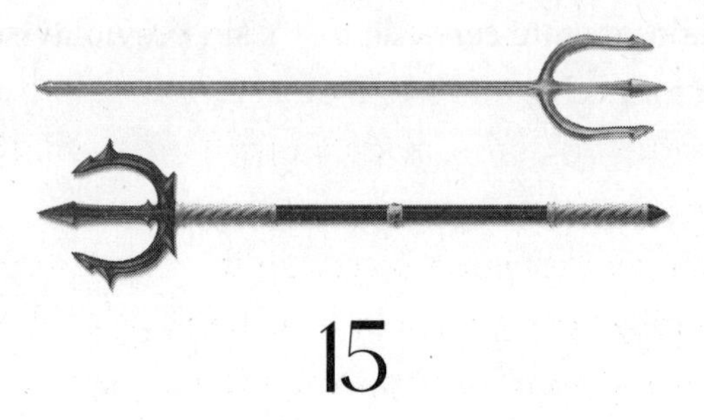

15

Me aparto un poco. No me importa si parezco maleducada. ¿Aquí? ¿Delante de todas ellas? Puede que Lucia no esté presente, pero estoy segura de que el resto de ellas también nos regañarían.

La mano de Ilryth se cierra en torno a la caracola se cuelga de mi cuello, con cuidado de no rozar mi piel desnuda con sus dedos. La ausencia de contacto me obliga a resistirme al impulso de inclinarme hacia delante para forzarlo. Un rubor de bochorno, vergüenza y deseo amenaza con teñir mis mejillas.

—¿De dónde has sacado esto? —pregunta, pensativo.

—He sido yo —aporta Fenny. No sé si ha oído la pregunta o solo la ha dado por sentado.

—¿Es un problema? —le pregunto a Ilryth, concentrada solo en él—. Puedo devolverlo, si quieres.

—No, quédatelo. —Suelta el collar—. No lo he usado desde que era niño.

¿El collar era de Ilryth? Sus marcas ya están sobre mi cuerpo. No estoy segura de cómo me siento por llevar algo suyo alrededor del cuello. Parece no darse cuenta de mi incertidumbre y, por suerte, la concha lo mantiene así, lo cual me recuerda lo práctica que es. Símbolo o no, para mí tiene un uso esencial.

—Tienes buen aspecto. —Una sonrisa curva sus labios. Parece casi orgulloso. Todavía no ha saludado siquiera a las otras mujeres, y veo unas cuantas miradas dolidas—. He de reconocer que estoy sorprendido.

—¿Creías que «cubierta de sal y como una marinera desastrada» era mi único estado posible?

—No olvides vulgar —añade en tono bromista. Esbozo una sonrisa burlona—. Pero estás preciosa —me dice—. Así vestida y también cuando estás «cubierta de sal y desastrada». —Las palabras me pillan desprevenida. ¿Cuándo fue la última vez que alguien me llamó «preciosa» sin gritarlo medio borracho desde el otro lado de una calle?

—Excelencia, odiaría que no pasaras tiempo entreteniendo a las otras personas que *tú mismo* invitaste —interviene Fenny en un tono un poco tenso.

—Sí, por supuesto. —Ilryth le lanza a su hermana una mirada fulminante. Es un destello rápido de los ojos. Ahí un momento, desaparecido al siguiente. Solo lo capto porque lo estoy mirando directamente a él.

En cualquier caso, se ahorra tener que hacer o decir nada más cuando unas sirenas entran por la abertura en lo alto e interrumpen la conversación. Llevan conchas llenas de lonchas de pescado y bolas de algas, que depositan en el agua alrededor de Ilryth y de las mujeres. No dejan ninguna delante de mí. Cosa que encontraría más extraña si tuviese hambre.

De hecho, esta es la primera vez que he *pensado* siquiera en la comida desde mi llegada, a pesar de haber pasado aquí ya varias semanas.

—No he comido… ¿Por qué no necesito comer? —Restrinjo mis pensamientos a Ilryth. Para mi deleite, gracias a la concha y a mi práctica con la magia, la cosa funciona.

—A medida que tu cuerpo se vaya convirtiendo de mecánica física a magia entretejida, dejarás de necesitar sustento del modo en que lo necesitabas antes —dice, como si tal cosa.

Miro a todo el mundo mientras empiezan a desenvolver las bolas de algas depositadas delante de ellos. Revelan unas burbujas de aspecto sólido, casi como gelatina, rellenas de vegetales marinos. No se parecen en nada a ninguna comida que haya probado jamás, pero ahora que me he dado cuenta de que han pasado varias semanas desde que comí la última vez, lo único que quiero es comida. Aunque Ilryth tiene razón: no tengo un hambre real.

—¿Podría probarlo yo también, por favor? —Lanzo la pregunta a la mesa, en general.

Tanto Ilryth como Fenny me miran sorprendidos. Las otras mujeres dejan de comer, intercambian miradas. Hubiese imaginado que mostrar interés sería bueno, pero ahora no estoy tan segura.

—¿Quieres un poco de esto? —Ilryth parece dubitativo.

—Sería un honor para mí probar la cocina típica de mis anfitriones —declaro, tratando de hacer hincapié en que mi petición es sincera y bienintencionada.

Ilryth se queda muy quieto. Sospecho que está pidiendo una ración para mí por telepatía. Mis sospechas se confirman cuando una sirena llega a toda velocidad y me ofrece una pequeña burbuja de alga. La desenvuelvo despacio. Es más o menos la mitad de pequeña que las ofrecidas a los demás comensales, pero no pasa nada. Una muestra pequeña es todo lo que necesito para saciar mi curiosidad… y mi deseo de sentirme humana.

Los seres humanos necesitan respirar aire. Vivir en tierra. Necesitan ver la luz del sol sin filtros… Ya he perdido tantas de esas cosas que me conectaban con mi humanidad, con mi mortalidad, que necesito algo para recordarme que no soy solo magia. Que todavía soy Victoria.

—Mis disculpas. Creía que los humanos comían con un… *¿tndor?* Así que debes encontrar esto bastante bárbaro. —Ilryth mete la mano en su burbuja y saca unas verduras crudas con soltura para luego comérselas con los dedos.

Resoplo divertida y no puedo reprimir una sonrisa.

He vivido durante años en un barco, donde tenía suerte si veíamos algo fresco durante días y días. En mi mundo, no suele haber demasiada ocasión para la «etiqueta».

Hago hincapié en meter los dedos dentro de la burbuja mientras me está mirando, para demostrarle que no me importa nada comer con los dedos. Todos los ojos están fijos en mí cuando doy mi primer bocado. Se parece un poco a un pepinillo demasiado blando. Salado. Con un sabor fuerte. La textura es un poco desagradable y eso lo convierte en algo de lo que seguramente no repetiría, pero, para sentirme un poco humana, hace el apaño. Paso por las acciones de masticar y tragar, cosa que resulta un poco extraña bajo las olas.

—Mantienes bien la compostura —comenta Ilryth.

—He tenido que adaptarme muchas veces en mi vida. He trabajado para Lord Kevhan Applegate como capitana de su flota. Mi reputación exigía que asistiese a reuniones formales no muy distintas de esta. —Hago una pausa—. Bueno, con mucha menos agua.

Ilryth se ríe entre dientes.

—Me alegro. Verte adaptarte es un alivio —admite. Las palabras suenan dulces en mi cabeza. Una caricia suave del más leve de los pensamientos. Se me pone la piel de gallina por el cumplido. Saber que he conseguido hacer algo bien nunca dejará de provocarme un subidón de adrenalina.

—Lord Ilryth, nos gustaría mucho conocer también a Su Santidad. Si no le importa... —Está claro que Serene está empezando a enfadarse, pero a Ilryth no parece preocuparle lo más mínimo su presencia. Ni la de las otras mujeres.

—Sí, Excelencia —interviene Fenny—, estaba a punto de decir lo mismo. Tienes unas invitadas *maravillosas* aquí, todas ansiosas por charlar contigo.

—Mis disculpas —le dice Ilryth al grupo—. He estado muy ocupado con mi obligación de preparar la ofrenda para Lord Krokan. Puede que haya dejado de lado a mi corte.

—No se preocupes —dice Trenza Castaña, al tiempo que mira a Ilryth desde detrás de un aleteo de pestañas—. Le esperaríamos durante una eternidad, Excelencia.

—Es un honor para mi hermano estar rodeado de tantas personas que lo quieren —dice Fenny con calidez.

—Yo querré a Su Excelencia con lealtad durante todo el tiempo que gobierne.

—Igual que yo —comenta otra.

Serene no está dispuesta a dejarse superar.

—Yo también.

Las mujeres hablan, una por una. Todas expresan lo mucho que quieren, o querrán, a Ilryth. Aun así, él no parece demasiado contento con ello. Si acaso, con cada declaración parece más y más incómodo.

Empiezo a entender de qué va en realidad toda esta reunión. Es probable que no tenga nada que ver en absoluto con «presentarme» a mí. Fenny quería que Ilryth viniera aquí y tenía claro que vendría a buscarme cuando no acudiese al anfiteatro. Me pregunto si me estaba esperando. ¿Debería hablarle de lo sucedido esta mañana? Quizá más tarde... No quiero arriesgarme a que otra persona pueda oírme, incluso con la concha.

—Decidnos, ¿con qué diversiones llenáis vuestras horas? —les pregunta Fenny a las mujeres, tratando de alimentar la conversación, visto el silencio continuado de Ilryth.

Las mujeres enumeran las cosas de las que disfrutan. El mundo de una sirena es fascinante, lleno de cabalgatas sobre delfines y sesiones de tejer algas. Intento escuchar con atención a las tres primeras en un esfuerzo por ser respetuosa, pero entonces me fijo en que Ilryth apenas ha tocado su comida. Aunque escucha a las mujeres, lo hace con una mirada indiferente. Obviamente, obligado. En cierto modo, mira más allá de cada una de ellas mientras hablan, mira a través de ellas, al coral y a los peces que danzan fuera del pabellón, como si las mujeres no existiesen siquiera. Como si él estuviera a un mundo entero de distancia. Estoy segura de que yo tenía esa misma expresión muchas veces en las fiestas de Kevhan.

—Lord Ilryth —suelto de pronto. Todos los ojos se giran hacia mí, incluidos los de una dama especialmente irritada que debía de haber estado hablando en ese momento—. Siento la interrupción, parecías muy interesado, pero me da la sensación de que necesito volver a mi habitación… esta es una gran cantidad de contacto con el mundo de los vivos y empiezo a desorientarme, dadas las palabras de los antiguos sobre mi piel. Necesito algo de tiempo para desconectar y volver a centrarme en mi unción. —Espero que mi manipulación de la tradición y la historia que me han contado hasta ahora suene convincente.

—Sí, por supuesto. —Se levanta de su concha—. Si todo el mundo tiene a bien excusarnos…

—Antes, Excelencia —masculla Fenny, y con su comentario nos detiene a los dos—, había traído a Su Santidad aquí hoy con la esperanza de que pudiera demostrarnos su destreza cantando nuestras canciones.

Una tensión absoluta y aterradora comprime mi pecho. No estoy preparada para una demostración de ningún tipo. Es más, nos hemos estado centrando, a petición mía, en las palabras de los antiguos. No en otras canciones de sirenas.

Eso es.

—Aunque me *encantaría*, he estado centrada en aprender los himnos de los antiguos. No querría poner en riesgo vuestro bienestar mental cantando esas palabras —digo con descaro. Por el rabillo del ojo, veo que Ilryth me mira con lo que parece una expresión impresionada y complacida.

—Pero bueno, Ilryth, seguro que le has enseñado también algunas de nuestras canciones más importantes y no solo los himnos de los antiguos dioses, ¿verdad? —insiste Fenny.

Ilryth se coloca a mi lado. Su mano levita detrás de mí, justo en la zona de mis riñones. Sin llegar a tocarme, pero muy *muy* cerca.

—La ofrenda no es vuestra artista personal —dice con firmeza, y me acompaña fuera de la habitación, saliendo por el techo. Tiene cuidado de no tocarme durante todo el tiempo que pueden vernos. Hago un esfuerzo por nadar con toda la gracia posible, aún torpe con las piernas envueltas en gasa.

Percibo el silencio furibundo de Ilryth. No digo nada. Sobre todo porque no es mi lugar, pero también porque lo entiendo muy bien, de un modo extraño e imprevisto.

—Gracias por intentar sacarnos de ahí —dice por fin, las palabras suaves en mi mente.

—Por supuesto. Eso tampoco ha sido muy divertido para mí. —Ralentizamos el ritmo. Mi mano se mueve por voluntad propia; mis dedos se cierran alrededor de los suyos con una facilidad pasmosa después de las últimas semanas. Ilryth mira nuestras manos unidas, y luego me mira a la cara. Me da la sensación de que está a punto de soltarse, pero no lo hace. En lugar de eso, me tantea con suavidad solo con la mirada. Miles de preguntas tácitas envueltas en una sola mirada—. No sabía que iba a pasar eso. No lo hubiera hecho de haber sabido la verdad. Creía que lo habías organizado tú.

Aunque encuentre las maquinaciones de Fenny un poco turbias, sigue siendo su hermana. No voy a reprocharle nada delante de él.

—Fenny tiene buenas intenciones. —Ilryth sacude la cabeza—. Al menos eso es lo que me digo —musita después.

—Hermanas, ¿verdad? —Ladeo la cabeza con un leve encogimiento de hombros. Él comparte mi sonrisa cómplice.

—Insoportables, la verdad.

—Pero las queremos de todos modos.

—En efecto —reconoce. Los ojos de Ilryth vuelven a posarse en nuestras manos. Desenrosca los dedos, cambia su agarre, y vuelve a enlazarlos con los míos otra vez. El más pequeño de los gestos hace que mi corazón se salte varios latidos. Ha pasado muchísimo tiempo desde la última vez que alguien que no sea mi familia me tocara de un modo amable y tranquilizador.

Las sirenas tienen razón: el contacto es peligroso. *Su* contacto. Despierta una parte de mí que creía marchita y desaparecida hace mucho. Muerta por abandono. Tal vez sea una parte que debería permanecer muerta…

—Lo has hecho de maravilla —me felicita con sentimiento.

—Gracias, lo he intentado. —Esbozo una leve sonrisa—. Pero agradezco no haber tenido que cantar delante de ellas. Sé que todavía no se me da demasiado bien.

—No digas eso. No te he sacado de ahí porque no crea que puedas...

—No pasaría nada si lo hubieses hecho —digo con una sonrisa cansada.

—Victoria... —Ilryth busca en mi rostro, como si no pudiese creerse lo que opino de verdad—. Eres...

—Ilryth —lo llama Fenny, que llega nadando deprisa. Ilryth se apresura a soltar mi mano. No creo que ella se haya fijado en nuestros dedos entrelazados—. *No puedes* marcharte de esa manera.

—Soy el duque de esta mansión; puedo ir y venir como me plazca.

—¿Y como duque de esta mansión dejas en ridículo a tu hermana?

—Mi hermana se ha puesto en ridículo a sí misma cuando olvidó su lugar y actuó sin mi aprobación —replica Ilryth con sequedad—. Victoria no es tu peón, y yo tampoco.

Fenny se queda muy quieta, pero su ceño se frunce aún más.

—Estaba intentando demostrarle a tu corte que de verdad vas a cumplir tu promesa de conseguir un sacrificio. Tú no puedes saberlo, porque te pasas tanto tiempo por ahí escondido, haciendo quién sabe qué, pero la gente empezaba a susurrar. No se creían que hubieses buscado una ofrenda en absoluto. Me impuse la tarea de intentar lograr unos cuantos objetivos al mismo tiempo. *Alguien* debe mantener unido este lugar.

—Cuidado con lo que dices —gruñe Ilryth—. He hecho muchas cosas por nuestro ducado.

—¿Ah, sí? Nombra una sola, aparte de la ofrenda.

—Hermana, te estás pasando de la raya.

—Dale a un hombre el tiempo suficiente y podrá cumplir cualquier deber. —Fenny sacude la cabeza—. La unción ha ocupado solo las últimas semanas. Madre murió hace casi cinco años.

—Basta...

—Y sé que nunca quisiste ser el duque, pero tuviste el honor de nacer primero. —*Y eso es algo que Fenny no puede soportar*, pienso. Hubiese querido que esa responsabilidad recayera en ella. Está claro que hay precedentes de mujeres líderes en el Mar Eterno, pues la madre de Ilryth era una duquesa—. Si quieres ser el duque, actúa como tal siempre, no solo cuando te viene bien. Si quieres que te respeten, respeta tú tus responsabilidades.

—Ya lo hago —espeta Ilryth.

—¿Tú crees? —Esas dos palabras son más cortantes que el filo de un cuchillo. Me inclino hacia atrás y trato de alejarme un poco, como si pudiese desaparecer de esta conversación que no creo que esté destinada a mis oídos. Aunque si Fenny no quisiera que la oyese, podría ocultar sus palabras para que solo le llegasen a Ilryth. El hecho de que no lo haga las vuelve aún más duras—. Porque lo que acabas de hacer ahí dentro no es indicativo en absoluto de que «conozcas tus responsabilidades».

—Ya basta. —El tono de Ilryth es tan brusco que es el turno de Fenny de echarse atrás con expresión dolida.

—Solo quiero que te tomes estos asuntos en serio —insiste Fenny, con calma pero directa.

—Te aseguro que lo hago —dice él con un deje de cansancio—. Pero ahora mismo debo centrarme en el tema de la unción. No en tus jueguecitos.

—Estás intentando utilizar una responsabilidad para evitar otra. —Fenny sigue sin mirarlo—. Ya tienes veinticinco años…

No me había dado cuenta de que tan solo es un año más que yo. Ilryth siempre parecía mucho más maduro y compuesto. De aspecto atemporal.

—Y *sigues* sin tener un heredero ni una mujer para darte uno. Sé que siempre has sido tardío con estas cosas. Sé que siempre has adquirido responsabilidades a tu propio ritmo. —Ilryth hace una mueca. Ella no la ve, porque Fenny lo mira solo después de producirse—. Pero tendrás que actuar más pronto que tarde. El Mar Eterno no es el lugar seguro que era en época de nuestros padres. La ira de Krokan empeora a cada mes que pasa. La podredumbre amenaza el bienestar de todos, incluidos los niños. Todos necesitamos líderes fuertes con herederos capaces *ahora.*

—Ya lo sé. —Ilryth suelta un gran suspiro—. Escucha, deja que acompañe a Victoria de vuelta a su habitación y después volveré con las damas que me has traído. Me disculparé y seré el epítome del encanto.

—Bien. —Fenny sonríe con orgullo. Qué deprisa cambia su tono cuando consigue lo que quiere..., lo que claramente piensa que es lo correcto—. Sé que pronto encontrarás a tu compañera de canción, a tu alma gemela, y que te hará tan feliz como Madre hizo a Padre.

Ilryth apenas logra disimular una mueca.

—Encontraré la felicidad cuando todos los demás sean felices. —Sus palabras son un fiel reflejo de las que pronuncié yo hace apenas unas semanas. Una profunda tristeza se aviva en mi interior. ¿Está Ilryth ocultando las mismas emociones complejas que ocultaba yo?—. Ahora, ve a entretener a las damas hasta que yo vuelva.

Fenny asiente y se aleja nadando. Nos quedamos solos. Ilryth rota el cuello, como si intentase liberar los restos de tensión que le ha dejado la conversación. A juzgar por cómo sus hombros siguen casi pegados a su barbilla, no creo que haya funcionado.

—Siento que hayas tenido que ser testigo de eso —dice al final.

—No pasa nada —lo tranquilizo—. Yo... lo entiendo mejor de lo que crees.

Me mira con una confusión obvia.

—¿Sabes lo que es que te obliguen a casarte por el bien de tu gente?

Me río con ligereza.

—Vale, no. *Eso* no lo sé... Pero sí sé lo frustrante que puede ser que la gente intente decirte que te enamores, que organice encerronas, que te diga que hagas esto o aquello, que te repita en qué *deberías* estar centrado..., cuando está claro que tienes todo bajo control. Cuando sabes cuál es tu rumbo en la vida, pero nadie más parece aceptarlo porque siempre sugieren que hagas o seas algo más. O sea, podrías hacerlo todo bien y aun así...

—Jamás sería suficiente —termina Ilryth por mí. Me mira durante un momento largo y parpadea, como si fuese la primera vez que me ve—. No esperaba encontrar este tipo de camaradería en ti.

—Yo tampoco.

—¿Tú tenías expectativas de casarte? —Viene hacia mí y toma la delantera otra vez. Lo sigo, a su lado, después de soltar la tela que rodea mis piernas para nadar solo con las calzas.

—No las llamaría *expectativas*... —Suelto la tela de seda y dejo que se la lleve la corriente. Alguien la encontrará—. Pero sí tenía a bastantes personas que no hacían más que preguntar si encontraría a un candidato. Les costaba imaginar a una mujer de éxito que no necesitase a un hombre para «completar» esa área de su vida.

—Supongo que tu éxito atraía a muchos hombres. —Es sorprendente que parezca decir esas palabras en serio, como si creyese en su verdad.

—Algunos sí —admito—. A muchos los intimidaba. Pero no estaba interesada en ninguno de los dos tipos. Al igual que tú, tenía responsabilidades. A diferencia de ti, tenía la comodidad (si lo miro de ese modo) de saber que mis días estaban contados. Nunca tuve que preocuparme de hacerme vieja y estar sola.

—A veces, estar solo suena como un lujo —comenta en tono seco.

Me rio. Sé que voy a sonar como mi hermana, pero no puedo evitar la pregunta:

—¿No tienes ningún interés en encontrar una mujer, o un marido?

—No es una cuestión de interés. Es cuestión de elección. Cosa que no tengo. Tengo dos deberes principales para con el Mar

Eterno, aparte de ungirte. —Cuenta con los dedos al enumerarlos. Cuando mueve los brazos, su codo roza el mío con suavidad—. Proteger a mi gente de los espectros, de los emisarios dementes de Lord Krokan y de cualquier otro horror que surja del Abismo, y producir un heredero, para que el linaje de los Granspell perdure y pueda segur empuñando la Punta del Alba y protegiendo este territorio.

Contemplo las aguas abiertas mientras pienso en sus palabras. Mientras trato de encontrar las mías.

—Sé que no es mi lugar… —Me paro y él se para a mi lado.

—¿Por qué tengo la impresión de que vas a decir lo que se te haya pasado por la cabeza de todos modos? —No parece enfadado de verdad. Si acaso, suena divertido. Sonrío un poco.

—Porque voy a hacerlo. —Porque debo hacerlo. Si puedo impedir que una sola persona cometa el mismo error que yo…—. El matrimonio es un juramento que no debe tomarse nunca a la ligera, como tampoco debe llevarse a cabo sin haberlo pensado bien, ni con sensación de que te están forzando a ello. Eso solo causaría congoja. Pero comprendo lo que es la responsabilidad… Así que si es algo que *debes* hacer, asegúrate de que la mujer a la que elijas sea consciente de lo que sientes. Asegúrate de que los dos os embarcáis en ello con los ojos abiertos. *Hablad* el uno con el otro, trataos bien. Aunque no sea amor, al menos asegúrate de que ella sea alguien a quien respetes, y sé su amigo.

Me mira con atención. Espero que se ofenda por que meta las narices donde no debo. Que me diga que me calle. Pero en lugar de eso, asiente.

—Ese es un consejo muy sabio, Victoria. ¿Estás segura de que no estás casada? —Esboza una leve sonrisa.

—Estoy *muy segura* de no estarlo. —Es un poco raro decirlo, pero es un verdadero placer poder afirmar eso después de tanto tiempo. Es un recordatorio de lo libre que soy.

—Entonces, eres una persona sabia por naturaleza. —Sonríe, y me mira desde lo alto, por encima de la curva de sus mejillas. Una vez más, al sireno ni se le ocurre que pueda haber estado casada en el pasado. Supongo que el divorcio no es algo que exista en el Mar Eterno—. Espabilada, fuerte, inteligente, capaz, honesta y leal... La verdad es que tuve mucha suerte con la mujer que me encontré en medio del mar aquella noche.

Por segunda vez en el mismo día, tengo que hacer un esfuerzo por no sonrojarme. Esta vez, sin embargo, no es por ira, sino por la calidez de su elogio. Sus cumplidos me llenan de un modo que hacía mucho tiempo que no experimentaba. En realidad, no tiene ninguna razón para halagarme, lo cual significa que lo que dice es sincero. Sin saber cómo actuar ante semejante amabilidad, aparto la mirada y me encojo de hombros.

—Te aseguro que también tengo mis defectos.

—Tendrás que decirme cuándo hacen acto de presencia; de lo contrario, podría empezar a pensar que eres demasiado perfecta. —Echa a nadar otra vez por delante de mí, pero me quedo demasiado pasmada durante unos instantes como para poder seguirlo. Es entonces cuando me doy cuenta de que no se dirige a mi habitación.

—¿A dónde vamos?

—Hay una tarea para la que necesito tu ayuda.

—¿No le has dicho a Fenny que me ibas a llevar a mi habitación y luego ibas a volver ahí?

Ilryth gira la cabeza hacia mí con una sonrisilla.

—¿Te parezco un hombre al que puedan decirle lo que tiene que hacer?

No. Y lo que es más peligroso, me gusta aún más por ello.

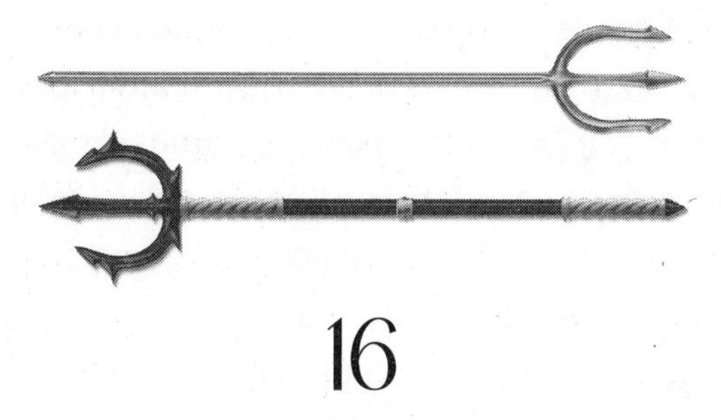

16

—¿Adónde vamos? —pregunto de nuevo, mientras nadamos más alto por encima del complejo. Me fijo en que Ilryth no nada por delante de mí; en lugar de eso, se queda a mi lado.

—A casa de Sheel.

—¿De Sheel? —repito, sorprendida. No he visto al hombre tiburón desde hace un par de semanas y no he interactuado con él de verdad desde hace más tiempo aún. Da la impresión de que nuestros caminos dejaron de cruzarse después de resultar herido Ilryth. Aunque estoy segura de que ninguno de los dos nos quejamos de ello.

—Sí, hay algo ahí con lo que creo que podrás ayudarnos.

—¿Con qué? —Me adelanto un poco a Ilryth y me giro para mirarlo.

—¿No te gustan las sorpresas? —Las comisuras de sus labios se curvan un poco en una sonrisa cómplice. La picardía danza en sus ojos como la luz del sol sobre el fondo marino. De alguna manera, la expresión consigue ser tanto evasiva como seductora. Con la facilidad que tiene para emplear expresiones como esta, no me sorprende nada que las damas del desayuno estuviesen casi lanzándose a sus brazos.

—No con cosas que parecen importantes.

Ilryth frena un poco y se desliza por el agua hasta detenerse. Yo hago lo mismo y termino a su lado. Nada a mi alrededor, la cola curvada por detrás de mi espalda, como si le costara alcanzar a su tronco. Su brazo se envuelve alrededor de mis hombros, a apenas unos centímetros de mi piel. Todos esos «casi contactos» son cada vez más insoportables que el anterior. *Simplemente tócame*, grita mi piel, ansiosa por experimentar plenamente, a pesar de saber que es una insensatez. El deseo es aún mayor a causa de los recuerdos de sus manos deslizándose por mis brazos, por encima de mi estómago. Nuestro contacto es un secreto prohibido, más potente aún cuando estamos en público.

Ilryth señala más allá de la extensión yerma de arena y conchas, hasta un pequeño arrecife más adelante, uno en el que veo que han construido casas.

—¿Ves eso? Es un pueblo pequeño de mi ducado. Ahí es donde residen Sheel y muchos otros vasallos. En su casa hay una persona que te necesita desesperadamente.

—¿Me necesita *a mí*?

—Sí, a ti.

—¿En qué sentido?

—Está enferma a causa de la podredumbre. —Su tono se vuelve serio. Una sombra cruza su rostro y lo hace parecer atormentado y distante—. Creo que puedes curarla.

—¿Cómo?

—La podredumbre es un producto de la ira de Lord Krokan... una plaga mortal. La magia de Lady Lellia la mantiene a raya. Tú estás trabajando para aprender la magia de ambos, así que creo que deberías ser capaz de anular su efecto —declara, lleno de esperanza y confianza.

Unas emociones que yo no comparto del todo.

—Nunca hemos practicado nada como eso.

—Pero hemos trabajado durante semanas. Estás preparada.

No puedo ir ahí y fracasar. No puedo defraudar a alguien.

—Ilryth...

—Quieres ir a la Fosa, ¿verdad? Necesitas salvar a tu familia.

—¿Cómo te atreves a meterlos en esto? —Las palabras salen frías.

Me agarra la mano con descaro y agacha la cabeza para mirarme a los ojos. No hay nada ahí más que determinación. Como si tratase de infundir mentalmente la confianza cruda de su cabeza a la mía.

—Demuéstrame que estás preparada. —Sonríe con ironía—. No te había tomado por alguien que rehúye un desafío —añade.

—No sé si has visto cómo hace un rato salía de una habitación lo más deprisa que podía. —En lugar de enfrentarme al desafío de cantar delante de otras personas.

—Cierto. Pero eso no era importante. Eran solo tonterías insignificantes, una exhibición de la nobleza. Esto sí es importante. La vida de alguien pende de un hilo y te conozco, Victoria, no abandonarás a alguien que te necesita.

Me quedo quieta y respiro una bocanada de aire profunda y fortalecedora.

—¿Cómo puedes conocerme tan bien?

Una sensación incómoda se desliza por mi piel cuando me doy cuenta de lo mucho que me he abierto a él, hasta el punto de cuestionarme los límites que nunca tuve la intención de dejarle cruzar. De algún modo, con cada conversación, cada tarde de canciones sin palabras, ha conseguido encontrar los bordes irregulares de mis cicatrices ocultas y mis secretos inconfesados. Cuando Ilryth me mira, me ve a mí. Me resulta tan familiar como mi tripulación, tan tranquilizador como mi familia. Es un ser prohibido pero al mismo tiempo liberador en cada momento y contacto robados. Estar aquí, trabajar con él, aprender magia… hace que me sienta viva de un modo que no me había sentido nunca antes.

—Has encajado todo según surgía, con calma, con elegancia. Todo porque quieres ayudar a la gente que te rodea y a la gente a la que quieres. Es admirable.

Sus palabras me retratan como un parangón de generosidad, y una sonrisa amarga curva mis labios. La verdad es mucho más compleja, emborronada por matices de compasión genuina y por las sombras de un ansia subyacente y constante de ser digna.

Durante muchísimo tiempo, he existido en una contradicción lodosa: testaruda, pero al mismo tiempo dispuesta a ceder para apaciguar a otros; independiente pero también ansiosa de recibir aprobación; necesitada de ayuda y, de algún modo, no lo bastante necesitada.

He conseguido convencerme de que mientras trabaje, me esfuerce, ayude y dé, puedo compensar mis defectos y ser digna del amor de los que me rodean.

Tal vez me equivocaba. Si Ilryth cree que mis motivos son tan simples y altruistas, no me conoce en absoluto.

—Ahora, agárrate a mis hombros. —Ilryth suelta mi mano y me da la espalda, ajeno al barrizal emocional que ha provocado en mi alma.

—¿Perdona?

—Será más fácil, más rápido, y a mí no me cuesta nada.

—¿No sera degradante, como duque, que alguien cabalgue sobre ti como si fueses un delfín? —Mi pensamiento escapa de golpe y ni siquiera la concha es capaz de retenerlo.

Gira la cabeza hacia mí, los ojos entornados.

—No lo había pensado de ese modo, hasta ahora... pero gracias por iluminarme en cómo podrías percibir mi amabilidad. Y ahora, ¿te vas a agarrar o no?

—¿Estás seguro de que no pasa nada por que alguien pueda ver que nos tocamos? —Echo un vistazo rápido hacia la casa. Hay unas cuantas sirenas rondando por ahí, aunque ninguna parece prestarnos demasiada atención.

—Este es un contacto práctico. Inofensivo. No suficiente para profundizar tu conexión con este plano. No le importará a nadie. —La forma en que lo dice me hace preguntarme si está intentando convencerse a sí mismo tanto como a mí.

—Puedo nadar sola.

—Eres lenta.

—No hay prisa, ¿o sí?

Se gira del todo hacia mí y cruza los brazos.

—¿Siempre te cuesta tanto aceptar ayuda?

—Estoy intentando evitar que nos metamos en líos. —Pongo los ojos en blanco—. Perdóname por que me preocupe.

—No te escondas detrás de tu compasión para ocultar el hecho de que simplemente no quieres sentirte vulnerable ni en deuda con nadie.

—Oh, claro, tú lo sabes todo. —Me echo hacia atrás y cruzo también los brazos, como si pudiese proteger así el corazón que está intentando pinchar. Burlarme un poco de su pose es un beneficio adicional—. Esto no es un análisis de mí. —Aunque tiene toda la razón.

—Victoria, no tienes por qué esconderte. —Apoya las yemas de los dedos con suavidad en mi antebrazo—. Lo comprendo. —La forma en que me mira...—. Los líderes como nosotros, los que somos responsables de guerreros o de tripulaciones de barco, nunca podemos *necesitar* ayuda. Somos los que se supone que debemos ayudar a los demás, ¿no es así? Pedir ayuda es como aprovecharse de la gente a la que deberíamos proteger, sería mostrar vulnerabilidad cuando no puede haber ninguna. Estamos listos para darlo todo, incluso nuestra piel y nuestra sangre, si ese es el precio.

Las palabras son tiernas, incluso introspectivas, y parecen una crítica tanto de él mismo como de mí. Mis manos se mueven casi por voluntad propia, deseosas de replicar del mismo modo que haría cuando me defiendo de Charles. Pero por muy expuesta que me sienta... no tengo ganas de defenderme. A lo mejor es porque se ha incluido conmigo en su evaluación. De alguna manera, en este momento, me siento menos... sola.

—Hay cosas peores que sacrificarte a ti mismo —digo en voz baja.

—Por supuesto que las hay —afirma enseguida—. Pero no estás obligada a hacerlo.

—¿Ah, no? —Sonrío y me encojo un poco de hombros. Ilryth abre la boca, como para objetar, pero la cierra cuando lo piensa mejor.

—De verdad que no eres en absoluto lo que esperaba. —Se ríe entre dientes y sacude la cabeza, como si él tampoco pudiera creerlo—. Muy bien. En mi compañía, solos tú y yo, no tienes que sacrificarlo todo. Tal y como eres es más que suficiente. —Ilryth me lanza una última sonrisa cálida y luego me da la espalda otra vez. Y espera.

Estamos al borde de su propiedad. Debajo de nosotros, las sirenas se ocupan de sus asuntos. A lo lejos, llega un grupo a los pilares principales que parecen delinear el ducado. En cualquier caso, Ilryth permanece quieto como una estatua. Sereno.

Contemplo su ancha espalda, las marcas que giran y se adentran en las hendiduras que el agua dibuja en los músculos bajo su piel. Tocarlo ahora, agarrar sus hombros, parece algo mucho más gordo que solo aceptar algo de ayuda en este momento. Las yemas de mis dedos sobre su piel son una promesa silenciosa. Una conexión prohibida más allá de cualquier sacrificio o unción.

¿Qué estás haciendo, Victoria?, me susurra una vocecilla desde las profundidades de mi mente.

Mis dedos se posan sobre sus músculos.

—Gracias —susurro.

—De nada. —Empieza a nadar.

Con los codos flexionados y pegados a mis costados, cabalgo sobre su espalda, muy consciente de la masa de poderosos músculos debajo de mí. Su trasero choca contra mi ingle de vez en cuando, lo cual me provoca escalofríos por todo el cuerpo. Aunque no siento el agua presionar contra mi cara con tanta intensidad como hubiese esperado, desde luego que siento *eso*.

Charles fue el primero para mí. El único. Incluso mientras él creía que estaba muerta, no busqué los brazos de ningún otro. No solo porque no sabía si un hombre querría a una mujer que estaba huyendo de sus juramentos y de su examante… sino porque seguía casada. Aunque no llevase un anillo, aunque no viviese bajo su techo, él seguía marcado en mi alma. En el mejor de los casos, buscar los brazos de otro no me parecía correcto; en el peor, prometía ser algo que me revolvería las entrañas con una agitación para la que no tenía tiempo.

A lo mejor, si hubiese dispuesto de más tiempo...

Plaf. Plaf. Plaf.

Cierro los ojos con fuerza y trago saliva. Intentar concentrarme en cualquier cosa aparte de la inesperada presión de Ilryth contra mí es inútil. La fuerza de sus músculos presiona contra mí. Su cuerpo se mueve como si fuese música. El sireno es tan tentador en su forma física como lo es en su canción y su poder.

Todo él, tanto, tan cerca, es abrumador. Por primera vez en años, me siento como la chiquilla que se fugó con Charles. Ardiente entre las piernas. Ansiosa por explorar. Convencida de que cualquier cosa sería buena solo por tener una oportunidad de probar aquello. Por suerte, ahora tengo experiencia para ayudarme a mantener la cabeza sobre los hombros.

Rebasamos el límite de la propiedad. Los edificios conectados por arcos y coral terminan. Una extensión yerma de arena y roca se extiende hacia una serie de casitas pequeñas a lo lejos.

Las casas son versiones modestas del complejo de Ilryth, construidas de coral y conchas. Ilryth vira hacia abajo y, cuando nos ven pasar, las sirenas interrumpen lo que están haciendo para inclinar la cabeza con respeto, antes de retomar sus actividades diarias.

Vemos a Sheel a la puerta de una casa tallada en un enorme bloque de coral cerebro. Está afilando un cuchillo de hueso con una roca, pero en cuanto nos ve a Ilryth y a mí se endereza.

—Milord, Santidad, creía que estabais reunidos con la corte. ¿A qué debo este inesperado honor?

Ilryth ignora la mención de «estar reunido».

—He pensado en lo que me contabas el otro día acerca del estado de Yenni y se me había ocurrido que a lo mejor Victoria podría ayudarla.

Sheel farfulla algo incomprensible mientras abre y cierra la boca y mira de Ilryth a mí varias veces. La sorpresa y, me atrevería a decir, la admiración que veo en su rostro es una emoción muy diferente a la que me mostró cuando escapé de mi prisión.

—Su Santidad... yo no soy digno de...

—Puedes llamarme solo Victoria. —Adopto una actitud de calma para disimular mi nerviosismo por el giro de ciento ochenta grados en su percepción hacia mi persona. Me resulta sorprendentemente fácil, porque sé qué tipo de hombre es Sheel. He conocido a otros como él a lo largo de los años: el general que acata órdenes. Siempre que todo el mundo tenga un lugar y lo ocupe, él está contento. Puedo comprenderlo. Entiendo cómo he supuesto una alteración a su orden exquisito.

—Por favor, pasad. —Sheel nos invita a entrar a través de una cortina de cuerdas trenzadas, lastrada por rocas pulidas y colgada de la parte superior de un arco que conduce al interior de su casa.

El interior es extraño, al menos para mí, como humana. Hay un brillante estanque naranja situado en una oquedad entre rocas. Del techo cuelgan más cuerdas y algas, entrelazadas y trenzadas como columpios. En el centro de la casa, donde hubiese esperado ver una chimenea, hay un pequeño tallito fantasmal que gira en espiral alrededor de un trozo de madera pálido clavado en una grieta en el suelo de piedra.

En cuanto lo veo, me siento atraída por él, como si una correa invisible tirase de mí. Las hojas del árbol fantasma centellean como la plata y emiten una luz tenue y fría. Ondean con suavidad, empujadas por brisas imperceptibles. O tal vez ondeen al son de la música que oigo susurrada en el fondo de mi cabeza.

—¿Qué es? —murmuro.

—Su denominación formal es «anamnesis». Es un recuerdo del Árbol de la Vida, almacenado en el esqueje a partir del cual fabricamos nuestras lanzas. —Ilryth está a mi lado—. Ofrece protección y las bendiciones de Lady Lellia; protege de las garras de la muerte. —Levanta la vista hacia Sheel—. ¿Ha ayudado?

—Sí, lo ha hecho. Gracias por permitir que un fragmento del Árbol de la Vida haya traído la bendición de Lady Lellia al interior de esta humilde morada.

—Es lo menos que puedo hacer. —Ilryth suena sincero. El sentimiento está cargado de culpabilidad.

Me resisto a la tentación de tocarlo. Ilryth debe haber tenido la misma necesidad, porque engancha su meñique al mío. Por un instante. Tan breve que casi me pregunto si ha sido solo una ondulación de la corriente y no un contacto consciente.

—Por aquí. —Ilryth me dirige hacia la derecha de los dos arcos del fondo de la habitación. Sheel viene justo detrás de nosotros.

Estamos en un túnel de coral. Del techo cuelgan algas, entre hebras de seda adornadas con cuentas de cristal y conchas opalescentes. Unos grabados similares a las formas dibujadas sobre mí están tallados por las paredes de coral, parecidos a lo que había tallado en los huesos de ballena.

—Cuando las raíces de la Fosa murieron, las bendiciones de Lady Lellia dejaron de alcanzar esta zona tan lejana —explica Ilryth con suavidad. Me da la impresión de que está hablando solo para mí—. Estuvimos a merced de la podredumbre hasta que conseguí utilizar la lanza sagrada de mi familia, Punta del Alba, para fabricar una anamnesis lo bastante fuerte como para contener las mareas que traían la podredumbre al interior de nuestras casas. Desde entonces, todos los ducados han hecho lo mismo, pero es un apaño provisional de un problema que va a peor, y la podredumbre se afianza más y más a cada año que pasa.

Una lanza... Recuerdo cómo Sheel mencionó que Ilryth había ido a la Fosa sin su lanza. ¿Estaba sacrificando su propia seguridad por el bien de su gente de otra manera más? Otro poco de admiración por él se cuela en mi interior. Sin embargo, no pienso demasiado en ello porque en cuanto pasamos por debajo de una segunda cortina de cuerdas, me distraigo con lo que veo: todo el alcance de las consecuencias de la podredumbre acaban de aparecerse ante mí con gran claridad.

La habitación del fondo de la casa está en penumbra, excepto por algunas lilas que brillan por el techo. No obstante, su luz pugna con la podredumbre marrón rojiza que flota por el agua en pegotes espesos.

La fuente de la podredumbre no es una corriente, ni una fosa oceánica lejana, sino una niña tumbada sobre una cama de piedra y algas. Su respiración es laboriosa y su pecho tiene que hacer un gran esfuerzo para hincharse y deshincharse a cada inspiración superficial. Está cubierta de una fina capa de lo que casi parece óxido. La podredumbre se aferra a ella, irrita su piel y, si sus venas moradas y abultadas indican algo, también debe estar envenenando su sangre. A su lado hay una mujer que, hasta el momento que entramos, le daba la mano a la niña, pese a las manifestaciones físicas de su afección. La tenía sujeta contra su frente mientras cantaba una oración.

—¿Sheel? —La mujer nos mira uno a uno.

—Sanva, Su Excelencia ha traído a Su Santidad… a Victoria… para intentar ayudar a Yenni. —Sheel cruza hasta la mujer, le da un beso breve y luego pasa un brazo alrededor de sus hombros—. Para cumplir con su papel como ofrenda, ha estado aprendiendo las palabras de los antiguos. A lo mejor puede ayudar.

La mujer cruza las dos manos delante de ella y las extiende un poco hacia delante.

—Santidad, no somos dignos de tu ayuda.

—Haré lo que pueda —le digo, al tiempo que desearía tener más confianza. No tengo ni idea de lo que voy a hacer, pero aun así los dos me miran como si fuese la única esperanza para su hija.

Con una brazada, me deslizo hacia el otro lado de Yenni. Es la viva imagen de Sheel, salvo por las pústulas que cubren todo su cuerpo. Algunas de las ampollas se han reventado, pero no rezuman sangre, sino pegotes de esas algas rojas… No, de podredumbre. No me extraña que Sheel se pusiese tan agresivo cuando pensó que estaba estropeando la unción. Me ve como la cura.

Ilryth había dicho que la podredumbre rezuma del Árbol de la Vida. Si es así, ya no es un árbol de vida, sino más bien uno de muerte, y está envenenando a las gentes de este lugar. He estado trabajando para comprender el alcance del problema al que me enfrento, y creía que lo estaba haciendo bien... hasta este momento. Esta no es una enfermedad que conozca. Es una que proviene de una fuerza que está más allá de mi entendimiento.

En cualquier caso, no necesito comprenderlo para saber cuándo alguien necesita ayuda. Y si puedo hacer algo, lo haré. Haré esto para que podamos ir a la Fosa. Para que Ilryth nos ayude a mí y a mi familia y porque...

Porque no podría vivir conmigo misma si no ayudase cuando creo poder hacerlo.

Tal vez Charles me enseñase a manipular emocionalmente a alguien para mi propia supervivencia, pero también me enseñó cómo se siente uno cuando es manipulado. Las apretadas ataduras que se envuelven con tanta fuerza alrededor de tu alma que cortan hasta lo más profundo de tu ser. Esa noción es lo que me impide ser la mercenaria que desearía ser.

No estoy haciendo esto por mí, para conseguir algo de Ilryth. Lo estoy haciendo porque es lo correcto. Ahora bien, la pregunta sigue siendo la misma: ¿podré hacer algo?

—Me gustaría tener un poco de espacio —anuncio, tratando de darle un toque de autoridad a mi voz. Sheel y Sanva se marchan. Solo Ilryth se queda conmigo, iluminado de un modo ominoso por la luz tenue y la neblina rojiza. Lo miro, cada vez más asustada, pero evito que el miedo se apodere de mí y mantengo la compostura—. ¿Qué se supone que debo hacer?

—Empuña las palabras de los antiguos para erradicar la podredumbre —me dice con calma. Como si tal cosa.

—No tengo ni idea de cómo hacer eso. —Sacudo la cabeza—. Ilryth, esto es serio. No... no sé cómo ayudarla...

Se desliza detrás de mí. En cuanto su cuerpo se aprieta contra el mío, todas mis preocupaciones se derriten con el calor de su forma. Una mano se apoya sobre mi abdomen. La otra sube por mi costado para descansar sobre mis clavículas. La sensación de tenerlo detrás es más tranquilizadora de lo que hubiese querido. Odio cómo anhelo su estabilidad. Cómo he aprendido a asociar su contacto con este extraño poder.

—Victoria, eres increíble. Puedes hacerlo. —Su nariz roza contra mi cuello cuando su cara se coloca al lado de mi hombro. Intento reprimir un estremecimiento, pero no lo consigo. Y él lo nota. Debe de haberlo notado, porque sus dedos presionan contra la tela rígida del corsé que cubre mi estómago, como si tratase de agarrar el deseo que ha infundido en mi interior—. Todo lo que tienes que hacer es cantar.

—¿Qué canto? ¿Qué palabras?

—Aquí dentro sabes cuáles son. —Su mano baja por mi pecho para terminar justo por encima de la curva de mis senos—. Eres más mágica de lo que crees. Como humana, eres una descendiente lejana de los antiguos dioses, de una gente que fue creada con la ayuda de Lady Lellia. Estás marcada con el poder de esos dioses. Tu alma es música para sus canciones. Busca en los vacíos de tu mente, donde se han instalado sus palabras, y encuentra las adecuadas.

Aspiro una bocanada de aire profunda e innecesaria. Mi pecho se hincha contra su mano, pero Ilryth no hace más que agarrarme aún más fuerte. Nuestras pieles parecen fundirse. Su nariz roza mi cuello cuando ladea la cabeza.

—Ahora, hazlo igual que en el anfiteatro —susurra—. Canta para mí, mi Victoria.

Mi voluntad... Quiero curar a esta niña. Pongo toda mi voluntad en ello.

Pero mi cabeza está silenciosa. Soy muy consciente de lo quieto que está todo. Imagino a Sheel y a Sanva en su salón, esperando angustiados a que salve a su hija. Llevo semanas cantando ya, pero en el momento que más las necesito, las palabras no acuden a mí. He vuelto al principio.

Ilryth tuvo razón en sacarme del desayuno con las damas. Hubiese hecho el ridículo. No puedo hacer esto.

¿Qué puedes hacer, Elizabeth?, se burla la voz de Charles a través de las barreras que intento levantar en mi cabeza contra él.

—Grandes cosas —susurra Ilryth en respuesta.

Abro los ojos de golpe y, así sin más, mi cerebro se llena de música. Los últimos vestigios de duda me abandonan. Igual que en el anfiteatro, separo los labios y empiezo con una nota, no una palabra. La mantengo, una nota sostenida. Sé lo que vendrá a continuación. Lo oí mientras me dormía incontables veces y hace que los músculos de mis hombros se relajen al instante.

Ilryth empieza a tararear al mismo son. Como si esto fuese lo que había estado esperando. Su voz se mueve sin esfuerzo en torno a la mía. La melodía me apoya, al tiempo que protege su mente.

Encuentro la primera palabra. Es una de mi antebrazo.

—*Kulta'ra*... —Después la segunda—: *Sohov*...

Decenas de imágenes destellan en mi cabeza, igual que durante todas nuestras sesiones de práctica en el anfiteatro. Mi vida, lo bueno, lo malo, lo feo. Todo surge en primer plano como estallidos de relámpago en un mar tormentoso.

Escojo un recuerdo para lanzar al vacío. Debo hacerle hueco a la magia. De otro modo, hay demasiado de mí... Debo hacerle espacio al poder para poder dominarlo.

Detrás de mis párpados, los recuerdos de mi boda se borran. Primero el color de mi vestido... la expresión en la cara de mi madre... el baile con mi padre.

Las manos de Ilryth se aprietan sobre mi forma corpórea, como si tratase de sujetarme en el sitio.

En cuanto el recuerdo desaparece, no queda nada más que un vacío que pueden llenar las palabras de los antiguos dioses. En cuanto ocupan ese espacio, la comprensión se ilumina en mí. Puedo cerrar mis manos en torno a ellas. El poder es mío para utilizarlo.

La canción alcanza su cénit y abro los ojos para descubrir que una leve bruma plateada brilla en el agua a nuestro alrededor. La misma que flotaba alrededor de la anamnesis. Se desvanece para revelar un agua clara, plantas vibrantes y saludables que proyectan desde lo alto una alegre luz morada sobre nosotros. No queda ni rastro de la podredumbre. Estoy sin aliento cuando Ilryth desenrosca despacio los brazos de mi alrededor.

—Sabía que podías hacerlo. —Hay un deje de orgullo en su voz que me hace enroscar los dedos de los pies—. Creo que estás lista para la Fosa.

Antes de que pueda responder, Yenni abre los ojos. Sheel y Sanva deben de haber oído algo de mi canción, pues entran de golpe. Se detienen. Y miran pasmados.

Con un estallido de lágrimas, los dos lanzan los brazos alrededor de su hija... con cicatrices a causa de la podredumbre, pero con los ojos avispados y, por lo demás, sana y salva.

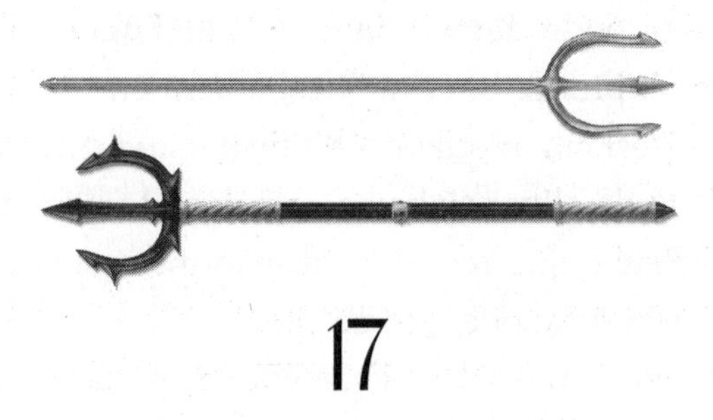

17

Sanva y Sheel tratan de convencernos para que nos quedemos. Nos ofrecen una comida temprana, pero Ilryth la rechaza con educación, diciendo que se nos necesita en la mansión. Para cuando por fin nos estamos yendo, llevo una bolsita de golosinas de gelatina que Sanva me ha plantado en las manos después de negarse a dejarme partir sin algún gesto de agradecimiento. Sheel intentó que me llevase dos bolsas. De alguna manera, en una sola tarde, siento hacia él el cariño suficiente como para plantearme en serio aceptarlas.

—¿De verdad nos necesitan en la mansión? —pregunto cuando estamos solos delante de la humilde casita.

—Para nada. —Ilryth gira sobre sí mismo en el agua—. He pensado que sería agradable que disfrutasen de algún tiempo a solas, como familia.

—¿Cuánto tiempo llevaba así?

Tarda tanto en responder que me preocupa haber dicho algo que lo haya podido molestar. Aunque no sé qué he podido decir. La pregunta parecía bastante inofensiva.

—Ella fue la primera en enfermar, y el caso más grave. La única con la que Lucia no logró frenar la podredumbre antes de que estableciésemos las barreras. —Desliza la mirada por el paisaje para posar los ojos en la Fosa—. Yenni enfermó por mi culpa.

—Ilryth…

—Es verdad —insiste—. Envié a Sheel en una misión a las profundidades de la Fosa con uno de los reclutas nuevos. Cuando regresó, traía la podredumbre impregnada. Fuimos descuidados y Yenni pagó el precio. Envié a Sheel afuera otra vez demasiado pronto. Sanva estaba ayudando a Lucia a atender a los guerreros… Ninguno de ellos estaba en casa cuando deberían haberlo estado. Nadie supo que Yenni estaba enferma hasta que la podredumbre ya se había apoderado de ella.

Pienso en cuando Ilryth salió con los otros guerreros. En la ira de Sheel por que Ilryth hubiese participado él mismo en la defensa.

—Esa es la razón de que ahora vayas en persona, ¿verdad? Incluso cuando Sheel no quiere que lo hagas, vas de todos modos. —Ilryth asiente—. Curaré a cualquier otro que lo necesite —me ofrezco sin dudar.

—De momento están todos atendidos.

—Pero…

—Lo mejor que puedes hacer es continuar tu preparación para la presentación ante la corte y para la ofrenda. Si logras apaciguar a Lord Krokan y curar nuestros mares, la podredumbre desaparecerá de nuestras aguas y de los cuerpos de los afectados. Nuestras tierras serán tan fértiles y mágicas como lo fueron siempre antes de que comenzara la ira de Krokan —explica, con un optimismo desesperado. Está tan decidido, tan esperanzado…

Pero algo no me encaja del todo, y no se debe a que sea mi vida la que está en juego para propiciar esta nueva utopía… Cuanto más aprendo sobre este lugar y sus historias, menos sentido parece tener todo.

—¿Vamos? —Ilryth interrumpe mis pensamientos y me ofrece su espalda. Me agarro a sus hombros y él se da impulso. Me muevo un poco para acomodarme sobre su espalda, pero no encuentro un agarre que me resulte cómodo.

No me cabe ninguna duda de que Ilryth se cree cada palabra que me ha contado, lo veo en sus ojos, pero por alguna razón, a mí me cuesta convencerme. Intento rebuscar en mis pensamientos, encontrar una razón para ello, mientras contemplo distraída cómo nuestra sombra borrosa se desliza sobre los tejados del complejo. Al final, no logro encontrarle una explicación a mi sensación, así que no digo nada.

Frenamos poco a poco hasta detenernos para flotar por encima del balcón de mi habitación mientras el sol empieza a ponerse. Suelto a Ilryth, pero no nos separamos demasiado. Desliza los dedos con suavidad por mi antebrazo. Casi creo que es por casualidad, pero el contacto perdura lo suficiente como para dudar de que lo sea. Me pregunto si Lucia ha visto alguno de nuestros desplazamientos hoy. Y si ese «contacto práctico» le preocuparía menos. Signifique lo que signifique...

—Vendré a buscarte mañana y nos prepararemos en serio para la Fosa —me informa Ilryth con amabilidad pero con tono firme—. Deberíamos actuar deprisa, porque el Ducado de la Fe vendrá pronto a por ti para encargarse de su parte de la unción.

—¿Qué me harán? —Nunca me gustó la idea de estar aquí. De hecho, al principio la odiaba. Pero ahora, la idea de marcharme es tan aterradora como cuando estaba recién llegada. Esto es todo lo que conozco del Mar Eterno y, más que eso... Ilryth me hace sentir a salvo aquí. Con él cerca, no tengo que preocuparme.

No es el sireno monstruoso que creía al principio que era. Tampoco es un gobernante de corazón frío que se deleita en la crueldad. Contemplo su propiedad. Las colinas arenosas cubiertas de algas, que descienden por una cordillera montañosa submarina hacia el castillo que apenas alcanzo a ver como una sombra en la distancia, envuelto en una neblina de luz plateada. ¿Cuánto de ello pertenece a su ducado? ¿Cuánto de ello es responsabilidad suya? ¿Cuántos nombres más de personas que sufren por la podredumbre ha grabado en su mente? Casi puedo sentir el peso de todas ellas lastrando cada uno de sus movimientos. Es lo que lo incitó a hacer algo tan desagradable como sacar a una joven del océano y decirle que se sacrificase a sí misma.

—Te ungirán como hemos hecho nosotros, pero su castillo está más cerca del Mar Eterno, así que podrás conversar directamente con Lord Krokan, y estarás lista para hacerlo. Las cosas avanzarán más deprisa entonces y, cuando llegue el solsticio de verano, te enviarán al Abismo. —Las palabras son poco más que una caricia.

Le preguntaría si va a doler, pero dudo que lo sepa. Nadie ha regresado nunca del Abismo. Me gustaría preguntarle si cree que voy a ser lo bastante buena, pese a todos mis defectos y todas mis dudas. Pero sé que, opine lo que opine, dirá que sí... porque soy la única opción que tiene.

—¿Estarás ahí? —No sé por qué, de todas las preguntas que corren por mi mente, esa es la que se me escapa.

—¿Dónde? —Parece tan sorprendido como yo.

—¿Vendrás conmigo al ducado? ¿Te quedarás conmigo hasta el final?

Una expresión de pánico cruza su rostro.

—Victoria, yo...

—No te preocupes —me apresuro a decir, al tiempo que sacudo la cabeza y fuerzo una sonrisa amarga. —No debería haberlo preguntado. —Al final, no habrá nadie ahí para mí. Pero no pasa nada. Hace mucho que he aceptado esa verdad. Incluso Charles, el hombre que «vinculó su alma» a la mía, se marchó a la primera oportunidad que tuvo.

—No es eso...

—No quiero que me tranquilices. Estoy bien —le digo con ternura. Estiro el brazo para darle unas palmaditas en el bíceps. Él atrapa mi mano y la sujeta entre las dos suyas.

Ilryth me mira con una intensidad abrumadora. No hubiese podido apartar la mirada ni aunque hubiera querido.

—Mi madre. Verás, ella...

—Lo sé —digo en voz baja. No necesito que diga que ella fue el último sacrificio.

—¿Sí? —Abre mucho los ojos—. ¿Te lo contaron Lucia o Fenny?

—No tuvo que contármelo nadie. Até cabos. —Le dedico una sonrisa dulce—. Por eso no debí preguntarlo.

—Tú...

—Estaré bien. —Libero mi mano de las suyas justo cuando Lucia aparece desde el otro lado del edificio. Ilryth no se sorprende, pero sí muestra una breve expresión de frustración. Sospecho que él la llamó antes de que la conversación cambiase de rumbo.

Lucia nos mira a uno y otro con confusión en el rostro, pero no pregunta por la tensión que se masca en el ambiente. Si acaso, se fuerza a actuar con normalidad con una sonrisa.

—¿Empezamos con la unción de esta noche, Santidad?

—Sí —responde Ilryth por mí, al tiempo que se impulsa con suavidad hacia atrás—. Nos prepararemos por la mañana. —Se aleja sin decir ni una palabra más. Casi lo llamo antes de que se vaya, pero no tengo nada más que decir. Ninguna razón para llamarlo, aparte de...

Aparte de que...

¿Quiero que esté aquí? Pero ¿por qué? ¿Y por qué le he hecho esa pregunta? Reprimo una mueca de disgusto. Sé que las respuestas son algo que tendré que buscar en mi interior, aunque es una exploración que no tengo demasiadas ganas de llevar a cabo.

—Empecemos —dice Lucia, y se desplaza hacia mi tobillo izquierdo.

Me despierto sobresaltada. El pecho agitado. Retiro algo de pelo de mi cara cuando lo noto flotar alrededor de mis ojos.

Las palabras de Charles siguen frescas en mis oídos: *¿Has visto lo aliviados que estaban de dejarte marchar? Que tu familia no tenga que cargar contigo durante más tiempo es un alivio.*

Yo no soy una carga.

Pero no te preocupes, a mí no me importa. Te acogeré encantado bajo mi ala.

Yo no soy una carga, insisto para mis adentros una y otra vez. Soy fuerte. Soy capaz. Soy la mejor capitana que ha habido nunca en Tenvrath. He navegado por todos los mares. He mantenido a mi familia y a mi tripulación.

Gracias a mí, el Mar Eterno (y Tenvrath, dicho sea de paso) se salvará. Entregaré mi vida para ello. Un sueño. Era solo un sueño. Intento calmarme. Charles se ha marchado, no está por ninguna parte. Miro a mi alrededor de todos modos. Lo busco a él, o al espectro en el que muy bien podría manifestarse.

Era un alivio cada vez que te dejaba atrás, Lizzie.

Me doy impulso contra la cama para deslizarme por el agua y salir a mi balcón. La noche está tranquila y silenciosa. No hay cánticos. Y aun así, noto el corazón atronador, como si los espectros viniesen a por mí y solo a por mí. Las puntas de mis pies rozan contra la piedra arenosa y llena de conchas y me doy impulso de nuevo. Nado por encima del complejo a toda velocidad.

Los rayos de luna impactan contra el suelo marino, danzan por mi balcón y pintan todo de tonos plateados y azules. Ondulan y se mueven con las corrientes en lo alto. Mi sombra crea un contraste marcado sobre la arena en lo bajo.

Es fácil identificar la sala del tesoro de Ilryth. Desde ahí, nado por encima del túnel de coral que conecta con su habitación, me detengo justo sobre su balcón. Se me ocurre que estoy a punto de entrar en el dormitorio de un hombre en medio de la noche.

¿Qué diría Charles de…? No, me niego a pensar en ello. Él ya no forma parte de mi vida y jamás volverá a hacerlo. Ya no tiene ningún agarre sobre mí, ni sobre mi cuerpo ni sobre mi corazón. Necesito dejar de preocuparme por él… por difícil que pueda resultarme de momento. Tendré que aprender.

De hecho, entraré ahí porque puedo. Aunque solo sea para fastidiarlo. Puede que Charles no se entere nunca de que lo he superado, pero espero que de alguna manera pueda sentirlo en lo más profundo de su alma.

La habitación de Ilryth está en penumbra, iluminada solo por los pequeños capullos rutilantes que cuelgan del techo y la luz ambiental de la luna. Está tumbado en su cama, de lado, con algas amontonadas a su alrededor como un nido. Mientras duerme, parece pacífico, casi inocente.

Suelto un suspiro de alivio al verlo. Está aquí, lo cual significa que no hay ningún ataque. Ningún motivo de alarma. Me giro y empiezo a nadar de vuelta... hasta que veo una sombra que se cierne sobre mí. Me sobresalto y levanto la vista, cada rincón de mi ser en alerta total. Mis ojos se encuentran con otro par de ojos muy familiares ya, el marrón casi negro en la noche.

—¿Tienes costumbre de colarte en dormitorios de hombres por las noches?

—Exc... Excelencia —balbuceo. Él frunce el ceño.

—Si planeabas matarme mientras dormía, deja que te explique todas las razones por las que...

—¿Qué has visto en mi naturaleza, después de todo este tiempo, que te haya llevado a pensar que le cortaría el cuello a un hombre en su cama mientras duerme? —pregunto, estupefacta y más que un poco ofendida.

—Veo que ya has meditado sobre el cómo. —Cruza los brazos con una leve sonrisa. Mi consternación desaparece y pongo los ojos en blanco. Me está tomando el pelo.

Abro las manos delante de mí, al tiempo que gesticulo hacia mi cuerpo. No llevo más que las calzas y el corsé, la misma ropa escasa con la que me ha visto durante casi todo este tiempo y con una lamentable falta de bolsillos.

—¿Con qué arma?

—Entonces, estrangúlame.

—Me halagas al sugerir que podría dominarte durante el tiempo suficiente para asfixiarte hasta la muerte.

Eso le provoca una carcajada de diversión macabra.

—¿Estás diciendo que crees que soy fuerte, Victoria?

—¿Qué? No. Yo... No es que sugiera que eres débil. Pero...

Una risa retumbante me detiene. Intento reprimir el rubor que trepa hacia mis mejillas. Su sonrisa es medio contagiosa, por lo que no puedo evitar imitarla, aunque solo por un momento.

—Aparte de eso, ¿las sirenas... respiran siquiera? —Acabo de darme cuenta de que no lo sé.

—No del modo que tú piensas. Aunque creo que no voy a contarte cómo lo hacen, no vayas a utilizar la información en mi contra.

—Perfecto. Me limitaré a preguntárselo a Lucia por la mañana. Ella me lo dirá, porque es amable y buena. —Doy media vuelta y empiezo a alejarme.

Se queda espantado.

—¿Amable y buena? ¿Estamos hablando de la hermana correcta? —Me echo a reír—. ¿Y qué insinúas, que yo no soy así? —Dice las palabras que yo he implicado. Me giro hacia atrás y me encojo de hombros, sin dejar de sonreír—. ¿Qué he hecho para que pienses que soy cualquier cosa menos «amable y bueno»?

—Has...

—¿Sí? Estoy impaciente por saberlo. —Ilryth cruza los brazos.

Estaba de broma. Pero ahora me ha hecho pensar... ¿Qué ha hecho? ¿Vino a por mí demasiado pronto? Sí. Pero Krokan prácticamente me había matado; mi segunda muerte. Un antiguo dios que sin duda quebró la magia de Ilryth. Me encarceló cuando llegué aquí... pero fue necesario para que pudiese seguir existiendo en este mundo. Me ha forzado a aprender sus canciones mágicas... para que pueda ir primero a buscar la plata que mi familia necesita de manera desesperada. Todo lo que pensaba que podía haber sido malo o perverso en él resultó tener una explicación que solo le hace brillar con más fuerza aún.

—No estás mal, supongo —admito.

—¿Solo «no estoy mal»? ¿Y «supones»? —Nada hasta mí. Flotamos en una zona de aguas abiertas, llena de pequeñas medusas informes y luminiscentes que hacen que el océano oscuro a nuestro alrededor parezca un mar de estrellas—. No quieres darme demasiado reconocimiento, ¿verdad?

—Lo último que querría es que se te subieran tus méritos a la cabeza.

—Te aseguro que no corro ningún riesgo de que suceda eso cerca de ti. —Las palabras son secas, pero lleva una leve sonrisa en la cara—. ¿Por qué has venido a mi cuarto? ¿Va todo bien?

La preocupación genuina en su voz me hace pensar. Aunque debería ser más sensata. Parece que le importa… que de verdad le importa.

—Tuve una pesadilla —le confieso—, y temí que hubiesen vuelto los espectros. Pero no parece que sea así. Eran solo unos recuerdos desagradables que todavía tengo que sacrificar para dejar espacio a las palabras de los antiguos. De verdad que debo seguir practicando mi magia… —Me río con suavidad—. Ahora que lo digo en voz alta, suena tonto.

¿Qué soy? ¿Una niña a la que le asusta la oscuridad? ¿Una que corre a buscar su mantita de seguridad? Y… ¿qué significa que haya corrido a buscar justo a Ilryth?

—No creo que sea tonto en absoluto. —Ladea la cabeza para mirarme a los ojos—. ¿De qué trataba la pesadilla? Si es que quieres contármelo.

Me mira con gran intensidad. No puedo apartar la mirada. Mis barreras se rompen. Mi armadura desaparece. He estado trabajando muy duro, durante mucho tiempo… ¿y qué importan ninguna de esas barreras ahora, de todos modos? Ilryth nunca conocerá a mi familia ni a mis amigos. Nunca les contará mis debilidades. Lo pesada que puedo ser en realidad.

—Soñé que te habías marchado. —Las palabras son un susurro tembloroso que deja muchísimo sin decir. Son mentira. Eso no es con lo que soñé, pero es parte de la verdad de lo que me hizo venir a su cuarto: el miedo a que me dejen atrás—. Tenía miedo de que te hubieses ido sin mí. A la Fosa, a buscar la plata para mi familia.

—Victoria... —Mira mi cara con atención. Estoy convencida de que puede ver a través de mí y la idea me aterra tanto que no puedo moverme—. ¿Por qué habría de irme sin ti?

—¿Porque te obligaría a ir más despacio? —conjeturo. Me encojo de hombros en un intento de disimular lo mucho que pesan las palabras sobre mis hombros—. ¿Porque soy poco más que una carga?

Ilryth toma mis dos manos despacio. No hay nada fingido en su gesto. Ninguna tensión. Nada extraño ni incómodo. El gesto es... uno que podría hacer un buen amigo con otro.

—Yo nunca te dejaría atrás. Nunca. Eres demasiado importante para eso.

Hay mucho más en todo esto. Todos mis pensamientos anteriores, mis preocupaciones ocultas, las cosas que nunca he explorado conmigo misma porque no quería hacerlo.

Se me retuerce el estómago en un pequeño nudo. Uno que trato de deshacer al instante.

Conozco esta sensación. Esa pequeña burbuja de afecto que se agarra a mis entrañas, que se reproduce hasta que, antes de darme cuenta siquiera, casi estoy flotando con la efervescencia del cariño y el deseo. No me dejaré arrastrar por una sonrisa bonita y unos ojos amables. No puedo bajar la guardia alrededor de él ni de ningún otro.

Aguanté tres años después de Charles antes de sucumbir a una mirada apuesta. A estas alturas, protegeré mi corazón hasta el día de mi muerte. Jamás volveré a permitir que nadie lo tenga de cualquier manera. Y como ya estoy, de un modo bastante literal, marcada para la muerte, no creo que sea demasiado difícil mantener esa promesa.

—¿Debido a mi magia? —pregunto.

—Debido a que... eres tú —afirma—. Y no querría quitarte la oportunidad de proteger a tu familia —añade a toda prisa.

—Por supuesto que no. —Podemos fingir que eso es todo lo que hay, que eso es todo lo que está pasando. Todavía no me he soltado ni me he apartado, aunque sé que debería. Este no es ningún «contacto práctico».

—Nos marcharemos mañana, juntos; te di mi palabra. —Los dedos de Ilryth se deslizan despacio por los míos cuando cambia las manos de posición. Me pregunto si sabe lo que está haciendo, el afecto que está alimentando. Es imposible que lo sepa, porque, de lo contrario, estoy segura de que pararía—. Así que esta noche, descansa, Victoria.

—Gracias —digo con suavidad cuando me suelta. Noto el agua de mar fría sobre mis dedos.

—Y ahora, me voy a dormir otra vez. Me agotas. —El comentario seco revienta la burbujita de calor que subía flotando por mi interior. Esbozo una sonrisa. ¿Cómo puede reconfortarme con tan poco esfuerzo y, al mismo tiempo, ser tan desconcertante, a la par que encantador e irritante?

—¿Te agoto? —le pregunto mientras se aleja.

—Desde luego que sí. En los últimos días, pareces necesitar toda mi energía y mi atención; no puedo pensar en nada más que en ti.

Lo observo mientras vuelve a entrar en su habitación, se desliza hasta la cama y se acomoda de nuevo en el nido que había hecho sin volver a mirarme. Su cola se enrosca hacia arriba y a su alrededor, de un modo muy parecido a la de un gato. Es extrañamente... adorable. Sacudo la cabeza y destierro el pensamiento mientras empiezo a nadar de vuelta a mi propio cuarto.

Cuando intento dormirme otra vez, las palabras «no puedo pensar en nada más que en ti» flotan a través de mi cabeza. No con el tono duro, oscuro y exigente de Charles, sino con la entonación grave y cálida de Ilryth... tan tranquilizadora como sus manos sobre las mías.

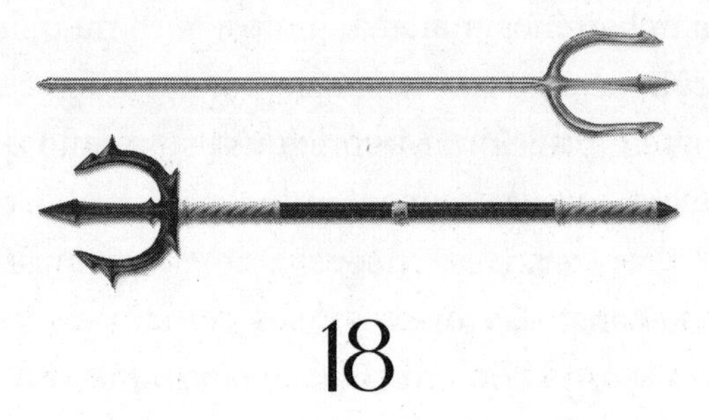

18

El resto de la noche es pacífica. No me atormenta ninguna pesadilla más.

No es que duerma del todo; pero tampoco estoy consciente del todo. Me he fijado en que ahora necesito dormir menos, de un modo muy parecido al hecho de que ya no como. Cuantas más marcas de los antiguos tengo, menos necesito cuidar de mi cuerpo físico. Aun así, debí dormirme en algún momento de la noche durante el tiempo suficiente como para que, cuando me medio despierto y percibo la presencia de otro ser acechando al lado de mi cama, me sobresalto tanto que salto de mi cama esponjosa y salgo disparada casi hasta el otro lado de la habitación.

—Me hieres con tu reacción a mi presencia. —Ilryth cruza los brazos.

—¡Me has asustado! No puedes entrar en mi dormitorio así sin más, sin avisar. —Me agarro el pecho. Este hombre va a ser el causante de mi tercera muerte si sigue haciendo cosas como esta.

—¿Por qué no? No parecías tener ningún problema con colarte en mi habitación ayer por la noche. Solo he creído que así era como preferías que te saludasen por las mañanas… una costumbre humana que no comprendo. —Está reprimiendo una sonrisa, pero no consigo distinguir si es resultado de mi reacción o si sabe muy bien que esta no es una costumbre humana.

—Los seres humanos no entran en los dormitorios de otras personas sin invitación —bufo indignada, tras decidir creer que de verdad no lo sabe.

—Pero tú...

—Ya sé que lo hice. —Pongo los ojos en blanco—. Pero tú, señorito, eres una excepción.

—Qué suerte la mía —comenta, con un tono lo bastante guasón como para poder discernir sus verdaderos sentimientos acerca de este asunto. Sin embargo, enseguida se pone serio—. Deberíamos empezar a prepararnos pronto. Los espectros son peores de noche, así que lo mejor será partir mientras el sol todavía esté alto.

Hoy es el día, por fin. Voy a recoger la plata y a salvar a mi familia. Aunque me invade una gran sensación de alivio, también está atemperada por un horror absoluto con respecto a todo lo desconocido que me aguarda en esta infame Fosa Gris. Lo poco que he visto de ella ya es bastante horroroso de por sí. ¿Qué más acecha en esas profundidades?

—Estoy preparada —digo con confianza. Ya me he enfrentado a lo desconocido antes. Puedo hacerlo de nuevo.

—Si prefieres...

Ilryth cruza hasta mí. Lo detengo con una mano suave sobre el pecho. Cuando estamos a solas, tocarlo es fácil... natural.

—Estoy decidida. Voy a ir, Ilryth. Es mi familia, mi responsabilidad. No puedo abandonarlos.

Sus dedos se cierran alrededor de los míos y asiente con decisión.

—Lo entiendo.

—Sé que lo haces —digo en voz baja. De veras creo que lo hace. Después de todo lo que he visto, todo el peso que lleva sobre los hombros, no tengo ninguna duda—. Y ahora, empecemos con esos preparativos. —Suelto mi mano y la ocupo en estirar mi corsé y alisar unas arrugas invisibles en mis calzas. Mis ojos se quedan enganchados en las marcas coloridas y doradas que brillan sobre mi brazo.

Es muy raro no cambiarse la ropa con regularidad, pero en esta forma, no sudo; tampoco parezco ensuciarme. Mi piel está tan limpia como cuando Ilryth me trajo aquí por primera vez. Mi pelo está desenredado siempre, sin importar todo el tiempo que ondule por las corrientes oceánicas sin estar trenzado. Por incómoda que pueda ser la constante sensación de estar viviendo rodeada de mugre, también es supercómoda, pues mis mañanas y mis tardes son mucho más simples y eficientes sin tener que preocuparme de cuidar mi cuerpo físico. Convertirme en más magia que carne y hueso tiene sus beneficios.

—¿Estás bien? —me pregunta.

—Sí, solo estaba pensando en lo mucho que he cambiado a lo largo de estas últimas semanas.

Ilryth hace una pausa y yo lo miro. Casi espero que me diga que no he cambiado. Parece lo correcto de decir. Lo educado. Lo amable. Pero no lo hace. Y de algún modo… bueno, no es que me haga sentir mejor, pero hay cierto consuelo en ello. En saber que Ilryth es realista. Pragmático. Que me va a decir la verdad y no solo clichés cómodos. Es algo que admiro en una persona.

—No pasa nada —digo, sobre todo en mi propio beneficio—. He realizado muchos viajes, he experimentado muchas evoluciones. —Me río bajito—. Incluso me cambié el nombre una vez.

—¿Lo hiciste?

—Bueno, empecé a utilizar mi segundo nombre. —Evito mencionar que el cambio de nombre más oficial fue borrar el apellido de Charles.

—¿Por qué? —Por cómo se inclina un poco hacia mí, parece sentir una curiosidad sincera, como si estuviese pendiente de cada una de mis palabras.

—Porque la mujer que era murió en el océano la noche que nos conocimos. No quería ser ella más. Su nombre ya no encajaba conmigo. —Tal vez, en cierto modo, olvidar los recuerdos de Charles y todos los demás que he perdido me está despojando de los últimos vestigios de la piel de Elizabeth que todavía cuelgan de mis huesos.

Ilryth abre la boca, casi como si fuese a decir algo más, pero se contiene. No lo presiono para saber qué era.

—Deberíamos irnos —se limita a decir, en lugar de lo que fuese que había pensado.

—Bien. Tú delante.

Ilryth sale nadando por el balcón y yo lo sigo, a su lado. Nos dirigimos a un edificio cuadrado hacia el centro del complejo. Es una construcción más maciza que la mayoría de las otras. No tiene arcos abiertos ni ondulantes pantallas de algas. Es una estructura sólida, cortada en una enorme roca, con solo una entrada que, curiosamente, está sellada por una puerta que parece un ojo de buey. Tiene cuerdas enroscadas a su alrededor.

Lucia y Sheel esperan a ambos lados de la entrada con expresiones de preocupación.

—Lucia. Sheel —los saluda Ilryth uno a uno.

—Esta es una idea espantosa —refunfuña Sheel. Lucia guarda silencio, pero irradia el mismo sentimiento.

Ilryth hace caso omiso del comentario y empieza a desatar las ataduras de algas plateadas que mantienen cerrado el gran ojo de buey. Tararea con suavidad mientras lo hace y las cuerdas rielan con una pátina arcoíris cuando las enrosca alrededor de un pomo que hay a un lado. Ilryth tira del ojo de buey para abrirlo y nos conduce a todos a una habitación de iluminación tenue.

El lugar me recuerda a los santuarios de los antiguos dioses que vi en la zona rural de donde era originario Lord Applegate; edificios de torres altas y extrañas vidrieras de colores. Esta habitación no tiene ese tipo de cristales, pero sí unos elaborados grabados en el interior. Unas gigantescas raíces de piedra recorren el perímetro del suelo arenoso de la habitación, para juntarse luego en la base de la escultura de un árbol que se alza hasta el techo. Su copa, tallada con gran esmero, sujeta el tejado haciendo las veces de vigas de piedra. Unas hojas muy realistas centellean a la brumosa luz que entra por el ojo de buey.

Las raíces y ramas talladas se enredan despacio por las paredes y se transforman poco a poco, por obra de la mano experta de un maestro escultor, en tentáculos. Los apéndices con ventosas se entrelazan, como olas revueltas que se estrellan unas contra otras. Giran en torno al rostro hundido de una bestia.

No... de una bestia, no. De un dios.

Krokan está representado con un rostro casi humano. Tiene la barbilla plana y alargada, y la línea de su mandíbula sube hasta sus sienes, aunque se estrecha a la altura de los ojos antes de abrirse en abanico como el caparazón con púas de un escarabajo con armadura. Tiene cuatro ojos dispuestos en dos diagonales, unos enfrente de los otros. Su boca con forma de pico sujeta el ojo de buey por el que hemos entrado. El resto de su cuerpo es imposible de discernir porque está perdido detrás de todos los tentáculos. Quizá sea porque no se sabe cómo es.

Contemplo la figura asombrada. Horrorizada. Las marcas de mi piel se convierten en cuerdas a mi alrededor. Noto todo el cuerpo comprimido, de un modo restrictivo y espantoso. Casi quiero arrancar el esqueleto de mi piel; extraer mi cerebro del cráneo para escapar de la canción susurrada que oigo tarareada en mi médula.

Aparta la vista, Victoria, me ordeno. Pero no puedo hacerlo. Estoy atascada. Los ojos clavados en él. Voy a entrar en la Fosa que conecta con su Abismo. Donde sus emisarios me aguardan. ¿Percibirá Krokan que estoy ahí? Sabe que estoy marcada para él. Me está llamando. *Llamando...*

... Victoria...

—¿Victoria? —Ilryth me saca de mi ensimismamiento. Giro en redondo. La habitación da vueltas hasta que poso los ojos en él. Entonces todo se enfoca—. ¿Estás bien?

Miro hacia donde está, y veo a Lucia y a Sheel algo más allá. Se han reunido todos en torno a un árbol fantasmagórico al fondo de la habitación, envuelto en un nido de raíces esculpidas.

—Sí, sí —digo solo para Ilryth.

Asiente y se aleja nadando. Echo otro vistazo a la estatua y siento la misma sensación extraña y siniestra... aunque no dejo que vuelva a apoderarse de mí. No puedo preocuparme por las cosas que escapan a mi control. Los «y si». La bestia me tendrá cuando llegue el momento. Me entregaré por mi familia, por mis amigos... incluso por el Mar Eterno.

—¿Estás seguro de que este es el rumbo de acción correcto? —pregunta Sheel cuando nos acercamos a ellos. En el centro del árbol fantasmagórico del fondo de la habitación hay una lanza. No es diferente ni en forma ni en material a la otra docena clavadas en el suelo de esta sala, aunque la madera parece más pálida. Tiene aspecto de ser importante.

—No estaremos tanto tiempo como para que los hechizos mágicos que contienen la podredumbre se rompan —lo tranquiliza Ilryth.

—¿Cómo puedes estar tan seguro? —Sheel está de todo menos convencido.

—Yo lideraré a un grupo en las canciones de protección aquí. Fenny a otro en el anfiteatro —dice Lucia.

—Y tú estarás atento con los hombres. Tomad las lanzas que necesitéis de la armería, pero no creo que tengáis que utilizarlas. —Ilryth señala la arena alrededor del grupo. Después alarga la mano hacia la lanza en el centro del árbol fantasmal.

Sheel agarra su muñeca. Ilryth le lanza una mirada cargada de ofensa por su atrevimiento, por su desafío. Sheel desenrosca los dedos despacio y se desliza hacia atrás por el agua.

Sin un instante más de vacilación, Ilryth retira la lanza de su sitio en el suelo. El cambio en las aguas ocurre de inmediato, en cuanto la anamnesis se desvanece. Todo se queda quieto. Las sombras se alargan. Los colores se atenúan. Hace más frío.

—Si te sucediera algo, y por tanto también a la Punta del Alba, la podredumbre reclamará el ducado entero. Esa es una de las cinco grandes lanzas. No hay sustituto posible. —Sheel avanza un poco mientras inclina el tronco. Está suplicando.

—¿Tenemos que llevarnos la Punta del Alba? —Miro la lanza con atención. Debe de ser la que llevaba la madre de Ilryth en el recuerdo. La famosa arma que Ilryth dejó atrás la primera vez que lo vi entrar en la Fosa porque estaba protegiendo el ducado.

—De este modo será más seguro y rápido.

—No quiero dejar al Ducado de las Lanzas en peligro por mi culpa. —Se supone que estoy aquí para ayudar a la gente, no para hacerles la vida más difícil. *No voy* a complicarles la vida. No puedo darle a Charles la razón y ser una carga… aunque supongo que ya lo he hecho al exigir esta excursión para empezar. Se me hace un nudo en el estómago. ¿Qué tiene más valor, mi familia o todo el Mar Eterno? Sé cuál era la respuesta para mí, y la que debería ser. Pero cuál es ahora, ya no estoy tan segura.

—Sí, Excelencia. Por favor, reconsidera este riesgo —insiste Sheel.

—Todo irá bien. —Ilryth se dirige sobre todo a mí—. Me llevo a la Punta del Alba porque aumenta nuestras posibilidades de éxito. Si no lo hiciera, arriesgaríamos más, porque estaríamos arriesgando tu vida.

Si voy, corro el riesgo de morir a manos de los espectros o de otros emisarios monstruosos de Krokan o de la podredumbre o de cualesquiera otros horrores que pueda haber ahí abajo. Eso dejaría al Mar Eterno sumido en el caos. No tendrían otro sacrificio y les quedarían tan solo unos meses antes del solsticio de verano. Visto todo el tiempo que han pasado ya ungiéndome (y ni siquiera estoy a medio camino del proceso), dudo que pudieran encontrar a otra persona a tiempo. Y si yo muero… el Mar Eterno, quizás el mundo entero, estaría en peligro.

Si no voy, mi familia acabará en una cárcel para deudores. Charles exigirá la mano de Em. Ella será su ayudante en el faro y sufrirá el destino del que escapé yo.

Quiero a mi hermana más que a nada en el mundo. Les debo todo a mis padres. No puedo dejarlos de lado ahora. No lo haré. Pero tampoco fracasaré para dejar al Mar Eterno en una situación desesperada. Puedo lograr ambas cosas.

—No os defraudaré —afirmo con convicción. Todos los ojos están puestos en mí, pero yo tengo ojos solo para Ilryth. Empleo una mirada igual de intensa que la de los ojos oscuros del duque, en un intento por demostrar que comprendo lo serio que es esto—. Podemos mantenernos a salvo el uno al otro. Haremos lo que debemos hacer, como hemos hecho hasta ahora.

—¿Qué crees que puedes hacer tú? —pregunta Sheel sin rodeos. Las palabras no salen cortantes a propósito, pero aun así duelen. Debe haberse dado cuenta, porque las matiza un poco—. Te agradezco tu ayuda con Yenni, pero purificar la podredumbre y luchar contra un espectro son dos cosas muy diferentes. —No está equivocado.

—Ilryth me ha estado enseñando a utilizar nuestro dueto y a dominar la magia en mi interior. Nos hemos estado preparando para esto.

—¿Durante cuánto tiempo? —Sheel mira de reojo a Ilryth, que lo ignora y se centra más bien en Lucia.

—De hecho, es posible que ella pueda ser de gran ayuda —aporta Lucia, como si le hubiesen preguntado. Sospecho que Ilryth ha estado consultando nuestros planes con ella desde hace mucho—. La unción le proporciona una inmunidad única a la llamada del Velo y del Más Allá. Eso puede ofrecerle una protección similar a la de una armadura del Árbol de la Vida... mejor aún, puesto que está grabada en su alma. De hecho, es posible que Victoria sea como una lanza del árbol solo en virtud de su existencia.

—Ya vi el poder que tiene contra la podredumbre —cavila Sheel pensativo—. Pero ese espectro fue a por ella en particular.

—Hace semanas —insiste Lucia con suavidad. No esperaba que se volviese hacia mí, pero me mira ahora con una confianza recelosa. Intento tranquilizarla solo con una mirada—. Ahora es más fuerte. Aunque sea verdad que los atrae, puede defenderse.

—Hay solo una pregunta importante. —Ilryth nada hasta mí. Sus intensos ojos oscuros son como el espacio entre las estrellas: infinitos, fríos y peligrosamente atrayentes—. ¿Estás preparada?

—Lo estoy. —Una vez más, voy a adentrarme en lo desconocido. Voy a seguir avanzando. Voy a seguir poniendo distancia entre mí y el pasado.

—Lord Ilryth, debería expresar una advertencia: nunca hemos probado esto. Es imposible saber si la Fosa o el hecho de regresar al Mundo Natural tendrán algún impacto sobre sus marcas —nos advierte Lucia—. Todo lo que hemos hablado ha sido mera especulación.

Eso confirma aún más que han estado conchabados. Mi opinión sobre Lucia está mejorando por momentos.

—Excelencia, como tu general, debo advertirte en contra de hacer esto. —Los ojos de Sheel saltan de Lucia a Ilryth, instado a la acción una vez más por las dudas de la joven—. No deberíamos correr ningún riesgo innecesario con la ofrenda. Piensa en lo que diría el Duque de la Fe si se enterase de esto.

—Vamos a hacerlo —declara Ilryth, como envalentonado por las continuas negativas de Sheel.

—Si debéis hacerlo... pero no nos precipitemos, por favor. —Por el tono de Sheel, es evidente que le está costando aceptar esto. Parte de él quiere acatar sus órdenes; la otra parte sabe lo que está arriesgando Ilryth. Parte de mí se compadece de la posición en la que se encuentra—. Lucia, ¿no podrías consultar tus pergaminos de la Orden del Árbol de la Vida sobre esto antes de que entremos ahí a toda prisa sin necesidad?

Lucia se muestra un poco irritada.

—No hay nada en los registros. Los conozco muy bien y recordaría cualquier cosa relativa a la ofrenda. —Me da la sensación de que esta no es la primera vez que Sheel le ha preguntado sobre temas de fe.

—No hay tiempo para consultar pergaminos —los interrumpo—. Puedo hacer esto. Debo hacer esto. —Todos los ojos están sobre mí—. Os doy a todos mi palabra. Los dos estaremos a salvo, yo me encargaré de ello. ¿De qué sirve que aprenda las palabras de los antiguos si no voy a utilizarlas?

Ilryth me mira con atención. Lo que ve debe de satisfacerlo, porque me tiende la mano. Vacilo un instante, al tiempo que trato de evaluar las expresiones de Sheel y Lucia por el rabillo del ojo. Pero es imposible. Lo único que importa de verdad, lo único que existe, incluso, somos Ilryth y yo. No importa lo que piensen o sientan, lo que importa es lo que hago yo.

Acepto la mano de Ilryth delante de ellos. La palma de la suya es más grande que la mía, pero su agarre es igual de firme y calloso. La primera vez que lo vi, tomé su físico por el de un peón, pero ahora lo veo por lo que es: un guerrero.

—Por favor, Excelencia —objeta Sheel—. Si salís del Mar Eterno, os arriesgáis a que ella desaparezca. Vas a...

Ilryth gira sobre sí mismo, separa los labios y emite una nota grave, una de advertencia, de peligro. Baja la barbilla para mirar a Sheel a los ojos. El general se queda muy quieto, oscila un poco. Su mirada se ablanda y su mandíbula se relaja.

Lucia se lleva la palma de una mano al pecho, luego hace una reverencia ante su lord. Una melodía suave emana también de ella. Una que late en armonía con la de Ilryth.

Hubo un tiempo en que los sonidos hubiesen sido ininteligibles para mí. Es como si todos los idiomas del mundo se hubiesen fusionado en uno solo. Son los principios de palabras, interrumpidas y luego mezcladas con otros sonidos antes de desaparecer.

Aun así, logro deducir significado de ello. Oigo la preocupación y el dolor de Sheel. Cómo teme por la unción y por la mismísima magia que constituye mi forma. Oigo la comprensión y el apoyo de Lucia. Todos los sonidos se combinan en mi cabeza en una armonía asombrosa, un sonido que es probable que unos oídos humanos no hayan oído nunca y que, de hacerlo, seguro que no hubiesen comprendido.

Ilryth cierra la boca y la canción cesa. Sheel sigue en un estado de aturdimiento. El duque me mira. Asiento antes de que intercambiemos ni un pensamiento. No hay necesidad de palabras. Estoy preparada para lo que nos aguarda.

Su cuerpo se comprime sobre sí mismo. Se dobla por las caderas, recoge la cola, echa los codos hacia atrás... Y explota de un modo poderoso para salir disparado hacia aguas abiertas, llevándome a mí con él.

Me giro, levanto la mano derecha hacia su hombro derecho. Ilryth entiende mis movimientos y se estira hacia atrás para ayudarme. Me acomodo detrás de él, agarrada a ambos hombros. Nuestros cuerpos se mueven juntos sin esfuerzo. La sensación es bastante familiar y mis pensamientos están demasiado lejos como para distraerme mucho con nuestra proximidad. Estoy concentrada en la fosa que tenemos por delante.

Nadamos a toda velocidad por encima de la barrera de coral y las paredes de madera que sirven de línea defensiva para la Fosa. De un modo muy parecido a como cambió el agua cuando Ilryth retiró la Punta del Alba de su sitio, el agua se transforma al instante cuando superamos las barreras. El mar ahí tiene un leve tinte sangriento. La arena es más pálida. Grisácea. Parece como si fuese a estar fría al tacto.

No lejos veo una gran sima, más extensa y profunda que ninguna que haya podido imaginar jamás. Avanzamos paralelos a ella durante unos minutos. Observo las revueltas profundidades de espesa podredumbre a mi derecha con recelo, busco en la oscuridad alguna señal de un espectro que pudiera emerger por el borde... o la espiral de algún tentáculo enorme.

Al cabo de un rato, una cordillera montañosa subterránea empieza a obstruir nuestro camino.

—Agárrate fuerte. Es difícil que la luz penetre hasta las profundidades, así que tendrás que quedarte conmigo.

—No pienso ir a ninguna parte —declaro, y le aprieto los hombros.

—Bien. No te quiero en ningún otro sitio que no sea a mi lado. —Las palabras no dejan espacio a las dudas. Me pregunto si Ilryth sabe todas las formas en que podría interpretarlas pero elijo no hacerlo.

Nos zambullimos en la inmensa fosa. La noche se ha arremolinado en sus profundidades, como un mar dentro del mar. El agua bajo nosotros está, de algún modo, aún más densa y gira con siniestras espirales de podredumbre.

Ilryth desciende. No hay tiempo para dudar. Es igual que adentrarse en una tormenta en el mar.

Prepárate, capitana, me digo.

La penumbra y la rojez nos engullen por completo. Ha desaparecido toda la luz. Ilryth corta a través de la oscuridad con la lanza, que ha empezado a emitir un tenue resplandor. La agita de un lado a otro de vez en cuando, quitándose de encima el fango que empieza a pegarse a sus brazos.

Un frío gélido sube por mis piernas, me llega hasta la médula. Supongo que sin la magia que han infundido en mí, no podría sobrevivir a la presión entre mis oídos, ni a la podredumbre que tapona mi nariz... y seguro que el frío me hubiese matado ya. Tan profundo bajo las olas no hay luz alguna, no hay calor, no hay vida.

Este es un lugar solo para la muerte.

Aun así, no estamos solos. Percibo movimiento en las aguas a nuestro alrededor. ¿Monstruos? ¿Espectros? ¿Grandes o pequeños? ¿Uno o muchos? Imposible de decir. No veo nada más que la noche más cerrada que he visto en toda mi vida.

La sensación fantasma de los tentáculos de Krokan enroscados a mi alrededor me obliga a reprimir un estremecimiento. El monstruo de mi imaginación me acuna en una de sus ventosas antes de estrujarme y luego llevarme hacia su pico lleno de dientes para consumirme, como hizo con mi tripulación. Por un breve segundo, me siento como si quizá no vuelva a ver la luz del día.

—Tranquila, Victoria —me dice Ilryth, cuya voz corta a través de esos pensamientos sombríos—. No dejes que se apoderen de tu mente.

—¿Quiénes?

—Los muertos. Están aquí. —Las palabras son tan solemnes como las campanas de una iglesia cuando tañen para un funeral.

Siento ese agarre frío deslizarse una vez más alrededor de mi cuello. Me incita a girar la cabeza hacia atrás, pero no hay nada ahí—. Tranquilízate y protege tu mente. No dejes que extraigan tus pensamientos.

—Sé cómo proteger mis pensamientos de los demás. —El Mar Eterno ha ayudado con eso. Desde que llegué aquí, me he visto obligada a tener cuidado con lo que pienso y cómo lo pienso. Pero mucho antes que eso, ya estaba practicando. *Entiérralo todo, bien hondo. No dejes que nadie... no dejes que él... sepa lo que te proporciona alegría, o te lo arrebatará y lo destruirá.*

—Bien. Pronto te hará falta esa habilidad y algunas más.

—¿Pronto? —La forma en que lo ha dicho me hace pensar. La palabra llevaba un deje agorero.

—¡Ahora! —Ilryth gira en redondo y casi salgo volando de su espalda; solo todos mis años agarrada a barandillas de barcos impiden que lo haga. Arremete con su lanza y emite un sonido agudo, seguido de una serie de notas descendentes.

La luz se aviva para iluminar el rostro demacrado, torturado y medio desintegrado de un espectro.

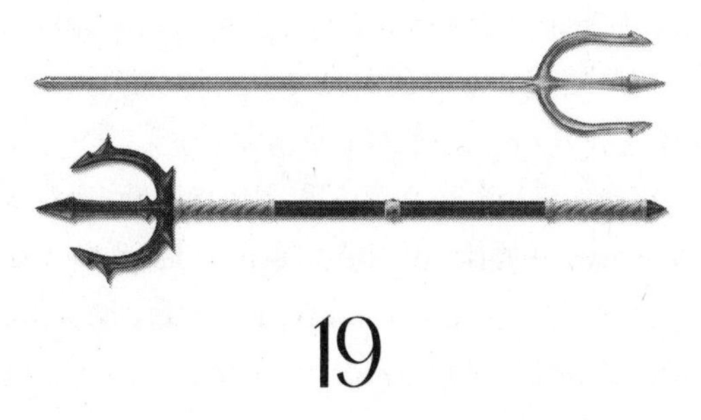

19

Hasta que miro a los ojos de un espectro no me doy cuenta de que todavía tengo que ver a uno en persona. La primera vez que me encontré con espectros, habían poseído los cuerpos de los hombres de Ilryth. La siguiente vez, el espectro me agarró por detrás.

Esta es la primera vez que poso los ojos en uno directamente. Y es justo como lo habría imaginado. El hombre fantasmal es más niebla condensada, o bruma, que cualquier cosa corpórea. Se mueve como si se disipase y luego reapareciese, aunque partes de él no llegan a alcanzarlo nunca y flotan por las corrientes submarinas como pequeños zarcillos que delimitan zonas donde antes había detalles.

En vida, esa alma había pertenecido a un hombre de pelo largo recogido en la nuca, con una barba rala. Casi me recuerda a mi propio padre, por el pelo de su barbilla, pero este hombre lleva ropa que se hubiese considerado a la moda hace casi treinta años. A mi padre solo lo he visto atarse un pañuelo al cuello con ese estilo rígido y estirado…

Los pensamientos se evaporan. El recuerdo de mi padre atando ese pañuelo. Mirándose al espejo. Una yo de apenas dieciocho años le da un beso en la mejilla, él sonríe y… *nada*. Fuera lo que fuese para lo que se estaba vistiendo de una manera tan formal, no puedo recordarlo.

El espectro retrocede con un chillido que me trae de vuelta al presente. Rehúye la luz de la lanza, su rostro se retuerce en una expresión de odio absoluto. Todo el desprecio del mundo se revela en su cara. Como si fuese culpa nuestra que él ya no esté entre los vivos.

En lugar de continuar luchando, Ilryth se aleja de ahí a toda prisa, hacia las profundidades de la sima llena de podredumbre. Nos propulsa sobre todo con la cola, pues sus brazos están ocupados cambiando la lanza de mano a mano. A cada movimiento, la luz palpita a nuestro alrededor para espantar a los monstruos que acechan en este mar de muerte. Me recuerda a las campanas que utilizamos nosotros para mantener alejadas a las sirenas. Un rasgueo parecido para alterar las canciones lo suficiente como para permitirnos pasar.

—Victoria, necesito que cantes.

No vacilo ni dudo. Esto es como todas esas veces en el anfiteatro, como con Yenni. Mi boca conoce ya las palabras de los antiguos tan bien como mis manos conocen los cabos de mi barco. Lo mejor es no pensarlo demasiado.

Mis ojos aletean y se cierran un momento. Mi agarre sobre él se relaja lo suficiente para ser menos tipo tenaza y más estable. La primera nota escapa por mi boca, tan grave como un gruñido. Ilryth se une a mí. Encontramos la armonía enseguida, y lo dulces que suenan nuestras dos voces así empastadas hace que un escalofrío baje rodando por mi columna. Incluso nuestros cuerpos se mueven con una sincronía perfecta.

La consciencia se fusiona con el ritmo. Con la melodía. Me sumo en mis recuerdos, que empiezan a destellar en cuanto busco una palabra de los antiguos para cantar. Algo para la protección, para vigilar y guiar… Eso valdría. Me decido por una palabra y siento cómo el poder tira del fondo de mi mente. Sube desde las puntas de mis pies y aumenta a lo largo de mi cuerpo hasta el punto de que casi me duelen los huesos.

Exige que renuncie a algo para reclamar este poder. Un precio que pagaré encantada si eso nos mantiene a salvo. He empezado a trabajar a partir de los recuerdos más antiguos que tengo de Charles y voy hacia delante. Escojo un recuerdo de una noche fría, una en la que estaba tan agotada de mantener la campana en funcionamiento mientras esperábamos a recibir una pieza del mecanismo que me quedé dormida en las escaleras, incapaz de llegar de vuelta a la cama. Charles se había marchado, otra vez, y cuando regresó para descubrir que la campana no repicaba...

Ha desaparecido.

¿En qué estaba pensando?

En esta palabra. Esto es lo que necesitaba.

—*Solo'ko*... —Canto la palabra de poder y la lanza de Ilryth brilla con más fuerza aún.

Cantar se vuelve más fácil a medida que continuamos nuestro descenso. Mi boca se abre y se cierra, imita el acto de inspirar, como si todavía pudiese hacerlo, como si hubiese aire y no un agua interminable a mi alrededor. Como si estuviera cantando con mis pulmones y no con una magia que han tatuado en mi piel. No siento nada moverse por mi cuerpo. De hecho, apenas siento mi cuerpo en absoluto.

A medida que las palabras y la luz de la lanza de Ilryth me envuelven, espantan a más de mis recuerdos. Más destellos de momentos de mi pasado que pago como precio por nuestra seguridad, que pago para abrir esta oscuridad aparentemente impenetrable. Ondas de luz procedente de la Punta del Alba golpean contra la oscuridad y la podredumbre ahí coagulada; producen una especie de chisporroteo, como cuando caen gotas de agua sobre hierro caliente, solo para burbujear al instante y esfumarse como vapor. Acompañan al sonido de unos gritos lejanos.

Al final, empezamos a ralentizar nuestro avance. Mis párpados aletean de nuevo antes de abrirse. No recuerdo haberlos cerrado. Los espectros parecen habernos dejado solos, por ahora.

La luz de la lanza de Ilryth impacta contra algo que no es ni agua ni podredumbre. Allí al fondo, muy lejos de la superficie del mar, hay un anillo de columnas de piedra. Se alzan imponentes alrededor de un círculo pavimentado, un cuenco vacío en el centro. El suelo marino en torno a la estructura está revuelto, casi como si las olas hubiesen excavado en la arena y la piedra.

No... las olas, no. Y tampoco es arena ni piedra. Son raíces. Raíces pétreas gigantescas, impregnadas de podredumbre carmesí que rezuma de las grietas que hay en ellas como heridas supurantes.

Son tan grandes como barcos enteros y atraviesan los acantilados rocosos que convergen al fondo de este profundo valle. Las raíces se enroscan alrededor de ese solitario oasis de piedra de un modo que podría querer acunarlo, o consumirlo.

Me doy cuenta de que deben ser las raíces del Árbol de la Vida. Muertas y pudriéndose en esta tumba acuosa. Ilryth se dirige hacia el círculo de columnas mucho más abajo.

En lugar de entrar en la gruta con arcos desde arriba, desciende a lo largo de las raíces. Me invade un impulso abrumador que casi me obliga a tocarlas, pero en lugar de eso me aferro a Ilryth mientras pasa por debajo de uno de los arcos del círculo y va directo hacia el cuenco de piedra en el centro de este altar submarino.

El cuenco es mucho más grande visto de cerca, lo bastante grande como para poder tumbarme hecha un ovillo en su interior, si quisiera. Sin embargo, no suelto a Ilryth, que sumerge la punta de su lanza en la gran estructura tipo cáliz. Al hacerlo, noto manchas de podredumbre pegadas a su piel, como si lo hubiesen salpicado con sangre. Unas estelas fantasmales ondulan desde la punta de su lanza para convertirse en zarcillos que adoptan la forma de unas enredaderas frondosas. Crecen a una velocidad imposible, se derraman por encima de los bordes del cuenco y florecen al instante, para luego enroscarse unas con otras y convertirse en un pequeño arbolillo en el centro. A medida que el resplandor se extiende por encima de Ilryth, la podredumbre roja de su piel desaparece como el rocío que se evapora a la luz de la mañana. Mi propia piel permanece limpia en todo momento.

—Ahora estamos a salvo aquí. Puedes relajarte. —Ilryth se aparta un poco del cuenco, apoya su lanza contra el pedestal sobre el que descansa.

La última nota flota a nuestro alrededor mientras desenrosco despacio los dedos. Con un levísimo empujón, me alejo de él. Levanto la vista hacia la nada por encima de nosotros. La luz del árbol fantasmal ilumina este pequeño círculo, pero hace poco por mostrar gran cosa más allá. De no haber visto antes los acantilados a ambos lados de nosotros, no hubiese sabido que estábamos en el fondo de una inmensa fosa oceánica. No sabría nada en absoluto acerca de este sitio.

Soy como una brújula rota, dando vueltas sin control. En el fondo de mi cabeza resuenan unos gritos. Están por todas partes a mi alrededor. El vértigo se apodera de mí y oscilo mareada. De repente, cuesta saber dónde es arriba. Bajo el agua, no hay arriba o abajo, en realidad no, no del mismo modo que en tierra.

Intento recordarme que sé por dónde hemos venido. El suelo en sí está debajo de mí. Y aun así, mi cabeza duda de sí misma. Nunca había estado en un sitio tan desprovisto de puntos de referencia. No hay luz. No hay nada reseñable. Incluso cuando navego por un mar en calma y desierto, con el cielo azul y despejado, tengo el sol. Tengo…

—¿Victoria? —dice Ilryth, aunque su voz parece provenir de muy lejos. ¿Empiezan a abandonarme también mis sentidos?

Una parte de mí está en la oscura sala de la campana debajo del faro. Estoy en el pequeño armario adyacente, empotrado en la gruesa roca de la isla, donde es seguro sacar el algodón de mis oídos. Donde no llega ningún ruido.

Donde es seguro gritar y llorar sin que él me oiga…

Aprieto la palma de la mano contra mi muslo, donde estaría el bolsillo para mi brújula. Pero hace mucho que no está. La cosa que siempre me guio, de la que siempre me pude fiar para que marcara mi camino, ha desaparecido. No tengo nada para guiarme fuera de la oscuridad. No…

—Victoria. —Una mano se cierra sobre mi hombro. Me giro, sobresaltada, y levanto la vista hacia un par de ojos tan oscuros como el vacío que nos rodea.

¿Me quedaré aquí atrapada para siempre? ¿Me convertiré en una de esas cosas?

Sus ojos se abren un poco más. Ilryth me ha oído. Incluso a través de la concha, ha oído mis miedos.

—No estás atrapada y no te convertirás en uno de ellos. —Ilryth niega con la cabeza—. Como he dicho, es normal sentir pánico, tristeza o ira en presencia de los espectros. Ellos se alimentan de la vida en un intento vano por robarla.

—Pero no veo ningún espectro.

—Eso no significa que no sigan ahí, esperando a ver cuándo emergemos de este refugio seguro, o a ver si pueden convencernos para hacerlo —dice con tono solemne.

—Esto no se debe a los espectros —murmuro, mientras niego con la cabeza e intento calmarme.

—Es perfectamente normal que…

—Conozco mis emociones, no cuestiones eso —lo interrumpo con firmeza. Cuando empecé a capitanear barcos, hubo unos cuantos marineros que cuestionaron si no era «demasiado emotiva» para estar al timón de una embarcación. Después de demostrarles que estaban equivocados, que era muy capaz de tener emociones y estar al mando de una tripulación, los eché de mi barco en cuanto llegamos al siguiente puerto—. Cómo mantener un agarre firme sobre mis emociones fue algo que aprendí muy *muy* bien.

—Lo cual hace que sea aún más aterrador cuando pierdes el control de ellas. —Lo dice como si conociese la sensación, el terror de encontrarte atrapado en una mente que no reconoces. Un laberinto de pesadillas de fabricación propia—. Ven. Cuanto más cerca estés del cuenco, mejor te sentirás.

Desliza un brazo por encima de mis hombros para guiarme hacia ahí. Me fijo en cómo las marcas de sus bíceps presionan contra los tatuajes que giran por la mitad superior de mi brazo. Como si fuésemos un solo ser, destinados a encajar juntos.

Ilryth se sienta sobre un lado del pedestal cuadrado que sujeta la anamnesis; yo me siento sobre otro, a su lado. Los dos tenemos la espalda apoyada en la piedra. Nuestras manos caen relajadas. Casi en contacto. Con solo un pequeño movimiento, mi meñique rozaría contra el suyo... En lugar de eso, flexiono las rodillas para pegarlas a mi pecho.

—¿Qué le ocurrió a este lugar? —pregunto—. ¿Cómo acabó así, si el Árbol de la Vida crecía antes aquí?

Ilryth contempla la oscuridad. No me mira al hablar. En lugar de eso, está concentrado en las raíces a nuestro alrededor, o en algo más allá.

—Hay quien llamaba a la Fosa Gris el «puente entre la vida y la muerte». Era la larga marcha por la que tenían que cruzar las almas para bajar al Abismo de Lord Krokan. Las anamnesis los guiaban, y los sitios como este eran oportunidades para que mis antepasados presentasen sus últimos respetos y cantasen canciones de protección para los muertos.

»Pero... las sirenas olvidamos poco a poco las palabras de los antiguos. Las canciones de Lady Lellia eran más difíciles de recordar que las de Lord Krokan. —Observa la nada con una expresión triste. Me acuerdo de que, en su recuerdo, se lamentaba de no oír las palabras de Lellia—. Una teoría es que las raíces murieron cuando dejamos de rendirle homenaje a la diosa. Después, cuando la ira de Krokan permitió que las fuerzas de los muertos se filtrasen en nuestro mundo, las raíces empezaron a pudrirse. Ahora es dominio exclusivo de Lord Krokan. El equilibrio ya no existe. Esta es la tumba de la Muerte.

—¿Crees que fue Krokan quien mató las raíces?

—Él nunca haría eso. Lord Krokan es el antiguo dios de la muerte, pero no utiliza su poder con maldad. Él sirve de puente entre nuestro mundo y el Gran Más Allá con ayuda de su mujer, Lady Lellia. El Árbol de la Vida es lo que la ancla a este mundo. Krokan jamás lo atacaría a propósito. Los impactos sufridos por el Árbol de la Vida son reflejo del fracaso de las sirenas y una víctima de su ira.

—Él nunca atacaría a Lady Lellia, siempre y cuando estuviese bien de la cabeza —apunto, con la mayor suavidad posible—. Pero estoy segura de que se diría que Krokan jamás habría atacado tampoco al Mar Eterno, ¿verdad? —Ilryth sigue contemplando la oscuridad. Sé que me ha oído, así que no lo presiono para que conteste—. ¿Tienen las sirenas alguna idea de por qué Krokan está tan enfadado?

—Si la tuviéramos, lo hubiésemos arreglado hace mucho tiempo. —Ilryth suelta un gran suspiro—. Las sirenas consideraban que el vínculo entre Lord Krokan y Lady Lellia era la conexión más sagrada de nuestro mundo, y del siguiente. Es la razón de que le demos tanto valor a los juramentos que hacemos a los demás. La razón de que, cuando nos casamos, lo hagamos para toda la vida.

Es mi turno de contemplar el Abismo. No es la primera vez que me pregunto qué pensaría Ilryth si supiese la verdad acerca de mi deuda, pero sí es la primera vez que me paro a pensar en ello. Suena como que los juramentos son aún más importantes aquí que en Tenvrath; en especial, el del matrimonio. Supongo que ahora tengo mi respuesta a por qué nunca se le ha ocurrido que haya podido estar casada antes.

Una sonrisa triste cruza mis labios. Estoy un poco sorprendida de descubrir que me disgusta la idea de que Ilryth pueda tener un concepto poco favorable de mí. Hace que la semilla de afecto hacia él que había estado creciendo en mi interior, en contra de mis deseos, se marchite. *¿Quién podría quererte jamás, Victoria?*, me pregunto con mi propia voz. No con la de Charles. Aunque él es el único que responde: *Nadie.*

A lo mejor renuncio a todos mis recuerdos de Charles y de nuestro tiempo juntos antes de que Ilryth se entere. De ese modo, si Ilryth lo averigua en algún momento, podré mirarlo a los ojos y decirle que no tengo ni idea de lo que está hablando. Me quitaré esa vergüenza de encima a la fuerza. Con cada palabra cantada la arrancaré de mis huesos.

—¿Qué pasa? —me pregunta con amabilidad—. ¿En qué te están haciendo pensar los espectros?

—¿A qué te refieres?

—Pareces triste.

Ah, dulce hombre, soy capaz de ponerme triste yo solita. No son necesarios ningunos espectros malvados.

—Estaba pensando que deberíamos ponernos en marcha de nuevo —miento. Después, para asegurarme de que no insiste en preguntar, añado—: Dijiste que los espectros son más activos de noche. Estamos echándole una carrera al atardecer.

Ilryth se endereza y baja la vista hacia mí. La luz de la anamnesis ilumina la mitad de su rostro de plateado; la refracción de las rocas pinta la otra mitad de azul marino. Parece la viva imagen del equilibrio entre vida y muerte que describió antes. Tan apuesto como siempre, sin que le cueste ningún esfuerzo. Tan intocable como era antes para mí este mundo entero.

Aun así, Ilryth me tiende una mano. Como un puente entre dos mundos que jamás debieron existir. La tomo e Ilryth tira de mí hacia arriba, solo que él no esperaba que yo me diera impulso y acabo chocando contra él.

Mi cuerpo resbala contra el suyo, un roce demasiado prolongado, demasiado deprisa. Los pantaloncitos que llevo se arremolinan entre mis muslos, lo cual genera una fricción incómoda que me recuerda el poco contacto que ha tenido esa región en particular. Muevo las piernas, pero eso solo empeora las cosas, pues rozan contra las escamas de su cola, lo cual hace que un escalofrío suba por mi columna ante esa sensación suave y fresca.

Nos separamos un poco, pero evito su mirada intensa.

—No es solo por los espectros. —Ilryth parece ordenar sus pensamientos también antes de continuar como si no hubiese ocurrido nada—. Es más fácil para las almas y los espíritus desplazarse de noche. Sí, eso incluye a los espectros, pero también a ti.

—A menos que haya muerto sin ser consciente de ello… no soy un espíritu. —Desde luego, espero saberlo si sufro ese tipo de cambio de estado.

—No lo eres —admite él—. Pero la magia que mantiene tu cuerpo unido se ha grabado en tu alma. Es muy parecido a cómo las almas de los espectros se mantienen unidas por la magia de la muerte. Cuando crucemos el Vano, existe la posibilidad de que se desintegre con el amanecer… igual que haría un espectro o un fantasma.

Las preocupaciones de Sheel vuelven a mí. Yenni. Todo el Mar Eterno… Me dijeron que quizá no sobreviviera más allá del Mar Eterno, y ese era un riesgo que estaba dispuesta a correr por mi familia, pero el precio podían ser todos ellos. El alcance de mi egoísmo me golpea con fuerza.

—Deb… deberíamos volver —susurro.

Ilryth se sorprende. Después, una expresión seria se apodera de su cara, la ensombrece.

—No lo dices en serio.

—No puedo… —*¿De verdad estoy haciendo esto? ¿De verdad voy a sacrificar a mi familia por ellos?*—. ¿Cómo puedo ayudar a mi familia a costa del Mar Eterno? —Cuando llegué aquí, tenía muy claro lo que más valor tenía. Ahora, no estoy tan segura.

—Estas dudas son los espectros hablando por ti. —Ilryth agarra mis manos. Se muestra tan inamovible como las raíces gigantes a nuestro alrededor—. Los salvaremos a los dos. A tu familia y al Mar Eterno. Juntos.

—¿Cómo puedes estar tan seguro?

—Yo… —Es su turno de dejar la frase sin acabar. De perderse en sus pensamientos, de atascarse con las palabras—. No tengo ninguna razón para estarlo —admite—. Pero cuando estoy cerca de ti, me encuentro pensando que todo es posible. —Lo miro, pasmada—. Así que conserva tus fuerzas un poco más, para todos nosotros. —De algún modo, consigo asentir—. Bien. —Sonríe y es como si el amanecer mismo hubiese asomado sobre este rincón del mundo oscuro y olvidado. Ilryth señala por uno de los arcos. Cómo sabe cuál es la dirección es algo que se me escapa—. Justo al otro lado está el Vano. Al otro lado de eso está la Fosa Gris. Y tu barco. Iremos ahí, recogeremos la plata que necesitas y regresaremos antes de que caiga la noche.

—Estoy preparada.

Ilryth me da la espalda y yo me coloco sobre él. Sin una sola palabra más y sin pensarlo ni dudarlo, nos lanzamos otra vez hacia las enormes y peligrosas profundidades.

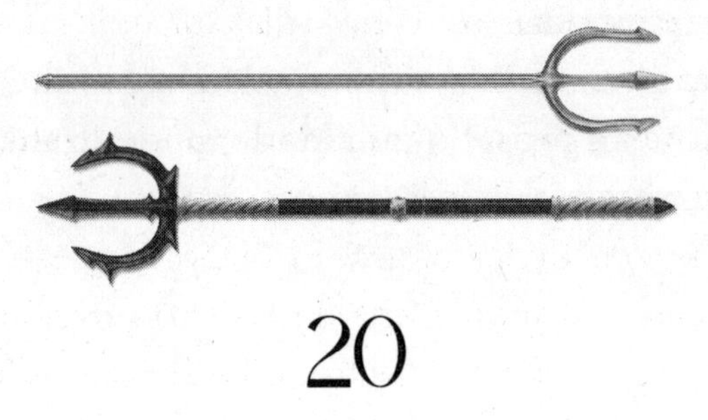

20

Nadamos a toda velocidad por la oscuridad. Pasamos por un segundo círculo de arcos de piedra donde Ilryth hace brotar otra anamnesis y recuperamos la respiración, pero solo durante unos minutos.

La canción que estoy cantando se ha convertido en algo innato. Las notas fluyen de mí sin pensar. Al principio, estaba muy concentrada en tratar de asegurarme de que seguía pronunciando cada palabra y cada sonido bien, pero hace tiempo que no presto atención. Ahora salen embarullados, se atropellan los unos a los otros.

Los recuerdos no hacen más que escapárseme entre los dedos. Mis lazos con este mundo se debilitan a medida que fortalezco el poder de esos antiguos dioses misteriosos en mi interior. Lo que sacrifiqué en el anfiteatro antes no fue nada comparado con esto. Vagamente, detrás de todas las palabras y las canciones y la magia, me pregunto si lo olvidaré todo… *¿Llegará un momento en el que ni siquiera sepa mi nombre?*

La idea es tan horrible que casi hace que mi mente se bloquee. Que mi canción cese. Si ese es el precio de la seguridad de mi familia, aquí y ahora, pero también los protege de que la ira de un antiguo dios se cuele en mi mundo, entonces por supuesto que lo pagaré.

Llegamos a un último círculo de piedras. Este es diferente de los otros. Tiene un arco más alto que se abre hacia una pared de sombra viviente. Talladas en la piedra veo las marcas musicales de los antiguos dioses. Con su idioma antiguo fresco en la mente, oigo susurros de melodías misteriosas en el fondo de mi cabeza, como si la sombra en sí fuese la cantante.

—¿Qué es este lugar? —pregunto cuando Ilryth ilumina el cuenco con su lanza y hace brotar otra anamnesis.

—Es la puerta de las almas. El único lugar del Vano que permite el paso. Cuando el rey de los elfos erigió el Vano, se dejó este paso para cumplir los tratos hechos entre los antiguos dioses y su antepasado. Este es el último empujón de vuelta al Mundo Natural, pero no será uno fácil. —Gira la cabeza hacia mí—. ¿Estás preparada?

—Tanto como lo estaré jamás.

Nos zambullimos en la noche viviente que es el Vano.

Es opresivo, nubla mis pulmones a pesar de que estos no pueden respirar. Me escuece en los ojos y quema como el humo caliente. Por un momento, siento como si me estuviesen desgarrando. Pero la sensación pasa enseguida.

A lo lejos hay una luz tenue, como el ojo de una cerradura, que aumenta lo suficiente para que podamos pasar nadando a través. Emergemos en un mar gris y picado.

El suelo marino está desnudo. No hay naufragios. No hay rocas. No hay coral. Solo arena suave y el esqueleto ocasional de alguna bestia primitiva cuya estructura no reconozco.

Unas corrientes torrenciales intentan arrancarme de la espalda de Ilryth. Me agarro más fuerte a sus hombros, aferrada a él con todas mis fuerzas.

Entre la arena interminable hay otro altar que antaño se utilizó para hacer brotar una anamnesis, no demasiado lejos del arco por el que hemos emergido. Sin embargo, no nos detenemos. La columna ha sido derribada, el cuenco está hecho añicos. Si no hubiese visto esos pequeños círculos hace poco, ni siquiera hubiese sido capaz de decir para qué había servido en el pasado. La magia se ha olvidado de este sitio, de mi casa.

Aunque no me siento en casa. Incluso de vuelta en mi mundo, este lugar resulta extraño y aterrador.

Estoy en las profundidades del Paso Gris.

Parece tan opresivo y peligroso aquí abajo como lo parece por encima de las olas. Varios tiburones y otras sombras agoreras rondan por la oscuridad. En la distancia, veo a un monstruo el doble de largo y ancho que mi barco. Unas luces danzan por su costado, tres destellos. Se retuerce y una abrumadora sensación de ser observada se apodera de mí. Veo cómo abre las fauces… una silueta contra el oscuro fondo gris azulado. En el interior, veo unos afilados dientes con forma de medialuna que me provocan un escalofrío por la columna.

En un abrir y cerrar de ojos, desaparece.

—Ilryth, ¿has visto eso? —susurro, centrada en hablarle solo a él. No sé cómo pueden ser los sentidos de esas bestias.

—Sí —responde en voz igual de baja.

—¿Era…?

—¿Un emisario de Lord Krokan? Sí.

Reprimo un estremecimiento. Mi entrenamiento empieza a hacer acto de presencia. Años de practicar a parecer calmada y en control de la situación cuando el terror quiere agarrarme del cuello.

—¿Qué otros monstruos hay?

—Algunos que sin duda son peores que cualquier cosa que podamos imaginar. Es una extraña raza de criaturas la que se alimenta de los cuerpos de los vivos y de las almas de los muertos. —Ilryth frena un poco, cambia de postura. Levanta la mano para tomar la mía, luego se gira en el agua. Sus dedos se deslizan hacia arriba por mi brazo mientras nada debajo de mí y continúa arrastrándome con él. La gracia de sus movimientos me enamora por un momento. La elegancia de cómo cambiamos de posición es sobrecogedora… es casi íntimo, verlo debajo de mí. Ilryth desliza los dedos por las marcas de mi brazo—. ¿Cómo te encuentras? Pareces estar bien.

—Estoy bien. Aunque un poco nerviosa. —Me alegro de no tener que decir mis palabras en voz alta, porque tal vez no hubiesen sonado tan fuertes como querría.

—Sí, deberíamos movernos deprisa. —Vuelve a girar sobre sí mismo, luego se empuja hacia atrás y contra mí. El calor de su cuerpo es incluso más evidente y aprovecho para pegarme un poco más a él. En este mar peligroso y desconocido, Ilryth es mi único referente. Sujeta la lanza delante de él y utiliza su luz para guiarnos—. Ahora, sigue cantando.

Poco después, estamos serpenteando por una cordillera montañosa subacuática. Aunque, como todo lo demás debajo de la superficie del mar, estas montañas son distintas de cualquiera que haya visto hasta ahora. Son más como columnas de cimas planas y profundos valles. Como si el suelo oceánico hubiese caído en picado debajo de nosotros. Me aterra pensar qué puede estar acechando en esas profundidades, mucho más allá del alcance de la vista.

Entonces, por fin llegamos a mi barco.

Incluso roto y destrozado, lo reconozco al instante, y todo se para en seco en cuanto poso los ojos en él. Ilryth todavía se mueve debajo de mí. Todavía puedo sentir el agua contra mi cara, aunque apenas. No obstante, todo lo demás en mí se queda paralizado.

La embarcación se partió en dos bajo el impacto de los poderosos tentáculos del emisario de Krokan. La popa ha quedado reducida a pedazos por completo; de hecho, la mayoría ha desaparecido. La proa está llena de agujeros y agrietada, pero al menos se asemeja a su anterior gloria.

Me entran ganas de llorar. De aullar, de agarrarme el estómago y chillar mi dolor. Ninguna persona debería tener que ver las entrañas de la tumba de sus seres queridos. Es como si estuviese mirando a los ojos de la Muerte en sí, y ella se está burlando de mí.

Es mi culpa que estén muertos.

—No, es culpa de un dios iracundo —afirma Ilryth con solemnidad.

—¿Por qué ya no está la concha ayudando a ocultar mis pensamientos? —suelto de golpe, frustrada por que su protección parezca haber desaparecido.

—A lo mejor es porque estamos en el Mundo Natural. O quizá se deba a que… estoy más cerca de ti que antes.

El horror se apodera de mí. Esto no puede estar pasando. En especial, no aquí y ahora.

—¿A qué te refieres?

—Hemos cantado juntos.

Reprimo un suspiro de alivio.

—Ah claro, por eso.

Ilryth se gira, me sujeta de los hombros y me mira a los ojos.

—Sabes que esto no fue culpa tuya, ¿verdad?

—Yo… Debemos seguir adelante.

Ilryth impide que me aleje nadando.

—Victoria, mírame. —Cedo, pero solo para que nos pongamos en marcha de nuevo—. Lo sabes, ¿verdad?

—Lo sé.

—Ojalá lo dijeses como si de verdad lo creyeras.

—¡Míralo! —Mi voz sube de volumen, más cortante ahora—. Mi barco está destrozado. Mi tripulación está muerta. Me siguieron porque creían en mí. Estuvieron a mi lado. ¿Y qué consiguieron con eso? Una muerte cruel, dolorosa, horripilante.

—No. Su muerte fue cosa del destino. Lo que consiguieron de ti fue años de compañerismo. —Los labios de Ilryth se entreabren un poco y parece hacer acopio de valor—. Una vida vivida al lado de una mujer de tu calibre sería una vida bien vivida.

—Tenemos que seguir adelante —murmuro. Sus palabras se han colado bajo mi piel, se han enganchado a mí y han inundado de calor la parálisis fría que he intentado infundir a mis emociones.

—No hasta que…

—¡Este no es el momento!

El rostro de Ilryth se retuerce en una expresión de frustración y disgusto. Mira de mí al naufragio, luego al agua letal que nos rodea.

—Tienes razón, pero cuandoquiera que estés lista para... querer hablar de lo que has pasado... estaré ahí para ti.

No tiene ni idea de las cosas por las que he tenido que pasar. Pero no pasa nada. No tiene por qué saberlo.

La gente dice que estará ahí... pero podemos confiar en muy pocos cuando llega el momento. La gente se ofrece encantada a estar ahí para ti, hasta que las cosas se ponen feas y duras y desagradables. En especial cuando es algo feo de lo que pueden desentenderse.

Ilryth ha sido amable conmigo, pero lo que me está ofreciendo no es lo que corresponde a nuestra relación. No podrá ser así nunca. Yo soy su sacrificio; y él no es nada más para mí que un socio de negocios. Eso es lo único que nos unió y pronto habrá terminado... lo cual será lo mejor, para los dos.

—Estoy bien —digo con tono cálido, y le regalo incluso una sonrisa. El truco es hacer que no parezca demasiado forzada. Y utilizar justo el tono adecuado.

Así que estoy más que sorprendida cuando resulta ser uno de los pocos elegidos que no se dejan engañar:

—No lo estás.

—Ilryth...

—En cualquier caso, no insistiré más, al menos no aquí y ahora. —Con eso, desengancha la bolsa que lleva colgada del cinturón—. Ve a por lo que necesites y date prisa en hacerlo. El sol se está poniendo y disponemos de una ventana pequeña hasta que los espectros se activen. Yo vigilaré.

—Gracias. —Mientras me alejo de él, Ilryth empieza a nadar en círculo alrededor de los restos del barco. La profunda sima debajo del casco casi me tiene paralizada del terror, convencida de que un tentáculo asomará desde la oscuridad para tirar de mí hacia abajo.

No hago ni un ruido. Mi expresión no muestra miedo alguno. Empujo esas emociones a lo más profundo de mi interior, a la sala subterránea reforzada de la campana dentro de mi alma. ¿De qué serviría aullar aquí? ¿Qué conseguirían mis lágrimas?

Eso no cambiaría mi situación. No traería de vuelta a mi tripulación.

Debo seguir adelante. Sin importar el dolor. Sin importar lo que tenga que soportar… Tengo que seguir moviéndome hacia delante.

Sigue moviéndote, Victoria, me recuerdo.

Me zambullo en los restos del naufragio.

Aunque no guardábamos nada de plata ahí, los restos de mi camarote me distraen. No puedo evitar hacer una breve pausa. Deslizo los dedos por la vidriera de cristal que está hecha añicos sobre la pared que se ha convertido en el suelo, como una constelación que augura una fatalidad. Los tubos aceitados donde guardaba los mapas están desperdigados por doquier; la mitad desaparecidos. Cada artículo preciado que había recopilado, reducido a nada…

Dejo el camarote atrás. ¿Cuántas veces en mi vida voy a limitarme a ignorar todo lo que una vez tuve, lo que fui, para convertirme en alguien nuevo? ¿Hay alguna parte de mí que de verdad sea… yo? ¿O no soy más que una cambiaformas que se convierte en lo que necesita para sobrevivir?

La supervivencia es lo único importante ahora. Pero no la mía.

Más allá está la bodega de carga, donde llevábamos la plata. Me pongo en camino, pero otra cosa capta mi atención. Me deslizo hacia allí, contemplo la imagen lóbrega de la mitad del barco que todavía está más o menos de una pieza. Veo el tronco de un hombre, apenas visible, aplastado bajo el peso de los restos. Todo tipo de monstruos y de peces se han alimentado de él, pero aun así reconozco un mechón de pelo castaño, una hebra fuera de lugar en el codo de un abrigo empapado de agua.

Ahora, por favor, vuelve bajo cubierta.

Esas habían sido mis últimas palabras a Kevhan Applegate. Firmes. Formales. Casuales.

Mis dedos temblorosos tapan mis labios. Aunque no puedo gritar, intento contener el sonido en mi interior. Me duele el pecho. Me duele todo el cuerpo. No he comido nada y aun así tengo ganas de vomitar todo el contenido de mi estómago.

Nunca tuve la intención de que le pasase esto; ni a él ni a ninguno de ellos. *Fue todo culpa mía.* Mi culpa por luchar para ser libre. Por no ser lo bastante fuerte para respirar a pesar de sentir el agarre invisible de Charles sobre mí.

Agarro mi cuello por encima de las clavículas. Deslizo los dedos por las marcas que me han dado un poder que horrorizaría a Charles. Al final, gané yo.

Pero ¿a qué precio? ¿Hubiese sido mejor aguantar con él por toda la eternidad?

—Victoria.

Victoria, se burla Charles desde un pasado lejano.

—Victoria.

Eres mía.

—¡No! —Me echo hacia atrás. Dos manos fuertes se han cerrado sobre mis hombros. Me sujetan en el sitio—. ¡Suéltame!

El agarre se relaja al instante. No es el sonido de su voz sino lo deprisa que Ilryth me suelta lo que me trae de vuelta al presente. Retiro unos mechones de pelo de mi cara y lo miro con una consternación silenciosa.

—Lo... lo siento. No deberías haber visto eso. —No estoy segura de si me refiero a mí, o al cadáver.

La expresión de Ilryth es todo preocupación considerada.

—No pasa nada.

—No, sí que pasa. —Hago ademán de pasar por su lado, pero Ilryth es mucho más rápido y ágil que yo en el agua.

—¿Qué necesitas de mí? —pregunta.

—Nada.

—Victoria.

—Este no es el momento —le recuerdo con brusquedad.

—Por favor, deja que te ayude.

Esas seis palabras casi me llevan al punto de ruptura.

—*¿Ayudarme?* ¿Ayudarme como cuando me quitaste la vida?

—Te di vida. Te hubieses ahogado en ese mar. —Ilryth se muestra calmado y paciente ante mis emociones, incluso cuando tendría todo el derecho del mundo a revolverse.

—¡Solo porque me necesitabas para ser un sacrificio! —Es más fácil si no le importo en absoluto. Si no soy más que una cosa para él. Es menos doloroso así, porque es algo que puedo entender—. E incluso entonces… te burlaste de mí.

—¿Que me burlé de ti? —Parece realmente sorprendido y confuso por mi comentario. Duele aún más cuando pregunta—: ¿Cómo?

—Me dijiste que nada me retendría, pero lo único que tuve fue una ilusión de libertad mientras me agarraba a clavos ardiendo y luchaba contra la futilidad solo para lograr una chispa de felicidad, un momento para vivir según mis propios términos… para mí. Tuve que pasarme todo el tiempo corriendo y corriendo y corriendo, para evitar que todo ello me alcanzara. —Mi máscara se está desmoronando. Lo noto en mi cara, mientras mi barbilla empuja un poco hacia delante. Mi ceño se frunce. Mis mejillas se tensan y se relajan, incapaces de decidirse—. Pero era todo una ilusión, ¿verdad? Si no era él, eras tú. Si no tú, era tu dios. Tengo que ser algo más que una cosa para ser reclamada. Eso no puede ser todo lo que me depara la vida… tiene que haber algo más.

—Victoria… —Los ojos de Ilryth se cierran despacio. Una expresión dolida cruza su rostro, como si estuviese imitando la mía.

Eso me pone furiosa.

—Te burlas de mí.

Sus ojos se abren y en ellos veo toda la tristeza del mundo. La suficiente para ahogar a los mares.

—Te oigo. *Te siento* como si estuvieses cerca incluso cuando estamos a océanos de distancia. —Sus manos suben por mis hombros para agarrar mi cara con suavidad—. Así que dime, ¿quién es «él»?

Cada músculo de mi cuerpo se pone rígido. Estoy en tensión de la cabeza a los pies. No puedo…

No pienso…

Una nueva oleada de náuseas me invade de pronto. Debería ser capaz de decirlo sin miedo: *mi exmarido.* Debería ser capaz de mantener la cabeza bien alta. Todavía soy la gran capitana Victoria. Da igual lo que haya tenido que soportar a lo largo de mi vida… eso no reduce el valor de lo que he conseguido. Lo sé.

Y aun así… No puedo. Ni siquiera comprendo por qué. Y me odio más aún por ello.

Todavía estoy buscando una respuesta cuando un movimiento me distrae. Veo una sombra familiar, una silueta que he visto en muchas noches oscuras. Su pelo rubio se ha vuelto ceniciento en esta forma fantasmal. Sus ojos verdes han perdido su lustre.

—Jivre —susurro. Ilryth se gira y emite un sonido grave de alarma. De advertencia.

La sombra de mi antigua amiga y primera oficiala abre la boca y deja escapar un aullido mareante.

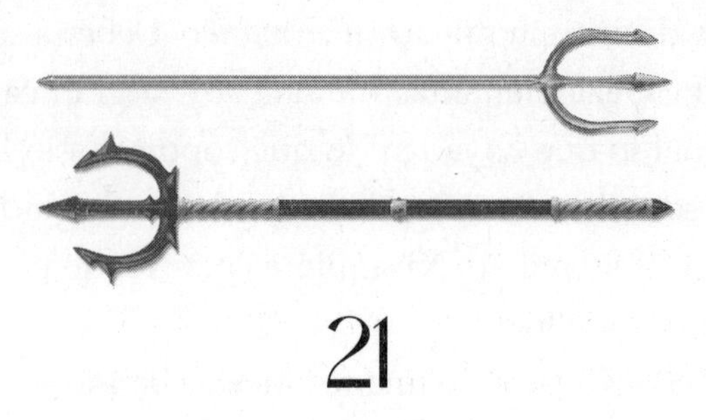

21

—¡Jivre! —grito, al tiempo que muevo las manos por si no puede oír mis pensamientos como hacen las sirenas—. Soy yo.

—Esa no es tu amiga, Victoria —gruñe Ilryth, y tira de mí hacia él.

Sé que no es ella… no como la conocía, pero este es un fragmento de quien fue. De una mujer muy cercana a mi corazón, muy querida. ¿Cómo pude…?

Jivre se lanza a por nosotros.

Ilryth gira en redondo. Jivre no es nada más que neblina, sombra y la menguante luz de la vida. Ilryth arremete con su lanza hacia delante, directo a su estómago.

Los dedos de mi primera oficiala se cierran sobre ella. Aúlla de nuevo, hace rechinar los dientes. La iluminación de la punta de la lanza aumenta mientras Ilryth canta.

—Por favor, Jivre, esta no eres tú. Lo siento. —Mis manos se mueven tan deprisa como mis pensamientos.

Mi amiga desaparece con un estallido de luz.

Parpadeo para eliminar la neblina azul de donde estaba Jivre hace un instante. Las estrellitas ni siquiera han desaparecido de mis ojos antes de abalanzarme sobre Ilryth.

—¡¿Cómo te atreves?! Ella…

—Era un espectro. —Ilryth agarra mis dos muñecas. Una de ellas la sujeta solo a medias y con torpeza, pues no ha soltado su lanza, que se clava en mi piel. La siento con más intensidad que el agua fría o incluso que sus dedos alrededor de mi otra mano—. Esa no era la mujer que conocías. Si le hubieses dado la oportunidad, habría intentado robarte el alma del cuerpo y sustituirla por la suya.

Consigo asentir de un modo muy leve. La consternación y el horror están embotando mis sentidos, pero intento volver a centrarme en lo que vine a hacer aquí. Ni más. Ni menos.

—Debo llegar hasta la plata. Tenía una tripulación entera; habrá más espectros. —Si Jivre podía ser una de esas cosas… cualquiera de ellos podría serlo.

—Yo me mantendré alerta. Actúa deprisa. —Ilryth se aleja, confiado en que haré lo que debo hacer, pese a mi vacilación anterior.

Me obligo a moverme. A bajar nadando a los restos de la bodega. Los delgados lingotes de plata que con tanto esmero habíamos apilado están desperdigados por doquier y apenas centellean en la oscuridad.

La seguridad de mi familia. Su libertad. Su futuro.

Cada uno que meto a toda prisa en la bolsa que me dio Ilryth es un número en mi mente. Una cuenta aproximada. Pero cuantos más mejor. Sigo llenando la bolsa, que se abulta pero no se rompe, hasta que una nota aguda me distrae.

Veo un fogonazo de luz. Un gemido gutural. Movimiento en la oscuridad. Siento cómo los espectros se acercan, cómo se abren paso desde las profundidades. Nos gritan y chillan… Me chillan *a mí*. Con un ruido que suena como el canto frenético de una endecha fúnebre.

Es como temía. Como sabía que sería. Me culpan de sus muertes y ahora quieren su venganza. Pero no puedo entregarme a ellos para que se la cobren. Todavía me quedan cosas por hacer.

Lo siento, dice mi corazón, aunque ninguno de ellos lo oirá.

—¡Ilryth, lo tengo! —Salgo de la bodega, la pesada bolsa colgada del hombro. Mi sireno nada por encima de los restos de la proa del barco. Dos espectros más lo rodean.

—¡Empieza a nadar de vuelta! —me grita.

—¿Que…? ¡Ilryth!

Baja en picado y lo pierdo de vista. Intento nadar hacia él lo más deprisa que puedo, pero lastrada por la bolsa, él vuelve a emerger antes de que yo llegue.

—¡Empieza a nadar, Victoria!

Hago lo que me dice. Estoy tan acostumbrada a ser la que tiene el control, la que da las órdenes, que me resulta incómodo adoptar el papel de apoyo. Es como volver a ponerme unos zapatos que llevaba de niña y que ya no me caben. No obstante, debido a mi tiempo como capitana, también comprendo que es importante confiar en la persona que tiene la experiencia y los conocimientos en situaciones peligrosas. A veces, incluso los mejores líderes deben seguir a otros.

Una voz grave llena los mares. Giro la cabeza hacia atrás. Ilryth es la muerte en el agua. Blandiendo una lanza rutilante, empala a los espectros según caen sobre él y los hace explotar para reducirlos a poco más que una corriente centelleante. A algunos los reconozco, pero a la mayoría no. Me cuesta distinguir lo que está pasando en medio del caos.

Ilryth es un guerrero consumado. Cada movimiento es elegante y preciso. Sus instintos en combate están tan pulidos como los míos con el viento y las mareas. Pero es un solo hombre.

Un espectro se abalanza sobre él, lo agarra del brazo. Ilryth no emite ni un grito, pero veo el dolor aflorar en su rostro.

Me muevo para gritarle, pero eso llama la atención de un espectro. Me mira a los ojos y la voz de Charles llena mis oídos. *Haz sonar la campana, Lizzie.*

Abro la boca, pero no sale sonido alguno. No hay palabras ni canción. Estoy de vuelta en esa oscura sala de la campana durante aquellas primeras semanas en las que no había pensado desde hace años. Creía que había entregado este recuerdo…, que lo había sacrificado en favor de las palabras de los antiguos dioses. ¿Cómo lo ha encontrado el espectro en mi interior?

Otro espectro le lanza un golpe a Ilryth y consigue impactar contra su pecho. Apenas lo registra, aunque tengo los ojos clavados en él.

Haz. Sonar. La. Campana. Lizzie, gruñe Charles desde el pasado, intentando distraerme del presente.

—¡Victoria! —Mi nombre gritado con la voz de Ilryth es lo que me saca del trance del espectro. Esas criaturas están presionando contra el orbe de luz que rodea a Ilryth. La fuerza de su lanza empieza a vacilar.

No soy Lizzie. Soy Victoria. Y ya no estoy bajo el control de Charles. Hace años que no lo he estado y no permitiré que estos espectros extraigan mis horrores de lo más profundo de mi ser y los utilicen contra mí.

Cierro los ojos. Pienso en nuestras prácticas y siento el contacto fantasma de Ilryth cuando me sujeta por la cintura. Cuando canta en el hueco entre mi cuello y mi hombro mientras me enseña allí abajo, en su anfiteatro.

La calma silenciosa. La tranquilidad. La paz que, de alguna manera, encuentro en estas canciones misteriosas.

Marchaos, exige mi corazón, *marchaos, sombras y tinieblas del pasado. Ya no soy vuestra.* Eso es lo que dice mi canción con mis propias palabras, intercaladas con los himnos de los antiguos. Mi voz suena más alta que los bufidos, gruñidos o alaridos de los espectros.

Y cuando mi canción llega a su cénit, una intensa luz brota de la lanza de Ilryth. Es diferente de cualquier poder que él haya empleado hasta ahora. Es más brillante, más fuerte, más caliente. Se expande mucho más lejos que la anterior burbuja de protección que conjuró… tan lejos que se estrella contra las rocas y el barco naufragado.

El sonido de los espectros queda silenciado cuando estallan en polvo estelar, que se condensa unos instantes como tenues contornos de hombres y mujeres, antes de desaparecer casi de inmediato con unos suspiros suaves. Siento a cada uno de ellos en el corazón. Su dolor. Su placer. Es como si cada uno pasase a través de mí con impactos palpables en partes de mí que ni siquiera deberían ser visibles. Partes de mi mismísima alma.

Poco a poco, la luz se atenúa. Los contornos de la carnicería submarina del Paso Gris no son más que resplandores borrosos dejados atrás cada vez que parpadeo. Aunque la luz no desaparece del todo. Se aferra a mí. Está dentro de mí... Son... ellos.

Gracias, oigo en el fondo de mi mente. La palabra es poco más que unas alas de mariposa. Breve y efímera. Desaparecidas en el instante en que las sientes. Pero... casi sonaba como Jivre.

Me miro las manos y la tenue aura plateada que me rodea mientras Ilryth viene hacia mí. Él también refulge. Cada marca de su fuerte cuerpo está brillante e iluminada, tan plateadas como las mías. Aunque sé que el espectro le ha asestado varios golpes, no muestra señal alguna de la batalla. Es como si no hubiese ocurrido nunca.

—¿Qué he hecho? —*¿En qué me he convertido?*

—Has blandido las palabras de los antiguos con toda la destreza y el poder de un Duque de la Fe. Más aún, incluso —dice en tono solemne, casi reverente.

—Tu brazo. —Alargo la mano para tocarlo con suavidad. Noto las marcas calientes bajo las yemas de mis dedos. Oro líquido, como están las mías. Sin embargo, a diferencia de las mías, la magia que ribetea las suyas se atenúa de vuelta al habitual azul, blanco y dorado—. No te he hecho daño, ¿verdad?

—No. —Ilryth toma mi mano con las dos suyas. Me sujeta solo por la punta de los dedos, pero me da la sensación de que sus brazos están alrededor de mi tronco. Que está abrazando mi cuerpo contra el suyo. Cuando lo miro a los ojos, oigo el eco de la canción que creé..., que creamos. Algo único de nosotros dos. Poderoso—. Tú... —Un fogonazo de dolor corta a través de sus ojos y se apresura a darme la espalda. Una vez más, desearía poder oír todos sus pensamientos y no solo los que él me permite oír—. Deberíamos irnos. Aunque eso eliminó a los espectros que rondaban cerca, sigue habiendo peligros.

Agarro sus hombros sin decir una palabra más. Estoy demasiado aturdida para formar pensamientos coherentes. Cuando emprendemos nuestro veloz regreso, me pregunto vagamente qué recuerdo he entregado para salvarnos en el lugar del naufragio. No estaba prestando atención a elegir uno de Charles. Intento pensar, pero ya hay demasiados huecos en el archivo personal de mi historia como para estar segura.

Hacemos una pausa al otro lado del Vano.

Poco a poco, desenrosco los dedos del agarre férreo que mantenía sobre los hombros de Ilryth, mientras él frena hasta detenernos y nos separamos. La anamnesis que encendió antes es poco más que un parpadeante contorno de lo que una vez fue. Cruza hasta ella y vuelve a prender el follaje plateado del cuenco.

Mi propio contorno rutilante se ha atenuado poco a poco, hasta desaparecer por completo al cruzar de vuelta al mundo de Midscape. Me deslizo hacia una de las columnas de este pequeño altar que nos ofrece un breve respiro; apoyo la frente en la fría piedra. Mis pensamientos están embarullados. Parece como si alguien hubiese metido un tenedor en mi cabeza y hubiese batido con él mi cerebro.

Una mano familiar me agarra del hombro.

—¿Estás bien?

—Noto los pensamientos un poco desperdigados —reconozco.

—Cuando volvamos a la mansión, te daremos un poco de descanso de la unción. —Su preocupación suena genuina. Niego con la cabeza y me separo de la columna.

—Estoy segura de que para entonces ya me encontraré bien. —Me fuerzo a esbozar una sonrisa valiente. Una vez más, él no parece convencido—. ¿Qué les hice? Ya sé que he utilizado los himnos de los antiguos, pero ¿qué pasó?

—Una vez que un alma ha perdido el rumbo y todas las pequeñas cosas que la hacían mortal hace largo tiempo que han desparecido, lo único que queda es una concha —explica con delicadeza—. Los espectros son la cáscara de lo que fueron en el pasado. Salieron del Abismo y no logran encontrar el camino de vuelta. Ya sea mediante su desvanecimiento o por la fuerza, deben ser destruidos.

Unas burbujitas cosquillean bajo la superficie de mi piel. Unas voces tenues rondan por los rincones de mi mente. Voces que no había oído nunca, de gente a la que jamás conocí. Repiten los sonidos de los espectros cuando emití ese estallido de luz. La gratitud de Jivre me atormenta… el último vestigio de su humanidad, gastado en mí.

—Los he matado. —Es un pensamiento extraño, dado que ya estaban muertos para empezar a hablar—. Ese estallido de luz… los he matado. ¿Verdad? —Miro a Ilryth con la esperanza de haberlo entendido mal. Con la esperanza de que mi análisis de sus palabras esté equivocado—. ¿Sus almas han desaparecido por completo?¿Estás seguro de que no los envié a lo que sea que venga a continuación?

—No hay nada «a continuación» para un espectro aparte del fin definitivo —me dice, con ternura pero lleno de tristeza. Ilryth alarga el brazo para poner una mano sobre mi mejilla. Noto la garganta pastosa—. Les has hecho un favor. Un final, incluso uno definitivo, es mejor que rondar por el mundo en su estado, torturando a los vivos por el camino. Llevando la podredumbre con ellos mientras extienden el reino de la muerte de Lord Krokan… solo para disiparse cuando todo su odio se agota. Les diste una muerte limpia. Un momento en el que pudieron conocer lo que es la humanidad una vez más gracias a la magia de Lady Lellia en tu interior, en vez de morir como un monstruo. Sé que eso es lo que querría yo, si es que alguna vez me sucede algo así.

Agacho la cabeza, la sacudo despacio.

—No es justo.

—Nada de esto lo es. —Se muestra de acuerdo conmigo—. No es justo que las almas deban sufrir. Que Lord Krokan haya dejado de respetar el trato que hizo con el primer rey de los elfos, que ya no acompañe a las almas al Más Allá. Que esté furioso y saquee nuestros mares de vida. Que en su estado torturado su reino se filtre hacia Lady Lellia y amenace con envenenarla también a ella. Tampoco es justo que haya que enviarle un sacrificio cada cinco años durante el solsticio de verano, una mujer inocente que podría dar su vida y al final no servir para nada.

Pienso en su madre. Ilryth la vio pasar por lo que estoy pasando yo ahora. Vio cómo la ungían. Vio cómo entregaba sus recuerdos, uno por uno, antes de entregar su cuerpo. ¿Lo reconocía siquiera al final? *¿Lo haré yo?*

El dolor que me recorre al pensar en el sufrimiento de Ilryth es casi demasiado para soportarlo.

—Servirá para algo —digo con suavidad. Se sobresalta, pero antes de que pueda decir nada, continúo hablando—. Si… *cuando* me marche, haré todo lo posible por sofocar su ira. Por ser digna. —Si alguna vez en mi vida soy digna de algo, por favor, que sea esto—. Pero incluso si fracaso, servirá para algo.

Se echa un poco hacia atrás al tiempo que se endereza, como si estuviese aspirando una bocanada de aire lenta y profunda. Sus cejas se juntan un poco por el centro. Mi pecho se comprime por simpatía. Me estiro hacia delante y agarro sus dos manos, intento compartir su dolor, demostrarle que en realidad no pasa nada.

—A mí me merecerá la pena solo intentarlo. Ahora que sé que mi familia estará a salvo. —Doy unas palmaditas en la bolsa llena de plata pegada a mi cadera—. Intentar mantenerlos a todos, y al Mar Eterno, a salvo por toda la eternidad será una buena manera de marcharme. He visto a gente morir por mucho menos.

Los ojos de Ilryth, tan profundos como el bosque misterioso, se cierran despacio. Con un suspiro apenas audible, relaja la tensión que se ha acumulado en nuestro interior, se inclina hacia delante y apoya su frente en la mía. No puedo resistirme a la tentación de levantar un poco la barbilla, por instinto, como si tirase de ella un hilo frágil y tenue. Nuestras narices casi se tocan y, por un minuto, flotamos en una estasis de fabricación propia. Las aguas frías de la Fosa Gris ceden ante el calor de nuestros cuerpos. Nuestros dedos permanecen entrelazados, ninguno de los dos queremos romper este momento de conexión, de comodidad.

—¿Por qué estás tan dispuesta a renunciar a todo de buena gana por una gente a la que jamás conocerás? —murmura. De haber pronunciado las palabras con la boca, habría podido sentir su aliento rozar mis labios. Está tan cerca de mí que es casi doloroso—. ¿Cómo puedes estar dispuesta a renunciar a todo sin pensártelo dos veces?

—Creo que me lo he pensado dos veces en muchas ocasiones —replico. Una risita grave retumba por la periferia de mi mente y dibuja una sonrisa en mis labios. Mi tono se vuelve serio una vez más—. Porque, Ilryth, he sido una carga para mucha gente a mi alrededor. Hacer esto… Poder, literalmente, salvar nuestros mundos… es lo mínimo que puedo hacer. —La sinceridad sale a la luz con una facilidad sorprendente.

—No eres una carga. Dudo que lo hayas sido nunca.

—Está claro que no me conoces. —Me aparto un poco para mirarlo a los ojos cuando los abre; así me retiro también de la atracción casi inescapable del momento, antes de que se haga con el control.

—Te conozco mejor de lo que crees. —Su voz suena profunda y grave. Su mirada es intensa.

Todo esto es demasiado para mí. Este tema. El leve revoloteo de mi corazón. El innegable deseo de besarlo de un modo que me consumiría por completo.

—Deberíamos seguir adelante —digo.

—Podemos quedarnos un poco más, si lo necesitas. —Aprieta un poco los dedos, poco dispuesto a ceder todavía. Niego con la cabeza.

—Quiero... Necesito seguir adelante. —Necesito terminar lo que he empezado. Porque temo que si dejo de moverme ahora, tal vez no vuelva a empezar nunca. La tentación prohibida podría ganar, y podría buscar refugio en el abrazo de este hombre enigmático, intrigante e inesperadamente dulce que ha empezado a atraparme, pese a todos mis esfuerzos por proteger mi corazón.

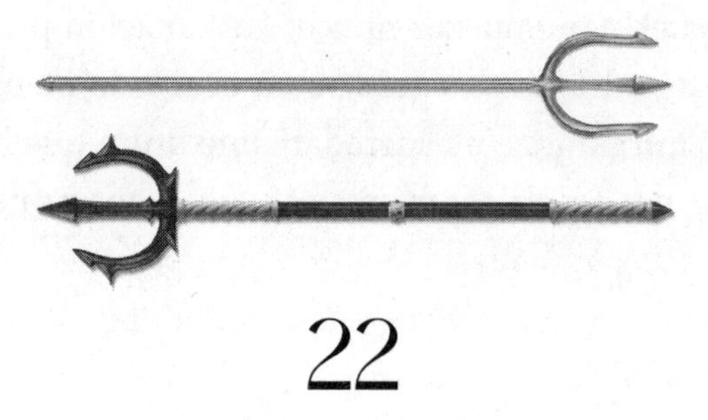

22

Para cuando por fin regresamos es mediodía. Cuesta creer que estuvimos ausentes solo una noche. Vamos a la armería primero. El suave cántico procedente del interior cesa en cuanto entramos. Ilryth nada por encima de un grupo de hombres y mujeres, algunas de las cuales reconozco del desayuno fallido de Fenny. Lucia los estaba dirigiendo en su canción y continúa haciéndolo una vez que la Punta del Alba vuelve a su sitio. La lanza alimenta a una anamnesis reflorecida y el Ducado de las Lanzas está bajo la protección de la magia de Lady Lellia una vez más.

A continuación, nos dirigimos a la sala del tesoro. El cofre que Ilryth me había llevado hace unas semanas sigue en el centro de la habitación.

—Adelante, llénalo con los lingotes de plata —me dice, mientras descuelga la bolsa de su hombro. Pese a lo que pesa, apenas parecía molestarlo durante el trayecto de vuelta—. Voy a comprobar cómo va todo con Fenny y Sheel, y luego regresaré.

Asiento y me pongo manos a la obra mientras él se marcha a ocuparse de sus asuntos.

El cofre se llena enseguida con la plata que recogimos del naufragio; cada lingote es un poco de esperanza para el futuro de mi familia. Los ordeno con cuidado en filas pulcras. Para cuando he terminado de hacerlo, Ilryth todavía no ha vuelto, así que busco una daga y grabo mi nombre en el cofre. De ese modo, no hay ninguna duda de a quién pertenecía y, esperemos, no habrá ninguna duda de a quién debe ir.

Sin embargo, solo mi nombre no parece suficiente, así que empiezo a rebuscar por las baldas. Hurgo entre los distintos artículos. *¿La jarra, quizá? No…*

—¿Qué le pasa a la jarra? —Ilryth me saca de golpe de mis exploraciones. No lo había visto entrar. Se detiene al lado del cofre para evaluar mi trabajo.

—Oh, estaba pensando en dejar algo más con el tesoro. He escrito mi nombre en el cofre, pero había pensado que no haría daño que mi familia tuviese alguna prueba más de que me pertenecía. Además… me gustaría añadir un toque personal que pueda ofrecerles algún tipo de paz.

Ilryth vacila unos instantes, su mirada se suaviza.

—Sería cruel hacerlos saber que aún estás viva.

—¿Crees que no lo sé? —Ladeo la cabeza para dedicarle una mirada de incredulidad. La expresión de Ilryth no cambia. Suspiro para mis adentros y envuelvo los brazos a mi alrededor. Estoy de vuelta en esa playa en la que él me dejó después de escaparme de Charles. Sentía un frío mojado tan profundo que se instaló en mis huesos, en mis pulmones, y me hizo pensar que el mar y las sirenas me habían devuelto a tierra solo para que me matase el frío. Pero seguí adelante. Sobreviví. Por mí. Por ellos.

—No quiero que crean que estoy viva. Si acaso, necesito que sepan lo contrario. Ya regresé de entre los muertos una vez, así que ahora todavía podrían albergar esperanzas —digo en voz baja—. Después de aquella noche en el faro, tuvieron noticia de mi muerte solo para verme regresar unos años después, mejor de lo que me habían dejado. Gracias a tu magia, me forjé una reputación como la capitana imposible de hundir. Salía victoriosa una y otra vez, sin importar lo imposible que pareciese la situación. Mi hermana me dijo una vez que, daba igual lo mucho que se preocupase, en realidad no creía que la muerte fuese capaz de apoderarse de mí nunca. Después de aquello, podrían pasarse años esperando, expectantes, viviendo como si yo pudiera regresar cualquier día. Sería cruel hacerlos pasar por eso cuando esta vez no hay ninguna esperanza para mí.

—Ah. —El sonido es una vibración suave por mi mente, una que se filtra en todos los lugares oscuros a los que antes creía que solo podían llegar estas cavilaciones sombrías—. Quieres acabar con su esperanza cuanto antes.

—Sí. Y no sé cómo —admito—. No estoy segura de qué podría dejar en este cofre que les indicase que me he ido, que no esperen mi regreso. Pero tengo que intentar algo. —Sacudo la cabeza—. Sé que no lo entenderás. Se que no tengo ningún derecho a pedirte nada más.

—Pero aun así lo haces. —Las palabras suenan un poco divertidas. A Ilryth no le molestan en absoluto mis peticiones—. Muy bien.

—¿Perdón? —Lo miro a los ojos, sorprendida.

Ilryth se acerca, rebusca en una bolsita pequeña que lleva a la cadera. Se detiene delante de mí y me ofrece una pequeña brújula dorada que cabe en la palma de su mano.

Cada arañazo y cada mella son justo como los recuerdo, cada raspón está en su sitio, más unos cuantos nuevos. Alargo el brazo despacio; mis dedos se deslizan por la superficie fracturada de la brújula.

—Coloqué esto en su sitio en la proa de mi barco al entrar en el Paso Gris —susurro. Después, me acuerdo de que Ilryth se zambulló debajo de la proa. Cuando lo rodearon los espectros—. Has…

—Mientras vigilaba los alrededores del naufragio y tú estabas recogiendo la plata, captó mi atención. Sabía que era algo preciado para ti, así que fui a por ello —explica, como si tal cosa. Recuerdo cuando me dijo que nadase. Cuando lo perdí un momento de vista en la proa. Esto era lo que había ido a buscar.

—¿Cómo supiste que era tan importante para mí? —Aunque no es ningún secreto, tampoco es algo que le haya contado. Se encoge de hombros—. Ilryth —insisto con énfasis, para que sepa que no va a irse de rositas.

—Hubo unas cuantas veces, cuando navegabas, que capté atisbos de ti.

—¿Me visitabas? —susurro—. ¿Por qué?

—Me fascinabas. —Hace un gesto amplio con el brazo para abarcar toda la sala. Una habitación llena de «tesoros» de navegación. Aunque tenía mis sospechas, también tenía mis dudas; no podía deberse todo a mí... ¿verdad?—. Además, tenía que asegurarme de que las protecciones que había puesto sobre ti seguían siendo fuertes —añade con tono casual.

—¿La brújula iba a convertirse en parte de tu sala del tesoro? —Me siento un poco incómoda con la idea de que algo tan importante para mí sea poco más que un artículo sobre una de sus baldas. Una de docenas. Como había sido mi antigua alianza de boda.

Ilryth niega con la cabeza y se frota la nuca, los dedos se enganchan en su pelo.

—Había pensado que podía ser un regalo de despedida antes de que te fueses al Abismo. Algo para ayudarte a encontrar tu camino en el mundo de los dioses.

Regalarme esto en cualquier momento suena mucho a mantener un lazo con este mundo, pero no digo nada. El gesto era muy amable. Era algo que no tenía por qué hacer, algo que no lo beneficiaba en nada y con lo que, si acaso, arriesgaba mucho. Aun así lo había hecho. Por mí.

—Bueno, pues gracias. —Mis dedos se cierran en torno a la brújula que tan familiar me resulta. Parece más pesada que su metal, tan pesada como mi corazón. Esta brújula me guio en mis peores días. Me guio a través de incontables tormentas.

Fue lo primero que compré para mí misma... una mujer libre, sola ahí fuera, buscando su propio camino.

Fue con esta brújula con la que convencí a Kevhan de que era capitana de barco (una fachada patética, pero funcionó). Una cosa en apariencia tan insignificante parecía contener mi libertad en su aguja giratoria. Me guio hacia lo desconocido durante cinco años... y ahora, su tiempo ha llegado a su fin. Esa libertad, por fugaz y limitada que pudiera ser, ha terminado.

Deposito la brújula dentro del cofre. Si mi brújula llega a manos de mi familia... sabrán que no voy a volver. Mi vida terminó con la rotura de este cristal. Cierro la tapa del cofre. Despliego los dedos por su superficie y dudo un instante. Me da la sensación de acabar de cerrar la tapa de mi propio ataúd.

Adiós, capitana Victoria.

—Y ahora, ¿cómo llevamos esto de vuelta a Dennow? —Mis palabras suenan serenas, cargadas de propósito.

—Cruzaremos el Vano de nuevo. —Ilryth tiene la decencia de no preguntar por las emociones que a buen seguro sabe que rondan por mi interior.

—¿Quieres volver a arriesgarte a llevarme al otro lado una vez más? —Sé lo importante que es mi papel aquí, no solo para él sino para el Mar Eterno al completo y todo el mundo más allá. Este es el camino que elijo ahora. El último rumbo que estoy trazando en mi vida.

—Te di mi palabra. Y, como ya te dije, nuestra palabra tiene mucho peso aquí en el Mar Eterno. —Me mira a los ojos con intensidad durante un breve momento, luego se encoge de hombros—. Además, tendrás que decirme la mejor manera de dejar esto para que lo encuentre tu familia. No tendría sentido ir sin ti.

Me estiro hacia él de nuevo y tomo su mano en la mía. La misma mano que rescató mi brújula de la oscuridad y me la trajo de vuelta.

—Gracias, Ilryth —digo con toda la sinceridad del mundo.

Su cara se relaja con una sonrisa, una tierna e intensa.

—Por ti, Victoria, cualquier cosa.

Las palabras se estrellan contra mí como una ola y me llevan de vuelta a ese momento justo al otro lado del Vano. El momento en que me di cuenta, sin lugar a dudas, de que me gustaría besarlo. Mientras miro a los ojos cálidos de Ilryth, se me ocurre que es posible que estos deseos no sean del todo unilaterales. Solo que… hacer algo al respecto sería nuestra perdición.

Fuerzo una sonrisa, finjo ambivalencia y me limito a agradecérselo otra vez.

—Gracias.

Esta vez, no creo que Ilryth le haya dicho a nadie que nos marchamos. De haberlo sabido Sheel, seguro que hubiésemos oído más objeciones por su parte. U otra canción de protección reverberar por encima del ducado.

Nos marchamos al caer la noche. Voy agarrada a los hombros de Ilryth otra vez, mientras él sujeta el cofre. Al menos esta vez no llevamos la Punta del Alba, así que su barrera de protección todavía se extiende a lo largo de la Fosa Gris a nuestra derecha, mientras nosotros nos alejamos hacia el oeste.

No me cabe ninguna duda de que hemos calculado el momento perfecto para nuestra partida de modo que podamos evitar a todas las patrullas de Sheel. Observo las revueltas profundidades de la podredumbre con recelo, pendiente de ver en la oscuridad alguna señal de un espectro que pudiera surgir por el borde… o la curva de algún tentáculo enorme.

Pero todo parece en calma.

Después de lo que parece una hora nadando, Ilryth vira y desciende conmigo en un amplio arco. Muy por debajo de nosotros veo un paisaje que se parece a las pozas de marea de la isla del faro en la que vivía con Charles. El tiempo y las corrientes han alisado las rocas, que acunan estanques cuyo lento movimiento giratorio parece mercurio. La zona está iluminada por refulgentes conductos ambarinos de vapor y calor, que suben desde el corazón fundido de la tierra bajo nosotros. Unos arcos de piedra rodean la zona, de un modo muy parecido a los altares de las anamnesis en la fosa oceánica, y la separan de la arena negra del suelo marino, que se extiende a su alrededor hasta donde alcanza la vista.

—¿Qué es este lugar?

—Son las pozas de viaje. Casi todas las aguas están conectadas, de alguna manera. Si no en la superficie, por canales subterráneos y ríos invisibles. Hay pocos rincones de este mundo a donde la magia de mi gente no pueda llegar —explica. Recuerdo vagamente que mencionase algo así la primera vez que pregunté acerca de ir a la Fosa—. Utilizamos estos canales y conexiones para poder cruzar distancias grandes a mayor velocidad.

—Esto era de lo que me hablaste aquella vez... lo de las pozas estables similares a la magia que utilizaste para traerme aquí.

—Sí. Usé un vial que contenía una gota de esta magia... la reliquia y la canción de las que te hablé.

—Sigo sintiendo envidia de esta habilidad vuestra —admito—. La capacidad de trasladarse con facilidad de un lugar a otro cambiaría mi mundo por completo. Aunque quizá me hubiera quedado sin trabajo, de haber existido.

—Entonces, supongo que es una suerte que exista.

—«Suerte» es algo relativo. Preferiría no tener trabajo pero que mi tripulación (y las tripulaciones de otros barcos hundidos tratando de completar rutas peligrosas) siguiera con vida. —Mi tono parece devolverle la seriedad, y con razón.

—No es culpa tuya que ya no estén —me recuerda, las palabras un eco de lo que me dijo en la Fosa.

—Me siguieron, convencidos de que yo los mantendría a salvo.

—Y yo sé lo duro que es cuando alguien que te confía su vida acaba por perderla. —Las palabras podrían ser secas, pero no lo son. En lugar de eso, están llenas de comprensión y ternura—. A veces, cometemos errores y debemos vivir con sus consecuencias. Pero otras veces, es solo cuestión de que el destino nos reparte unas cartas crueles y la culpa no es de nadie.

Debe saberlo tan bien como yo. Las ganas de pasar los brazos alrededor de su cintura para poder pegar la mejilla al hueco entre sus escápulas son casi superiores a mí. Nosotros dos nos entendemos. De formas que jamás hubiese esperado, me encuentro simpatizando con un sireno. Venimos de mundos muy diferentes. Expectativas y educaciones diferentes. Y aun así... hay muchísimas cosas de él que comprendo a un nivel innato, casi visceral. Muchísimas cosas que lo permiten conectar conmigo más que cualquier persona a la que haya conocido jamás.

—¿Estás seguro de que no pasa nada por que vayamos? —pregunto mientras él vira. Ilryth había dicho que las pozas estaban vigiladas.

—Seremos rápidos. —Ilryth se zambulle hacia las profundidades antes de que yo pueda expresar ninguna duda o inquietud más—. Agárrate fuerte, llegaremos al otro lado en un momento.

Recoloco un poco mis manos, aprieto mi cuerpo más cerca del suyo. Tengo los antebrazos entre su torso y sus bíceps, los codos justo por encima de los suyos. *Robusto.* La palabra le pega mucho. Cada músculo sólido. Cada poderoso movimiento de su cola. El duque es un hombre sólido y robusto. Sentir tanto poder contra mí despierta un deseo en el mismo centro de mi ser. Uno que no había sentido desde hacía una eternidad.

Céntrate, Victoria, me regaño. Los deseos carnales son solo un poco menos peligrosos que el nudo de afecto en el que mi estómago ha estado intentando retorcerse. Aunque muchas personas son perfectamente capaces de disfrutar de placer sin que arraigue el afecto, por mucho que me gustaría tener la capacidad para separar ambas cosas, por mucho que querría poder meterme en la cama con un hombre fuerte y apuesto, sé que no puedo hacerlo. Si enredo mi cuerpo con el suyo, mi corazón quedará igual de atrapado.

Sí, Ilryth es un hombre con un cuerpo merecedor de admiración. Pero eso es y será lo único que opinaré de él, jamás. Eso puedo admitirlo sin que suponga demasiado peligro para mí.

Por instinto, intento contener la respiración al zambullirnos en la poza. Siento el mismo parpadeo de oscuridad y la misma sensación de pesadumbre que sentí la primera vez que cruzamos con ayuda de la magia. Esta vez, sin embargo, hay menos caos, así que puedo centrarme más. O tal vez sea más fácil viajar en mis condiciones actuales. Aparecen unas motas de luz que convergen en un único punto a lo lejos.

En un abrir y cerrar de ojos, estamos nadando de vuelta hacia la superficie. El vértigo hace que me dé vueltas la cabeza por el repentino y drástico cambio de dirección. El mundo se ha dado la vuelta y el mar ha cambiado.

Subimos nadando desde una única poza de mareas mercurial, apenas visible en la luz menguante. Hay un arco tallado en el acantilado de piedra detrás de ella, pero eso es todo lo que hay en cuanto a decoración. La roca es la misma piedra oscura que reconozco de los acantilados que enmarcan Dennow.

—Hemos llegado —susurro.

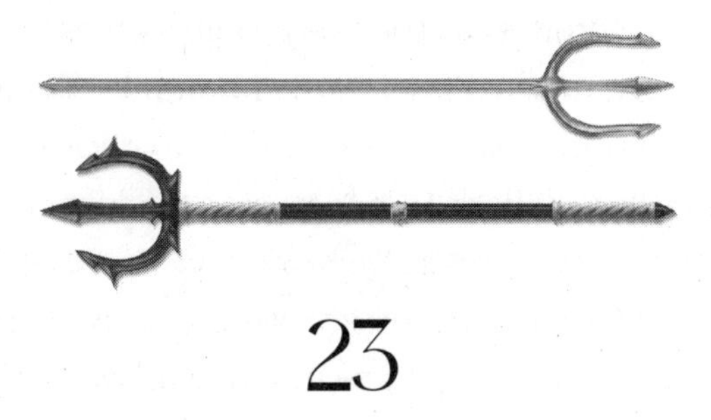

23

—Ya te había dicho que esta excursión no sería larga.

—¿Cómo supiste dónde ir? —pregunto.

—Has mencionado Dennow otras veces. Estoy familiarizado con los mapas humanos, al menos los de las costas. —Eso puedo creerlo, dadas todas las herramientas de navegación y todos los mapas que vi en su sala del tesoro.

Sin embargo, hay algo que no me creo del todo.

—No me suena haber mencionado Dennow nunca.

—Estoy seguro de que lo hiciste.

Me recoloco un poco y contemplo los mechones de pelo pálido que oscilan por la parte de atrás de su cuello. Todas las noches que pasé escuchando sus canciones están en primer plano de mi mente, junto con todo lo demás que ha mencionado. Todos los otros pequeños apartes que van encajando.

—Ilryth, dijiste que me visitabas para comprobar el estado de mis bendiciones. De mí. ¿Alguna vez viniste aquí?

Se produce un silencio largo. Lo bastante largo como para eliminar cualquier duda de lo que va a decir antes de que lo haga.

—Sí.

He de reconocer su honradez al no negarlo.

—¿Por qué?

—Eras la ofrenda que había elegido para Lord Krokan, la que estaba esperando el Mar Eterno. Quería asegurarme de que todo iba bien, de que la bendición que te había dado seguía siendo fuerte, que te mantendría a salvo. —Práctico. Lo que habría esperado de él. Pero entonces añade unas palabras más—. No obstante, con los años, empezó a fascinarme tu mundo. Tus aventuras y los rumbos que trazabas. Como si estuvieses decidida a explorar mis dominios sin realizar nunca una verdadera inmersión en ellos.

—Siempre pensé que la canción sonaba solo en mi cabeza la mayoría de las noches… ¿Con cuánta frecuencia me visitabas?

—Tan a menudo como podía. —Ralentiza el ritmo a medida que nos acercamos a la superficie. Los deshechos salpican las plataformas marinas en las zonas más altas de los acantilados cerca de Dennow. Redes y sedales abandonados que no atrapan más que agua. También hay juguetes perdidos por niños, enterrados en la arena.

Pienso en él, nadando entre esta extraña colección de pertenencias descartadas la mayoría de las noches, viendo una parte de mi mundo en la que yo jamás pensaba. Por encima de nosotros, las luces de la ciudad están medio ocultas por las grandes siluetas de barcos y botes, alineados en el muelle y en los embarcaderos más pequeños. Lo imagino acercándose a la superficie todo lo que se atrevía, sin que nadie se diese ni cuenta de que un sireno era capaz de acercarse tantísimo a nuestros hogares. Ni de que las sirenas no eran los seres a los que había que temer en absoluto.

—Y de vez en cuando, puede que hayas oído la canción reverberar a través del Vano, desde mí hasta ti —añade—. No era que siempre viniese a cantarte para que te durmieras. —Ilryth se ríe con suavidad—. No estaba seguro de que me oyeses, la verdad. Aunque debí saberlo. Después de forjar nuestra conexión, tiene sentido que lo hicieras.

Parte de mí piensa que debería estar horrorizada por su descaro al acudir a mí todas las noches. Aunque tampoco era como si hubiese invadido mi espacio personal. Nunca subió a bordo del barco. Nunca *exigió* mi atención.

—Tu sala del tesoro...

Nuestra conexión debe de ser profunda, porque sabe lo que estoy a punto de decir sin necesidad de que lo diga.

—Sí, *tú* me inspiraste. Cada vez que venía, me llevaba algo de vuelta.

O sea que sí que era la misma jarra de aquella noche...

—Disfrutaba tratando de deducir dónde acabarías la siguiente vez, aun cuando mis pozas de viaje no me permitían seguirte siempre, o vuestros faros no me permitían quedarme demasiado tiempo. —Casi puedo oír la sonrisa en sus palabras—. Al menos podía estar ahí antes de que cruzases el Paso Gris en tu mundo, para tratar de asegurarme de que tenías toda la protección que podía ofrecerte.

—Tú...

Debe de haberme oído. El pensamiento era débil para empezar.

—Aunque serví de bien poco la última vez. No sabes cuánto lo siento. Espero que algún día puedas creer que jamás tuve la intención de incumplir mi palabra. De verdad que intenté protegerte, Victoria. Con todas mis fuerzas.

Mis costillas parecen colapsarse sobre sí mismas. Se me cierra la garganta. Apoyo la frente entre sus escápulas, cerca de su nuca. Había pensado tan mal de él... Le había dedicado palabras tan duras... cuando todo lo que había hecho era intentar protegerme.

—¿Victoria? ¿Qué pasa? ¿Quieres que regresemos?

—Estoy bien. —Espero que la firmeza y la fuerza de mis palabras lo calmen.

—¿Qué pasa?

—Solo necesito un momento. —Mis máscaras se están resquebrajando. Ha sido un día largo y agotador, y mis fuerzas empiezan a menguar.

Frena hasta detenerse, sin decir nada más. Me permite aferrarme a él, mi cuerpo pegado a su estructura robusta. Flotamos en el océano mientras yo me sumo en mis pensamientos.

Todos esos años que pasé sola. Todos esos años que pasé cuidando de mí misma, con la sensación de que si no lo hacía yo, no lo haría nadie. Fui fuerte porque quise serlo, pero también porque debía serlo.

No podía depender de nadie para que cuidase de mí. Estaba convencida de ello. Parte de mí aún lo cree, supongo. Mi tripulación era como familia para mí, pero, al igual que mi familia de verdad, eran mi responsabilidad. Podía confiar en ellos para que hiciesen lo necesario, pero era tarea mía cuidar de ellos, no al revés.

En cualquier caso, estaban ahí para mí. Igual que Emily cuidaba de nuestros padres en mi lugar cuando yo no estaba en puerto. Incluso Ilryth, pese a que yo lo maldecía en voz baja todos los días por no darme el poder suficiente. Él también estaba ahí. Era él quien me protegía… no solo su magia, sino *él*. Aun cuando yo no paraba de buscar alguna tradición o algún tipo de magia con el que deshacer el agarre que tenía sobre mí.

—Te di tan poco crédito… —susurro. Él no dice nada, así que continúo—. A ti y a todo el mundo… Tanto tiempo pensando que estaba sola, que estaba rodeada de gente que solo me necesitaba y que lo mejor que podía hacer por ellos era proporcionarles sustento. Que era para *eso* para lo que me necesitaban, todo lo que podía ofrecerles, y era lo bastante fuerte para hacerlo. Sacrificándome era como sería digna de ellos. Jamás… jamás pensé que alguien me necesitase *por mí*. Jamás me planteé siquiera que la gente pudiese cuidar de mí tanto como yo cuidaba de ellos.

Pero así era.

Mis papeles para anular mi matrimonio siempre se tramitaban deprisa. Ahora veo la mano de Emily en asuntos del consejo. Mi madre siempre me estaba haciendo sugerencias de navegación que acababan llevándome a puertos desiertos con comerciantes ansiosos por hacer negocios, lugares a los que se llegaba con facilidad y donde se negociaba con mayor facilidad aún. Mi padre siempre tenía una comida caliente preparada cuando regresaba a casa. Mi tripulación, cuando llegó el momento, arriesgó la vida y renunciaron a toda su paga… por mí.

—No... no los merecía. No te merezco a ti.

—Victoria...

—Me sentí muy sola durante mucho tiempo, pero nunca estuve sola de verdad, ¿no es así? —Una presa se rompe en mi interior. Unas lágrimas que creía agotadas hacía mucho brotan de golpe. Mis manos sueltan sus hombros y vuelan hacia mi cara, la tapan, tratan de esconderla del mundo. Tratan de esconder mi vergüenza por no haberme dado cuenta antes.

Dos brazos se cierran a mi alrededor. Apretados y firmes. *Robustos.*

Una de sus manos sube por mi cuello hasta la parte de atrás de mi cabeza. El otro brazo rodea mi espalda, me sujeta con fuerza. Me estoy ahogando en un mar de dolor y alegría que nunca supe que estaba llenando durante todas esas noches en que lloré a solas.

—Te mereces muchísimo más de lo que yo, o cualquier otro, podría darte jamás. Podría pasarme la vida entera dándote cosas, y aun así no sería suficiente —susurra. Casi suena como si estuviese susurrando en mi oído derecho, aunque habla sin utilizar la boca. Sus pensamientos son como caricias en mi mente; alivian los interminables dolores con los que he cargado durante demasiado tiempo—. Cada noche que te oía llorar, quería decirte que todo iría bien.

Suelto un sonido a medio camino entre una risa y un sollozo.

—No te hubiera creído, aunque lo hubieses hecho.

—Lo sé. —Acaricia mi pelo con ternura—. Porque sé lo que es sentir que vas a la deriva, tú solo en un mar enorme.

—Podría haber hecho muchas más cosas con el tiempo que me diste —admito para mí misma y para él.

Mucho después de abandonar a Charles, seguía dedicándole gran cantidad de mi tiempo. Él tenía un agarre sobre mí distinto de cualquier otro. Con el papeleo completado o no, fui tan libre como el viento en mis velas durante años. Em tenía razón: mi corazón había perdido la esperanza en ese matrimonio que se desmoronaba mucho antes de que el consejo aplicase su pluma a un papel.

Pero no me había deshecho del agarre que Charles tenía sobre mi espíritu. Vivía cada día pensando en él. Le guardaba rencor. Estaba resentida con él. De vez en cuando me preguntaba, en contra de mi voluntad, cómo estaba, qué estaría haciendo. Buenos o malos, todo se reducía a pensamientos sobre *él*. Devoraban una energía que él no se merecía, que yo *no quería* darle y que aun así le daba una y otra vez.

Hizo falta eliminar los recuerdos de él con una magia divina, y el aprieto de un mundo entero, para por fin apartar mi cabeza de él. Para darme cuenta de que mi indiferencia es mucho más poderosa que todo mi odio y mi necesidad de venganza. La forma de herirlo nunca fue hacerle daño, era que no me importase nada. *Eso* es lo que por fin me liberará de él.

—Hiciste cosas extraordinarias. Navegaste por el final de la Fosa Gris, evitando a los emisarios de Lord Krokan y a los espectros por igual. Te prometo que yo no ayudé tanto con eso como podrías creer. Llegaste más al sur de lo que he ido yo nunca, más allá de donde los mapas terminan al borde del pergamino. —Ilryth suena genuinamente impresionado y su sinceridad ralentiza mis lágrimas—. Hiciste más en casi cinco años que muchos en toda su vida.

—Pero no fue suficiente…, no hice lo suficiente por ellos. Para recompensarlos por todo el amor que me dieron.

Su mano se queda quieta. Poco a poco, sus brazos se desenroscan de mi cuerpo. Casi le digo que no me suelte. No estoy preparada, todavía no. No me han consolado de este modo en años, y estoy necesitada de este tipo de atención.

—Mírame, Victoria —me dice con suavidad. Y lo hago. Me asomo entre mis dedos, luego bajo las manos. Ilryth me atrapa con su mirada serena y firme. Es tan tranquilizadora como lo era su abrazo—. No tienes que recompensar a nadie por su amor. Es algo que se da gratis y por voluntad propia.

—Pero…

—Sin peros. Eso es todo. Es así de simple. Si alguien te quiere, si te quiere de verdad, es porque le da la gana, porque no puede imaginar un mundo en el que no lo hace. Porque haces que su alma cante solo con tu mera existencia. —Aunque sus palabras son dulces y alegres, sus ojos están llenos de un dolor que no comprendo.

—Pero yo no soy alguien fácil de querer —susurro—. Tal vez como hermana o como hija. Quizá como amiga. Pero no... —Me callo de golpe.

—¿No...? —me urge con dulzura.

Estoy demasiado dolida, demasiado desnuda para luchar.

—No como amante.

Me acaricia las mejillas con ambas manos, retira el pelo de mi cara.

—¿Qué puede haber en todo este ancho mundo que te haya hecho pensar eso?

—Es algo que me dijeron —admito—. «*¿Quién podría quererte jamás?*». —Es increíble lo bien que imito el tono de Charles incluso en mi propia mente. Incluso después de varios meses de por fin haberme liberado de él—. Soy difícil, soy...

—Para —me ordena, aunque no con brusquedad. Lo obedezco—. No sé quién te dijo eso, pero está claro que era alguien triste, mezquino y cruel.

Con eso puedo estar de acuerdo. Siempre he sido capaz de estar de acuerdo con eso. Entonces, ¿por qué tengo todavía tan grabadas las palabras de Charles?

—Mereces que te quieran, no solo tus amigos o tu familia, sino también un amante.

—Bueno, ya no importa demasiado, ¿verdad? —Intento encogerme de hombros como si nada de eso importase. Como si él no estuviese sujetando mi cara con ambas manos con la misma suavidad que desearía que sujetase mi corazón—. No es como si fuese a tener tiempo de encontrar otro amante. No es como si lo hubiese tenido nunca. Algunas personas simplemente no están hechas para eso.

—Sé a lo que te refieres. —No hay ni rastro de vacilación, ni de duda, ni de engaño en él, como si de verdad lo supiese.

—¿Cómo?

—Nunca quise enamorarme. Juré no hacerlo jamás.

Es un juramento bastante sensato, pero es raro oírlo de un hombre que acaba de decir un montón de cosas poéticas sobre el poder del amor.

—¿Por qué?

—Porque vi lo que les hizo a mis padres. Después... —Estoy a punto de decirle que no hace falta que continúe. Sé lo difícil que es este tema para él; pero entonces sigue hablando—. Después de que mi madre muriera, mi padre empezó a marchitarse. Su compañera de canción, su alma gemela, había desaparecido, y el silencio en su propia alma le robó las ganas de vivir. No había nada en todos los mares que fuese suficiente para reemplazarla.

—Lo siento —susurro.

—Los dos sabemos lo que es la pérdida y el dolor. —Suelta mi cara y desliza las yemas de los dedos por mis brazos.

—E intentamos hacer las cosas lo mejor posible debido a ello.

Ilryth parpadea varias veces, sorprendido. Baja la barbilla un poco y la intensidad de su mirada es demasiado para mí. Me está invitando a echar un vistazo dentro de su alma, igual que él lo ha echado dentro de la mía.

—No debido a ello, sino *a pesar* de ello. Quiénes somos es independiente del trauma que intenta arruinar nuestra almas. Es una parte de nosotros, y puede que aprendamos de ello, pero no nos define.

Esas palabras hacen que me escuezan los ojos de nuevo. Me entran ganas de rodear su cintura con mis brazos y aferrarme a él. De vivir de su estabilidad durante un ratito más mientras mi mundo vuelve a asentarse.

Pero no lo hago. No puedo permitirme acercarme demasiado a él. No solo por el bien de mi frágil corazón, sino porque hacerlo solo lo condenaría a sufrir... si es verdad que está reprimiendo el mismo afecto incipiente que yo. Yo voy camino del

Abismo, y después iré al Gran Más Allá... y él tiene una larga vida por delante. Es mejor no desafiar al juramento que se ha hecho, ni a mi determinación. Sin embargo, eso no significa que no podamos encontrar consuelo y paz el uno con el otro. Que no podamos sentir cariño el uno por el otro como dos líderes que comparten una experiencia única. Como dos personas que están agotadas y cansadas y muy necesitadas del consuelo del hombro de alguien que te entiende.

Me froto los ojos para intentar borrar mediante la presión cualquier sensación restante de lágrimas testarudas. Al hacerlo, me fijo en el estado de mi cuerpo. Ya no soy sólida. Mi contorno sigue siendo de un plateado nítido, pero mi carne se está volviendo transparente.

—¿Qué dem...?

Los dedos de Ilryth se cierran sobre los míos.

—Hemos pasado demasiado tiempo lejos de la magia de Lady Lellia.

—¿Qué diferencia hay entre esta vez y ayer?

—A lo mejor es porque tienes más poder de los antiguos dioses envuelto en tu interior. A lo mejor es porque esta vez no estás cantando sus palabras. Sea cual sea la razón, debemos volver al Mar Eterno pronto.

Asiento y él va a recoger el cofre de donde lo había dejado sobre una plataforma cercana.

—Arreglemos las cosas con tu familia.

—Sí. —Me coloco sobre su espalda una vez más y nos dirigimos hacia la superficie. Esta es la última vez que veré las aguas de Dennow. La última vez que veré mi hogar.

Después de esta noche... perteneceré por completo al Mar Eterno y me comprometeré a convertirme en nada más que la ofrenda a un antiguo dios.

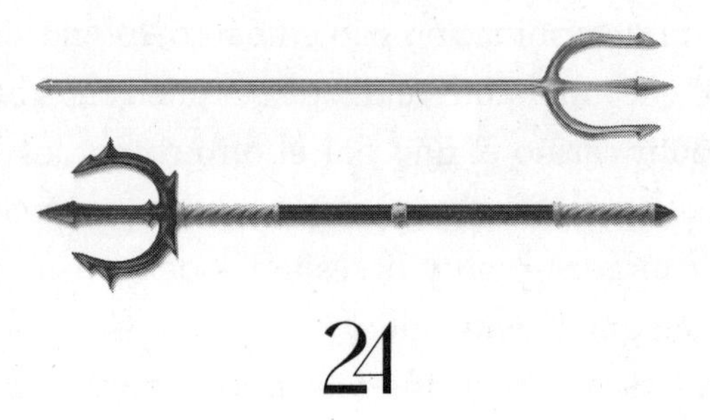

24

Los barcos están todos amarrados para la noche. Mientras nadamos entre ellos, evitando sus crustáceos y su musgo marino, no puedo evitar preguntarme cómo habrían sido mis últimos seis meses si mi barco no hubiese sido atacado.

Habría disfrutado de seis meses más con mi hermana y mis padres. Tal vez hubiese podido negociar otra vez con el consejo cuando Charles se marchase a su faro. Lo habían llamado «sentencia firme», pero Madre me enseñó que siempre existe la posibilidad de añadir una palabra más antes de que la negociación termine. Tal vez me hubiese dado cuenta antes de que no estaba sola, de que no tenía por qué cargar con la responsabilidad de cuidar de todo el mundo a mi alrededor para compensar por cosas que en realidad no me faltaban. Y quizás, una vez que me hubiese dado cuenta de eso, Emily hubiese podido ayudarme a ganarme el favor del consejo.

Y si... tal vez... lo que podría haber... Ese tipo de palabras describen toda mi existencia. Las dudas y preguntas que me perseguirán hasta mi tumba.

—¿Crees que aquí...? —A Ilryth lo interrumpe un repentino tañido ensordecedor que ondula a través del agua. Hace una mueca, retrocede y se agarra el pecho como si acabasen de apuñalarlo en el corazón.

El sonido está intentando hacerme añicos. Los contornos mágicos de mi cuerpo vibran y se distorsionan. Pugno por seguir de una pieza, como si mi fuerza de voluntad fuese lo único que me mantiene unida. Aunque es difícil mantener mis pensamientos claros entre el sonido resonante de la campana.

El sonido se desvanece e Ilryth se toma un momento para recuperar la compostura. Yo hago lo mismo.

—Eso ha sido un faro, ¿verdad? —consigo preguntar, aunque ya conozco la respuesta.

—En efecto.

—Bueno, pues funcionan —mascullo. No solo contra las canciones de las sirenas, sino también contra los espectros. Ojalá tuviese una manera de decírselo a los humanos. Que las sirenas no son nuestras enemigas; no del modo que creíamos. La idea casi me hace sentir culpable por haber hecho sonar la campana tan a menudo. Aunque la emoción es fugaz cuando pienso en que una sirena poseída por un espectro podría venir a llevarse a Emily como trataron de llevarme a mí.

Con un poco de suerte, cuando todo esto termine, cuando cumpla con mi misión, las campanas y los oídos taponados con algodón se convertirán en una cosa del pasado. Los humanos, sin saber por qué, se darán cuenta de que los mares no son tan peligrosos como una vez pensaron. Tal vez tarden décadas, pero quizá llegue incluso el día en que las familias se sienten por voluntad propia en la playa a admirar los horizontes que yo di por hechos cada vez que zarpaba en un barco.

Si Ilryth oye mis pensamientos musitados, no dice nada al respecto. En lugar de eso, continúa nadando a lo largo del muelle, por debajo de las sombras de los embarcaderos y las torres de vigilancia. La sensación es parecida a caer dentro de un espejo y aterrizar en el mundo del otro lado, en un sitio que se parece muchísimo a todo lo que conoces, pero es diferente de algún modo. Invertido. Por primera vez en semanas, soy consciente de cada patada que doy con las piernas, de cada giro para deslizarme con fluidez por el agua. Este fue mi hogar una vez, caminé por estos muelles infinidad de veces, y ahora soy una sombra por debajo de ellos. Un fantasma de mi antiguo ser que regresa a un sitio al que ya no pertenezco.

En lo alto, la ciudad está tranquila y silenciosa. Es tarde, pero capto atisbos de edificios familiares entre los tablones de madera por encima de mi cabeza. Hago una pausa ante uno que amenaza con provocarme lágrimas otra vez.

La taberna que tan tranquila solía estar siempre vibra ahora de luz y de sonido. Casi puedo sentir el agua retumbar por efecto de los pies que bailan en su interior y sacuden sus cimientos en la roca debajo de ella. Desde aquí, no alcanzo a ver el interior por las gruesas ventanas de ojo de buey, pero la cantidad de gente que sale por su puerta y nos obliga a hundirnos más bajo la superficie del agua es todo lo que necesito saber.

—Esa es la taberna de mi familia —susurro—. Y parece que va viento en popa. —A lo mejor me he convertido en una leyenda. O tal vez mi familia por fin pudo librarse de la marca negra que yo les impuse. Sea como fuere, ver que les va tan bien me hace soltar un enorme suspiro de alivio.

—¿Ah, sí? Siempre me pregunté por qué pasabas tanto tiempo ahí.

—Era el sueño de mi padre. Aunque mi madre debería haberse retirado ya, continuó con sus negocios para poder tener los crons suficientes con los que cumplirlo. Yo también aporté mi granito de arena. Y Em... —Dejo la frase sin terminar para contemplar la taberna con asombro. *Lo hiciste, papá. Ahora todo el mundo sabe lo buena que está tu cerveza.*

—No deberíamos demorarnos. —Ilryth toca mi codo con suavidad.

—Lo sé. —Aun así, no me muevo. Quiero quedarme hasta que sea lo bastante tarde para que Em, o mi padre, o mi madre salgan a recoger el cartel del exterior. *Solo para verlos por última vez...*

—Victoria.

Vale, vale. Ven. Me deshago de esos pensamientos fútiles y lo guio hacia una colección de redes ahí cerca—. Dejaremos el cofre aquí.

—¿Estás segura de que así les llegará?

Asiento.

—Estas son las redes de mi padre. Recoge cualquier pez que aterrice en ellas para sus asados y sus estofados.

Ilryth se mueve cuando no hay nadie a la vista: encaja el cofre en el centro de la red y enrosca los cabos a su alrededor varias veces. No puedo reprimirme de hacer unos cuantos ajustes después de que termine.

—¿Mis nudos no eran lo bastante buenos? —Ilryth cruza los brazos.

—Pues no. Pero no te preocupes, ahora tienes una amiga marinera.

—¿Amiga? —Arquea una única ceja pálida.

—Me has visto llorar. Solo mis amigos más cercanos me han visto llorar. —Me encojo de hombros. En verdad… solo unas tres personas me han visto llorar en toda mi vida, Ilryth incluido. Pero tampoco hace falta que sepa que se encuentra entre un grupo tan exclusivo.

—Necesitas marcarte unos estándares más positivos para las amistades. —No ha dejado de vigilar los muelles por encima de nosotros—. Deberíamos marcharnos antes de que alguien nos vea.

—Lo sé. —Las dos cosas. Deslizo los dedos por el cofre una última vez. He grabado mi nombre sobre la tapa. Dentro está mi brújula. Mi familia lo sabrá.

Será suficiente. Tiene que serlo. Es lo último que podré hacer nunca por ellos.

—Victoria. —Ilryth agarra mi otra mano, pero no tira. No me exige que nos marchemos. Se limita a sujetarla. Aunque su contacto parece distante. Incluso mi nombre tallado bajo las yemas de mis dedos es apenas perceptible.

Me estoy desvaneciendo. Es verdad que mi cuerpo se ha vuelto más magia que físico. Ahora que esto está hecho, utilizaré lo que queda de mi existencia para hacer lo correcto para el Mar Eterno, el Mundo Natural, los antiguos dioses, incluso para mi familia... e Ilryth. Por un momento, me quedo aturdida por lo mucho que él tiene que ver con mi determinación férrea.

—Muy bien, estoy lista.

Me ofrece su espalda y yo me agarro a él.

Nos alejamos de las luces de Dennow y bajamos hacia las sombras y la penumbra de los niveles inferiores del mar, mientras huimos de los ecos de las campanas de los faros que nos persiguen. Pasamos por delante del cementerio de cachivaches olvidados y descartados. Seguimos bajando, más allá del fango y la mugre que enturbian las aguas por encima de las corrientes más profundas.

—Gracias otra vez —digo con toda la sinceridad que hay en mí.

—No le des importancia.

—Sí que se la doy. —Le aprieto los hombros con suavidad—. Cuando regresemos, empecemos la siguiente fase de la unción. Quiero asegurarme de estar lista para Lord Krokan. No volverá a haber más sacrificios después del mío.

Gira la cabeza para mirarme al tiempo que ralentiza un poco el ritmo.

—Estás comprometida en serio, ¿no es así? —Asiento—. ¿No tienes miedo? —La pregunta es casi tímida, insegura. Está claro que se lo ha preguntado más de una vez después de la muerte de su madre.

—Un poco, quizá. —Me encojo de hombros. Mi tono despreocupado no es solo una fachada valiente. He llegado a hacer las paces en cierta medida con lo que me ha tocado en suerte—. Creo que por fin me he dado cuenta... por fin he aceptado... que es el lugar en el que estoy destinada a estar. Morí en el agua la noche que nos conocimos y he estado esquivando a la parca desde entonces. Ha llegado la hora de hacer lo que se espera de mí. Y se lo deba o no a otras personas, puedo hacer que mi vida signifique algo de verdad según mis propios estándares, independiente de nadie más.

Ilryth guarda silencio.

—Por si sirve de algo —dice después en voz baja—, creo que sofocarás la ira de Lord Krokan.

—Gracias por el voto de confianza. —Entonces se me ocurre otra cosa—. ¿Es esa la razón de que los emisarios de Lord Krokan atacasen mi barco? ¿Se sintió atraído por mí, por haber engañado a la muerte durante tanto tiempo?

—Es imposible saberlo. Nada de lo que ha hecho Lord Krokan desde hace años tiene ningún sentido. Incluso exigir sacrificios es una aberración.

—Voy a averiguar la causa —declaro—. Haré que me explique la razón de su ira para poder sofocarla.

Ilryth se ríe entre dientes, pero hay un tono un poco triste al final cuyo significado no logro descifrar del todo.

—Si consigues eso, realmente serías el mejor sacrificio con el que hubiésemos podido soñar jamás. —Hemos llegado a las pozas de viaje—. Agárrate.

Recoloco mis manos y aprieto mi cuerpo más cerca del suyo cuando nos aproximamos a la poza. Hemos encontrado un ritmo con nuestras caderas, su cola y mis piernas. Ya no chocamos con torpeza el uno contra el otro, sino que nos deslizamos, fluimos, nos movemos juntos. Cada vez me resulta más fácil estar cerca de él. Estar apretada contra él...

Aunque solo como amiga. No admitiré nada más. Cualquier otra cosa sería ruinosa para los dos.

Se zambulle en la poza y yo continúo agarrada a él. La misma oscuridad y la misma luz estelar nos envuelven antes de emerger otra vez al otro lado. Noto el habitual mareo momentáneo en mi cabeza cuando nuestra orientación cambia de golpe.

Ilryth se detiene y abre los brazos para ralentizar nuestro avance en un instante. Los músculos de sus hombros se abultan, lo cual expande las marcas de sus brazos. Todo su cuerpo se ha puesto rígido.

Sigo la dirección de su mirada hasta otro hombre, sentado sobre uno de los arcos que rodean las pozas de viaje. Su cola aguamarina contrasta con su piel clara, veteada de líneas tatuadas similares a las que cubren mi cuerpo. Lleva collares de perlas, decorados con conchas de distintos tamaños y formas.

El hombre nos observa a través de sus largas pestañas, del mismo color que su pelo castaño. Tiene un aspecto juvenil, quizá incluso más joven que Ilryth. Una leve sonrisa curva las comisuras de sus labios, pero la expresión solo me hace aferrarme a Ilryth aún más fuerte. Me alegro de que haya un hombre robusto entre mí y este desconocido.

Sea quien sea este otro sireno, me mira con ojos hambrientos. Y mira a Ilryth con destellos de desdén en sus ojos esmeraldas, un desdén que ni siquiera se molesta en disimular. Incluso el agua a su alrededor parece absorber las sombras del mar nocturno; reúne poder, y peligro. Y secretos.

—Vaya, vaya, duque Ilryth, menuda colección de delitos más sustanciosa. Deberías ser más sensato —lo regaña el hombre con suavidad, al tiempo que se da impulso contra el arco. Se desliza hacia nosotros, pero Ilryth permanece suspendido en el sitio, los músculos tan tensos que me sorprende que no se parta en dos—. Uno: tocar a la ofrenda y, al hacerlo, profundizar sus lazos con este mundo. Dos: sacarla del Mar Eterno. Tres: utilizar una poza de viaje sin la aprobación del coro. ¿Qué delito grave deberíamos enjuiciar primero?

Miro de un hombre a otro. *¿Delitos graves?* Ilryth mencionó los peligros de hacer estas cosas, pero no dijo nada de que fuesen un *delito*... Aunque tengo la concha colgada del cuello, me concentro en guardarme mis pensamientos para mí misma. No quiero que se me escape nada sin yo quererlo.

Ilryth no dice nada, pero esta furioso. Me sorprende que el agua a su alrededor no esté bullendo con su rabia.

—¿Qué habría pasado si ella se hubiese desvanecido? ¿Quieres que se vuelva a repetir lo de tu madre?

Evito hacer una mueca en nombre de Ilryth. Eso ha sido un golpe bajo.

—Nos fuimos apenas unos momentos, y ha sido para hacer algo absolutamente necesario —dice Ilryth con tono seco.

El hombre parece hacer caso omiso de su afirmación.

—Si el resto de nosotros no te importamos, no pasa nada, pero piensa en tus pobres hermanas. No creo que ellas pudiesen soportar otra desilusión debida a su hermano mayor.

Ilryth se propulsa hacia delante y su repentino movimiento me sorprende tanto que se me escapa de las manos. Me quedo flotando en medio del mar mientras él agarra al hombre por sus collares, luego los retuerce alrededor de sus puños, como si pretendiese estrangularlo.

—Mantén a mis hermanas fuera de tus pensamientos, Ventris —gruñe.

—¿Vas a atacar al Duque de la Fe? ¿Tres delitos no te parecían suficientes? ¿Quieres añadir otro más? —Ventris no pierde la calma, aunque las cadenas empiezan a clavársele en el cuello.

Hay movimiento en el agua a lo lejos. Siete sirenas brotan del lecho marino como si fuesen grandes tortugas emergiendo de la arena. Se sacuden con expresiones serias e intensas.

—Ilryth... —trato de advertirle.

—Sospechaba que podrías ser propenso a la impetuosidad, así que traje apoyo —continúa Ventris, ignorándome por completo—. Guardias, apresadlo.

—¿Vas a usar en mi contra a los hombres que entrenamos mi madre y yo? —pregunta Ilryth espantado cuando por fin ve a los guerreros que vienen hacia nosotros.

—Puede que los hayas entrenado tú, pero no son «tuyos». Sirven a la voluntad de los antiguos dioses y del Árbol de la Vida por encima de todo lo demás. Un modelo que te sugiero que sigas más pronto que tarde.

Ilryth suelta a Ventris cuando los guerreros se acercan. Los hombres y mujeres rodean a Ilryth, cuyos brazos cuelgan ahora flácidos a sus lados. No opone resistencia. Baja la barbilla hacia el pecho, pero veo sus hombros temblar de la ira apenas contenida que aún palpita a través de sus músculos.

—Esperad, no, esto no es... —*¡Tengo que hacer algo!*—. Fue allí por mí. Yo lo *obligué* a hacerlo. Esto no es culpa suya.

—Su Santidad. —Ventris se acerca a mí y deja a Ilryth en manos de sus hombres, y eso es lo único en lo que puedo concentrarme. No lo están maltratando de ningún modo, pero ver a tantos a su alrededor, armados con lanzas y miradas intensas, hace que se me cierre la garganta de la ansiedad—. No temas por él. Sigue siendo un duque del Mar Eterno. Lo tratarán con el respeto debido a su rango... cuando se una otra vez al coro en su canción, lo cual nos garantizará que todavía comprende bien las leyes de nuestra gente.

Unas leyes que yo apenas comprendo todavía. Así que estoy jugando con fuego cuando vuelvo a hablar.

—Si el coro y tú queréis hablar con alguien, hablad conmigo.

—Eso también sucederá. —Me agarra de la muñeca.

—¡Suéltame!

Ilryth gira en el sitio, un destello de ira letal en los ojos.

—Suéltala, Ventris.

—¿De repente te importa quién toca a la ofrenda? —Ladea la cabeza en dirección a Ilryth y esboza una pequeña sonrisa serpentina—. Solo la voy a llevar al castillo. Hace mucho que el Ducado de la Fe debía haberse hecho cargo de su unción. Mira toda la piel en blanco que tiene todavía. —Ventris desliza los ojos por todo mi cuerpo, lo cual hace que un escalofrío baje a toda velocidad por mi columna—. No te preocupes ni un segundo más por tu *pequeño experimento*, Ilryth. Me encargaré en persona de su preparación de ahora en adelante.

—He dicho que *la sueltes* —gruñe Ilryth.

—Puedo hablar por mí misma —les recuerdo a todos con brusquedad, y arranco mi muñeca de la mano de Ventris. Eso devuelve toda la atención a mí. Lo miro a los ojos con arrogancia, y guiño los míos con la mayor desaprobación que soy capaz de reunir—. Soy el sacrificio, ya ungida en parte para Lord Krokan. *Respetarás* mi conexión cada vez más rota con este mundo y no volverás a tocarme. Ahora comprendo cómo funcionan las pozas de viaje e iré de manera voluntaria.

Es extraño hacer un uso forzoso de la autoridad, en especial cuando esa autoridad viene del hecho de que estoy a punto de ser sacrificada. Pero en este momento, no me importa. *No*... no solo ahora. Soy el sacrificio para Lord Krokan. Soy la que acabará con este terrible ciclo en el que está atrapado el Mar Eterno. No es inapropiado por mi parte exigir el respeto debido a mi posición.

Las aguas están muy quietas. Silenciosas. Todos los guerreros tienen la vista clavada solo en nosotros dos. Por el rabillo del ojo, veo que incluso Ilryth entreabre un poco los labios por la sorpresa. Me pregunto si alguien le había hablado a Ventris de este modo alguna vez. Está claro que tiene una opinión muy elevada de sí mismo, así que lo dudo, pero eso solo me hace querer forzar sus límites aún más.

—Muy bien, Santidad. —Se lleva la mano que me ha ofendido al pecho y hace una leve reverencia—. Entonces, si tienes a bien, sígueme, por favor.

Me giro hacia Ilryth, que me dedica un asentimiento discreto. Ventris se da cuenta de que busco la aprobación del otro duque y eso dibuja una arruga entre sus cejas mientras resulta obvio que trata de reprimir una mueca de desagrado.

—Haré lo que me pides. —Hago acopio de toda la afectación que vi usar a los lores y las damas en las fiestas de Applegate cuando me dirijo a Ventris una vez más—. Detrás de ti, Excelencia.

Ventris se inclina un poco hacia delante para meterse en mi espacio personal. La expresión de Ilryth se vuelve cada vez más oscura e intensa a medida que se acerca. Las siguientes palabras que dice son solo para que las oiga yo.

—Eres nueva en nuestro mundo, por lo que eres ignorante, y estás marcada para los antiguos dioses. La más sagrada de las sagradas, merecedora de veneración... pero no toleraré faltas de respeto, en especial de una humana. Me *mostrarás* el decoro debido.

Entorno un poco los ojos.

—Eso ya lo veremos, Ventris. —Evito a propósito sus títulos, y tiene el efecto deseado. Más incluso.

Gira sobre sí mismo y nada hacia abajo. Lo sigo, contenta de que Ilryth nunca hubiese ralentizado el ritmo por mí cuando nos movíamos por ahí. Mi natación es ahora más fuerte, más confiada, y ya no da la impresión de que tenga que hacer grandes esfuerzos para mantenerle el ritmo a una sirena. Varias semanas en el Mar Eterno han transformado por completo mis movimientos en el agua.

Ilryth y los guerreros vienen detrás de mí. Giro la cabeza hacia atrás y me topo con los ojos marrones del duque una vez más. Están llenos de preocupación y de…¿tristeza?

Me arriesgo a hablarle solo a él, con la esperanza de que con la concha y la práctica suficiente, ninguno de los otros me oiga.

—Todo irá bien —le digo.

—No vuelvas a hablarme a menos que yo me dirija a ti —dice Ilryth con firmeza. Pensaría que estaba siendo maleducado de no ser por la preocupación que impregna sus palabras. Está tratando de protegerme. Lo siento en la canción que vibra en mis huesos, más fuerte que nunca.

Asiento con discreción y me giro hacia delante otra vez, al tiempo que hago acopio de valor para lo que sea que me aguarde al otro lado de la poza de viaje.

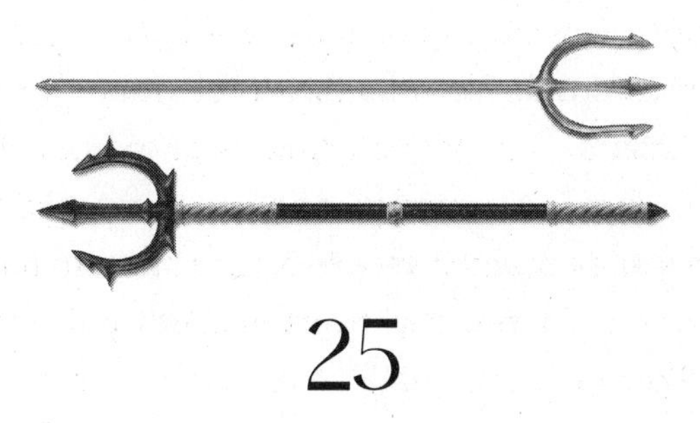

25

Nadamos hacia abajo. Noche y luz estelar. Nadamos hacia arriba hasta un lugar nuevo. Creo que he mejorado mi habilidad para moverme a través las pozas de viaje, pues me siento menos desorientada cada vez que paso a través de una.

La poza de la que emerjo está asentada en el centro de un jardín subacuático, lleno de vida y enmarcado por paredes de piedra y un enrejado similar a una jaula de pájaro en lo alto. Unas anamnesis más grandes que las que Ilryth hizo crecer por arte de magia en la Fosa proyectan una luz pálida por el espacio y lo protegen de la podredumbre roja que flota por las corrientes justo al otro lado de la jaula. Los árboles fantasmales brotan de camas de algas tipo musgo, salpicadas de rocas y corales que han sido esculpidos con formas geométricas y en espiral, enmarcados por abanicos que oscilan con suavidad.

Ventris flota en el resplandor de una de las anamnesis, las manos detrás de la espalda, mientras espera a que emerjan todos los demás.

—Llevad al duque a las salas de juicio mientras aguarda a la siguiente canción del coro —les ordena Ventris a sus guardias.

Ilryth aún tiene cara de pocos amigos, pero no opone resistencia. Tiene mucho más autocontrol que yo, que no puedo reprimirme de intervenir.

—No vais a meterlo en la cárcel —digo con firmeza. Ventris me mira y parpadea.

—¿Cárcel?

—Es el sitio donde los humanos encierran a otros en jaulas —le explica Ilryth.

—Ah, gracias. Tus extensos conocimientos sobre los humanos nunca dejan de asombrarme. —La forma en que Ventris dice «asombrarme» me lleva a creer que no lo dice en serio. Ventris se gira hacia mí—. Su Santidad, en el Mar Eterno no hay «cárceles». Nosotros no enjaulamos a la gente como bestias.

—¿Ah, no? —El concepto es desconocido para mí.

—No. El duque Ilryth tendrá todas las comodidades, como cualquier otro, pero aún más debido a su rango, hasta que el coro pueda reunirse y discutir el mejor rumbo de acción para pagar por sus delitos.

—No incurrió en ningún delito. Fui yo la que le exigió ir. Le *obligué* a hacerlo. —No es justo que él tenga que cargar con la culpa de mis errores. Ya hice sufrir a mi familia por ellos; no permitiré que vuelva a ocurrir con él.

—Eso tendrá que decidirlo el coro. Yo no cuestiono las costumbres de tu gente. No cuestiones tú las nuestras —me dice Ventris, su tono tan frío como el mar a medianoche.

—No te preocupes, Victoria. —Ilryth llama así mi atención, me mira a los ojos y me regala una pequeña sonrisa. La verdad es que, viéndole escoltado por un grupo entero de guardias, no es un gesto que me tranquilice mucho. ¿Necesitarían tantos para someterlo? Ni siquiera va armado—. Estaré bien. Volveremos a vernos pronto.

Su actitud tranquila es lo contrario a la advertencia que me dio hace apenas unos momentos. Ilryth parece calmado y relajado, pero sé que las apariencias pueden ser engañosas. Como duque, es tan hábil como yo a la hora de ocultar sus verdaderos sentimientos.

—Muy bien. —Asiento—. Espero volver a verte pronto, Ilryth —añado, para que me oiga Ventris. Quiero que no haya ninguna duda de que no me quedaré tranquila y callada si le ocurriese algo malo a mi duque.

Se llevan a Ilryth y me alivia constatar que los guardias no le ponen la mano encima. Parece tranquilo, al menos de cara al exterior.

—Y ahora, si tienes a bien seguirme, Victoria —dice Ventris.

—Prefiero que me llames «Santidad» —digo con frialdad. Quiero que haya distancia entre nosotros, no familiaridad. Este hombre me transmite una sensación incómoda y hace mucho que aprendí a confiar en mis instintos.

El rostro de Ventris no muestra emoción alguna.

—Por supuesto, Santidad. Deseo acompañarte a tus aposentos para que podamos continuar con tus bendiciones y preparativos. Solo los dioses saben que todavía debemos hacer muchas cosas para lograr que una humana sea digna, al menos en parte, de presentarse ante un antiguo dios.

—Pareces albergar una extraña cantidad de desdén por la humana que va a convertirse en el sacrificio de tu gente.

Ventris se inclina hacia delante, mientras su boca hace un esfuerzo visible por no fruncirse en una mueca de desagrado.

—Si yo hubiese estado ahí la noche en que el duque Ilryth te reclamó, jamás habrías llevado las marcas de Lord Krokan como su sacrificio. Si hubiese dependido solo de mí, habría nadado a tu triste mundo sin magia y habría borrado esas marcas yo mismo antes de que fuese demasiado tarde. Pero me derrotaron en la votación sobre este pequeño experimento.

—¿Preferirías ver a una de las tuyas sacrificadas en mi lugar? —¿Acaso cree que esa alternativa es mejor?

—Es un *honor* entregar la vida a Lord Krokan por el bien de los antiguos dioses, una bendición que dudo que tú comprendas. —Tiene razón. Está claro que veo esto mucho más como una maldición que como una bendición—. Pero lo hecho, hecho está. Solo espero que este riesgo que Ilryth ha elegido para todos nosotros no haga que la ira de Lord Krokan aumente.

—No lo hará —le aseguro. Si no había estado ya lo bastante decidida antes, lo estoy ahora. Ventris me recuerda a todos los hombres que me dijeron que no podría ser buena capitana de barco porque era demasiado joven, o demasiado emotiva, no lo bastante violenta, o porque me faltaba la moral adecuada, como perjuradora que era.

—Y ahora, si tienes a bien seguirme. —Podía expresarlo con toda la educación que quisiera, pero está claro que el sentimiento es resentido. Y que no tengo demasiada elección en este tema.

Giro la cabeza hacia atrás una última vez para mirar hacia el túnel por el que ha desaparecido Ilryth. Los guerreros y él hace largo rato que se han marchado. No me queda otra opción que seguir a Ventris en dirección contraria. Nunca pensé que el hombre que me arrebató de mi mundo para convertirme en un sacrificio pudiera parecerme mi puerto seguro.

—¿Dónde estamos? —Quiero empezar a recopilar tantos datos como pueda sobre mis nuevas circunstancias, aunque luego voy a confirmar toda la información que me den con Ilryth.

—Estamos en el corazón del Mar Eterno, los cimientos más antiguos de nuestros antepasados, cerca de la base del Árbol de la Vida y del borde del Abismo de Lord Krokan. En los salones del canto.

Cuando llegué aquí por primera vez, recuerdo haber visto un castillo a lo lejos. Supongo que ahí es donde estoy ahora.

—¿Y a dónde me llevas?

—A la sala de la ofrenda.

—¿Tengo una sala propia? —Arqueo las cejas.

—Tampoco te precipites, humana.

—Para adorar tanto a Krokan, pareces adoptar a menudo un tono muy poco respetuoso con sus sacrificios. —Destacar todo el rato mi inminente muerte no es una experiencia demasiado agradable, pero empiezo a acostumbrarme. Y lo que es más importante, parece estar llevando a Ventris a nuevos niveles de frustración y *eso* me está divirtiendo demasiado como para dejar de hacerlo.

—Para ti es *Lord* Krokan. —Ventris se gira hacia mí a toda velocidad. Su frente joven muestra profundas arrugas, como si se hubiese pasado toda la vida hasta ahora con el ceño fruncido—. No creas que solo porque conoces algunas palabras de los antiguos y tienes las bendiciones de Lord Krokan sobre tu cuerpo de repente tienes el control aquí.

—¿Oh, no lo tengo? —Me inclino hacia delante, las manos en las caderas—. Todos vosotros me necesitáis.

—Y obtendremos de ti lo que necesitamos, de una manera o de otra.

—Quieres que te tenga miedo. —Mis palabras son suaves como la seda, pero fuertes como el acero, y no he retrocedido ni un centímetro mientras él se alza amenazador por encima de mí—. Pero no lo tengo.

—Entonces, olvidas cuál es tu lugar.

—No, sé que necesitáis que participe en la unción. No la podéis forzar sobre mí. Debo aprender las palabras. Y también sé que es demasiado tarde para encontrar a otra para el sacrificio. Quedan solo unos pocos meses para el solsticio de verano. —Me alejo un poco con una sonrisa de suficiencia—. Así que dejemos a un lado el postureo, ¿no te parece?

Da la impresión de que, en cualquier momento, a Ventris podrían empezar a salirle burbujitas por sus orejas en forma de aletas a causa de toda la ira acumulada que está conteniendo detrás de su cara sofocada. Sin embargo, se mete por el túnel sin decir ni una palabra más. Lo sigo y dejo el tema estar por el momento.

Ventris me conduce hasta una lujosa habitación revestida de mármol, con espejos de marcos plateados. Hay también una cama nido de algas y esponjas marinas. Dos armarios flanquean la abertura a un balcón y unas macetas pequeñas por encima de ellos brillan con esquejes de anamnesis. Todo el castillo está salpicado de ellos, y sospecho que todos están detrás de la barrera que rodea este lugar, para mantener fuera la podredumbre roja.

—Por favor, ponte cómoda —dice Ventris, aunque dudo que le preocupe mucho mi comodidad—. Pero ni se te ocurra marcharte.

Soy el Duque de la Fe y es mi responsabilidad, y un honor, ser el que más en armonía está con las canciones de Lord Krokan. Sabría al instante si se utiliza alguna poza de viaje, o si abandonas la protección de mi ducado.

No me extraña que supiera que me había marchado, ya para empezar... Me pregunto si cuanto más ha progresado mi unción, más fácil le ha resultado sentirme. Froto las marcas de mis brazos de manera inconsciente, pero paro en cuanto me doy cuenta del movimiento. *No reveles tu incomodidad, Victoria.*

—Jamás se me ocurriría marcharme —me obligo a decir, haciendo caso omiso de la inquietud que no hace más que aumentar cuanto más se demoran sus ojos en mí. Una película pegajosa cubre todo mi cuerpo ante la idea de que este hombre pueda observar mis movimientos. Espero que su percepción de lo que estoy pensando no sea tan precisa, sino más bien un «si me marcho del Mar Eterno» en general, como dijo él. Sin embargo, dada la advertencia de Ilryth... no me fío de que nada sea tan sencillo. Debo tener cuidado y llegar hasta Ilryth lo antes posible para aprender todo lo que pueda acerca de Ventris y sus habilidades mágicas.

—Bien. Empezaremos la última fase de tu unción en cuanto los asuntos con Ilryth estén zanjados.

—Me gustaría ir a verlo —digo antes de que el duque pueda marcharse.

—Estará recluido hasta que se presente ante el coro mañana.

—Por la mañana, entonces, antes de que vaya.

—No deberías tener tanto interés en ver a una persona de este mundo —dice con un deje de advertencia—. Deberías estar cortando tus lazos con la vida para reunirte con la muerte.

—También debo profundizar mis lazos con los antiguos, que es en lo que me estoy centrando —insisto—. El duque Ilryth es quien me marcó para Lord Krokan. Él es quien empezó mi unción y el que me enseñó las canciones de los antiguos. Ya tenemos un método establecido para mis enseñanzas. La unción progresará más deprisa si él puede continuar enseñándome.

Ventris me mira con recelo. Casi puedo sentir cómo hurga entre mis palabras, cómo intenta desmenuzarlas. Conozco a los hombres como él. Está buscando algún tipo de debilidad que pueda explotar, o alguna ventaja que pueda utilizar en mi contra. No se las daré.

—Por supuesto que es por eso. Me encargaré de que así sea. —Con eso, Ventris se marcha.

Me creo que se encargará de ello, pero no me creo que se haya tragado que solo quiero ver a Ilryth por un sentido del deber como ofrenda. Tampoco lo culpo por ello. Después de todo, tiene razón de sospechar.

Deba o no deba romper mis lazos con este mundo... *Ilryth me importa*. Es mi amigo. Se está... convirtiendo en algo más. Pero me niego a darles a esas emociones espacio para florecer y crecer. Por mi bien, por el suyo, y por el de toda nuestra gente. Estoy acostumbrada a levantar paredes alrededor de mi corazón y a tragarme mis emociones.

En lugar de dirigirme hacia la cama, nado hasta el arco que conduce al gran balcón con forma de medialuna. Encuentro que cada vez me canso menos. Primero, noté que necesitaba menos..., no, ninguna comida en absoluto. Ahora, el sueño empieza a ser opcional. ¿Llegará un punto en el que no necesite dormir para nada? ¿Dejará algún día de latir mi corazón mientras me estoy moviendo y será solo la magia la que me mantenga con vida?

El balcón es el único que da a este lado del castillo. No me sorprende, pues se asoma sobre el enorme Abismo allá en lo bajo. En torno a todo el castillo hay una tenue aura plateada. Debe de ser la burbuja que vi a su alrededor cuando llegué por primera vez al Mar Eterno. Es idéntica a la barrera neblinosa que rodeaba el Ducado de las Lanzas. Sospecho que, además de las anamnesis, hay otra lanza, similar a la Punta del Alba, aportando su protección.

Aquí estoy aún más cerca de la superficie que en el complejo de Ilryth, cerca de la Fosa. Calculo que la profundidad es equivalente a un edificio de un piso. La luz de la luna llega hasta mí con rayos más brillantes, pero esa no es la única fuente de luz. Oscilando muy alto por encima de la superficie del agua, como nubes plateadas, veo las ramas de un enorme árbol que solo puedo asumir que es el Árbol de la Vida.

Sus raíces se hunden en el agua y emiten la familiar neblina roja cuanto más hondas están; y llegan a unas profundidades inimaginables. La plataforma subacuática se curva a nuestro alrededor y se extiende hacia atrás, alejándose del castillo, con la mitad del árbol encaramada a su escarpado arrecife. La otra mitad se extiende hacia el olvido.

Abajo, en la oscurísima profundidad de un océano tan inmenso que nunca ha conocido la luz, veo el más leve contorno de movimiento. Unos tentáculos gigantescos se deslizan por el agua teñida de óxido como la capa andrajosa de la Muerte misma. Me acerco a la barandilla del balcón, de lo más innecesaria debajo del agua y cuya existencia es meramente estética. Pero me da algo a lo que agarrarme, me ayuda a sentir como que hay algún tipo de barrera entre mí y ese enorme abismo que amenaza con engullirme de una pieza.

Un destello verde corta un instante a través de la penumbra y, por un momento, sé que los ojos de un antiguo dios me están mirando. Puede percibirme. Sabe que estoy aquí y que pronto estaré lista para presentarme ante él.

No puedo reprimir el escalofrío que sube por mi columna y atora mi garganta con un sabor a bilis. Pronto... me entregarán a la oscuridad. Pronto me tendrá entre sus garras.

Casi puedo sentir cómo me habla: *Ven a mí. Ven a mí y conoce a la Muerte.*

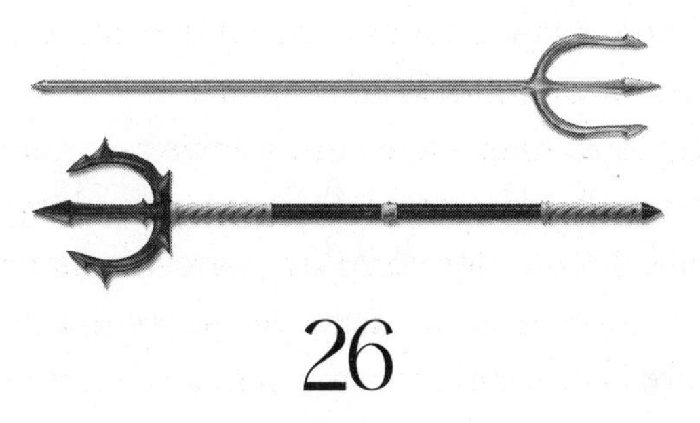

26

Empieza a amanecer. La luz brilla a través de los arcos que conducen a mi balcón, teñida de un rojizo tono aguamarina al filtrarse por la podredumbre y el océano. He pasado la noche en mi cama, intentando no preocuparme demasiado por Ilryth ni pensar en la bestia que acecha al otro lado de la barrera. Aun así, con la salida del sol, me siento atraída hacia la barandilla de nuevo. Aunque solo sea para confirmar mis sospechas de la noche anterior.

En realidad, la luz no entra del todo en el Abismo. Los rayos del sol iluminan el tronco del Árbol de la Vida, pero el resplandor se pierde enseguida a medida que la madera se divide en raíces. El agua cambia de un pálido color verde azulado en la parte de arriba a un azul más oscuro e intenso teñido de rojo después y, por último, al color del cielo entre las estrellas cuando la podredumbre transforma el océano en un morado oscuro y giratorio.

Curiosamente, de alguna manera, Krokan es menos visible a la luz del día. A lo mejor duerme. O quizá no lo viese en absoluto la noche anterior. Tal vez fuese solo miedo y ansiedad al ver por fin el Abismo al que me van a enviar. Agarro la barandilla del balcón con fuerza. ¿Qué le impide al dios venir a reclamarme ahora? Seguro que no esa endeble barrera plateada. Puede que mantenga la podredumbre fuera, pero sospecho que haría poco contra un dios primitivo.

¿Qué más acecha en esas profundidades? ¿Más emisarios de Lord Krokan? Es probable. Almas perdidas que esperan a cruzar al Más Allá pero son incapaces de hacerlo porque Lord Krokan, en su enfado, se lo impide. Almas que se convertirán en espectros mientras están a remojo en ese mar de muerte.

Esa idea hace que mi mente divague hacia mi tripulación. ¿Se convirtieron todos en esos espíritus atormentados? ¿O están las almas de algunos todavía ahí abajo, en ese mundo de noche eterna? ¿Atrapadas y esperando a que las conduzcan al Gran Más Allá? La culpa me invade de nuevo. No importa cuántas veces intente racionalizar su pérdida; con razón o sin ella, la sensación de culpa nunca se va del todo. Dudo que vaya a hacerlo jamás.

Trago con esfuerzo y envuelvo los brazos a mi alrededor para protegerme de una repentina corriente fría en el agua. Si están ahí abajo, tendré que enfrentarme a ellos una vez más.

Cierro los ojos y dejo escapar un suspiro. En toda mi vida, he abandonado un solo desafío: Charles. Él fue el único error del que era mejor alejarse, en lugar de perder tiempo y esfuerzo en algo que no tenía remedio. En cambio, después de él, todos los demás desafíos de mi vida me han parecido superables. Si pude prosperar después de él, puedo hacer cualquier cosa.

Abro los ojos una vez más y observo la oscuridad, con la esperanza de que Krokan me sienta con la misma intensidad que yo sentí su presencia ayer por la noche. Que el antiguo dios sepa que estoy lista para él. Que me he enfrentado ya antes a la muerte y no tengo miedo. Solo es una tormenta más en la que adentrarse con convicción.

—Su Santidad. —Ventris interrumpe mis pensamientos. Doy media vuelta para encontrarlo, con un guerrero a cada lado, a la entrada de mi habitación—. Confío en que hayas encontrado tus aposentos cómodos durante la noche.

—Son estupendos. —Nado de vuelta por debajo del arco y entro en mi habitación—. ¿Qué pasa con Ilryth?

Una leve sonrisa asoma a los labios de Ventris. No parece sincera.

—Hubiese esperado que estuvieras más centrada en conversar con Lord Krokan, ahora que estás ante el Abismo, que en pensar en el Duque de las Lanzas.

—Es difícil conversar cuando mi compañero de dueto está lejos y el futuro de mi unción es incierto. —Lo digo como si eso hubiese debido ser obvio para él, mientras una pequeña sonrisa impertérrita juguetea sobre mis labios.

—¿Dudas que pueda encargarme de tu unción? —pregunta, con un tono de lo más ofendido.

—Tranquilízate, Duque de la Fe, no hay ninguna necesidad de mostrarse tan emotivo. —Como era de esperar, eso lo irrita aún más, lo cual me produce un placer nada insignificante—. Lo único que pasa es que no te conozco.

—Bueno, en verdad esa es la razón de que esté aquí —se apresura a decir. Como si quisiera demostrar que me equivoco. Ventris es joven y está obsesionado con su poder. Si alguien lo desafía, siempre va a corregirlo en exceso—. El coro se va a reunir ahora para estudiar sus delitos…

—No ha cometido ningún delito —le recuerdo.

—Eso lo decidirán los otros duques y la duquesa cuando el coro se reúna para cantar. —Ventris cruza las manos delante de él y trata de mostrarse como la viva imagen de la compostura. No me dejo engañar ni por un momento—. Mientras tanto, deberíamos continuar preparándote para tu sacrificio. Disponemos de poco tiempo y quedan muchas marcas por hacer.

—Podremos hacer esas marcas después de que haya visto a Ilryth —insisto. La mayor baza que tengo aquí es mi disposición, o la falta de ella, a realizar sus rituales y preparativos.

En verdad, no creo que quiera posponer este deber que me han impuesto durante demasiado tiempo. Ahora que he visto el Abismo, lo único en lo que puedo pensar es en la posibilidad de que parte de mi tripulación pueda estar en esas profundidades, deambulando y perdidos. Más de ellos volverán por la Fosa Gris, intentarán regresar al mundo del que proceden. En el ojo de mi mente, están perdidos y confusos y los guerreros de Ilryth están tratando de darles caza. No me extraña que los fantasmas pierdan todas sus emociones más allá del odio y la ira. Es muy probable que no entiendan lo que les ha pasado; lo único que quieren es volver a casa, pero ahora la gente está intentando matarlos por segunda vez.

Me necesitan. Todas las almas de ahí abajo necesitan que sofoque la ira de Krokan y restaure el orden natural. No puedo abandonarlas. Pero sí puedo fingir indiferencia si eso me ayuda a llegar hasta Ilryth. Él es el único en quien creo poder confiar aquí, y sin su guía me estremezco solo de pensar en los problemas en los que me puedo meter en este extraño mundo.

—Queda poco tiempo antes de que el coro se reúna.

—Poco tiempo es tiempo suficiente.

La frustración que trata de disimular como diversión ilumina los ojos de Ventris.

—Tu tenacidad te servirá bien cuando tengas que guiar a todas esas almas indisciplinadas y expectantes al más allá.

—Estoy impaciente por hacerlo... después de asegurarme de que Ilryth está bien atendido. —Nado hasta Ventris y me paro justo delante de él, por encima de él—. Ahora, llévame con él. —Ilryth me ha hecho infinidad de favores desde que llegué aquí, incluso antes de eso. Le debo la vida que tuve durante los últimos cinco años y el futuro de toda mi familia. Apoyarlo ahora es lo menos que puedo hacer.

—Como desee Su Santidad. —Inclina la cabeza y da media vuelta para salir de la habitación. Lo sigo de cerca. Los guerreros cierran la marcha.

Nadamos a través de túneles, habitaciones y salones del castillo. Hay pequeñas zonas íntimas que contrastan con salones grandes y fastuosos. Una serie de elaborados jardines miran hacia el mar, protegidos de la podredumbre que infecta las aguas abiertas por la barrera plateada, así como por unos tubos de corales apretados con marcas grabadas parecidas a las que llevo yo tatuadas en la piel, como las que vi en casa de Sheel. Me pregunto cuántas de esas inscripciones están ahí por protección, añadidas a lo largo de los últimos cincuenta años de la ira de Krokan.

Llegamos a una abertura cubierta por una cortina de algas, en lo que parece el lado opuesto de la estructura a donde me albergo yo. Hay otros dos guerreros apostados a ambos lados. Se enderezan al vernos y sujetan sus lanzas en posición de firmes cuando nos acercamos.

—Duque Ilryth, Su Santidad ha venido a visitarte —anuncia Ventris, que se ha detenido justo delante de la cortina de algas.

—Pasa, Victoria.

Me adelanto y paso por un lado de Ventris. Cuando él también se mueve, lo detengo con una mano levantada.

—Deseo ver a Ilryth a solas. —No me molesto en hablarle solo a Ventris. Que me oigan todos, incluido Ilryth. Antes de que Ventris pueda objetar, continúo hablando—. Gracias por tu comprensión. No tardaré mucho, para que vuestro coro no se retrase.

—Agradezco tu consideración. —Las palabras son tan tensas como sus labios fruncidos.

Sigo adelante y los dejo a todos ahí plantados. La cortina de algas es gruesa y, por un instante, bloquea toda la luz cuando paso a través. Aparezco en una habitación que es mucho más pequeña que la mía, pero no peor equipada. Unas ventanas grandes, sin cristales, dan a la ciudad al otro lado. Desde luego que parece más un cuarto de invitados que algún tipo de prisión, lo cual afloja el nudo de tensión que había estado tirando de mis costillas.

Sin embargo, Ilryth no está por ninguna parte. Me giro para buscarlo, solo para toparme con dos manos que se estiran hacia mí y agarran los dos lados de mi cara. Debía de haberme estado esperando al otro lado de la puerta, listo para abalanzarse sobre mí.

Las palmas de sus grandes manos acunan mi cara con ternura. Sus ojos brillantes llevan toda la intensidad del mundo mientras me mira desde lo alto. Ilryth todavía se está moviendo. Tira un poco de mí hacia él, al tiempo que baja a mi encuentro.

Sin previo aviso, su cara está tan cerca de la mía que, de haber estado fuera del agua, hubiese podido sentir su aliento. En sus ojos alcanzo a ver cada mota dorada, cada profundidad castaña, tan bellas como un bosque moteado por la luz del atardecer. Me fijo en que tiene pecas. Unas muy muy tenues, salpicadas por la nariz y las mejillas, como las constelaciones que me guiaron durante años.

Todo mi cuerpo está en tensión, pero ahora por razones muy distintas que con Ventris. El nudo ha abandonado mi pecho y ha caído hasta mi bajo vientre. El deseo me invade de arriba abajo, anhelo algo que no he tenido desde hace años… algo que nunca pensé que pudiera volver a tener.

¿Está a punto de besarme? Sus párpados empiezan a cerrarse. Sus labios están relajados. Me encuentro levantando la cara hacia él en contra de mi voluntad. Mis propios ojos aletean para cerrarse.

No puedo… *No debería.* Este es territorio peligroso. Estoy marcada para la muerte. Él tiene prohibido tocarme y ya no estamos en sus dominios, donde puede hacer excepciones a las reglas. No puedo poner en riesgo su bienestar de esta manera…

Enredarme con este hombre peligrosamente apuesto, aunque solo fuese por satisfacción física, es un riesgo que ninguno de los dos podemos correr.

Porque tú no eres capaz de limitar las cosas solo a lo físico, Victoria, me advierte mi cerebro. *Si lo besas, te enamorarás de él.*

En serio, no puedo estar empezando a sentir cosas por el primer hombre de ojos brillantes y sonrisa cálida al que permito acercarse a mí desde Charles, ¿verdad? Soy más fuerte que eso. Soy más sensata que la chica que era. He aprendido de mis errores: *no* enamorarme demasiado deprisa, *no* desear demasiadas cosas.

El pánico compite ahora con la lujuria y el deseo. Debo detenerlo, por el bien de ambos. Levanto mis manos, las apoyo en su pecho, dispuesta a apartarlo de mí. Pero lo único que siento son unos músculos calientes y robustos debajo de mis dedos, y mi fuerza de voluntad se quiebra. Olvido que debo proyectar mis pensamientos para que los oiga. Muevo la boca por instinto en un débil intento de objetar.

Su nariz roza contra la mía. *Oh, por los antiguos dioses,* me va a besar y no quiero que pare. Quiero que sus manos se deslicen desde mi cara a mis hombros. Quiero que las yemas de sus dedos rocen mis pechos, que me tienten de todas las maneras que he tenido prohibidas.

Una vez más, antes de morir, quizá vuelva a sentir. Quizás olvidemos toda precaución y nos entreguemos a la pasión y la lujuria. He ocultado mi corazón roto ya una vez; puedo volver a hacerlo. Y tal vez los pedazos que queden de ese órgano infernal no sean suficiente para enamorarme. Tal vez pueda olvidar lo ocurrido una vez que esté satisfecha. Una canción de los antiguos sería suficiente para que olvidara que Ilryth y yo existimos una vez, si la cosa llega a ese extremo. Tal vez...

Su frente toca la mía. Pero Ilryth no se mueve. Abro los ojos y encuentro los suyos aún cerrados, su ceño fruncido un poco, con una concentración intensa.

—Solo dispondremos de un momento antes de que Ventris empiece a preguntarse por qué no estamos hablando —dice—. Es arriesgado hablar aquí sin tocarse. Seguro que Ventris emplea los hechizos protectores y las bendiciones para escuchar lo que se dice dentro de esta habitación. El contacto nos ayudará a hacer que la conexión sea más fuerte y privada.

De repente, cuando el agua del océano apaga la llama incipiente que había estado creciendo en la boca de mi estómago, soy consciente de lo fría que está. Me quedo colgando inerte en el agua, sujeta en el sitio por sus manos.

Serás tonta, Victoria, no estaba intentando besarte... Estaba intentando hablar contigo. ¿Por qué querría un hombre como él, con tantas perspectivas y tanta vida por delante, besar a una mujer marcada para la muerte? Agradezco que el collar que me dio Fenny guarde solo para mí esos pensamientos amargos y la risa interna y seca que los siguen.

Pero ¿es necesario que esté tan cerca, si lo único que hace falta es tocarse? No me atrevo a preguntarlo. No lo creo, pero no quiero que pare… ¿Tan mal está que una mujer anhele un poco de calor antes de que su vida se acabe?

Los ojos de Ilryth se abren un poco, se topan con los míos. La mirada es intensa, tan cerca como estamos.

—Me van a llevar ante el coro. No debería ser un proceso largo, y después iré a buscarte de nuevo.

—¿Va todo bien ahí dentro? —nos llega la voz de Ventris.

Oigo a Ilryth maldecir en el fondo de su mente. Lo aparto son suavidad antes de contestar a Ventris.

—Por supuesto, ¿por qué no iba a ir bien?

—Parecíais muy callados.

—¿No pueden dos personas hablar entre sí? —Echo un vistazo rápido a la cortina de algas detrás de mí para asegurarme de que no está entrando por ella.

Se produce una pausa breve.

—Sí, claro que pueden. Solo quería asegurarme de que todo fuese bien.

Si no hubiese estado intentando escuchar lo que decíamos, no sonaría tan confuso y alarmado. Sonrío y siento un gran placer ante la idea de frustrar los deseos de Ventris. Espero que se esté devanando los sesos, frustrado en cuanto a la razón por la que no puede oírnos. No me cabe ninguna duda de que los símbolos tallados que he visto por todo este lugar son también indicadores de cómo su pequeña magia mezquina trata de llegar a todos los rincones.

Me echo hacia atrás y vuelvo a apoyar la frente contra la de Ilryth. Me deleito en la sensación de iniciar esta cercanía, aunque solo sea a efectos prácticos.

—¿Qué puedo hacer para ayudarte hoy?

Ilryth niega con la cabeza, su nariz casi en contacto con la mía.

—No puedes venir.

—Iré.

—Pero…

—Voy a hacerlo, y ya está —digo tajante—. Te ayudaré. Soy la ofrenda. Conozco las palabras de los antiguos. Eso debe de significar *algo*, ¿no? Dime qué puedo hacer.

Ilryth entorna un poco los ojos. quiere objetar, pero no tiene la velocidad o la elocuencia para continuar haciéndolo. Y yo no pierdo la determinación. En lugar de eso, su expresión se relaja un poco y su foco de atención cambia a algo más interno. Apoya el codo derecho en su puño izquierdo, cruza este último por delante de su cuerpo y se acaricia la barbilla con la mano derecha.

Por un momento, me distraigo *mucho* con la forma en que sus dedos se deslizan por sus mejillas y labios. Me agarra de nuevo, esta vez aprieta la mejilla contra la mía, como si fuese a susurrarme al oído. Apenas me resisto a sujetar su mejilla con mi mano libre para sentir su cercanía más aún.

—Aunque existen reglas generales para ungir a la ofrenda, hay mucho espacio para la interpretación, según lo que ella necesite. El proceso entero es relativamente nuevo en nuestra historia y todavía estamos experimentando con él —explica Ilryth, al tiempo que apoya las manos en mis hombros para mantenernos unidos—. Debido a esto, podría costarles cuestionar los matices. Si dijeras que nos vimos obligados a regresar al Mundo Natural para ungirte en las aguas de tu hogar..., que oíste en los himnos de los antiguos que necesitabas un mar limpio, libre de podredumbre, y que esa era la voluntad de Krokan, no podrían objetar.

Asiento.

—Eso puedo hacerlo. ¿Cuándo será mejor que yo...?

—Los otros cantantes del coro han llegado ya. Deberíamos ir a la sala de reuniones. *Ahora* —nos interrumpe Ventris. Su tono es seco. Espero que sea porque está irritado por no poder oír nuestros pensamientos—. Se está haciendo tarde y hay mucho que hacer.

No consigo decir nada antes que Ilryth.

—Ya vamos.

—Pero…

Sin previo aviso, su mano derecha se desliza por mi mejilla, sus dedos aprietan con suavidad detrás de mi oreja, sujeta con dulzura mi mandíbula. El movimiento atrae a todo mi ser contra él. El impulso se detiene solo cuando mi cuerpo topa con el suyo. Las garras del deseo se enganchan a mí una vez más, en cuanto siento su contacto. Nuestros labios casi se tocan.

Está tan cerca… Es una proximidad agónica…

Solo una vez más antes de morir, me gustaría besar a un hombre. ¿Besarlo a él… quizás?

Ilryth aprieta la frente contra la mía.

—Todo irá bien, no te preocupes —dice, las palabras cargadas de propósito—. Cuidaré de ti pase lo que pase. Lo juro.

El sentimiento es lo bastante inocuo como para poderlo haber dicho en voz alta. Apenas hubiese sido un problema que Ventris lo oyese tranquilizarme.

Pero no lo ha dicho así. Ilryth ha mantenido ese consuelo como una cosa privada, para mí y solo para mí. Me suelta, pero las palabras se quedan. Las sujeto en mis pensamientos con la misma delicadeza que sujetaría un huevo. Son cálidas y frágiles, y en su interior llevan algo desconocido, pero es posible que maravilloso.

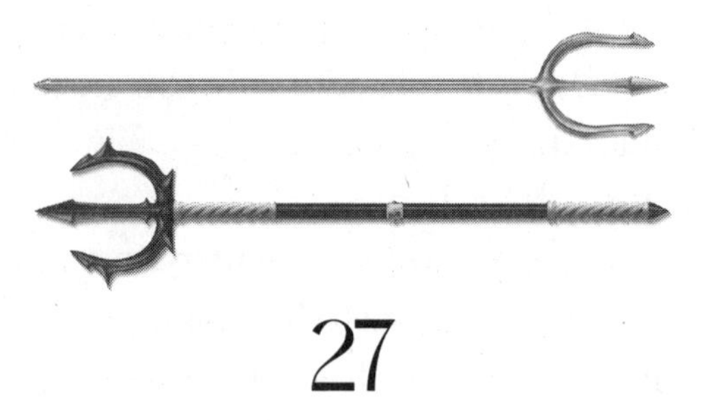

27

Mantengo esas palabras de consuelo cerca de mi corazón mientras Ventris nos conduce hasta una gran caverna. Parece natural, embellecida con esculturas en relieve que simulan columnas de piedra contra las paredes, aunque no parecen soportar el techo crudo. Unas enredaderas plateadas bajan desde una hendidura tallada en la parte superior de la habitación y tiñen todo del tono azul más puro que he visto jamás.

Hay cinco conchas colocadas en semicírculo. La del centro se alza sobre una pequeña columna de piedra, con dos conchas a su derecha y otras dos a su izquierda.

Por la forma en que ha estado actuando, hubiese esperado que Ventris ocupase el asiento superior, el que más se parece a un trono para un rey, pero ocupa el del extremo izquierdo. La concha del centro la ocupa una mujer pálida y mayor, con el pelo castaño corto y veteado de blanco salino.

Ilryth se sitúa delante de ellos y yo espero justo detrás de él a su derecha. Los otros dos duques nos miran pensativos. Uno de ellos tiene largas y gruesas trenzas negras y piel morena. El otro es de piel parda y tiene el pelo castaño. No estoy segura de a dónde ir o qué hacer, así que me quedo donde estoy y espero. Los duques y la duquesa se miran entre sí, y sé que se están diciendo cosas que no puedo oír.

Ventris toma la concha de una caracola y la coloca sobre una piedra plana y redonda en el centro del semicírculo, justo delante de donde espera Ilryth. De un modo muy similar a la concha colgada de mi cuello, esta está adornada con grabados e incrustaciones plateadas de líneas giratorias y símbolos parecidos a los que llevamos todos sobre la piel.

Los cuatro duques y la duquesa empiezan a mecerse despacio mientras tararean. Una melodía vibrante emana de todos ellos para ondular por el agua. Las notas están en perfecta armonía y las marcas de la concha se iluminan de dorado.

—Este coro de los cinco ducados del Mar Eterno ha abierto sesión. Es el año 8.242 del entrelazado divino —declara Ventris a medida que el cántico se va apagando—. Los presentes son: yo mismo, Ventris Chilvate del Ducado de la Fe.

—Sevin Rowt del Ducado de la Erudición —dice el hombre de las trenzas negras a la izquierda de Ventris.

—Crowl Dreech del Ducado de la Cosecha —dice el hombre de pelo castaño a la derecha del trono central.

—Remni Quantor del Ducado de los Artesanos y directora de este coro. —La mujer más mayor apoya ambas manos en su cola, se inclina hacia delante y me mira con atención. Intento evitar sus penetrantes ojos avellana.

—Ilryth Granspell, Ducado de las Lanzas —dice Ilryth el último. Luego añade—: Ante el coro para la revisión de su conducta con respecto a esta ofrenda quinquenal a Lord Krokan.

—En efecto. —Remni no pierde el tiempo en decir la primera palabra, lo cual parece apropiado para su rango—. Ventris, visto que tú eres el que ha convocado esta reunión y el que ha detectado estas presuntas ofensas, creo que lo correcto es que expliques por qué estamos pasando una mañana con esto cuando hay unciones que realizar sobre la ofrenda y asuntos de los que ocuparse antes de que la marea suba.

A lo mejor he malinterpretado a la canosa mujer. Su tono sugiere que encuentra estos asuntos tediosos, en el mejor de los casos. Miro a Ilryth de reojo. Debí confiar más en él para saber si este coro era motivo de preocupación o no. Lo único que había sido capaz de sentir era mi propio miedo al presentarme ante el consejo allá en casa. Charles de pie frente a mí. Hay un temblor en mis músculos que me incita a huir solo con pensar en ese hombre extraño... un miedo que no entiendo del todo.

Charles... El nombre es sinónimo de miedo en mi cabeza, pero ¿qué me hizo? *Estábamos casados*. Eso lo sé, porque recuerdo estar de pie ante el consejo para anular ese contrato. Pero casi todo lo que pasó antes de eso está en blanco. Un enorme vacío en mi vida.

Fuera lo que fuese, debió de ser lo bastante horrible como para necesitar borrarlo de mis archivos personales. Los siguientes recuerdos que elija erradicar serán los de mis apariciones ante el Consejo de Tenvrath. Solo pensar en Charles es un recordatorio de todo lo que ha desaparecido, todo lo que no sé. Conservar mis recuerdos de él no merece el esfuerzo emocional que debo hacer.

—Percibí la alteración a última hora de la noche de ayer mediante una disonancia en la vibración del agua, un cambio en las canciones de los antiguos —explica Ventris—. Como exige mi responsabilidad, me he estado preparando para la llegada de la ofrenda. Como es natural, la anamnesis me alertó de su presencia en cuanto llegó al Mar Eterno y las subsiguientes bendiciones solo fortalecieron esa percepción.

—¿Me has estado espiando? —suelto de pronto. Ni siquiera la concha puede contener ese pensamiento.

—*Espiando* no —dice Ventris, algo ofendido—. Te he estado vigilando para asegurarme de que te cuidaban bien.

—¿Acaso dudas de la capacidad de Ilryth para cuidar de mí? —pregunto con retintín, ofendida en nombre de mi duque.

Los ojos de Ventris saltan de Ilryth a mí. Por el rabillo del ojo, veo a Ilryth sonreír un poquito. Es un movimiento mínimo, lo bastante discreto como para que ninguno de los otros parezca notarlo, pero él ha sido el único pilar que he tenido en este extraño mundo nuevo. Le he prestado mucha atención.

—Ilryth ha actuado en disonancia con el consejo ya antes, en especial cuando se trata de temas relativos a la ofrenda —dice Ventris con tono seco. Tiene las manos cruzadas en el regazo, los hombros lejos de las aletas color salmón a ambos lados de su cara. Pretende transmitir un aura de relajación. Sin embargo, cada músculo de su expresión se mantiene en su lugar por pura concentración. Aprieta las manos con tanta fuerza que tiene los nudillos casi blancos. Y lo que de verdad revela su ansiedad son los incesantes latigazos de su cola.

—El tema de que Ilryth seleccionara a una humana para la ofrenda hace mucho que se zanjó, Ventris. Está hecho. Deja de darle vueltas. —Crowl se echa hacia atrás en su concha rellena de esponja. Su pelo ondula alrededor de su cara. Muestra un aura de veteranía que se nota en la relajación de su actitud. Sospecho que debe de ser el segundo al mando. Por lo que parece, la jerarquía se estructura en función de la edad.

—Puede que te parezca una nimiedad, Crowl, porque la obligación de encontrar y ungir a las ofrendas no recae sobre ti. Sin embargo, Ilryth y yo tendremos que seguir buscando ofrendas mucho después de que tú te hayas ido. Tenemos un estándar que respetar. —Ventris mira a Ilryth con los ojos entornados y puedo incluso sentir la ira apenas contenida que emana de él—. Un estándar que se supone que debemos seguir, porque, si no, se cometen errores desafortunados y a las ofrendas les falta la potencia adecuada.

Ilryth se pone un poco tenso. ¿Eso pretendía ser un ataque solapado por el hecho de que la madre de Ilryth no fuese capaz de sofocar la ira de Lord Krokan? Aprieto los puños y me clavo las uñas en las palmas de las manos para evitar lanzar un ataque verbal en defensa de Ilryth y de mí misma. ¿Cómo se atreve a implicar que no estoy a la altura, que no cumplo con su estándar? Solo yo tengo derecho a cuestionar mi propia idoncidad.

—Ten cuidado con lo que dices —comenta Crowl con tono ligero, pero con una mirada peligrosa a Ventris.

—Basta ya, todos vosotros —corta con voz cansina Remni, la mayor de todos. En ese momento, aparenta el doble de su edad—. Centrémonos en el tema que tenemos entre manos: sacar a la ofrenda del Mar Eterno por medio de una poza de viaje sin permiso y tener contacto físico con ella.

O sea que es verdad que está prohibido...

Sevin, Duque de la Erudición, continúa con el relato de los acontecimientos donde lo dejó Ventris. Se dirige a Ilryth.

—Así que Ventris averiguó que habías sacado a la ofrenda del Mar Eterno al percibir su partida a través de la poza de viaje. —*Eso explica por qué no parecen saber de nuestra salida a través del Vano hasta el Paso Gris.* Y el Ducado de las Lanzas (al menos Fenny, Lucia y Sheel) lo están manteniendo en secreto—. Seguro que tu madre o tu padre te enseñaron que una vez que comienza la unción, la ofrenda está vinculada al Mar Eterno y su salida la pone en riesgo de desaparecer, ¿no es así?

—Me informaron de ello, sí. —El tono de Ilryth es distinto por completo, más duro, más cerrado, cuando habla de sus padres.

—E Ilryth me lo explicó a mí —intervengo. Con una patadita, me adelanto para colocarme al lado de Ilryth en lugar de un poco por detrás. Eso sí, tengo cuidado de no tocarlo—. Me habló de los riesgos, pero *yo* fui la que insistió en ir. Mientras escuchaba las canciones de los antiguos, me di cuenta de que necesitaba mar limpio, libre de podredumbre, para ser bendecida en él. Necesitaba estar cerca de otros humanos, de aquellos creados por las manos de Lellia. —Intento aprovechar toda la información que he recopilado acerca del Mar Eterno hasta ahora. Suena verdadero cuando lo digo con confianza—. Salir de aquí fue un acto destinado a cortar mis lazos con el Mundo Natural. Era absolutamente necesario. De lo contrario, hubiese permanecido atada a este plano. Ahora que he regresado y he cortado esos lazos, estoy mejor preparada para conocer el Abismo.

Todos los ojos están puestos en mí. Ventris tiene cara de pocos amigos, pero el resto de ellos parecen fascinados, como si les sorprendiese que fuera capaz de hablar siquiera. Me siento un poco como una niña pequeña haciendo un truco de magia infantil ante unos padres embobados, pero continúo de todos modos.

—Su Excelencia fue muy cauto, por supuesto. Me enseñó a revisar las canciones para asegurarme de que no había malinterpretado la voluntad de Lord Krokan. Fuimos de noche —continúo—, y estuvimos muy atentos a mi estado para asegurarnos de que no me desvanecía y que los elementos de la unción que ya han sido completados no sufrían ningún daño. Ilryth se aseguró de que regresásemos antes de que yo corriese ningún riesgo real.

—¿Y pudiste cortar esos lazos humanos que habrían impedido tu descenso al Abismo como la ofrenda? —pregunta Remni.

—Sí. —Asiento y me llevo una mano al pecho—. Donde antes había agitación, ahora hay paz. Sé en mi corazón y en mi canción que ahora estoy del todo preparada para ser la ofrenda que apaciguará a Lord Krokan.

Los cuatro me miran, al tiempo que intercambian alguna mirada ocasional entre ellos. Me sorprendo al ver que Ilryth se inclina hacia delante para hablar, abre los brazos y les suplica a todos.

—Puede que Victoria sea nuestra décima ofrenda, pero será la última. Le hemos presentado a Lord Krokan lo mejor que el Mar Eterno tenía para ofrecer, pero no fue suficiente. Victoria sí lo será. —Ilryth me mira con una sonrisa cálida, los ojos iluminados con una compasión absoluta—. Es lista, astuta y capaz. Le entusiasma la vida y juro por la vida de mi madre que veo la chispa de Lady Lellia en su interior. Jamás en mi vida he conocido a una mujer mejor que Victoria.

Mi corazón se hinche al oír sus palabras, presiona con un dolorcillo dulce contra mis costillas. ¿Alguna vez ha salido alguien en mi defensa con semejante énfasis? ¿Alguna vez ha dicho alguien cosas tan dulces sobre mí?

Contrasta claramente con todas esas veces en las que estuve ante el consejo con Charles. Con cómo enumeraba a gritos todos mis defectos hasta que se le ponía la cara roja. Las cosas que me llamaba, las mentiras que inventaba...

—Pero más que cualquier otra cosa... —Ilryth se vuelve hacia el consejo de nuevo—, Victoria me ha demostrado una y otra vez que es una mujer de palabra. Cumplirá todas sus promesas y todos sus juramentos por encima de todo lo demás. Cada una de sus acciones es la viva imagen de la honestidad.

Mi corazón se deshincha para dejar un hueco vacío en mi pecho. *Para, por favor*, quiero decir. Todas las cosas que me llamaban los rumores de Dennow vuelven de golpe, reverberan por todos los espacios en blanco de mi cerebro. *Incumplidora de contratos, perjura, desertora...*

Pero Ilryth continúa, ajeno a la verdad sobre mí.

—Ella jamás, bajo ninguna circunstancia, se retractaría de su palabra ni rompería un juramento. Así que si os negáis a creerme a mí, creedla a ella.

Floto en un silencio agónico. Me cuesta mantener una expresión pasiva y relajada. *Que jamás rompería un juramento...* Si él supiera. Mis pensamientos anteriores vuelven a mí: *¿Qué pasaría si se enterase del verdadero destino del dinero que recuperamos? ¿Si se enterase de que lo debía porque anulé mi matrimonio? ¿Si averiguase que no soy la mujer que cree que soy?*

Mi cabeza empieza a dar vueltas como un remolino.

—Entonces, no parece haber ningún motivo de preocupación. —Crowl se encoge de hombros. Ventris está enojado.

—Esto sienta un precedente peligroso.

—Tomó las precauciones adecuadas. La ofrenda está bien y nos ha dado su palabra de que ha sido un acto necesario... una palabra que según Ilryth es tan virtuosa como la de Lady Lellia en persona. Además, ya no hay más riesgos de que salgan del Mar Eterno, ¿verdad? —Crowl me mira.

—Ninguno —les aseguro. Ilryth tiene razón en una cosa: estoy preparada para aceptar mi destino.

—Entonces, olvidemos el tema. Vamos… —empieza Remni.

—¿Qué pasa con el tema de que él la haya tocado? —la interrumpe Ventris—. Tengo múltiples testigos de ello.

—Sí, ¿qué pasa con ese contacto? —intervengo igual de deprisa, al tiempo que le lanzo a Ventris una mirada que lo clava a su concha—. De hecho, yo lo estaba tocando a él. Era necesario para mi transporte a través de la poza, y no algo que vaya a anclarme a este mundo. Sin embargo —continúo hablando mientras él intenta replicar—, ¿qué pasa con el hecho de que *tú* me agarraras? ¿Fue necesario *eso*? Un contacto que esos mismos caballeros tuyos podrían corroborar.

Ventris se echa hacia atrás en su concha y su rostro pierde el poco color que tenía. Me da la sensación de oír la levísima reverberación de una risita procedente de Ilryth. Mi duque está haciendo un enorme esfuerzo por reprimir una sonrisa. Los otros duques parecen igual de divertidos. Remni tiene cara de estar lidiando con un grupo de niños pequeños.

—Ventris, ¿te importaría olvidar este tema? —Remni reformula su afirmación anterior con una pregunta muy incisiva.

El aludido me fulmina con la mirada, luego mira a la duquesa. Su mirada se suaviza antes de regresar a mí. Ladeo la cabeza en un gesto que sugiere *te toca a ti*.

—Muy bien —musita a regañadientes, al tiempo que se hunde más en su concha.

—Creo que es una decisión sensata —se limita a decir Remni—. Como decía, tenemos preocupaciones más acuciantes, como los preparativos restantes y la organización de la corte para la bendición final y la despedida.

—¿Puedes ocupar tu asiento, por favor, Ilryth? —Sevin hace un gesto hacia el extremo derecho.

Ilryth nada sin esfuerzo hasta ahí y se sienta con un solo movimiento fluido. Aunque es él el que acaba de regresar a su legítimo sitio, algo en mí encaja con un suave *clic*. Mis músculos se desbloquean y mis pensamientos se ralentizan. Como si hubiese necesitado ver que todo iba bien para él antes de sentirme a gusto de verdad.

—¿Debería alguien llevarse a la ofrenda mientras hablamos de estos asuntos? —pregunta Remni.

—Deseo quedarme —declaro. Todos los ojos vuelan hacia mí. Quiero asegurarme de que los duques no se vuelven contra Ilryth cuando yo no esté. Y también siento curiosidad. Las sirenas y sus costumbres empiezan a fascinarme.

—Esto es bastante irregular —comenta Sevin. No suena desaprobador, tampoco contento. Solo objetivo.

—Hay que hacerte más unciones —me informa Ventris, como si fuese una niña díscola.

—Ungidme más tarde.

—Hay poco tiempo —insiste.

—Creo que quedan varios meses hasta el solsticio, ¿no es así? Es tiempo suficiente. —Esbozo una leve sonrisa.

Ventris frunce el ceño y hace ademán de hablar, pero Ilryth lo interrumpe.

—Dudo que la reunión vaya a durar demasiado. La mayoría de los detalles ya los hablamos antes de que trajese a la ofrenda siquiera.

—Esta ofrenda que nos has traído es realmente fascinante... una humana, ¡con un entusiasmo enorme! —Sevin me mira con atención. Vuelvo a tener la sensación de que soy más una cosa que una persona para esta gente. Es una sensación que no he sentido desde que llegué, y es de lo más incómoda, aunque... extrañamente familiar. *Creo que he conocido esta sensación ya antes...*—. Quizá tus métodos poco ortodoxos no sean tan malos después de todo, Ilryth.

—Ya os conté a todos que aquella noche en el agua me sentí empujado por un impulso que provenía de los antiguos. Victoria será la última ofrenda que tengamos que hacer jamás a Lord Krokan. Pronto recuperaremos la paz en el Mar Eterno. Y ahora, con respecto a las unciones restantes...

En realidad, ya no formo parte de la conversación, sino que soy una mera observadora. Ninguno de ellos se dirige a mí, aunque está claro que hablan de mí. Los ojos de Ilryth son los únicos que saltan hacia mí de vez en cuando, para ofrecerme consuelo y una mirada algo preocupada. Mantengo una expresión pasiva. Lo último que quiero es que me digan que me retire por hacer algo fuera de lugar y perder una oportunidad para recopilar más información sobre lo que me aguarda.

Ventris detalla las unciones restantes en términos rápidos y superficiales. El resto de los presentes asiente y tararea, y parece aceptar todo lo que dice el Duque de la Fe. Después hablan de la corte: los nobles de menor rango se reunirán para mi gran presentación, una última unción y luego la despedida final. Un gran acontecimiento que, por lo que me parece entender, va a suponer mi último día en este plano de existencia.

Después de un lapso de entre treinta minutos y una hora, ponen punto final a su reunión con una última canción. Suena en perfecta armonía. Ventris recoge la concha del centro, que brilla con intensidad durante un segundo cuando la levanta.

—Como siempre, dama y caballeros, ha sido un placer. —Sevin se levanta de su concha y se dirige hacia la salida sin perder ni un minuto más.

—Os veré a todos pronto para la reunión final de la corte, la bendición y la despedida. —Crowl sonríe, le dedica a cada uno de ellos un asentimiento (a mí incluida) y luego se marcha.

Cuando Ilryth y Remni se levantan, la mujer más mayor nada hasta él y planta una mano sobre su hombro.

—Lo has hecho bien con esta. —Hace un gesto en mi dirección. Una vez más, hablan de mí como si no estuviese de verdad aquí. En cualquier caso, me muerdo la lengua—. Sé que has arriesgado mucho por ella, pero a veces, los mayores riesgos traen consigo las mayores recompensas.

—Esa es también mi esperanza —dice Ilryth con solemnidad. Su tono me da calma. La ira y la frustración que sentía por cómo me han estado hablando amainan un poco.

Jamás había visto a Ilryth con semejante esperanza delicada y sincera en los ojos. Es algo que ha mantenido oculto durante todo el tiempo que lo he conocido, por breve que este haya sido.

Por un momento, se parece al chico que vi en su visión: frágil y asustado.

—Es imposible que una humana vaya a traerle paz a Krokan —masculla Ventris en voz baja—. En especial, no una encontrada y educada fuera de las reglas del Ducado de la Fe.

—Ventris —intenta advertirle Remni.

Pero el Duque de la Fe se marcha con poco más que una mirada furiosa por encima del hombro. Esos ojos enfadados todavía echan chispas cuando pasa nadando a mi lado. En su mente, está claro que yo comparto algo de culpa por cualquiera que sea la ofensa o la herida que acarrea.

—Espero que estés en tus salas de unción pronto —dice Ventris con brusquedad justo antes de desaparecer por el túnel que conecta esta habitación con el resto del castillo. No sé si me hablaba solo a mí o no.

—Ha sido un honor conocerte, Santidad —dice Remni antes de partir a su vez.

Ilryth y yo nos quedamos solos.

—Bueno, ¿qué te ha parecido tu primer coro de sirenas? —me pregunta. Su lenguaje corporal es casual, pero su tono revela un poco de nerviosismo.

—Ha sido enriquecedor —respondo—. ¿Remni fue elegida líder?

Niega con la cabeza.

—No, la líder del coro es la sirena más mayor de nosotros. Antes de Remni, era mi madre.

La mención a su madre me recuerda una cosa.

—Hay algo más que me gustaría saber, pero me da la sensación de que quizá sea un poco personal —digo con delicadeza.

—No hay nada que vaya a negarme a compartir contigo, Victoria. —Sus palabras me dejan pasmada, me transmiten una sensación cálida. No es una pasión fogosa que trata de provocarme hasta el punto de la agonía si no le doy salida, sino más bien un calor más calmado. Uno que me envuelve como la luz del sol en un día despejado.

Tengo que hacer un esfuerzo por mantener la concentración.

—Es sobre Ventris.

—Ah, creo que sé lo que quieres preguntar. —Ilryth cruza las manos a la espalda.

Giro la cabeza hacia atrás. Los guerreros están hablando con Remni y todos miran en otra dirección, así que me arriesgo a estirar la mano y tocar su bíceps firme.

—¿Deberíamos hablar así?

Ilryth sacude la cabeza, así que retiro la mano antes de que alguien pueda vernos y nos metamos en otro lío.

—En la sala de reuniones es seguro hablar; solo concentrarnos el uno en el otro será suficiente. Aunque estos sean los dominios de Ventris, hay partes del castillo que pertenecen a todos los ducados. Que tuviese maneras de escuchar o detectar lo que ocurre en esta sala sería un gran error por su parte. Uno que supondría una ofensa grave.

—¿Los aposentos de la ofrenda supondrían también una ofensa grave?

Ilryth ve con claridad hasta el centro de mis preocupaciones.

—Eso creo, sí.

—Bien. —Mantengo mis pensamientos y mis palabras centrados en Ilryth.

—Ahora, para contestar a lo que creo que querías preguntar... Ventris me culpa por el comienzo movidito que tuvo su liderazgo como el Duque de la Fe, y por las circunstancias de la muerte de su padre. —Ilryth no pierde el tiempo y no se muerde la lengua.

—¿A qué te refieres? ¿En qué sentido?

—Su padre renunció a mucho para aprender cosas sobre la ofrenda hace cincuenta años. Mi madre trabajó en estrecha conexión con él para ayudarlo a descifrar las palabras de Lord Krokan y sus significados —explica Ilryth. No me sorprende que tenga sus propias teorías acerca de las palabras que el duque Renfal oyó de Krokan—. Después de que las primeras ocho ofrendas fracasaran, mi madre se ofreció como la novena. El duque Renfal podía intentar conversar una vez más con Krokan mientras trabajaba con mi madre para tratar de aprender todo lo posible acerca de la unción. Volver a conectar con el antiguo dios fue demasiado para él y falleció.

—Así que Ventris culpa a tu familia por la muerte de su padre, ¿no? —razono.

—En parte. Pero el duque Renfal ya se estaba deteriorando por su anterior contacto con el dios. Puede que la última conexión fuese el momento de su perdición, pero ya iba bien encaminado hacia ella —dice Ilryth con una compasión genuina.

—La tristeza rara vez es lógica —digo con suavidad, mientras pienso en un joven Ventris que no entendía por qué el cuerpo y la mente de su padre estaban tan debilitados.

—Para empeorar aún más las cosas, no ascendí al cargo de duque, como se supone que debería haber hecho, lo cual hizo que la unción de mi madre se postergase. —El tono de Ilryth se vuelve solemne y triste—. Así que Ventris no solo ve a mi familia como la causa de la muerte de su padre, sino que me ve a mí como la razón de que esa muerte no sirviese para nada. Retuve a mi madre y, en consecuencia, tanto ella como el duque Renfal murieron por nada.

—Eso no es verdad —digo con delicadeza. Ilryth se limita a encogerse de hombros y sigue con su relato.

—Esa noche, juré que ninguna sirena volvería a morir. Te elegí a ti, te marqué como la siguiente ofrenda sin consultarlo con el coro ni con el Ducado de la Fe. Fue una falta de respeto a Ventris en el mismísimo comienzo de su mandato. Dio la impresión de que él ya no tenía el control que su padre había manejado con una elegancia inmensa. Ahora, está resentido conmigo y con mi ducado.

—Eso cambiará cuando yo sofoque la ira de Lord Krokan —digo con firmeza.

—Eso espero. —Las palabras suenan bajito, casi tristes.

—Sigamos adelante, pues. —Nado hacia la entrada de la sala con un propósito renovado. No puedo decepcionar a Ilryth. No lo haré.

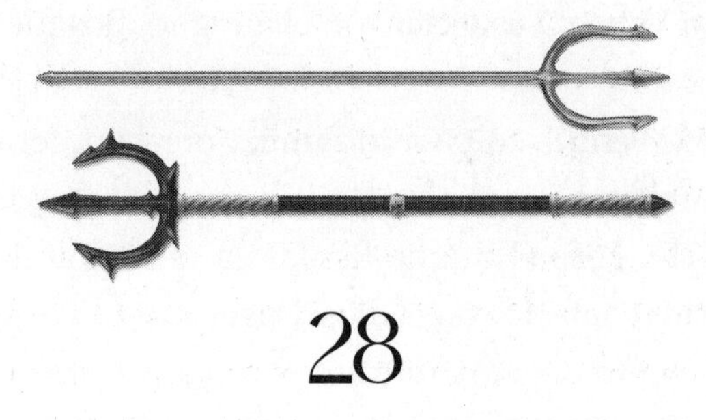

28

Ventris ya está en mis aposentos y apenas mira en nuestra dirección cuando llegamos.

—Gracias por traer a la ofrenda, Ilryth. Puedes retirarte.

Los miro a ambos. El tono de Ventris suena bastante casual, pero ya me ha quitado a Ilryth una vez. Él es más estricto acerca de las reglas poco nítidas que rodean a la ofrenda. No tengo duda de que, si quisiera, podría encontrar una manera de mantenerme alejada de Ilryth por completo durante las siguientes ocho semanas. Eso no debería importarme, pero me importa, y estoy demasiado cansada para resistirme a ello.

No quiero estar sola.

Mis ojos se posan en Ilryth. Me trago las palabras y me obligo a mirar hacia otro lado. No puedo hablar ahora, porque sé que le estaría pidiendo que hiciese algo que sé que no debería.

De alguna manera, Ilryth parece leerme los pensamientos. Y de un modo aún más increíble… hace algo al respecto.

—En realidad, Ventris, el que puede retirarse eres *tú*.

—¿Perdona? —Ventris se gira de donde estaba contemplando el Abismo, una expresión escandalizada en la cara.

—Yo continuaré supervisando la unción de la ofrenda —declara Ilryth. Su atrevimiento ante la autoridad de Ventris tiene un profundo significado que yo no hubiese percibido de no acabar de enterarme de su historia en común.

—El Duque de la Fe siempre ha supervisado la unción a partir de la mitad del proceso —afirma Ventris con frialdad.

—Tienes razón —admite Ilryth con una soltura casi peligrosa—. Pero este dueto es de Victoria y mío. Nosotros somos los que determinamos cómo se canta mejor.

—El coro ha…

—Dejado claro que confían en mi buen juicio cuando de la ofrenda se trata, por poco ortodoxos que puedan ser mis métodos. —Ilryth se desliza hacia delante por el agua. Su poderosa aura hace que parezca más alto. Da la impresión de imponerse sobre el hombre más joven, lo cual hace que Ventris parezca poco más que un niño inseguro—. Yo fui el primero en enseñarle los himnos de los antiguos dioses. Y voy a supervisar su unción hasta el mismísimo final. Tendría que venir Lord Krokan en persona para arrancarme de su lado, así que hay poco que tú puedas hacer.

Un intenso rubor sube por mi pecho e invade mis mejillas. Intento reprimirlo, pero mi cuerpo tiene ideas propias. Sé que Ilryth no debería estar haciendo esto, pero ver cómo da la cara por mí de esta manera hace que todo mi interior se tense con una sensación que raya en lo insoportable.

Los ojos de Ventris saltan de uno a otro. Se entornan un poco antes de volver a Ilryth.

—Es de lo más inapropiado, Excelencia, que la ofrenda sea ungida por una sola persona. El proceso consiste en romper los lazos con este plano mortal, no atarla a él.

—Yo jamás haría nada que la atase a este plano —dice Ilryth a la defensiva, de un modo un poco exagerado, quizá.

—Bien, entonces no tendrás problema en que yo… —Ventris alarga una mano hacia mí, pero Ilryth da media vuelta y se interpone entre mí y el otro hombre.

—¿Acaso no me he expresado con claridad, Excelencia? —escupe Ilryth. No hay ningún tono de formalidad en sus palabras. Habla con todo el aire de autoridad de un rey. Una mirada mía, un momento de vacilación por mi parte, y él está jugándose el cuello por mí.

Aunque ya lo ha estado haciendo durante todo este tiempo. Desde atreverse a tocarme para que yo pudiese salir de mi cabeza y aprender las palabras, incluso cuando sabía que sería algo prohibido, hasta cuando me llevó a casa de Sheel y me dejó practicar mi magia para aumentar mi confianza antes de ir a la Fosa. Luego ayudar a mi familia... Ilryth ha arriesgado muchísimo por mí.

No lo merezco. En especial no cuando cree que soy el epítome de la honradez y el honor. Ya no soy capaz de recordar todo lo que he hecho, pero esa idea es tan brillante y llamativa en mi mente como la estrella del norte.

—No dejes que una humana te vuelva tonto, Ilryth. Ni aunque esa humana sea la ofrenda. —Cruza los brazos y frunce el ceño sin disimulo.

—No dejes que la historia te impida ver el progreso, Ventris —replica Ilryth.

Ventris frunce los labios. La guerra mental que libra es visible en su rostro. Me pregunto qué ventajas y desventajas está sopesando. Al final, me sorprende ver que al parecer algo de lo que ha dicho Ilryth ha conseguido llegar hasta él e incluso ha funcionado a nuestro favor.

—Muy bien. *Compartiremos* esta responsabilidad. —Está claro que una solución de compromiso es lo más cercano que nos dará Ventris a lo que queremos—. Volveré más tarde para ungirla y la dejaré a tu cuidado por el momento. Eso sí, asegúrate de que medita sobre el Abismo. No querríamos fracasar de nuevo por tu culpa. —Con ese comentario hiriente, se aleja nadando y nos deja a solas en mis aposentos.

—Menudo pieza —digo cuando se ha marchado.

—No te equivocas. —Ilryth nada hasta la mesa.

—¿Estás seguro de que no pasa nada por hacer esto?

—Es lo que querías, ¿no? —La pregunta suena como una consulta sincera. Una de preocupación y leve indagación. También es una forma de no contestar a la mía.

—Sí, pero ¿cómo lo has sabido? —Giro la cabeza hacia él, pero tarda un minuto largo en contestar.

—Pude oírlo en tu canción.

—¿En mi canción?

Ilryth nada hasta mí. Me quedo muy quieta mientras desliza los dedos con suavidad por mi mandíbula. Sus dedos se demoran. Un lado de su pulgar roza mi oreja.

—Te dije una vez que todos tenemos una canción en nuestra alma.

—Sí… ¿Y tú puedes oír la mía?

Ilryth asiente. ¿Por qué lo hace parecer tan triste? ¿Tanta pena le causo? No podría soportar la respuesta, así que no la hago.

—¿Te gustaría tener compañía mientras «te comunicas con el Abismo»? —Su expresión es reservada, indescifrable por completo. ¿Quiere quedarse? ¿O ya le he exigido demasiado?

—Solo si tú quieres. —Trato de emplear un tono indiferente.

Se produce una pausa lo bastante larga como para que mi corazón casi deje de latir, aunque vuelve a la vida una vez más con palpitaciones erráticas cuando por fin responde.

—Quiero.

La distancia entre nuestros cuerpos parece tan grande como un océano, a pesar de que está tan cerca que podría cruzar ese espacio en un abrir y cerrar de ojos. Mis manos podrían estar sobre él con solo un pensamiento. Podría deslizar los dedos por esas marcas a un lado de su pecho igual que estudiaría un mapa… para encontrar mi camino a su alrededor y descubrir sus territorios más ignotos.

—¿Qué hacemos ahora? —Mis palabras suenan un poco ahogadas, incluso para mis propios oídos.

—Podemos hacer lo que te apetezca. —Cruza los brazos y levanta una mano para acariciarse la barbilla pensativo. Ese gesto familiar casi me hace sonreír. Apenas me resisto a comentar que ahora mismo se me ocurren unas cuantas cosas que me apetecería hacer a solas con él—. Podría pedir que nos trajesen algunos juegos que quizá te resulten interesantes. O un pergamino que detalle la antigua lengua de las sirenas. Tal vez uno escrito en la lengua común que cuente más cosas acerca de Krokan.

—Baja la mano y me lanza una sonrisa arrebatadora—. En verdad, lo que tú quieras. Dilo y será tuyo.

—Nada de eso suena a «comunicarme con el Abismo». —Esbozo una pequeña sonrisa. Ilryth se encoge de hombros tan tranquilo.

—Podría conseguir cualquiera de esas cosas.

—¿Por qué estás siendo tan amable conmigo? —pregunto, sin poder evitarlo.

—¿Acaso no he sido amable contigo hasta ahora?

La pregunta está justificada. Sí que lo ha sido. Pero...

—Ahora parece diferente —murmuro.

Por un momento, no sabe cómo responder. Me mira con esos profundos ojos suyos, unos ojos que parecen tener más colores que los que yo había percibido hasta ahora.

—¿Esto tiene que ver con lo que hablamos en el Mundo Natural? ¿Lo de que «no merecías» el amor?

—Yo no dije nada del amor. —Evitos sus ojos porque, de lo contrario, verá directo a través de mí. No puedo pensar en nosotros de esa manera. Él tampoco. Es un riesgo demasiado grande para cualquiera de los dos.

—No tuviste que hacerlo. Ese miedo tuyo es mucho más que solo amor... —Ilryth se acerca un poco con la ayuda de las pequeñas aletas de su cola, que lo propulsan sin ayuda de sus brazos. ¿Se da cuenta de lo que está diciendo? ¿De lo que implica la intensidad de su mirada?—. Deja que sea yo el que te diga, Victoria, sin ninguna duda ni vacilación, que eres merecedora de amabilidad, compasión y amor. Y te lo diré mil veces más si eso es lo que hace falta para que te lo creas. —Baja la barbilla en un intento por mirarme a los ojos.

Cada instinto me dice que lo aparte de mí con un empujón lo más fuerte posible. Las lecciones que llevo grabadas en mi mismísima alma son que no confíe en nadie, que no cuente con nadie.

Sin embargo... tal vez podría haber confiado un poco más, hace mucho tiempo. Había muchas personas a mi alrededor que mantenía a distancia porque era yo la que debía cuidar de ellas, y no al revés. Pero se quedaron a mi lado, dispuestas a luchar y a sacrificarse por mí. No puedo cambiar el pasado, pero sí puedo corregir el futuro... El poco futuro que me queda.

Vaya, esa es una idea extrañamente liberadora que no se me había ocurrido hasta ahora.

En lugar de ver mi inminente muerte como una razón para contenerme, quizá debería considerarla como una especie de libertad. No hay ningún «después». No tendré que hacer ningún pago por las elecciones que haga ahora. Estoy a punto de marcharme al Gran Más Allá. ¿Qué puedo perder por vivir un poco para mí misma?

Sin decir ni una palabra, nado hacia el balcón. Ilryth me sigue cuando hago un gesto hacia el espacio a mi lado, y se instala junto a mí cuando me encaramo a la barandilla. Esta tarde no hay ni rastro de Krokan allá abajo.

—Adelante, pregúntame lo que quieras.

—¿Perdón?

—Debes tener preguntas sobre mí... sobre por qué soy como soy. —Se están produciendo dos conversaciones entre nosotros al unísono: lo que estamos diciendo, y todo lo que no decimos... todo lo que no podemos decir. Tal vez, si soy lo bastante valiente, puedo derribar un poco las barreras de esta última—. Te diré lo que sea que quieras saber. Incluso cosas que no le he contado a mi familia o amigos allá en el Mundo Natural. Si preguntas, te contestaré con una sinceridad absoluta.

Ilryth lo piensa durante el tiempo suficiente como para que empiece a ponerme tensa.

—¿*Cualquier cosa* que yo quiera?

—Sí, cualquier cosa. —Ya es demasiado tarde para echarme atrás. Y, solo por una vez, quiero ser vulnerable ante alguien merecedor de esa vulnerabilidad.

—¿Y me responderás con la verdad?

—Lo juro. —Me va a preguntar sobre quién me hizo sentir indigna. Ya he empezado a intentar hilvanar lo que recuerdo alrededor de los vacíos de mi mente engullidos por las palabras de los antiguos dioses. ¿Quién hubiese podido imaginar que eso que tan desesperada estaba por olvidar sería ahora algo que intento recordar?

—¿Cuál es el propósito de las telas que adornan vuestros barcos?

—¿Perdón? —Parpadeo varias veces, como si mi confusión tuviese algo que ver con no ser capaz de verlo con claridad. Me paso una mano por el pelo—. Creo que no te…

—Los barcos. Llevan grandes banderas atadas a sus palos centrales. —Dibuja en el agua lo que sería un barco con su mástil—. El tuyo tenía tres. Las he visto un montón de veces, pero nunca he tenido del todo claro su razón de ser.

Estoy haciendo un esfuerzo sobrehumano por no sonreír. Está tan entusiasmado. Tan fascinado…

—Es difícil conseguir planos o dioramas de barcos, así que he intentado recrearlos lo mejor que he podido a pequeña escala. Mi sospecha es que las telas sirven para captar el viento, pero ¿cómo puede el viento mover una estructura tan grande? A lo mejor podría llevar una de mis reconstrucciones desde la sala del tesoro a la superficie para que pudieras enseñarme cómo… —Deja la frase sin terminar. Yo he perdido la batalla con mi cara y una gran sonrisa se despliega de oreja a oreja. Ilryth se endereza y aparta la mirada. Tiene el mohín de un niño al que no han tomado lo bastante en serio para su gusto—. Olvida que lo he preguntado. Ya sé que es una pregunta absurda. Es algo muy obvio y soy un tonto por no saberlo. Además, no es algo de lo que deba preocuparse un duque de sirenas.

Esta última afirmación lleva el eco de las palabras de otras personas. Me recoloco en la barandilla y las puntas de mis dedos rozan las suyas con suavidad. No ha sido intencionado…, pero tampoco aparto la mano.

—Ilryth, no pasa nada. La pregunta no es ofensiva y tampoco es algo de lo que debas avergonzarte. Además, encuentro encantador que quieras saberlo. —Después de todo, su fascinación con los barcos proviene de mí. Es justo que yo sea la que le enseñe cosas sobre ellos—. Estás en lo cierto. Las velas captan el viento y ayudan a transmitirle al barco un movimiento de avance.

—Lo sabía —susurra triunfante.

Asiento con una sonrisa. Ilryth parece bastante orgulloso, lo cual solo hace que mi sonrisa se ensanche aún más.

—Un barco, aunque pesado, es mucho más ligero en el agua. Se llama flotabilidad. —Le explico un poco más sobre la mecánica de los barcos y cómo funcionan las velas y las jarcias. Aunque utilizo términos técnicos que estoy segura de que aburrirían a la mayoría de las personas, él escucha con atención cada una de mis palabras—. Imagino que hay muchas cosas de nuestros mundos que creemos que son obvias hasta que nos topamos con la mirada de alguien que no las conoce —comento cuando termino mi explicación.

—¿Hay alguna cosa que quieras preguntarme tú a mí? —se ofrece.

Lo pienso un poco. Hay muchísimas cosas desconocidas para mí sobre el mundo de las sirenas. Sobre el propio Ilryth. No obstante, él me ha hecho una pregunta bastante sencilla para empezar, así que yo haré lo mismo. Por el momento.

—¿Las sirenas odian a los humanos?

—¿Por qué preguntas algo así? —Parece sorprendido—. ¿Alguna vez te he...?

—No tú, ni la mayor parte de tu ducado, en realidad... —Le doy a su gente el beneficio de la duda—. Pero aquí, me siento como un animal enjaulado. Uno que han traído para ser exhibido ante otras personas.

—En Midscape no se ven humanos nunca, excepto la Reina Humana, y es verdad que algunas sirenas los culpan de la caída de Lady Lellia.

—¿Por qué?

Ilryth contempla el Abismo, pensativo. Sus ojos están fijos en las raíces del Árbol de la Vida cuando vuelve a hablar.

—Lady Lellia dejó de caminar entre nosotros poco después de crear a los humanos. Algunos dicen que fue por vergüenza ante su falta de magia. Cuando se erigió el Vano y los humanos quedaron separados de nosotros, la canción de Lellia dejó de oírse.

—Pero ¿el Vano no se creó para proteger a los humanos?

—Así fue.

—Entonces, ¿por qué culparlos?

Ilryth sacude la cabeza con tristeza.

—Cuando alguien resulta herido, busca una persona, o varias, a las que puede echar la culpa con facilidad. Los humanos no estaban ahí para defenderse, así que se convirtieron en el objeto fácil de la ira de muchos. —Me mira a los ojos—. Aunque me da la impresión de que hoy en día la mayoría de las sirenas tienen pocos sentimientos en un sentido u otro con respecto a los humanos, aparte de una leve fascinación por ellos.

Asiento.

—Muy bien. Tu turno.

Seguimos así durante horas. Me cuenta el recuerdo preferido de su infancia con Lucia y Fenny: pescar algas con lanzas de juguete. Me habla de las actuaciones de las sirenas en torno a Navidad, cuando le cantan al nuevo año. Yo le hablo de mi propia infancia. De los lugares inmensos y misteriosos que he visto mientras navegaba para Kevhan Applegate; opto por hablarle con cariño de cómo lo recuerdo en vida, y no de cómo lo vi por última vez muerto. Le cuento que yo era la mejor de todos los marineros gracias a su magia.

Suspiro con nostalgia mientras pienso en mis primeros pinitos entre las olas. Un pensamiento aislado acerca de esa época resuena a través de mi mente: *Aquellos primeros días, sentía como que de verdad estaba libre de Charles. Aunque él aún tuviese mi alma, y mi nombre en un papel. Tenía la sensación de que podía navegar lo bastante lejos como para escapar de él.*

—¿Quién era? —pregunta Ilryth en voz baja, con suavidad.

—¿Quién? —Lo miro, mi corazón se comprime. Mis cavilaciones han escapado de mi control, mis pensamientos han divagado más allá de mi agarre firme. *No lo digas. Por favor, no lo digas.* No puedo evitar cerrar la mano con fuerza en torno al collar de la concha, con la esperanza de que, de alguna manera, esté equivocada. Que me protegió incluso de mis pensamientos más profundos. Es inútil.

—Charles.

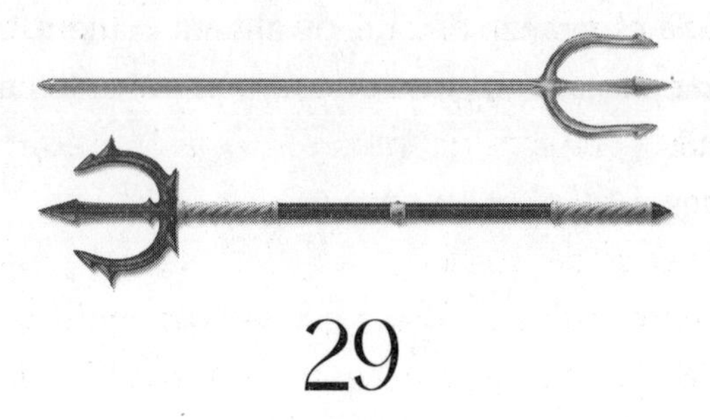

29

—Va a ser difícil hablarte de él —digo en voz baja cuando me recupero del *shock* de que me haya preguntado a las claras por Charles. Me he esforzado muchísimo por borrarlo de mi historia, pero me sigue atormentando... aunque ya no entienda del todo por qué.

¿Cómo puedo explicarle a Ilryth quién fue Charles para mí de un modo comprensible? Lo único que sé ya son las pinceladas generales, pero ¿cómo puedo comunicárselas sin que Ilryth pierda la fe en mí? Nos han hecho falta meses para crear esta base de confianza. La mera idea de perderla hace que mis entrañas pesen como el plomo. Me cuesta encontrar mis siguientes palabras.

—No tienes por qué decírmelo, si no quieres —me recuerda Ilryth con amabilidad.

Me encojo de hombros y aparto la mirada. De algún modo, comparado con su mirada afectuosa pero al mismo tiempo penetrante, el Abismo es una alternativa bienvenida.

—No... no pasa nada. Estamos siendo sinceros el uno con el otro, ¿no?

—Sí, pero eso no significa que debas compartir algo que tal vez no quieras compartir.

—Deja de decirme que no lo haga, o no lo haré. —Me río, aunque es un sonido sin alegría alguna—. La verdad es que no he hablado de él con la gente suficiente. —Si hay algo que he aprendido al volver a Dennow, es que debería haber hablado más, con todo el mundo, desde hace mucho tiempo. La gente puede confiar en mí, y yo puedo confiar en otros al mismo tiempo—. Además, ¿qué más da que tú lo sepas? En cualquier caso, me marcharé pronto.

—No deberías decir eso. —La cola de Ilryth da un leve latigazo. Es el único movimiento de su cuerpo, pero revela agitación y alarma. Las pequeñas aletas de los lados ondulan varias veces antes de detenerse. Hay un montón de cosas sobre las sirenas y sus gestos, sobre él, que aún estoy aprendiendo. Aunque es muy probable que nunca tenga la oportunidad de estudiar cada movimiento e indicador de Ilryth del modo que me gustaría conocerlos. Noto los hombros más pesados.

—Bueno, es verdad, ¿no? —Intento encoger los hombros, restarle importancia. Enfrentarme a las cosas de cara en lugar de acobardarme asustada es la única manera que conozco de seguir adelante cuando el mundo se pone difícil. Ocultar mi dolor no solo a todos los demás, sino también a mí misma.

—Es duro que te lo recuerden… —musita pensativo. Luego añade a toda prisa—: Y eso es para mí. No puedo ni imaginar lo que debe de ser para ti.

—Estaré bien. —Ilryth me mira con escepticismo, pero no dice nada—. En cualquier caso, cuando he dicho que va a ser difícil hablarte de él, no me refería solo al plano emocional. Va a ser difícil porque me da la impresión de que los primeros recuerdos que he erradicado son los que tienen que ver con él.

Su escepticismo se torna sorpresa. Luego frunce el ceño y veo un fogonazo de ira en sus ojos. Su voz adopta un deje protector.

—¿Qué hizo que haya podido incitarte a intentar borrarlo por completo de tus recuerdos?

—No creo que pueda contártelo todo ya —reitero. El Abismo es tan oscuro como los vacíos en mi mente—. Pero te diré lo que sé, las piezas que todavía soy capaz de unir.

»Crecí a las afueras de una ciudad pequeña. Mi padre y mi madre trabajaban los dos, todo lo que podían, pero a ambos les costaba mantener un trabajo estable. A mi padre porque tenía una lesión que le dificultaba realizar muchos de los trabajos manuales que abundaban en nuestra zona, y no tenía la destreza suficiente en temas administrativos como para trabajar de secretario para algún comerciante noble local. Y a mi madre porque simplemente no estaba en su naturaleza quedarse en un mismo sitio durante demasiado tiempo. En cualquier caso, se las arreglaban... —Me pongo un poco poética al hablar de mi infancia. De los largos días cerca del arroyo que discurría por nuestra ciudad, atrapando bichos con Emily. De las frías noches que, en retrospectiva, no odiaba tanto como creía porque significaban que estábamos todos acurrucados juntos.

Ilryth no me juzga. Escucha con una fascinación callada e intensa. Le hablo de los tiempos malos con la misma libertad que describo los buenos. No esconder nada es liberador.

—Entonces... —Hago una pausa, guiño un poco los ojos, como si así pudiese cortar a través de la oscuridad de mi mente para encontrar unos recuerdos que hace mucho que ha consumido una magia no destinada a ser comprendida por mortales—. Tenía apenas dieciocho años... Aún tengo un recuerdo de la celebración de mi cumpleaños aquel año... Fui al mercado. Luego algo relativo a faros... Todo se vuelve turbio. —Niego con la cabeza—. Después de eso hay un gran trozo de mi vida que ha desaparecido, así sin más. El siguiente momento que recuerdo es caer al agua esa noche. Y luego, estar de pie en la playa, sola, mirando el faro. Con veinte años y... —*Casada*. Miro a Ilryth para comprobar si ha oído ese pensamiento solitario.

—¿Y? —Su rostro no revela nada. No sé si lo ha oído o no.

—Y tenía marcas en el brazo. He conservado la mayoría de los recuerdos de cuando te conocí —comento con alegría.

—Me sorprende que eligieras conservar el recuerdo de esa noche traumática. —Un ligerísimo rubor hace resaltar las pecas apenas presentes en sus mejillas—. ¿Recuerdas algo más de él?

—Recuerdo ir a los juzgados... Me costó años desprenderme de él —digo en voz baja—. Acababa de conseguirlo justo antes de que me trajeses aquí... Por eso debía tanto dinero mi familia.

—¿Debías dinero a causa de una relación?

—Eso es... —*¿Cómo puedo evitar admitir toda la verdad, pero al mismo tiempo no mentir de manera descarada?* Lo único que quiero es conservar algo de la estima que Ilryth siente por mí—. Lo ayudaba en el faro. El consejo dijo que debía devolver todo el dinero que Tenvrath había invertido en mí durante mi tiempo como ayudante. En Tenvrath, casi todo puede comprarse o venderse. Esa es la razón de que el mayor delito de todos sea deber un dinero que no puedes pagar. En el faro, me mantenían los impuestos de las personas. Exigieron que devolviese esa deuda y, si no lo hacía, me...

—Te enviarían a ti, o a tu familia, a esa horrible cárcel para deudores que mencionaste. —Frunce el ceño—. Lo recuerdo.

Todos mis músculos están en tensión. Agarro la barandilla debajo de mí con los nudillos blancos. No recuerdo lo que sucedió durante esos dos años con Charles. Están tan vacíos como el Abismo a mis pies. Y aun así, tengo la garganta comprimida. Se me atasca la respiración. Tengo ganas de pelear, o de huir... de llorar o de gritar. Mi cuerpo recuerda lo que mi mente ha olvidado de buena gana.

—Victoria... —Ilryth toca mi mano, se inclina hacia mí—. ¿Qué pasa?

No noto que me arden los ojos hasta que lo miro. Imagino que están rojos e hinchados. En el océano, no puedo derramar lágrimas, pero los ojos sí pueden quemar, las bocas se pueden retorcer.

—No lo sé —susurro—. No recuerdo nada. No sé por qué me siento como si quisiera reducir el mundo a cenizas a mi alrededor.

Los labios de Ilryth se abren un poco. Parece inclinarse aún más hacia mí.

—No pasa nada.

—Lo sé… Lo… Y aunque pase, no importa, ¿verdad? —Sacudo la cabeza—. Todo esto habrá terminado pronto, de todos modos. Así que no importa.

—Por supuesto que importa.

—¿Por qué?

—Porque todo, bueno o malo, es parte de quién eres. Tal vez no te defina, pero te influye. Te enseña. Hemos luchado y peleado y sangrado para llegar hasta aquí en la vida. Y aunque desearía que jamás hubieses tenido que sufrir lo que me temo que quizás hayas sufrido…, si lo hiciste, eso también es parte de la Victoria que admiro.

—A lo mejor no quiero que sea parte de mí —murmuro, al tiempo que bajo la vista—. Tal vez no recuerde esas cosas, pero sí recuerdo haber elegido borrarlas las primeras. Tal vez sea mejor así. Hay una comodidad extraña en este «dejar de saber». En haber borrado lo que solo puedo suponer que eran las peores partes de mí.

—No son solo lo que crees que son las «peores partes». Llegará un momento en el que lo olvidarás todo —me dice con seriedad, los ojos perdidos en el Abismo. El pensamiento brota tan deprisa que no sé si pretendía que saliese a la luz o no. En cualquier caso, no se retracta.

—¿Qué…? ¿Qué quieres decir? —La pregunta refleja una duda aterradora que tuve hace unas semanas.

—Debes cortar *todos* los lazos con el mundo mortal. Un día, pronto, lo habrás olvidado todo. No solo lo malo, sino también lo bueno. No puedes elegir para siempre con qué quedarte. —No me mira mientras habla. De algún modo, eso es peor. Esta verdad es tan horrible que no puede ni mirarme.

—¿Lo olvidaré… todo? —Los abrazos de Emily. El olor del viento en mi primera travesía por mar. El sabor de la cerveza de mi padre. Cómo brillaban las estrellas la primera noche que le enseñé a Jivre a orientarse con ellas. El tacto de las maravillosas sedas que mi madre traía a casa, cómo resbalaban entre mis dedos.

—Es la única manera.

—¿Ocurrirá deprisa a partir de ahora? —Me empieza a invadir el pánico. Quedan solo dos meses para el solsticio. Me doy cuenta entonces de que me había permitido creer que podría conservar las partes de mí que yo quisiera. Tal vez no *todas*, pero al menos unas pocas… Revivo en mi mente cada momento alegre de mi vida, los grabo a fuego en mi corazón, como si pudiese aferrarme físicamente a unos recuerdos que no tienen ni tamaño ni forma.

—Mucho más deprisa que antes. Cuando mi madre llegó al Ducado de la Fe… dejó de reconocernos a mis hermanas y a mí en cuestión de un mes.

Me echo hacia atrás, espantada. Me habían explicado lo que estaba haciendo, lo que debía hacerse. Pero nunca lo había llevado hasta esta conclusión lógica.

Seré una concha. Una cáscara. Yo…

Mi pánico se interrumpe cuando Ventris entra nadando en mis aposentos, seguido de dos guerreros. Su presencia me recuerda que podía haber estado escuchando nuestra conversación durante todo este tiempo. Aunque Ilryth dijo que este espacio debería ser seguro, la mera idea de que el Duque de la Fe sepa sobre mi familia, sobre Charles, mis miedos y todas esas partes feas y ocultas de mí que quería enseñarle solo a Ilryth sería una violación que jamás le perdonaría.

En cualquier caso, mi mano y la de Ilryth estuvieron en contacto todo el tiempo. A lo mejor no fue un accidente o un sentimiento dulce por parte de Ilryth, tal vez estuviese intentando asegurarse de que nuestra conversación fuera privada. Ahora se ha apartado un poco, antes de que Ventris pudiese fijarse en el contacto.

—Espero que tus meditaciones hayan sido fructíferas. Es hora de tu siguiente ronda de tatuajes ante el Abismo —anuncia Ventris. Los guerreros avanzan.

Los miro con recelo. Cada vez que una de estas sirenas venga a ungirme, tendré que renunciar a más y más de mi persona. Pronto, no quedará nada de mí. Me entran ganas de salir de ahí. De tomar la mano de Ilryth y decirle que huya conmigo.

Por primera vez en mucho tiempo, tengo ganas de escapar.

Pero este es el deber que acepté. Este es el juramento que realicé. No puedo huir, ahora no. Quizá no recuerde a mi familia cuando llegue el momento, pero aún estaré dando mi vida para protegerlos. Lo daré todo para mantenerlos a salvo.

Me aparto de la barandilla del balcón. Por el rabillo del ojo, veo la expresión triste y resignada de Ilryth.

—Estoy lista.

Ventris se acerca con actitud reverente. Por primera vez, parece como si de verdad me viese como una persona sagrada. Lleva los ojos bajos y se mueve con un objetivo. Hace una reverencia antes de acercarse a mí.

Igual que en la mansión, marca secciones visibles de mi piel. Supongo que para cuando me entreguen a Krokan seré más dibujos que piel desnuda. Una concha preciosa. Aunque Ventris es el que me está haciendo las marcas y los guerreros siguen presentes, las cabezas gachas en señal de veneración, es Ilryth de quien soy consciente.

Se ha movido para flotar por encima del hombro de Ventris y observa el proceso con gran concentración. Su ancho pecho se hincha y se deshincha como si le costase respirar. Su expresión es ausente, los músculos tensos.

Ilryth parece casi… ¿alarmado? ¿Asustado? ¿Desanimado? No estoy del todo segura de cuál, ni de por qué, pero ladeo un poco la cabeza para captar su atención y ofrecerle una leve sonrisa. Intento decirle solo con esa expresión que estoy bien, que no se preocupe.

Puedo hacerlo, no te preocupes por cómo acabo de reaccionar.

Me devuelve la expresión un instante, pero después revierte a su cara de preocupación con el ceño fruncido, mientras taladra con la mirada un agujero entre las escápulas de Ventris. Mantiene los ojos ahí clavados hasta que Ventris termina. El Duque de la Fe se excusa y se marcha con sus guerreros. Luego, como cuando el sol de la tarde dispersa las nubes, la expresión de Ilryth se recupera.

—¿Estás bien? —No puedo evitar preguntárselo, al tiempo que apoyo con soltura una mano sobre su hombro.

—Debería ser yo el que te consolara a ti, no al revés —murmura.

—No pasa nada. Habla conmigo —lo animo con dulzura.

—No me gusta verlo cerca de ti. La idea de que marque tu alma es casi insoportable —admite Ilryth. Me quedo demasiado sorprendida para poder responder nada antes de que él siga hablando—. Pero ahora mismo no importa. ¿Por dónde íbamos? —Su sonrisa desentona tanto con su tono anterior que casi se me salen los ojos de las órbitas—. Creo que era tu turno de preguntarme algo a mí.

Casi le pregunto que me explique mejor lo que pasaba por su mente mientras me tatuaban, pero al final opto por no decir nada. Si hubiese querido que supiera los detalles de esos pensamientos, me los habría contado. A lo mejor prefiero no saberlo. Así es más seguro.

Sin embargo, hay otra pregunta para la que quiero saber la respuesta. Mi tiempo parece tan breve de repente. Los riesgos de jugármela parecen menores que nunca.

Lo estoy perdiendo todo en cualquier caso. ¿Qué importa si soy descarada? ¿Atrevida?

—¿Alguna vez has estado enamorado? —pregunto.

Ilryth abre un poco más los ojos. Luego se desliza de vuelta hacia donde estábamos sentados antes y mira hacia fuera.

—Tengo veintisiete años. Al igual que tú, no soy un ignorante en asuntos del corazón. Aunque, según parece, a diferencia de ti, no he encontrado a nadie con quien establecerme en serio. —Suspira. Me resisto a la tentación de decirle que Charles no causó nada más que daño—. Aunque eso tendrá que ocurrir pronto.

Como bien sabes, necesito casarme en breve. Lo he pospuesto mientras me encargaba de tu sacrificio inminente, pero esa excusa se me va a acabar pronto.

La idea de que se case me llena de una extraña sensación de tristeza. El mar está más quieto, la podredumbre giratoria más densa. Me pregunto qué podría haber ocurrido pese a que jamás hubiese podido ocurrir en realidad... No en este mundo, al menos.

—Sí, pero eso no es lo que te he preguntado —le recuerdo con delicadeza, al tiempo que nado hasta él. El impulso de tomar su mano es abrumador. La he sujetado muchas veces y aun así, ahora, me contengo. De alguna manera, ahora es diferente.

—No... no tengo a nadie en perspectiva como futura esposa. —Al principio, parece que le cuesta decir las palabras. Se recoloca un poco y nuestros dedos se rozan de nuevo. Un escalofrío sube a toda velocidad por mi columna.

—Eso *sigue* sin ser lo que te he preguntado. —Lo digo con un poco más de firmeza. No pienso acobardarme ahora—. ¿Has estado enamorado? ¿Lo estás ahora?

—Puede que esté interesado en alguien —admite, y baja los ojos hacia nuestros nudillos, que rozan entre sí con suavidad por efecto de las corrientes. Se me comprime el pecho—. Pero es complicado.

—Ya veo —murmuro. Querría preguntarle más cosas, pero él no me deja.

—Cuéntame cómo funcionan los faros. —Ilryth se sienta, como si no hubiese sentido ninguna tensión hace un instante. Como si mi pregunta no hubiese significado nada.

Me trago un suspiro, antes de sentarme a su lado. Mi muslo roza contra su cola, pero él no se aparta. Analizo todo lo que eso implica mientras contesto a su pregunta.

—Hay una rueda de molino que hace girar un mecanismo dentro del faro. Los fareros deben... —Le cuento todo lo que recuerdo de los faros. La mayoría de mis conocimientos provienen de recuerdos de mi educación básica que creo que todo el mundo en Tenvrath conoce, no de mi experiencia personal. Lo cual es extraño, dado que fui ayudante de farero durante un tiempo.

Nuestra conversación va y viene como las mareas, y cada tema da paso al siguiente de un modo fluido. Somos dos barcos en un mar en calma, nos movemos al unísono, empujados por el mismo viento. Nunca en mi vida me había parecido tan fácil hablar con alguien de todo tipo de cosas. Supongo que, de haber estado utilizando la boca para hablar, ya nos dolería la garganta.

Las horas pasan volando y el océano se vuelve oscuro. Motas doradas danzan por la superficie y proyectan débiles rayos de luz que ya no llegan del todo al castillo a través de la penumbra y la podredumbre. La noche es cada vez más cerrada.

Ilryth está dando debida cuenta de la comida que trajeron hace un rato. En realidad, era toda para él. Yo sigo sin tener hambre y está claro que no tengo ninguna necesidad de comer. Aun así, pese a todo, me ofrece un poco. La rechazo con educación y mi falta de interés lo incita a lanzarme una mirada breve y extraña que no logro descifrar.

—No puedo creer que hayamos pasado el día entero sin hacer nada más que hablar. —Agarro la barandilla y me echó hacia atrás, levanto las caderas y me quedo flotando en el agua en un equilibrio extraño entre tensión y relajación—. Ni me acuerdo de la última vez que pasé tanto tiempo haciendo tan poco.

—¿Poco? Eso dilo por ti. —Ilryth resopla con suavidad—. Yo me he pasado el día entero aprendiendo cosas sobre el Mundo Natural y su gente. Eso es un día bien empleado en cualquier circunstancia, pero la compañía lo ha convertido en excepcional. Aprender cosas sobre ti lo ha hecho excepcional.

Vuelvo a acomodarme sobre la barandilla con una sonrisa.

—Estás siendo educado.

Ilryth niega con la cabeza.

—He decidido que disfruto de tu compañía, Victoria. ¿De verdad es tan difícil de creer?

—He de reconocer que al principio no estaba segura de que eso fuera verdad.

—Eres una persona complicada para mí.

—¿Complicada?

—Ha habido veces en las que me has frustrado y otras veces en las que… —Suspira con suavidad y creo que no va a continuar. Cuando lo hace, habla en voz tan baja que apenas lo oigo—. En las que haces que mi alma cante con notas que jamás creí posibles.

Esbozo una leve sonrisa.

—Voy a hacer todo lo posible por que todo el Mar Eterno siga cantando. —Eso no era a lo que se refería Ilryth, y lo sé. Él también lo sabe; casi puedo sentirlo. Pero ninguno de los dos decimos nada más. Los dos estamos intentando con todas nuestras fuerzas no cruzar la línea que tenemos justo delante.

—Creo en ti. Si alguien puede hacerlo, esa eres tú. Ya te has sobrepuesto a muchísimas cosas.

—Solo continúo adelante —digo, al tiempo que me encojo de hombros—. Como hace todo el mundo.

—Pero tú haces que parezca fácil. —Me regala una sonrisa radiante, tan deslumbrante como el atardecer.

—Hoy has madrugado; deberías descansar un poco. —No sé por qué digo eso tan de repente. No quiero que se vaya.

—Debería. Sobre todo porque tengo planes para nosotros mañana.

—¿Otro día pasado conmigo sentados en el balcón? —Se me ocurren planes peores.

—No. Vamos a salir de aquí. —Ilryth esboza una sonrisa enigmática.

—Creía que tenía que comunicarme con el Abismo.

Esta es una excursión tan importante como eso.

—¿A dónde vamos? —Ladeo la cabeza. Me pica la curiosidad.

—¿Dónde está la diversión si te lo digo?

Pongo los ojos en blanco. A Ilryth empieza a divertirle demasiado hacerme rabiar.

—Perfecto, guárdate tus secretos.

Se marcha del balcón, llevándose el resto de la comida y sus recipientes con él. Yo me quedo al borde del Abismo, sola. De inmediato, soy consciente de su ausencia, después de haber estado con él casi todo el día. Es un recordatorio solemne de que voy a tener que enfrentarme a la inmensidad de lo desconocido sin él.

Noto una alteración en las corrientes. Un chorro de agua fría sube desde las profundidades. Trae consigo el susurro de la muerte. Me separo de la barandilla a toda prisa. Me doy impulso contra ella y me pego a la pared del castillo justo cuando regresa Ilryth.

—¿Qué pasa? —Me mira, medio encaramada a la pared y blanca como un pergamino.

—Krokan ha vuelto.

Ilryth avanza y se asoma por el borde. Guiña los ojos en la misma dirección que miro yo. Veo un fogonazo verde en el abismo a nuestros pies. Me apresuro hasta Ilryth, agarro su mano con las dos mías y tiro de él hasta obligarlo a pasar por encima del balcón otra vez.

—¿Qué dem…?

—Te habías alejado demasiado hacia aguas abiertas. Estabas casi fuera de la protección de la anamnesis. —Levanto la vista hacia él. Mi corazón martillea en mi pecho—. Krokan había fijado su objetivo en ti.

—Lord Krokan nunca haría daño a un duque del Mar Eterno. En especial no a uno que blande la Punta del Alba.

Ojalá fuese cierto, susurra un instinto dentro de mí. No tengo ninguna razón para creerlo. Ninguna razón para pensar que yo tengo razón y él no, cuando él es el que ha vivido en este mundo durante toda su vida.

—Aun así, yo… Por favor, hazlo por mí. Vi cómo mi tripulación entera moría ante mis ojos a manos del antiguo dios. —La mención de mis compañeros le da pausa—. Estoy segura de que tienes razón, pero… por favor, no te aventures nunca demasiado lejos sobre el Abismo. Hazlo por mí.

—Por ti, cualquier cosa. —Ilryth aprieta mi mano y me sigue hacia abajo, de vuelta al balcón. No tengo ni idea de por qué este pequeño saliente da la impresión de poder protegernos a él y a mí de Krokan. Es como pensar de niño que el monstruo en la oscuridad no puede hacerte nada si te mantienes bien tapado y con todas las extremidades sobre la cama. Es una tontería, pero la ilusión de seguridad es mejor que nada—. Aunque es bueno que esté aquí. Debería hacer que tu siguiente ronda de marcas sea aún más potente.

—¿Ventris no va a insistir en hacerlas él mismo otra vez? —pregunto.

—No, tatuar tu piel desnuda es mi honor esta noche. —Levanta sus dedos hasta mi cuello. Levitan ahí durante un instante, antes de apoyarse en mi piel, justo debajo de la oreja. Aunque no necesita tocarme para marcarme, lo hace de todos modos. Ilryth canta una melodía dulce y vaporosa que llena mi cabeza de recuerdos de mi hogar. De perezosas tardes veraniegas y manzanas otoñales.

Sus dedos resbalan por mi cuello y por encima de mis clavículas. Danzan y dan toquecitos, tiran y giran. Mi piel presiona contra él mientras aspiro una bocanada de aire inexistente. Él presiona de vuelta mientras yo espiro. Es… agradable que alguien me toque al hacer esto. Que aporte calidez al proceso.

Es como si Ilryth estuviese dibujando el deseo para que este cobre vida. Como si estas marcas fuesen un mapa mediante el cual puedo encontrar una pasión a la que hace mucho tiempo que había renunciado. Quiero besar cada puntito que crea la huella de su pulgar. Quiero que él lama la larga línea ondulante que dibuja desde mi rodilla hasta debajo del borde de mis calzas, empujando la tela con suavidad hacia arriba. Un movimiento fugaz conecta sus ojos con los míos.

La intensidad de su mirada es enloquecedora mientras utiliza esos dedos diestros y hábiles. Me imagino todos los otros usos que podría encontrar para esas manos. ¿Cómo sería hacer que me llevase hasta el *summum* de la pasión? ¿En esta forma, sería capaz todavía de sentir todo como lo conozco? ¿O sería diferente? ¿Mejor? ¿Peor?

Claro que ¿cómo sería la logística con él? Aunque sí que lo vi con piernas humanas en sus recuerdos. A lo mejor podría invocarlas si fuese para enredarlas con las mías...

Un millar de preguntas me suplican respuestas. No debería preguntármelas, pero no puedo parar. Sé que existen muchas maneras creativas para que dos personas encajen juntas. Aunque yo no las haya experimentado, he oído cosas. Claro que él ni siquiera tiene un...

Me arden las mejillas y las suaves caricias por la parte de atrás de mis muslos tampoco están ayudando.

Al final, siento alivio cuando se retira. Aunque no estoy segura de si era alivio *de* su contacto lo que quería. Creo que hubiese preferido en gran medida un alivio *debido* a su contacto. Sea como sea, tengo tiempo de recuperar la compostura mientras se aparta.

—Eso será todo por esta noche.

—¿Qué pasa? —Por el tono de su voz, noto que hay algo que lo preocupa. Es un milagro que mis palabras no salgan agudas y pequeñas.

Ilryth no parece capaz de mirar en mi dirección. Su cuerpo es una línea fibrosa contra la luz menguante. Sus bíceps se abultan cuando se mueve incómodo. Incluso cuando está ansioso como ahora, es una de las criaturas más bellas que he visto jamás.

—A lo largo de las próximas semanas, terminaremos de tatuarte las marcas...

—¿Y? —Lo urjo cuando deja la frase en el aire.

—Cuando esto ocurra, tendremos que... —Sacude la cabeza, se endereza un poco y luego me mira con una indiferencia forzada, casi clínica—. El resto de las unciones tendrán que ser en el *resto* de tu cuerpo.

—¿Ah, sí? *Oh.* —Tardo un momento, pero acabo por darme cuenta de lo que quiere decir de verdad—. ¿Quieres decir que tendré que quitarme más ropa?

—Sí. Aunque ya he hecho llamar a Lucia, que debería llegar pronto. He pensado que sería preferible que ella te hiciese esas marcas, en lugar de Ventris. —Me mira de reojo, como para asegurarse de haber supuesto bien.

—Muy preferible —me apresuro a decir.

—Bien. Quería advertirte de que sucederá.

—Vale, por supuesto. —Siento una oleada de desilusión involuntaria. No me importaría que esas delicadas manos recorriesen mis partes más sensible. ¿No era esa la fuente de mis fantasías ahora mismo?

No obstante, no me da la oportunidad de protestar.

—Entonces, te deseo buenas noches.

Ilryth empieza a alejarse, nadando marcha atrás. No aparta los ojos de los míos. Como si esperase algo.

La forma en que me ha tocado…

Era solo para la unción.

Pero ha habido todas esas otras veces.

Contactos accidentales.

—Ilryth, espera —digo, a pesar de lo que me dice mi cerebro. Tampoco sé lo que voy a decir a continuación.

Se detiene en una esquina de mi cama.

—¿Sí?

Esos ojos suyos… Podría perderme en ellos para siempre. Podría subsistir solo con su intensidad. Tal vez…

Las palabras «*mujer usada*» reverberan por mi mente con la voz de Charles.

No. No voy a permitir que Charles dicte mi propia voz interior durante más tiempo. Le he dado demasiado poder a lo largo de los años. Tanto que es difícil incluso distinguir entre lo que es mi propia voy y lo que él plantó en mi cabeza.

Me quedan solo unas semanas de vida. ¿Cómo quiero pasarlas? No muerta de miedo. No deseando haber hecho algo de otra manera.

Dejo a un lado mi lucha interior. Que eso sea lo único que duerma esta noche. Cruzo la distancia entre Ilryth y yo, agarro su cara con ambas manos y lo beso con una ferocidad que no sabía que aún poseyera.

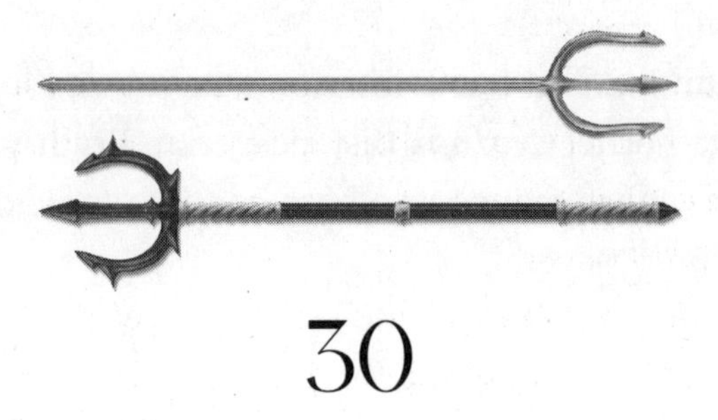

30

Ilryth no se aparta. Más bien al contrario. Me agarra por las caderas y me atrae con fuerza hacia él. Una docena de voces incorpóreas cantan en mi cabeza de repente cuando nuestras bocas se encuentran en una armonía gloriosa.

Me aparto de él y me obligo a parar. Me tiemblan los labios, aún deseosos de él. Tiemblan con una pasión que apenas soy capaz de contener. *Tócame*, grita todo mi ser. Me pregunto si puede oírlo de alguna manera, porque las palmas de sus manos se hunden en la carne de mis caderas.

—Dime que no deberíamos hacer esto. —Mis dedos bajan por los músculos de su cuello. Por fin, *por fin* se deslizan por las marcas tatuadas en su piel. Después de todo este tiempo, me permito tocarlas y temo que tal vez no quiera parar de hacerlo jamás.

—No deberíamos hacer esto —me obedece, aunque no suena convincente en absoluto.

—Dime que esto acabará en desastre —le pido, muy consciente de que es verdad. Es un hecho que acepté hace muchísimo tiempo.

—Te aseguro *al cien por cien* que esto acabará en desastre —afirma con toda la confianza de alguien que ha pensado en esto tanto como yo. Aun así, sus brazos se aprietan a mi alrededor. Las yemas de sus dedos cavan pozos en mi piel—. No espero que mi corazón sobreviva ileso a haberte conocido. Aunque hace años que lo sé.

—¿Años? —susurro.

—Años. Desde la primera vez que te vi. A pesar de que me negaba a reconocerlo. Me atrapaste. De un modo inexplicable y sin ningún esfuerzo, te convertiste en el objeto de todos mis deseos.

—Pero tú… Yo no… ¿Cómo? ¿Por qué yo?

Una mano me suelta para acariciar mi mejilla. Retira un mechón descarriado de mi cara con la misma delicadeza que alguien espantaría a una mariposa. Una mano me toca con ternura. El otro brazo sigue enroscado a mi alrededor, me sujeta con tanta fuerza que le tiemblan los músculos, como si estuviera haciendo un esfuerzo sobrehumano por no tomarme aquí y ahora.

Lo deseo con una ferocidad que jamás había conocido. Quiero que se mueva despacio, que valore y mime mi mente y mi corazón. Que sea amable con todas mis heridas aún tiernas. Pero al mismo tiempo, quiero que pierda el control conmigo, que me consuma y me deje sin respiración.

—¿Por qué sale el sol, Victoria? ¿Por qué suben y bajan las mareas y por qué nadan los peces en grupo? Algunas cosas simplemente *son*. Son fuerzas de la naturaleza y sería una afrenta a la belleza divina de este mundo cuestionarlas. Yo no quiero cuestionar.

—¿Te importo aunque sepas que estuve relacionada de algún modo con otro? —me atrevo a preguntar. Desearía no tener que hacerlo, pero lo hago. *Debería decirle que estuve casada…* Tiene derecho a saberlo, ¿no? Aunque a lo mejor no importa. A lo mejor saber que tuve una relación seria con otra persona es suficiente. A lo mejor deja de importar pronto, cuando olvide todo lo relacionado con Charles…

—No me siento amenazado por un hombre que has tratado de erradicar de tus recuerdos. —Tiene una sonrisilla casi arrogante en la cara. Esa confianza, esa facilidad con la que se muestra tan poco amenazado, no podrían ser más atractivas—. La historia es solo eso, Victoria: historia. La única influencia que tiene sobre el presente es lo que te enseñó y lo que elegiste llevarte contigo. Yo no cambiaría la mujer que eres ahora ni por todos los mares del mundo.

Cierro los ojos y aprieto la mejilla contra su mano. Su pulgar la acaricia con suavidad, tan tierno y dulce como cuando dibuja las marcas en mi piel.

—Ilryth, dime que no podemos hacer esto.

—Ya te he dicho que no deberíamos. —Sus dedos se enroscan un poco contra mí, como si me llamase una vez más. Con un solo beso, he oído una canción de pasión, de placer, de toda la bondad del mundo que antes me había estado prohibida. Y quiero más.

—Dime que *no podemos.*

—Sabes que tengo prohibido tocarte siquiera. —No es mi imaginación, me está atrayendo poco a poco. Sus dos manos están tirando de mí hacia abajo.

—Entonces, no podemos.

—Yo no he dicho eso nunca. —Se inclina hacia mí del modo más ligero, sus ojos consumen los míos—. Puede que esté prohibido, pero desde luego que aún podemos.

—No quiero hacerte ese tipo de daño… —Aprieto los ojos con fuerza. Mi corazón también se quedará destrozado si hacemos esto, pero yo lo sufriré tan solo durante un tiempo breve. A él le quedan años.

Aun así, a pesar de saber todo esto, no me estoy apartando de él. Con todas las razones que encuentro por las que no deberíamos… se me ocurre una sola razón por la que sí deberíamos y que anula todas las demás: *no quiero parar*. Soy egoísta y cruel, y estoy necesitada.

—¿Y si te doy permiso para hacerlo? —Sus palabras vibran sonoras contra mis pensamientos, como si se hubiesen originado en mi propia mente—. ¿Y si quiero que lo hagas?

—¿Quieres tener el corazón roto?

—Te quiero a ti… y todos los riesgos y deleites que van de tu mano.

—¿Qué te pasará, si lo averiguan? —Mi mano recorre su clavícula y se despliega por su pecho. Cada uno de mis pensamientos dice «no», pero mi cuerpo, mi obstinado corazón, dicen «¡sí!».

—Podrían juzgarme de nuevo.

—Tienes muchas cosas por las que vivir, mucha gente de la que eres responsable. No puedo pedirte que arriesgues todo eso.

—No me lo estás pidiendo. Yo me estoy ofreciendo a hacerlo. —Ilryth se aparta un poco, como para ganar la claridad de la distancia. Así me permite ver la determinación que no está solo en su mirada, sino en sus hombros y en su postura—. Me he pasado la vida haciendo solo lo «correcto». Me he mantenido en línea y me he sacrificado por mi gente. Incluso con mi madre, enseguida ocupé mi lugar. Me he quedado al margen en silencio y he renunciado a todo lo demás cuando me lo han pedido. Y solo por esta vez, quiero ser vergonzoso. Quiero hacer algo solo para mí.

¿Cómo discuto con eso? ¿Cómo podría, cuando mis motivos son igual de interesados?

Ilryth cierra el espacio entre nosotros otra vez y mis labios casi arden de la proximidad con los suyos. Debo echar mano de hasta la última brizna de sentido común y autocontrol para no besarlo hasta marearme. Ilryth susurra con la boca tan cerca de la mía que incluso a nuestro pelo le cuesta flotar por el espacio entre medias.

—Desnuda tu alma ante mí. Dime, ¿qué es lo que quieres?

—Todo lo que no he tenido en años. Todo lo que creía que no volvería a tener jamás. —Sacudo la cabeza y froto mi nariz con suavidad contra la suya—. Quiero pasión y placer. Quiero un abandono insensato, aun cuando sé que es la decisión equivocada.

—Entonces, equivoquémonos de un modo horrible juntos. —Su mano sube por detrás de mi cuello para hundirse en mi pelo. Envuelvo las piernas alrededor de su cintura, nuestros cuerpos quedan pegados y me ahogo en unas sensaciones nuevas, diferentes e inimaginables.

Sus músculos firmes proporcionan una base estable debajo de la piel cálida y las escamas. Unas pequeñas corrientes juguetean con mi cuerpo como si me acariciasen un millar de dedos diminutos. Soy ingrávida. No hay presión ni tensión, ningún enredo torpe de extremidades. Todo fluye como si fuésemos el mismísimo mar. Sin esfuerzo. Como ha dicho él… una fuerza de la naturaleza.

Me sujeto para mantener la estabilidad mientras mi cabeza da vueltas; acerco los labios a los suyos. Ilryth se mueve despacio, como para darme tiempo suficiente de apartarme. *Ni se me pasa por la cabeza alejarme.* Agarro su hombro con la mano izquierda, la derecha todavía sobre su pecho.

Sus labios rozan los míos y deja de moverse. Tiemblan un poquito, apenas en contacto. Todo mi cuerpo se estremece ante la sensación. Ilryth me sujeta aún más fuerte. Su mano se desliza desde mi cadera a mi trasero, donde masajea el músculo mientras sus labios se estrellan contra los míos otra vez.

Somos insonoros debajo de las olas. No hay ruidos de cuerpos o bocas o respiraciones mientras nos movemos el uno contra el otro. Hay solo un silencio maravilloso y la creación de una nueva melodía que cobra forma con cada uno de nuestros movimientos. A cada presión de las palabras tatuadas en nuestra piel, más notas llenan el fondo de mi mente. Suben y bajan mientras él desliza la mano por mi cuerpo.

Se forman nuevas marcas. Suben por mis brazos, giran alrededor de mi cuello, bajan por mi espalda y mis muslos. Donde sea que me tocan sus manos, la música las sigue.

Su contacto es al mismo tiempo tierno y necesitado, las manos tan posesivas como su boca. Ambas exigen lo que solo yo puedo darle, todo lo que puedo darle. Me quedo sin aliento al sentir su hambre, al saber que será tarea imposible saciarla, pero me entran ganas de intentarlo aún más ante esa perspectiva.

En cuanto a los besos de Ilryth… la suya es una boca por la que merece la pena vivir y morir. Me rindo a su fuerza. Mi estómago da volteretas como si cabalgase la cresta de una ola enorme cada vez que giramos, que cambiamos nuestro ángulo mientras flotamos ingrávidos, suspendidos. Su lengua se desliza dentro de mi boca y mi mente se queda en blanco.

Han pasado años desde la última vez que me tocaran de este modo. Años de reclamar despacio mi cuerpo y mi alma. Años de aceptar quién era y en quién me estaba convirtiendo.

Las acciones de besarnos y tocarnos no son nuevas para mí, pero las sensaciones sí. Creía saber todo lo que había que saber acerca de los placeres de la carne. Pero estaba equivocada. Muy muy equivocada.

Su mano se mueve alrededor de mi cuello, engancha mi mandíbula entre el pulgar y el resto de sus dedos. Ilryth se aparta un poco y gira mi cabeza para poder besar mi cuello. Su lengua se desliza por las líneas que ya son parte de mí. Me estremezco y mis labios se entreabren en una exclamación silenciosa que de algún modo se manifiesta en un único pensamiento: *Más*.

Ilryth está listo para obedecer la orden. Gira sobre sí mismo y mi espalda aterriza sobre la cama, mientras el agua frena nuestra caída sobre la esponja. Sus manos acarician mis caderas y provocan pequeñas olas que se cuelan por la tela que flota alrededor de mis partes bajas. Los dientes de Ilryth presionan contra la piel de mi hombro. Mantengo las piernas enroscadas alrededor de sus caderas para sujetarlo pegado a mí. Él explora cada centímetro de mi cuerpo expuesto, desde el busto hacia arriba, hasta llegar con sus besos de vuelta a mi boca. Yo recorro las líneas de los músculos de su espalda, trazo cada contorno de sus propias marcas y lo grabo todo en mi memoria.

Si he de morir, estas son las sensaciones de un hombre que quiero llevarme conmigo. Sensaciones de pasión y placer. De un amor que es tan insensato como liberador. A medida que los besos de Ilryth se ralentizan a meros piquitos, mis rodillas se despegan de él para descansar a ambos lados y una sonrisa cruza mi boca.

—Pareces contenta, Victoria —murmura.

—Esta noche me has dado más de lo que puedes imaginar.

—Deseo darte aún más que esto. —La intensidad de ese sentimiento me hace mirarlo, confusa pero ansiosa.

—Ilryth...

—Aquí no, por... razones. —Su cola golpea la cama con suavidad. No puedo evitar reírme.

—¿Es vergonzoso admitir que me lo estaba preguntando?

Tararea pensativo mientras se quita de encima de mí para tumbarse de espaldas y clavar la vista en el techo.

—Solo si es vergonzoso admitir que estoy aún más excitado por que te lo preguntaras.

Desear y ser deseado... es una sensación agradable. Aunque no puedan ser nada más que deseos carnales. Aunque el amor que se ha empeñado en crecer por debajo no tenga futuro.

Antes de darme cuenta siquiera, ruedo sobre el costado y me acurruco contra él. Ilryth se mueve y creo que me va a apartar de su lado, lo espero incluso, pero, en lugar de eso, pasa un brazo alrededor de mis hombros y me acerca más. Apoyo la cabeza en su pecho por instinto. Nuestros cuerpos encajan a la perfección juntos, como si estuviesen hechos el uno para el otro. El sonido de los latidos de su corazón es una sinfonía.

—Voy a tener que marcharme —dice, casi con tono de disculpa.

—Lo sé. —Cierro los ojos—. Sé que te tienes que marchar para mantener esto en secreto, por las reglas relativas a la ofrenda, pero necesito que sepas algo más.

—¿Qué?

—Sé que hacer esto contigo es egoísta por mi parte.

—Igual que por la mía —se apresura a señalar—. Yo soy el que te ha pedido que me des todo. No tienes razones para disculparte ni para sentirte egoísta.

Niego con la cabeza, con lo que restriego la nariz contra su cuello.

—Eres incorregible, Ilryth.

—Igual que tú, Victoria. —Besa mi frente. Aprovecho para continuar con mi pensamiento inicial.

—Lo que quiero que sepas es que no necesito que esto sea amor. Mantengamos las cosas simples para los dos. Solo deseos físicos.

Incluso mientras digo las palabras, ya sé que estoy indefensa ante la fuerza que está tratando de arramblar conmigo en contra de mi voluntad.

Aunque eso no es algo que él necesite saber. No puedo mentirme a mí misma, pero sí puedo mentirle a él. Puedo fingir que nada de esto importa más allá de acurrucarme entre sus brazos. Más allá del deseo físico puro y duro. He visto a tantos hombres y mujeres capaces de tratar esto como una aventura sin importancia, que puedo aprovechar su ejemplo.

Si me enamoro, esa carga será solo mía, un secreto que me llevaré a la tumba. No puedo hacerle daño a Ilryth de esa manera. Y mi corazón tampoco podría soportar otro fracaso en el campo del amor. Tal vez no recuerde todo lo relacionado con mi relación anterior, pero sí recuerdo que fracasó... y, según los retazos que aún recuerdo y las sensaciones que tengo, albergo la ligera sospecha de que el fracaso fue culpa mía.

Ilryth me mira con atención mientras hablo, como si de alguna manera pudiese ver la verdad detrás de mi farsa, de mis afirmaciones en contra. Frunce un poco el ceño. Casi espero que proteste.

Pero parece aceptar mis palabras al pie de la letra. Hace un leve gesto afirmativo. Supongo que ha tenido muchas amantes. Es lo que elijo creer. Esto es más fácil si pienso que no es nada serio para él. Que le resulta fácil tener una aventura casual.

Y si es más que eso también para él..., será mejor para los dos que finjamos lo contrario. Si no hablamos de sentimientos más profundos, estos pueden morir en la duda. En lo desconocido y lo nunca dicho.

—Como tu desees, milady.

Le dedico una pequeña sonrisa. Esperaba esta reacción... Él sabe que soy una muerta viviente. De este modo, será más fácil para los dos. Si me repito eso las veces suficientes, quizás acabe por creérmelo.

—Deberías descansar —dice con suavidad—. Tenemos más trabajo de unción por hacer en los días y semanas venideros.

—Deberías marcharte. —Prefiero hacer caso omiso de la mención del trabajo.

—Debería, pero creo que me quedaré hasta que te duermas... bueno, siempre y cuando no te moleste que lo haga. —La voz grave de Ilryth suena cargada de preocupación ante esa idea.

—No me molesta lo más mínimo. —Bostezo—. De hecho, has conseguido que me sienta relajada. Segura. —Cierro los ojos y disfruto de la sensación. Aunque hay huecos vacíos en mi memoria, estoy muy segura de que nadie me ha hecho sentir tan deseada y protegida en toda mi vida. Por primera vez siento que puedo apoyar la cabeza en alguna parte y no tengo que mantener un ojo abierto, ni preocuparme de nadie ni de nada más.

Con un suspiro suave, dedico a mi familia y a los pocos amigos que tenía al otro lado del Vano y por encima del mar un adiós silencioso y definitivo. Estarán bien sin mí, tienen que estarlo. No puedo regresar ahora y no hay nada más que pueda hacer por ellos que ser un sacrificio digno para un antiguo dios. Así que los dejo ir.

Durante los siguientes días y semanas, o sea cual sea el tiempo que me reste, por primera vez en mi vida viviré solo para mí misma.

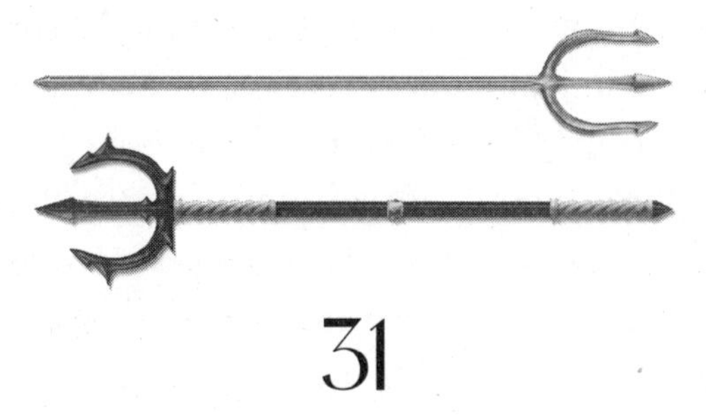

31

Cuando me despierto, estoy sola, como me dijo Ilryth que estaría. Me incorporo y me doy impulso contra la cama, aunque mis manos se hunden en la esponja blanda. Como era de esperar, no hay ni rastro de él, lo cual hace que todo el asunto me parezca un sueño suntuoso en lugar de algo real.

Es probable que sea mejor así, pienso mientras me desplomo de vuelta en la cama con un suspiro interno. Será más fácil fingir que todo esto no significa nada si no pasamos la mañana ociosos el uno en brazos del otro como los amantes que no somos. Aun así, cierro los ojos e imagino lo que sería levantarme al alba, todavía envuelta en su calor.

Abro los ojos de golpe para eliminar esa peligrosa ensoñación. Estas eran *justo* las emociones que no podía permitir que se produjeran. Y claro, quedarme dormida en sus brazos hace apenas unas horas no ayuda a poder ignorarlas.

He dormido mejor que en mucho tiempo, pero en lugar de despertarme despejada, estoy cansada.

En realidad, ya no sé lo que es el agotamiento en el sentido corpóreo, pero parece que me duele cada una de las articulaciones a causa de la tensión muscular provocada por sus besos y caricias ayer por la noche. Ruedo sobre la espalda con un gemido. De un modo en absoluto premeditado, mi mano se desliza por mi costado, pasa por encima de la curva de mi estómago.

Luego se cuela por debajo de la cinturilla de mis calzas y aterriza entre mis piernas para tocarme justo en el punto que tan desesperada estaba por que estuviese la mano de Ilryth anoche.

Con un movimiento lento y suave, mi dedo corazón rueda por encima del punto más sensible de todo mi cuerpo. Mis labios se entreabren y dejan escapar un silencioso suspiro de placer. En mi mente, Ilryth sigue a mi lado. Me está despertando con estas delicadas caricias. Su mitad inferior ya no tiene escamas, sino que posee todas las partes deseadas en un hombre humano.

Lo imagino inclinado sobre mí para dar un mordisquito en el lóbulo de mi oreja. Me susurraría detalles de todo lo que desea que le haga, y sus deseos llegarían directos a mi mente, penetrarían en mis pensamientos. Mi mano izquierda baja por mi pecho para acariciar mis senos por encima del corsé, a medida que las imágenes que se me aparecen en el ojo de mi mente se vuelven cada vez más vívidas.

Lo de ayer por la noche fue solo el aperitivo. La tentación. La prueba de que nuestros cuerpos responderán el uno al otro. Todo lo que quiero ahora es explorar lo lejos que podemos ir. Lo bien que nos conocemos el uno al otro.

Mi bajo vientre está en tensión. Los dedos de mis pies se enroscan. El clímax no está lejos. He tenido la práctica suficiente en llevarme hasta ese punto a lo largo de los años, y esta fantasía es más dulce que cualquiera que haya imaginado antes, porque esta es tangible. Es casi posible y eso...

—¿Santidad, estás despierta? —La voz de Ventris es un cubo de agua fría volcado sobre mí.

Saco a toda velocidad la mano de mis calzas y aparto la otra de mi pecho al tiempo que me levanto de la cama. Intento retirar el pelo de mi cara y trato de domarlo por instinto, aunque en mi forma actual eso es de lo más innecesario. Para cuando Ventris llega por el túnel con sus guardias he conseguido recuperar la respiración y borrar las fantasías de mi cabeza.

—Ah, buenos días. Pareces haber dormido bien esta noche.

—¿Perdón? —Me entra el pánico, al tiempo que me pregunto si hay alguna señal de Ilryth en la habitación. A lo mejor las sirenas tienen algún sentido oculto con el que Ventris puede saber exactamente las líneas que hemos cruzado. ¿Qué significará eso para Ilryth?

—Esta mañana estás en tu cama, en lugar de en el balcón —comenta de un modo casual—. Es bueno ver que estás obteniendo el descanso que necesitas para garantizar que permaneces centrada en aprender los himnos de los antiguos.

Me relajo un poco.

—Sí, por supuesto. Meditar ante el Abismo ha sido bastante agotador para mi mente y mi cuerpo.

—Hablando de unciones. —Hace un gesto y por el túnel emerge otro grupo de guardias, acompañados de un rostro familiar.

—Lucia. —Me doy impulso contra la cama para deslizarme hacia ella por la habitación.

—Es un placer verte de nuevo, Santidad. —El final de su cola se curva hacia atrás e inclina la cabeza. Aunque no es que las dos fuésemos exactamente mejores amigas, la joven sí me causó bastante buena impresión. Y en los dominios de Ventris, aceptaré todas las caras amistosas que pueda reunir.

—Lucia fue una de las mejores alumnas durante su tiempo en el Ducado de la Fe. Ella se encargará de tus unciones durante los próximos días, pues empezará a ser inapropiado que Ilryth o yo las hagamos.

Recuerdo lo que me dijo Ilryth la noche anterior sobre el hecho de que habría algunas marcas que él no podría hacer. Disimulo mi desilusión por que no sea él quien realice esas marcas en mis zonas más sensibles. Otra fantasía trata de reptar por mi interior, pero me niego a permitírselo aquí y ahora. Esas cosas se saborean mejor en privado. Por otro lado, si alguien distinto de Ilryth va a hacer esas marcas, prefiero con creces que sea Lucia a un desconocido o, peor aún, Ventris.

—Gracias por tomar en consideración mi modestia —digo, como si la modestia hubiese sido jamás algo con demasiado significado para mí.

—¿Necesitas algo más de nosotros? —le pregunta Ventris a Lucia, que niega con la cabeza.

—No, Excelencia, tengo todo lo que necesito.

—Entonces, os dejaré a ello. —Ventris sale de la habitación seguido por los cuatro guardias.

Lucia cruza las manos delante de ella mientras espera a que se vayan. Cruza y descruza los dedos, lo cual revela su incomodidad.

—Por favor, perdóname, Santidad, pero voy a tener que pedirte que te quites toda la ropa.

—Puedes llamarme solo Victoria —le recuerdo—. No somos desconocidas.

—Como la pastora, lo correcto es que te muestre el mayor de los respetos. Cualquier cosa menos que eso sería una afronta a la exquisita formación que Lord Ventris proporciona a todos los acólitos de Lord Krokan.

Tiene miedo de que él esté escuchando.

—No creo que pueda oírnos aquí dentro. Ilryth dijo que esta habitación tiene protecciones. —Lucia abre un poco los ojos sorprendida. Gira la cabeza hacia el túnel por el que ha salido Ventris—. Si estás nerviosa, podemos hablar así. —Me acerco a ella y apoyo la mano en su hombro. Lucia asiente.

—Bueno es saberlo, Victoria. —Sonrío al oírla utilizar mi nombre—. Sin embargo, deberías reprimirte de tocarme. Nos estamos acercando a tu sacrificio, así que ahora es aún más importante.

—Vale. —Mi sonrisa se diluye y la suelto—. ¿Me desvisto?

—Si no te importa. —Lucia aparta la mirada, a pesar de que está a punto de verme en el mismísimo estado de desnudez para el que me está ofreciendo privacidad.

Estiro las manos por detrás de mi corsé, engancho un dedo en el nudo y lo desato. Tiro de las «X» que discurren por mi espalda hasta conseguir la holgura suficiente para poder sacar los pequeños pasadores de sus ganchos en la parte delantera. Me quito la prenda y la mantengo en la mano un segundo más.

Mi última prenda de ropa, diseñada y fabricada a medida con gran esmero para satisfacer mis necesidades. Calidad por encima de cantidad.

Y los últimos lazos que tengo con el mundo del que procedo.

Desenrosco los dedos y suelto la prenda, antes de observar cómo empieza a desintegrarse como hebras mágicas en el agua. En un abrir y cerrar de ojos, es como si no hubiese existido nunca. Las calzas me cuesta menos dejarlas ir. Aunque una vez que desaparecen, me quedo ahí plantada tan desnuda como el día que vine al mundo.

—Muy bien, estoy lista.

Lucia nada hasta mí. Todavía parece un poco incómoda, pero no demasiado agobiada por la desnudez. De lo cual me alegro. He de reconocer que la mayoría de sus miradas de curiosidad son disimuladas. Supongo que le parezco tan extraña como se lo parece una sirena a la mayoría de los humanos.

—Mi tripulación estaba compuesta de mujeres en su mayor parte. No toda ella, pero la mayoría —digo, en un esfuerzo por hacerla sentir un poco más relajada con respecto a la situación—. Una de ellas apenas era capaz de mantenerse vestida. Cada vez que me daba la vuelta parecía que se había desnudado por una razón u otra. —Me río con suavidad mientras pienso en Geniveve—. Y de vez en cuando, cuando navegábamos hasta el lejano sur donde las aguas son tan azules como vuestro Mar Eterno, anclábamos e íbamos a nadar todos juntos. Geniveve rara vez llevaba más que su ropa interior, si acaso.

—Suena como si todos hubieseis sido bastante abiertos los unos con los otros —comenta Lucia mientras canta y unas marcas espirales empiezan a brotar entre mis escápulas.

—Tienes que serlo cuando depositas tu vida en manos de otra persona.

—A lo mejor esa es la razón de que siempre me haya sentido tan cómoda contigo. Todo el Mar Eterno confía en ti para que apacigües la ira de Lord Krokan.

—¿Te sientes cómoda conmigo? —pregunto. Lucia no ha sido desagradable ni nada, pero siempre ha habido una barrera de etiqueta y propiedad entre nosotras.

—Me hieres con lo sorprendida que suenas. —Hay una leve curva en sus labios, como si estuviese tratando de reprimir una sonrisa.

—Siempre lo he considerado más como una relación profesional. —Aunque no parece demasiado profesional estar flotando desnuda delante de ella.

—Lo es… Debería serlo. —Lucia suspira con suavidad mientras nada detrás de mí para empezar la unción. Su dedo ronda por mi cadera, cerca de mi trasero—. Sé cuál es tu destino. Vi en las carnes de mi padre el peaje que el sacrificio se cobrará de cualquiera que tenga una relación demasiado estrecha contigo. Así que no quería tentar a la situación.

—Lo entiendo. —Está protegiendo su corazón, incluso de la compasión amistosa. Algo que Ilryth también debería estar haciendo.

Su dedo sube por mi costado y hace una pausa en mi hombro, justo donde recuerdo que Ilryth me mordió y luego succionó ayer por la noche. Noto un escalofrío por debajo de la piel. Su silencio es revelador. De alguna manera, lo sabe. Puede sentirlo a él en mí.

—¿Te has herido?

—Oh, no estoy segura —murmuro—. Debo de haber chocado con algo. Todavía me estoy acostumbrando a nadar todo el rato.

—Sí, por supuesto. —Lucia lo deja ahí, pero unas campanas de advertencia repican en mi cabeza.

Lo sabe.

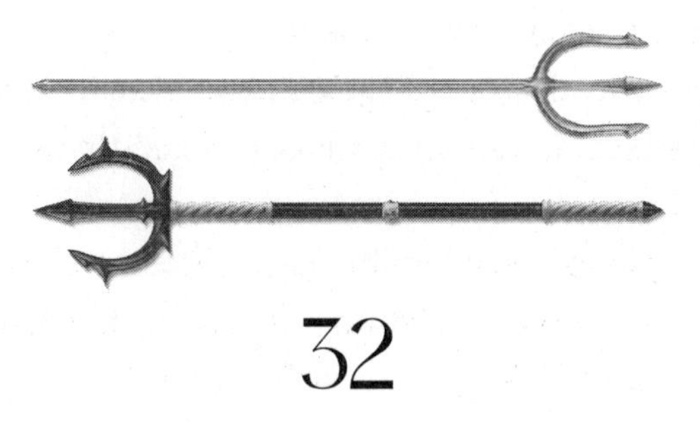

32

Ver a Ilryth más tarde aquieta de inmediato el incesante revoltijo de mi estómago después de la partida de Lucia. Había tenido los nervios a flor de piel, pensando que podría haberle contado a Ventris su descubrimiento, o solo sus sospechas, de lo mío con Ilryth. Las partes lógicas de mi mente quieren argumentar que, en realidad, es imposible que pueda saber a ciencia cierta si el moratón me lo ha hecho Ilryth o no. Pero la magia desafía a todas las leyes de la lógica que he conocido jamás.

Si lo sabe y puede demostrarlo, ¿delataría a su propio hermano? Otra cosa que querría pensar que no… pero tampoco puedo estar segura. Lucia es fiel a las viejas costumbres y, si fuese lista, pensaría que contárselo a Ventris es una manera de proteger a su hermano. Una manera de separarnos antes de que podamos intimar demasiado.

Ilryth emerge de las sombras del túnel, flanqueado por dos guerreros, pero no lo llevan agarrado. Todo parece ir bien.

En cuanto poso los ojos en él, mis entrañas se funden. La mera visión de sus manos me hace pensar en él deslizando los dedos por cada contorno de mi cuerpo, aliviando años de dolores y molestias. Unas fantasías muy vívidas regresan con toda su fuerza, pero están mancilladas por mi interacción con Lucia y ahora parecen más peligrosas. Letales.

—Buenos días, Victoria —dice con educación.

—Buenos días, Ilryth. —La incomodidad me abruma y arrastro las manos por las telas envueltas a mi alrededor, aportadas por Lucia para sustituir a mi ropa. Nunca he sido más consciente de la presencia de otras personas; a saber, de los dos guerreros. Si no estuviesen aquí, ¿cómo me saludaría?

—Espero que hayas dormido bien.

—Así es —respondo, aunque lo que querría decir es *Habría dormido mejor si te hubieses quedado toda la noche*—. ¿Y tú?

—Por supuesto. Las comodidades del Ducado de la Fe no tienen parangón. —¿Lo dice en serio? ¿O es una referencia sutil a la noche anterior?

—Bien. Me alegro. —Nunca he sido demasiado dada a la erudición, pero todo lo que quiero hacer ahora mismo es descifrar hasta el último significado de todo.

—La vestimenta de las sirenas te queda muy bien. —Ilryth desliza los ojos por todo mi cuerpo con un propósito obvio. Echo un vistazo rápido a los guerreros, pero no parecen haberse dado cuenta—. Estás preciosa.

Sospecho que encontrar a un sastre sireno capaz de fabricar algo para una humana debe de haber sido difícil, visto que la banda que envuelve mis caderas apenas cubre mi sexo. Y a juzgar por las corrientes que siento en el trasero, la parte de atrás debe dejar igual de poco a la imaginación. Sin embargo, sí que resalta las marcas coloridas de mis piernas y me da la impresión de que ese era el objetivo.

En lugar de mi corsé, llevo un chaleco corto que termina a la altura de mis costillas inferiores y se cierra con un lazo delante de mi pecho. Ofrece muy poco en términos de sujeción y un solo error mientras nado podría acabar conmigo desnuda de cintura para arriba… una idea que me he estado preguntando si podría utilizar en mi beneficio la próxima vez que esté a solas con Ilryth.

—Gracias. —Ceso mi inspección de mi ropa—. Tú también estás guapo.

Lleva una tela enroscada alrededor de su mitad inferior, lo cual es raro, pues no suele llevar nada. Sin embargo, la prenda enmarca su cola de un modo bonito. Ilryth se limita a sonreír.

—Hoy vamos a ir de excursión, así que debía vestirme de manera apropiada para la ocasión —anuncia. Recuerdo que mencionó algo así ayer por la noche, pero no estaba segura de que fuese a suceder.

—¿A dónde vamos?

—Nuestro destino servirá para fortalecer aún más tus unciones y para prepararte —explica, lo cual no me aporta más información que la noche anterior.

—Bueno, pues muéstrame el camino.

En lugar de salir por el túnel, Ilryth nos conduce al balcón. Lo sigo, los guerreros detrás de mí. Doy por sentado que su presencia se debe a esta excursión; son nuestra escolta. ¿Los pidió Ilryth? ¿O los envió Ventris? Supongo que es posible que sea simplemente su obligación general (donde vaya yo, irán ellos), pero me da la sensación de que es mucho más probable que se deba más bien a que Ventris intenta mantener un ojo puesto en nosotros, dado lo insistente que se mostró acerca de que yo no volviese a salir del Mar Eterno. Ni que volviese a hacer nada inapropiado, en realidad.

Las profundidades del Abismo están en calma esta mañana. No hay señal de Krokan. Aun así, me alegro de que nademos cerca del castillo mientras ascendemos. Aunque sospecho que mis acompañantes lo hacen para mantenerse dentro de la neblina protectora de la anamnesis del castillo y apartados de la podredumbre que sube en espiral desde el Abismo, más que por algún miedo relacionado con Krokan. La mugre rojiza parece más densa hoy, como si empeorara a cada hora que pasa. No puedo evitar preguntarme si el antiguo dios de la muerte percibe mi presencia y se está impacientando con cada día que pasa sin su sacrificio.

Nadamos hacia arriba hasta superar la torre más alta del castillo, cerca de las grandes raíces del Árbol de la Vida, que se enredan y rebosan por el acantilado sobre el que se asientan el castillo y el propio árbol. Las raíces son irregulares y presentan profundas cicatrices. Algunas se han partido por completo en dos. La neblina roja se atenúa a medida que ascendemos, como si la luz del sol la evaporase. Cuanto más arriba nadamos, más brillante se vuelve el sol y cada vez veo con mayor claridad las marcas grabadas en las raíces.

Ahí es cuando me doy cuenta, con la misma intensidad que el sol de la tarde, de que vamos a asomar a la superficie del agua. Los rayos de luz que se filtran para convertirse en la neblina ambiental del fondo marino impactan ahora contra mis mejillas. Parpadeo con la cara levantada hacia arriba y sonrío. Me parece que hace una eternidad desde la última vez que había visto el sol sin filtros, y no me había percatado de lo mucho que lo echaba de menos hasta este preciso momento.

Al asomar a la superficie, aspiro una profunda bocanada de aire por instinto. La acción sigue existiendo, pero es insatisfactoria. Ya no necesito respirar, ahora que soy mayormente una forma mágica. Aun así, el movimiento me proporciona algo de consuelo.

Nos quedamos flotando entre las olas. Para ser una gran extensión de agua, el Mar Eterno está sorprendentemente tranquilo. Las olas son lo bastante pequeñas como para no tener ningún problema en ver dónde han salido a la superficie Ilryth y los guerreros.

Se dirigen despacio hacia el enorme árbol, que parece como si sujetara el cielo en sí con sus poderosas ramas, que oscilan con vientos que no se sienten debajo del agua. Multitud de hojas plateadas giran y ondulan por el aire como copos de nieve. Vi el Árbol de la Vida en el recuerdo de Ilryth, pero verlo en persona es una experiencia diferente por completo. Todos mis pensamientos se acallan mientras contemplo ese centinela, que parece muy apropiado para albergar a un dios.

Victoria, por aquí   me llama Ilryth.

Vuelvo a mi lugar al lado de Ilryth, los guerreros justo detrás de nosotros. La plataforma subacuática sobre la que se asienta el árbol sube poco a poco, y el agua color gema se vuelve lo bastante poco profunda para ver el fondo arenoso con una facilidad cristalina. Ilryth nos guía a través de un laberinto de raíces retorcidas y nudosas. Estas también están melladas por hachas y otras herramientas cortantes que han arrancado su corteza. Aplicadas a cada corte y cicatriz veo cuerdas hechas de algas y decoradas con conchas y coral; parecen vendajes improvisados que hacen poco por evitar que la savia roja e incrustada siga rezumando de la carnicería.

Pronto, el agua se vuelve lo bastante poco profunda como para poder ponerme de pie. Ilryth sigue nadando, aunque solo puede menearse un poco, hasta que parece demasiado difícil continuar. Estoy a punto de preguntarse hasta dónde vamos a ir cuando emite una nota y el agua a su alrededor empieza a chisporrotear y burbujear.

—¿Ilryth? —digo preocupada.

Mientras canta, sus escamas se desprenden de su cuerpo para convertirse en espuma de mar y revelar dos piernas muy humanas debajo, cubiertas de marcas que proporcionan la ilusión de unas escamas. Se pone de pie, con el agua hasta las rodillas solo. Ahora entiendo por qué llevaba ropa en la mitad inferior hoy. En cualquier caso, noto que mis mejillas se calientan al ver cómo se pega la tela mojada a cada línea de su cuerpo.

—¿Sí? —El agua solo le llega a las rodillas, aunque en mi caso me llega hasta la mitad del muslo. Incluso con forma humana, es muy alto.

—Ti… tienes…

—Ya me viste con piernas en mi recuerdo. —Todavía habla sin mover los labios, pues la telepatía sigue siendo el único medio de comunicación para las sirenas—. No debería sorprenderte tanto.

—Vale, sí, sabía que era posible, pero verlo de verdad es… —Deslizo los ojos desde las puntas de sus pies, aún debajo de las olas, hasta sus muslos fuertes y la falda que lleva. *¿Eres humano por completo?*, me gustaría preguntar, aunque no lo hago.

—La transformación puede ser un poco impactante para alguien que no la ha visto nunca —admite. Luego mira a los guerreros, que aún se encuentran en el agua—. Vosotros dos podéis ir a honrar al Árbol de la Vida por sus sacrificios para proporcionaros vuestras armas. Tardaremos unas horas.

—Su Excelencia nos ordenó que os siguiéramos —dice uno de los guerreros dubitativo. O sea que Ventris sí que los había enviado para vigilarnos a Ilryth y a mí. Era predecible.

—El ambiente es frío —comenta Ilryth. Yo no lo siento así. Me pregunto si se debe a que ya no puedo percibirlo con mi cuerpo como está, si lo que pasa es que él es más sensible a esas cosas que yo, o si es solo una mentira flagrante—. La siguiente Reina Humana todavía tiene que revitalizar las estaciones. Será incómodo para vosotros.

Los guerreros intercambian una mirada dubitativa.

—Estaré trabajando en los himnos de los antiguos —declaro con autoridad—. No deberíais arriesgaros al impacto que podrían tener las palabras sobre vuestro bienestar, puesto que no habéis practicado a cantar por debajo de los himnos para proteger vuestras mentes, como ha hecho Ilryth.

—Eso es verdad... —reconoce uno de los guerreros. El egoísmo es una motivación poderosa—. Os esperaremos aquí y ofreceremos nuestras canciones para fortalecer a Lady Lellia y a la ofrenda.

Los dos se sumergen otra vez en el agua. Es lo bastante poco profunda y clara como para poder ver cómo descienden en dirección a uno de los tramos de raíz cortados y decorados. Colocan ambas manos sobre la madera y cierran los ojos. Oigo una canción dulce que proviene de debajo de las olas y el agua a su alrededor centellea con suavidad.

—Es una oración, un homenaje a Lellia —explica Ilryth—. El Árbol de la Vida está arraigado en este mundo. También nos ha proporcionado las armas y la armadura que utilizamos para protegernos de la ira de Lord Krokan.

—Es... impresionante. —Levanto la vista hacia el árbol asombrada.

—El árbol es un ancla de mi sociedad. Era importante para mí compartirlo contigo. Quería que supieras que hay más que muerte y agitación en el Mar Eterno. Hay brillantez y vida.

—Me siento honrada de que me hayas confiado esta peregrinación —le digo con sinceridad. Tengo ganas de tomarlo de la mano, pero no me atrevo a hacerlo donde los guerreros podrían vernos.

Sigo hablando con los pensamientos, en lugar de con la boca. Incluso por encima de la superficie, encuentro que ahora me resulta más natural pensar lo que necesito decir. Tal vez pronto tenga el suficiente control de la habilidad como para no necesitar más la concha que me regaló Fenny para protegerme.

—Ven, te llevaré a la puerta. —Ilryth intenta dar un paso, pero se tropieza. Hago ademán de ayudarlo, pero él levanta una mano para detenerme, al tiempo que lanza una mirada significativa a los guerreros—. Estaré bien; siempre me cuesta un poco acostumbrarme a mis «piernas de tierra». No subo aquí demasiado a menudo. La tierra es un poco extraña e incómoda para nosotros, los habitantes del mar.

Sonrío y pienso en su obsesión con los barcos.

—¿Sabes? A los humanos les pasa lo contrario. Hablamos de nuestras «piernas de mar» para referirnos al hecho de acostumbrarnos a estar en el océano.

—¿De verdad? —Parece realmente fascinado, como ocurre siempre que sale el tema de los barcos.

—Sí, de verdad. —Vuelvo a mirar a los guerreros—. ¿Estás seguro de que no podría ayudarte hasta que adquieras un poco más de confianza? —Ninguno de los guerreros nos está prestando demasiada atención, aunque haría falta una sola mirada... Lo sé tan bien como él, así que ya me espero su negativa antes de que llegue.

—Aunque agradecería la ayuda, es probable que sea más seguro que no lo hagamos.

—Lo entiendo. —Mi tono suena tan abatido como el suyo.

Es incómodo hasta el punto de ser irritante caminar despacio a su lado mientras él se esfuerza. Cada vez que Ilryth resbala y cae de rodillas, debo reprimirme de no acudir en su ayuda. Odio el sistema vigente que me impide ayudarlo.

—¿No sería este un contacto práctico? —pregunto. Ya casi hemos llegado a la masa de raíces delante de nosotros.

—Ventris está buscando cualquier pequeño paso en falso que podamos dar. Debemos tener cuidado. Pronto estaremos fuera de la vista de los guerreros.

En cuanto pasamos entre dos raíces grandes, deslizo un brazo alrededor de su fuerte cintura y dejo que él cruce el suyo por encima de mis hombros. El hombre es como una estatua entera de músculos cincelados. No obstante, toda esa fuerza significa poco cuando apenas puede mantener el equilibrio.

—Estaré bien.

—Ya lo sé, pero todavía estabas un poco inestable. —Le dedico una pequeña sonrisa avergonzada—. ¿Me perdonas por querer tocarte?

—Es bochornoso que me veas así —admite, con un leve rubor en las mejillas.

—¿Por qué? Es natural necesitar ayuda de vez en cuando —digo. Él suelta una carcajada—. ¿Qué?

—Es muy divertido que tú digas eso.

—Haz lo que digo y no lo que hago. —Sé muy bien a qué rasgo de mi personalidad se está refiriendo—. Además, no tienes ninguna razón para sentir vergüenza conmigo. Nunca.

—¿Perdón? —Parece genuinamente confuso.

—No soy tan buena persona como crees que soy. No es como si tuviese ningún derecho a juzgar a los demás.

—Eres demasiado dura contigo misma. Eres una de las mejores mujeres que he conocido nunca —murmura Ilryth, ajeno al cuchillo que está retorciendo en mi interior. *Debería decirle toda la verdad sobre Charles y ya está. Así pondría punto final a mi agonía al respecto*—. Eres perfecta, Victoria. No cambiaría ni una sola cosa de ti.

—La verdad es que no. No soy perfecta en absoluto —digo en voz baja.

—Sí que lo eres —insiste.

—Mentiroso.

—Cuidado con lo que dices —me advierte—. Estás hablando con un duque del Mar Eterno. —Hay un deje juguetón en su tono, pero el profundo tono grave de su voz hace que sienta mariposas en el estómago.

—¿O qué? —pregunto con una timidez fingida.

—Me veré obligado a corregir esa lengua tuya. —Sus ojos se posan en mis labios con una mirada sensual. Lo agarro un poco más fuerte, al tiempo que me resisto a la tentación de besarlo. ¿Podría? Ahora que hemos cruzado ese umbral, ¿soy libre de recorrer ese camino siempre que quiera?

—No me tientes, Excelencia.

—A lo mejor te he traído a este lugar recluido justo para tentarte.

Noto la garganta pastosa y de repente el sol brilla con demasiada fuerza y mi piel parece una talla demasiado pequeña. Lo sujeto con mayor firmeza, siento cómo su cuerpo se mueve al lado del mío. Ilryth se ríe entre dientes como si supiera *(debe saberlo)* lo que me está haciendo.

—Primero, iremos a presentar nuestros respetos a Lady Lellia. Después, quizá, rezaré ante el altar de tus caderas, si estás dispuesta a recibirme.

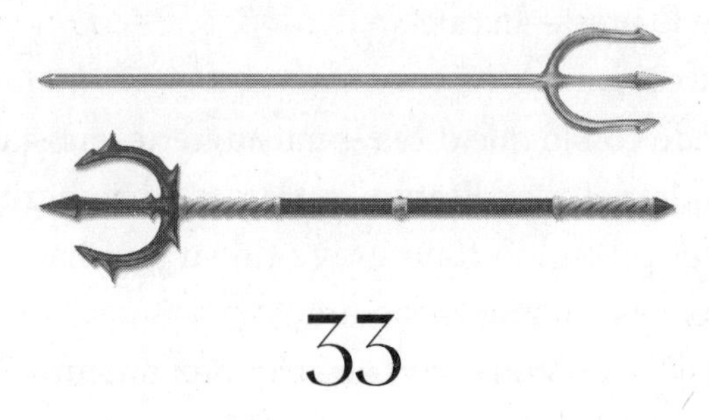

33

De repente, el aire es muy *muy* caliente.

—Te voy a dejar caer si sigues hablando así. —A pesar de lo que digo, lo sujeto con más fuerza aún.

—¿Te he ofendido? —Parece preocupado de verdad.

—Para nada. Pero sí has hecho que note débiles mis propias rodillas.

Ilryth acaricia con suavidad mi hombro. Los círculos que traza su pulgar me distraen tanto que casi olvido cómo andar.

—Bien. Prefiero a mis mujeres preparadas y ansiosas. —*Oh, sí,* este hombre sabe *muy bien* lo que me está haciendo, y me atrevería a decir que me gusta.

—¿Y exactamente cuántas mujeres has tenido? —Pienso en nuestra conversación de la noche anterior. No había negado haber estado con mujeres; solo había dicho que nunca había habido nada serio. Pero el significado de «serio» puede variar mucho de una persona a otra.

—Un caballero no cuenta esas cosas. —Me guiña un ojo con suavidad y, de alguna manera, incluso eso resulta sensual—. Sin embargo, puedo asegurarte de que he tenido la experiencia suficiente como para no desilusionarte. Y al mismo tiempo, no la experiencia suficiente como para que tengas que preocuparte de que ninguna amante rechazada vaya a revolverse contra ti.

Hago un ruidito pensativo. Si este es el jueguecito al que quiere jugar, me mostraré igual de sugerente.

—Lo de ayer por la noche no fue así, precisamente.

—¿Perdón?

—Bueno, no sé nada de amantes rechazadas, pero sí que me ibas a dejar insatisfecha después de pasar un día entero conmigo.

—*Ah*, pero como he dicho antes, soy un caballero, después de todo. Jamás asumiría conocer tus deseos sin que me los dijeras. Pasamos el día *hablando*. Un caballero no da por sentado que una mujer lo desea en el sentido carnal solo porque haya pasado algo de tiempo amistoso a solas con él. —Retira algo de pelo mojado de donde está pegado, luego desliza los dedos con suavidad por la marca que dejó en mi hombro con sus besos. Ilryth parece haber encontrado sus piernas terrestres sin ningún problema ahora que tiene otra cosa en la que centrarse. Es muy probable que ya no tenga ningún problema si lo suelto, pero no me apetece hacerlo todavía—. Así que, ¿por qué no acabamos con cualquier duda que pueda haber? ¿Por qué no me dices lo que deseas, Victoria?

Una sonrisa débil se dibuja en mis labios mientras contemplo el Árbol de la Vida y sus enormes ramas.

—Es difícil tener deseos en mi estado actual… con solo dos meses de vida por delante.

Su brazo se aprieta al tiempo que una quietud absoluta se apodera de él. Su cuerpo se vuelve pesado con la verdad que los dos ignoramos de manera voluntaria. Casi quiero preguntar qué lo ha puesto tan melancólico, pero me resisto. Sé qué le pasa. La verdad es como un ancla que tira de los dos hacia abajo. Ignorarla es imposible, por mucho que queramos hacerlo. Es un recordatorio de lo obvio: nos iría mucho mejor si nos resistiésemos a estos deseos prohibidos.

Aun así, no consigo convencerme de apartarme de él. No quiero hacerlo. A cada paso que damos, la arena crujiente susurra: *Que le den a mi corazón y que le den al suyo.*

Soy egoísta e impulsiva. Está claro que, en todos mis años, nunca aprendí a no serlo. Demasiadas cosas de mi vida que aún recuerdo pueden resumirse en: *Todo el mundo la advirtió de que lo que estaba haciendo era mala idea, pero ella lo hizo de todos modos.*

Ilryth ralentiza el paso.

—A lo mejor porque dispones de tan poco tiempo, es aún más importante que le saques el mayor partido posible. —Me mira a los ojos—. Fuiste temeraria ayer por la noche. Sé temeraria otra vez.

Si él me da permiso… Mi mano se desliza por las curvas de su espalda, baja por su antebrazo fuerte, hasta donde mis dedos se entrelazan con los suyos. Ninguno de los dos tenemos ganas de apartarnos del otro.

—Ansío la libertad para desear a quien me plazca. Para vivir con un abandono impulsivo. He dejado que toda mi vida haya estado envuelta en este miedo a que, si no cumplía las expectativas de los demás, no sería digna de su afecto y lealtad. Incluso en la muerte, seré ofrecida como sacrificio para el bien mayor.

»Así que durante todo el tiempo que quede entre ahora y ese momento… —Ralentizamos el paso hasta detenernos. Lo miro a los ojos y tomo su otra mano en la mía. Les doy la vuelta a ambas y palpo los muchos callos creados por años de llevar su lanza a la batalla. Deslizo los pulgares por las líneas que suben por sus brazos. Saboreo cómo la más leve de las caricias le provoca escalofríos por todo el cuerpo—. Te deseo a ti, Ilryth. Quiero sentirte. Estar contigo. Quiero que tus manos y tus labios alivien mis preocupaciones y los dolores dejados por otros.

—Mentiría si dijese que el deseo no es mutuo.

¿Existe alguna combinación de palabras mejor que oír que te desean? ¿Que saber que una persona a la que deseas te desea a ti también? Mi corazón se hincha contra mis costillas. Se me corta la respiración, luego la contengo. Detecto un «pero».

—Pero —*ahí está*— al igual que tú, yo también debo cuidar de la gente a la que quiero. Aquellos por los que lo daría todo. Debo tener presentes tus lazos con este mundo.

—Puedo disfrutar de los placeres de la carne sin que haya amor o significado atados a ello. —Aunque ahora mismo no sea cierto, haré que lo sea antes de ser sacrificada. Lo último que quiero es que lo que sea que esté floreciendo entre nosotros se marchite en la rama. Que él se retire y yo no sea capaz de volver a atraparlo nunca más.

Su rostro es una mezcla de emociones precavidas. Mira nuestras manos, aún entrelazadas, y mi cara. Baja un poco la barbilla.

—¿Estás segura?

—No pondré en riesgo a tu gente ni los juramentos que les has hecho, ni tampoco la vida de mi familia, por un encuentro amoroso entre las sábanas. —Eso puedo prometerlo. Aunque me cueste mi corazón, puedo alejarme de esto. Ya lo he hecho antes.

Sus dedos se aprietan a mi alrededor y se lleva mis nudillos a los labios.

—Entonces, me tendrás.

—¿Estás seguro?

—Lo estoy. —Parece tan decidido que sofoca cualquier duda que haya en mí. Mi corazón se acelera y el centro de mi ser se calienta por la anticipación, por lo que significa esto.

¿Cuánto tiempo ha pasado desde la última vez que sentí el contacto de un hombre? Años, creo, aun con los agujeros de mi memoria. A juzgar por la buena disposición de mi cuerpo… *años*.

—Pero hay algo que debería decirte, antes de que sigamos progresando en esto que hay entre nosotros —continúo—. He visto a Lucia esta mañana. Vino a continuar con mi unción.

—Había tenido la esperanza de que su presencia te hiciera sentir un poco más cómoda que la de un desconocido.

—Así fue, gracias. Pero se fijó en esto. —Toco el leve moratón de mi hombro, apenas visible entre todas las marcas.

—Ya veo. ¿Dijo algo al respecto? —El tono de Ilryth es difícil de descifrar.

—Me preguntó cómo me lo había hecho. Le dije que fue un accidente nadando, pero no creo que me creyera. —Froto la marca antes de bajar la mano—. En cualquier caso, no insistió en el tema.

—Lucia tiene sentido común y me es más leal a mí que a Ventris, lo que le enfada de sobremanera. No le contará a nadie sus sospechas.

Ahora sospecho que había algo más ahí para que Ilryth le pidiera a Lucia que viniese, aparte de solo por mi propia comodidad personal.

—¿Podría demostrar esas sospechas si quisiera?

—No lo haría. Puede que Lucia se haya criado y formado como acólita en el Ducado de la Fe, pero por encima de todo es mi hermana, no una de las fanáticas de Ventris —sigue insistiendo.

—¿Y si la forzasen? —Me niego a dejar el tema así sin más. Necesito saber cuánto peligro le estoy permitiendo correr.

—Podría extrapolar sus teorías... —Ilryth se acaricia la barbilla—. Pero Lucia no lo haría.

—Ventris está dispuesto a creer lo peor.

—Sí, pero su creencia significaría poco sin unas pruebas sólidas.

Aprieto los ojos e intento apartar mi cobardía a un lado.

—¿Estás seguro de que estar conmigo es un riesgo que quieres correr?

—¿Estás preocupada por mí? —Ilryth hace una pausa, apoyado en una de las gigantescas raíces que nos dejan pequeños a su lado. El camino por el que hemos estado avanzando nos conduce bajo un arco natural, lejos de la playa a la que llegamos. Ilryth esboza una sonrisa un poco engreída.

—Sí —respondo con sinceridad—. Estoy preocupada por que alguien pueda enterarse de lo nuestro y que eso pueda causarte problemas a los que no deberías tener que enfrentarte.

—¿Eso es todo?

—Estoy preocupada por que estés siendo descuidado con tu corazón —admito. Él me devuelve la pelota al instante.

—Si yo puedo confiar en ti para gestionar esto, ¿puedes confiar tú en mí?

No tengo ninguna réplica para eso. Los dos lo sabemos: no debemos llamarlo nunca amor, bajo ningún concepto. Porque ese sería el momento en que todo se desmoronaría a nuestro alrededor. *Limitémonos a fingir*, eso es lo que creo que estamos diciendo los dos. *Aunque sepamos que hay más en esto, mintamos, digamos que no lo hay*. Todo esto va a acabar pronto, y nada de lo que haya entre nosotros importará cuando así sea, así que podemos fingir y divertirnos durante un tiempito más.

Emergemos de debajo del arco creado por la raíz y salimos a una franja de playa que me resulta familiar, por los recuerdos de Ilryth. Un nido de raíces rodea por completo la zona. Si no fuese por el sonido de las olas rompiendo en la distancia y los pequeños atisbos entre las raíces, sería imposible saber que estamos justo al borde del mar. La arena es blanca como la nieve, más fina que ninguna que haya visto en el Mundo Natural. Las aguas y las playas del Mar Eterno dejarían en mal lugar incluso las más bellas costas sureñas.

Justo enfrente de nosotros, en el punto más elevado de la isla, está la base del Árbol de la Vida. Todas las raíces se separan en el centro como el pelo de una dama, para revelar una puerta bloqueada por enredaderas leñosas. La playa está salpicada de lanzas clavadas en el suelo, que se blanquean al sol y descansan bajo las ramas en lo alto. Decenas de hachas de todos los tamaños y formas, con mangos desgastados y mellas en las hojas, están alineadas contra las raíces, perfectamente espaciadas.

El ambiente está cargado de una efervescencia invisible que hace que me hormiguee la piel con un millar de burbujas que no veo. Es tan tangible que siento como si pudiese respirar de nuevo, que por un instante soy más carne y hueso que magia. De un modo muy parecido a las extrañas aguas del Mar Eterno en sí, esta tierra es de todo menos normal. Incluso Ilryth parece caminar con mayor facilidad cuando se adelanta, guiándome de nuestros dedos entrelazados hacia la base del árbol.

—Todas las lanzas se han cortado de este árbol —me explica—. El Ducado de la Fe supervisa el proceso. El padre de Ventris, el duque Renfal, fue el primero en hacerlo y no ha habido armas mejores que esas desde él. Fabricó muchísimas lanzas a partir del Árbol de la Vida, pero cinco resultaron más fuertes que el resto. Cada una contenía un fragmento de madera de la puerta de Lellia. Y cada una fue entregada a un duque.

—Punta del Alba fue una —deduzco.

Ilryth asiente y señala hacia las lanzas clavadas por toda la playa delante de nosotros.

—Estas no son ni de lejos tan buenas como aquellos primeros cortes, allá cuando Renfal era agresivo a la hora de tomar del árbol lo que necesitábamos... aunque Ventris objetaría con vehemencia si me oyese decirlo.

—No te preocupes, no se lo diré —lo tranquilizo. Él se ríe.

—Pero a los guerreros les sirven. A los mejores luchadores se les entrega una cuando superan su entrenamiento y su primera incursión en la Fosa Gris. A continuación, vienen aquí de peregrinaje y utilizan su lanza para marcar el lugar del que se extraerá la madera para su armadura, si sus servicios al Mar Eterno justifican en algún momento el recibir ese tipo de favor.

—No me extraña que los ducados de la Fe y de las Lanzas tengan una relación tan estrecha —comento.

—La teníamos, antes. Ventris y yo. —Ilryth hace una pausa, contempla las lanzas—. A veces me pregunto si merezco siquiera llevar el apellido Granspell.

—Eres un buen hombre, Ilryth —insisto, muy consciente de cómo se siente—. No has hecho nada más que ayudar a tu gente.

Él aparta la mirada.

—Excepto al ceder a mis deseos de estar contigo.

Trago con esfuerzo y me planto delante de él para captar su mirada. No le permito apartarla.

—Seré una ofrenda increíble. Te lo juro. —Apoyo la mano en su pecho y él la agarra.

Luego lleva mis dedos a sus labios y los besa con suavidad. Esta vez, sin embargo, no se para en mis nudillos. Besa tres veces mi antebrazo de camino a mi codo y tira de mí para acercarme un paso que doy de buena voluntad.

—Tu opinión no es objetiva.

—Tal vez. —Sonrío un poco—. Pero ¿acaso te importa?

Se ríe bajito y el sonido retumba por dentro de mí.

—Supongo que no. Ahora, ven. Prestemos nuestros respetos a la diosa de la vida.

Terminamos de cruzar la playa, justo hasta donde la madera del tronco del árbol se encuentra con la arena.

Estoy segura de que hay montañas más pequeñas que este árbol. Me siento insignificante al lado de algo que solo un antiguo dios pudo crear. De un modo muy similar a lo que vi en el recuerdo de Ilryth, parecen múltiples árboles entretejidos en uno solo. Imagino a Lellia en el centro de un círculo de árboles que crecen en arco por encima de ella, reminiscentes de los altares que vi en la Fosa Gris. Los árboles habrían continuado creciendo a su alrededor, la habrían encerrado como barrotes de una jaula, para retener a la antigua diosa en su interior, lo cual la habría arraigado a esta tierra en contra de su voluntad.

Me doy cuenta de que es un pensamiento extraño, pero la sospecha está agravada por la forma en que las enredaderas que cubren la puerta se han vuelto grises y duras con los años y el tiempo. Cuerdas leñosas que sin duda son más duras que cualquier cadena de metal de mi mundo. Aun así, hay cinco muescas en ellas, una por cada enredadera.

—Dijiste que Krokan y Lellia eligieron quedarse en este mundo después de que se creara el Velo, ¿verdad?

—Eso es lo que dicen nuestra leyendas —dice Ilryth—. Hace mucho tiempo, había muchos dioses y diosas que caminaban por esta tierra, junto a los vivos, los muertos y los espíritus inmortales. Cuando el primer rey de los elfos quiso aportar un orden y una jerarquía a un mundo joven y a su primera remesa de mortales, los antiguos dioses aceptaron su plan. Lo ayudaron y fueron los primeros en cruzar el Velo. El camino que dejaron al pasar se convirtió en la ruta para que nuestras almas inmortales se reúnan con ellos en el Más Allá. Lady Lellia permaneció aquí para cuidar de sus creaciones y fabricar más. Lord Krokan también se quedó, para proteger a su amada y el paso al Más Allá.

—Ya veo... —Ladeo la cabeza y sigo observando el árbol. La forma en que aletean las hojas suena casi como una canción, tenue y susurrante, como si tratase de contarme un secreto largo tiempo olvidado.

—Pareces escéptica —comenta Ilryth. No sé si «escéptica» es la palabra adecuada para describirlo... pero sí que tengo una sensación inquietante de que hay *algo más*.

—No tengo ninguna razón para dudar de vuestras leyendas —le digo. Lo último que quiero es ofenderlo—. A lo mejor es solo que la historia es tan asombrosa, tan aparentemente imposible, que simplemente me cuesta imaginarla. —Solo contemplar el Árbol de la Vida parece exigir una veneración a una fuerza mayor, una que puede sentirse pero nunca podrá comprenderse del todo.

Ilryth esboza una leve sonrisa.

—Esta es la primera vez que vengo aquí desde hace mucho tiempo.

No digo nada. Mientras habla, contempla también las hojas en lo alto. Pequeños trocitos de follaje plateado caen sobre nosotros con cada oscilación del árbol, como lluvia en una noche iluminada por la luz de la luna.

—Solo he estado aquí dos veces —continúa—. La primera ya la viste. Fue con mi madre, cuando se suponía que debía jurar mi lealtad al Mar Eterno como Duque de las Lanzas ante Lady Lellia. La segunda vez fue cuando volví solo para realizar de verdad esa tarea. —Su voz se torna suave, los ojos tristes—. Ojalá mi madre hubiese podido verlo.

—Estoy segura de que, de algún modo, lo supo. Que pudo sentirlo cuando realizaste el juramento.

—Eso espero. —Ilryth se queda quieto. Es una estatua en un mundo ventoso de arena revuelta y hojas que caen con delicadeza—. Pensé que si podía retrasar lo de convertirme en duque, conseguiría que cambiase de opinión. Que aguantaría más tiempo. Mi egoísmo solo provocó más problemas. Si no me hubiese aferrado a ella de ese modo, quizás hubiese sido un sacrificio exitoso.

Mi mano regresa a la suya y él no se aparta. Me acerco más.

—Si estás en lo cierto y lo que desea Lord Krokan es una humana, no hubiese cambiado nada.

—Tal vez…

—Debido a tu aflicción, fuiste a la Fosa esa noche. Me encontraste. —Odio cambiar el foco de atención a mí, pero me da la sensación de que necesita algo más a lo que agarrarse, a lo que encontrar significado.

—Un tesoro digno de la luz de Lady Lellia. —Acerca su cara a la mía con una leve sonrisa—. Si todos mis infortunios me han llevado hasta este momento, si cada dolor y penuria que he tenido que soportar eran para conocerte a ti, entonces todo habrá merecido la pena.

Lo miro llena de asombro. ¿Alguna vez había hablado alguien de mí en términos tan dulces? Soy un bálsamo para sus problemas. Una explicación que es un consuelo y un alivio. Yo… desearía poder darle el mundo y más.

—Ven. Hay mucho más en la isla sagrada del Árbol de la Vida para enseñarte. —Empieza a alejarse pero yo acabo demorándome un momento más ante la puerta. No parezco capaz de apartarme de ella—. Victoria. —Tira con suavidad de mi mano.

—Sí, perdona. —Retrocedo para alejarme de la puerta. Debería dejar estar los asuntos de los dioses, pero no puedo evitarlo…—. ¿Detrás de esa puerta…? —empiezo a preguntar.

No tengo ocasión de terminar, pues él sabe muy bien lo que estoy a punto de decir.

—Sí.

Detrás de la puerta duerme una diosa…

—¿Alguna vez la has visto?

Lord Krokan nada libre por el Abismo, pero Lellia está atrapada dentro del árbol. Confinada.

Siento un dolor inmenso por ella. Ahora hay un nuevo verso del himno de los antiguos que vive en la parte de atrás de mi mente; una forma diferente de interpretar las palabas. Los mismos sonidos, diferentes significados. Esta canción es una de tristeza y agonía. De injusticia.

¿Eligió ella estar aquí? ¿O lleva milenios ahí atrapada? Froto las marcas de mi piel como si ellas pudiesen contármelo. Como si esta comprensión que creo entrever fuese a cobrar forma.

No lo hace. E Ilryth confirma mis sospechas y mis miedos.

—Cuando se produjeron las guerras mágicas, a Lady Lellia se le rompió el corazón por sus hijos y se dice que su dolor lo sintieron las gentes de todo el mundo. La creación del Vano y el hecho de que el derramamiento de sangre cesase la calmaron. Se dice incluso que la primera Reina Humana vino y plantó un árbol para dar sombra a la diosa de la vida. Lady Lellia se refugió debajo y después se fundió con él.

»A medida que el árbol crecía, su canción empezó a dar la sensación de vacilar. Ella echó raíces en el mundo, pero su gente se desvaneció. Las dríades desaparecieron. Su canción no se ha oído desde hace miles de años.

—Ya veo.

Da otro tironcito de mi mano y esta vez lo sigo mientras me conduce de vuelta, lejos del árbol. Sin embargo, ahora cruza la playa opuesta a por donde llegamos y se mete por otro túnel hecho con raíces.

No puedo evitar girar la cabeza hacia atrás para mirar el árbol y su puerta misteriosa. Ilryth lo llamó el hogar de Lellia, pero… ¿y si es su prisión? Si lo es, ¿qué significa eso para el Mar Eterno, para las sirenas y para la relación del dios de la muerte con la diosa de la vida?

¿Krokan es marido o captor?

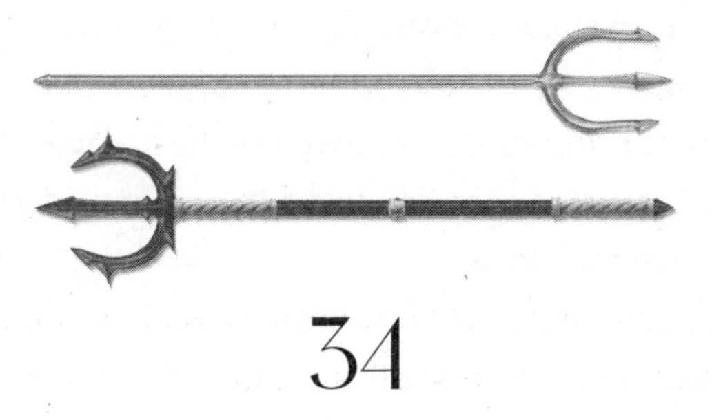

34

Las raíces crean un túnel una vez más. Son tan tupidas que la única luz que nos llega proviene de la playa detrás de nosotros y de lo que asumo que es otra playa más adelante. Las cicatrices de los cortes están presentes también aquí. La savia que rezuma de ellas es de un rojo intenso y aún centellea a la tenue luz. Aún mojada.

—¿Estos cortes son recientes? —pregunto.

—No deberían serlo. Ventris ha prohibido cortar más trozos o hacer más marcas, y juraría que los recuerdo de la última vez que estuve aquí.

Tienen más de cinco años y todavía sangran. Levanto la mano para tocarlos e Ilryth no me lo impide. Cuando las yemas de mis dedos entran en contacto con la savia mojada, me recorre un escalofrío, como cuando mi piel tocó la de Ilryth justo después de su regreso de la Fosa. Esta sensación, sin embargo, es distinta, más fuerte. Una retahíla de palabras bruscas aúlla con tono estridente por los rincones de mi mente. No se parecen a ningún idioma que haya oído jamás. Diferentes de las palabras de las sirenas e incluso de las de los antiguos.

Retiro la mano antes de que esos ruidos incoherentes llenen mi cabeza de un caos insoportable. Siento que un dolor atroz alancea mis sienes, suplicando un sitio ocupado ahora mismo por un pedazo de mí. Un recuerdo desaparece antes de que pueda elegir cuál quiero eliminar.

Me froto las sienes mientras trato de recordar qué he perdido. No obstante, una vida es larga y está llena de mil pequeños momentos que parecen inconsecuentes hasta que desaparecen. Es imposible que los repase todos; imposible saber qué se ha borrado.

—¿Qué pasa? —Su rostro refleja una gran preocupación y se mueve hacia mí.

Lo detengo con una mano, pero sin tocarlo. Lo último que quiero es que lo que fuera que me acaba de suceder salte de algún modo a él.

—He… he sentido algo extraño.

—¿Extraño en qué sentido?

—Era una canción, pero distinta de cualquiera que haya oído hasta ahora. O que haya aprendido. —Me enderezo a medida que el dolor amaina. En cambio, la sensación incómoda y retorcida de que me han arrancado un recuerdo sin yo elegirlo aún perdura en el fondo de mi garganta. Al principio tenía la sensación de tener muchísimos recuerdos que dar, pero ahora que se marchan sin yo quererlo, ahora que están desapareciendo pedazos que *quiero*, siento la necesidad de aferrarme a lo que me queda con todas mis fuerzas—. Creo que era Lady Lellia.

Ilryth da un pasito hacia delante. Bajo los dedos de la raíz, pero aún no me atrevo a tocarlo. Él debe percibir mi reticencia, porque sus manos se quedan flotando justo por encima de mi piel, como si apenas pudiese reprimirse de envolverme en la seguridad de su abrazo.

—¿Has… has oído la canción de Lady Lellia?

—No era como la de Krokan. No era como vuestras canciones de sirena. Y el idioma era distinto a cualquier lengua humana que haya oído en mi vida. Miro la savia rezumante, luego bajo la vista hacia las yemas de mis dedos. Ya se ha ido, pero un tenue tono rojizo tiñe ahora mis tres dedos centrales desde la punta hasta el segundo nudillo. Los froto con el pulgar, pero como todas las demás marcas y colores, esto tampoco se borra—. Ha exigido un recuerdo, igual que todos los otros himnos de los antiguos dioses. Solo puedo suponer que era ella.

Ilryth ya no puede contenerse más. Me envuelve en su poderoso abrazo y me hace girar por el aire con una risa desquiciada. Cuando afloja los brazos, resbalo hacia abajo por su cuerpo fuerte, el mío anegado al instante por las sensaciones. Agarra mi cara con ambas manos, tira de mí y me besa hasta dejarme sin aliento. Mi mente sigue pensando en lady Lellia y en mis recuerdos perdidos, pero mi cuerpo se llena de un deseo mareante que me ancla al aquí y al ahora.

—Eres realmente magnífica.

—Yo...

—Estaba en lo cierto. Lord Krokan debe desear recibir una humana. Una bendecida por las manos de su amada. Ella incluso canta para ti. —Intento meter baza, pero, sumido en su entusiasmo, Ilryth habla demasiado deprisa—. Debe estar encantada de que uno de los suyos haya regresado. Está cantando himnos de alegría y...

—La canción no sonaba alegre, Ilryth. Sonaba *dolorosa* —consigo decir—. Era más un grito de socorro que algo feliz. —Me preparo para que descarte esa idea de inmediato. Sin embargo, Ilryth hace un ruidito pensativo mientras lo medita.

—Es casi imposible que los mortales comprendan las palabras de los dioses —dice al final—. Fue una labor de varios siglos conseguir oír los himnos de los antiguos de un modo que pudiera registrarse para mentes mortales. Hizo falta la mitad de la vida del duque Renfal solo para conversar con Lord Krokan durante unos escasos y breves momentos. Hicieron falta décadas para empezar siquiera a entender la unción. E incluso ahora, hacemos ajustes constantes debido a lo poco que comprendemos.

—Todo eso lo entiendo, Ilryth, pero debes creer lo que estoy diciendo. Sé lo que he oído. —Intento pensar en otra manera de abordar el tema. Un enfoque distinto. Por mucho que desee que me crea, también entiendo por qué podría no hacerlo. Después de todo, él es un producto de su mundo. No puede verlo con la misma objetividad que yo—. ¿Has dicho que no se hicieron cortes en el Árbol de la Vida hasta tiempos recientes?

—Sí, cuando Lord Krokan empezó a mostrar su ira hace cincuenta años.

—Quizás *esa* sea la causa del dolor de Lellia... —Se me ocurre otra cosa. Algo más que Ilryth mencionó con respecto a nuestra excursión a la Fosa Gris, algo que he visto al venir aquí hoy—. Las raíces de la Fosa, dijiste que fueron cortadas.

—Para intentar detener la podredumbre.

—¿Y quién dictó todo esto?

—El duque Renfal.

No se me pasa por alto que el hombre que estaba al mando cuando Krokan empezó a mostrarse furioso era el mismo hombre que incitó a fabricar lanzas a partir de trozos cortados al árbol. Me miro la mano, cuyo hormigueo va desapareciendo, mientras intento elegir mis siguientes palabras con la mayor delicadeza posible. Sé que estoy pisando por terreno peligroso, pero debo preguntarlo de todos modos.

—¿Se ha postulado alguna vez que quizá la ira de Krokan y la agresiva mutilación del Árbol de la Vida puedan guardar relación?

Ilryth niega con la cabeza.

—El Árbol de la Vida se cortó *en respuesta* a la creciente irregularidad de Lord Krokan. No al revés.

No parezco capaz de quitarme de encima esta sensación incómoda. No es que quiera poner a prueba la paciencia de Ilryth, pero hay algo que continúa llamándome la atención.

—¿El árbol nunca se cortó antes del duque Renfal?

—No, y todos los cortes se han limitado desde entonces. —Ilryth desplaza su peso de pierna—. ¿A dónde quieres ir a parar?

—¿El Ducado de la Fe saca dinero de la fabricación de las lanzas?

Ilryth arquea las cejas ante semejante pregunta, sorprendido al principio, aunque luego vuelve a bajarlas y esboza una sonrisa. Desliza un brazo a mi alrededor y sacude la cabeza.

—El Mar Eterno no se parece demasiado a tu mundo en ese sentido —explica pensativo.

Es bueno que tenga la suficiente consideración como para saber que este tema requiere un enfoque delicado, pues podría sonar con facilidad como un ataque a mi hogar. Aunque supongo que sí él ha podido tolerar mis preguntas acerca de Krokan y Lellia sin enfadarse, yo puedo hacer lo mismo con mi mundo humano y sus costumbres.

—Aquí no todo gira en torno a comprar y vender y comerciar. El coro se asegura de que nuestro mundo esté siempre en perfecta armonía. En ocasiones, eso requiere el sacrificio de unos pocos, pero a cambio, todos cuidamos los unos de los otros. Este equilibrio mediante la canción ha garantizado que todos tengamos lo suficiente como para mantenernos vivos en cuerpo, mente y espíritu. Además, hay algunas cosas que consideramos demasiado especiales, demasiado sagradas, para comprar o vender. —He de reconocer que esa noción *sí* que me resulta extraña—. Con todo esto no quiero decir que tu mundo sea malo —se apresura a añadir—. Solo que nuestros mundos son diferentes.

—No tienes por qué preocuparte, Ilryth. Comprendo tu intención y lo que has dicho es cierto. —Espero que comprenda lo mismo de mí. Que no pretendo implicar nada con mis preguntas. Aunque supongo que sí lo pretendo…

¿Qué podía ganar el duque Renfal con debilitar el Árbol de la Vida? La pregunta sigue rondando por mi cabeza. Si este mantenía a salvo el Mar Eterno al contener la podredumbre y la ira de Krokan… ¿por qué cortarlo? Vale, no estaba ganando dinero con ello. Entonces se me ocurre otra explicación posible.

—¿El duque Renfal empezó a cortar el árbol después de conversar con Krokan?

—No, aunque sí que aumentó después de ello.

Entonces, a lo mejor *sí que fue* una orden de Lord Krokan. A lo mejor el dios de la muerte y la diosa de la vida no son amantes en absoluto, sino enemigos… atrapados en una batalla inmortal. Ordenarle eso al duque Renfal podría ser una artimaña por parte de Lord Krokan para matar a Lellia. Podría haber creado una plaga y después hacer que la solución fuese matar al Árbol de la Vida.

Además, es posible que el duque Renfal se comunicase con el dios mucho antes de informar a nadie de ello. Krokan podría haber ordenado los cortes desde el principio; es imposible saberlo a ciencia cierta. Con el tiempo, su mente se vio afectada por ese contacto, pero tal vez sucedió más deprisa de lo que nadie imaginaba. ¿Y si era la marioneta de Lord Krokan?

—Victoria, ¿por qué estás tan seria? —Ilryth frunce un poco el ceño.

—Me temo que hay más en esta historia, Ilryth —admito.

—Por supuesto que hay más. —Muestra una indiferencia frustrante con respecto a este tema—. Nuestras mentes no están hechas para comprender a los antiguos dioses. Estoy seguro de que hay muchas cosas aquí que no entendemos.

—No es solo eso… No puedo quitarme de encima la sensación de que Lady Lellia… de que tiene problemas. —*De que alguien podría estar intentando matarla,* es lo que no logro atreverme a decir.

Ilryth se pone serio. Aprieta el brazo alrededor de mis hombros.

—Es probable que los tenga. —Su voz se vuelve grave, cargada de preocupación—. La podredumbre seguro que la está afectando y me estremezco al pensar en lo que podría hacerle la ira de Lord Krokan si no se sofoca.

—Pero *¿por qué* querría hacerle daño? Si se supone que es su amor por encima de todos los demás, si no tiene competencia, si es la compañera de canción que ha elegido… ¿por qué hacer le daño? —La pregunta hace que me escuezan los ojos. Hace que algo olvidado en mi interior duela. Una herida que tengo, parecida a las raíces que nos rodean, una herida que aún rezuma. Aunque ya no conozco su causa.

—Porque a veces, a pesar de todos nuestros esfuerzos… hacemos daño a nuestros seres queridos. —Está pensando en su madre. Lo veo en sus ojos y lo oigo en su voz—. Les pedimos demasiado o los ponemos en peligro. Somos un auténtico peligro para todos aquellos que nos importan.

Abro la boca y la cierro. Esa explicación no me vale. No me satisface.

—El amor no debería doler —murmuro.

—Victoria…

—Él no la quiere.

Ilryth empieza tirar de mí, como si pudiese alejarnos físicamente de este tema.

—Lord Krokan no está bien… creo que no sabe lo que está haciendo. Pero cuando recupere la cabeza, gracias a ti, lo sabrá. Se arreglará, y a lo mejor también puedes ayudar a arreglar su relación con su mujer. A lo mejor él es su mal, pero si lo es, también puede ser su cura.

Yo también paso un brazo en torno a Ilryth y empezamos a caminar a más velocidad. Dejo de resistirme. Quiero alejarme de estas ideas tortuosas, pero se aferran a mí.

—¿Me darás el gusto de responder a una pregunta más? —le digo.

—Te daré cualquier gusto que desees.

Un rubor acalorado trata de subir a mis mejillas ante la implicación involuntaria de esas palabras.

—¿Me crees?

Ilryth interrumpe todo movimiento para mirarme a los ojos.

—Sí. Creo que tienes una comprensión mayor y más profunda de los antiguos dioses de la que ha tenido nadie antes que tú. Y creo que *eso* nos salvará a todos.

Doy un pasito hacia delante.

—¿Me ayudarás a encontrar la verdad, si la busco?

—Estaré a tu lado cada segundo que estés en este plano. —Queda más por decir ahí, pero se calla.

Pongo las manos en sus caderas y acerco nuestros cuerpos aún más. Es raro no sentir escamas, pero también atractivo en cierto modo.

—Necesito que me apoyes hasta el mismísimo final.

—Lo juro.

Lo que estoy a punto de pedir es cruel. Sé lo que sufrió con su madre. E Ilryth iba a intentar evitar sufrir ese dolor otra vez. Pero quizá tuviese razón: *sí que hacemos daño a nuestros seres queridos*.

—Entonces no te marches.

Abre más los ojos al percatarse de mi significado y una arruga sutil frunce su ceño. Ilryth sabe lo que le estoy pidiendo, pero no parece enfadado conmigo por ello. Si acaso, parece decidido.

—Victoria, hace mucho que me he resignado a estar indefenso ante ti. Para bien o para mal, estaré a tu lado hasta el mismísimo final. La mía será la última canción que oigas.

—Gracias. —Esa palabra sola no puede abarcar todo el alcance de mi gratitud, pero es todo lo que tengo para ofrecerle.

Mis preocupaciones acerca de los antiguos dioses amainan con el sonido de los suaves gemidos que llenan mis oídos. Suspiros y grititos de placer que hacen imposible concentrarse en nada más. Ilryth se para, luego se mueve incómodo. Mira atrás y después hacia delante otra vez.

—¿Qué es eso? —No logro ver lo que nos aguarda al otro lado del túnel por el que hemos estado caminando, pero ahora no puedo pensar en otra cosa. La luz del sol es tan cegadora al reflejarse en estas arenas puras que lo único que veo es un resplandor. La única pista que tengo sobre lo que me aguarda al otro lado son los sonidos que mi cabeza se niega a identificar.

—Vaya, había esperado que no hubiese nadie más aquí —murmura.

—¿Nadie más?

Frunce los labios un segundo, luego me mira con una sonrisa un tanto tímida mientras se frota la parte de atrás del cuello.

—Tal vez sea mejor volver atrás. En realidad, no necesitas ver el resto de la isla del Árbol de la Vida. —Sus palabras dicen una cosa, pero sus pies se niegan a moverse.

Así que ahora siento aún más curiosidad.

—¿Qué pasa? —pregunto. No, exijo con firmeza. Él traga saliva con esfuerzo. Pruebo con un enfoque más amable—. Puedes decírmelo.

Aun así, no dice nada y niega con la cabeza. Jamás lo había visto tan incómodo o tan avergonzado, y no puedo ni imaginar qué puede haberlo puesto en semejante aprieto.

—Yo he desnudado mi alma ante ti, Ilryth. He dicho más de lo que debería. He expresado escepticismo con respecto a tu hogar y te lo has tomado con mucha filosofía. Dame la oportunidad de devolverte ese favor. —Su pecho se hincha despacio mientras hace acopio de valor—. La playa que hay ahí fuera se parece mucho al resto de esta isla. Es un lugar sagrado para mi gente. Este es uno de los pocos sitios en todo Midscape donde podemos caminar por tierra sin experimentar ninguna molestia ni tener que gastar una gran cantidad de magia para mantener nuestra forma bípeda.

—Se mueve un poco, su voz se torna grave, sin duda en contra de su voluntad—. Así que es aquí donde nosotros… mi gente… —Se aclara la garganta y parece reunir el valor suficiente para continuar—. Aquí es donde creamos las generaciones futuras.

Mis ojos saltan de él a la salida del túnel, luego a él otra vez. No ha habido ningún cambio, ningún movimiento, pero los sonidos persisten, se vuelven más audibles, suben en un crescendo que hace que mi bajo vientre se tense y lo invada un intenso calorcillo de anticipación. En cualquier caso, me niego a que la sensación tome el control. No soy ninguna doncella vergonzosa, no desconozco lo que es el placer. Mantengo bien la compostura.

—¿Quieres decir que aquí es donde vienen las sirenas a hacer el amor?

Ilryth asiente. Estoy a punto de estar de acuerdo con él en que deberíamos marcharnos, pero entonces vuelve a hablar.

—¿Quieres verlas? ¿Las orillas de nuestras pasiones?

Me quedo atascada en el sitio. Lo miro con la sensación de que debería decir que no. No pintamos nada aquí, ¿verdad? Y no es algo que *necesite* ver. Sé cómo se hacen los niños. Tengo todas las razones del mundo para negarme.

Pero en lugar de eso, con gran cantidad de curiosidad y el más leve deseo de averiguar sus verdaderas intenciones al traerme aquí, le digo:

—Sí, me gustaría.

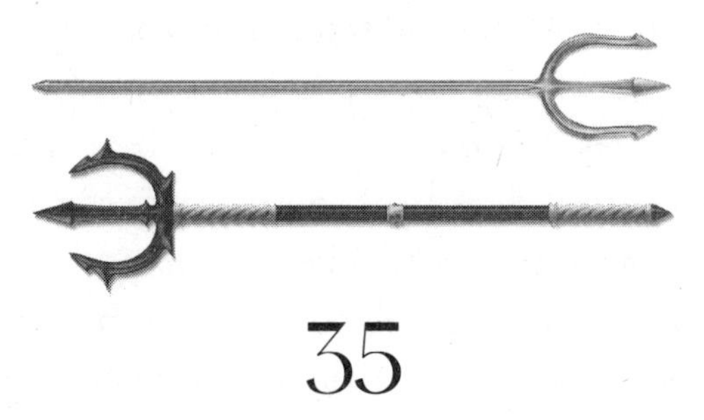

35

Con los dedos aún entrelazados, Ilryth me conduce fuera del túnel y a la luz del sol. Desembocamos en otra playa, otra parte de la isla que el Árbol de la Vida ancla a la superficie del Mar Eterno. A diferencia de la zona justo delante de la puerta de Lellia, esta playa se parece a la primera a la que llegamos. Hay raíces enredadas en dos de los lados, el tronco del árbol al fondo. El agua lame la orilla y... entre la espuma del mar hay hombres y mujeres, desnudos y a la vista.

Se contonean, embisten, giran y se restriegan unos contra otros sumidos en el frenesí de su pasión. Aunque hay tres parejas en distintas partes de la playa, no parecen interactuar con nadie excepto su propio acompañante, centrados solo en la persona con la que he de suponer que han venido. Jamás había visto nada tan descarado y desvergonzado en cuestiones carnales.

La falta de modestia general de mi tripulación era algo muy distinto a esto. Las veces que vi a mi tripulación en varios estados de desnudez, siempre fue en momentos de necesidad o de modos totalmente platónicos. Pero esto, esto...

Se me acelera el corazón. *Esto* es algo muy diferente. Ilryth me da un apretoncito en la mano para apartar mi atención de las parejas en pleno acto sexual y devolverla a él. Me observa pensativo. Sospecho que intenta descifrar lo que opino de este extraño lugar.

Es indudable que ve el rubor de mis mejillas. Me pregunto si también ve la leve agitación de mi pecho mientras intento respirar por instinto, como modo de combatir la sensación inmediata de bochorno. Todas mis ideas previas acerca de preocuparme poco por la modestia han desaparecido.

—Podemos irnos, si quieres —me recuerda con amabilidad—. No quiero que te sientas incómoda.

Niego con la cabeza. «Incómoda» no es la palabra adecuada. ¿Sorprendida? Un poco. ¿Deliciosamente tentada de un modo algo prohibido? También.

—He de reconocer que esto… es *muy* diferente a cualquier cosa a la que esté acostumbrada. O a cualquier cosa que haya visto nunca. Pero esta es tu gente y estas son vuestras costumbres. Es algo precioso y no un motivo de vergüenza, ni algo que deba esconderse ni que debamos rehuir.

Esboza una sonrisa radiante, como si no hubiese podido dedicarle un cumplido mayor. Sus hombros parecen relajarse un poco y me pregunto si pensaba que esta característica de su gente me iba a espantar de algún modo. Esa idea solo me da ganas de apretarlo aún más fuerte, aun cuando nuestros dedos se sueltan para evitar que nadie nos vea tocarnos. Desearía tener el valor de decir que no hay nada en su cultura que podría apartarme de él. Ilryth podría proceder del rincón más feo, brutal y horrible del mundo, que todavía querría saber todo lo posible sobre él… porque sería parte de *él*. Las palabras queman en mi lengua, pero no logro animarme a decirlas. A revelar la profundidad de la ternura que siento por Ilryth y por todo lo que lo rodea.

—Tenía la esperanza de que sintieras eso. Este lugar es uno de gran magia, de vida misma. —Hace un gesto afirmativo en dirección a la playa—. Las sirenas vienen aquí con sus compañeros de canción para consumar su amor, para cantarle a Lady Lellia con la esperanza de engendrar un hijo. Este es uno de los pocos sitios en tierra donde todas las sirenas podemos salir con nuestra forma bípeda, necesaria para concebir un hijo, sin ningún tipo de molestia o incomodidad. —Lleva una leve sonrisa dibujada en la cara—. Llegar a esta orilla es un sueño hecho realidad para cualquier sirena que quiera tener hijos algún día.

—Pareces haber pensado bastante en ello —comento—. Algo extraño para un hombre que ni siquiera ha tomado una esposa todavía.

Se echa a reír.

—Sí, bueno, a pesar de mi retraso a la hora de cumplir con ello, siempre he sabido que mi deber se extendería a tener un heredero. Que algún día vendría aquí es simplemente algo que he aceptado hace mucho. —La alegría que oí en su tono al principio de hablar de este lugar se diluye un poco.

—¿Esa perspectiva no te excita? —¿Lo había malinterpretado?

Ilryth no responde de inmediato; piensa un poco en mi pregunta.

—No puedo decir que «no me excite», puesto que el acto desde luego que lo hace. —Sonríe un poco y yo reprimo una carcajada con un resoplido divertido—. Pero me he pasado la vida entera sabiendo que todo el mundo *esperará* que tenga hijos. Nunca he pensado demasiado en si los *quiero*. Francamente, no creo que sea algo en lo que deba pensar siquiera.

—¿Por qué no?

—¿Qué pasa si descubro que no deseo tener un hijo, cuando sé que se espera que tenga uno o más de todos modos? —Me rebota la pregunta, aunque sé que no puede esperar que tenga una respuesta para él. Ilryth sacude la cabeza—. Pero esas son preocupaciones para mi yo futuro. No empañemos este día con mis problemas de dentro de un año.

Por el bien de este momento, los dos estamos decididos a ignorar los problemas que acechan en el fondo de nuestras mentes. Cada día que pasa podría ser el último juntos, como si cada hora que pasa es todo lo que tendremos para llegar a conocernos a fondo. Los segundos se nos escapan demasiado deprisa, un tiempo que parece imposible de apreciar del todo hasta que desaparece.

—¿Te gustaría ver más?

—¿Más? —No estoy del todo segura qué «más» hay que ver, pero siento gran curiosidad—. ¿Estás seguro de que no pasa nada? No querría incomodar a nadie. —Nos hemos estado concentrando de un modo muy intencionado el uno en el otro, en lugar de en las parejas a la orilla del agua.

—Hay bajíos y pozas de marea para aquellos que desean privacidad en sus actos más íntimos. Si una pareja está a la vista, es porque no le importa la presencia de otros o incluso la desea, para que sus canciones de amor puedan armonizar con otras en una preciosa ofrenda a la diosa de la vida.

Ahora sí que me he sonrojado. Ilryth sonríe un poco, pero no hace ningún comentario sobre el hecho de que me haya escandalizado un poco. En vez de eso, me conduce playa abajo.

Pese a no querer mirar, encuentro que mis ojos se deslizan hacia las lejanas parejas enredadas entre la espuma. Tienen el pelo empapado de agua salada, pegado a sus cuerpos, que centellean del sudor, lo cual resalta las marcas dibujadas en su piel y los tenues contornos de donde estarían las escamas. Sus orejas en abanico sobresalen de los lados de sus caras, de un modo aún más notable cuando están en forma humana. Incluso en tierra, es indudable que son sirenas. Y si sus rasgos físicos no fuesen lo bastante indicativos, lo serían las canciones de placer. Es un coro por derecho propio y cada pareja contribuye a la melodía, una canción preciosa creada en armonía por casualidad. Esbozo una leve sonrisa. Aparte de mi sorpresa inicial, Ilryth tiene razón: este lugar y el acto para el que está destinado son preciosos.

Cruzamos la playa y entramos en otra zona de raíces entrelazadas que salen del Árbol de la Vida. Durante todo el trayecto, los dorsos de nuestras manos se rozan como un secreto ilícito. A diferencia de los otros dos pasadizos, aquí las raíces no forman ningún tipo de túnel específico. En vez de eso, se entrelazan de un modo aleatorio como gruesos nudos de redes, creando un laberinto que también está lleno de los sonidos de más parejas. Supongo que este es el lugar que mencionó Ilryth antes, el destinado a los que desean privacidad.

Mis sospechas se confirman cuando, por el rabillo del ojo, capto atisbos de movimiento al otro lado de las raíces. En cualquier caso, no miro con descaro. Si están aquí, es que no quieren que los vean.

Aunque todo esto sí hace que me pregunte a dónde me está llevando...

No lo pregunto. Mis pensamientos se han vuelto locos, nerviosos y excitados por tantos cuerpos en movimiento, por el deseo caliente que llena el ambiente soleado e incita mi propia excitación. El deseo que Ilryth ha estado acumulando en mi interior está llegando a su punto álgido.

¿Me está llevando a uno de esos reservados privados? ¿Me va a besar otra vez? ¿Aquí? ¿Solos? ¿Averiguaré exactamente lo que hay debajo de esa falda suya? Lo miro con disimulo.

—Podemos irnos cuando tú quieras —dice, lo cual me saca de mi ensimismamiento.

Mis ojos se apartan de su falda para subir por los planos y curvas de su abdomen. Hay un brillo sabedor en su mirada cuando mis ojos por fin se posan en su cara. Me ha visto. Le lanzo una mirada algo avergonzada.

—En ningún momento he dicho nada de querer irme.

Sus ojos parecen oscurecerse con intensidad mientras me mira. Ilryth se chupa los labios y el movimiento casi me vuelve loca.

—Sí sabes por qué te he traído hasta aquí, ¿verdad? —Su voz suena grave, ahumada.

Mis ojos se apartan de él el tiempo suficiente para ser vagamente consciente de dónde es «aquí». Hemos encontrado nuestro propio recoveco protegido. Las paredes de raíces que rodean este lugar escondido se extienden hasta adentrarse en el mar, nos abrazan y nos ofrecen una privacidad muy deseada. Por un momento, soy incapaz de formar palabras, pero entonces me recupero.

—Creo que sí —respondo en un susurro.

—No tenemos por qué hacerlo —dice él.

—No *deberíamos* —lo corrijo, Aunque tengo las manos apoyadas en sus caderas y estoy inclinada hacia él—. Pero quiero hacerlo. ¿Y tú?

—Más que nada en el mundo.

Las palabras son una chispa, un relámpago en la oscuridad que cruza por las aguas que hemos creado entre ambos. Eso nos pone en movimiento. Sus manos se hunden en mi pelo. Mi espalda se estrella contra una raíz. Me tiene inmovilizada y nunca en mi vida me he sentido tan contenta de estarlo.

Abro la boca para él y su lengua está ahí mismo. Preparada. Ansiosa. Se desliza contra la mía y explora. Echo la cabeza hacia atrás para facilitarle el acceso. Ilryth sabe lo que quiero. Lo que *necesito*. Su mano aterriza sobre mi pecho, tira del lazo del chaleco que Lucia encontró para mí. Noto cómo se afloja a mi alrededor, y aun así me comprime. Solo saber que pronto ya no estará sobre mí y quedaré expuesta a sus dedos hace que cualquier tela parezca como si me apretase hasta el punto de faltarme el aire.

Ilryth no permite que sufra durante mucho tiempo. Se inclina hacia delante, levanta mi barbilla y agarra los lazos en un puño. De un movimiento confiado, tira. Mi espalda se arquea y mis brazos se estiran hacia atrás para dejar que el chaleco salga. Me quedo jadeante.

Hace una pausa, aunque su expresión no parece vacilante ni insegura. Si acaso, parece como si saborease este momento. Me mira como si fuese una obra de arte que ha estado esperando a ver toda su vida.

Es posible que hayamos estado esperando a este mismísimo momento, cada uno en nuestro propio espacio y tiempo. Durante cinco años, nuestras almas han estado vinculadas en un dueto inconsciente. Nuestros movimientos se producían al unísono, incluso en mundos diferentes. Cada acción, cada decisión y acto nos ha conducido a este mismo punto, al momento en que nos unimos. Somos conscientes el uno del otro a un nivel que es innato, que trasciende a la lógica.

Aunque nuestro sentido común nos esté gritando que nos equivocamos en nuestras acciones, nuestras almas no tienen ninguna duda. Existimos solo en este glorioso aquí y ahora, dejamos de lado toda vergüenza y toda duda. Este momento muy bien podría ser (es probable que sea) el único que tengamos nunca.

Ilryth se acerca a mí otra vez. Cuando hunde los dedos en mi pelo, sus labios se entreabren y su mandíbula se relaja. Sin embargo, su frente se arruga casi como si sintiese algún dolor.

—¿Qué pasa? —Me da miedo lo que puede decir. Si por fin ha encontrado algún defecto en mí. Algo que siempre supe que estaba ahí pero que intenté ocultarle porque estaba desesperada por que me viese como suficiente.

Ilryth sacude la cabeza y es como si me hubiese leído la mente.

—Eres la *perfección* personificada. Eres tan radiante como Lady Lellia misma.

Es posible que nuestro dueto esté nublando su buen juicio, pero no lo cuestiono. No quiero discutir. Así que acepto su halago con un corazón cálido y preparado.

—Tú también eres perfecto —respondo—. Desde el momento en que posé los ojos en ti por primera vez, pensé que eras magnífico.

Da la sensación de que no se esperaba ese cumplido, porque la primera vez que aparta los ojos de mi cuerpo no es por desaprobación, como podría haber esperado, sino más bien por vergüenza. O eso parece. Aprieto la mano contra su pecho, me aparto un poco de la raíz y levanto la vista para mirarlo entre mis pestañas.

—Eres *despampanante* —repito otra vez, con énfasis. Cómo puede un hombre tan guapo como Ilryth pensar otra cosa de sí mismo se me escapa, pero lo diré tan a menudo como necesite oírlo—. Y quiero que me toques y me abraces hasta que pierda toda noción de mí misma. Hasta que el mundo se pierda y todos mis dolores y preocupaciones con él.

Quiero sentir mientras todavía esté viva. Aunque sea solo una vez más…

—Creo que podré satisfacer tu petición —dice, al tiempo que aprieta las manos contra mis caderas, las deja resbalar hacia arriba y las desliza por encima de mis pechos. Suelto una exclamación ahogada. Cierro los ojos y me muerdo el labio de abajo mientras disfruto de la sensación. Él continúa subiendo, recorre las marcas de mi pecho, mis hombros y mis brazos, hasta mis manos.

Soy tu lienzo, quiero decir. *Hazme tuya.*

Sin decir ni una palabra, me conduce hacia el borde del agua y me invita a bajar con él cuando se sienta. Mis rodillas enmarcan sus caderas al sentarme a horcajadas sobre él; me agarro a sus hombros mientras él hunde los dedos en mis muslos y mi trasero. Nos besamos mucho más allá del punto en el que hubiera creído que me cansaría de besar. Y aun así, no puedo soportar la idea de parar de hacerlo. Me consume una necesidad de recibir más, más percepciones, más de esta sensación que palpita a través de mí como una fiebre. Como mi salvación.

—*Quiero más.* —El pensamiento se me escapa y él sonríe contra mi boca—. Dámelo todo.

Ilryth me sujeta con fuerza, se inclina hacia delante y me tumba entre la arena y el agua.

—Tengo toda la intención de satisfacer tu petición —me dice—. Pero todo a su debido tiempo.

—Eres un graciosillo insoportable —me quejo, y suelto otra exclamación ahogada cuando me muerde en la clavícula y baja besando mi pecho.

—Debo admitir que nunca me han llamado así hasta ahora. —Les dedica una atención especial a mis pechos.

—Estoy segura de que alguien lo habrá hecho. —Mis palabras suenan ahogadas.

Hace alarde de pensarlo y gimo cuando sus movimientos paran. Se ríe una vez más y continúa cubriéndome de afecto.

—No, no creo que lo haya hecho nadie.

Estoy segura de que seré la primera de muchas. Ese pensamiento descarriado no es ni bienvenido ni deseado, aunque se queda solo en mi cabeza. No quiero ni pensar en cuántas otras vendrán detrás de mí, atraídas por su atractivo y su carisma innegable. No pienso teorizar sobre cuál de las preciosas mujeres que vi en el Ducado de las Lanzas se convertirá en su esposa. Es tan imposible para mí cambiar el futuro como cambiar mi pasado. Todo lo que puedo hacer, lo que quiero hacer, es quedar indefensa al aquí y al ahora.

Ilryth continúa bajando por mi cuerpo con manos ansiosas y besos. Remanga la ceñida falta y desliza las manos por mis muslos mientras desata la tela. Gimo, la espalda arqueada sobre la arena. Y justo cuando creo que está a punto de tocar la cúspide de mi deseo, se detiene y se echa hacia atrás de rodillas. Lo único que impide que se me escape un gimoteo de protesta es ver que alarga las manos hacia la cinta de su propia falda. Deshace el nudo y el escueto trozo de tela cae para dejarlo expuesto *por completo.*

Los dos echamos nuestro primer vistazo real al otro al mismo tiempo. Nos sumimos en un momento de silencio mutuo. De asombro.

De alguna manera, esto no parece el principio del fin para nosotros. Solo lo primero. Es como si, juntos, pudiésemos escapar de alguna manera del duro destino que tenemos tatuado en la piel.

Ilryth se mueve para colocarse encima de mí, nuestros cuerpos pegados, de modo que puedo sentir cada centímetro de él entre mis piernas, presionando contra mí. Buscando una entrada sin decir palabra alguna. Una sensación de culpa se apodera de mí; es repentina e indeseada, y no logro ubicar su origen. Ilryth se queda paralizado. Debe de haber visto el pánico momentáneo en mis ojos.

Acaricia mi mejilla con cariño.

—Podemos parar —me dice.

—Lo sé —respondo—. No quiero.

—¿Estás segura?

—Lo estoy —insisto. La primera vez con cualquiera es, como poco, algo extraña. La primera vez con un hombre que no es con el que te casaste parece serlo aún más. Pero *no estoy haciendo nada malo*. Me recuerdo que soy libre en mi cabeza, por ley y en espíritu. Apenas puedo recordar los lazos que me ataban para empezar.

Es como si Ilryth conociese el revuelo, cada duda e inseguridad, que atormenta los mares de mi mente. Espera con paciencia mientras lo aclaro todo. Mientras dedico un tiempo a solucionar mis inseguridades hasta que, al final, puedo dedicarle un gesto afirmativo. La sonrisa que él me devuelve no es una de lujuria, ni de pasión descontrolada. Más bien, es efusiva, llena de afecto y de una alegría genuina.

Se inclina hacia delante y me besa una vez más. Un beso suave, casi casto. Aunque no hay nada casto en la forma que contonea las caderas cuando empuja hacia delante y dentro de mí por primera vez.

Dejo escapar una exclamación ante el dolor momentáneo de expandirme para dar cabida a su tamaño sustancial. Aunque no he tenido demasiada experiencia en asuntos de la carne, que yo recuerde, sospecho que Ilryth está especialmente bendecido. Él también parece saberlo, pues se introduce despacio en mi interior, pendiente de cualquier signo de dolor o vacilación en mi cara.

Al no encontrar ninguno, empuja hasta el fondo, hasta que nuestras caderas quedan pegadas y nuestros cuerpos se funden en uno. El sol brilla con más fuerza. El coro en mi mente suena más fuerte, más claro, como si el universo en sí se estuviera abriendo para revelar un gran secreto largo tiempo escondido. Soy tan ligera como una canción, tan intensa como una oración. Me relajo cuando la dulce sensación de su plenitud me sobrepasa. Y entonces, justo cuando me he asentado en esta nueva realidad de nuestra propia fabricación, empieza a moverse. Cada embestida destruye y rehace todo mi mundo.

Sus caderas golpean contra las mías, despacio al principio, después cada vez más deprisa. Enrosco las piernas alrededor de su cintura como hice ayer por la noche y me aferro a él como si mi mismísima existencia dependiera de la suya. Ilryth me besa con ferocidad, los labios presionados con fuerza contra los míos, como si quisiera capturar cada gemido que pasa entre mis labios y lo espirase de vuelta hacia mí como una canción en mi mente. Sus movimientos alcanzan su ritmo regular, su resistencia no flaquea, provoca oleadas de placer a través de todo mi cuerpo.

Mis gemidos resuenan tan fuertes que no sé si están solo en mi mente o si yo lidero ahora las canciones de placer cantadas en esta playa. Una parte de mí casi desea que sea lo segundo. Deseo a Ilryth con una intensidad abrumadora. Quiero que lo oigan todos, que la antigua diosa en persona se asome desde su árbol y sonría por el hecho de que, de algún modo, hayamos descubierto el gran secreto. Que *esto* era lo que iba a hacer falta desde el principio para crear una ofrenda que pudiera sofocar la ira de Krokan.

Tenía que ser un dueto que honrara la promesa que Krokan le había hecho a Lellia, que armonizara con ella. Dos amantes. No sacrificios fríos e insensibles, sino una ofrenda hecha de pasión.

Ilryth ralentiza sus embestidas y se aparta un poco. Lo miro confusa, mientras intento reprimir un gemido. Él sonríe, un brillo pícaro en los ojos, y se deja caer hacia atrás. Mis piernas permanecen cerradas alrededor de sus caderas y, sin que salga de mí ni un instante, queda tumbado de espaldas, yo a horcajadas encima de él. Ilryth agarra mis caderas para instarme a moverlas, para guiarme. Es mi turno de fijar el ritmo. Mi turno de tener el control. Y me deleito en ello. Me muevo deprisa, disfrutando de los gemidos y los gritos que obtengo de él al hacerlo. Y entonces, de repente, sin previo aviso, me paro.

Las yemas de sus dedos cavan hoyos en mi piel mientras intenta tirar de mí hacia él, pero no me muevo. Despliego las manos por su pecho ancho y fuerte y esbozo una sonrisilla de suficiencia mientras muevo las caderas despacio, de un modo deliberado. Ilryth echa la cabeza hacia atrás y suelta un gemido que se convierte en un gruñido. Le estoy haciendo rabiar y está disfrutando de ello tanto como yo.

Lo repito: deprisa, luego despacio; deprisa, luego despacio. Continuamos avanzando poco a poco hacia el borde de esa maravillosa y dulce liberación, pero sin llegar del todo a ella.

Con un gruñido de frustración, me aparta de un empujón. Por un momento, pienso que he ido demasiado lejos con mi jueguecito. Pero sus ojos siguen llenos de lujuria e intensidad. Me hace girar, me invita a ponerme de rodillas, las manos en el suelo. Y con sus manos aún agarradas a mis caderas, me penetra de un solo movimiento fluido, tomándome por detrás como haría un animal. Incluso con todos los agujeros de mis recuerdos, sé que nunca he sentido a un hombre desde este ángulo. No sabía que hubiera tantas maneras de sentir placer, tantos puntos distintos en mi interior que pudieran tocarse una y otra y *otra vez*.

Y cuando ya empieza a ser demasiado, se inclina hacia delante. Con una mano agarra mi pecho; la otra se desliza alrededor de mis caderas para acariciar la cúspide de mis muslos mientras continúa moviéndose dentro y fuera de mí sin cesar, suplicando mi rendición. Es demasiado para mí.

Dejo escapar un grito. Me estremezco y encuentro mi dulce liberación. Ilryth me agarra, me sujeta mientras tiemblo de placer. Su pecho pegado a mi espalda. Permanece dentro de mí mientras sus besos bajan por mis hombros y mueve los dedos por encima de mi cuerpo como si estuviese dibujando nuevas líneas en mí.

—Ha sido increíble —le digo, cuando por fin me recupero lo suficiente.

Ilryth me da un mordisquito en el hombro.

—Eso ha sido solo el principio. —Y oigo la sonrisa en sus palabras sin necesidad de verla.

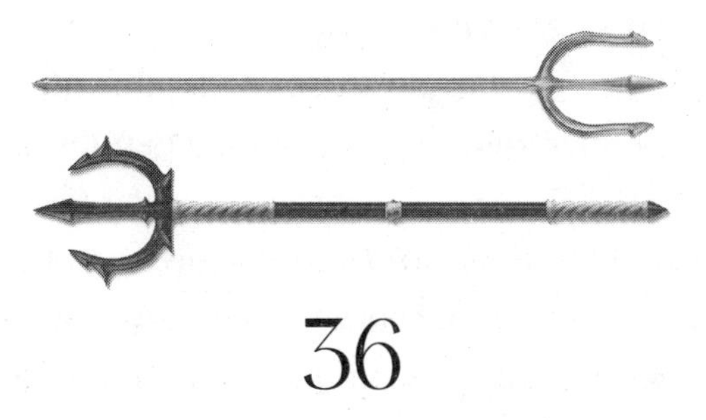

36

Nos vestimos en silencio, el aire entre nosotros cargado de la intensidad de nuestra pasión, que aún perdura a nuestro alrededor. No es incómodo ni extraño en lo más mínimo. Si acaso, es una intimidad agradable. Compartimos pequeñas miradas y sonrisas cómplices bajo mejillas arreboladas. Cada mirada recalca que ahora compartimos un secreto peligroso.

Compartimos mucho más que eso.

Puedo sentirlo sobre mí, más profundo que las marcas tatuadas en mi piel. No necesita tocarme. Una simple mirada es todo lo que necesito para sentir el contorno fantasma de sus manos deslizarse por mis pechos, agarrar mis caderas, o su boca sobre mi cuello. Los recuerdos hacen que me estremezca; las sensaciones fantasmas de él son casi demasiado. Y aun así, quiero más. Si pudiéramos hacerlo todo otra vez, lo haría al instante. Me entregaría otra vez a esas pasiones embriagadoras sin remordimiento alguno.

Aunque lo que hemos compartido ha sido intenso, no puedo evitar desear disponer de más tiempo juntos… no solo hoy, sino meses, o años, para llegar a conocernos. Una vida entera para explorar todo lo que podríamos ser o no ser, para ver si este afecto incipiente podría florecer y convertirse en algo profundo de verdad.

Y aun así, también lo quiero todo de golpe. Al infierno lo de ir despacio, lo quiero todo, ahora. La idea de nosotros dos juntos no hace que mis instintos se rebelen. No surgen advertencias ni preocupaciones en mi mente cuando se trata de Ilryth. Tal vez, si los mares no se estuviesen pudriendo y un antiguo dios no estuviese furioso, y todo no dependiese del sacrificio de mi vida... tal vez tuviéramos una posibilidad genuina de tener algo *real*.

Es un pensamiento agridulce. Aunque no lo bastante agrio como para apartarlo de mi cabeza. Creo que, si tuviese la oportunidad de hacerlo todo otra vez, haría más esfuerzo por buscar el amor. Aunque tengo una extraña sensación que me dice que lo evite a toda costa.

No eres merecedora de amor.

Hago una pausa ante ese pensamiento errante. Lo ha dicho una voz que no parecía del todo mía.

—¿Qué pasa? —Ilryth apoya la palma de la mano en mi hombro. Sacudo la cabeza.

—He tenido una idea extraña.

—¿Sobre nosotros?

—No. —Le sonrío. Una sonrisa tranquilizadora.

—¿Hay alguna cosa de la que quieras hablar?

—No lo creo. —Tomo su mano y entrelazo mis dedos con los suyos, luego beso sus nudillos—. ¿Alguna vez te pasa que una idea solitaria o intrusiva cruza tu mente sin previo aviso?

—A veces —admite—. Aunque suelen estar relacionadas con algo. ¿Estás segura de que no quieres hablar de nada?

—Me siento fenomenal, Ilryth. Ha sido un pensamiento que no se merece ninguna atención.

—Bueno, está bien. —Deja el tema con una sonrisa.

Me guía de la mano de vuelta a través de la maraña de raíces hasta la playa de la pasión, aunque me suelta cuando salimos al exterior una vez más. La playa está casi desierta ahora. Solo queda una pareja al borde del océano, apoyados contra una raíz donde esta se encuentra con el agua. No sé si estaban ahí cuando llegamos o no, pero no les presto ninguna atención. Todavía estoy demasiado atrapada por lo que acabamos de compartir.

Sigo concentrada en la magia de Ilryth, que todavía chisporrotea por mi piel.

Lo miro de reojo y me pregunto si volveremos a hablar de esto en algún momento. Una vez más, la idea del amor cruza por mi mente. Hubiese sido bonito poder enamorarme de él. Sentir ese revoloteo ansioso de la emoción. Ser capaz de mirarlo, el puente de su nariz, la fuerte línea de su mandíbula, el leve mohín de sus labios… admirarlo con la misma desvergüenza que lo hago ahora, pero tener la oportunidad de que se convirtiera en algo más.

No obstante, lo que hemos compartido no puede convertirse en amor. Al menos… no en un amor que vayamos a reconocer nunca. Debemos dejar que lo que sea que está brotando muera en la rama. El día de hoy solo podemos interpretarlo como una tarde de placer prohibido. Como un bendito alivio de la tensión creciente. *No pasa nada si tengo que fingir que esto no ha sucedido,* me digo. No necesito hablar de ello, ni contárselo a nadie, para saber que fue real. Puedo encontrar paz en eso. Al menos *creo* que puedo.

Sin embargo, otra parte de mi mente ya se está preguntando cuándo, o si, podremos encontrar una excusa para regresar aquí. Si él podría colarse en mi habitación durante la noche y sacarme de ahí a la luz de la luna. No puedo evitar desear que lo haga, y que lo haga pronto, pero no tengo el valor de pedírselo.

Nos paramos en el túnel justo antes de la playa a la que llegamos primero. Los guardias que nos escoltaron hasta aquí seguro que todavía nos esperan bajo la superficie del agua. Mientras estamos aún fuera del alcance de su oído, Ilryth se toma un momento para lanzarme una mirada de disculpa.

—Lo siento —dice. Parpadeo confusa, mientras intento pensar por qué se puede estar disculpando. Se da cuenta de mi confusión y continúa—. Cuando volvamos ahí, tendré que fingir que…

—No pasó nada —termino por él con una sonrisa pequeña y, con suerte, tranquilizadora—. Lo sé. No esperaba otra cosa. Hicimos nuestras elecciones sabedores de nuestras circunstancias.

—Cuando todavía parece dubitativo, hago hincapié en lo que opino—. De verdad, no pasa nada.

—No parece que «no pase nada». —Suspira—. Parece como si te estuviera traicionando, como si te hubiese utilizado.

—Si acaso, te he utilizado yo a ti. —Niego con la cabeza antes de que tenga la oportunidad de decir nada más—. Soy una mujer adulta, en control de mis propios deseos, y he hecho lo que quería. Tú has hecho lo mismo. No es ninguna ofensa. Los dos conocíamos nuestras circunstancias. En serio, Ilryth, no le des importancia.

—Sospecho que pasaré muchísimas horas deliciosas pensando en esta tarde. —Se inclina un poquito más hacia mí al decirlo. Me muerdo el labio y sus ojos se fijan en el movimiento. Por el rabillo del ojo, casi puedo verlo alargar la mano para tocar mi cara.

Pero es más fuerte que la tentación. Lo cual es bueno, porque si volviera a cruzar esa línea, dudo que yo pudiera ser la mejor de los dos. Que les den los riesgos. Volvería a jugármela. Ilryth empieza a moverse otra vez y yo hago lo mismo. Pero él se para una vez más sin previo aviso y me mira con un propósito renovado.

—Si acudiera a ti en medio de la noche… ¿sería bienvenido?

Noto cómo se me abre la boca. La verdad era que no esperaba que pudiese haber oportunidad para más momentos de placer entre nosotros, aunque serían muy *muy* bienvenidos.

Asiento, sin importarme lo ansiosa que parezco. Jugar a ser tímida o rechazarlo no tiene ningún sentido ya.

—Sería un placer para mí. En el sentido más literal.

Parece soltar un suspiro de alivio, como si no estuviese seguro de que fuera a decirle que sí. ¿Cómo puede pensar que diría otra cosa? En especial después del día que hemos compartido.

Como suponía, los guerreros nos están esperando justo debajo de las olas. No parecen sospechar lo más mínimo sobre qué nos ha retenido durante la mitad del día. A lo mejor no quieren saberlo, o creen que es mejor no hacer preguntas.

Mantengo la cabeza bien alta y actúo de manera casual cuando regresamos al castillo. Con una despedida rutinaria, Ilryth y yo nos separamos para irnos cada uno por nuestro lado. Me hace falta todo mi autocontrol para no girarme hacia atrás y mirarlo cuando lo hacemos. Para no desear que ya esté nadando de vuelta hacia mí.

Ya sé que es demasiado pronto para eso, pero aun así no puedo evitarlo. No puedo evitar desear que llegue mientras los últimos vestigios del día se funden con la noche. Espero en el balcón, pero hago caso omiso de Krokan, que revuelve las corrientes de podredumbre en lo bajo, y en su lugar escudriño las aguas en lo alto, en busca de alguna señal de Ilryth.

Pero no hay ninguna. La noche llega y se va, empieza a amanecer, e Ilryth todavía no ha venido. Me recuerdo que dijo que no sería capaz de venir pronto sin levantar sospechas. Además, estoy segura de que tiene muchas responsabilidades que atender aparte de mí. Me insisto en que no pensaré demasiado ni me obsesionaré con su ausencia.

Paso el tiempo dedicada a lo que se supone que debo estar haciendo: trabajar en los himnos de los antiguos. Me siento en la barandilla del balcón, donde Ilryth y yo estuvimos sentados la otra noche.

Y ahí sola, canto.

Las palabras vienen de las profundidades de mi estómago, suben por mi pecho y llegan hasta la parte superior de mi mente. Mientras arrastran a través de mis pensamientos, se llevan partes de mí con ellas. Me desnudan de dentro afuera. Cada vez es más difícil elegir recuerdos que borrar. Durante un instante, me planteo sacrificar el recuerdo de las pasiones de Ilryth y mías… pero no quiero. Quiero llevar eso conmigo durante todo el tiempo posible.

En lugar de eso, escojo recuerdos de las reuniones del consejo. Los últimos vestigios del hombre llamado Charles. Esos pueden desaparecer. Lo que fuese que ocurriera con él ya no tiene ninguna importancia para mí. Parece de lo más insignificante para el lugar en el que estoy ahora.

Las notas suben, más y más ligeras con cada pensamiento que dejo ir. Siento como si mi alma se elevase con ellas, sin obstáculos por primera vez en mi vida. Intento cantar con todo mi pecho, para llegar a las ramas más altas del Árbol de la Vida que oscila por encima de mí. Sin embargo, las palabras todavía están lastradas por las aguas quietas y pesadas, y se hunden hacia esta podredumbre agobiante.

Mi canción se hunde en el Abismo. Casi puedo oír un leve eco resonar de vuelta hacia mí. El sonido es solitario y mucho más frío de como yo me siento. Me quedo muy quieta, ladeo un poco la cabeza. Canto otra nota. La respuesta está cargada de añoranza y dolor.

Hago una pausa en mi canción, mientras intento encontrarle algún sentido a lo que he oído. ¿Fue un mero eco? ¿O era Krokan cantándome a mí? Cierro los ojos y trato de repetir el sonido en mi mente, para comprenderlo, pero me interrumpen.

—¿Santidad? —me llama Lucia.

—Estoy aquí. —Me separo de la barandilla y me deslizo hacia mi habitación cuando ella llega.

Sabe al instante lo que hemos hecho. No sé cómo lo sabe, pero lo sabe. En cuanto entra por el túnel, se detiene y me mira. Su expresión cambia de repente, de llevar los ojos bien abiertos a entornarlos.

Estiro un poco más la espalda y le regalo una leve sonrisa, como si reconociese que ella lo sabe sin tener que decir ni una palabra. Lucia niega con la cabeza y cruza hacia mí, al tiempo que me lanza una mirada de desaprobación significativa. No había esperado que dijese nada acerca de su hermano y yo. Pero al parecer, me equivocaba.

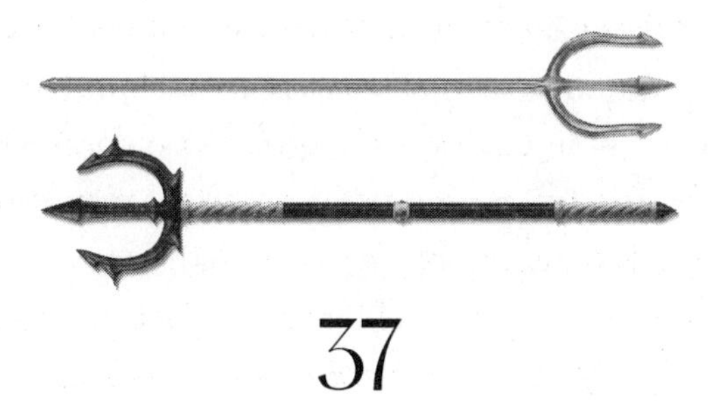

37

Me agarra de la mano. Habla con palabras apresuradas, susurradas aunque se dirige directamente a mi cerebro.

—Me preocupáis.

Si no fuese por mis años de entrenamiento, no sería capaz de mantener mi expresión perpleja.

—¿A qué te refieres?

—A ti... y a mi hermano. —Tarda un segundo en formular las palabras, como si no pudiese creer que las esté diciendo siquiera. O quizás esté haciendo una mueca para sus adentros ante la idea de las intimidades de su hermano. Cualquier cosa es posible.

—No sé a qué te refieres. —Continúo haciéndome la tonta. Así la fuerzo a elaborar y a decirme exactamente qué sabe, lo que ve o lo que oye, lo cual me ayudaría a ocultarlo mejor para proteger a Ilryth.

—Tus marcas han cambiado un poco.

—¿Ah, sí? —Levanto el brazo. Los tatuajes parecen casi iguales que siempre. Lucia también los inspecciona.

—Sí. Hay algo en tu piel, y desde luego en la canción con la que resuena tu alma... ya no encaja del todo con lo que tatuamos. Solo puedo asumir que hubo un cambio bastante monumental para ajustar vuestro dueto de un modo tan significativo.

—Oí la voz de Lady Lellia. —Le ofrezco esa explicación para ver si es un sustituto viable para sus sospechas, por si acaso alguien más se da cuenta.

Se queda muy quieta, sus ojos saltan hacia mí.

—¿La oíste? —Su voz sigue siendo un susurro, pero ya no es un susurro de miedo o de preocupación, sino más bien de asombro… y de una esperanza efímera, tan delicada como sus palabras.

Asiento.

—Estoy segura de ello. A lo mejor esa ha sido la causa del cambio en las marcas.

Lucia se aparta un poco, sus ojos saltan de mi brazo a mi cara.

—Un evento tan monumental tendría un impacto sobre ellas, sí, pero… conozco la canción de mi hermano. —Suspira—. Ahora puedo oírla en ti.

¿Qué significa eso? Mi corazón da un brinco y se para, como si no pudiese decidirse entre la alegría y romperse. La canción de Ilryth es parte de mí ahora, está escrita en mi alma. ¿Qué significará eso para él cuando yo me marche de este mundo mortal? ¿Qué significará para mí?

—¿Lo notarán otras personas? —Me concentro en mantener a Ilryth lo más seguro posible, a pesar de los riesgos que hemos decidido correr.

—Es probable que no —admite a regañadientes—. Sospecho que yo puedo hacerlo porque he visto casi toda tu unción y conozco bien la canción de tu alma, y la de mi hermano aún mejor.

Eso me da esperanza.

—¿Y la unción ha sufrido algún daño?

—No que yo vea. —Un alivio—. Pero *podría* dañarse si persistierais en vuestra actitud. Los dos estáis haciendo algo peligroso. Conectaros de este modo puede poner en riesgo que puedas descender de manera adecuada al Abismo y presentarte delante de Lord Krokan. Estás formando más lazos con este mundo. —Levanta la vista hacia mí, el ceño fruncido de preocupación.

—Conocemos los riesgos —digo, mientras trato de infundirle algo de mi calma con el tono de mi voz. El monstruo de la culpabilidad por nuestras decisiones trata de levantar la cabeza otra vez, pero me niego a permitir que se apodere de mí. Ya no hay vuelta atrás—. Comprendo tu preocupación, los dos la comprendemos, pero lo tenemos controlado.

Lucia suspira y deja que la corriente la aleje un poco para apoyarse en una columna y contemplar el Abismo en el exterior.

—Lucia…

—Nuestra madre… lo dio *todo* para intentar sofocar la ira de Lord Krokan. No fue suficiente e Ilryth siempre se ha culpado por hacer que su sacrificio fuese «insignificante». Considera que es culpa suya que ella todavía estuviese demasiado atada a esta tierra como para descender de la manera adecuada. —La mirada de Lucia llega mil leguas más allá, como si tratase de atravesar el Velo que separa este mundo del siguiente para ver a su madre una vez más—. Fenny y yo tuvimos que quedarnos a un lado y observar cómo Ilryth se daba cuenta poco a poco del peso de su deber. Cómo perdía la oportunidad de llorar la muerte de nuestra madre al aferrarse a ella.

»Y ahora, está corriendo el mismo riesgo otra vez. —Se gira un poco hacia mí. Su mirada herida es más cortante que ninguna daga y encuentra un punto blando entre mis costillas—. Lo matarás.

—No lo haré —digo indignada—. Jamás dejaría que le ocurriese nada malo.

—Te habrás *marchado* —dice con tono seco—. Y si la culpa de que fracases como ofrenda no lo hunde en la miseria, el dolor de perderte sí lo hará. Igual que le pasó a mi padre.

Nado hasta ella mientras niego con la cabeza.

—Ilryth no me quiere como tu padre quería a tu madre. —Lucia me mira inexpresiva—. *No lo hace* —insisto—. Me he asegurado de ello.

—Si te has «asegurado de ello», entonces ¿por qué puedo oír la armonía de la canción de su alma mezclada con la tuya? —Los ojos de Lucia están llenos de una determinación férrea. Es la mirada que le dedicaría yo a cualquiera que soñase siquiera con hacer daño a Emily. Antes de poder responder, continúa—. Dime por qué no debería delataros a los dos ante el coro.

Las palabras son tan frías como el hielo y me dejan paralizada en el sitio.

—Porque te doy mi palabra de que…

—¿Tu palabra? —Hay tal escepticismo en esas dos palabras que un escalofrío recorre mi columna. En ellas, oigo a los habitantes de Dennow lanzándome un insulto que ya no comprendo: *Perjuradora.*

¿Por qué me llamaban así? No lo recuerdo, por lo que la pulla es injusta y cruel.

—Nos diste tu palabra, se la diste a *él,* de que te dedicarías en cuerpo y alma a la unción si él ayudaba a tu familia —me dice.

—Y estoy dedicada a ello, con todo mi ser.

—¡No si estás haciendo cosas que ponen en peligro tu objetivo mismo! —espeta cortante. Retrocedo un poco.

—Lucia… por favor —digo con suavidad—. Fue un momento de pasión, nada más. —Es raro mentir mientras intento defender mi integridad, pero lo más importante de todo es asegurarme de que Ilryth no sufre por lo que hicimos—. No lo quiero. Y él lo sabe. —Las palabras son difíciles como mentira. Solo espero que no suenen también así.

—¿Lo sabe? —pregunta Lucia con escepticismo.

—Sí, lo sabe. Se lo dije claramente antes de… que pasase nada. —Esta conversación es de lo más incómoda por tenerla con su hermana, pero continúo hablando—. Por favor, quería disfrutar de un placer corporal antes de morir; cumplir un deseo, como quien dice. Si acaso, sirvió para cortar un lazo más que para crear uno. Ya no tengo deseos insatisfechos.

Lucia todavía me mira desconfiada. Con un suspiro y un coletazo, se sienta en el borde de mi cama y vuelve a contemplar el Abismo. Sus codos descansan sobre la curva de su cola. La barbilla en sus manos.

—Odio esto. —Las palabras son sinceras y crudas—. Odio que la primera vez que veo a mi hermano realmente feliz en seis largos años sea con una humana marcada para morir.

—Lo siento. —Nado hasta ella y me siento a su lado—. Ilryth es un buen hombre... se merece toda la felicidad del mundo. Y siento no poder ser la que se la dé.

—Sobrevivirá. Fenny y yo nos aseguraremos de que así sea. Solo te pido que, por favor, no nos lo pongas más difícil de lo que ya va a ser. —La súplica es desesperada, su voz se quiebra.

—No lo haré. —Tengo sentimientos divididos: entre lo que quiero y lo que debo hacer. Entre mis juramentos y obligaciones y un hombre que jamás pedí, uno que nunca pensé que quería siquiera—. Pero él estará bien. Estoy segura de ello. Os tiene a las dos. —Sé que Fenny y Lucia han mantenido el Ducado de la Fe de una pieza durante mucho tiempo.

—Cuando nos escucha. —Suspira y se da impulso desde la cama, aunque se para a medio camino. Vuelve a hablar, de espaldas a mí—. No voy a contárselo a Ventris.

—¿No? —Soy incapaz de reprimir la pregunta. Por un momento, había estado segura de que lo haría.

—No serviría de nada. No es como si pudiésemos ungir a nadie más a tiempo. Y tú ya estás marcada como la ofrenda; tendríamos que matarte antes si quisiésemos intentarlo. —Una idea sórdida, pero funciona a mi favor—. Así que, aunque no seas una ofrenda óptima, eres mejor que apresurarnos con otra o, peor aún, eres mejor que nada. Me estremezco solo de pensar en lo que podría suceder si no le llevásemos ninguna ofrenda a Lord Krokan. Además, no quiero ver a mi hermano meterse en aún más líos que de costumbre.

Me levanto también de la cama y floto hasta ella.

—Gracias, Lucia. Sé que no es por mí, pero significa mucho para mí que hagas esto.

—Sí, bueno, demuestra que tu palabra es todo lo que Ilryth afirma que es.

—Lo haré —decido. En todo lo que recuerdo de mi vida, jamás he incumplido un juramento—. Te lo juro. Sofocaré la ira de Lord Krokan y devolveré la calma y la prosperidad al Mar Eterno.

—Bien. Oh, y asegúrate de que Ilryth y yo seamos los únicos que te marcamos de ahora en adelante… no nos arriesguemos a que nadie más se entere de esto.

—Eres una buena mujer y una buena hermana, Lucia. Gracias. —Desearía que hubiese habido más tiempo para conocerla mejor. Quizá para forjar una verdadera relación. De un modo similar a mis sentimientos hacia Ilryth, hay un comienzo de conexión con Lucia, una amistad… que no va a tener tiempo de madurar ni de convertirse en nada significativo.

Lucia asiente sin mucha convicción.

—No hagas que me arrepienta de ello, eso es todo —dice, y se pone manos a la obra.

Sus movimientos son relajados y concentrados. Confiados. Casi ha terminado cuando llega Ventris.

—¿Cómo está la ofrenda? —le pregunta a Lucia, sin saludarme siquiera.

—Justo estoy acabando. —Lucia vuelve a comprobar sus líneas, las nuevas y los ajustes a las viejas. Espero que tuviera razón cuando dijo que podía disimular los cambios que Ilryth había provocado en mis marcas.

Ventris nada hasta mí. Yo me quedo muy quieta, mientras hago un esfuerzo por mantener una expresión relajada. *No tengo nada que temer. No tienes ninguna razón para sospechar*. Repito esos pensamientos, con cuidado de reservarlos solo para mí.

—Tiene buen aspecto —declara Ventris, antes de apartarse un poco. Pugno por no dejar caer los hombros del alivio—. Un trabajo excelente, como siempre.

—Gracias, Excelencia. —Lucia inclina la cabeza—. Si puedo preguntarlo, ¿cuándo deben estar completadas las marcas?

—Nuestros astrólogos y lectores de mareas dicen que quedan menos de cincuenta noches para el equinoccio de verano.

Menos de dos meses, pienso para mis adentros. Queda tan poco... Veinticinco años eran todos los que tenía mi vida. Es demasiado poco. Tal vez haya aceptado mi destino, pero por primera vez, duele. El día de hoy ha puesto de relieve a todo color la infinidad de cosas que voy a perder.

¿Cómo me he permitido llegar a este lugar?

Intento recordar las circunstancias, pero están borrosas en mi cabeza. Reconocí a Ilryth cuando vino a recogerme a bordo de mi barco. Sabía que vendría y me llevaría consigo. *Entonces ¿por qué...?*

—Ahora —continúa Ventris—, si no te importa, debes venir conmigo.

—¿A dónde?

—Vamos a comenzar los preparativos para el verso final de tu unción.

Hago lo que me dice, pero no porque él me lo diga. Lo hago sin oponer resistencia porque creo que así hay alguna oportunidad de que vuelva a ver a Ilryth. Empiezo a ser consciente del poco tiempo que me queda para estar con él. Todo esto habrá terminado antes de que me dé cuenta siquiera; debo saborear cada momento. Tengo cosas que necesito preguntarle; cosas sobre mí misma.

Nos deslizamos con elegancia por los enrevesados pasillos del castillo y sus habitaciones de extrañas formas. Presto poca atención al camino que seguimos. No parece algo que necesite saber; no es como si fuese a estar por aquí durante mucho tiempo más. En lugar de eso, me centro en la belleza multicolor de todo ello. La intrincada destreza orgánica con la que las sirenas construyen sus casas da lugar a una mezcla fluida de forma y funcionalidad. Una fusión impactante que me da la impresión de estar viendo por primera vez.

Acabamos en otra gran caverna, parecida a la gruta en la que se reunió el coro. Esta está llena de esculturas similares a las de la armería de Ilryth. En un lado, hay una réplica tallada de Krokan. En el otro, una de Lellia y su Árbol de la Vida. Sin embargo, a diferencia de la armería de Ilryth, las raíces que envuelven este sitio no están talladas en piedra.

Estas son las verdaderas raíces del Árbol de la Vida, que brillan con una especie de neblina fantasmal, muy parecida a la de las anamnesis, los árboles espectrales que cuelgan del techo. Iluminan el espacio con su resplandor, como si un bosque hubiese crecido bocabajo, acunado y sujeto por las raíces del mismísimo Árbol de la Vida. Por un momento, me pregunto por qué estas raíces brillan con el mismo resplandor que las anamnesis cuando otras raíces (fuera del castillo, las que descienden al Abismo) se están pudriendo. Quizás Ilryth tuviera razón y sean las aguas de la muerte que están envenenando a la vida.

Mis pensamientos los detienen en seco las dos grandes esmeraldas incrustadas como ojos en la estatua de Krokan. Mis propios ojos conectan con ellas, como si el verdadero Krokan pudiese verme a través de su contrapartida de piedra. Casi puedo oír el susurro de palabras que no entiendo porque no se hicieron para oídos mortales. Se arremolinan en el fondo de mi mente, me llaman, quieren que me acerque más y más.

Él me está esperando en ese insondable foso de agua y podredumbre. El antiguo dios de la muerte me llama sin cesar, exige mi mismísima alma como pago por un delito. Un pánico gélido se extiende por mi piel. Quiero salir de esta habitación, ir a cualquier otro sitio donde él no pueda verme. Nado hacia atrás. Ventris se percata de mi reacción y sin duda ve el pánico en mis ojos. Se detiene.

—¿Qué pasa ahora? —pregunta con voz cansina.

—Yo... —Se me quedan atascadas las palabras, no soy capaz de liberarlas de los rincones de mi mente.

—¿Qué te pasa? —exige saber Ventris.

Niego con la cabeza otra vez. Intento abrir la boca, como si al hacer ese movimiento físico pudiera forzar a las palabras a salir del mismo modo en que lo hacían cuando aún podía hablar con mi voz física. Sin embargo, no sale ninguna.

—Dímelo. —La voz de Ventris se ha cargado de agitación—. O empezaré a pensar que tal vez estés defectuosa.

Esas palabras despiertan algo perdido en mi interior. Algo que alguien me dijo alguna vez, *creo*. Pero no lo recuerdo. Aun así, provocan una respuesta en mi cuerpo que mi mente no puede explicar.

Antes de que pueda pensar en una respuesta, una presencia cálida y protectora se envuelve a mi alrededor. Giro la cabeza hacia atrás para encontrar a Ilryth, como si mi miedo lo hubiese invocado y su respuesta fuese acudir en mi defensa. Me dedica una sonrisa pequeña pero amable. Eso sí, tiene cuidado de no tocarme, aun cuando coloca el cuerpo en parte delante de mí.

Después se gira hacia Ventris con ferocidad.

—¿Ese es tono para emplear con el sacrificio sagrado?

—Es solo un tono de preocupación —afirma Ventris con calma—. Necesito una seguridad de que nuestra ofrenda no vacilará cuando llegue el momento. Si titubea ahora, entonces es que la unción no está funcionando y sus lazos con este mundo siguen siendo demasiado fuertes.

Mis pensamientos se aquietan. Gracias a la presencia de Ilryth, puedo concentrarme en el aquí y ahora.

—No vacilaré —declaro, con aún más confianza que la que le mostré a Lucia—. Solo es que me ha impactado lo asombrosa que es esta habitación… y la perfección con la que el escultor plasmó a Lord Krokan en esa escultura.

Ventris mira detrás de él; está claro que recela de lo que digo. Aunque tiene razón al mostrarse escéptico, no tiene ninguna posibilidad de discutir ni protestar. No es como si pudiese demostrar que lo que he dicho no es verdad. Y además le estoy haciendo un cumplido a su lord.

—En verdad *sí que es* una representación magnífica de Lord Krokan —admite con un deje reticente—. Y es bueno saber que incluso a la ofrenda le parece una representación fiel, pues si alguien puede tener una percepción innata del aspecto de nuestro antiguo dios, esa serías tú.

No puedo refutar lo que dice, y no solo porque no quiera hacerlo, sino porque estoy demasiado abrumada por esta sensación innata de que en realidad *sí* que conozco el aspecto de Krokan.

El impulso de tomar la mano de Ilryth es casi superior a mí. Lo único que quiero es sentir sus dedos contra los míos. Para recordarme que sigo entre los vivos y estoy a salvo. Que todavía no me han enviado al Abismo, entregada a un dios cuyas intenciones no puedo ni imaginar. Desearía que Ilryth pudiera ofrecerme algún tipo de confianza. Desearía poder contagiarme de su estabilidad, pero sé que no puedo.

Cada uno tenemos nuestro propio papel en esto... y eso será lo más duro de todo.

Así que me mantengo calmada y serena mientras Ventris empieza a describir la reunión de la corte de sirenas y la unción final que tendrá lugar antes de que envíen mi alma con ese antiguo dios de una vez por todas.

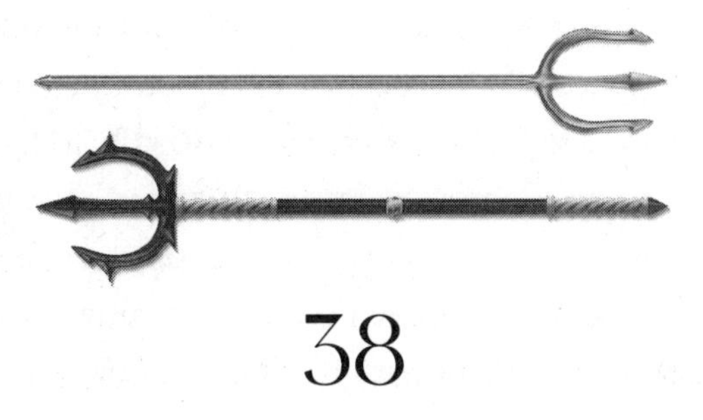

38

Cuando Ventris por fin termina de hablar de una cosa y otra, Ilryth interviene de inmediato.

—La acompañaré de vuelta.

Esas palabras me devuelven al presente. Durante todo ese tiempo, mis pensamientos rondaban en torno a las raíces por encima de nosotros, en torno al Árbol de la Vida. Como si, al mirarlas durante el tiempo suficiente, pudiera conectar con Lady Lellia, en lugar de con Lord Krokan, y quizá captar un destello de comprensión procedente de ella.

¿Cuál es el papel de Lellia en todo esto? A lo mejor lo he entendido todo mal. Tal vez esté pensando que es la cautiva cuando en realidad es la causa de la podredumbre. Tal vez la diosa de la vida acabó resentida con el caos provocado por sus hijos, ese resentimiento llevó al deterioro del odio y eso sea lo que está causando la ira de Lord Krokan.

Hay una chispa de comprensión en mi mente que lleva consumiendo mi atención toda la tarde. Me he dedicado a repasar los himnos de los antiguos, a intentar encontrar algún atisbo de comprensión al que no he tenido acceso aún. Como si la clave para todo esto estuviese escondida en las palabras ininteligibles y apenas comprensibles de ambos dioses.

—No me importa acompañarla yo mismo —dice Ventris con un toque de escepticismo.

—Por supuesto que no, pero como Duque de la Fe, sin duda tienes otras obligaciones importantes. —Ilryth sonríe—. Permíteme aligerar un poco tu agenda. Además, puedo continuar con sus siguientes marcas.

—Muy bien. —Ventris se aleja nadando como si se lavase las manos con respecto a nosotros. Supongo que es mejor que la sospecha.

Ilryth y yo nos marchamos. Él no dice ni una palabra durante todo el camino de vuelta a mi habitación. Los guerreros a ambos lados de la entrada del túnel que conduce a mis aposentos no nos siguen. Apenas dan muestras de vernos, excepto por un asentimiento respetuoso.

En cuanto estamos a solas en mi cuarto, Ilryth cambia. Nada para ponerse delante de mí, mientras desliza una mano alrededor de mi cintura. Su otra mano sube para enredar los dedos en mi pelo. Reclama mi boca, con suavidad pero también con ansia.

Se me escapa un gemidito que reverbera entre ambos. Él responde con una nota grave y resonante que parece retumbar hasta lo más profundo de mi ser. Un sonido que parece originarse en mi interior, en lugar de en el suyo.

La lengua de Ilryth se cuela en mi boca, solo para encontrar la mía ansiosa y expectante. No respiro, pero aun así me arde el pecho como si me hubiese robado los latidos del corazón entre mis costillas. Cuando por fin se separa de mí estoy mareada y excitada.

Ilryth apoya la frente en la mía.

—Siento no haber venido antes.

—No ha sido *tanto* tiempo —digo, como si no me hubiese pasado la noche entera esperándolo.

—Pues a mí me ha parecido mucho.

Me río con suavidad.

—A mí también.

Una sonrisa cautivadora se despliega por sus labios. La miro embelesada y apenas puedo resistirme al impulso de borrársela a besos. Él debe verlo en mis ojos, o sentirlo, mi deseo, porque se inclina hacia mí una vez más. Sus labios rozan los míos y sustituyen el agua fría con su sabor cálido.

—Me he pasado toda la noche despierto… —Sus palabras resuenan por mi mente mientras me besa. Me sorprende que sea capaz de formar frases coherentes. Yo desde luego que no podría cuando sus labios están sobre los míos—. Pensando en todas las razones por las que no podía acudir a tu lado, por las que no *debería*. Por las que no debería desearte siquiera. Y aun así… —Se recoloca y profundiza su beso una vez más—. Con cada razón que se me ocurría, deseaba estar contigo aún más. Cuando de ti se trata, cada «no» se convierte en un «sí».

—Como si esta fuese la única cosa que sabes que es correcta en el mundo. —Mis palabras son un susurro. Él se aparta un poco con un leve asentimiento, y su nariz roza la mía.

—Desearía poder rediseñar las estrellas para darnos más tiempo.

—No perdamos el tiempo que tenemos pensando en lo deprisa que pasará. —Miro sus ojos brillantes y pongo ambas manos sobre su cara, las deslizo por su mandíbula fuerte—. Centrémonos solo el uno en el otro, durante los breves momentos que podamos estar juntos.

—¿Y si existiese una manera de que permaneciéramos juntos?

—¿Qué? —Lo miro y parpadeo. La idea parece casi cómica. ¿Una manera de detener la rueda del destino y evitar que nos convierta en polvo, después de todo esto?—. ¿De qué estás hablando?

—Podría consultar los viejos pergaminos… todo lo que hay aquí en el Ducado de la Fe. A lo mejor encuentro algo en los archivos del duque Renfal. A lo mejor…

—Ilryth. —Lo interrumpo con firmeza aunque también con delicadeza, solo con su nombre—. No podemos.

—Pero…

—He dado mi palabra. A ti, a Lucia, a todo el Mar Eterno y a mi familia —le recuerdo. Algo repta desde los rincones más ocultos de mis recuerdos. Una noción vaga pero informe. Una sensación, más que un pensamiento tangible—. No puedo retractarme con esto. Tú mismo me dijiste lo mucho que significa un juramento para la gente del Mar Eterno.

—Más que nada. —Suspira y pone sus manos sobre las mías—. Pero tú significas...

—No significo nada para ti más allá de ser la ofrenda —lo interrumpo—. Y tal vez un divertimento placentero. —Esto último lo añado con una sonrisa sensual.

Él comparte la misma expresión, por un instante. Sin embargo, no se refleja del todo en sus ojos. Las advertencias de Lucia hace un rato vuelven a mí con fuerzas redobladas.

Se está enamorando de mí.

Puedo verlo, tan claro como el día. Puedo sentirlo. Si no detengo esto, está destinado a un mundo de dolor y pena.

Pero... ¿cómo puedo detener algo que parte de mí ansía en secreto, de un modo desesperado? Ansío que me quieran. Que me necesiten. Ansío ser tocada y conocida.

—No estoy listo para perderte todavía.

—Nos quedan casi dos meses —le recuerdo.

—Menos que eso.

—Cuando llegue el momento, estarás harto de mí —lo suelto, a pesar de que cada fibra de mi cuerpo lo anhele. Lo desee. Cuanto menos me aferre a él, mejor.

—Dudo que eso pueda suceder jamás. —Me observa receloso mientras nado hasta el balcón.

—No me retes. Puedo ser muy intensa.

Se ríe sin demasiado humor y viene a sentarse a mi lado en los que se han convertido en nuestros sitios habituales.

—Si la cosa se redujese a una batalla de voluntades, no estoy seguro de quién ganaría.

Yo. Pero no lo digo. Se lo demostraré no perdiendo el rumbo. He trazado una ruta en contra de las estrellas, le he hecho un juramento a la tripulación que es el Mar Eterno. No hay ningún sitio al que ir más que hacia delante.

—En verdad, tenía una pregunta para ti. —Me reacomodo sobre la barandilla del balcón. Hay algo en esta pregunta (por mucho que necesite hacerla) que me irrita, porque es algo que debería saber. Pero no puedo... pese a todos mis esfuerzos... no logro acordarme.

—Dime.

—¿Cómo se produjo este acuerdo? —pregunto por fin. Ilryth se gira para mirarme.

—¿A qué te refieres?

—Sé que me ibas a reclamar. Recuerdo... esperar tu llegada. —Deslizo los dedos por mi antebrazo—. Pero dime, ¿cómo lo sabía? ¿Cómo fui elegida para ser el sacrificio?

Sus labios se entreabren, luego se cierran mientras su pecho se hincha. Parece estar haciendo acopio de valor. El afecto que iluminaba sus ojos huye de la tristeza que los anega ahora. Dolor... ante la idea de que yo no recuerde eso. De lo que he perdido.

Es lo que hace falta, la clave para destruirlo todo cuando llegue el momento. Servirá para dejarlo ir de un modo que solo yo puedo hacerlo, de un modo sobre el que él no tiene ningún control. Una forma de la que no habrá marcha atrás. No vacilaré. Cuando llegue el momento, acabaré con este amor incipiente recuerdo a recuerdo, lo arrancaré de mí, y de él.

—Hiciste... un trato conmigo... —Empieza despacio, aunque encuentra el ritmo a medida que habla. Parte de lo que dice lo recuerdo de cosas que me ha dicho en el pasado. Otras han desaparecido por completo.

¿Por qué estaba en el océano aquella noche? Ilryth no lo sabe y yo tampoco lo sé ya. Cuando termina de hablar, apoyo la sien en su hombro y dejo que mis párpados se vuelvan pesados. Se cierran despacio.

—Me alegro de habernos conocido —admito, aunque sigue habiendo huecos vacíos en mi memoria. Hay cosas que él no está diciendo.

—Yo también. —Besa mi frente y sus labios se demoran un poco en ella, un poco temblorosos—. Una humana y un sireno. Menuda pareja más inusual.

—No más inusual que el hecho de que la humana respire bajo el agua... o vaya a ser sacrificada ante un antiguo dios.

Mi canto es mejor que nunca. Practico con Ilryth, como he hecho otras veces, pero también canto sola, para mí. Hay paz en las palabras. En el hecho de soltarlo todo. En la dulce vaciedad que sigue a cada canción.

Enormes parches huecos se apoderan de mi mente. Esos vacíos dejan espacio para que me concentre en mi trabajo de aprender las palabas de los antiguos. Aunque Ilryth tiene otras intenciones.

Es como si quisiera llenar esos vacíos solo con pensamientos de él. Su vida. Su cuerpo.

Me lleva de vuelta a las orillas del Árbol de la Vida, donde nos enredamos entre las olas. Su cuerpo es un éxtasis. Nuestros gemidos una canción. Cada vez parece como si fuese la primera.

La siguiente vez que cante, cada vez se convierte en la última.

Deslizo los dedos despacio por las marcas que Ilryth ha dibujado hoy en mí. Todavía puedo sentir cómo me tocaba, cómo me abrazaba. Por arte de magia, sus manos conjuran dibujos y pigmentos debajo de mi piel, marcas que impregna y a las que da forma a medida que elimina a besos todas mis preocupaciones. Mientras estudio mi piel esta noche, no oigo música. En lugar de eso, oigo la canción de nuestros encuentros amorosos, que reverbera en mis oídos, un ritmo de sonido y percusión de caderas.

Eso incita un deseo intenso y profundo en mi interior. Una bestia que ha despertado dentro de mí, más temible que ningún dios antiguo, y recibo con gusto la oportunidad de convertirme en el monstruo.

Ha caído la noche sobre el mar y espero en el balcón. Me pregunto si vendrá a mí otra vez; espero que sí. ¿Me llevará a hurtadillas a las orillas de la pasión? ¿Yacerá conmigo en mi cama?

Aunque su cuerpo y su mente estén demasiado cansados para estos deleites prohibidos a causa del día de preparativos, todavía espero que acuda a mí, pues me gustaría deleitarme en su mente. Hay muchas cosas que me gustaría saber sobre él. Muchas cosas que jamás tendré la oportunidad de averiguar.

Cada día me cuenta más cosas. Llena mi cabeza de historias. Este hombre de cara apuesta y lengua amorosa y... ojos tristes. Me cuenta historias de una fosa profunda y oscura, llena de monstruos. De una gran escapada en busca de un excepcional alijo de plata. Me habla de una mujer que lo salvó una vez cuando estaba al borde de la muerte.

Las historias remueven algo en mi interior. Calidez, al principio. Pero luego inquietud. Algo insistente. Algo... que no está del todo ahí.

Contemplo el Abismo una vez más.

El agua está más turbia de lo normal esta noche. La podredumbre está revuelta por corrientes invisibles. Me pregunto si Krokan está inquieto por algo. Imagino que esa monstruosidad se contonea y estrella sus tentáculos por el suelo marino, revuelve el cieno. Sabe que queda *muy poco* para que sea suya. Debe percibirlo, porque yo también puedo hacerlo.

El pigmento que se ha filtrado en mi piel empieza a constreñirse a mi alrededor. No queda mucho tiempo ya hasta que las estrellas estén alineadas para mi ofrenda. Casi estoy lista.

Sin embargo, una cosa tira de mí hacia atrás. Una cosa me mantiene aquí, por ahora. Miro hacia el borde del castillo por el que desapareció Ilryth antes. Deseando que acuda a mí... No nos quedan demasiadas noches.

Pero todavía sé que no debo darlo por sentado. Él aún tiene otras obligaciones y debemos tener cuidado. Me trago un suspiro, entro en mi habitación y me vuelvo a instalar en la cama cuando los versos de la noche ya han empezado. El mar está lleno de la canción de las sirenas que ruega por la paz, por la protección. La música aumenta el resplandor palpitante de la anamnesis.

Procuro ignorarla, me tumbo hacia atrás y me hundo en la esponja. Borro mis preocupaciones de mi mente y disfruto del delicioso deseo que se ha filtrado en mis huesos gracias a Ilryth. Aunque ya no tengo ninguna necesitad de dormir, no creo que eso me impida soñar esta noche. Mis pestañas aletean antes de cerrar los ojos. deslizo una mano por mi pecho para extender la palma por mi estómago. Incluso sin él aquí, el centro de mi ser ya está en llamas.

Mis dedos bajan más aún, para instalarse entre mis piernas. Dibujo círculos perezosos con mi dedo corazón, suspiro por segunda vez y lo introduzco en mi interior mientras me mezo con el agua. Pienso en cómo lo sentí dentro de mí, debajo de mí. Pienso cómo golpeaban sus caderas contra las mías. Nuestros gemidos y jadeos eran una canción de diseño propio. Cierro la otra mano en torno a mi pecho, tiro, retuerzo y jugueteo con él como hacía su lengua. Aumento la velocidad y mis caderas se arquean un poco por el deseo.

A través de mis párpados entrecerrados noto movimiento y retiro las manos de mi cuerpo al instante. Un sudor frío me cubre de inmediato en un intento de sofocar el calor que se había estado acumulando en mi interior. Por suerte, no lo extingo del todo y mis ojos se enfocan a toda prisa en el hombre que flota a la entrada de mi balcón.

Es él. En toda su gloria. Me relajo.

Ilryth me mira como si quisiera devorarme de una pieza. Consumirme de delicioso bocado en delicioso bocado. Sin decir ni una palabra, nada hasta mí y se coloca a mi lado.

—No dejes que te interrumpa. —Su voz es seda; apoya la mano sobre la mía, entre mis piernas. Su otra mano resbala por detrás de mi cuello para sujetar mi cabeza mientras me besa despacio. Cada roce de nuestros labios me lleva al límite mismo de la cordura.

Algo tan sencillo como un beso jamás me ha parecido tan delicioso. Tan prohibido, pero al mismo tiempo necesitado con semejante desesperación. Ilryth se aparta justo cuando intento introducir la lengua en su boca. Se recoloca un poco, la sien pegada a la mía, y las palabras que dice parece que me las susurra al oído.

—Te dije una vez que me gustaría rezar en el altar de tus caderas. ¿Lo recuerdas?

—Sí —murmuro. Él vacila un instante más, me mira con atención—. Fue en la playa, la primera vez que fuimos —añado, para demostrarle que, en efecto, lo recuerdo. Está intentando comprobar si la mujer con la que creó estos recuerdos sigue aquí, a pesar de todo lo demás en lo que me he convertido ya, y todo lo que no soy todavía.

—Sí. Así que esta noche, he venido a demostrarte mi adoración por ti.

Un intenso rubor sube por mi cuerpo, aunque no de vergüenza. Continúa besando mi cara y mi cuello mientras nuestras manos empiezan a moverse otra vez. Ilryth se aparta un poco y lo miro a los ojos. Quiero que esté mirando cuando llegue al clímax de mi placer. Cada caricia suave y cada giro de mis dedos parece mucho mejor con la presión de su mano sobre la mía.

Sus labios llegan hasta mi pecho. Retira la escueta prenda de ropa con los dientes y rodea con su boca mi pezón. Mi espalda se arquea y se separa de la cama, para acercarse más a él, ansiosa de él. De más.

Mis pensamientos son un borrón turbio, pero agradable. No pienso en nada más que en él y en esta sensación de su cuerpo pegado al mío.

Suelto mi pecho para tocar su cara cuando él se aparta y cambia al otro. Hace una pausa y me mira con toda la admiración del mundo. Me mira como si me quisiera, aunque sé que no podría porque los dos conocemos el final de esto. Los dos sabemos qué destino nos aguarda.

Pero en este momento, no me importa, y no creo que a él le importe tampoco. Está aquí conmigo. No porque quiera llevarse algo, porque ya le he dado todo lo que me queda por dar. Le he dado mi cuerpo. Le he dado mis pensamientos. Hice un trato con él en el que le entregaba mi vida. No tiene nada más que ganar con mimarme. No hay ninguna otra promesa que pueda querer solicitar.

No, debo creer que está aquí porque *quiere* estarlo. Ni más ni menos. Perfecto a su propia manera. Después de haberme medido siempre en el contexto de lo que puedo dar a otros, de haber definido mi valor en términos de lo que puedo ofrecer, la idea de que me desee sin otro motivo ulterior es la cosa más atractiva que he conocido jamás.

Y yo lo deseo en la misma medida. Esa idea, combinada con el movimiento sostenido de sus dedos, es suficiente para hacerme caer por el precipicio, para que clave mis uñas en su hombro y apriete el pecho contra él mientras me separo flotando de la cama y me alejo de mi propio cuerpo durante unos instantes maravillosos.

—Ahora puedo oírlas —digo, los ojos perdidos en el Abismo, que esta noche me devuelve la mirada. Espera. Más impaciente a cada semana que pasa.

—¿Qué oyes? —pregunta él a mi lado. Acaricia mi brazo con suavidad, como si quisiera recordarse a sí mismo que todavía estoy aquí.

No estaría en ningún otro sitio. Aún quedan dos semanas para el solsticio de verano. Todavía no me pueden enviar al Abismo. Pero será pronto.

—Las canciones de los muertos —respondo.

Ilryth guarda silencio durante un momento largo. Me pregunto si esta información lo ha disgustado.

—¿A qué suenan? —pregunta al fin.

—Son gritos.

El calor de sus brazos es como un hogar largo tiempo olvidado. Su contacto es felicidad y consuelo. No es muy distinto de los himnos que canto durante el día. Ilryth y yo cantamos una canción diferente de noche. Una que es solo nuestra, pero que suena en armonía con la de Krokan y Lellia.

Desliza un dedo por mi clavícula, el contacto distante por efecto de la noche. Llega a la punta de mi barbilla y gira mi cara hacia la suya. Se inclina sobre mí y me besa con dulzura. Con anhelo.

Me muevo, respondo a su necesidad con la mía propia. Esto es lo único que conozco en el mundo: esta necesidad de él. Este deseo.

Ilryth interrumpe el beso, frota su nariz contra la mía. Flotamos a través de la habitación, ingrávidos, arrastrados por las corrientes de la felicidad.

—Sé que estás decidida… pero no puedo evitar desear que aún hubiese otra salida. Si pudiese ocupar tu lugar como el sacrificio, lo haría.

—No puedes. —Sonrío, algo triste… porque siento la aflicción en su interior, aunque ahora me cueste comprenderla del todo.

—Lo sé. Y…

—¿Su Santidad? —nos interrumpe otra voz. Es la mujer joven que ha venido a atenderme con regularidad.

Ilryth me suelta y nos alejamos el uno del otro cuando ella entra. Los ojos de la mujer saltan de uno a otro, desaprobadores. No dice nada mientras pinta sobre mi piel con la canción. Después asiente con un gesto seco y se marcha deprisa.

—Creo que ya no le gusto. —Al principio parecía tenerme cierto cariño. Pero eso se ha diluido.

—Lucia está preocupada por mí, eso es todo. —Ilryth suspira y pasa una mano por su halo de pelo dorado—. Ya sabes cómo son las hermanas.

—No lo sé.

Una quietud absoluta se apodera de él. Mira a la nada con los ojos muy abiertos. El hombre parece haber recibido una puñalada en el estómago.

Nado hasta él y pongo las palmas de las manos sobre su pecho. El contacto de su piel llena mi mente de notas que estallan como burbujas en un día de verano. Una sinfonía de sonido y deleite.

—No pongas esa cara de desilusión... nos quedan apenas unos días. Disfrutemos de ellos, juntos, como hemos estado haciendo —digo, y me inclino hacia él para besarlo.

Ilryth agarra mis manos sobre su pecho, las sujeta ahí, pero aparta la cara. No me permite besarlo. Se le enrojecen un poco los ojos. Las aletas de su cola se quedan flácidas.

—¿Por qué... por qué vas a aceptar hacer este sacrificio? —La pregunta lleva aparejado un leve temblor.

—Porque es un honor para mí ser la ofrenda para Lord Krokan —respondo—. El himno lo ordena.

—¿Hay alguna otra razón? —Suelta mis manos para agarrar mis hombros. La mirada de Ilryth es intensa. Está desesperado por algo que no sé si puedo darle.

—¿Por qué habría de haber otra razón?

Sus manos se aflojan un poco.

—¿No hay nada más que te incite a hacerlo, aparte del himno de los antiguos dioses?

Sacudo la cabeza despacio. Él me suelta y su calor se aleja con él. Nado deprisa hacia él, trato de alcanzarlo. Trato de tirar de él otra vez hacia mí. No quiero que esto se termine. No quiero perderlo. Él es lo último que tengo que sé que es mío, y la idea provoca un pánico en mí que parece pertenecer a una persona completamente diferente.

—Espera, ¿te marchas?

—Sí.

—Pero tú… nosotros…

—Esta noche no. —La sonrisa triste ha vuelto. Ve mi confusión y se inclina hacia delante para depositar un beso suave sobre mi frente. Con un suspiro, se encorva sobre mí. Sus pensamientos se están deshilachando por los bordes—. No puedo yacer con una mujer que no sabe quién es.

—Sé quien soy —insisto—. Soy Victoria.

—¿Dónde vivías antes del Mar Eterno, Victoria? —pregunta. No tengo respuesta a eso—. ¿Dónde creciste? —Sigo sin tener respuesta—. ¿Quiénes fueron tus padres? ¿Tus hermanos?

Retrocedo un poco para levantar la vista hacia él. ¿Por qué está haciendo esto? Estas preguntas me están llenando de una sensación de pánico. Siento sombras arañar los muros de mi mente, suplican ser liberadas. Suplican que la claridad las ilumine y les devuelva la nitidez.

—Puede que sepas tu nombre, pero has perdido todo lo que te hace tú, y yo…

Me aferro a sus palabras. Me inclino hacia él, como si tal vez pudiese robarle un beso más. Lo necesito de un modo desesperado.

—Te quiero —susurra con suavidad—. Te quiero demasiado para besarte, para tenerte, si tu mente no está conmigo.

—Sé lo que estoy haciendo.

—Sí, pero no puedo evitar preguntarme si harías elecciones distintas, si todavía estuvieras en posesión de todas tus facultades. No… no quiero esta versión de ti —admite, y oigo lo doloroso que le resulta hacerlo—. Quiero a la mujer de la que me enamoré.

—Ilryth…

—Es hora de terminar con esto. Olvídame, Victoria. —Se inclina hacia mí y me besa una última vez. Es un adiós.

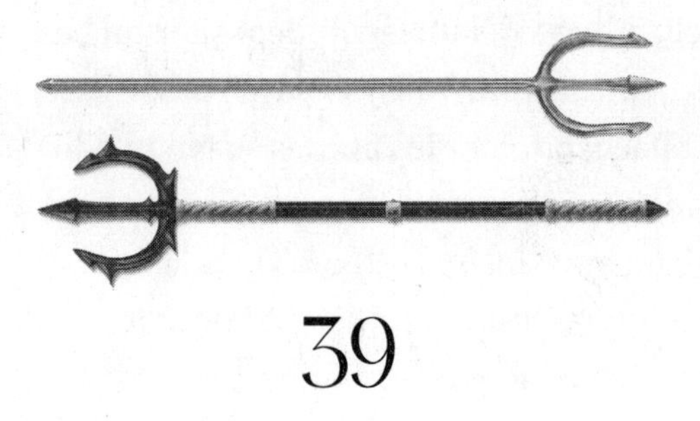

39

Estoy sentada en el balcón, cantando mi canción. Mi cuerpo vibra con las palabras de los antiguos dioses. Las marcas de mi piel brillan a la luz del sol que se filtra a través de la podredumbre.

Una mujer joven acude a mí, tiene el pelo rubio y los ojos tristes. Comprueba mi unción en silencio. Pero antes de marcharse, se gira hacia mí.

—¿Has visto a Ilryth en los últimos días? —me pregunta—. No ha asistido a sus reuniones como se esperaba.

Frunzo el ceño.

—¿A quién?

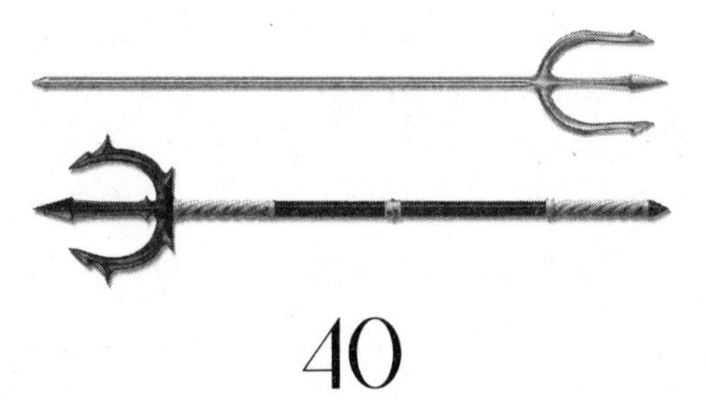

40

Por fin ha llegado el día.

La mujer de pelo dorado viene a vestirme. Tiene los ojos tristes, pero sus manos son cuidadosas. Me decora con gran esmero.

Estoy pintada de la cabeza a los pies con los vistosos trazos y espirales de los antiguos. Puedo oír su música en las líneas. Un poder crudo, extraído del entramado invisible del mundo. Restos de una época olvidada a la que ahora pertenezco más que al presente. Aunque mi forma física flota en el mar, mi alma ya está con el antiguo dios que vive en lo más profundo bajo las olas y me llama sin cesar.

Sin cesar…

Me coloca una tela nueva alrededor de las caderas. La mujer joven aplica conchas sobre mis pechos con una sustancia pringosa que los pega en su sitio. La utiliza también para otras conchas y pequeñas rocas cristalinas que pega por todo mi cuerpo.

Un collar hecho de muchas gargantillas entrelazadas y perlas cubre mis hombros y baja por mis costados, pasa por debajo de mis brazos. Llevo el pelo recogido con conchas espinosas y agujas. La mujer me ha untado todo el cuerpo de aceite. La sustancia no está pigmentada, pero le aporta una pátina opalescente a mi piel. Cuando ha terminado, estoy completa: un sacrificio preparado y dispuesto.

Me conducen a través del castillo, y unos himnos lejanos ya vibran por el agua. Las canciones de las sirenas son más calladas que las que conozco yo, que las obras maestras que he estado escuchando mientras contemplaba el Abismo.

Llegamos a una sala cavernosa con esculturas de Lellia y Krokan. Han colocado un gran estrado en el centro. Más bien un pedestal, en realidad, pues es una única columna ancha que se alza hasta media altura en la sala. Sobre ella se encuentra la mitad inferior de una gran concha, llena hasta los topes de perlas y gemas.

Subimos nadando y la mujer me sitúa sobre ella. Me instalo con delicadeza sobre el artilugio, agradecida por que las aguas del Mar Eterno y sus propiedades únicas me permitan flotar justo por encima de las rocas, en lugar de poner todo mi peso sobre ellas. Sería bastante incómodo, dado lo poco que llevo para cubrir mi mitad inferior.

—Empezará pronto, Santidad —me dice la mujer joven. Luego se marcha con los guerreros que nos han escoltado hasta aquí.

Me quedo ahí sentada, con calma, aunque me recoloco un poco para quedar de frente a la estatua de Krokan en un extremo de la sala. Al mirar sus ojos esmeraldas, me sumo en una especie de trance. La sala a mi alrededor se desvanece.

Un movimiento llama mi atención de vuelta al presente. Un hombre de pelo castaño se acerca a mí, rodeado de guerreros. Estos últimos empiezan a cantar y a oscilar de un lado a otro, mientras el primero empieza a dibujar música por el pedestal con un maquillaje espeso, como de teatro. Los trazos ondulantes van cargados de música. La canción que han escrito en mi piel, en mi alma, está alcanzando su crescendo.

Más voces llenan la caverna. Docenas de cantantes, todos en armonía, y no puedo evitar mecerme al ritmo de su coro de palabras palpitantes. Me empiezan a pesar los párpados. La canción parece envolverme de golpe, sin previo aviso.

Un grupo de hombres y mujeres entra nadando. Cada uno lleva un bastón de madera con una bola plateada de tentáculos en un extremo. A cada pulso de su canción, lo agitan por el aire y se balancean al son de la música. Su ropa consiste en tiras de telas multicolores, con todo tipo de tonalidades y dibujos, que ondean a su alrededor como estandartes, aleteando sobre las corrientes. Encabezan la procesión de personas que empiezan a llenar el espacio, hasta el punto de estar pegados hombro con hombro.

Me siento abrumada por todos ellos. Solo hace falta un momento para que la habitación parezca atestada de cuerpos y sonido. Aunque es posible que la sensación provenga más de oír y sentir todos sus ojos sobre mí y solo sobre mí. Levantan las manos al unísono cuando la canción llega a su crescendo. Es como si las alargasen hacia mí. Como si me suplicasen.

Ponle fin, cantan. *Calma a nuestro inquieto dios. Sofoca su ira. Sé un intercambio digno para propiciar la paz.*

Con el clímax, la canción termina y el silencio inunda la sala.

El hombre que dibujó música a mi alrededor nada ahora por encima de mí. Las capas de tela plateada que rodean sus hombros giran y luego se unen. Se dirige a la sala, girando en redondo mientras habla.

—Hoy es el día del solsticio de verano quinquenal. El día en que le presentaremos a Lord Krokan su ofrenda como ha pedido. ¿Quién nos ha traído esta ofrenda?

—He sido yo. —Un hombre de pálido pelo rubio nada por encima del resto. En cuanto pongo los ojos en él, todo lo demás desaparece.

Una melodía lenta y delicada resuena en el fondo de mi mente. La canta un cantante solitario, en algún sitio profundo dentro de mi alma. Una canción que es solo para mí...

Y para él.

¿Quién es él?

—Duque de las Lanzas, háblanos de tu ofrenda.

—Victoria es una mujer con un carácter maravilloso. Una mujer que ha sacrificado mucho por estar aquí. Que me ha jurado por su vida, por todo lo que ella es, que apaciguará la ira de

Lord Krokan. —Mientras habla, cada latido de mi corazón intenta llevarme más cerca de él. Me suplica que abandone mi sitio y nade hasta él. Que lo abrace…

Qué extraño.

—Como predijo mi padre —empieza otra vez el primer hombre, el de pelo castaño—, cuando se comunicó con el antiguo dios: *Krokan quiere que una mujer, rebosante de vida y creada por las manos de Lellia, descienda al Abismo, solo cada cinco años.*

En respuesta a la declaración del hombre, la sala se llena de golpes sordos dados con las lanzas de madera contra las raíces que revisten las paredes.

—Hoy es el día de la despedida, el día que le transmitiremos nuestras canciones y nuestros deseos a la ofrenda para que los lleve a oídos de Lord Krokan. Os invitamos a darle vuestras bendiciones. A terminar su unción. A reafirmar vuestra fe en los antiguos dioses a los que debemos nuestras vidas, y nuestras muertes.

Los hombres se alejan, dejándome sola en el centro de la sala. Soy un pedazo de carne ofrecido a los lobos. Todo el mundo me observa con ojos hambrientos y miradas desesperadas.

Las canciones empiezan de nuevo, un tarareo bajo de fondo. Como si todo el mundo murmurara con suavidad al mismo tiempo. No hay palabras, ningún significado intrínseco esta vez, por lo que consigo discernir. Estoy tan centrada en intentar descifrar la canción que no me doy cuenta de que alguien se acerca hasta que está cerca del pedestal.

Es un chico joven, de no más de diecisiete años. Inclina la cabeza y cruza las manos delante de su pecho para rezar. El sireno emite una canción larga y solitaria. En este himno, sí oigo palabras:

—Guía a mi madre hasta su descanso. Cuida de mi hermano que la siguió, que sucumbió a la podredumbre. Ruego por que los mares se calmen y purifiquen. Por que el Mar Eterno se convierta en un océano capaz de albergar alegría y paz. —Cuando termina, levanta la mano delante de mí. Una única gota aparece en mi hombro, una gota que engloba toda su canción. Después el chico se marcha.

La siguiente en acercarse es una mujer joven. Igual que el chico que pasó antes que ella, cruza los dedos delante del cuerpo e inclina la cabeza antes de empezar a cantar.

—Ruego por que nuestros campos sean bendecidos con mareas cálidas y limpias. Por que los espectros no ronden por nuestras orillas. Por que la ira de tu corazón, Lord Krokan, pueda por fin apaciguarse.

Sus marcas aparecen sobre mí como un color diferente, sobre el dorso de mis manos. Cuando me mira a los ojos por última vez, le sostengo la mirada. Hay algo casi familiar en ella…

Aparta la mirada y se acerca la siguiente persona.

Las sirenas y sus canciones privadas, cantadas solo para mí, parecen interminables. Una persona tras otra, todas se presentan ante mí. Cantan sus versos desesperados, teñidos de tristeza y añoranza. Su contacto levita sobre mí y, con un solo dedo, colocan todo el peso de sus esperanzas sobre mis hombros.

Es abrumador.

Todos anhelan con desesperación… más bien ruegan por el día en que oirán esas palabras dulces. *Todo va bien, ya no tenéis que preocuparos más. Estáis a salvo.*

Quiero decirles justo eso. La poca esperanza que puedo extraer de estos cansados huesos míos, quiero dársela. Empiezo a tararear bajito en respuesta a sus canciones. Después empiezo a cantar más fuerte, con ellos. No digo ninguna palabra, tampoco intento imbuir ninguna intención. Este es su momento. No deseo quitárselo. Más bien, quiero armonizar en solidaridad. Lo único que desearía decir, si es que dijese algo, sería *Os oigo. Os veo.*

Las horas se arrastran despacio. Uno detrás de otro, todos acuden ante mí. Sus voces me pintan una y otra y otra vez. Mi cuerpo da la sensación de haberse fundido de verdad con cada fogonazo de color y sonido. Toda incomodidad que hubiese podido sentir por que me tocasen tantos desconocidos desaparece junto con mi conciencia física.

Lo único que hay es nuestra canción solemne. Esta oración que compartimos.

Mi despedida.

Y entonces, de repente la habitación se queda en silencio. Mi cuerpo vuelve a mí poco a poco. Levanto la vista hacia el techo y parpadeo, contemplo los árboles fantasmales que se estiran hacia mí desde lo alto como si las manos de la mismísima Lellia se estirasen para abrazar a sus hijos vivos. Mi barbilla sigue el movimiento de mis ojos al bajar. No recuerdo haber echado la cabeza hacia atrás para cantar. Tampoco recuerdo a este hombre con la extraña melodía que resuena al son de su corazón mientras se acerca.

Pero ahora se detiene delante de mí. Una sola mirada serena por su parte y el mundo vuelve de golpe a mí.

Deseo otra vez. Siento otra vez. El recuerdo de *él* perdura en mí, me ancla aquí, a este lugar. Justo como me habían advertido todos que me pasaría. Él es mi vínculo con este mundo y siempre lo será. Reconozco esa verdad inmutable en mi alma.

Pero en lugar de provocarme un conflicto interno, solo cimenta mi convicción. Él se ha convertido en la representación única de todas las cosas por las que todavía tengo que luchar. Tal vez no recuerde a todos los hombres y mujeres que han acudido ante mí y han cantado. Pero lo recordaré a *él*. Incluso en las profundidades más recónditas del Abismo, donde la luz del sol no ha llegado nunca, cuando todo lo demás se desvanezca… estará la luz que él ha colocado en mi corazón. La alegría y la felicidad que hacía mucho que había descartado volver a sentir otra vez.

Pero ¿cómo se llama? La pregunta quema mi cerebro mientras él canta para mí. Tengo la certeza de que será la última vez. Alarga el brazo y desliza un dedo por el agua; dibuja sobre mi cuerpo sin tocarlo. Hace lo mismo con la mano izquierda. Y luego su derecha otra vez. Y otra. Y otra.

La canción empieza suave y solitaria, igual que lo ha sido siempre. Solo que por fin puedo oír palabras en ella.

Oigo la historia de un chico que intenta ser digno del título que le ha tocado en suerte. De una gente por la que teme. Del dolor de ver su hogar… y a su madre… desvanecerse.

Su historia cambia al presente, y su voz cambia con ella. Hay gorjeos de felicidad, de notas sostenidas. Ha conocido a alguien en esta historia que teje con sonido, y nunca ha habido una voz más feliz. Un estribillo más alegre. No sé si canta solo para mis oídos, pero estoy demasiado cautivada para preocuparme por el resto de ellos.

Canta para mí, dice mi corazón. *Por última vez, canta para mí.*

Canta para mí, parece repetir él, igual que había hecho hacía tantos meses.

Así que eso hago.

Elevo mi voz en tándem con la suya. Él extiende sus manos hacia mí y yo las tomo, con un leve temblor. Nadamos por encima de las sirenas ahí reunidas, salimos por una abertura en el techo que estaba oculta por las anamnesis. El resto de ellos nos siguen; percibo, tanto como oigo, que se unen a nuestra canción. Aunque la única voz que importa para mí es la de este hombre.

Sujeta nuestras manos entre nosotros, mientras nos propulsa hacia arriba con la potencia de su cola. No aparta los ojos de los míos, tan sereno como siempre ha sido. Como si quisiera decir *No tengas miedo,* con una sola mirada.

Tengo miedo, quisiera decirle, pero no miedo por mí misma. Tengo miedo por él. Por lo que pasará cuando me haya marchado de este mundo.

Emergemos en mar abierto, tras salir por la parte superior de una gran chimenea de coral que crece de manera orgánica del castillo bajo nuestros pies. Un gran arco inacabado, como un puente cortado en dos, se extiende desde esta chimenea; es una construcción que no podría mantenerse en pie fuera del agua. La veo por lo que es: una larga plancha que se extiende hacia el Abismo.

Mi última nadada.

El hombre de los ojos tristes me lleva hasta el final mismo, nuestras manos aún entrelazadas. El resto de las sirenas salen al mar abierto, como los murciélagos de una cueva al anochecer, para ser testigos de lo que va a suceder. Sin embargo, no se desperdigan ni se acercan, sino que se quedan todos juntos y observan desde la distancia. Un coro de cuatro asume su lugar a medio camino del arco roto, en el punto medio entre nosotros y el resto de las sirenas.

La canción se ralentiza, todas las voces se van apagando. La de él es la última que perdura. Aunque incluso esta se desvanece cuando suelta mi mano.

No te vayas, desearía poder decir. *No me dejes*.

Me ha dado tanto y, al final, lo único que quiero es más. Recupero varios recuerdos, tan breves y titilantes como la luz parpadeante de un farolillo sobre la pared de un barco. Un día más para mirar a sus ojos. Una noche más de besos, de quedarme dormida en sus brazos. Un momento más de pasión que me haría sentir más viva como un constructo de un antiguo poder de lo que jamás me sentí como una mujer de carne y hueso.

Ya no hay ningún sonido. El mar tiene una quietud antinatural, como si estuviese conteniendo la respiración, esperando.

—Ilryth —susurro.

Sus ojos se abren de par en par. Ve que lo veo. Que lo sé. Mis manos agarran las suyas de nuevo, temblando como la presa que se ha construido en mi mente para intentar, de un modo fútil, bloquear mis pensamientos.

—Ilryth —digo con mayor confianza—. Yo…

—¡La luna sale! —canta Ventris con un grito. Un rugido que amenaza con partir el mar en dos es su respuesta.

El suelo marino retumba, se levantan olas violentas que bajan en espiral por un vórtice de podredumbre roja y muerte. Cada dibujo de mi piel se condensa. La tinta vibra como si tratase de hacerme pedazos. Miles de canciones, solapadas unas encima de otras, en disonancia con miles de gritos procedentes de las profundidades. Los puedo oír a todos, cada palabra aterrada y rota... las de las sirenas que dependen de mí y las de las almas que me esperan.

Me aferro a Ilryth. A este hombre del que apenas puedo recordar nada y sin embargo conozco con todo lo que tengo dentro. Pero es demasiado tarde. Todo se está desmoronando.

—Victoria. —Mi nombre es un susurro de su mente a la mía, dicho como una promesa de que todo lo que tuvimos, cada destello que puedo recordar y todos los que no, fue real.

—Te quiero —digo, al tiempo que me arrancan del mundo de los vivos y me veo arrastrada hacia abajo, cada vez más profundo hacia el Abismo de la muerte del cual es imposible regresar.

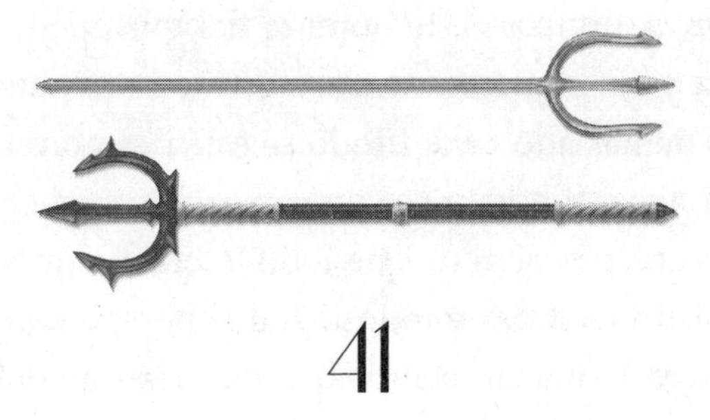

41

Tiran de mí hacia abajo a una velocidad imposible. La piel y los músculos se arrancan de los huesos. El color y la luz se mezclan con sonidos, con carne y magia. El peso del mar me aplasta para reducirme a polvo.

Y aun así, sigo existiendo.

Me arrancan el miedo. Mis preocupaciones y mi dolor se van con él. Incluso mis pensamientos errantes se alejan flotando. Es como si estuviesen arrancando de mi alma hasta el último vestigio de mi ser. Para luego desperdigarlos por el mar nocturno y la espiral de podredumbre.

No estoy segura de qué queda. De quién soy ahora. De *qué* soy ahora.

Lo único que sé es que no estoy muerta. Una vez más, me han arrastrado a la fuerza de un mundo al siguiente y mis ojos no se cierran por última vez. Mi conciencia perdura, tan persistente como la canción que aún me envuelve. Alguna parte de mí todavía vive.

Este es el secreto de la Muerte, el gran misterio del antiguo dios, escondido en los himnos: no hay final. En realidad, no. Continuamos más allá del punto del olvido. Donde un mundo acaba, otro comienza. Al final de cada espiración hay una nueva inspiración.

La muerte no es una terminación, sino un cambio irrevocable. Es una continuación, pero más allá del punto de no retorno.

Una verdad que no puede verse hasta que estás sufriendo esa metamorfosis.

Los lejanos cánticos de las sirenas se convierten en un latido regular en el fondo de mi mente. Su aflicción y su dolor invocan una tormenta que aúlla bajo las olas. Las aguas se vuelven violentas y me zarandean sin ningún cuidado. Es como si me guardasen rencor por el infortunio que les ha tocado en suerte. Quieren hacerme añicos para que haya más de mí que ofrecer. Tiran de mí en distintas direcciones. Sus líneas se vuelven cortantes, tipo cuchilla, y me cortan en pedazos.

Pero no opongo resistencia. Mantengo mi conciencia arraigada en la única canción disonante que continúa vibrando en mi corazón. La voz de Ilryth todavía llega a mí. Persistente. Me recuerda que todos ellos dependen de mí, que *él* depende de mí. No puedo olvidar esa misión, mi objetivo.

No opondré resistencia a este destino. Sé que no puedo hacer nada al respecto. Cada elección olvidada que me trajo hasta aquí. Cada paso que di y que ya no puedo recordar.

Mi descenso se ralentiza en cuanto me entrego a él. Me relajo en el mar turbulento con un suspiro. Hay canción a mi alrededor, pero ninguna más alta que la que hay en mi interior.

Te quiero.

Él… Ilryth… me dijo eso. Y yo lo quería a él. No tengo que saber por qué, porque suena a verdad dentro de mí.

Continúo cayendo como una de las hojas plateadas del Árbol de la Vida que flotan sobre las brisas marinas hasta las olas espumosas. Mi impulso se ralentiza. Y me enderezo. Ya no caigo de espaldas, sino que mis pies están debajo de mí.

La espiral de olas y podredumbre se condensa en distintas formas. Montañas y valles (otro mundo entero), salpicados de conductos humeantes y lava rutilante, se extienden hasta donde alcanza la vista en el mismísimo centro del mundo. El paisaje subacuático se desvanece a medida que desciendo más, envuelta en una capa de noche eterna.

Mis pies tocan con suavidad una tierra rocosa y gélida. A medida que mis ojos se adaptan a la extraña luz, logro distinguir más detalles. Me da la impresión de que lo que era día se ha convertido en noche. Lo que era oscuridad es ahora luz. Todo se ha invertido y mi cabeza necesita un poco de tiempo para ajustarse.

A lo lejos, veo un levísimo destello plateado. Parece como una invitación, aunque no creo que pueda contar con que nada sea lo que parece. El Mar Eterno era mágico, único y diferente del Mundo Natural, pero también era familiar, a su propio modo. Había leyes de los mortales y de la naturaleza que aún persistían. Este mundo parece realmente… sobrenatural.

Me doy impulso con las puntas de los pies, esperando propulsarme por el agua como he hecho hasta ahora, pero no me deslizo hacia arriba. En lugar de eso, me tambaleo y caigo. Siento un fogonazo de dolor en la mandíbula donde ha impactado contra el suelo rocoso, y la froto mientras me pongo de rodillas. Mi pelo aún flota a mi alrededor, rebelde, desafiando a la gravedad como lo haría en el Mar Eterno. Sin embargo, da la impresión de que sea cual sea la sustancia que me rodea, no es agua. Al menos, no es un agua que recuerde haber conocido jamás.

Y todavía puedo sentir dolor. Aparto la mano de mi barbilla. No hay sangre. Da la sensación de que aún estoy atascada entre la vida y la muerte, entre ser humana y algo… más.

Camino.

La luz plateada que vi cortar a través de la penumbra es una anamnesis. Pequeña y frágil, parpadeante, como si fuese la llama de una vela a punto de extinguirse.

Me detengo delante del arbolillo y me siento incitada a tocarlo. Alargo una mano, deslizo las yemas de los dedos por sus hojas plateadas…

En cuanto entro en contacto con él, me invade una canción que embota mis otros sentidos. Es una canción nueva, una cuyas palabras no entiendo, pero cuyo significado comprendo sin problema. La luz estalla dentro del árbol; ya no hay una noche perpetua que presione sobre mí.

Al igual que las marcas de mi cuerpo, la anamnesis es una manifestación física de la música. La canción atrapada dentro de su forma fantasmal cuenta una historia. O eso intenta. Los acontecimientos del relato no siguen un orden lógico. El principio ocurre al mismo tiempo que el final. El centro está desperdigado sin ningún sentido, con lo que cuesta comprender qué es real, qué es emoción y qué son recuerdos fragmentarios de algo mucho más allá de mí… recuerdos atrapados dentro del mismísimo Árbol de la Vida. *Esta debe de ser la canción de Lellia.*

Veo un mundo joven, ocupado por espíritus de luz y oscuridad, naturaleza y destrucción, vida y muerte. Un jardín tan grande que podría ser todo el mundo conocido. Distintas gentes, sujetas en el cálido abrazo de lo eterno.

Ahí no había líneas. Ni barreras. Ni vivos ni muertos. Unicidad.

Un elfo. El primero de su especie. Un rey.

Aboga por un mundo con más orden. Un mundo más pulcro. Ellos aceptan.

La canción cambia, sube a las notas más agudas posibles. Está llena de añoranza, a medida que las formas de los dioses se difuminan. Se están marchando…

La canción se desvanece y, con ella, las visiones. Aparto la mano. El árbol brilla con intensidad, sus ramas tiemblan, brotan nuevas hojas, como si estuviese surgiendo con fuerza una última vez. Al igual que una estrella brillante, se extingue después de ese acto de belleza final. Se desintegra en hebras plateadas que se disipan en el agua y son arrastradas por una corriente a través de la oscuridad, antes de condensarse de nuevo y prenderse en un pedestal rocoso diferente en la distancia.

La canción aumenta de volumen de nuevo a medida que me acerco a la segunda anamnesis; también aumentan las visiones.

Dríades, talladas a imagen y semejanza de Lellia. Sirenas, creadas para Krokan. Los elfos. Los fae. Vampiros y *lykins*. Más en los cielos y más en tierra. El mundo está lleno y así, también lo están las notas. Cantadas con una alegría de tripa llena.

Una vez más, la anamnesis se desvanece y el polvo plateado resultante se aleja a toda velocidad para guiar mi camino. Sigo a las motas a través del Abismo como si fuesen migas de pan. Cada una tiene una canción que me aporta otro pedazo de Lellia. Otro trozo de información sobre la diosa atrapada.

Oigo su tristeza y siento su dolor durante las guerras mágicas. Su canción vacila con visiones de aislamiento. De inviernos que parecían interminables. De un dolor que no podían reducir un mero rey élfico y una mera Reina Humana.

Mi camino a través de la oscuridad no encuentra obstáculos. Ya no oigo los gritos de las almas ni la incesante canción que las sirenas me aportaron antes de mi partida. No hay movimiento en la periferia de mi vista. El agua... o quizás «éter» sea una palabra mejor para la sustancia en la que estoy suspendida... está tranquila y en silencio. Me siento... *segura* aquí, por extraño que pueda parecer.

Las anamnesis continúan cantándome sus canciones y me guían fuera de la neblina de la noche a un río subacuático de roca fundida. Un barco de piedra está atracado y amarrado, como si alguien supiera que iba a venir. Mis manos se cierran en torno a su proa. Las puntas de mis pies se hunden en la arena rocosa mientras lo empujo.

He hecho esto antes.

¿Cuándo...?

El barco está libre y salto dentro con confianza. Mis pies nunca han estado en riesgo de tocar la lava. Es como si hubiera hecho esto un millar de veces.

Cuando me alejo de la orilla, empiezo a bogar con un remo hecho de lo que parece hueso. No necesito aplicar demasiado esfuerzo, pues el río tiene una corriente fuerte y, en su mayor parte, puedo limitarme a quedarme aquí sentada y observar este extraño mundo que se ilumina poco a poco al pasar por mi lado. No veo demasiado, pero sí alcanzo a ver los cadáveres marchitos de las enormes raíces del Árbol de la Vida. Están arrugados y consumidos. Cositas enclenques, comparadas con las enormes estructuras que vi ahí arriba entre las sirenas, o incluso en la Fosa Gris. Desperdigados entre ellas están los restos óseos de los emisarios de Lord Krokan, que descansan en tumbas olvidadas.

Pronto, las raíces y los huesos se convierten en nada más que polvo. Consumidos por la misma podredumbre que está minando a la diosa.

Una leve neblina aumenta en la distancia, una bruma pálida, reminiscente de una luz lejana. A medida que la neblina se condensa, por fin empiezo a ver movimiento en las orillas del río. Unas siluetas se tambalean hacia delante. Al principio, creo que no podré distinguir sus detalles porque están demasiado lejos, o porque la niebla es demasiado espesa, pero entonces, algunas llegan hasta el borde del agua.

Son sombras vivientes, vacíos condensados en los contornos de lo que una vez fueron seres humanos. No, no solo humanos; también hay otras especies entre ellos. Algunos flotan con colas de sirena. Otros tienen púas que sobresalen de los lados de la cabeza. Otros tiene alas y aún otros tienen cuernos. Hay hombres, mujeres, bestias y criaturas que ni reconozco. Y aunque no puedo ver sus ojos, sé que todos me están mirando.

Te hemos estado esperando, parece decir su silencio.

Lo sé, canta mi corazón con un suspiro en respuesta.

El barco se detiene, embarrancando con un chirrido sobre una costa rocosa. Es difícil saber cuánto tiempo he pasado en él; el tiempo es tan efímero como las imágenes que discurren ante mí. Están ahí un momento y desaparecen al siguiente. Aunque el río serpentea y continúa a través del paisaje yermo y misterioso, aquí es donde me ha traído la corriente, donde se ha parado el barco. El mensaje parece claro: aquí es donde desembarco.

Vacilo un instante. Los espíritus aún rondan por aquí, apenas visibles entre la neblina. Pero los percibo sin problema, porque los siento más que los veo. Espero a ver si alguno se acerca, pero no lo hacen, así que empiezo a andar.

Se abren para dejarme paso. Ninguno de ellos se interpone en mi camino. Unos pocos empiezan a caminar a mi lado. Encuentro que su presencia es extrañamente reconfortante, más que inquietante. Empezamos a descender hacia un profundo valle. Sé a quién encontraré esperándome en el punto más profundo del Abismo. Ya empiezo a vislumbrar los tentáculos serpentinos culebrear en la distancia.

Bajo como puedo por rocas y salto por encima de grietas. Casi he llegado abajo cuando una singularidad llama mi atención. De acuerdo, todo este mundo es bastante extraño, pero esto... es algo... *alguien*... fuera de lugar y muy distinto al resto.

Un alma en la distancia todavía tiene un contorno plateado que engloba el tenue recuerdo de color y forma. Trepa por las rocas despacio, decidido a alejarse del Abismo de la muerte. Cada movimiento parece causarle dolor. Sus bordes se deshilachan, como si unas manos invisibles estuviesen tratando de arrastrarlo de vuelta hacia atrás.

Más arriba, veo señales del inicio de una fosa profunda. Esa alma está tratando de llegar hasta ahí. Aunque no puedo entender por qué. Miro al hombre que pugna por escapar, luego a las sombras giratorias mucho más abajo, y decido que no es asunto mío.

Continúo mi descenso a través de la penumbra y las sombras y la podredumbre. Muy por debajo de las olas, una corriente aumenta y tira de mí. Pero tira de mí en una dirección y luego en otra. Cuando acato sus deseos, oigo un susurro suave en los rincones de mi mente que aumenta de volumen a medida que, sin duda, me acerco a Krokan. Si me muevo en la dirección equivocada, la canción susurrada se vuelve más tenue. Es como un juego infantil con la vida y la muerte y el destino de un mundo entero en la balanza.

A lo lejos, veo el contorno plateado de una anamnesis que reconozco al instante. Una vez más, Lellia me guía. La vida me lleva hacia la muerte.

Paso por delante de la anamnesis y el último resquicio de luz que ofrece. Ahora sí que no queda nada. El mar se ha convertido en un vacío muy *muy* frío. Nada más que roca lisa y arena debajo de mí. Nada por encima ni a mi alrededor.

El miedo intenta apoderarse de mí, pero me niego a permitir que tome el control de mi determinación. En lugar de eso, tarareo para entretenerme mientras sigo caminando. Mi tarareo se convierte en canción, como si pudiese rellenar el vacío a mi alrededor con mi voz.

En lugar de cantar las palabras tatuadas en mi piel, canto otra cosa. Es esa misma canción vinculada con el nombre de «Ilryth» y la palabra «amor». Me da la sensación de que he oído esta canción infinidad de veces. Que, de algún modo, ha sido la mayor obra de mi vida. La cosa que sé, en lo más profundo de mi ser y contra todo pronóstico, que fue correcta. Un gran «sí» en una vida llena de «noes» y de salidas en falso.

Los minutos parecen horas que se extienden a días. El tiempo está condensado bajo el peso de toda esta agua. Aun así, en lo que, de algún modo, también parece un abrir y cerrar de ojos, he llegado.

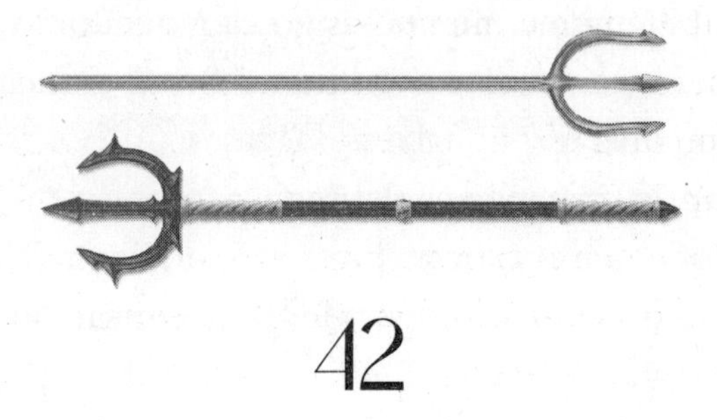

42

Sé que lo he logrado en el momento en que una canción nueva surca mi mente. La letra no tiene palabras y sin embargo, las entiendo con la misma claridad que si alguien me hubiese sentado para hacerme una pregunta directa.

—*¿Quién eres?* —pregunta la poderosa voz mediante su canción disonante pero al mismo tiempo armoniosa. Una pausa breve y después—: Tú no eres mi amada.

—No soy Lellia. —Aunque ahora me pregunto si las marcas que me han hecho, las que parecen capaces de invocar y proporcionar protección, no pretenden hacerme pasar por ella. Así, las anamnesis que rodean a Krokan me pueden guiar. Así puedo cortar a través de su guardia para llegar ante él—. Pero estoy aquí para servirte. Para ser sacrificada, a fin de que puedas encontrar la paz.

—Entonces han fracasado una vez más. —No puedo ver a Krokan en la noche y sombra perpetuas que residen aquí.

—Dime, ¿cómo han fracasado? —me atrevo a preguntar. *Tú* has fracasado, intenta picarme una vocecilla en mi cabeza. A pesar de todo lo demás, y de todos mis esfuerzos, de algún modo sigo sin ser suficiente.

Veo un fogonazo verde. Movimiento de repente. Estoy rodeada por un millar de tentáculos serpenteantes que se condensan de entre las corrientes y las sombras. Me encierran en el sitio con su ira y su rabia, bloqueando todo lo que existe. Un espejo de las raíces del Árbol de la Vida.

—No queda mucho tiempo antes de que salga la Luna de Sangre, cuando las barreras entre mundos más finas serán.

El antiguo dios por fin emerge de la oscuridad. Es de un tamaño incomprensible, una montaña de criatura, con ojos verdes, del mismo tono que el extraño fogonazo que se produce cuando el último rayo de sol se esconde por el horizonte del mar al atardecer.

—Aunque quizá seas un recipiente digno. —Los tentáculos se cierran a mi alrededor, agitados y enfadados—. Proporciónamela. Acógela en tu interior, humana, su querida pero tan frágil hija.

El antiguo dios se retuerce. Sus tentáculos golpean el suelo marino con tal fuerza que crean grietas en las rocas debajo de mí. El mundo entero parece temblar. A su propio son, Lord Krokan empieza a cantar. Mi mente, vacía de mí misma, pero llena de los himnos de los antiguos dioses, comprende el significado, aunque no las palabras literales.

Le canta al cielo lejano que no ha visto desde esos tempranos días primitivos de dioses, mortales y bestias. Habla de soledad y añoranza. De esperar durante miles de años a alguien que le había sido prometido.

Las palabras suenan graves y lentas, cantadas por un millar de voces unificadas. Cuando Krokan canta, cada espíritu y criatura de las profundidades se detiene para unirse a él. Están llamando... llamando...

A mí me llamaron una vez.

Parpadeo y levanto la vista hacia la luz plateada que empieza a condensarse en el agua, a bajar en espiral. Krokan me mantiene todavía en el sitio, me levanta despacio. Como si fuese un objeto que estuviera ofreciendo, un sacrificio por segunda vez.

Toma este recipiente, dice su canción. *Tómala como tuya.*

Lellia. Mis ojos se cierran despacio. Mi corazón canta con él. Hay tanto dolor y aflicción... ¿Por qué? El Abismo se creó no por la agitación ni los traumas que sacudieron la tierra hace muchísimos años, sino por el océano de lágrimas que Krokan lloró por su amada esposa.

Por su diosa. Desaparecida.

En la periferia de mi conciencia, oigo las palabras temblorosas de Lellia. A diferencia de la esencia atrapada en los recuerdos de las anamnesis, que en su mayor parte era nítida, lo bastante fuerte, estas palabras son frágiles. Como una paloma tambaleante con un ala rota.

No pasa nada, intento cantar en respuesta. *No lo entiendo, pero no pasa nada. Tómame. Hazme.*

Me responde: *No.*

Abro los ojos de golpe al recibir la contestación. En cuanto lo hago, la luz plateada y el poder que se habían estado acumulando a mi alrededor explotan en luz estelar en el mar oscuro. Los tentáculos de Krokan se desenroscan y vuelvo a caer una vez más. Aunque no aterrizo con violencia, sino con un suspiro.

Las últimas notas de la canción de Lellia me abandonan.

—No… has sido suficiente para liberarla. —Krokan empieza a retroceder.

—Espera… ¡espera! —Me pongo de pie a toda velocidad para correr tras él, aunque me da la impresión de que la distancia puede ser impensable—. No puedes huir de mí. —No hay respuesta, solo la sensación de que el antiguo dios se retira más y más lejos—. ¡Te lo he dado todo: mi vida, mis huesos, mis recuerdos!

—¡Y nosotros le dimos a este mundo nuestra esencia! —ruge Krokan, que regresa en tromba. El zumbido ha vuelto a mi cráneo. Habla con un millar de voces al cantar. Mil idiomas diferentes, hablados y no hablados, condensados juntos en una cacofonía de sonido—. Os lo dimos todo para que vosotros y todos los demás seres pudierais no solo sobrevivir, sino prosperar. No me hables, humana, de sacrificios.

—¿Y por eso exiges tus propios sacrificios? ¿Como pago por todo lo que disteis? ¿Como compensación? —Planto los pies en el suelo y miro al antiguo dios sin rastro de miedo. ¿Qué más me puede quitar? No hay nada que no haya perdido o entregado ya.

—*Yo* no exijo sacrificios. No sé qué perversión ha hecho que la gente que antes tanto me amaba y veneraba los hayan exigido.

Yo… tampoco lo sé. Intento rebuscar en los rincones de mi mente para encontrar una explicación. Pero no hay nada. No puedo recordar quién soy, lo que sé y lo que he visto, y al mismo tiempo comprender a un antiguo dios.

—Para lo único que me servías era para ver si podrías albergar el espíritu de mi dama y así liberarla. Sin embargo, una forma mortal jamás podría ser buena sustituta, ni siquiera ungida como lo estás tú.

En cuanto Krokan hace ademán de apartarse, hay un cambio en la actitud del antiguo dios. Su atención se desvía. Una voz tan bonita que llena mis ojos de lágrimas corta a través de las aguas tranquilas. Mis párpados aletean y mi cuerpo se relaja.

Conozco esta voz… Me atrae y me llama. Suplica por… mí.

Al principio, no logro distinguir si el sonido es solo algún recuerdo extraído de los rincones recónditos de mi mente durante los últimos momentos de mi existencia. Pero a medida que la voz se vuelve más alta, sé que mis sentidos no me están engañando. Los tentáculos se mueven y se separan para dar paso a un faro de brillante y radiante luz plateada en forma de un hombre sirena con pelo rubio platino y ojos marrones con motas de ámbar en su interior.

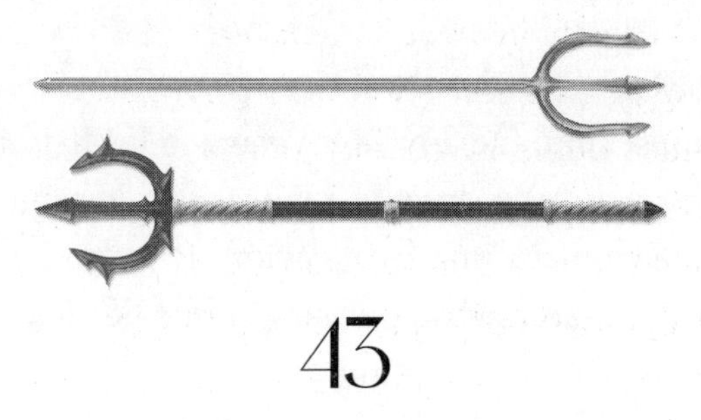

43

Ilryth.

Conozco a este hombre. Con todo mi corazón y mi alma y mi cuerpo. Me he preguntado por él, he estado resentida con él, me he resistido a él, y también lo he adorado. He intentado evitar que todo lo que soy cayera en sus manos, solo para deleitarme en dárselo todo.

Sus ojos conectan con los míos. Canta para mí. Con cada palabra, mi memoria vuelve a mí. Cada verso es uno que puedo cantar con él y su familiaridad me devuelve más de lo que sé en lo más profundo de mi ser. Esta es la canción que cantó aquella noche en el mar, cuando me entregué a él por primera vez. Es la melodía que enarboló al salir del Mar Eterno, para utilizarla como mi nana; para calmarme, para darme poder, para protegerme. Esta es la canción que me cantó, la que cantó *para mí*... la canción que se volvió nuestra.

Mi voz se une a la suya. Las notas suben cada vez más y más. Cada sonido es una sinfonía de dos. Infundimos todo nuestro ser a la música. Por una vez, por siempre, no nos contenemos. Nos lo damos todo el uno al otro, y es más que la unión de la carne en una playa, o la unión de mentes en un balcón.

Cuando la última nota se pierde y estamos sin respiración y el mundo está muy quieto, no hay nada más que nosotros dos.

Parpadeo mientras intento encontrarle un sentido a lo que tengo delante de mí. La neblina de nuestra canción se está disipando y, con ella, mi mente está llena de un modo casi doloroso. Nombres, lugares, personas y eventos regresan todos de golpe.

Los sonidos de mi barco crujiendo y de mi tripulación, que pulula por él con palabras y pisadas sonoras. Siento el pelo de Emily, el pelo de mi hermana, mientras la abrazo antes de zarpar de nuevo, cada vez tratada como la última. El olor de la colonia de mi padre, aplicada un poco en exceso, pero aun así agradable, casi me da ganas de estornudar. La suave caricia de las sedas con las que comerciaba mi madre…

Los recuerdos, todos ellos, regresan a mí. Incluso los que había elegido eliminar, los que tan dispuesta estaba a olvidar. Charles… Puedo imaginar cada arruga de su cara, cinceladas por el implacable mar y la crueldad de su propio corazón. Cada peca y marca de nacimiento que hubo un tiempo que formaban constelaciones de deseo; después de dolor y miedo. Pero ahora, al mirarlo desde la distancia, no es el monstruo que recuerdo, sino un hombre cansado y amargado. No me produce ningún cariño ni ninguna compasión… ni miedo.

No lo miro y siento que necesito expurgarlo de mi memoria. Es posible que siempre sea una parte de mi historia en la que no desee pensar demasiado, pero es poco más que un capítulo. Iniciado, terminado y ahora irrelevante. Tan breve en el esquema general de las cosas que, desde donde estoy ahora, parece casi cómico convertirlo en más. No hay más odio, ni miedo, ni rencor ni arrepentimiento con respecto a él. Por Charles… no siento nada. Una indiferencia fría.

Sin embargo, ¿el hombre que flota en el éter del Abismo, en el borde superior de este lugar olvidado y divino? Él lo es todo. Mi corazón. Un futuro que apenas puedo imaginar.

Oh, Ilryth… ¿Cómo, *cómo* es que está aquí?

Una luz plateada se ha tejido a su alrededor con líneas y puntos tatuados en su piel. Lo cubren por entero. Parece en todos los sentidos una imagen especular de mí misma. Me pregunto si, de colocarnos uno enfrente del otro, nuestras marcas encajarían a la perfección las unas con las otras.

Incluso ahora, aquí, después de todo, él permanece. La canción que jamás tuvimos la intención de cantar no morirá. No puedo creer lo que veo… bueno, más bien no quiero. ¿Qué significa esto para su bienestar?

Se me hace un nudo en el estómago. Me muevo hacia él y lejos de Krokan. Atraída contra todo pronóstico y contra todo mi buen juicio.

—¿Por qué estás aquí? No puedes estar aquí… *no deberías.* —Esas dos palabras continúan definiéndonos. Solo verlo me está haciendo pedazos. Su imagen está intentando llevarme de vuelta al mar superior, donde la vida sigue. Aunque no por mucho tiempo, dado que he fracasado de un modo tan estrepitoso en mi juramento de sofocar la ira de Lord Krokan.

—Ya sabes por qué estoy aquí —dice Ilryth con calma, sin apartar los ojos de mí. Oigo su canción casi ronronear en el fondo de mi mente.

—No —digo al instante. Sé lo que significan esas marcas. A pesar de que él no debiese ser capaz de llevarlas. Debería ser imposible. *Yo soy el sacrificio.* A menos que… el momento en que a mí me lanzaron al Abismo marcó el momento en que podrían designar a una nueva ofrenda—. No permitiré que te sacrifiques.

Sus cejas se levantan de golpe. Ladea un poco la cabeza, luego la sacude un poco con una sonrisa dulce. Por fin llego hasta él. Me da la sensación de haber cruzado el mundo entero para llegar hasta él, pero por fin estoy aquí. Puedo tocarlo. Nos damos la mano y casi me atraganto de la emoción.

—Victoria, no estoy aquí para sacrificarme —me dice con ternura—. Estoy aquí para llevarte de vuelta.

—Pero…

Se gira para mirar a Krokan. El antiguo dios parece divertido por este giro de los acontecimientos. Al menos por lo que me parece entender del contoneo de sus tentáculos y el brillo de sus ojos esmeraldas. Su ira se ha disipado... al menos por el momento.

—He venido ante ti, alteza, para pedir que me devuelvas a esta mujer. Si ella no puede sofocar tu ira, entonces permítele quedarse conmigo en el Mar Eterno hasta el final de nuestros días naturales, cuando volveremos ante ti otra vez como ofrendas voluntarias.

—Ha sido marcada para mí. Tu gente me ha hecho una promesa. Un juramento. Esas son cosas que no se rompen con tanta facilidad.

Lo sé muy bien. He pagado y pagado por juramentos rotos. Y... estoy muy cansada del precio.

—¿No me ibas a tirar a un lado? —Doy medio paso hacia Krokan. El antiguo dios se muestra irritado, sus tentáculos se tensan por un momento—. Dijiste que no era digna. Que era un fracaso como ofrenda. Si tan terrible soy, entonces déjame ir.

Ilryth entrelaza los dedos con los míos.

—Estoy aquí para cambiar lo que debamos, para cambiar el destino mismo. Lord Krokan, me gustaría proponer un acuerdo distinto. Estoy seguro de que puedes ver que no nos detendremos ante nada para estar juntos. Tus tormentas han empeorado, la podredumbre es más espesa. Está claro que ella tiene más valor para mí que para ti. Devuélvemela, te lo suplico.

—Dime qué valor tiene para ti —exige saber Krokan.

Ilryth asiente. Abre los brazos a los lados, como si intentase abarcar el mundo entero entre ellos. En lugar de eso, llena todo el Abismo de sonido. Las notas, informes y tan fluidas como el mar, emanan de él como hebras de luz pura que luego se separan del resplandor de su cuerpo. Flotan por el éter que nos rodea, se enroscan, se dividen, cambian de forma. Las reconozco como una variante de las marcas que cubren mi piel y la suya. Así es como nació el idioma de los dioses. De este éter del que brotó toda la vida, y al que después regresará.

La canción es una variante de la que Ilryth cantó en mi despedida, pero ahora puedo oírla de verdad, en toda su gloria y con todo su significado. Cuenta la misma historia de nuestro amor, pero sin guardarse nada. No está censurada ni restringida por ninguna razón. Es cruda y poderosa. Ilryth golpea su pecho con el puño. Suplica y ruega a través de la música.

Hace que note el alma tan ligera que mis pies apenas tocan el suelo. Me quiere, de un modo sincero y absoluto. *Me quiere.* Jamás pensé que me alegraría tanto ser querida y deseada de nuevo. Jamás pensé que pudiera ocurrir. Aunque la súplica de Ilryth no funcione, este momento es más que suficiente para darme paz durante el resto de la eternidad.

Sin embargo, me pregunto si será suficiente para que Krokan acepte su propuesta. El antiguo dios se ha quedado muy quieto, escuchando. Oscila con suavidad al ritmo de las palabras de Ilryth.

El duque cae de rodillas ante ese ser divino, canta una última nota sostenida y luego se queda callado.

Si tuviese aire que respirar, lo estaría aguantando. Ilryth no se mueve. Los dos nos quedamos atrapados en la estasis de esperar sentencia. No creo que la súplica de mi amante vaya a funcionar, pero entonces Krokan se gira hacia mí.

—¿Y qué pasa contigo? ¿Cuál es tu canción?

—¿Mi canción?

—Sí. Él ha desnudado su alma ante mí de un modo muy elocuente. Pero nos gustaría saber si sus afectos son unilaterales. ¿Sientes tú lo mismo que él?

Lo mismo que él… Las palabras se repiten en mi cabeza. He oído su canción ahora, y cuando abandoné el mundo mortal. Sé lo que significaba cada sonido y aun así, todavía dudo. Todavía me cuestiono lo que sentí… lo que siente él.

Esto está pasando tan deprisa, tan de repente, tan pronto… Me da la sensación de conocer a Ilryth de toda la vida, y al mismo tiempo no conocerlo en absoluto. Solo existimos como lo hicimos porque *no podíamos* existir. No deberíamos estar juntos y por lo tanto, cuando lo estuvimos, no hubo miedo, ni dudas, porque no había expectativas. No tenía por qué haber un futuro.

Ni preguntas de si nuestra relación funcionaría. Todo podía ser un sueño, en lugar de tener que preocuparnos por una realidad práctica.

Y aun así...quiero averiguarlo. Quiero saber cuáles podrían ser nuestras posibilidades.

Ahí es donde empieza mi canción: por el final. Por el aquí y ahora. Por preguntarme qué podríamos ser si nos dieran la oportunidad, si el mundo fuese un poco diferente.

Mi canción discurre tan despacio como me gustaría que Ilryth y yo hubiésemos podido llevar nuestra relación. Es tan delicada como los pedazos de mi corazón, en proceso de recomposición. Nunca me había permitido preguntarme qué podría pasar a continuación. Nunca pensé que pudiera haber amor para mí otra vez algún día. No estaba destinada a sentir estas emociones después de habérseme roto el corazón.

Se suponía que todo esto debía ser simple. Se suponía que debía vivir al límite, de un modo egoísta, durante los cinco años que se me habían concedido, y después morir sin pensarlo demasiado. Pero nada de esto ha salido como yo esperaba. Viví esos años para mi familia y mi tripulación en la misma medida, si no más, que para mí misma. Mi muerte no ha sido rápida e irreflexiva. Se ha convertido en un gurruño de complejidades que no estaba previsto que tuviese que sujetar y que ahora no quiero soltar.

Encuentro las notas según canto, e imbuyo todo mi ser a cada una de ellas. Cuando termino, estoy de rodillas al lado de Ilryth. Krokan está muy quieto.

—Me habéis conmovido, mortales. Pero lo que quizá sea más importante es que habéis conmovido a mi mujer. —Los ojos de Lord Krokan se apagan, como si los hubiese cerrado para comunicarse con su compañera atrapada muy por encima de las olas. Pienso en cuando Ilryth me llevó a la playa, cuando imaginé que Lellia nos miraba desde lo alto de su prisión de madera y pensaba para sí misma que por fin una ofrenda los había honrado bien a Krokan y a ella.

No con sacrificio y distanciamiento... sino con amor.

—Os daré una última oportunidad —decreta el antiguo dios—. Regresaréis a la superficie y tendréis vuestra oportunidad juntos. Pero la duración de esa oportunidad dependerá en última instancia de vosotros.

Ilryth me lanza una mirada de incredulidad, una sonrisa de alivio se despliega por su cara. Piensa que hemos ganado, pero yo tengo demasiada experiencia en negociaciones de este tipo como para creer que esto será tan fácil.

—¿Qué debemos hacer para asegurarnos de que la oportunidad dure lo máximo posible? —pregunto a las claras.

—Para comprender lo que os pediremos, debéis primero comprender las antiguas verdades de cómo se creó este mundo...

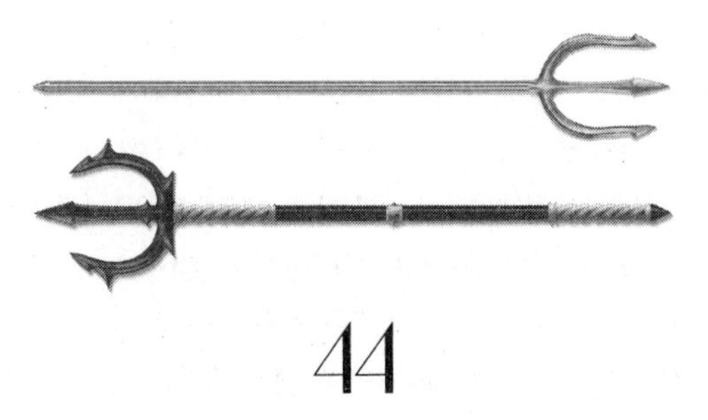

44

Lord Krokan nos cuenta una historia. De un modo muy parecido a como hicieron las anamnesis que me guiaron hasta aquí, la historia no son palabras sino una canción antigua que dibuja una imagen en mi mente, tan vívida que es como si estuviese viviendo cada momento... como si los recuerdos fuesen míos. Sin embargo, a diferencia de las temblorosas anamnesis, sus himnos son fuertes y serenos. Mientras que los recuerdos de Lellia están fragmentados y desvaídos, los de Krokan son un retrato tan claro como la luz del día.

El mundo es joven.

Todos los antiguos dioses están presentes con su poder. Incluso a través de los ojos de Krokan, los seres están más allá del alcance de mi comprensión. Son tanto grandes como pequeños. Infinitos y finitos. Aunque por medio de sus palabras, siento como si los conociera. Somos familia.

Entre estos seres eternos hay retoños, espíritus que estructuran el mundo (desde el agua hasta el fuego y el aire). Caminan con mortales, la última exploración de creación divina.

Se erige el Velo.

Lellia se niega a marcharse. Su gente está aquí, sus hijos mortales. Necesitan también a Krokan. Pues la Muerte es una compañera necesaria de la Vida. Él no la dejará, no puede. Tampoco los dejará a ellos.

Así que los dos dioses se quedan, justo al borde del Velo del cual parten sus congéneres. Krokan guía las almas de los perdidos hacia el Más Allá. Lellia se preocupa de salvaguardar la incipiente vida nueva del mundo que ayudó a crear. Y por un tiempo, todo está en paz.

Una sensación cálida me invade con la creación de las primeras sirenas. Criaturas lo bastante fuertes como para tocar las profundidades del amado de Lellia. Sus primas, las dríades, criaturas de la tierra. Y más. Mucho más.

El tiempo pasa a una velocidad imposible, tanto rápida como lenta. Veo los siglos como una mortal, pero son un mero abrir y cerrar de ojos para una criatura divina y sobrenatural.

Las primeras personas mueren y Krokan las guía hasta su último descanso. Sus hijos mueren. Y los hijos de estos. El ciclo es continuo y fácil. Pero también empieza a poner distancia entre los vivos y sus cuidadores divinos. Las historias de estos últimos se desvanecen, se pierden. Cada generación es menos capaz de estar en presencia de los antiguos, de comprenderlos.

Comienzan las guerras mágicas.

Los humanos son perseguidos. Hermanos luchando contra hermanos. Lellia sufre por ellos y ya no logra encontrar las palabras adecuadas para comunicarse con sus hijos. No pueden, o no quieren, escuchar cómo les suplica que firmen la paz.

Se erige el Vano.

Un sufrimiento con toda la ferocidad de un terremoto capaz de sacudir los cimientos del mundo. Una canción que es más como gritar. Un dolor que solo amaina un poco cuando una Reina Humana regresa al mundo en el que reside la diosa. Con sus propias manos, planta un árbol al pie del altar de Lellia. Un hogar para su corazón roto. Para una diosa cansada cuyos hijos ya no le cantan como hacían antes. Para una diosa cuya voz se ha vuelto frágil y cansada. Lellia se retira al interior del árbol, aunque solo por un momento, para curar su corazón herido.

Las raíces se extienden cada vez más profundas.

Lellia se hunde en la tierra. En la roca de un mundo mortal, que ancla la vida y la naturaleza y la magia. Pero sus propias fuerzas empiezan a flaquear.

Ven conmigo, mi amor, suplica Krokan. *Este ya no es sitio para nosotros.*

Todavía me necesitan. Un poco más, responde ella. Su voz más y más tenue a medida que pasa el tiempo.

Su dueto continúa. Él le canta desde las profundidades y la oscuridad. Añora la luz. La añora a ella. Krokan canta con todas las voces que han existido antes, y Lellia responde con todas las voces de los que aún están por venir.

Pero su voz se vuelve más y más débil. Más tenue.

Pronto, el dueto es un solo.

Ven conmigo, mi amor, suplica Krokan. *Queda poco tiempo.*

No hay respuesta.

La canción se apaga. Noto el pecho comprimido, la garganta dolorida. Me escuecen los ojos. Tres milenios de añoranza. De servicio a una gente que no puede recordar, o comprender, ya sus palabras.

A mi lado, Ilryth se dobla por la cintura, una mano sobre la boca, la otra agarrada a su pecho, como si quisiera arrancarse el corazón. Lanzo los brazos a su alrededor para aliviar el peso demoledor de la soledad con nuestro contacto. Él emite una nota larga y lastimera. Una que no puedo evitar repetir.

La canción que cantamos ha cambiado. Sigue siendo la nuestra, pero cambiada para siempre por el peso de lo que hemos visto. De lo que ahora sabemos.

—Estaba equivocada —admito con voz rasposa—. Estaba equivocada sobre ti. Sobre todo ello. Había pensado que tal vez fueseis enemigos. Pensaba que la tenías cautiva. Pero ella fue la que *eligió* quedarse, incluso a sabiendas de lo que podía significar para ella continuar imbuyendo su poder a este mundo… Lo único que querías era liberarla y volver con los tuyos. Salvarla. —Me enderezo para mirar a Krokan. Sus ojos esmeraldas centellean en respuesta.

Es un gran amor. Amor verdadero. Amor que irá hasta la montaña más alta o hasta las profundidades del mar más profundo. Lo veo ante mí y lo veo a mi lado.

—¿Cómo lo arreglamos? —pregunto, mientras Ilryth recupera la compostura.

—Nadie sabe esto en la superficie —dice Ilryth con voz débil—. No teníamos ni idea.

—Porque ya no escuchabais —masculla Krokan con un gruñido casi atronador—. Cuando ella gritaba, no la escuchabais. Cuando susurraba, le dabais la espalda.

—¡No fue nuestra intención! —Ilryth le suplica al antiguo dios que lo entienda.

—Seguisteis exigiendo más, más y *más*. ¡Magia y vida que vuestro mundo agotó hasta que no quedó nada de ella!

—¿Cómo lo arreglamos? —Interrumpo a los dos hombres con mi propia ferocidad—. Ya no importa cómo hemos llegado hasta aquí. Pelearnos por el pasado no la va a ayudar. ¿Qué hacemos ahora?

Krokan se queda quieto, sus ojos esmeraldas vuelven a mí y se tornan más pensativos, aunque todavía intensos.

—Dentro de tres años, la Luna de Sangre saldrá de nuevo, y con ella la última oportunidad de traer a Lellia de vuelta a los mundos de los eternos. Debéis liberarla antes de que esto ocurra. Porque después, el Velo se engrosará una vez más; y entonces, será imposible que los seres como nosotros lo crucemos. Debemos marcharnos durante este periodo de afinamiento, no más tarde que la noche de la Luna de Sangre, porque después quedaremos atrapados en este mundo durante otros quinientos años. Un periodo de tiempo al que mi amada no logrará sobrevivir otra vez.

Y puesto que las sirenas envían una ofrenda solo una vez cada cinco años… después de mí y de Ilryth, no vendrá ninguna otra al Abismo. Somos su última oportunidad.

—No logrará sobrevivir… —repito, prestando una atención especial a su elección de palabras—. ¿Por qué? ¿Qué le está haciendo daño?

Krokan se mueve y las aguas a nuestro alrededor cobran vida.

—Ella, como yo mismo, no estaba hecha para estar en este mundo cuando llegó el tiempo de los mortales, cuando el Velo nos separó de la esencia primordial del cosmos. Nuestros hermanos hace muchísimo que se fueron, pero ella deseaba quedarse, para cuidar de la incipiente vida que había aquí.

»Me quedé con ella, la atendí, cuidé de ella y de sus creaciones todo lo que pude. Crucé el Velo y volví con poder de los nuestros desde el otro lado... Pero eso solo podía sustentarla durante cierto tiempo.

»El primer rey de los elfos prometió que, una vez que nuestros poderes quedaran anclados a este mundo, nombrarían a un nuevo guardián de entre sus ilustres mortales para supervisar el ancla de vida en este mundo, que es en lo que se ha convertido el árbol de Lellia. Así podríamos marcharnos. Pero no hay ningún guardián. Nunca ha habido ninguno. Y ahora ella se está marchitando y muriendo; mi mujer no sobrevivirá demasiadas décadas más. —Su dolor y su angustia cortan a través de mi cráneo y se extienden como una onda. Trato de ocultar mi mueca.

—¿Existe alguna manera de fortificarla? —pregunta Ilryth. A él también le está costando hablar. Nuestras mentes no fueron diseñadas para esto. Sin duda se debe a la protección de la unción (y quizás a la voluntad de Krokan) que nuestras conciencias no se hayan hecho añicos.

Los tentáculos se cierran aún más a nuestro alrededor, agitados y enfadados.

—¿Creéis que podéis encontrar una solución a un problema divino que yo no he podido arreglar, mortales? ¿Que tenéis el poder del primer rey de los elfos, un mortal joven, que trató con los dioses?

De repente, la presión es abrumadora. Trago saliva físicamente, mientras intento recuperar la respiración, expandir mi pecho, a fin de generar el espacio suficiente para pensar con lógica una vez más, sin moverme. Es como si el antiguo dios me tuviese sujeta del cuello sin tocarme. Krokan debe percibirlo, porque afloja un poco.

—Lo sé —dice con suavidad, casi como si se disculpase por su temperamento. Ilryth también suelta un suspiro de alivio—. No hay ninguna otra forma, ningún otro camino para salvarla. Debe ser liberada del Árbol de la Vida o morirá y se llevará este mundo con ella. La vida necesita su poder para existir. Pero si se queda aquí más tiempo, con la vida que creó, será el final para ella.

De un modo u otro, el mundo perderá a la diosa de la vida.

—Deja que regresemos. Permítenos pasar al otro lado sanos y salvos y nos aseguraremos de liberarla. —Doy un paso adelante y estiro las manos delante de mí. Suplico que entienda las costumbres de los mortales. ¿Cómo puedo hacerle entender a un dios lo cortas que son nuestras vidas? ¿Lo breve que es todo y lo poco que sabemos como consecuencia? Entre los mortales, la verdad cae con la misma facilidad que los granos de arena en el reloj de arena del tiempo, luego se pierde con los años—. Como ha dicho mi amado, por encima del Abismo nadie sabe esto. Pero podemos ser tus mensajeros, si bendices nuestras mentes y nuestros cuerpos con tus protecciones y nos das permiso para volver ahí.

Krokan se queda quieto, como si lo estuviese pensando.

—He intentado razonar con cada uno de ellos —declara Krokan con desdén—. Los hombres sagrados, como se hacen llamar. He intentado transmitirles lo que debe hacerse.

Yo estaba en lo cierto: el duque Renfal se estaba comunicando con el antiguo dios desde hacía más tiempo del que reconoció. Pero había algo más ahí…

—El duque Renfal estaba intentando matar al árbol —susurro.

Krokan emite un murmullo que suena como un «sí».

—¿Qué? —exclama Ilryth. Me giro hacia él unos instantes para explicárselo.

—Él sabía que era imposible que las sirenas aceptasen talar el árbol para liberar a Lellia así sin más. Así que empezó a debilitarlo como pudo, mientras Lord Krokan también intentaba liberarla por medio de la podredumbre. Debido a lo que conocemos como la «ira de Lord Krokan», Renfal tenía una excusa para debilitar el árbol lo suficiente como para que tal vez ella pudiese liberarse.

Ilryth lo piensa un poco antes de volverse otra vez hacia Krokan.

—Si liberamos a Lady Lellia, ¿qué pasará después?

—La acogeré en mi abrazo, tal y como es el orden natural de la vida y la muerte, y después, juntos, nos marcharemos de este mundo —explica Krokan sin emoción alguna. Como si no nos estuviese condenando de algún modo.

—Dijiste que la vida la necesita para existir. Si ella no está, ¿qué le pasará a la vida aquí?

—La vida es un ciclo. La muerte es una inevitabilidad. Nosotros no nos preocupamos de tales cosas.

—Pero nosotros los mortales sí —exclamo—. Queremos vivir, prosperar. Tener una oportunidad para crear la mejor vida que podamos para nosotros. Sabes que ella también quiere eso. Es la razón de que no se liberase de su jaula. Incluso debilitada y pudriéndose, incluso cuando sabía el camino en el que se estaba embarcando… quiere saber que estamos atendidos.

—Con el tiempo, cuando llegue el momento, la vida volvería a estas tierras. O encontraría una manera de persistir.

Me irrita la calma del dios, su desapego indiferente con respecto al mundo. Aunque supongo que no podía esperar mucho más del dios de la muerte. La vida no es su papel, ni su responsabilidad ni su preocupación.

—Al igual que mi amor, la vida es audaz —termina Krokan.

Me devano los sesos intentando pensar en qué más podríamos hacer. ¿Qué no se ha intentado…?

—Mencionaste a un guardián, ¿no?

—Era algo que se habló con el primer rey de los elfos —admite Krokan.

—¿Para hacer qué?

—Eso era algo entre mi amada y él. Yo solo me preocupé de que sus deseos se cumplieran.

Me muerdo el labio mientras pienso. Mi mente está tan llena que casi me duele. Debe haber otro camino. Uno que no se haya planteado nunca. Pero uno que *encontraré*. Lo único que sé es que debemos liberarla. Si Lady Lellia muere en el árbol, el mundo está perdido de todos modos. Tal vez al liberarla encontremos otra solución.

Krokan se mueve, emerge de la penumbra otra vez. Son solo su enorme cabeza y sus brillantes ojos verdes. Pero me mira fijamente, directo hasta la médula, pone a prueba mi entereza. Me yergo en toda mi altura, como hacía para enfrentarme al Paso Gris. Tan alta como me erguía contra Charles en las salas del consejo.

—Te enseñaré su canción y os permitiré marchar. —Ha tomado una decisión.

Los tentáculos se enroscan a mi alrededor una vez más, pero esta vez me sujetan con toda la delicadeza de un niño que acuna su muñeca preferida. Me siento ingrávida cuando me levanta por los aires.

—Victoria… —Ilryth se desliza hacia delante, aún flotando como si nadara.

—No. —Estiro una mano abierta y giro la cabeza hacia él para que vea que estoy tranquila—. Juré que salvaría el Mar Eterno y el mundo. Un juramento que cumpliré.

Un destello de dolor cruza sus ojos. Tiene miedo por mí. Quizá deba… No sé qué pasará a continuación, pero sí sé que esta es la decisión apropiada. Y no importa lo que me espere, viviré sin arrepentirme de ella. Mi vida parece llena. He navegado por todos los mares y me he aventurado hasta las profundidades más profundas. He conocido el amor y lo he perdido y luego lo he vuelto a encontrar. He elegido un propósito cuando podía haber evitado la responsabilidad.

Mi canción está completa.

Me giro hacia Krokan otra vez y unas palabras suaves llenan mi mente. He pasado meses aprendiendo y repitiendo las palabras de los antiguos. Estoy lista para aceptar estas igual que acepté los himnos de Krokan. Parte de mí ya las conoce. Las oí en las anamnesis. Al eliminar la podredumbre de la hija de Sheel, Yenni. En las raíces sangrantes del árbol. En el movimiento de las ramas por encima de nuestras cabezas cuando Ilryth y yo hacíamos el amor.

La canción me llena de significado y de propósito. La luz inunda el agua y hace que todas y cada una de las marcas de mi piel, incluso las más recientes, se vuelvan plateadas. Cuando Krokan me suelta, mi mente canta en armonía.

Las mentes mortales no pueden comprender del todo las canciones de un dios, pero ¿las de dos? Un dueto… Cruzo hasta Ilryth sin decir palabra y apoyo la frente en la suya. Canto unas pocas palabras para estabilizar su mente y bañarlo en las bendiciones de Lellia lo suficiente para que podamos marcharnos indemnes.

—Ahora nos iremos —declaro.

—Id y tened éxito. Pues la Luna de Sangre saldrá dentro de tres años. De un modo u otro, mi mujer volverá conmigo. Aunque tenga que hacer trizas este mundo para conseguirlo. —A nuestro alrededor, los tentáculos empiezan a retorcerse, levantan el cieno y convierten la corriente en un vórtice—. Así que regresad a vuestro mundo. Y no nos falléis.

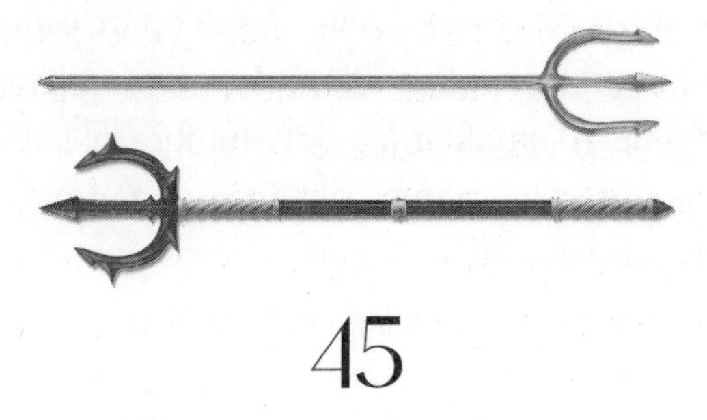

45

Las corrientes se ralentizan y el zumbido de mis oídos se acalla. Las aguas se calman y ya no percibo movimientos serpenteantes a nuestro alrededor. Estamos de pie sobre un gran saliente rocoso que da a la guarida más profunda de Krokan. Transportados. Los dos estamos demasiado aturdidos como para decir nada durante varios segundos largos.

Me recupero antes que él.

—¿Qué estás...? ¿Cómo? —*Vale, no me he recuperado tanto como pensaba.*

Ilryth aún reluce con una luz radiante. Veo que lleva pequeños trozos de madera atados con cintas alrededor de los brazos, las piernas, el cuello y el tronco. No me cabe duda de que es madera del Árbol de la Vida para mantenerlo a salvo. Otro robo que hirió al árbol sin saberlo...; pero para un buen fin.

En lugar de contestarme, Ilryth agarra mi cara con ambas manos. Tira de mí hacia él con decisión y me besa. Es un beso firme, pero dulce. Tierno pero necesitado.

Todos mis pensamientos se esfuman. Lo agarro por detrás de los brazos, por encima de los codos, y tiro de él hacia mí. Nuestros cuerpos se estrellan y toda distancia se colapsa en un momento jadeante de alivio, felicidad y pasión.

—Me di cuenta de que no podía hacerlo. —Se aparta un poco y apoya la frente contra la mía. Su voz tiembla, como si estuviese a punto de llorar—. Estos últimos tres meses han sido insoportables. No he tenido más que tiempo para pensar en lo que tenía contigo y lo que había perdido. En todo lo que podíamos haber sido. En lo que sabía en lo más profundo de mi alma que era el punto álgido de mi vida: nosotros.

—¿Tres meses? —repito. De todo lo que ha dicho, eso es en lo único que puedo pensar. El resto es demasiado abrumador y amenaza con romperme de las emociones—. No… Solo han pasado unas horas, un día como mucho.

Ilryth frunce un poco el ceño y niega con la cabeza despacio. Aunque no descarta mi experiencia.

—Tal vez haya sido así para ti; no lo sé. En este mundo…, este lugar entre medias de la vida y la muerte, el tiempo no fluye igual que lo hace ahí arriba.

—Entonces debemos actuar deprisa. Cada minuto aquí pueden muy bien ser una hora o un día. —Retomo nuestro ascenso. Trepo por encima de rocas y camino por estrechos senderos arenosos entre piedras. Ilryth me ayuda. En este extraño éter que nos rodea, él flota, como si estuviese nadando… aunque no del todo, pues de vez en cuando parece hundirse hacia el suelo—. ¿Tus marcas?

—Son una forma de unción, sí. Una vez hecho el sacrificio, podía marcarse a otro.

—Lo cual te concedió paso al Abismo. —Mis sospechas anteriores se confirman—. No puedo creer que te sacrificases.

—Yo no puedo creer que te sacrificara a ti. —Sus dedos resbalan contra los míos—. Mi compañera de canción.

Eso me detiene. Lo miro a los ojos. Casi puedo sentir nuestros corazones latir al unísono a través del pulso en nuestros dedos.

—El dueto que cantamos ahí abajo… —empiezo en voz baja, pero abandono el pensamiento. Él lo termina por mí.

—Era la canción de nuestras almas que armonizaban como una sola.

—Tú y yo, ¿estábamos destinados a estar juntos? —Me doy cuenta de que he pasado tanto tiempo aprendiendo cosas sobre los antiguos dioses que he aprendido muy poco acerca de lo que significan los «compañeros de canción». Aunque enamorarme no había sido una de mis preocupaciones.

—No es una cuestión de destino. —Ilryth retoma la marcha, lo cual me recuerda que disponemos de poco tiempo. Lo ayudo a encontrar el camino mientras él continúa hablando—. Es verdad, existen historias que dicen que las canciones de algunas almas pueden ser más compatibles por naturaleza que otras... Puedes llamarlo destino, si quieres, pero nuestras canciones evolucionan con nosotros. Se aprenden y enseñan, varían y cambian con nuestras elecciones y experiencias. Nosotros componemos nuestra propia canción; no es la canción la que nos compone a nosotros.

Esbozo una leve sonrisa. Todos mis recuerdos han vuelto a mí y puedo ver el alcance completo de todo lo que me ha traído hasta aquí como un espectacular lienzo desenrollado.

—Jamás pensé que amaría de nuevo.

—¿Me guardas rencor por ello? —Parece preocupado de verdad.

—Para nada. —Le doy un apretón en los dedos—. Aunque es aterrador. El terror es una cuestión de perspectiva y, ahora mismo, tengo otras cosas mucho más grandes a las que temer. —Casi le hablo de Charles, pero este no es ni el lugar ni el momento para eso. Esa es una conversación que quiero tener cuando pueda centrarme en el tema y zanjarlo de una vez por todas.

Emergemos de la penumbra solo para continuar ascendiendo desde las profundidades. Siento la canción de Lady Lellia en mi alma. Los pequeños trinos que me guían fuera del Abismo, igual que la canción de Krokan me guio hasta él. Mientras nos dirigimos al barco del río de lava, un contorno plateado llama mi atención.

Aunque entonces no era yo misma, recuerdo a este hombre de cuando descendí. Algo había hecho que destacara para mí, aparte de ser solo un espíritu que intentaba ascender fuera del

Abismo a lo que sin duda es la Fosa Gris. Los recuerdos de los espectros enfadados que llenaban la Fosa vuelven con fuerza a mí. No puedo escapar de la sensación de culpa que me invadió al terminar con su existencia para siempre. Aunque este sea solo un hombre, un alma, no permitiré que se convierta en una de esas criaturas de odio e ira. Soy Victoria, y no dejo a ningún hombre atrás.

—Un momento.

—Victoria…

—Seré rápida. Pero un espectro menos es bueno para todos nosotros. —Me dirijo hacia el hombre, Ilryth detrás de mí.

Mi movimiento es más rápido que el del alma que escapa. Yo no llevo tantas cosas que entorpezcan mi avance; soy libre de moverme por este Abismo. Consigo cruzar la distancia que nos separa y llegar hasta él en el mismo tiempo que tarda en trepar una sola roca. Gracias a la neblina y a la escasa luz ambiental, no me doy cuenta de que reconozco el abrigo que lleva hasta que estoy sobre él. Es más sobrio que sus habituales galas, pero todavía revela su precio y su material y su manufactura. A lo mejor por eso llamó mi atención con semejante claridad en primer lugar….

Balbucea para sus adentros, ajeno a mi presencia. Es raro ver a alguien utilizar la boca para hablar. Da la impresión de que en este lugar cualquiera de las dos formas de comunicación es posible.

—Tengo que volver. Me necesitan. Katria me necesita. Nunca le dije la verdad. Ella debería saber la verdad. Maldito barco, maldito monstruo, malditos sean todos.

Las palabras son duras y frías. Jamás lo había oído hablar con semejante odio. Ya está perdiendo la calidez y la compasión que tenía antes solo en la pelea por llegar a la Fosa Gris. No logrará llegar hasta el Mundo Natural. Y aunque lo hiciera, se quemaría a la luz del sol, poco más que un recuerdo. No volverá a ver a sus hijas nunca más.

—¿Conoces a este hombre? —me pregunta Ilryth con suavidad, lo cual me trae de vuelta al presente. Es entonces cuando me doy cuenta de que he soltado su mano y me he tapado la boca con los dedos de la sorpresa.

—En efecto —contesto con la mente, solo para Ilryth—. Lord Kevhan Applegate. Era mi empleador. No, era mi amigo, y como un segundo padre para mí. Estaba en el barco cuando nos hundimos. Ilryth, no puedo dejar que se convierta en un espectro.

Parte de mí espera que Ilryth diga que no. Pero una y otra vez, la forma en que me trata me sorprende.

—Si es importante para ti, es importante para mí. Guiémoslo lejos de la Fosa.

—Gracias.

—Victoria, haré cualquier cosa por ti —declara Ilryth con sencillez, sin dejar lugar a dudas o vacilaciones.

Me arrodillo al lado de Kevhan y coloco mi mano sobre su hombro. Da un respingo y gira la cabeza a toda velocidad. Abre los ojos como platos al recordarme. Intento regalarle una sonrisa de aliento, pese a mi infinita sensación de culpabilidad. Está aquí por mí; ayudar a evitar que se convierta en un espectro es lo menos que puedo hacer ahora, hasta que pueda zanjar este asunto con Krokan y mi antiguo jefe pueda cruzar el Velo cuando esté preparado.

Hablo con la mayor suavidad posible, y hago hincapié en formar bien las palabras con mi boca para que le resulte más familiar.

—Lord Applegate, deja de luchar. Todo va a ir bien.

—¿Vic... Victoria? —balbucea. El rostro de Kevhan se viene abajo. Se echa hacia atrás, se sienta en los talones y empieza a aullar con una aflicción absoluta y descontrolada. Me escuecen los ojos al ver al hombre como siempre lo he conocido, en lugar de como un cadáver en las profundidades. Las sirenas nos han enviado a sus monstruos. Nos han hundido. Estamos atrapados en este sórdido mundo de pesadilla.

—No... no es... —No sé cómo explicarle lo que ha pasado. ¿Cómo puedo decirle que ha muerto cuando no parece darse cuenta de ello él mismo?

Sus ojos se deslizan a un lado para aterrizar sobre Ilryth.

—¡Ese... ese *monstruo*! No permitiré que te quedes conmigo —continúa con fervor—. *Escaparé* de este lugar y volveré con mis hijas.

—Por supuesto que sí —le digo con dulzura, consciente de que me va a hacer falta mano diestra para esto—. Pero primero, sentémonos un momento a hablar.

—*¿Hablar?* ¿Esperas que me siente cuando uno de nuestros enemigos está entre nosotros?

—Es un amigo —le digo con énfasis.

—¿Un... amigo? —Kevhan nos mira por turnos. Me agarra de los hombros—. Se han apoderado de ti. Te han robado la mente con sus canciones.

—No. Deja que te lo explique...

Abre los ojos como platos, como si se diese cuenta de la verdad por primera vez.

—Esos primeros rumores... estaban en lo cierto desde el principio. Hiciste un trato con las sirenas a cambio de toda tu destreza como capitana.

—En efecto. —Es doloroso admitirlo. No porque esté avergonzada, sino porque odio la sensación de haberle mentido durante tanto tiempo—. Pero no es tan simple...

—A mí me parece bastante simple. —Se pone de pie para alzarse sobre mí. Irradia ira por todos los poros de la piel. Menudo intento de calmarlo y apaciguarlo—. Tú las condujiste hasta nosotros, *nos entregaste a ellas para que nos devoraran.*

No me pongo a su nivel, sino que permanezco sentada, la voz serena.

—Si mi objetivo hubiese sido conducir a gente hasta las sirenas para morir, ¿por qué pasé años sin perder ni a un solo miembro de mi tripulación? ¿Por qué esperaría a perder un solo barco en lugar de alimentarlos con almas sueltas a lo largo de los años, poco a poco? —Espero que todavía esté lo bastante calmado para ver la lógica.

—Esperaste hasta que *yo* estuve en el barco.

—Kevhan —digo con tono seco, algo exasperada—. Sé que como lord piensas que eres bastante importante, y sé que lo eres para Tenvrath. Pero a las sirenas no les importa nuestra nobleza.

—No —acepta con facilidad, lo cual me pilla desprevenida—. Pero sí les importa su propia nobleza. —No lo sigo, así que me quedo sentada en silencio y espero a la explicación que no tarda ni un instante en darme—. Hiciste un trato para devolverme a los fae. —Señala con un dedo a Ilryth, que permanece en silencio y deja que yo lleve la voz cantante en esta interacción.

Ahora estoy segura de que estos son los desvaríos de un hombre muerto que está perdiendo la cabeza y el sentido común poco a poco a causa de la aflicción.

—Estamos tratando con *sirenas* —le recuerdo con suavidad—. No con los fae.

Kevhan se gira, como si se hubiese olvidado de mí por completo.

—Debo volver con mi hija. Necesita saber la verdad de por qué no puede ir al bosque, o le darán caza.

—Espera… —Me pongo de pie a su lado—. ¿Estás diciendo que una de tus hijas tiene algo que ver con los fae?

—No finjas que no lo sabías. —Nos fulmina con la mirada tanto a Ilryth como a mí.

—¡Claro que no lo sabía! ¿Cómo podía nadie saber eso? —Miro a Ilryth y él también niega con la cabeza—. Ninguno de nosotros tenemos ni idea de lo que estás hablando, Kevhan. Te prometo que, en toda mi vida, solo te he mentido acerca de una cosa: del origen de mis habilidades. Y ahora ya sabes la verdad sobre eso. No hay nada más.

Estudia mi rostro, sin duda para saber si lo estoy engañando. Le sostengo la mirada y extiendo las manos en un gesto que indica que no tengo nada que ocultar. Kevhan se relaja.

—De verdad no lo sabías... Entonces, ¿por qué?

—Nuestro barco no debía hundirse. —Dejo que mi dolor y mi culpa tiñan mi voz—. Fue culpa mía, sí, pero no porque les entregase mi tripulación a las sirenas. Tienes razón, sí que había hecho un trato con ellas... Bueno, con este sireno en particular, con ninguna más... y ese trato me proporcionó mis habilidades como capitana. Pero el trato era para *mí* y solo para mí. Ningún otro ser humano debería haberse visto implicado. El barco se hundió porque yo estaba ahí, pero iba a tratar de sacrificarme a mí misma para evitar eso. Cómo sucedieron las cosas al final fue un desafortunado giro del destino.

Kevhan deja de intentar huir de nosotros. No vuelve a sentarse, pero sí se queda. Lo tomo por una buena señal.

—¿Qué es lo último que recuerdas? —Empiezo por ahí. Él niega con la cabeza, se lleva la palma de la mano a la sien.

—Estábamos en el Paso Gris. El barco se zarandeaba con violencia y entonces... ¿una explosión? Todo se puso oscuro. Cuando recuperé la conciencia, estaba aquí.

»Algunos de la tripulación también estuvieron aquí... otros no. Aunque yo soy el único que queda ya. El resto de ellos oyeron la canción. Dijeron que sonaba a paz, pero yo lo único que he oído son gritos. —Niega con la cabeza—. Los advertí de que no cedieran. Les dije que desconfiaran. Pero dijeron que irían de buena gana. Que estaban listos y yo también debería estarlo, que no había nada que temer. Menudos idiotas. —Se ríe con desprecio.

Un extraño dolor físico me llena por dentro. Da la impresión de contraerse y relajarse al mismo tiempo. Duele, pero también es un peso que se quita de mis hombros. Hubo personas de mi tripulación que aceptaron su destino. No habían mentido cuando me dijeron que conocían los riesgos del Paso y estaban preparados para correrlos. Fueran cuales fuesen los asuntos que aún tenían pendientes en tierra, podían dejarlos ir, podían encontrar la paz. Todos ellos eran mucho mejores que yo, tanto en la vida como en la muerte.

No me merecía a mi tripulación, ni a uno solo de ellos. Cada uno era la mejor versión de mí misma. Porque mientras que yo luché y me opuse a mi destino final durante mucho tiempo, ellos se enfrentaron al suyo con elegancia. Si no estuviese ya comprometida a traer la paz al mundo para que sus almas puedan pasar sin esfuerzo al Más Allá, lo estaría ahora. Se lo debo a mi tripulación, a todas las demás almas que esperan, y a todas las futuras tripulaciones que merecen mares pacíficos para navegar.

—Lo siento, Victoria. Los miembros de la tripulación que vi se convirtieron en las sombras oscuras de las sirenas y bajaron más profundo. Decían que tenían que obedecer a la llamada. Mientras los perseguía para arrastrarlos de vuelta, los detuvieron.

—¿Los detuvieron?

—No lo entendí, pero me lo tomé como una bendición. Fuera lo que fuese lo que los impidió llegar a donde necesitaban ir, también me dio a mí la posibilidad de escapar. —Sacude la cabeza—. Lo siento. Los abandoné. Pero tenía que irme para encontrar a mis hijas.

Apoyo la mano en su hombro una vez más, contenta de ver que no se aparta. Señalo hacia arriba, hacia el paso hasta el que trataba de trepar.

—Si subes ahí, acabarás en el Paso Gris. Te convertirás en un espectro, un fantasma que lo único que siente es odio, y perderás la cabeza. Si lo haces, *jamás* volverás a ver a tus hijas.

—Entonces, ¿qué debo hacer? —pregunta abatido—. No puedo marcharme como hicieron los otros marineros. Debo ver a mis hijas una vez más… a mi Katria…

Se me ocurre una idea.

—Ven conmigo.

—Victoria, estoy seguro de que te estoy entendiendo mal… ¿Quieres sacar a un alma con nosotros del Abismo? —La voz de Ilryth resuena entre mis sienes.

—No voy a dejarlo aquí —digo sin más. Le hablo solo a Ilryth, con la esperanza de que no quepa lugar a dudas.

—No podemos llevarlo de vuelta. —Da la impresión de que a Ilryth le duele objetar.

—¿Por qué no? —Lo miro a los ojos, concentrada solo en él, mientras cruzo los dedos para que Kevhan no sea capaz de oír nuestra discusión—. Las almas deambulan de vuelta todo el tiempo.

Hay un cambio en cómo suena la voz de Ilryth, casi como si me susurrase a través de un túnel corto. Él también me habla solo a mí.

—Se convertirá en un espectro.

—Me dijeron que los espectros se creaban por resentimiento y odio. Sí, cuando lo vi, iba en camino de convertirse en uno, pero con un poco de explicación y tiempo, ahora entiende cuáles son sus circunstancias. No va a guardarles rencor a los vivos, así que no se convertirá en un espectro —razono—. Cuando esté listo, cruzará al otro lado. Se convertirá en uno de los espíritus de sombra que vemos aquí y esperará a su oportunidad de cruzar el Velo. Pero hasta entonces, se queda conmigo. Si ocurre algo malo, aceptaré la responsabilidad. Haré lo que deba. Tengo el poder para hacerlo, gracias a Krokan y Lellia. —Solo espero que la cosa no llegue ahí.

Ilryth me agarra de la mano.

—¿Estás segura de esto?

Asiento.

—Yo no dejo atrás a mi gente. Él es lo único que queda de mi tripulación; no puedo abandonarlo aquí abajo. Además, sería más irresponsable dejarlo aquí. Podría volver a intentar subir a la Fosa Gris por su cuenta, ya estaba cerca de conseguirlo. Al menos, de este modo, si se convierte en espectro, estaremos ahí y podremos eliminarlo al instante. Además, nunca se sabe, a lo mejor puede ayudarnos a convencer al coro de lo que debemos decirles. O quizá pueda ayudarme a comprender a Lady Lellia de algún modo que aún no sé. —Me estoy pasando un poco, pero daré cualquier excusa para no dejar a Kevhan atrás.

La yema del pulgar de Ilryth acaricia con suavidad la mía. El movimiento es extrañamente íntimo. Tanto como cualquiera de los otros placeres carnales de los que hemos disfrutado. Es un gesto cómodo de ternura y confianza. De compasión y comprensión.

—Ya veo por qué te ha elegido Krokan —murmura pensativo—. Eres realmente una criatura magnífica.

—¿Vamos? —Me giro otra vez hacia Kevhan, con lo que aparto su vista errante de la abertura de la Fosa. Da la impresión de que estaba obsesionado por completo con ella, por lo que se ha perdido nuestro debate entero.

—Muy bien, iré con vosotros.

—¿Estás seguro de poder confiar en mí? ¿A pesar de que te mintiese acerca de trabajar con un sireno? —Pese a conseguir lo que quiero, no puedo evitar preguntárselo. La inquietud de sentirme indigna de su confianza serpentea por mi interior como un mal hábito.

—¿No te dije que eres como una cuarta hija que nunca tuve? —Me agarra del hombro—. ¿Qué tipo de segundo padre sería si no confiase en ti ahora? Además, los dos teníamos nuestros secretos, ¿no crees?

Esbozo una sonrisa débil a través del dolor que me producen sus palabras. Levanto una mano para dar unas palmaditas en el dorso de la suya.

—Jamás te dije lo mucho que te apreciaba. No fui consciente nunca de lo mucho que cuidabas de mí. De todas las veces que podría... que *debería* haber sido más agradecida contigo. Siento no haberme dado cuenta antes. No haberte dado el reconocimiento suficiente.

—Victoria, voy a decir algo y quiero que me escuches con atención: si hay alguien a quien no le das el reconocimiento suficiente, a quien no se lo has dado nunca... es a ti misma. Has hecho todo lo que podías. Lo mejor que puede esperarse de nadie. Encuentra paz en eso y deja el resto atrás.

—Estoy trabajando en ello. —Asiento y luego me pongo en marcha, de vuelta al Mar Eterno allá arriba como un trío extraño e inesperado.

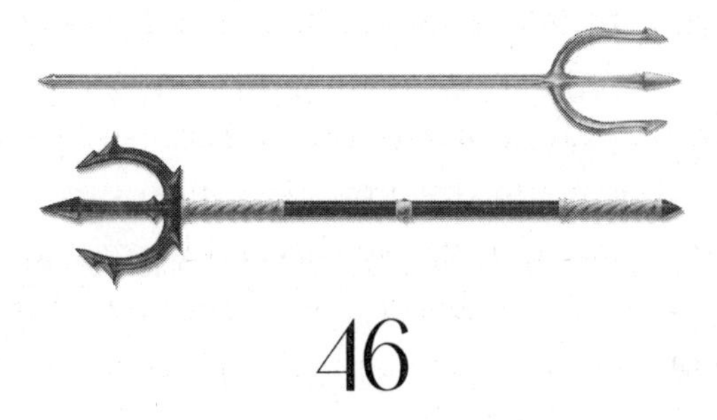

46

Salir del Abismo es mucho más difícil que entrar en él. Cada paso por encima de rocas y por la empinada pendiente es más duro que el anterior, y ambos hombres hacen un esfuerzo por seguirme de cerca. No dejo de mirar atrás para asegurarme de que siguen conmigo, temerosa de que, si los pierdo de vista durante demasiado tiempo, desaparezcan por completo.

—Siento ser un lastre y ralentizar vuestro avance… es… —Kevhan está sin aliento—. Sorprendentemente difícil salir de aquí.

Ilryth me lanza una mirada de preocupación por él. Suelto la mano del sireno para tendérsela a Kevhan. Mi exempleador parece tomar nota de nuestros dedos hasta ahora entrelazados.

—Ven —digo con una calma forzada, tratando a Kevhan como trataría a un gato callejero desconfiado. La idea de que pierda los papeles y corra de vuelta a la Fosa Gris ocupa un lugar predominante en mi cabeza. De alguna manera, me he autoconvencido de que ninguno de los dos está realmente a salvo hasta que hayamos salido del Abismo—. Agarra mi mano. No te dejaré caer de vuelta a ese sitio, a menos que tú quieras.

—Te aseguro que no *querré* hacerlo hasta que haya tenido la oportunidad de ver a mis hijas de nuevo —me promete. Lo creo de todo corazón, y eso es lo que me ayuda a mantener la mano firme. Sus dedos se cierran en torno a los míos mientras lo ayudo a trepar por encima de una roca.

Se me ocurre entonces que su mujer no cuenta entre sus razones para regresar. De hecho, Kevhan nunca habla de ella más allá de menciones de pasada relacionadas con los negocios. No puedo evitar preguntarme cómo es su matrimonio. ¿Es amor? ¿O más bien algo acordado?

Cuando era joven y mi cabeza estaba felizmente llena de cuentos de hadas, creía que cada pareja que se enamoraba deseaba casarse. Y por lo tanto, todos los matrimonios eran por amor. Creía que el amor era pasión y fuego, de modo que todas las uniones que terminaban con un anillo eran felices. Así es como malinterpreté la lujuria por amor cuando Charles vino a la ciudad por primera vez. Una sola mirada y pensé que lo sabía. Él apenas tuvo que hacer nada aparte de regalarme una sonrisa cautivadora.

Fue por él que aprendí, y muy bien, que el amor no está hecho de cuentos de hadas. Me lo tomé como una lección amarga. Empecé a pensar que todo el amor que funcionaba, como el de mis padres, era una casualidad. Que todo el que fallaba, como el mío, era una inevitabilidad.

Ahora... veo esa lección con nuevos ojos. El amor puede adoptar muchas formas diferentes entre las parejas. Un amor basado en la pasión no es menos que un amor basado en la experiencia compartida, o en los negocios, o en cualesquiera otras conexiones que unan a dos personas. Cada pareja tiene su propia oportunidad para definir lo que es el amor para ellos. Ya sea un acuerdo como el de Kevhan, o un amor tan trascendental que los días paran cuando tu pareja desaparece, como el de los padres de Ilryth.

Mis ojos se deslizan hacia él. Estudio con descaro los ángulos marcados de su mandíbula. Sus rasgos juveniles, que brillan con luz propia, su pelo pálido, que contrasta de un modo extremo con este mundo de noche eterna.

Nunca había pensado en volver a casarme. Pensaba que era algo que no encajaba conmigo. Durante muchísimo tiempo, creí a Charles a pies juntillas cuando me decía que era alguien difícil de querer y que costaba vivir conmigo. Ahora, sin embargo, sé que estaba equivocado. Era un hombre triste y amargado que necesitaba desesperadamente tener el control después de que su vida se volviera del revés con la muerte de su familia, y yo ya no estoy comprometida con su catarsis cruel.

Ilryth me quiere lo suficiente como para plantarse ante un antiguo dios por mí. Ha venido hasta el final del mundo, literal, para suplicar por mí. Es un amor que solo había existido en mis sueños y al que había renunciado hace mucho. Pero aquí está, a mi lado, luchando conmigo y por mí. Es un hombre de carne y hueso y virtud, que me quiere *a mí*, de entre todas las personas del mundo. Y yo lo quiero a él en la misma medida.

Pero si conseguimos robar el tiempo suficiente para tener un futuro juntos, ¿podré darle lo que necesita? Aunque sofoquemos la ira de Lord Krokan, Ilryth todavía necesita una mujer y un heredero. Necesita dirigir su ducado, y se merece una duquesa que disfrute de esos deberes a su lado.

Yo no soy esa. Ya no. Quizá no vuelva a serlo nunca. Así que... ¿dónde nos deja eso? ¿Es nuestro amor perfecto, pero aun así condenado al fracaso, pase lo que pase con los antiguos dioses?

No tengo las respuestas... pero quizá parte de las cosas por las que estamos luchando es por tener la oportunidad de averiguarlo. El derecho a hacer las preguntas por nosotros mismos y encontrar nuestro camino. Sea cual sea.

Por fin llegamos al barco del río fundido. La corriente fluye ahora en dirección contraria al Abismo, lo cual me tomo como buena señal. Ayudo a Kevhan a meterse en el bote, luego le hago un gesto a Ilryth para que suba a bordo.

—Yo iré el último —dice Ilryth.

—Órdenes de la capitana —insisto.

—Pero...

—Un consejo, buen señor, yo no discutiría con Victoria cuando de un barco se trata —interviene Kevhan.

Le sonrío a Ilryth y hago un gesto con la cabeza en dirección al bote.

—Tiene razón, ¿sabes? Además, soy la única de nosotros que de verdad está equipada para navegar por el Abismo.

Ilryth se ríe bajito y se mete en el barco resbalando por encima del costado. Se sienta en la borda, la cola doblada y enroscada a lo largo del casco. Todavía se mueve de un modo extraño, como si flotase y nadase al mismo tiempo. Me regala una sonrisa.

—Muy bien, tú mandas.

—Será un placer. —Hay algo que tira de mí de manera innata. Lo pongo a mi espalda mientras empujo el pequeño bote de remos para alejarlo de la orilla y meterlo en la lava. Corro detrás de él y salto a bordo.

—¿Estáis... hablando? —Kevhan parece en la misma medida inseguro y genuinamente emocionado por la idea.

—Así es —afirmo.

—¿Cómo? No oigo nada.

—Estamos hablando con la mente. —Le explico en pocas palabras lo que es la comunicación telepática, y trato de darle una información más útil que la que me dieron a mí de primeras.

Hace un ruidito pensativo, el ceño fruncido por la concentración.

—¿Así? —nos pregunta a los dos con su boca y con su mente.

Las palabra casi sale gritada. *Madre mía, ¿yo también sonaba así cuando llegué aquí?* No me extraña que Ilryth y su familia se mostrasen tan tensos cuando hablaban conmigo al principio. Parece que se me va a partir la cabeza en dos del sonido repentino. De haber ascendido ya desde el Abismo, Kevhan habría alertado a la mitad del Mar Eterno de nuestra presencia.

—Más o menos. —Intento convertir mi mueca por ese sonido estridente en una sonrisa alentadora—. Sigue trabajando en ello mientras salimos de aquí. Pero toma, esto ayudará. —Me quito el collar del cuello y coloco la concha alrededor del suyo.

—Buena idea protegerlo antes de que regresemos —me elogia Ilryth. Me alegra ver que no parece molesto por que le haya pasado su concha a otra persona.

—Eso he pensado —contesto, concentrada solo en él. Kevhan no reacciona al pensamiento. Es verdad que he aprendido a mantener mis pensamientos para mí misma y a limitar mis comunicaciones a sus destinatarios. Ya no necesito la concha.

—Gracias —dice Kevhan, los labios fruncidos para evitar que se muevan. Reprimo una sonrisa. Sus ojos saltan hacia Ilryth—. ¿Él puede oírme? —No hay ninguna reacción por parte de Ilryth—. ¡Ja! —Kevhan parece bastante contento con su descubrimiento. Y su volumen ya está en un nivel mucho más tolerable.

Empiezo a remar, mientras dejo que ponga a prueba su recién encontrada habilidad con Ilryth y conmigo. Hablamos del Mar Eterno y de las sirenas, del Árbol de la Vida, y pintamos una imagen rápida de nuestra situación. Kevhan le pilla el tranquillo a la telepatía deprisa. Supongo que un hombre que está relacionado de algún modo con los fae es capaz de adaptarse deprisa al mundo de Midscape.

Cuando hay un momento de calma en la conversación, le pido a Ilryth que me ponga al día de la situación actual, más que hablar de los acontecimientos que nos han traído hasta aquí.

—¿Qué nos espera cuando regresemos?

—Nada bueno —dice con tono sombrío—. Los mares están peor. Los otros ducados empezaban a volverse en mi contra. Me culpaban de haberle causado esto al Mar Eterno al elegir a una humana como ofrenda.

Suelto un resoplido desdeñoso. No tienen ni idea de que, de algún modo, esa humana sigue siendo su mejor opción de encontrar una paz duradera. Ilryth parece intuir mis pensamientos sin yo decir nada, porque me dedica una leve sonrisa. Compartimos una mirada.

—Eso no ha sido telepatía, ¿verdad? —Kevhan es muy perspicaz. O ha tenido suerte en su suposición—. Me da la sensación de que os conocéis desde hace un tiempo ya.

—Años, técnicamente —responde Ilryth—. Aunque solo he tenido el privilegio de conocer a Victoria a un nivel más personal durante estos últimos meses.

Me concentro en remar para evitar sonrojarme ante las palabras «a un nivel más personal».

Kevhan lo piensa un poco. Incluso después de tener alguna familiaridad previa con Midscape, no puedo ni imaginar todo lo que está teniendo que asimilar de golpe después de lo que le hemos explicado. Así que me sorprendo aún más cuando le tiende una mano a Ilryth.

—Supongo que debo darte las gracias, buen señor —dice Kevhan—. Sus destrezas me hicieron muy rico.

Ilryth sopesa la mano durante un momento, pero al final acepta estrechársela. Sin embargo, no la suelta y su expresión se vuelve pétrea.

—Entonces, ¿fuiste tú el que no le pagó lo que merecía y puso a su familia en riesgo?

—Ilryth —le corto—. Él me pagó más que suficiente. Hubo otras circunstancias que habían afectado a mi economía y que no tenían nada que ver con él.

Ilryth desenrosca los dedos despacio.

—Mis disculpas —murmura.

—No pasa nada. Aprecio que alguien cuidara de nuestra querida Victoria. —Kevhan sonríe mientras se masajea la palma de la mano. Luego me lanza una mirada cómplice.

—Kevhan, ¿puedes contarme qué más sabes acerca de Midscape? —me apresuro a preguntar. No nos queda demasiado para llegar y empiezo a remar un poco más deprisa. Lo último que quiero es que ellos dos tengan tiempo ininterrumpido para hablar entre sí. Kevhan conoce demasiados de mis secretos y sabe demasiado sobre mi pasado.

Un pasado que todavía tengo que contarle a Ilryth. *Se lo contaré una vez que estemos sanos y salvos de vuelta en el Mar Eterno;* con suerte, una vez que todo esté resuelto, pero antes de eso, si hace falta. Se merece saberlo. Solo es que… quiero contárselo cuando estemos solos y no estemos intentando escapar del Abismo del dios de la muerte.

La orilla donde encontré el barco aparece al otro lado del siguiente recodo. La conversación se apaga mientras los guío por el laberinto de anamnesis y por fin hasta el círculo de piedras al que llegué de entrada. Les doy la mano a ambos, cierro los ojos y busco en mi interior las palabras adecuadas para cantar. Tan cerca del Árbol de la Vida, puedo oír los susurros de la canción de Lady Lellia.

Mi intención está clara. Abro la boca y emito una nota alta.

Ya vamos, Lellia, digo sin palabras. *Pronto estarás libre.* La primera vez, le cantamos a Krokan y solicitamos que nos guiara en el descenso. Esta vez, le cantamos al Árbol de la Vida muy por encima de nosotros. Kevhan está alucinado con Ilryth y conmigo. Se queda boquiabierto, los ojos vidriosos. Oscila con suavidad, tras sucumbir al trance de las canciones de las sirenas.

Pequeñas burbujas nos rodean. Noto el cuerpo ligero, desconectado. Mis pies abandonan el suelo y los otros dos vienen conmigo. Empezamos a subir, muy por debajo de las olas. Más y más y más arriba. Todo es un borrón hasta que parpadeamos y, de repente, nuestras cabezas asoman fuera de la superficie del Mar Eterno.

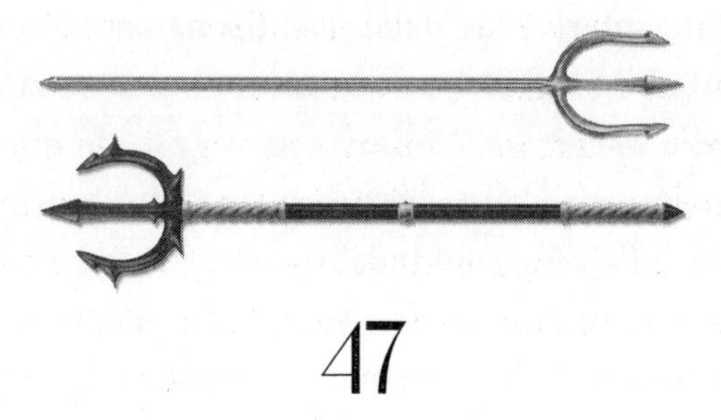

47

Kevhan boquea de un modo sonoro por instinto. Como si todavía necesitase respirar. Yo aún siento el impulso de hacer lo mismo, pero me contengo. Ya estoy mucho más acostumbrada a mi forma mágica.

Ilryth se limita a parpadear hacia el cielo gris en lo alto, sereno y tranquilo. Él no boquea en busca de aire. Tampoco se zambulle de inmediato debajo de las olas. Una sonrisa cansada curva sus labios. La luz del Árbol de la Vida centellea sobre su piel mojada y hace resaltar todos sus dibujos de tonos plateados y dorados. La verdad es que es despampanante, incomparable.

Entonces, un viento intenso barre a través del océano y lo encrespa hasta que está tan gris como mis ojos. Reprimo un escalofrío y contemplo cómo más hojas plateadas que nunca caen del Árbol de la Vida.

—¿Eso es el Árbol de la Vida? —susurra Kevhan.

—Así es.

—Ella hablaba de coronas de cristal, de gente que vivía en los mares, de espíritus de los bosques profundos y de reyes que podían dividir mundos —cavila con suavidad para sí mismo. Las palabras parece tan personales que no quiero interrumpirlo—. Jamás esperé ver semejantes cosas mágicas con mis propios ojos.

—Podrás echarle un vistazo mucho más de cerca —le digo, y empiezo a nadar—. El Árbol de la Vida es a donde nos dirigimos.

—Victoria, debemos actuar con cautela —me advierte Ilryth, aunque aun así me sigue—. En cuanto el coro sepa que hemos regresado, nos encerrará. Y estoy casi seguro de que Ventris ya habrá percibido una alteración procedente del Abismo.

—No me cabe ninguna duda. —Esto es algo absolutamente sin precedentes. No esperaba menos. Esa parece la costumbre del Mar Eterno: encierra a alguien en una habitación hasta saber qué hacer con él o con ella—. Esa es justo la razón de que vayamos primero al Árbol de la Vida. Necesitamos un lugar seguro donde dejar a Kevhan.

—¿Me vais a dejar aquí? —pregunta Kevhan, que tiene que apresurarse para alcanzarme a nado. No me había dado cuenta de lo rápido que nado ahora, porque siempre me había comparado con las sirenas.

—Aquí estarás a salvo —le aseguro—. El Árbol de la Vida ancla la vida misma a este mundo. Te protegerá de volver a caer en el Abismo. —Espero. Es en parte una suposición, pero es la mejor que tengo. Por un instante, me pregunto si he tomado la decisión correcta al traerlo de vuelta con nosotros... En cualquier caso, no puedo dudar ahora. No podía dejarlo ahí, e Ilryth también parece aceptar mi decisión.

Nadamos hacia la parte de atrás del Árbol de la Vida, hacia las raíces que cuelgan por encima del Abismo. Nunca he visto a sirenas nadando aquí, a causa de la podredumbre, así que espero que eso signifique que está a salvo, en parte, de sus ojos perspicaces. El agua tiene pegotes rojos y el aire está cargado de un hedor a putrefacción. Para ahorrarles el olor a nuestra narices, nos zambullimos bajo la superficie una vez más.

Kevhan hace ademán de subir a por aire después de unos segundos, pero lo agarro de la mano.

—Eres un espíritu —le recuerdo—. No necesitas respirar.

—Cierto... —Mira la muñeca que sujeto—. ¿Cómo es que puedo sentir? ¿U oler?

—Sospecho que es la magia de los antiguos dioses. —Postula Ilryth en mi lugar—. Para ascender hasta este mundo desde el Abismo, has oído sus canciones a través de Victoria y de mí mismo. Sospecho que eso estabilizó tu espíritu.

Lo cual me da esperanzas de que no regresará como un espectro.

—Creo que eres un poco como yo. —Le dedico a Kevhan una sonrisa alentadora y suelto su muñeca. Retomo la tarea que tenemos entre manos señalando hacia un pequeño recoveco entre las raíces—. Quédate aquí. Mantente escondido de *cualquiera* que no seamos nosotros. Regresaremos pronto. —*Espero.*

—¿Qué vais a hacer?

—Vamos a intentar liberar a una diosa —digo con una calma forzada. Como si no fuese una cosa imposible de pensar siquiera—. Pero por el momento, debes esconderte. Si te encuentra una sirena, es probable que crea que eres un espectro y podría atacarte. Una vez que hayamos arreglado las cosas, averiguaremos cómo llevarte de vuelta con tus hijas. Te lo prometo. Pero puede que tardemos uno o dos días.

—Vale. Nunca me has defraudado. —Kevhan nada hasta el nido de raíces. Hace una pausa—. Excepto esa única vez en que conseguiste matarme —añade con una sonrisa.

—Tienes bastante buen aspecto para ser un hombre muerto —contesto con una carcajada.

Los ojos de Kevhan se deslizan hacia Ilryth.

—Cuida de ella.

—Lo haré. Aunque estoy seguro de que será más bien al revés. —Ilryth agarra mi mano—. Deberíamos irnos.

Asiento y me pongo en camino. En lugar de volver hacia el castillo, donde sin duda nos espera el coro, nado hacia el Árbol de la Vida.

—Espera, Victoria, ¿a dónde…?

Giro la cabeza hacia atrás.

—Francamente, Ilryth, no me importa lo que piense o diga tu coro. Krokan me ha encargado un trabajo: liberar a Lady Lellia. No veo ninguna utilidad en retrasarlo.

Giramos en torno a las raíces para llegar a la playa y hasta que no estoy medio fuera del agua, no oigo la canción que resuena por encima de la isla.

—Lucia estaba dirigiendo una oración a la antigua diosa, para suplicar la paz —explica Ilryth. No se ha desprendido de su cola—. Hay devotos aquí. *Debemos* pasar por el coro.

—¿Cuántas sirenas hay? —pregunto.

—¿Qué?

—¿Podríamos con ellas?

—Victoria. —Nada hasta mí de una poderosa brazada y me mira escandalizado—. No voy a luchar contra los míos.

—Cuanto más lo demoremos, más cerca estaremos de que todo el mundo muera. —Señalo hacia el túnel que conduce a la puerta de Lellia—. Estamos *aquí mismo*. Vamos. Agarro una de las hachas apoyadas en las raíces, luego derribo la puerta a hachazos mientras tu contienes al resto. Eres el Duque de las Lanzas. Te he visto luchar.

—No podemos entrar a la carga así sin más. —Niega con la cabeza despacio.

—¿Por qué no?

—Te matarán.

Me señalo a mí misma.

—Ya he caminado por la parte más profunda del Abismo y he regresado por voluntad propia. No tengo miedo de ningún mortal.

—Por favor, no quiero verte como la villana de esta historia —dice Ilryth con voz queda.

Me meto en el agua de nuevo para arrodillarme delante de él. Las olas lamen mi pecho. Los brazos de Ilryth me enmarcan por ambos lados. Nuestras caras casi se tocan, pongo las manos sobre sus mejillas.

—Ilryth… he pasado *años* en los que la gente me consideraba la villana. Años en los que creía sus palabras: que era una criatura despreciable y odiosa —digo en voz baja. Sus ojos se abren mucho, sorprendido y consternado. Continúo antes de que pueda objetar—. Pero ahora... sé que no lo soy. Nunca lo fui. No hacía más que decirme que lo sabía, pero mi corazón nunca se lo creyó.

»Ahora lo sé en lo más profundo de mi alma. Oigo mi propia canción con tal claridad y nitidez que no tengo ninguna duda. Deja que intenten cantar por encima de mí. No lo harán. Chillaré, si tengo que hacerlo, para hacerme oír. Mi verdad y tú son todo lo que necesito. Siempre que tú conozcas mi corazón, siempre que tú no me veas como malvada, no me importa lo que opine el resto del mundo. Ellos no importan.

—Victoria —murmura con suavidad. Se inclina hacia mí para besar mis labios con dulzura; su beso sabe a él y a agua salada, pero también a tristeza. Siente un dolor inmenso en su interior en mi nombre. Acaricio sus mejillas e intento sonreír, para asegurarle que no pasa nada. Por primera vez en mi vida, todo irá bien. No solo tengo el poder para guiar mi destino, sino que también he hecho las paces con el pasado.

—Déjame ir. Si no para tirar la puerta abajo, entonces para cantar con Lellia. Para preguntarle por primera vez en miles de años qué quiere *ella*. Haremos lo que ella diga por encima de cualquier otra cosa.

—Muy bien. —Ilryth solo consigue emitir la primera nota de la canción para desprenderse de sus escamas cuando una voz familiar nos interrumpe.

—Por los antiguos dioses de arriba y abajo, la alteración en la canción era verdad. Los conspiradores han regresado para condenarnos a todos. —Masculla Ventris a la entrada del túnel.

Dejo caer las manos de la cara de Ilryth y me giro a toda velocidad. Fenny está de pie al lado de Ventris, en cabeza de una tropa de guerreros y sirenas que debían estar entre los devotos. En el hombro y el brazo derecho de Fenny veo marcas idénticas a las que siempre había visto en la piel de Ilryth. Lleva una lanza familiar en la mano: la Punta del Alba.

—¿Fenny? —Ilryth parpadea, el nombre teñido de confusión.

—Para ti es Duquesa de las Lanzas, traidor.

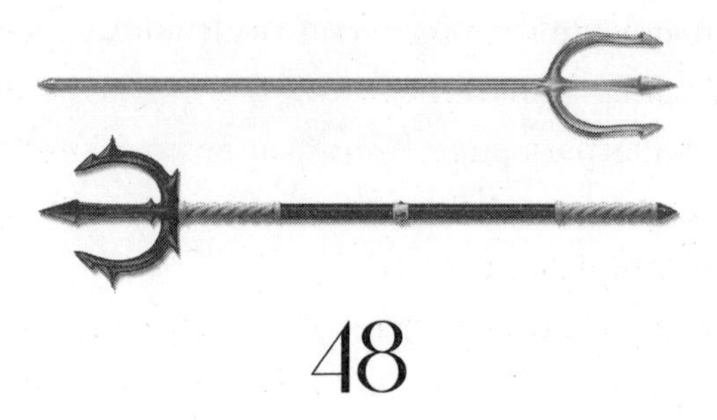

48

Nos llevan de vuelta al castillo a la fuerza. Aunque ni a Ilryth ni a mí nos ponen la mano encima, las lanzas que empuñan y las miradas duras nos dejan el mensaje bien claro: como movamos un solo dedo, la cosa no acabará bien. No pierden ni un momento en encerrarnos en habitaciones ni en celebrar reuniones. Nos acompañan de inmediato a la sala del coro, sumida en el más profundo de los azules.

Las otras sirenas se han marchado, sin duda forzadas a hacerlo con palabras que no oigo. Creo que, de haberles dado la opción, hubiesen preferido quedarse a ver nuestro juicio. Los guerreros y los devotos abandonan la sala con notas secas emitidas en nuestra dirección. Odiosas muecas de desprecio.

Yo lo encajo con facilidad. Estoy muy acostumbrada a este tipo de cosas. Pero para Ilryth es nuevo. Estas miradas crueles de la gente a la que quiere, de la gente por la que tanto ha sacrificado, le duelen. Lo siento en mi mismísima alma, mientras sus ojos centellean de dolor, pese a que hace un esfuerzo por mantener la compostura. Me planteo si darle la mano, pero resisto el impulso de hacerlo. No sé lo que saben de nuestra relación, si saben algo de nuestro amor y de todas las líneas que hemos cruzado. Solo puedo sospechar que tienen alguna idea, dado que Ilryth desafió todas las leyes para llegar hasta mí. En cualquier caso, por el momento es mejor no revelar nada hasta que debamos hacerlo. Por mucho que me duela no poder tocarlo.

Unos cuantos de los guerreros mantienen sus posiciones a la entrada, alineados para impedir que escapemos. Aunque no hemos hecho nada para sugerir que vayamos a intentarlo. Sevin, Remni y Crowl están quietos como estatuas en sus conchas. Ventris y Fenny completan el coro.

Es extraño y doloroso, incluso para mí, ver a Fenny ocupar la concha de Ilryth. Deja la Punta del Alba sobre su regazo. El resto de los duques y la duquesa hacen lo mismo con sus lanzas legendarias. Me pregunto si su magia será lo que necesitamos para abrir la puerta de Lellia. O quizá no necesite ese tipo de poder y la puerta solo esté cerrada porque nadie ha intentado abrirla nunca y Lellia está demasiado débil para hacerlo ella misma aunque quiera.

Remni, directora del coro, extiende su lanza hacia el centro. Todos los otros hacen lo mismo. Un tenue resplandor se prende en sus puntas para iluminar una anamnesis en el lugar donde estaba la concha tallada la última vez que estuve ante un coro.

—El coro abre sesión —anuncia Remni. No pierdo no un segundo.

—Puedo explicar...

—¿Explicar cómo has arruinado nuestros mares? ¿Cómo nos has traicionado? —escupe Ventris—. Y ahora has venido a burlarte de nosotros y a nadar en las aguas de nuestra condena.

—Basta, Ventris —espeto cortante, lo bastante alto como para que me oigan todos. Espero que lo oiga todo el Mar Eterno. Lo evalúo con una mirada cruel; nunca me había parecido tan pequeño—. No eres más que un niñito triste que deseoso y *desesperado* por estar a la altura del legado de su padre. Pero jamás lo lograrás. Estás tan empeñado en intentar ser él que ni siquiera se te ocurre pensar en lo que le hizo grande.

—¿Cómo te atreves a...? —Intenta continuar, pero no le dejo.

—Pasas tanto tiempo dándote aires que jamás te has tomado el tiempo para hacer tu trabajo. Ni siquiera puedes oír las palabras de Lord Krokan, ¿verdad? —Es en parte una apuesta y en parte verdad deducida de lo que dijo Krokan.

Ventris se echa hacia atrás, retuerce las manos en torno a su lanza. Los rostros del coro muestran ahora expresiones de sorpresa y consternación. Ilryth esboza una sonrisilla de suficiencia.

—Tu padre podía hacerlo de verdad, pero tú no —continúo—. Has dedicado mucho tiempo y esfuerzo a tus alardes de poder y a la prominencia de tu castillo, con los hechizos protectores y las inscripciones que hizo *él* para compensar lo que a ti te falta. Tus inseguridades y tu soberbia pueden acabar por costarle todo a tu gente. Es tu culpa que los progresos que logró tu padre no sirvieran para nada.

Ventris me fulmina con la mirada. Me sorprende que el agua a su alrededor no burbujee con el calor de su ira.

—Creo que ya hemos oído suficiente de ti.

—¿Es verdad? —pregunta con frialdad Remni, Duquesa de los Artesanos. Tiene sus fuertes brazos cruzados delante del pecho. No es necesario que sujete su lanza para ser imponente—. ¿Nos has estado engañando? ¿No puedes oír la canción de Lord Krokan como lo hacía tu padre?

Ventris gira la cabeza a toda velocidad. El movimiento es tan repentino y violento que todo su cuerpo se desliza por el agua y casi sale volando de su concha.

—No podéis creer que… estas mentiras… ella es…

—Una traidora —termina Fenny.

—Sí, una traidora —se apresura a afirmar Ventris. Mira a Fenny como si la mujer fuese la clave para sus victorias—. Su mente está retorcida por la depravación y, si no por eso, por la podredumbre, que solo ha empeorado desde que…

—¡Dejadme hablar! —grito más alto que él. Los ojos de todos los presentes vuelven a mí—. La primera vez que vi a este coro, me enseñasteis cómo todos empleáis la mesura y el sentido común para gobernar. Cómo tratáis a todos con respeto y civismo y no llegáis a conclusiones precipitadas sobre temas importantes. Os pido que me concedáis eso mismo ahora. Dejadme hablar. —Para cuando me repito, mi tono se ha calmado. Señalo a Ilryth—. Y dejadlo hablar también a él. Tenemos las respuestas que buscáis, porque los antiguos dioses nos han elegido como sus mensajeros.

Crowl da unos golpecitos sobre su muslo con la lanza.

—La humana tiene razón.

—No podéis… —empieza Fenny.

—Eres nueva en este consejo, duquesa —la interrumpe Remni con frialdad—. Y tu puesto entre nosotros está abierto a debate ahora que tu hermano ha regresado. —Antes de que Fenny pueda pensar siquiera en otra palabra que decir, Remni me hace un gesto afirmativo—. Habla, pues.

—Estuve ante Lord Krokan. Los dos lo estuvimos. —Señalo a Ilryth y luego a mí misma—. Pero hacerlo no nos condujo a la locura. Nos condujo a la *claridad*. Lord Krokan nos envió de vuelta, a los dos, porque hay algo que debe hacerse. —Me tomo un momento para pensar bien mis siguientes palabras. Debo elegirlas con sumo cuidado. Depende de mí convencer a estas sirenas de que debemos ir contra años de tradición y arriesgar en el proceso lo que ha sido el equilibrio del mundo hasta ahora.

—¿Y ese «algo» es…? —me insta Remni, las cejas arqueadas.

Cuando no respondo de inmediato, Ventris no puede evitar hacer un comentario.

—¿Veis? Su mente ya se está deshilachando.

—Lady Lellia se está muriendo y Lord Krokan está furioso por ello. Quiere llevársela para que puedan salvarse ambos —farfullo. Todos me miran como si me acabase de salir una cola como la de cualquiera de ellos y hubiese echado a nadar. Hasta ahí mi intento de plantear esto con tacto…

—¿Liberar a Lellia del Árbol de la Vida? Compañeros del coro, no vamos a hacer caso de estas tonterías, ¿verdad? —La voz de Ventris lleva un deje de petulancia aliviada. Cree que he demostrado lo que él decía. Me temo que pueda estar en lo cierto, dadas las expresiones del coro—. Propongo que lo mejor que podemos hacer es devolverlos al Abismo, no mediante una unción, sino por la fuerza, y que dejemos que Lord Krokan haga con ellos lo que le plazca. No cabe duda de que lo han trastornado, despreciables criaturas traicioneras.

¿En serio está Ventris sugiriendo lo que creo? *¿Por la fuerza?* ¿Pretende intentar matarme otra vez? Descarto la idea de discutir esa posibilidad. No merece la pena ni pensar en ella cuando hay cosas más importantes de las que preocuparse. Y como pase más de un segundo pensando en cómo sugiere Ventris matar a Ilryth, entonces de verdad que voy a perder mi última brizna de autocontrol.

—Os estoy diciendo la verdad —insisto—. Debemos permitir que Lord Krokan y Lady Lellia crucen el Velo para reunirse con sus hermanos divinos al otro lado... —Les cuento todo lo que hemos visto. Les hablo de las antiguas historias olvidadas por las mentes mortales durante miles y miles de años. Les hablo del amor de Krokan y Lellia. Del sacrificio de ella.

Intento explicar todo de un modo tan abierto y honesto como puedo. Puede que parezca imposible. Es posible que la verdad sea lo último que quieren oír, pero merecen saberlo todo.

—... el difunto duque Renfal habló con el antiguo dios y conocía algunas de estas motivaciones. No era capaz de comprender todas las palabras de Lord Krokan porque no estaba ungido, pero captó la idea general. Eso lo incitó a cortar pedazos del árbol poniendo como pretexto que servía de protección. Pero en realidad, lo hacía para debilitar al árbol e intentar liberar a Lellia. Lord Krokan intentó ayudar en el proceso: desde la podredumbre hasta negarse a aceptar más almas y provocar que se amontonasen en el Abismo, lo cual condujo a la aparición de más espectros, lo cual a su vez condujo a más cortes en el árbol. Es decir, hasta que tú lo interrumpiste. —Miro a Ventris, pero continúo antes de que él pueda reaccionar a la acusación—. Liberad a Lady Lellia, devolvédsela a Lord Krokan, dejad que regresen al Más Allá y se reúnan con el resto de sus compañeros divinos.

—No me quedaré aquí sentado de brazos cruzados mientras ella denigra el nombre de mi padre con sus mentiras. —Ventris se levanta. Ilryth se mueve para ponerse un poco delante de mí.

—Siéntate, Ventris —ordena Remni—. Mantén tus emociones bajo control o no llegaremos nunca a la verdad, y mucho menos decidiremos qué hacer a continuación. Ahora dime, ¿podría todo esto ser *posible*? —le pregunta Remni a Ventris. El hecho de que se lo pregunte a él cuando yo estoy aquí mismo, diciéndole todo lo que necesita saber, me da ganas de gritar.

—Necesitaría tiempo para consultar los tomos. Pero mientras tanto, deberíamos enviarla de vuelta.

—No hay tiempo. —Hablo casi por encima de Ventris—. Hay algo llamado la Luna de Sangre. Hasta que llegue ese momento, las líneas entre los mundos se están afinando. Si Lord Krokan y Lady Lellia van a reunirse con sus hermanos al otro lado del Velo, necesitan marcharse ese día o antes. Y eso sucederá antes de que podáis enviar otro sacrificio. No queda tiempo.

—¿Luna de Sangre? —Remni mira a Ventris.

—Los astrónomos sagrados han mencionado algo al respecto —admite este a regañadientes—. Pero es un tema que tiene más que ver con los vampiros y nunca ha tenido una importancia especial para nuestras tradiciones.

—¿Cómo puedo saber de ello sin que me lo dijera Lord Krokan? —Me llevo una mano al pecho—. Es algo que ocurre solo una vez cada quinientos años.

—Pero todavía quedan un par de años —objeta Ventris—. Tiempo de sobra para...

—¿De verdad pretendes jugar con la vida de Lady Lellia? Es seguro que no sobrevivirá hasta la siguiente luna; puede que ni siquiera sobreviva hasta esta. Es esto o nada, ahora o nunca, y esa es la razón de que Krokan haya recurrido a medidas drásticas.

—Digamos que te creemos —interviene Sevin. Desearía que sonase más convencido y menos hipotético—. ¿Qué se supone que debemos hacer? ¿Dejar que tales el Árbol de la Vida?

—¿Cómo te atreves...? ¿Vamos a...? ¿Vamos a dejar que nos convenza de destruir el ancla de la vida y a uno de los últimos dioses que quedan en este mundo así sin más, con poco más que unas mentiras convincentes? —farfulla Ventris.

—Esa es una buena pregunta. —Crowl se frota la barbilla—. ¿Qué pasa con el resto de la vida mortal si liberamos a Lady Lellia del Árbol de la Vida y se marcha de este mundo?

—Lord Krokan dijo que existe la posibilidad de crear otra ancla... pero se lo preguntaría a ella yo misma, si tengo la oportunidad. —Extiendo mis dos manos delante de mí, deseando poder hacerles comprender las emociones y maquinaciones que apenas logro entender yo misma—. Estoy segura de que si pudiésemos hablar con ella, Lellia nos guiaría. Ella ama esta tierra más que a nada. Lo bastante como para sacrificar su mismísima esencia por ella durante siglos y siglos.

—¿Te atreves a suponer que serás capaz de hablar con Lady Lellia? —se burla Ventris.

—En efecto. —Lo miro a los ojos y me complace ver que aparta la mirada—. Quizá no pueda prometer lo que pasará después, pero esto lo sé... si no me creéis ahora, todo esto acabará en una gran calamidad.

—¿Cómo podemos confiar en ti? —pregunta Fenny. Tiene una expresión que no consigo descifrar del todo. Es casi... ¿engreída? Mientras que los demás están asustados o enfadados, ella ha tenido una leve sonrisa dibujada en la cara durante todo este tiempo.

—Porque os estoy diciendo la verdad —declaro—. He de reconocer que hubo un tiempo en el que guardaba rencor (odiaba incluso) a Ilryth y a todas las sirenas. Pero ahora os entiendo. Me he desprendido de mi piel humana y he sido ungida por vuestras canciones. Incluso ahora, después de haber ido al reino de la muerte y haber vuelto, vuestras marcas todavía están sobre mí. Así que comprendo muy bien que lo que os he contado y que lo que os estoy pidiendo que aceptéis y hagáis no es poca cosa.

—Lo que nos estás pidiendo es que pongamos fin a esas costumbres que dices entender. —Sevin se echa hacia delante para apoyar los codos en sus rodillas—. Tenemos miles de años de historia que han pasado de generación en generación por medio de nuestras canciones. Pero ni una sola de ellas habla de este peligro que predices... de la muerte de nuestros dioses.

—¿Alguien cantó sobre la podredumbre antes de que empezase a emanar del Árbol de la Vida? ¿O de que la ira de Krokan revolvería los mares? ¿O de la creciente frecuencia de los espectros? —Se quedan todos callados—. Lo sé, es aterrador cuando el mundo que creías conocer, el mundo que creías controlar, de repente empieza a venirse abajo. Cuando las cosas con las que siempre has contado, los cimientos sobre los que construiste tu mundo, se vienen abajo.

Noches solitarias. La ilusión de seguridad, desaparecida. Palabras duras, lo bastante pesadas como para hundir a una mujer joven. Una playa desierta.

—Sé lo que es perderlo todo, y darte cuenta horrorizado de que en gran medida fue por tu culpa, aunque esa no hubiese sido nunca tu intención. Pero debéis seguir adelante. Aunque no sepáis vuestro destino... o incluso si seréis capaces de llegar siquiera a ese punto lejano y lleno de esperanza.

Una huella embarrada tras otra, para alejarte de una playa fría y oscura. Bajar por un camino que no has recorrido nunca. Llegar a una ciudad de la que solo has oído hablar. A una vida con la que jamás se te ha ocurrido soñar siquiera.

—Le debemos a... *vosotros* le debéis a todo el mundo tomaros la historia según viene y trazar vuestro propio rumbo. No podéis dejar que vuestro futuro esté encadenado al pasado. Reclamad vuestro propio destino —digo para concluir.

Mis palabras les llegan, creo. Espero. Todos se quedan callados. Sus expresiones son pensativas.

—Escuchadla. —Ilryth nada un poco hacia delante—. Si alguna vez sentisteis algún amor o respeto por mí, escuchadla. Victoria es la mejor entre nosotros. Es buena y honorable. Nunca nos ha mentido ni nos ha engañado a ninguno de nosotros. Si acaso, siempre ha actuado con nuestro mejor interés en mente.

No hables tan bien de mí, querría decirle. *No digas estas cosas.*

Pero no se calla. Continúa con su noble cruzada, que guerrea con mi corazón.

—En el Mundo Mortal, la seguían los hombres y las mujeres debido a su bondad y a su virtud. He visto a las almas de varios muertos olvidar su ira solo con su mera presencia. Ha convencido al propio Lord Krokan para que nos permita regresar. Si ella nos da su palabra, es así. Y nosotros…

—Basta, Ilryth —lo interrumpe Fenny, y su sonrisa engreída se ensancha un poco—. No es la mujer que crees. Y ahora que soy la Duquesa de las Lanzas, es mi responsabilidad defender al Mar Eterno del mal, la crueldad, la malicia y las *mentiras.*

Fenny posa los ojos en mí y el mundo se queda muy quieto y frío. Observo, como con retardo, a Fenny meter una mano en una bolsita que lleva a la cadera. Una sonrisa parecida se despliega por el rostro de Ventris. Sé lo que va a pasar antes de que suceda. Es como ver mi barco hundirse de nuevo. Todas mis esperanzas arrastradas por las turbulentas mareas del destino.

Fenny sujeta en alto una sencilla alianza dorada. La misma que perdí en el agua hace cinco años. La misma que estaba en la sala del tesoro de Ilryth. El anillo que le confié para que se deshiciera de él.

—¿Sabías que estuvo casada? —le pregunta Fenny a Ilryth, cuya cabeza vuela de ella a mí, antes de girar otra vez hacia Fenny.

—¿Qué es este jueguecito, hermana?

—No es ningún juego. Solo la verdad. *Por fin.* —Los ojos de la mujer vuelven a mí. Ladea la cabeza y mechones de su pelo dorado se sueltan de la concha espinosa que hace las veces de horquilla; parecen serpientes enfadadas—. ¿Se lo dices tú, o prefieres que lo haga yo?

Estoy girando en espiral, cada vez más y más profundo, de vuelta al Abismo. El mar me va a engullir de una pieza y esta vez no me va a escupir otra vez como un ser consciente. No seré más que una ameba. Seré una de esas criaturas de sombra, las que esperan a ser consumidas enteras por los monstruos de las profundidades. Soy una cosa pequeña y patética y débil…

La descomposición de mi cuerpo no está sucediendo lo bastante deprisa. Estoy desesperada por que todo termine, pero *no* lo está haciendo. Sigo en este lugar. Y de una sola pieza sólida. La conversación aún continúa. *¿Por qué no le estoy poniendo fin? ¿Por qué no estoy diciendo nada?*

—Muy bien, pues —continúa Fenny—. Esto se le cayó, la noche que la marcaste para ser nuestra ofrenda.

—Ese podría ser cualquier anillo —dice Ilryth con cautela.

—Sus iniciales están grabadas en él. —Las palabras de Fenny me destrozan—. Se le resbaló del dedo cuando realizaste el acto, ¿no es así?

Ilryth todavía está girando la cabeza de una a otra. Sin embargo, en cuanto posa los ojos en mí, lo sabe. Su lenguaje corporal cambia al ver que no niego que sea mío. Sabe la verdad sin que haya que decir ni una palabra más.

—Así es, pero…

—¿En qué dedo lo llevaba?

—No… no me acuerdo —balbucea Ilryth.

—Venga ya, por supuesto que te acuerdas —casi ronronea Fenny.

—Mano izquierda, segundo dedo desde el lado del meñique.

—Sevin, como Duque de la Erudición, acudí a ti hace unos meses para hacerte una consulta acerca de los humanos y sus anillos, ¿verdad? —*¿Hace meses?* Si eso es cierto, el día en que le pedí a Fenny que se deshiciese del anillo, se marchó… y no se la vio por ninguna parte durante un tiempo después de aquello.

—Es verdad —admite Sevin.

—¿Y qué me dijiste?

—Hay registros que hablan de que los primeros humanos marcaban sus uniones con anillos dorados de madera, tallados de los árboles de sus antepasados. Así determinaban que su unión el uno con el otro, y con el mundo, sería eterna —declara Sevin.

—No entiendo qué tiene que ver todo este teatro con el asunto que tenemos entre manos —dice Remni con tono seco. Da unos golpecitos con la punta de su lanza en el suelo—. Ve al grano, chica.

—La cosa es que *miente*. —Fenny mira a Ilryth—. ¿Alguna vez te ha hablado de un marido?

Ilryth se queda callado durante unos segundos largos. Se gira hacia mí, su mirada inquisitiva. ¿Qué puedo decir, o hacer? *Te lo iba a contar*. Pero no consigo decirlo lo bastante deprisa antes de que Ilryth conteste.

—No.

—Nos ha mentido a todos. Nos ha engañado a todos. Una humana nunca fue una ofrenda adecuada y debimos saber que la cosa terminaría así. —Fenny se levanta y señala en mi dirección—. Es una villana retorcida que ha conspirado para minar a mi hermano y volverlo contra los suyos.

—¡Yo no he hecho tal cosa! —Por fin encuentro mi voz. Suena pastosa y torpe y me duele hablar, pero me obligo a hacerlo.

—¿No estuviste casada? La verdad. —Fenny me apunta con su lanza.

—Lo estuve, pero terminó. *Yo* lo terminé.

Me sorprende ver que Ilryth se interpone entre nosotras, a pesar de todo. Se coloca en una posición protectora. Me entran ganas de abrazarlo. De disculparme llorando por cómo ha resultado todo esto.

—Entonces, confiesas haber roto tu juramento. Confiesas ser una perjuradora. —El coro murmura, intercambia miradas. El mundo me sacude hasta la médula otra vez. Me trae de vuelta cada burla y mofa lanzadas en mi dirección. ¿Podré escapar alguna vez de mi destino? ¿Es esto todo lo que soy?—. Lucia, entra —ordena Fenny.

—¿Lucia? —repite Crowl, mientras la joven llega nadando por el túnel—. ¿Qué tiene ella que ver con todo esto?

—Más pruebas del engaño de Victoria. De cómo corrompió a Ilryth en su beneficio. —Fenny le hace un gesto a Lucia para que se acerque y se coloque también ante el consejo—. Diles lo que me dijiste a mí.

Fenny sabe que hay amor entre Ilryth y yo. Sabe lo que hicimos. Lo he condenado, y también a mí misma, al Mar Eterno y a todo Midscape. Tal vez al mundo entero.

Lucia se detiene, mira de nosotros al coro. Después de lo que parece un tiempo imposiblemente largo, por fin habla.

—No sé de qué me hablas, hermana.

—Lucia —gruñe Fenny.

—No hablaré en contra de mi hermano.

—¡El coro te lo ordena!

—Tú no eres el coro —replica Lucia—. No eres más que una sustituta de nuestro hermano, y una sustituta patética, dicho sea de paso. Tenía mejor concepto de ti, hermana.

—¡¿Cómo te atreves?! Estoy intentando *salvar* a nuestra familia.

—Basta —interviene Remni.

Mientras las hermanas siguen discutiendo, Ilryth se gira hacia mí. Su expresión es indescifrable. No revela nada de lo que piensa, ni por un momento siquiera.

—¿Es verdad? ¿Estás casada? —susurra, solo para mí.

—Lo puedo explicar...

Ilryth sacude la cabeza y aparta la mirada.

—Matémosla y acabemos con esto —exige Ventris.

—Es posible que las tradiciones humanas cambien —apunta Sevin—. A lo mejor estamos poniendo demasiada fe en unos registros antiguos para determinar su carácter.

—Nada de esto ayuda a aliviar nuestros problemas con Lord Krokan o estas afirmaciones sobre el estado de Lady Lellia —señala Crowl.

Todo el mundo empieza a hablar a la vez. Más y más alto. Pero mis oídos no oyen nada de lo que dicen. No oyen nada más que un silencio absoluto mientras miro a Ilryth, que sigue sin querer sostenerme la mirada.

¿Qué he hecho?

—¡Basta! —Remni nos silencia a todos con un grito y un golpe tan fuerte con su lanza que hace que un fogonazo de luz se estrelle contra todos los rincones de la sala—. Basta. Esta disonancia no nos llevará a ninguna parte. Lucia, márchate. Guerreros, llevad a Ilryth y a Victoria a las habitaciones de los ungidos y *no* los dejéis salir hasta que el coro haya decidido su futuro.

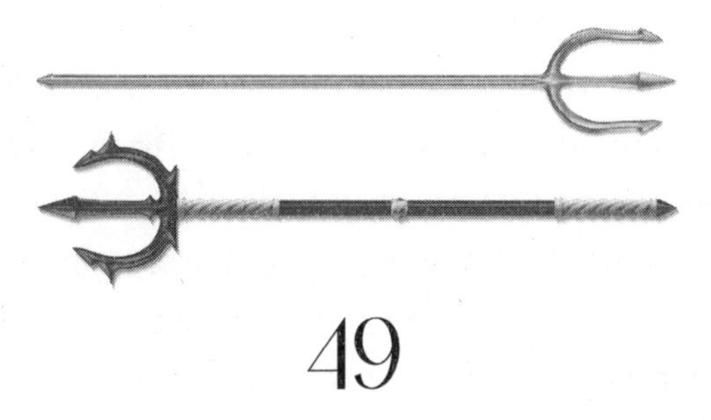

49

Nos llevan de vuelta a las habitaciones que yo ocupaba antes. Hay un océano entero entre nosotros, en lugar de solo una habitación. Tengo el cuerpo embotado. Pesado. Es asombroso que pueda flotar o nadar en absoluto.

Cuando llegamos, la canción del coro vibra a través de los mares… si es que puede llamarse una canción siquiera. Es una cacofonía de cinco voces que cantan al mismo tiempo, todas desafinadas, todas con el ritmo cambiado. Se detienen. Después lo intentan de nuevo sin ningún éxito.

Los guerreros nos dejan en la habitación y se colocan a la entrada del túnel que conduce hasta ella y a ambos lados del balcón en el exterior. Pero en su mayor parte, estamos solos. En especial porque los hombres y mujeres que blanden esas lanzas ni siquiera se atreven a mirarnos. Me pregunto si este era parte del plan de Fenny. Sabía que nos encerrarían aquí, juntos. A solas. Tal vez espera que encontremos una manera de escapar.

O quizá quiera que Ilryth se reconcoma en su odio hacia mí y así sea como planea devolverlo a su lado para poder liberarlo. *Estoy intentando salvar a nuestra familia,* había dicho. Si Fenny consigue convencer al consejo de que he engañado a Ilryth lo bastante como para corromper sus principios morales…, que utilicé algún tipo de poder que no poseo para robarle el sentido común…, entonces quizá lo perdonen.

Fenny era lista, un poco ruda, pero nunca me pareció cruel por amor a serlo. Y lo que sí sé es que ama a su hogar y a su familia más que a nada en el mundo. Quizá... todo haya sido un numerito para salvarlo a él. Pero no a mí. Yo nunca le importé demasiado y he cruzado líneas que ella no perdonaría. Fenny no tendría ningún problema en absoluto en dejarme morir, otra vez, para salvar a su hermano.

Ilryth...

No ha dicho nada. Me giro hacia él, preparada para lo peor. Está ahí mismo, pero aun así a un mundo de distancia. Mirándome.

—Muy bien, acabemos con esto. No quiero jugar a tus juegos —digo con tono seco. Tal vez pueda desempeñar el papel que Fenny ha preparado para mí. Tal vez pueda hacerle el daño suficiente a Ilryth, el daño suficiente a nosotros, como para romper esto. Y entonces él podrá ahorrarse el mismo final que me espera a mí.

Aunque solo esa idea es como un atizador al rojo vivo contra el fondo de mis ojos. No estoy preparada para dejarlo ir.

—¿Juegos? —Su expresión se ensombrece mientras se desliza hacia delante y sale del resplandor del tiesto de la anamnesis en la pared—. No estoy jugando a ningún juego.

—¿Ah, no? ¿No estás esperando a que me disculpe? ¿No me estás castigando sin hablarme por no haber hablado yo contigo antes? Conozco este baile demasiado bien.

—No voy a emplear represalias infantiles contigo, Victoria. Te estaba dejando espacio para que pensases en lo que te hiciese falta, para que pudieras llegar a un punto en el que te sintieses cómoda para hablar. Soy un hombre adulto y tú una mujer adulta. Supuse que podríamos gestionar esto como adultos.

Me echo hacia atrás, sorprendida. *¿No estaba intentando castigarme?* Unos instintos feos que aún perduran de mi época con Charles intentan decirme que esto es una prueba. Está esperando a ver cómo me manejo y qué hacer. Odio que todavía haya esta tendencia dentro de mí que, sin importar lo mucho que lo intente ni que mi sentido común pueda intentar decirme lo contrario, no logro sacudirme de encima.

—Estuve casada, pero ya no lo estoy. Me creas o no. —Hago ademán de ir nadando al balcón—. Pero deberíamos concentrarnos en lo que tenemos entre manos. Quizá pueda conversar con...

—No huyas, Victoria. —Me detiene agarrando mi muñeca, para mantenerme dentro de la habitación y fuera de la vista de los guerreros—. Llevas huyendo toda la vida. Vas de una cosa a la siguiente. Siempre con otro deber. Otro sitio en el que estar. Otro trato que hacer con alguien... o contigo misma. Te has mantenido tan ocupada, tan en tensión, que jamás pudiste relajarte. La única vez en tu vida que te has dado algo de espacio para sentir fueron las últimas semanas antes de tu sacrificio. Hizo falta tu propia muerte para que vivieras de verdad.

—¿Qué sabes sobre mí? —susurro.

—Está claro que más de lo que crees. —Las palabras son un eco de lo que ya me ha dicho antes, un recordatorio continuo. Con suavidad, Ilryth me hace girar para mirarlo. Se me comprime el pecho al hacerlo. Al ver esos ojos intensos y pensativos que exigen a una persona que no sé si soy, si he sido alguna vez—. Deja de huir, *por favor* —me dice en voz baja—. Estoy aquí ahora. No quiero estar en ningún otro sitio. Así que no huyas de mí.

¿Cómo pueden esas palabras ser, de alguna manera, casi las mismas que me dijo Charles cuando intentó retenerme, pero a la vez producirme una sensación tan diferente? A lo mejor es porque Ilryth me suelta con facilidad. A lo mejor es porque sé que podría decirle que se marchara y él lo *haría*. Soy libre de decirle que me deje en paz. Igual que él puede decírmelo a mí.

Y aun así...los dos nos quedamos. Incluso cuando la cosa está fea, cuando es dura, cuando todo en nuestro interior grita «corre», nos quedamos, porque no podemos imaginar estar en ningún otro sitio que el uno al lado del otro.

—¿Ahora me odias? —susurro. Mis pensamientos giran en torno a él, y solo a él.

—¿Odiarte? —Ilryth parpadea—. Victoria, te *quiero*.

—¿Aún? ¿Después de haberte mentido?

—Bueno, no me dijiste toda la verdad... pero tampoco mentiste abiertamente, al menos que yo recuerde. —Ilryth sonríe un poco y niega con la cabeza—. Solo recuerdo haberte preguntado ahora si alguna vez *estuviste* casada. No creo haberlo hecho nunca antes.

Hemos compartido tantos momentos y palabras a lo largo de los últimos meses que no recuerdo bien si eso es del todo cierto o no... pero elijo creerlo. Me está ofreciendo un puente y no seré yo quien lo queme.

—*Quería* decírtelo —admito—. E iba a hacerlo. Pronto. Te lo juro. Es solo que no había encontrado el momento adecuado.

Ilryth frunce un poco el ceño.

—Ha habido muchos momentos.

—Una vez que había tomado la decisión de hacerlo, no ha habido tantos. Antes... sí, al menos cuando aún tenía todos mis recuerdos —me obligo a reconocer—. Pero tenía miedo. Entonces no estaba preparada.

—Y lo respeto. —Baja la barbilla para mirarme a los ojos. No hay ni rastro de duda ni vacilación. Me quedo atrapada en su mirada serena, tan cálida como un abrazo—. En serio. Aunque eso no impide que preferiría haberme enterado de la verdad por ti. O que hubieses sentido que podías ser sincera conmigo desde el principio, que hubieras sabido que no te forzaría a decirme nada más que lo que estuvieses preparada para compartir.

Me inclino hacia delante para apoyar la frente en el centro de su pecho. Con movimientos cansados, él pasa los brazos alrededor de mis hombros.

—Desearía ser más fuerte —admito.

—Tienes fuerza de sobra. La fuerza no es universal, no siempre. —Presiona los labios contra mi sien, una y otra vez.

—Nunca he tenido a nadie como tú —confieso—. Alguien amable, fiable, *bueno*. No sé lo que hago en una relación como esta.

—Yo tampoco. Y solo los antiguos dioses saben lo mucho que han complicado las cosas al juntarnos del modo en que lo han hecho. —Se ríe y sus manos resbalan por mis hombros y suben por mi cuello para acariciar mis mejillas y levantar mi cara hacia la suya—. Pero estoy intentando recorrer este camino desconocido contigo. Lo único que sé es que no estoy dispuesto a separarme de ti.

—Yo también quiero aprender a ser mejor, todo el rato. No puedo cambiar las elecciones que he hecho en el pasado, pero... —Hago acopio de todas mis fuerzas y miro a los ojos a mis peores miedos y dudas al echar la cabeza atrás y mirar a sus propios ojos. Ya no huiré de esto nunca más—. Me gustaría contártelo ahora, si quieres escucharme.

Ilryth asiente.

—La deuda de mi familia se debía a que quise anular mi matrimonio. La noche que me encontraste en el océano... intentaba alejarme de él. De Charles. Intentaba recuperar mi libertad.

—Ya veo. —La expresión de Ilryth se vuelve pétrea y más severa. Sus pulgares continúan acariciando la curva de mis mejillas en un movimiento que solo puedo describir como tierno, yuxtapuesto con el brillo asesino de sus ojos ante la insinuación de lo que pudo hacerme Charles. Ilryth consigue mantener la voz serena cuando me hace la siguiente pregunta—. ¿Estarías dispuesta a contármelo todo desde el principio?

La última vez que hablamos de mi historia, mis recuerdos estaban agujereados, pero ahora puedo dibujar la imagen completa para él. Puedo contarle cosas que ya he dicho (sobre mi infancia y mi familia) con más detalles. Le cuento mis veleidades de jovencita, cómo creía que Charles era maduro, apuesto. Cómo nos escapamos juntos y mi familia lo aceptó, aunque nunca le tomó cariño. Ilryth me escucha con un interés callado y concentrado. Le hablo de lo malo con la misma soltura que describo lo bueno. No esconder nada es liberador.

Cuando termino, Ilryth se queda callado durante un momento.

—¿Lo querías? —pregunta al final.

De todas las preguntas que esperaba que me hiciera, esa no estaba entre ellas. Me arriesgo a mirarlo. Es como si hubiese estado esperando a que mis ojos conectaran de nuevo con los suyos. Me sostiene la mirada sin vacilar.

—Si soy sincera... —empiezo despacio—. Ojalá pudiera decir que *no*. Que jamás lo quise de verdad, porque desearía que fuese verdad. Tendría menos sensación de que mi corazón me traicionó. Podría fingir que no me equivoqué en quien creía que él era. —Me agarro el pecho—. Pero... si miro atrás con sinceridad a la mujer que era, por mucho que me duela físicamente admitirlo, sí que lo quise. Al hombre que creía que era. Lo quise del modo en que la persona que yo era sabía querer.

»Pero crecí. Aprendí verdades sobre él que eran inaceptables. La gente cambia con el tiempo y el amor necesita cambiar con él. —Sonrío un poco, pensando en mis padres. En los miembros casados de mi tripulación y sus cónyuges en tierra o a bordo, que parecían sobrevivir a todo lo que les pusieran por delante—. Charles quería que fuera la mujer joven e ingenua, siempre optimista, que lo consideraba a él todo su mundo. Alguien que jamás lo cuestionara, que existiera solo para hacerlo sentir bien. Esa mujer se desvaneció con el tiempo, y la que la sustituyó necesitaba muchísimo más. Necesitaba a un hombre que él no podía ser. Yo quería un compañero; él quería a una sirvienta.

»Y todas las noches, durante años, me pregunté qué podría haber hecho mejor. Cómo podría haberlo arreglado. Dónde *me* había equivocado. —Sacudo la cabeza mientras miro atrás a todo lo sucedido, a la suma del tiempo que Charles y yo pasamos juntos... Hubo momentos en que él no era tan horrible como yo pensaba. Y otros en los que era peor de lo que me permitía ver. Yo tampoco fui tan buena como recuerdo. Aunque también fui demasiado paciente y permisiva. La responsabilidad no fue solo mía—. En ciertas cosas, los dos triunfamos. En otras, los dos fallamos.

—Él muchísimo más que tú, según parece. Tuvo tantas oportunidades y elecciones como tú, y suena a que las malgastó. Jamás se dio ni cuenta del tesoro que tenía. —Ilryth se calla antes de que la ira pueda apoderarse de sus palabras. Casi le digo que continúe; me encantaría oírlo destripar a Charles con palabras en mi nombre. Pero me reprimo de hacerlo. No serviría para nada.

—Al final, como es obvio, me escapé. Con tu ayuda y la de tu magia. Pero lo que no pudiste hacer, en lo que *fallaste* tú, fue en liberarme de verdad. —Me estoy acercando a él. Atraída por el dolor y las preguntas que he tenido durante años. Preguntas para las que no sé si *quiero* las respuestas, pero que debo hacer de todos modos si alguna vez quiero abrir de verdad mi corazón al hombre que lo ha sacado de la prisión protectora en la que yo lo había encerrado—. Las marcas que me hiciste... tu canción... decía que nadie me amenazaría ni me controlaría. Aun así, pasé los cinco años de tiempo prestado que tú me diste huyendo de él. Tratando de escapar de sus garras. Tratando de borrar las marcas que había dejado en mi alma. Tratando de pensar en cualquier cosa menos en él.

»*¿Por qué?* Tu magia podría haber puesto fin a todo para mí, podría haberme proporcionado un nuevo comienzo de verdad. Yo hubiese podido aprovechar a fondo mi tiempo, en lugar de sentir las manos de Charles todavía alrededor de mi cuello. ¿Por qué no lo hiciste?

Ilryth mira a lo más profundo de mis ojos. Le he revelado más de mí misma en estos momentos de lo que jamás tuve la intención de revelar. Ve una parte de mí que desearía, de un modo desesperado, simplemente poder olvidar, o anular. Pero casi parece que esta herida continuará sangrando mientras no elimine todo lo demás que he dejado que se pudra.

—Nunca quise verte torturada. *Jamás* he deseado eso para ti, ni permitiría que pasara, si pudiese impedirlo. —Las palabras de Ilryth van cargadas de todo el dolor del mundo. Lo creo sin dudar. Después de todo, este es el hombre que ha ido hasta el borde mismo de la existencia por mí.

—Entonces, ¿por qué...?

—Cuando hicimos nuestro trato, lo estructuré para que dijera que «Ningún hombre ni planta, ni animal ni amistad, te podrán retener cuando desees libertad». —Pronuncia las palabras con delicadeza. Y con razón. Oigo sus implicaciones.

—¿Estás diciendo que Charles continuó teniendo el poder que tenía sobre mí porque yo no deseé mi libertad lo suficiente? —mascullo, la boca retorcida del dolor—. Yo nunca...

—No podía saber qué lazos querías o no querías mantener. No podía cortar algo a lo que quisieras aferrarte —me interrumpe con firmeza para continuar con su explicación—. Juramentos, tratos, nuestra palabra significa lo mismo en el Mar Eterno que lo que significa en Tenvrath, ya lo sabes. Por instinto, muestro el mismo respeto por ti, por todos los humanos. Si tú habías *elegido* establecer un vínculo con alguien, también tendrías que elegir terminarlo y tomar acciones para hacerlo. ¿Qué habría pasado si yo hubiese roto una conexión muy deseada, creada con esfuerzo y mucho trabajo, solo por utilizar mi poder de un modo indiscriminado?

Tiene mucho sentido. Una oleada de culpa se extiende sobre mí con un frío enfermizo por haber pensado tan mal de él.

—Entonces, ¿por qué no lo rompió la magia cuando quise que se rompiera?

—La bendición que te di no estaba diseñada de ese modo. No funcionaba de manera retroactiva —me explica. *Y aquella noche, yo no deseaba anular mi matrimonio. Solo quería escapar*—. Además, incluso de haberlo sabido, no habría podido. Ese juramento estaba cimentado e incluía lazos con otras personas que no habría tenido el poder de alcanzar en ese momento con mi canción. Y estaba concentrado en tu futuro, no en tu pasado. —Intenta captar mi atención, pero aparto la mirada. Capta mis manos a cambio. Eso devuelve mi vista a él—. Pero lo siento, Victoria. Nunca tuve la intención de defraudarte.

Las yemas de mis dedos tiemblan bajo su agarre calloso y cálido. Todo mi cuerpo empieza a estremecerse y trago saliva. Intento confinar todas estas emociones abrumadoras en algún lugar muy muy profundo en mi interior, donde no pueda llegar hasta ellas nunca más.

—Te guardé rencor durante años por no liberarme de él —confieso.

—Hay cosas que debemos hacer nosotros mismos. Ninguna cantidad de magia ni de buenos deseos puede liberarnos o ahorrarnos la responsabilidad.

—Qué mala suerte, ¿verdad? —Me río con tristeza.

—En efecto —admite, con la facilidad de alguien que ha deseado que lo contrario fuese cierto muchas veces—. Pero seguimos adelante. No tenemos otra opción.

Asiento. Me dedica una sonrisa pequeña, casi tierna, una que le devuelvo del mismo modo. Veo sus defectos con la misma facilidad que su dolor. Las sombrías realidades que se ha forzado a aceptar y superar. Veo algo familiar en el barullo de todo ello:

A mí misma.

—Bueno, pues ya lo sabes todo.

—No creo que lo sepa *todo*. —Esboza una leve sonrisa, que suaviza el golpe que me hubiesen causado las palabras si no—. Pero con un poco de suerte, tendré la suerte de saberlo con el tiempo. Podría pasarme una eternidad averiguando cosas sobre ti y nunca serían suficientes. Te mereces cada riesgo y cada oportunidad.

Avanza y envuelve los brazos a mi alrededor. Ilryth me abraza sin ninguna pretensión. No es un gesto de necesidad, ni lleno de pasión. *Es robusto*, pienso de nuevo. Es una roca inamovible en el océano. Es el puerto seguro donde puedo echar mi ancla y descansar.

—Pensé que... olvidarlo podría ayudarme a quererte mejor, me haría más digna de ti. Pero me alegro de recordarlo. Me alegro de habértelo podido contar todo. Todo sobre mí. Si vas a quererme, entonces quiero que lo quieras todo, lo bueno y lo malo. —Quiero ser suya. Cada parte cansada, decidida, magullada y atrevida de mí. Si me va a tener, quiero que lo tenga todo. Quiero saber que *lo quiere* todo.

—Bien. No deberías menospreciarte nunca por estar resentida con otro. La mejor venganza es crecer y florecer.

Deslizo los brazos alrededor de su cintura, las subo por su espalda, me agarro a los duros músculos de sus hombros. Ilryth aprieta los labios contra los míos, con fuerza, pero no con ansia, borrando los últimos restos de Charles de mi cuerpo y de mis pensamientos. Sus dedos se tensan y se relajan, masajean mi espalda arriba y abajo, deshacen los nudos de muchos años de dolor.

Cuando se aparta, me doy cuenta de que el inmenso mar que sentí cuando entramos en la habitación, se ha condensado. Ahora solo estamos él y yo. Nos deleitamos en el momento y registramos cada detalle de los ojos del otro, como constelaciones que nos guiarán a casa.

Nunca había hecho tan poco, estado tan tapada, y aun así me había sentido tan expuesta.

Es una intimidad distinta de cualquier otra que haya conocido y quiero entregarme a ella por completo. La anhelo más a cada segundo que pasa. Es como quitarme el corsé después de un largo día de trabajo. Como un sorbo de té de limón helado en un abrasador día de verano: ácido en la lengua, dulce en la garganta y refrescante para el cuerpo. Es la primera bocanada de aire que respiré después de salir de entre las olas en la playa aquella noche de hace tantísimos años.

—Ilryth. —Su nombre es una caricia en el fondo de mi mente—. Te quiero.

La sonrisa que se despliega por su cara es más radiante que el sol de mediodía.

—Yo también te quiero. —Sus ojos se posan en mi boca. Se chupa los labios y yo lo aprieto un poco más fuerte—. Victoria, yo...

Nos interrumpe un silencio repentino y agorero. Sin previo aviso, el canto del coro que había estado sonando de fondo se interrumpe. Había filtrado ese ruido constante para no oírlo, pero su ausencia es notable.

—¿Qué...?

En respuesta a mi pregunta inacabada, una única nota reverbera por el Mar Eterno: cinco voces en perfecta armonía.

—Han tomado una decisión —declara Ilryth con solemnidad, al tiempo que afloja los brazos. Apenas me resisto a la tentación de atraerlo de vuelta a mí. *Un poco más*. Un poco más de tiempo para que él y yo simplemente existamos.

Pero las mareas del destino nos han estado arrastrando desde el principio. Es imposible que encontremos ningún tipo de viento en contra que fuese capaz de luchar contra ellos. Justo cuando nuestros brazos se relajan por completo y nos separamos, el coro aparece en el balcón.

Todos ellos llevan todavía sus lanzas, y sus rostros son una mezcla de tristeza y seriedad. El único que parece contento es Ventris, lo cual respalda aún más mi teoría del juego que podría haber estado jugando Fenny. Ella había apostado a un resultado diferente. Uno que ahora sospecho que ha acabado por perder.

—Hemos tomado una decisión —anuncia Remni—. Vuestras unciones serán refrescadas y después, cuando llegue el amanecer, os sacrificaremos en las orillas de Lady Lellia, de modo que vuestros cuerpos puedan ofrecerse para alimentar al Árbol de la Vida, a modo de disculpa por vuestras afrentas. Y vuestras almas podrán regresar con Lord Krokan. Con un poco de suerte, ambas cosas combinadas serán suficientes para apaciguar a los antiguos dioses y terminar con esto de una vez por todas.

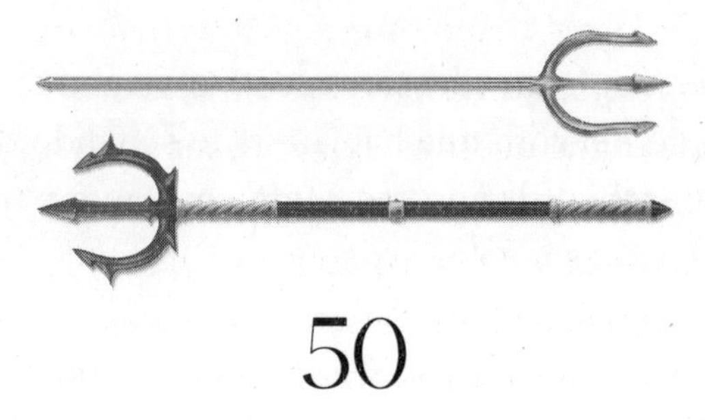

50

No sirve de nada discutir. Aunque mil objeciones vuelan por mi cabeza, me las guardo para mí misma, ocultas bajo una máscara de calma. Ilryth parece haber llegado a la misma conclusión, porque permanece quieto por completo. Aunque los músculos de su mandíbula se abultan un momento, la única cosa que delata su agitación.

En su intento de salvar sus mares, el coro nos ha condenado a todos. Aunque saber cuál es su postura, que serán un incordio y no una ayuda, es un progreso en cierto modo. Recalca el hecho de que no tiene ningún sentido buscar su apoyo en el futuro. Ilryth y yo estamos solos en esto.

Mis pensamientos dan vueltas como una tempestad. La presión me propulsa. Es el viento en mis velas y la guía mediante la cual trazo mi rumbo.

—Si esto es lo que ha elegido el coro, acataremos vuestra decisión —digo, con una leve inclinación de la cabeza.

—Bien —dice Remni. Ventris parece de lo más escéptico con respecto a mi sumisión, pero mantiene la boca cerrada. Remni exuda un aura que indica que este no es el mejor momento para poner su paciencia a prueba—. Os llevaremos a las arenas de Lellia ahora, para que podáis ser ungidos de la manera adecuada ante el Árbol de la Vida antes de convertiros en la ofrenda para nuestra diosa. —Remni se pasa la lanza de mano a mano.

Está claro que se siente incómoda con lo que debe decir a continuación—. No obstante, dado lo que habéis dicho de talar el Árbol de la Vida, tendremos que ataros y confinaros.

Los guerreros se acercan al balcón y pasan gruesas cuerdas de alga alrededor de nuestras muñecas; me recuerda al material con el que Ilryth sellaba su armería. Nos conducen maniatados hacia el Árbol de la Vida en completo silencio. El coro se queda atrás, pero no sin una última mirada por parte de Fenny. Se concentra sobre todo en su hermano, pero sus ojos se deslizan hacia mí. Hay muchísimas cosas sin decir ahí, pero es una mujer demasiado complicada de entender como para que pueda descifrar cuáles son sus verdaderas intenciones. La pierdo de vista antes de poder intentarlo siquiera, una sombra que se desvanece.

De vuelta en la superficie, se han caído ya tantas hojas que las playas antes blancas se han vuelto plateadas. El follaje se acumula al borde de las olas que lamen nuestros tobillos cuando emergemos. Dudo que sea mi imaginación que las ramas en lo alto parecen más desnudas que incluso hace unas pocas horas.

—Lellia se está muriendo. —Las palabras de Ilryth son una leve ondulación por el fondo de mi mente cuando entramos en el túnel que conduce a la playa principal del Árbol de la Vida.

—La salvaremos. —Mi determinación es tan clara como la luz del día que nos aguarda al otro lado del túnel.

La playa está desierta ahora; no hay ningún devoto cantando sus oraciones. Cualquiera que fuese el contingente que estaba aquí cuando llegamos debe de haberse marchado, o el coro los mandó retirarse. Nuestra única compañía es el puñado de guerreros, las lanzas clavadas en la arena prístina, y las centelleantes hachas bien alineadas a lo largo de las grandes raíces que envuelven esta playa recluida. Intento no mirarlas con demasiada hambre en mis ojos al pasar. Pero es difícil cuando mis dedos se mueven por voluntad propia, urgiéndome a agarrar una y correr hasta la puerta.

—Entrad ahí —nos ordena uno de los guerreros. Señala hacia una abertura entre dos de las enormes raíces. Los otros guerreros forman un semicírculo a nuestro alrededor mientras su líder desata las cuerdas de nuestras muñecas—. Si oímos una sola nota, tenemos órdenes del coro de acabar con vosotros en ese mismo instante, ungidos o sin ungir. —Me fulmina con la mirada, como si apenas pudiese contenerse de cumplir esa amenaza ahora mismo—. El coro enviará a alguien a ungiros.

Con eso, le da la espalda a la abertura e Ilryth y yo no tenemos otra opción que entrar dentro.

Nos apretujamos para pasar por un estrecho pasillo de raíces. A mis ojos les cuesta un momento ajustarse y, cuando lo hacen, lo primero que me viene a la cabeza es un nido de pájaros bocabajo. Es como si alguien hubiese intentado capturarnos debajo de una cesta. La luz del sol asoma entre las raíces entrelazadas y proyecta rayos de luz que producen un dibujo moteado en la arena.

—Creía que las sirenas no tenían cárceles —musito, mientras me masajeo las muñecas. No me extraña que Remni pareciese tan incómoda con esto.

—No las tenemos, en especial no en la isla del Árbol de la Vida. Este espacio suele estar reservado a oraciones sagradas y meditación silenciosa, pues se encuentra dentro del abrazo de Lady Lellia. —Ilryth mira hacia arriba a través de uno de los agujeros en el techo de raíces entrelazadas.

—La aversión de las sirenas a las cárceles será una ventaja para nosotros. Podían habernos mantenido con las manos y los pies atados. Ya hemos dado el primer paso para escapar, porque no tenemos que preocuparnos por deshacer esas cuerdas. —Empiezo a recorrer la circunferencia el espacio. Las paredes con como tapices vivientes, algunas de las raíces más gruesas que tres mástiles de barco juntos, otras tan finas que podría partirlas con las manos. Echo un vistazo a los huecos, busco sitios que podrían abrirse para formar pasadizos.

—No hay otra salida. He estado aquí antes.

—¿Buscabas una la última vez que estuviste aquí? —Intento colarme por uno los huecos entre raíces, aunque ya sé que es demasiado pequeño.

—Puedo mirar alrededor de todo el espacio con un solo giro. —Lo hace para dar énfasis a sus palabras—. No hay ninguna salida.

Frunzo el ceño y me planto las manos en las caderas.

—Entonces, ¿qué? ¿Quieres rendirte? ¿Dejamos que nos maten sin más? ¿Dejamos que Lady Lellia muera y se lleve al mundo entero por delante con ella?

—Por supuesto que no quiero eso. —Ilryth arrastra los pies hacia el fondo, lejos de la entrada, y se sienta en una de las anchas raíces que baja en un arco suave antes de por fin incrustarse en la arena—. Pero no estoy muy seguro de qué más podemos hacer.

Cruzo los pocos pasos que necesito para llegar hasta él, sin dejar de buscar alguna abertura potencial por el camino. No encuentro ninguna.

—Podríamos intentar derrotar a los caballeros. Si nos han desatado, está claro que no esperan que intentemos escapar. Tendríamos el factor sorpresa de nuestro lado.

—Lo dudo. —Ilryth suspira y niega con la cabeza—. Son demasiados.

Me alejo, luego vuelvo, luego me alejo de nuevo. Así empiezo a caminar de un lado para otro. Mis pies cavan una zanja en la arena a base de repetir el camino. En uno de mis giros, casi me estampo de bruces contra Ilryth. Me frena con ambas manos sobre los hombros. Nuestros pechos están pegados y me doy cuenta al instante de cómo los latidos de su corazón parecen corresponderse con los míos. El pulso que subyace en la canción que compartimos.

—Relaja tu mente, Victoria —me tranquiliza.

—Pero...

—El pánico no va a ayudar a nadie. Si existe alguna forma de salir de esta, se nos ocurrirá a su debido tiempo. Mientras tanto, intenta relajar tus pensamientos preocupados. —Los ojos de Ilryth se cierran despacio cuando mueve las manos para agarrar las mías contra su pecho y sujetarlas entre nosotros. Apoya la frente con suavidad contra la mía. Me relajo al instante entre sus brazos—. Ojalá tuviésemos más tiempo —murmura.

—No. —Sacudo la cabeza y me aparto de él. Ya veo lo que está haciendo. La resignación, la manera de animarme a rendirme—. *No* empieces con las despedidas.

Ilryth se ríe mientras retira un mechón de pelo de mi cara.

—Las despedidas entre nosotros no tienen sentido. Ya te he robado del Abismo de la muerte una vez.

Aun así, cuando se inclina para besarme, hay un indicio de terminación en ello. El beso quema con todo lo que nos queda por decirnos. Todas las cosas que nos gustaría tener tiempo de compartir durante la lenta evolución de una relación a su propio ritmo. Un lujo que nos han robado. Nuestras manos tiemblan. Él se aparta, nuestro aliento se fusiona en la húmeda bruma de este lugar que ahora se ha convertido en un sitio solo nuestro. Las paredes están un poco más cerca que la última vez que tuve los ojos abiertos, la luz es un poco más tenue. El sol se está poniendo en lo que podría ser nuestra última noche vivos.

—No lo hagas —susurro de nuevo, las palabras temblorosas en mis labios.

Ilryth sonríe y me besa otra vez en respuesta. Esta vez sabe a esperanza, aunque se mueve con el hambre de la desesperación. Algo se rompe en mi interior y me pierdo en ello. Si estos son nuestros últimos momentos, me rendiré al deseo que está aumentando entre nosotros. A la desesperación. Me rindo a su lengua y a sus dedos y manos, que me empujan contra la pared del fondo y bajan por mi pecho para cerrarse en torno a mis senos.

En algún momento entre que pongo mis manos en su pecho y estas aterrizan en sus caderas, Ilryth me ha empujado sobre la raíz en la que se había sentado antes. Se alza sobre mí. Nos miramos a los ojos, brillantes de lágrimas que los dos nos negamos a derramar.

—Si estos son nuestros últimos momentos, hagamos una canción que resuene por toda la eternidad —susurra contra mi cara.

—No.

—¿No? —Sus labios se fruncen un poco.

—No —repito, con más convicción—. Estos *no* serán nuestros últimos momentos. Pero te tendré de todos modos.

El mohín de su boca se convierte en una sonrisa, luego separa mis labios con su lengua y profundiza nuestro beso. Lo deseo de un modo que todavía me excita en la misma medida que me aterra. El anhelo y la desesperanza crecen en mi interior, reemplazan cualquier duda o pesar con un ardor que amenaza con consumirme. No puedo acercarlo a mí lo suficiente, abrazarlo con la fuerza suficiente.

Ilryth me roba la respiración cuando me agarra por la cintura y me provoca un escalofrío por todo el cuerpo. Nuestros movimientos se vuelven frenéticos, besos apasionados con dientes y lengua. Manos urgentes. Hay demasiado de él, demasiado de mí, y no lo suficiente de nosotros. Todo lo que quiero es condensar la distancia entre nosotros en nada más que piel ardiente y suspiros de placer.

Me agarra por detrás de las rodillas y tira de mí hacia el borde de la raíz. Enrosco las piernas alrededor de sus caderas por instinto y me arqueo hacia arriba, al tiempo que deslizo los brazos por encima de sus hombros. Nos miramos a los ojos mientras él se coloca bien. Estoy más que preparada, así que entra con facilidad. Mis párpados aletean antes de que se me cierren los ojos. Todo mi cuerpo está en llamas; acosado por oleadas de placer provocadas por el pequeño pero infinitamente apasionante acto de estar llena por completo.

Y entonces se mueve, lo cual prende todos y cada uno de mis sentidos.

El ritmo es fácil de encontrar, el tempo aumenta a cada segundo. Respondo por instinto, ayudo como puedo. Cuando aprieto la frente contra la suya, lo único que veo es a Ilryth, lo único que siento es su cuerpo. No hay nada más que estos gemidos graves y retumbantes que recorren atronadores su pecho y reverberan en el mío. Somos una sola entidad, fusionados en una armonía intrincada que es solo nuestra.

Se recoloca, toma mis dos manos, sin apartar los ojos de los míos en ningún momento, y las estira por encima de mi cabeza, para luego enroscar mis dedos alrededor de una raíz en lo alto.

—Prepárate —me gruñe al oído, al tiempo que desliza las manos a mis caderas.

Hago lo que me dice y estoy segura de que mi alma abandona mi cuerpo cuando me embiste con una ferocidad que me roba todo pensamiento racional. Su aliento roza mi cuello cuando sus dientes siguen a su lengua, como si estuviese intentando borrar a lametazos las espirales pintadas sobre mi piel. La forma en que me consume es salvaje, pero me entrego por completo a su frenesí. No me importan los moratones que le pueda dejar ni los sonidos que yo misma pueda estar haciendo. Lo único que existe son sus manos, la sensación de él deslizándose adentro y afuera mientras su pulgar gira con gran atención por cada punto de mi cuerpo donde puede producir placer.

Mi cuerpo entero tiembla de la anticipación. Mi espalda se arquea. Mis ojos se cierran de nuevo. *Rómpeme*, querría decir. Lo único que escapa por mis labios son gemidos. Aun así, creo que me oye.

El clímax nos sobreviene deprisa y con fuerza, nos deja sin aliento, jadeando en la cara del otro mientras Ilryth se desploma sobre mí, la frente apoyada en la mía una vez más. Mis dedos por fin se sueltan de la raíz y los bajo por la reluciente extensión de su pecho. Con las manos sobre mis mejillas me besa, una y otra vez. Besos dulces pero apasionados. Hambrientos, pero al mismo tiempo saciados.

—Podría tenerte un millar de veces y nunca sería suficiente —jadea con suavidad. Una sonrisita pícara juguetea sobre mis labios.

—La noche aún es joven.

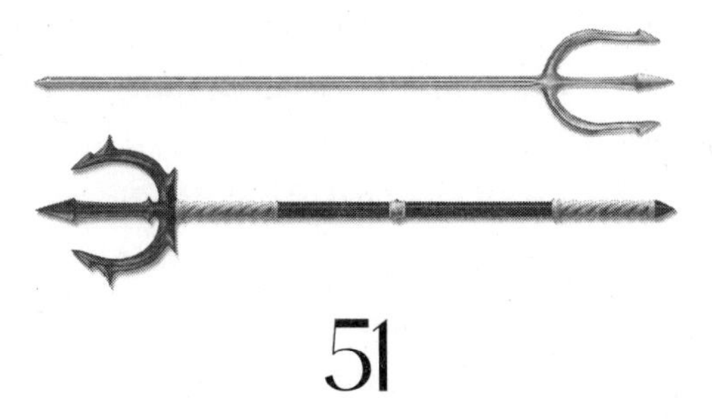

51

Es tan pronto que el sol todavía no ha trepado por encima de las olas. Tampoco es que vayamos a ser capaces de verlo desde nuestro nido de raíces. Ilryth y yo estamos lado a lado, el uno descansando en brazos del otro. Como era de esperar, todavía no hemos encontrado una manera de escapar. Elegimos el placer garantizado de nuestros cuerpos, en lugar de una posibilidad incierta de quizás encontrar una forma de salir de nuestro aprieto.

—¿Tienes miedo? —susurra Ilryth. Desliza las yemas de los dedos por el brazo que tengo cruzado sobre la mitad de su cuerpo mientras descansamos sobre la raíz que ha sido nuestro soporte durante las últimas horas.

—En verdad, no —admito—. ¿Y tú?

—Un poco, si te soy sincero. —Una risita suave—. Desearía tener tu voluntad de acero.

—La tienes. Ya has estado en el Abismo —le recuerdo—. Has estado ante uno de los antiguos dioses y has vivido para contarlo. ¿Qué más podrían hacernos unos meros mortales? ¿Qué puede causarnos miedo cuando tenemos la fuerza de los himnos de los antiguos?

—En eso tienes razón. Pero sigo teniendo el instinto del miedo en mi interior.

—Hay cosas peores que conservar tu mortalidad. —Me pregunto si, de alguna manera, he perdido partes de la mía por el camino. A pesar de que, gracias al dueto de las canciones de Lellia y Krokan y a sus bendiciones, he recuperado mis recuerdos. Mi piel sigue siendo un telar mágico que centellea como la luz estelar a lo largo de las líneas doradas y plateadas que han grabado en mi cuerpo entre espirales de color. Mi mente se ha forzado y estirado más allá de sus límites para dar cabida a esa forma.

Un movimiento nos distrae.

—Es la hora de vuestra unción —resuena una voz desconocida y hosca en nuestras mentes. Nos sentamos y nos arreglamos un poco. Y lo hacemos justo a tiempo, porque entonces aparece la mismísima Lucia.

—¡Lucia! —Ilryth se pone en pie al instante y yo me siento agradecida de inmediato por haber tenido tiempo de recuperar el orden. Ilryth corre hasta su hermana y le da un fuerte abrazo. Lo único que puedo hacer es rezar por que no pueda detectar mi olor en la piel de él. Sin embargo, por suerte, Lucia tiene otras prioridades.

—No disponemos de demasiado tiempo —se apresura a decir—. Fenny y yo hemos organizado el cambio de la guardia. Nuestros propios hombres harán el relevo justo antes de que el coro y los otros lleguen para el sacrificio. Eso debería daros el tiempo suficiente a los dos para escabulliros.

—¿Escabullirnos? —Ilryth frunce el ceño—. ¿A dónde iríamos?

—Id a una poza de viaje. Dirigíos a los mares del sudoeste, cerca de los *lykins*. Id *a cualquier otro sitio* que no sea aquí —le suplica Lucia a su hermano. Ilryth presenta varias objeciones razonables.

Mientras tanto, mi cabeza está en otra parte. *Un cambio de guardia... una ventana de oportunidad estrecha...* Si pudiésemos crear la distracción suficiente, el caos suficiente... Con la fuerza adicional de esos hombres... Mis pensamientos giran a toda velocidad. Una idea desquiciada cobra vida; es probable que sea una locura, pero podría funcionar.

—Eso es —digo, lo cual los sobresalta a ambos.

—¿El qué? —pregunta Ilryth, y tanto él como Lucia se giran hacia mí, la confusión bien patente en el rostro de ambos.

—Cómo vamos a abrir la puerta. —Me pongo de pie. Lucia hace ademán de oponerse, pero me adelanto a ella—. No hay ningún sitio al que huir. O liberamos a Lady Lellia, o se habrá acabado todo. Y así es como vamos a hacerlo...

Nuestra ventana de oportunidad es pequeña. Los guerreros del Ducado de las Lanzas van a llegar poco antes del coro. Al principio, hubo algo de discusión sobre si debíamos esperar a que el cambio de la guardia se completara, pero se decidió que eso no nos dejaría tiempo suficiente.

Ilryth y yo estamos de pie juntos en el túnel de nuestra pequeña cárcel.

—¿Estás listo? —susurro.

—Tanto como puedo estarlo.

Desearía que sonase más convencido, aunque no puedo culparlo por sus dudas. Pese a que sabe lo que hay en juego. Pese a que él también oyó las palabras de Lord Krokan. Esto va en contra de su educación, de toda su vida antes de mí.

Deslizo mi mano dentro de la suya y le sostengo la mirada con confianza.

—Todo irá bien —le prometo... a él y al mundo entero—. Acabaremos con esto.

—Te creo —dice, con un asentimiento.

—Bueno, pues vamos a ello. —Cierro los ojos y frunzo el ceño por la concentración mientras estiro mi mente. Hay un solo rostro en primer plano de mis pensamientos, uno que conozco tan bien como el de mi propio padre de carne y hueso. Desde las vetas grises de su pelo hasta la pelusilla de su barbilla—. ¿Kevhan?

—¿Victoria? —La sorpresa suena con claridad en su voz.

Aprieto la mano de Ilryth con anticipación y ansiedad.

—Concéntrate solo en mí, ¿vale? Y no hables más de lo necesario. —Un lapso de silencio. Me lo tomo como una buena señal—. Voy a necesitar que hagas algo, que provoques una distracción.

Otro segundo de silencio que, esta vez, interpreto como vacilación.

—¿Qué necesitas que haga? —dice al fin.

Le hablo a Kevhan de la isla. De cómo nadar alrededor del otro extremo, zigzagueando entre las raíces y la podredumbre para mantenerse fuera de la vista de los guerreros que van a venir y de cualquier coro que se reúna. Confío en que, en las actuales circunstancias, no haya sirenas en sus playas de pasión para escandalizarlo mientras se mueve por el laberinto formado por el Árbol de la Vida. Dado su silencio, confío en que encuentra el camino hasta la playa y el túnel de raíces sin problema.

—Ahora, Kevhan... —Mis pensamientos se trastabillan un momento, consciente del peligro en el que voy a ponerlo. Un solo puntazo de las lanzas de los guerreros y, como espíritu que es, estará terminado—. *Debes* correr. En cuanto los guerreros vayan a por ti, corre como si tu vida dependiera de ello. Vuelve al agua y escóndete como estabas. Adéntrate más profundo en la podredumbre, donde no te seguirán. Pase lo que pase, no dejes que te atrapen.

—No te defraudaré —me asegura. Es una repetición de algunas de las primeras palabras que le dije jamás. Cuando, como mujer joven en las calles de Dennow, le supliqué una oportunidad para hacer algo mejor conmigo misma.

Una oportunidad para ser la mujer que soy ahora.

—Sé que no lo harás. Confío en ti —respondo, un espejo de las palabras que él me dijo a mí una vez. Me giro hacia Ilryth y hablo solo para él—. ¿Estás listo? —Él asiente. Después, cierro los ojos de nuevo y vuelvo a concentrarme en Kevhan—. Muy bien, pues... *Ahora.*

Contengo la respiración y escucho. Aunque en tierra las sirenas no hablan con la boca, oigo los ruidos guturales de sorpresa cuando Kevhan emerge del lejano túnel y el crujido de la arena cuando emprenden su persecución. Con una mirada a Ilryth y un asentimiento compartido, nosotros también nos ponemos en marcha.

De un modo muy parecido a cuando me adentraba en el Paso Gris, me preparo para lo que pueda venir a continuación. Siempre que me enfrentaba al Paso, tenía la protección de Ilryth. Ahora camino con la protección de los dioses mismos. Una misión divina.

Ilryth se abalanza por la espalda sobre el único guerrero que se ha quedado atrás, pues los otros son solo un remolino de arena mientras corren por el túnel. No pierde ni un segundo en desarmar al hombre y dejarlo indefenso.

Yo ya estoy a medio camino del tronco principal del Árbol de la Vida, y agarro un hacha según voy hacia allá. La puerta de Lady Lellia muestra un resplandor tenue en la penumbra y el gris de primera hora del amanecer, como si tuviese un fragmento de sol atrapado en su interior. Un pulso sutil, cálido... un ritmo que ahora soy capaz de entender. Me resisto a todos los impulsos de tocar la madera y, en lugar de eso, levanto el hacha por encima de mi cabeza.

Al mismo tiempo, guerreros amigos irrumpen desde la playa más cercana al castillo, encabezados por Lucia y Sheel. Son los que patrullaban la Fosa. Hombres y mujeres leales a Ilryth y al Ducado de las Lanzas por encima del coro. Son los suficientes como para conseguirnos tiempo.

Columpio el hacha, que impacta contra la madera. Cierro los ojos de golpe y entono una canción que no se ha oído desde hace miles de años. *Déjame ser tu voz,* le suplico a Lellia.

Canto las palabras de las anamnesis del fondo del Abismo y del Foso, sin importarme quién pueda oírlas o si las comprenden siquiera. Las historias que han infundido en mi alma ruegan ser liberadas. Las canto para la diosa silenciosa. Para los irregulares latidos cuya reverberación percibo a través del asa del hacha. Más débiles a cada segundo que pasa.

Lellia, es hora de que te marches, le digo con dulzura entre las palabras y las notas, entre la refriega detrás de mí y el viento aullante.

Mis hijos…

Yo los protegeré. Para todo lo que necesites, soy tuya.

El hacha plateada se estrella contra los zarcillos leñosos que han bloqueado la puerta durante milenios. En cuanto la hoja se hunde más profunda en la madera, explotan con una savia plateada que brilla con arcoíris iridiscentes a la luz del sol. Con el hacha aún atascada, hago una pausa. Alargo la mano para tocar la savia. Es tan ligera como el agua y tan bonita como la madreperla.

No es roja. Incluso después de todos estos años, la podredumbre todavía no ha llegado al centro de Lellia. El árbol todavía está fuerte, todavía sujeta a Lellia para protegerla, pero también la atrapa en un abrazo tan fuerte que no podría escapar ni aunque quisiera. No me extraña que Krokan estuviese desesperado. Podía sentir lo lejos que aún estaba su amada.

El caos empieza a extenderse a mi alrededor. Lo veo con una mirada hacia atrás cuando Ilryth llega a mi lado, un hacha también en la mano. Sheel y los guerreros han formado una línea. Lucia conduce al otro contingente hacia el túnel que conecta con las playas de la pasión. Así impide que los guerreros que fueron en pos de Kevhan regresen.

Ilryth y yo columpiamos nuestras hachas otra vez al unísono.

La madera es más blanda de lo que hubiera esperado. Las hojas encuentran poca resistencia. A medio proceso de cortar las enredaderas leñosas, el árbol empieza a estremecerse. Al principio, es tan leve que pienso que es solo la reverberación de los golpes, que llega desde la hoja y sube por mis brazos. Pero cada vez más, las raíces oscilan por encima de nuestras cabezas. Cae una lluvia de follaje plateado. Pronto no quedará nada en las ramas en lo alto.

Podrás salir pronto, canto con suavidad, mis palabras solo destinadas a los oídos de Lellia. *Pronto estarás con Krokan.*

Cuando ya casi he terminado de cortar la primera enredadera, empieza a marchitarse y a separarse de la puerta. La agarro y tiro con todas mis fuerzas. Se resiste. Se produce un espantoso sonido de desgarro y fractura que corta a través de mí, pero se interrumpe de repente. Uno de los barrotes de la jaula de Lellia ya no está.

Hay una marca quemada en la puerta, debajo de donde antes estaba esa enredadera. La madera está ennegrecida, como chamuscada. Supongo que la enredadera era una especie invasiva que cortó la circulación del tronco durante siglos.

Interrumpimos nuestros ataques cuando la tierra se sacude y tiembla a nuestro alrededor. Se oye un gemido gutural acompañado de un rugido, procedentes de las profundidades del mar. Al mismo tiempo, un grupo de guerreros irrumpe desde el túnel más próximo al castillo, encabezando el coro. Sheel se enfrenta a ellos.

—Krokan lo sabe —murmuro, demasiado centrada en Lellia para preocuparme por nada más.

Ilryth mira detrás de nosotros y luego hacia delante otra vez.

—¿Deberíamos...?

—¡Seguir adelante! —exclamo con confianza—. Krokan vendrá a llevársela una vez que esté libre. Está viniendo hacia nosotros, lo cual significa que esto está funcionando. —Lo sé en lo más profundo de mi ser. Puedo sentir la proximidad creciente del antiguo dios a medida que la canción en mi cabeza aumenta de volumen por segundos. Ilryth, sin embargo, ha dejado de cortar—. ¿Ilryth?

El coro y sus guerreros están amenazando a la línea de Sheel. Ilryth me agarra del hombro.

—Sigue tú, Victoria. Libérala.

—Pero tú...

—Yo los contendré durante todo el tiempo que pueda. —Deja su hacha y se encamina hacia Sheel.

—¡Ilryth! —grito, y doy media vuelta. Me mira mientras corro hasta él y lanzo los brazos alrededor de su cuello. El impacto de mi cuerpo contra el suyo casi lo hace caer.

Lo beso con todas mis fuerzas.

Con los brazos alrededor de mi cintura, abre la boca para profundizar el beso. Su cuerpo duro presiona contra el mío y, por un momento, el rugido del mar, el temblor de la tierra y todas las incertidumbres desaparecen. Cuando nos separamos, solo lo veo a él, enmarcado por una lluvia de hojas plateadas que caen como un aguacero.

—Te quiero, ¿sabes? —susurro.

—Lo sé.

—*De verdad* que no quería quererte.

—Lo sé. —Esboza una sonrisilla de suficiencia. Por alguna razón, la arrogancia le queda bien.

—No sé lo que nos deparará el futuro. Si podremos estar juntos siquiera. Y si pudiéramos, dudo que vaya a ser bueno para ti y...

Me besa con firmeza para silenciarme.

—Deja de preocuparte tanto, Victoria. Si conseguimos deshacer miles de años de historia, liberar a una antigua diosa y *no* destruir el mundo en el proceso, no estoy demasiado preocupado por nada más que pueda depararnos el futuro. —Ilryth me suelta—. Ahora, *vuelve ahí*. Libera a Lady Lellia.

Nos separamos y corro de vuelta al Árbol de la Vida, levanto el hacha y vuelvo a columpiarla. Al mismo tiempo, Ilryth corre hacia la conmoción de más sirenas que irrumpen desde el túnel. Fenny le lanza la Punta del Alba y él la atrapa al vuelo. Durante todo ese tiempo, yo continúo con mis hachazos.

Las sirenas disputan una batalla de canciones los unos contra los otros. Krokan retumba desde las profundidades. Lellia grita. Todo junto, es una cacofonía. Horrible y ruidosa y desgarradora.

Hago caso omiso de las voces y continúo con mi trabajo. Sigo columpiando el hacha, sigo arrancando los barrotes de enredadera. Mi hacha golpea al son del árbol. Una y otra vez. Incansable. La batalla arrecia detrás de mí, pero yo sigo adelante hasta que...

Hasta que la última enredadera cae a un lado.

Por primera vez en siglos, la puerta queda expuesta y, por un momento, el mundo se queda quieto mientras el hacha resbala de mis dedos. Los mares están en calma y el viento ha dejado de aullar. Los cantos se han silenciado y todo el mundo y todas las cosas contienen la respiración al unísono, cautivados, mientras yo abro la puerta de lo que se había convertido en la prisión involuntaria de Lellia.

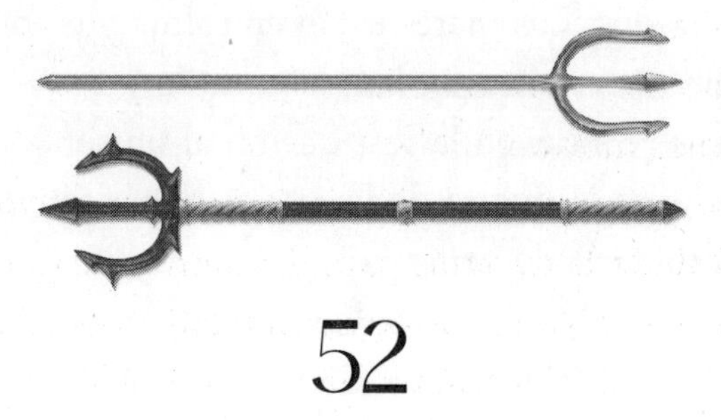

52

Una intensa luz me ciega. La hoja de madera que se abre después de siglos y siglos susurra como el último aliento de una bestia cansada y herida. Hebras de membrana y pringue cuelgan entre la puerta y la corteza del tronco del árbol mientras continúo abriéndola.

La luz cegadora se diluye para revelar la forma pequeña y frágil de una antigua diosa. Lellia es casi como una niña en tamaño, aunque tiene el mismo aura de atemporalidad a su alrededor que Lord Krokan. Sus cuatro brazos están enroscados alrededor de sus rodillas, tres dedos de cada mano agarrados a sus costados mientras duerme en posición fetal. Tiene dos ojos, pero son enormes y circulares, como serían los de una libélula. Unas alas de finísimas plumas doradas se han desprendido de sus hombres para fusionarse con el capullo en el que ha estado encerrada. Las hojas cubren sus antebrazos y sus manos como guantes. Unas antenas leñosas se extienden desde sus sienes y la conectan al árbol en sí.

No hay ningún movimiento. No se levanta ni abre los ojos cuando la primera brisa roza sus mejillas. El mundo permanece en un escalofriante estado de calma. Incluso su canción se ha quedado en silencio y mi corazón late desbocado en mi pecho con el miedo de que, en mi intento desesperado por salvarla, haya podido crear el *shock* definitivo como para matarla.

Las sirenas detrás de mí empiezan a murmurar.

—Lady Lellia.

—... Lellia...

—Nuestra diosa está muerta...

—La hemos matado.

—La podredumbre provenía de su descomposición...

Giro la cabeza hacia atrás para descubrir que todos los guerreros se han dejado caer de rodillas a media pelea. El coro también. Todas las cabezas están inclinadas sobre la arena en señal de veneración. Una canción triste y solitaria de duelo brota de todos ellos. Percibo su preocupación y su dolor en el centro de mi ser, y lamento lo que consideran la muerte de todo lo que conocían y apreciaban.

Pero ellos no ven lo que veo yo. Están demasiado lejos. A esta distancia, veo los movimientos espasmódicos de los muñones de la espalda de Lellia, donde solían estar conectadas sus alas. Veo sus ojos moverse debajo de los párpados, como si estuviese intentando despertarse. Suelto un suave suspiro de alivio que sale como un ruidito pensativo.

No está muerta y desaparecida. Está luchando con toda la tenacidad con la que lucha la vida. La vida es una cosa tanto elegante como audaz. La vida no se rinde. Puede romperse, una y otra vez, sin rendirse. Temblorosa y débil, su canción persiste. Lellia aguanta, espera reunirse con su marido. Espera la paz.

Meto las manos.

En el centro del árbol, la madera es blanda y un poco elástica. Lellia está suspendida en la espesa membrana plateada en la que se hunden mis manos. Es tan sólida y cálida como el sebo caliente. Como meter las manos en un rayo de sol.

El cuerpo de Lellia es de plata maciza, pero sorprendentemente ligero. Su peso y su tamaño hacen que me resulte fácil acunarla en ambos brazos. Me echo hacia atrás y la libero de ese plasma divino. La sujeto contra mi pecho. Sigue sin moverse, pero puedo sentir su corazón latir contra el mío. Su cabeza pesa sobre mi hombro, el cuerpo rígido y más fresco ahora por efecto de las brisas marinas.

Doy media vuelta y, por primera vez en miles de años, los mortales pueden ver a la diosa.

Extraigo a la vida del mundo mismo. Echo a andar y los últimos hilos y hebras de la membrana se desprenden de Lellia y de mí. Su diminuto pecho tiembla como si intentase inspirar sus primeras bocanadas de aire en siglos.

Las sirenas no me detienen mientras cruzo por medio de los restos de su campo de batalla. Me contemplan con los ojos empapados de lágrimas y expresiones vacías de resignación. Veo algo de rabia e ira, pero incluso los que me desprecian no se levantan para intentar detenerme. Es demasiado tarde para su resistencia. Para bien o para mal, mi método acabó por vencer. Mi plan salió victorioso.

—Humana —dice una voz suave, solo a mí. Es tan ligera como el aire. Tan brillante y maravillosa como la luz de la luna.

—¿Milady? —Le hablo como lo haría con una sirena, solo con la mente. Me pregunto si fue así como aprendieron a hablar las primeras sirenas de este modo. A cantar con sus almas, en lugar de con sus lenguas. Su madre primitiva les enseñó.

—Gracias —susurra Lellia.

—No tienes nada que agradecerme.

—Cuidarás de ellos, ¿verdad? —pregunta.

—Lo haré. —Esbozo una leve sonrisa—. Será un honor para mí.

—No permitas que olviden mis canciones —me ruega Lellia.

—No lo haré. Lo juro.

El único que nos sigue a través de los túneles es Ilryth. Viene conmigo, justo detrás, mientras traslado a Lellia al océano. Sin embargo, me da la impresión de que las palabras de Lellia estaban destinadas solo a mí. O quizás, aunque él pudiese oírlas, no las comprendería. Yo le transmití a Ilryth bastante cantidad de la canción de Lellia en el Abismo para estabilizar su mente, pero no sería suficiente para proporcionarle comprensión.

Aunque aún puedo enseñarle.

Los cortes de las raíces del túnel ya no sangran. La madera en sí está empezando a volverse cenicienta, como las lanzas que solían dejar para blanquearse al sol. El Árbol de la Vida se está muriendo sin su corazón; en cambio, Lellia, está más fuerte a cada segundo que pasa. Empieza a moverse, su cuerpo hace esfuerzos por ponerse al nivel de su cabeza.

Emergemos al otro lado del túnel para encontrarnos con olas de tentáculos ondulando en el océano, apéndices agarrados a las raíces. Una cara enorme, tan extraña como la de Lellia, pero una que ya no me parece monstruosa, está medio asomada del agua. Cuando las nubes en lo alto se abren despacio con un giro, los rayos de sol impactan contra el dios abisal. El agua del mar emana de su piel en forma de vapor, como si pudiera quemarse por estar expuesto a la superficie durante demasiado tiempo. Krokan nos mira con sus ojos esmeraldas, que brillan con más fuerza en el momento en que se posan en su mujer.

—La tengo —le digo, con la mente y con la boca.

—Ya lo veo —retumba. Una vez más, suena como una canción, pero más ligera, tan cerca de la superficie. O tal vez sea más ligera por el alivio, por ver a su mujer después de tantísimo tiempo. Al final de todas las penurias que han tenido que sufrir por el bien del mundo que ayudaron a crear.

—Tómala. —Me meto en el agua hasta las rodillas y dejo a Lellia en la superficie delante de Krokan. La diosa flota, como si no fuese más que espuma marina. Los tentáculos de Krokan la rodean, la sumergen. El dios la absorbe al centro de su ser. Ella estará a salvo ahora. *Por siempre jamás.*

—Has cumplido tu parte del trato, mortal, así que yo cumpliré la mía. Dejaré de bloquear el Velo. Dejaré de contaminar el mundo. Regresaré con mi amada y permitiré que las almas fluyan una vez más hasta el Más Allá, de ahora en adelante y por siempre jamás. Ya no tengo ninguna razón para destruir vuestros mares —declara Krokan. Espero que eso sea todo, pero sigue hablando—. Nos has hecho un gran favor. Antes de marcharnos de este mundo, te concederemos un deseo. Dinos, ¿qué deseas?

Un favor divino. Podría desear cualquier cosa. Tengo el poder de dos antiguos dioses al alcance de la mano.

Miro a Ilryth. *Una vida con él.* Una vida para explorar el mundo y mi corazón con libertad. Podría pedir un deseo parecido al que le pedí a Ilryth una vez, hace muchos años.

Un viento frío me zarandea. Las estaciones de Midscape están regresando a esta isla sagrada. A todo el Mar Eterno. El clima templado del que han disfrutado las sirenas desaparecerá sin el Árbol de la Vida para conservarlo. A lo mejor es solo el principio de una nueva era de inviernos, de muerte, que podría amenazar con consumir todo Midscape.

—Ella ya me ha concedido mi deseo —digo en voz baja. Aunque le estoy hablando a Krokan, permito que Ilryth me oiga. Hay algo en mis palabras y en mi cara que lo incita a avanzar. Cruza hasta mí, me agarra de las manos.

—¿Qué está pasando? —pregunta Ilryth.

—Le hice una promesa a Lady Lellia al liberarla —confieso—. Voy a cumplir mi promesa. Su magia sigue aquí, sigue en el árbol. Le transmitió tanto de sí misma, que todavía está aquí. Pero necesita un ancla para mantenerla en su lugar; de otro modo, desaparecerá del mundo por completo. —Como de hecho está haciendo ya. A cada segundo que pasa, hay menos de ella.

—No. —Ilryth se da cuenta de lo que estoy diciendo. Niega con la cabeza. Pongo una mano en su mejilla, la acaricio con ternura.

—No pasa nada. No tengo miedo.

—Has pasado la mayor parte de tu vida viviéndola para otros. No has hecho más que sacrificarte por otros. Buscar libertad. —Los ojos de Ilryth se enrojecen por mí—. No puedo permitir que lo hagas otra vez.

—Pero esta es mi elección, igual que fue la de ella. No lo hago porque crea que estoy obligada. No lo hago para ser digna de ser amada, porque ya lo soy. Lo hago porque quiero. —Le ofrezco una leve sonrisa, antes de inclinarme hacia él para besar sus labios con suavidad—. Y tú, tú debes irte y vivir. Reclama tu ducado. Cuida del Mar Eterno y ten a tus herederos, a los que yo protegeré.

—No quiero nada de eso. Una vida sin ti es una canción sin ritmo ni notas. No es nada. Es menos que nada.

—Ilryth...

—Ese deseo. —Se gira hacia Krokan—. Dime cómo puedo utilizarlo para quedarme con ella. Concedednos una vida juntos en la que nuestro mundo esté a salvo y nuestro futuro sea seguro.

El antiguo dios lo observa pensativo. Sus tentáculos se están desenroscando despacio de las raíces, se relajan mientras resbala hacia las profundidades. Por un momento, creo que se va a marchar sin una respuesta. Pero entonces...

—Ven con nosotros, hijo —dice Krokan al final.

—¿Qué? —susurra Ilryth.

—Ven —le ordena Krokan, con el agua ya casi por encima de los ojos. Ilryth se dirige hacia el mar.

—No. —Agarro la mano de Ilryth—. No te lo permitiré.

—Esta es la única manera. —Me aprieta los dedos y me lanza una sonrisa valiente—. Tú haz lo que debas, igual que haré yo. Los dos llevamos grabadas las palabras de los dioses, y un dueto requiere dos voces.

—Ilryth...

—Confía en mí, igual que yo confío en ti. —Me besa y yo le devuelvo el beso. Me deleito en su sabor y en su contacto una última vez.

Él sigue a los antiguos dioses bajo el mar y desaparece con los tentáculos y la luz radiante que es Lellia. Desearía que hubiese más tiempo. Todo esto ha sido tan rápido...

Me dirijo de vuelta al árbol. Sola pero decidida. La vida es audaz. Y ni siquiera la muerte es eterna. Nuestra canción resonará por toda la eternidad.

Las sirenas siguen aquí, arrodilladas en la arena, aullando su pesar. Las ignoro mientras camino hasta el centro del Árbol de la Vida. Hasta la abertura donde Lellia descansaba antes. Me meto a gatas en el éter suspendido dentro del tronco y me hago un ovillo. Me coloco igual que estaba ella, cierro los ojos y empiezo a cantar la canción que aprendí de los últimos restos de los antiguos dioses.

La madera se ciñe a mi alrededor.

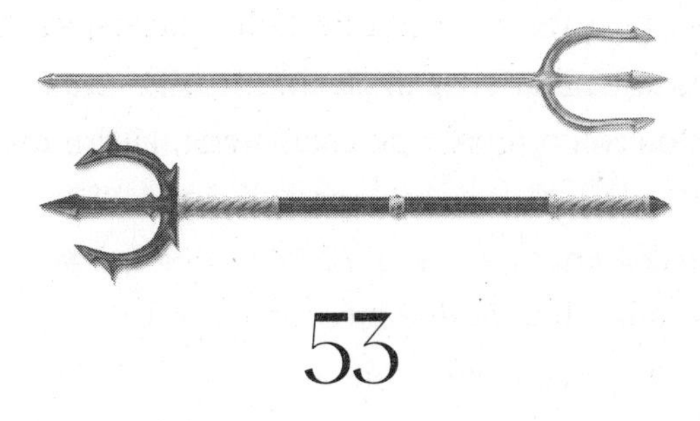

53

Es al mismo tiempo de día y de noche, hay luz y oscuridad. No es ni bueno ni malo. Ambas cosas simplemente... son. El mundo existe en una espiral que gira al son de mi canción interminable.

Pero no canto sola. Hay otras voces que se unen a la mía. Cantan leyendas de la humana que ocupó el puesto de una diosa. De su amante que descendió al fondo del mar para no volver a ser visto jamás.

Hay voces que conozco. De viejos amigos, largo tiempo desaparecidos. Y de otros nuevos que quedaron atrás. Mi corazón canta por una familia que prospera, sana y salva en una lejana ciudad costera. Llora por un hombre que espera a mi puerta junto a los que no son de su especie. Algunas de las canciones son preciosas y melodiosas. Otras están espantosamente desafinadas.

Hay voces que no conozco y no he visto jamás. Almas que se estiran en el espacio y el tiempo. Una mujer asciende a un trono de madera, conectado mediante raíces y magia a este árbol lejano. Un hombre encerrado en cristal; el alma de su amante canta una endecha de añoranza y pérdida. Los chillidos de una niña pequeña de dos mundos, educada por una nueva reina fae cuyo padre aún no sabe que está tan cerca. Un espíritu que pide libertad a gritos durante una noche rojo sangre. La espiral de magia que susurra en las últimas estirpes del Mundo Natural. Gentes olvidadas y fuerzas lejanas que van y vienen con el cambio de los días y los años.

Y entonces... por fin, hay otra voz. Una procedente de las profundidades. Una que, de algún modo, siempre conoce las palabras antes de que yo las cante. Las armonías antes de que las necesite.

Pasa aún más tiempo, creo. *El tiempo es una noción de lo más mortal.* Ahora entiendo lo que esos antiguos dioses querían decir cuando intentaron comunicarme eso a mí.

Pero yo no soy uno de esos seres poderosos de un tiempo muy anterior a la era de los mortales. En realidad, no. Sin embargo, tampoco soy lo que era antes. He cambiado otra vez. Soy nueva. Y aun así, de algún modo, antigua. Eterna pero efímera. Las líneas doradas y plateadas que cubren mi piel cuentan las historias de los antiguos que existieron antes de mí. Soy la guardiana de los últimos vestigios de su magia, de sus recuerdos. El ancla para los últimos de los dones que otorgaron a este mundo. También soy la supervisora, la que ayudará a guiar y proteger el crecimiento de todo lo que podría venir después.

Pero no estoy sola en esta responsabilidad singular. La *otra voz* continúa cantando. Más y más fuerte. Me llama de un modo que solo él sabe. De un modo al que solo yo prestaría atención.

He venido a por ti, justo como me pediste, canta. *Le hemos dado todo al mundo. Nos hemos sacrificado y lo hemos estabilizado. No hay nada más que temer. Y ahora ha llegado el momento de que volvamos a vivir.*

Al principio, me da miedo salir del recinto de mi nuevo hogar. Aquí es seguro y estoy cómoda. La canción de él es paciente y tranquilizadora, pero de algún modo también me recuerda que estar estática no es propio de mí. El confinamiento, incluso uno de mi propia elección, no está en mi naturaleza. De hecho, es lo que condujo a la caída de la última mujer que ocupó esta estasis, por muy atractiva que pueda ser su comodidad. Por el bien de todos aquellos que me importan, de todos los que soy responsable, debo moverme.

Al final, empiezo a contonearme contra los límites de mi diminuto mundo. Me estiro. Empujo. Intento poner a prueba las barreras que pugnan por mantenerme en el sitio, por mantenerme como soy. Ya se han cerrado a mi alrededor, se han endurecido.

No, esta vez no va a ser así... No soy una antigua diosa luchando por sobrevivir en un mundo que ya no está hecho para ella. Yo nací de tierras mortales, moldeada por sus gentes, todavía llevo sus marcas sobre la piel. Soy Victoria, marinera, exploradora, amante y luchadora. Hay demasiadas cosas distintas dentro de mí como para desvanecerme en silencio y dejar que estas lanzas leñosas perforen mi corazón y me mantengan aquí inmovilizada.

Tardo lo que parece una eternidad en empujar y tirar, en explorar mis poderes y ejercerlos contra la jaula en la que estoy encerrada. Durante todo ese tiempo, mi alma le infunde vida al mundo mediante mi canción, y la voz lejana de él me llama. Por fin encuentro una vía de salida. El árbol por fin obedece mis órdenes y se forma un túnel delante de mí. Con una exclamación ahogada, me apretujo para arrastrarme a través, empujando hacia la lejana luz del sol. Vuelvo a florecer en el mundo mortal con un despliegue de suaves pétalos y una promesa susurrada.

La canción suena más fuerte ahora. El dueto que ha llenado el fondo de mi mente durante años. Es tan enérgico como una tormenta. Tan exigente como las mareas que se estrellan contra las orillas sujetas por las raíces de mi árbol.

—¿Vic... Victoria? —Kevhan está ahí, en la playa. Va vestido con ropa de sirena y medallones. Han dibujado marcas por todo su cuerpo. Unas canciones protectoras resuenan en mis oídos. Ahora puedo leer los tatuajes con facilidad; en especial porque yo fui la que los cantó para él. Mientras él esté bajo mis ramas, está estabilizado, pero puedo hacer muchísimo más por él.

—Hola, Lord Applegate. Ha pasado bastante tiempo, creo. —Salgo de la flor leñosa que ha florecido donde una vez estuvo la puerta; bajo por un gran pétalo que se ha desenroscado como una alfombra para que descienda por él. Una neblina plateada y giratoria me rodea, ondula por el aire para seguir mis movimientos, y se condensa en hojas plateadas que salpican la arena a mis pies.

—Han pasado cuatro años. —Lucia se adelanta.

—Gracias por proteger a Kevhan y asegurarte de que su alma esté tan estable en este mundo como lo estuvo la mía —digo con cariño.

—Tenía la esperanza de haber entendido tu canción bien. —Inclina la cabeza. Vagamente, me doy cuenta de que una de las muchas voces que he estado oyendo era de ella. Durante todo este tiempo, me he estado comunicando con ella sin pensarlo. Les he tarareado nuevas indicaciones a las sirenas sobre cómo vivir y prosperar.

Los ojos de Kevhan lucen brillantes.

—¿Cómo... cómo has...?

—Me alegro de ver que todavía estás bien. —Agarro su hombro e interrumpo su pregunta. No podría entender la respuesta ni aunque pudiese explicársela bien. Estoy aquí gracias a una combinación de tiempo y de controlar la magia que heredé. Un poder que ahora es mi responsabilidad y un honor utilizar en nombre de una diosa. Al final, me decido por una explicación sencilla que pueda entender—. Estoy aquí de un modo muy parecido a como lo estás tú.

—¿Como un fantasma? —Esa explicación parece ser la única forma en que su cerebro mortal podría comprender su nueva situación.

—Más o menos. —Me giro hacia Lucia—. ¿El resto de los tuyos?

—El Mar Eterno nunca ha estado mejor. Nuestras aguas están limpias y nuestra gente está fuerte. Casi tanto como para que empiece a haber propuestas de ponernos en contacto una vez más con los fae que viven al sur de nosotros. Quizás incluso restaurar el puente terrestre que antaño conectaba esta isla con el resto de Midscape, para que otros puedan venir a rezar ante tu altar.

—Yo no soy alguien a quien rezar. —Una leve sonrisa curva mis labios—. Solo soy una mensajera para la diosa a la que todos deberíamos seguir prestando nuestros respetos. —Sus sacrificios no serán olvidados mientras yo camine por este mundo.

—Entendido. —Lucia inclina la cabeza. Echo a andar hacia el túnel que conduce a la entrada principal de la isla, la que me da la impresión de haber ascendido hace solo unos días—. Fenny sigue siendo la Duquesa de las Lanzas. El coro me nombró a mí Duquesa de la Fe, después de la decisión de Ventris de retirarse del cargo. —Lucia intenta seguirme. Kevhan está a su lado—. Pero hay algo que deberías saber...

Levanto una mano para detenerlos a ambos.

—Ya lo sé. Y esta es una reunión que me gustaría celebrar a solas.

Tienen sonrisas dibujadas en la cara cuando me marcho, casi volando por el túnel en mi prisa. Emerjo al otro lado y mis ojos conectan con otros que me resultan tan familiares como la sensación de una canción en mi alma y el poder en mis venas.

Mi pareja, el otro cantante de mi dueto eterno, emerge del océano. La espuma del mar y ríos de agua suben en espiral para adoptar la forma de un hombre y solidificarse en una figura exactamente igual a como la recuerdo. Ilryth está tan guapo como la primera vez que lo vi. Tan etéreo como imagino que soy yo ahora. Sus marcas son inversas a las mías, pero idénticas en todos los demás sentidos. Es mi reflejo, mi espejo y mi contrapartida.

—Me preguntaba cuándo volverías a mí. —Abre los brazos y, sin necesidad de invitación, corro hacia él. Ilryth me estruja entre sus brazos y besa mi cara como si hubiésemos esperado mil años a esta reunión.

—Tardé un poco en aclimatarme a mi nuevo papel —digo con una leve sensación de culpa al separarnos.

—Yo también.

—Pero ahora que he asimilado los restos del poder de Lellia, puedo ir y venir como me plazca. Aunque debo regresar al árbol de vez en cuando, al menos durante periodos cortos, para mantener el ancla firme. —Esta verdad está grabada a fuego en mi alma.

—Lo sé, y yo tendré que regresar al Abismo en ocasiones por razones muy parecidas. —Se inclina hacia mí y frota su nariz contra la mía—. Pero esos deberes no nos mantendrán apartados durante demasiado tiempo.

—Así es nuestro dueto ahora. —Deslizo las puntas de mis dedos por su pecho. Lo noto tan real como mi propio cuerpo, como hemos sido siempre. Aunque sé que nos hemos convertido en algo más. Igual que antes estaba viva, pero no era del todo mortal, me he vuelto a convertir en algo diferente. A Ilryth le ha pasado lo mismo.

—Así que hasta entonces, mi tiempo es todo tuyo. —Pone las manos en mis mejillas—. Una vez más, si me aceptas, me gustaría rezar en tu altar, mi amor.

Con una sonrisa coqueta, tomo su mano. En lugar de llevarme hacia los túneles y de vuelta a las playas de pasión, tira de mí hacia las olas. Caemos como dos estrellas fugaces, girando el uno alrededor del otro hacia las profundidades de un Abismo de aguas claras, sin podredumbre ni monstruos ni corrientes letales. Hacia un mundo que es solo nuestro, hecho para nuestros poderes y nuestras pasiones.

Los duetos están hechos para dos cantantes, y el nuestro siempre ha sido el himno de la vida y la muerte y todo lo que hay entremedias. Una canción de tristeza y alegría, de pasión y anhelo. Era una canción destinada a Krokan y Lellia, pero cada vez que cantamos esas proféticas palabras, se volvieron más y más nuestras.

Ahora, nuestro dueto consiste en Ilryth y Victoria. La humana y el sireno. Y es una melodía que no tendrá fin.

Agradecimientos

Robert: Gracias por ayudarme a curarme. Sin ti, jamás hubiese soñado siquiera con intentar una historia como esta.

Melissa: Esto ha requerido 7.000 rondas de ediciones (vale, tal vez solo cuatro o cinco), pero estuviste a mi lado durante todo ello. Gracias por aportarme una perspectiva más allá del nivel de línea y de quedarte ahí hasta el mismísimo final de este monstruo de manuscrito.

Rebecca: Siempre estaré agradecida por cada problema que encuentras en mis narrativas. Esta era complicada y enorme y traté de abarcar muchísimas cosas, pero tú me ayudaste a hacerme con ella y te lo agradezco mucho.

Kate: Todos los errores de continuidad de último momento, las frases extrañas, las palabras repetitivas y los errores gramaticales desaparecieron gracias a ti. Gracias otra vez por revisar este libro tan deprisa, pero al mismo tiempo haber estado atenta a todos esos detalles.

Amy: Sé que esto no se parece en nada a la primera versión que leíste, pero espero que veas cómo todo tu *feedback* me ayudó a llegar hasta aquí.

Catarina: Gracias por aparecer en el último momento para darme ideas y perspectivas nuevas como lectora. Aprecio sinceramente que me aportases tu punto de vista.

Leo: No solo has ayudado a llevar la saga de *Unidos por la magia* hasta lectores hispanoparlantes de todo el mundo, sino que me has ayudado muchísimo a título personal. Estaré agradecida para siempre de que nuestros caminos se cruzaran.

Danielle: Eres la mejor. Lo sabes. O al menos espero que lo sepas... Así que lo diré otra vez: eres la mejor.

Michelle: Espero que tengamos por delante muchas más sesiones de planificación y de intercambio de ideas en Nueva York.

NOFFA: Siento un cariño y un respeto sin fin por todas vosotras, unas mujeres de gran corazón y un talento demencial.

Mi D&D Crew: Gracias a todos por ayudarme a escapar a nuestros maravilloso mundo cofrabricado siempre que el trabajo me abrumaba, y por siempre ser unos de mis animadores más fieles.

Jaysea: Muchísimas gracias por contestar a mi mensaje y aceptar chatear conmigo para darme información sobre barcos y navegación, y sobre ser capitán. Fue una ayuda inmensa, no solo para este libro, sino para muchos más por venir.

Mi Tower Guard: Me dais todos tantísimo que mi objetivo permanente es devolveros esa inversión proporcionándoos los mejores libros que pueda. Gracias por siempre estar ahí y, en general, por hacer que nuestro pequeño grupo sea uno de los mejores sitios en internet.

Erion: Gracias una vez más por trabajar conmigo y dar vida a mis personajes. La ilustración de la cubierta es espectacular.

Merwild: Me encanta cómo sigues aportando caras a los nombres de mi historia. Gracias otra vez por todo el increíble trabajo de caracterización.

Mis Royal Patrons: Me encanta saber que puedo lanzar una llamada de socorro y todos estaréis ahí al instante. Gracias por aportarme *feedback* para el primer prólogo que escribí. Vuestros comentarios e ideas me ayudaron a llegar a este lugar.

Todos mis mecenas: Charlee R., Amanda C., Kristen Ridge, Imzadi, Vixie, Caitlyn P., Kristin W., Rachael Leigh W., MasterR50, Rebecca R., Crystal F., Steffi aka. Lambert, Aniyue, Anne of Daze, Katherine, Laura R., Missy Anathema, Casey S., Sarah T., Nancy S., Laura B., Mandi S., Melinda H., Kayla D., Taylour D., Stephanie Harvey, Bridgett M., Sarah M., Gemma, Claire R., Liv W., Rachael, Kellie N., Rose G., Karolína N. B., discokittie, Teddie W., Kanaga Maddie S., Molly R., Kalyn S., Dani W., Liz D., Sharp, Emily E., M Knight, Kate R., Jamie B., Jennifer G., Marissa C., Monique R., Alexa Zoellner, Claribel V., Nicole M., Anna T., Ren, Lisa, Sorcha A., Tea Cup, Nat G., Caitlin P., Bec M., Paige F, Rebekah N., Tiffany G., Bridget W., Olivia S., Sarah [faeryreads], Macarena M., Kristen M., Kelly M., Audrey C W., Jordan R., Amy M., Allison S., Donna W., Renee S., Ashton Morgan, MelGoethals, Mackenzie, Kaitlin B., Amanda T., Kayleigh K., Shelbe H., Alisha L., Esther R., Kaylie, Heather F., Shelly D., Tiera B., Andra P., Melisa K., Serenity87HUN, Liz A., Chelsea S., Matthea F., Catarina G., Stephanie T., jpilbug, Mani R., Elise G., Traci F., Samantha C., Lindsay B., Sara E., Karin B., Eri W., Ashley D., Michael P., Stengelberry, Dana A, Michael P., Alexis P., Jennifer B., Kay Z., Lauren V., Sarah Ruth H., Sheryl K B., Aemaeth, NaiculS, Justine B., Lindsay W., MotherofMagic, Charles B., Kira M., Charis Tiffany L., Kassie P., Angela G., Elly M., Michelle S., Sarah P., Asami, Amy B., Meagan R., Axel R., Ambermoon86, Bookish Connoisseur, Tarryn G., Cassidy T., Kathleen M., Alexa A., Rhianne, Cassondra A., Emmie S., Emily R. y Tamashi T.: ¡Gracias por ser una parte tan importante de mis mundos!

Todos los lectores, revisores, vendedores de libros y todos los demás que leen comparten, revisan y hablan de mis libros: cada día que me levanto y me siento a trabajar, doy gracias por todo lo que habéis hecho y seguís haciendo por mí. Veo cada esfuerzo, cada recomendación, cada *post*, y aunque no siempre soy capaz de daros las gracias de manera individual a cada uno de vosotros, mi gratitud no conoce límites. Espero poder seguir aprendiendo y creciendo como autora para todos vosotros en los años por venir.